Rex Stout

Der Gutenacht-Krimi
mit Nero Wolfe

Scherz Krimi

Spannung mit Niveau

Rex Stout

Der Gutenacht Krimi mit Nero Wolfe

Die spektakulärsten Fälle des Dicken für die schönste Lesezeit des Tages

Scherz
Bern – München – Wien

Inhalt

Der geflügelte Revolver

Die junge Frau entnahm ihrer Handtasche ein Stück rosa Papier, erhob sich aus dem roten Ledersessel, legte das Papier auf Nero Wolfes Schreibtisch und setzte sich wieder. Da ich es als meine Pflicht ansah, mich auf dem laufenden zu halten, und auch um Wolfe die Mühe zu ersparen, sich vorzubeugen und seine Hand auszustrecken, stand ich auf und reichte ihm das Papier, nachdem ich einen Blick darauf geworfen hatte. Es war ein Scheck über fünftausend Dollar, vom selben Tag – dem 14. August – datiert, auf Wolfe ausgestellt und mit »Margaret Mion« unterschrieben.

»Ich dachte«, begann sie, »daß dies vielleicht der beste Weg sei, die Unterhaltung in Gang zu bringen.«

Ich setzte mich hinter meinem Schreibtisch in Positur und vertiefte mich in ihren Anblick. Als sie sich früh an jenem Sonntagnachmittag telefonisch anmeldete, hatte ich die vage Erinnerung an ein Zeitungsbild von ihr aus meinem Gedächtnis gekramt und mir gesagt, daß es kein Honigschlecken sein würde, ihre Bekanntschaft zu machen. Aber jetzt war ich nicht mehr so sicher. Ihre Anziehungskraft beruhte nicht auf dem, was sie hatte, sondern darauf, was sie daraus machte. Damit meine ich keine Tricks. Ihr Mund war, selbst wenn sie lächelte, nicht reizvoll, aber das Lächeln war es. Ihre Augen waren nur ein Paar braune Augen, ganz und gar nichts Aufregendes, aber es war ein Vergnügen, zu beobachten, wie sie von Wolfe zu mir und dann zu dem Mann wanderten, der sie begleitet hatte und links neben ihr saß. Ich vermutete, daß sie noch runde drei Jahre bis zu ihrem dreißigsten Geburtstag vor sich hatte.

»Glaubst du nicht«, fragte der Mann sie, »daß man uns zuerst einmal ein paar Fragen beantworten sollte?«

Seine Stimme klang gepreßt und ein wenig rauh und paßte genau zu seinem Gesicht. Er war besorgt und scherte sich nicht darum, ob man ihm das ansah. Mit seinen tiefliegenden, grauen Augen und seinem wohlgeformten Kinn mochte er in glücklicheren Tagen als ein führender Kopf gegolten haben, aber nicht, wie er jetzt so dasaß. Irgend etwas nagte an ihm. Als Mrs. Mion ihn als Mr. Frederick Weppler vorgestellt hatte, wußte ich, daß er Musikkritiker der *Gazette* war, aber ich konnte mich nicht mehr erinnern, ob er in dem Zeitungsartikel über das Ereignis, das die Veröffentlichung von Mrs. Mions Bild verursacht hatte, erwähnt worden war.

Sie schüttelte ohne jeden Eigensinn den Kopf. »Das würde nichts helfen, Fred, bestimmt nicht. Wir können ihm nur alles erzählen und sehen, was er dazu sagt.« Sie lächelte Wolfe zu – oder vielleicht war es kein wirkliches Lächeln, sondern nur ihre Art, die Lippen zu bewegen. »Mr. Weppler war nicht ganz sicher, ob wir Sie aufsuchen sollten, und ich mußte ihn dazu überreden. Männer sind vorsichtiger als Frauen, nicht wahr?«

»Ja«, pflichtete Wolfe ihr bei und fügte hinzu: »Gott sei Dank.«

»Vermutlich.« Sie nickte und machte eine Handbewegung. »Ich brachte den Scheck mit, um Ihnen zu zeigen, daß es uns ernst ist. Wir stecken in einer Klemme und möchten, daß Sie uns helfen. Wir wollen heiraten und können es nicht. Das heißt – um nur von mir selbst zu reden –, ich möchte ihn heiraten.« Sie sah Weppler an, und dieses Mal war es unzweifelhaft ein Lächeln. »Möchtest du mich heiraten, Fred?«

»Ja«, murmelte er. Dann reckte er plötzlich sein Kinn vor und starrte Wolfe herausfordernd an. »Sie verstehen, wie peinlich dies alles ist, nicht wahr? Es geht Sie nichts an, aber wir brauchen Ihre Hilfe. Ich bin vierunddreißig Jahre alt, und es ist das erste Mal, daß ich mich ...« Er hielt inne. Nach einem Augenblick meinte er steif: »Ich liebe Mrs. Mion, und es ist der größte Wunsch meines Lebens, sie zu heiraten.« Seine Augen wanderten zu seiner Liebsten, und er murmelte flehend: »Peggy!«

Wolfe grunzte. »Ich sehe also als bewiesen an, daß Sie beide heiraten wollen. Warum tun Sie es nicht?«

»Weil wir nicht können«, entgegnete Peggy. »Wir können einfach nicht. Es ist wegen – vielleicht erinnern Sie sich, von dem Tod meines Mannes im April, also vor vier Monaten, gelesen zu haben? Alberto Mion, der Opernsänger?«

»Nur vage. Sie frischen besser mein Gedächtnis auf.«

»Nun, er starb – er beging Selbstmord.« Jede Andeutung eines Lächelns war jetzt verschwunden. »Fred – Mr. Weppler und ich fanden ihn. Es war sieben Uhr, ein Dienstagabend im April, in unserer Apartmentwohnung in der East End Avenue. Gerade an jenem Nachmittag hatten Fred und ich entdeckt, daß wir uns liebten und –«

»Peggy!« unterbrach Weppler sie scharf.

Ihre Augen glitten zu ihm und zurück zu Wolfe. »Ich sollte Sie etwas fragen, Mr. Wolfe. Er meint, es genüge, Ihnen nur so viel zu erzählen, daß Sie das Problem verstehen, aber ich finde, Sie können es nur verstehen, wenn wir Ihnen alles berichten. Was meinen Sie?«

»Ich kann nichts dazu sagen, ehe ich nicht alles gehört habe. Schießen Sie los. Wir werden sehen, ob ich Fragen habe.«

Sie nickte. »Ich kann mir vorstellen, daß Sie Fragen genug haben werden. Sind Sie je verliebt gewesen, wären jedoch lieber gestorben, als es jemanden merken zu lassen?«

»Nie«, erwiderte Wolfe mit Nachdruck. Ich verzog keine Miene.

»Nun, mir ging es so, das gestehe ich. Aber keiner wußte davon, nicht einmal er. Oder wußtest du es, Fred?«

»Nein«, bestätigte Weppler, ebenfalls mit Nachdruck.

»Bis zu jenem Nachmittag«, fuhr Peggy, an Wolfe gewandt, fort. »Er war zum Lunch in unserer Wohnung, und es geschah gleich nach dem Essen. Die andern waren gegangen, und ganz plötzlich sahen wir einander an, und dann sprach er, oder ich, ich weiß nicht mehr, wer.« Sie sah Weppler beschwörend an. »Ich weiß, daß es dir peinlich ist, Fred, aber wenn er nicht versteht, wie es war, wird er nicht begreifen, warum du nach oben gingst, um mit Alberto zu reden.«

»Ist es denn nötig?« fragte Weppler.

»Aber natürlich.« Sie wandte sich wieder an Wolfe. »Ich fürchte, ich kann Ihnen nicht klarmachen, was mit uns geschah. Wir waren vollkommen – nun, wir waren ganz einfach verliebt, und das vermutlich schon eine ganze Weile, und das machte alles noch ... noch überwältigender. Fred wollte auf der Stelle mit meinem Mann darüber sprechen, um zu entscheiden, was wir tun konnten, und ich stimmte ihm zu. Daraufhin ging er nach oben ...«

»Nach oben?«

»Ja, es ist eine zweigeschossige Wohnung, und oben lag das schalldichte Studio meines Mannes, in dem er übte. Er ging also ...«

»Bitte, Peggy«, unterbrach Weppler sie. Er wandte sich an Wolfe. »Sie sollen es aus erster Hand erfahren. Ich ging nach oben, um Mion zu erklären, wie es um uns stand, und um ihn zu bitten, sich damit in zivilisierter Form abzufinden. Eine Scheidung wird heute mehr oder weniger als zivilisierte Form anerkannt, aber er sah die Sache nicht so. Er war alles andere als zivilisiert. Nicht gewalttätig, aber verdammt gemein. Nachdem ich ihm eine Weile zugehört hatte, fürchtete ich, daß ich ihm gegenüber wie Gifford James handeln könnte, und ließ ihn allein. Ich wollte nicht zu Mrs. Mion zurückgehen, solange ich mich in jenem Gemütszustand befand, deshalb verließ ich das Studio durch die Tür zum oberen Treppenflur und nahm dort den Fahrstuhl.«

Er hielt inne.

»Und?« half Wolfe nach.

»Ich reagierte mich mit einem Spaziergang ab. Ich wanderte in den Park hinüber, und nach einer Weile hatte ich mich beruhigt und rief Mrs. Mion an, und sie traf sich mit mir im Park. Ich erklärte ihr Mions Einstellung und bat sie, ihn zu verlassen und mit mir zu kommen. Das wollte sie nicht tun.« Weppler machte eine Pause und fuhr dann fort: »Es gibt da zwei Tatsachen, die Sie wissen müssen, wenn Sie alles verstehen wollen.«

»Falls sie von Bedeutung sind, ja.«

»Sie sind von Bedeutung. Erstens besaß und besitzt Mrs. Mion eigenes Vermögen. Das war für Mion ein zusätzlicher Anreiz. Aber nicht für mich. Das sage ich Ihnen offen.«

»Danke. Und weiter?«

»Zweitens hatte Mrs. Mion einen Grund, Mion nicht sofort zu verlassen. Ich nehme an, Sie wissen, daß er fünf oder sechs Jahre Heldentenor an der Met gewesen war und daß er seine Stimme verloren hatte – vorübergehend, wie es hieß. Gifford James, der Bariton, hatte ihn mit der Faust an den Hals geschlagen und dabei seinen Kehlkopf verletzt – das war Anfang März –, und Mion konnte die Spielzeit nicht beenden. Er war operiert worden, hatte seine Stimme jedoch nicht wiederbekommen und war verständlicherweise in entsprechender Stimmung. Mrs. Mion wollte ihn unter diesen Umständen nicht verlassen. Ich versuchte, sie dazu zu überreden, doch vergeblich. Ich war an jenem Tag alles andere als normal, wegen der Gefühle, die ich zum erstenmal in meinem Leben empfand, und wegen der Worte, die Mion mir an den Kopf geworfen hatte. Deshalb war ich unbesonnen, ließ sie im Park stehen und ging in die Stadt in eine Bar und begann zu trinken. Es verging einige Zeit, und ich hatte allerhand getrunken, war aber nicht beschwipst. So um sieben Uhr beschloß ich, daß ich sie noch einmal sehen und einfach mitnehmen mußte, damit sie nicht noch eine weitere Nacht dort verbrachte. Diese Stimmung trieb mich zur East End Avenue zurück, bis in den zwölften Stock hoch, und dann stand ich eine Weile, vielleicht zehn Minuten, im Treppenflur, ehe ich meinen Finger auf den Klingelknopf preßte. Das Mädchen ließ mich ein und sagte Mrs. Mion Bescheid. Aber ich hatte den Mut oder was auch immer verloren. Ich schlug lediglich eine gemeinsame Unterredung mit Mion vor. Sie willigte ein, und wir gingen nach oben und ...«

»Benutzten Sie den Fahrstuhl?«

»Nein. Die Treppe innerhalb der Wohnung. Wir traten in das Studio. Mion lag auf dem Boden. Wir gingen zu ihm. Er hatte ein großes Loch im Kopf. Er war tot. Ich führte Mrs. Mion hinaus, mußte sie dazu zwingen, und auf der Treppe – sie ist zu schmal, um nebeneinander zu gehen – stolperte sie und stürzte die halbe Treppe hinunter. Ich trug sie in ihr Zimmer und legte sie auf ihr Bett. Ich wollte ans Telefon im Wohnzimmer gehen, als mir einfiel, was ich vorher tun mußte. Ich fuhr mit dem Fahrstuhl ins Erdgeschoß, nahm mir den Pförtner und den Fahrstuhlführer gemeinsam vor und fragte sie, wer alles an jenem Nachmittag zu Mions Wohnung, entweder im zwölften oder im dreizehnten Stock, hinaufgefahren war. Ich bat sie, nur ja keinen auszulassen. Sie gaben mir die Namen, die ich mir notierte. Dann kehrte ich zurück in die Wohnung und rief die Polizei an. Als ich das getan hatte, fiel mir ein, daß von einem Laien nicht erwartet wird, den Tod eines Menschen zu erkennen. Ich rief also Dr. Lloyd an, der im selben Gebäude wohnt. Er kam sofort, und ich führte ihn ins Studio. Wir waren höchstens drei oder vier Minuten dort, als der erste Polizeibeamte eintraf, und natürlich –«

»Bitte«, warf Wolfe gereizt ein, »sind das nicht ein paar Einzelheiten zuviel? Sie haben noch nicht einmal die Klemme angedeutet, in der Sie sich befinden. Kommen Sie also zur Sache!«

»Ich komme gleich darauf zu sprechen.«

»Aber schneller, hoffe ich, mit meiner Hilfe. Mein Gedächtnis ist aufgefrischt. Der Arzt und die Polizei erklärten ihn für tot. Die Mündung des Revolvers war in seinen Mund gestoßen worden, und die Kugel hatte einen Teil des Schädels zerfetzt. Die Waffe, die man auf dem Boden neben ihm fand, gehörte ihm und wurde im Studio aufbewahrt. Es gab keine Anzeichen eines Kampfes, und auch an ihm war keine Spur einer Verletzung zu entdecken. Der Verlust seiner Stimme war ein hervorragendes Selbstmordmotiv. Deshalb wurde der Fall – nach einer Routineuntersuchung, bei der gebührendes Gewicht auf die Schwierigkeit gelegt wurde, einem Mann den Lauf eines geladenen Revolvers in den Mund zu stecken, ohne bei ihm auf Protest zu stoßen – als Selbstmord zu den Akten gelegt. Ist das richtig?«

Beide bejahten es.

»Hat die Polizei den Fall wieder aufgerollt? Oder kursieren irgendwelche Geschichten?«

Das verneinten beide.

»Dann wollen wir weitermachen. Wo liegt also der Hase im Pfeffer?«

»Es geht um uns«, sagte Peggy.

»Was stimmt denn bei Ihnen nicht?«

»Alles.« Sie machte eine verzagte Handbewegung. »Nein, so meine ich das nicht – nicht alles, nur eine Sache ist da. Nach dem Tod meines Mannes und der ... der Routineuntersuchung ging ich eine Zeitlang fort. Als ich wiederkam – während der letzten beiden Monate sind Fred und ich hin und wieder zusammengetroffen – aber es war nicht richtig – ich meine, wir fühlten, daß etwas nicht stimmte. Vorgestern, Freitag, besuchte ich Freunde in Connecticut über das Wochenende, und er war dort. Keiner von uns wußte von dem Kommen des andern. Wir haben uns ausgesprochen, gestern und in der vergangenen Nacht und heute früh, und wir haben beschlossen, zu Ihnen zu kommen und Sie um Ihre Hilfe zu bitten – jedenfalls war das mein Plan, und er wollte mich nicht allein gehen lassen.«

Peggy beugte sich vor und war todernst. »Sie *müssen* uns helfen, Mr. Wolfe! Ich liebe ihn so sehr – so sehr! Und er sagt, daß er mich liebt, und ich weiß es! Gestern nachmittag entschlossen wir uns, im Oktober zu heiraten, und dann fingen wir in der vergangenen Nacht an zu reden – aber es liegt nicht an unseren Worten, es ist das, was aus unseren Augen sieht, wenn wir uns anschauen. Wir können einfach nicht heiraten, mit diesem Blick in unseren Augen, den wir zu verbergen suchen ...«

Ein kleiner Schauder durchfuhr sie. »Jahrelang – für immer? Unmöglich! Wir wissen, daß es unmöglich ist – es wäre fürchterlich! Was es ist? Es ist die Frage: Wer tötete Alberto? War er es? Oder ich? Ich kann nicht wirklich glauben, daß er es tat, und er hält mich wohl auch hoffentlich nicht für eine Mörderin – aber im Hintergrund unserer Augen schlummert dieser Verdacht, und wir können ihn nicht loswerden!« Sie streckte beide Hände aus. »Wir möchten, daß Sie es herausfinden!«

Wolfe schnaubte. »Unsinn. Sie brauchen eine Tracht Prügel oder einen Psychiater. Die Polizei mag so ihre Fehler haben, aber es sind keine Einfaltspinsel. Wenn sie damit zufrieden waren ...«

»Aber das ist es ja! Sie wären nicht zufrieden gewesen, wenn wir die Wahrheit gesagt hätten!«

»Oh.« Wolfes Brauen hoben sich. »Sie haben gelogen?«

»Ja. Oder, wenn auch nicht gelogen, so haben wir doch nicht die volle Wahrheit gesagt. Wir verschwiegen, daß kein Revolver auf dem Boden lag, als wir das erstemal hinaufgingen und ihn fanden. Es war keine Waffe zu sehen.«

»Tatsächlich? Sind Sie sicher?«

»Vollkommen sicher. Nie habe ich etwas klarer in mich aufgenommen, als diesen – diesen Anblick – des Ganzen. Es lag keine Waffe dort.«

»Sind Sie auch der Ansicht?« fauchte Wolfe Weppler an.

»Ja. Sie hat recht.«

Wolfe seufzte. »Gut«, räumte er ein. »Ich sehe, daß Sie wirklich in einem Schlamassel stecken. Eine Tracht Prügel wäre kein Heilmittel.«

Ich rutschte auf meinem Stuhl hin und her. Da war es wieder, das Prickeln am unteren Ende meines Rückgrates. Nero Wolfes altes Sandsteinhaus in der 35. Straße war ein interessanter Wohn- und Arbeitsplatz – für Fritz Brenner, den Küchenchef und Majordomus, für Theodor Horstmann, der die zehntausend Orchideen in den Gewächshäusern auf dem Dach versorgte, und für mich, Archie Goodwin, dessen Hauptbetätigungsfeld das geräumige Büro im Parterre war. Natürlich hielt ich meine Arbeit für die interessanteste, da ich als Assistent eines berühmten Privatdetektivs ständig eine Fülle der verschiedensten Sorgen und Nöte zu hören bekam – von einem verschwundenen Kollier angefangen, bis zu dem neuesten Erpressungsmanöver. Nur wenige Klienten langweilen mich richtig. Aber einzig und allein bei einer Sorte von Fällen spüre ich jenes Prickeln im Rückgrat: bei Mord. Und wenn diese zwei Turteltäubchen die Wahrheit sagten, dann war es ein Prickeln in Reinkultur.

Als sie nach mehr als zwei Stunden unser Büro verließen, hatte ich zwei Notizblöcke gefüllt.

Hätten sie es sich, ehe sie sich bei Wolfe anmeldeten, gründlich überlegt, so hätten sie gar nicht erst den Hörer von der Gabel genommen. Was sie wollten, war – wie Wolfe es ausdrückte – der Mord. Zuerst einmal verlangten sie von ihm, daß er einen vier Monate alten Mordfall untersuchte, ohne verlauten zu lassen, daß dieser Mord überhaupt stattgefunden hatte; zweitens sollte er beweisen, daß keiner von ihnen Alberto Mion getötet hatte, was nur zu bewerkstelligen war, wenn man den richtigen Mörder fand; und drittens, falls Wolfe zu der Schlußfolgerung gelangte, daß es einer von ihnen getan hatte, sollte er den Fall zu den Akten legen und vergessen. Das sagten sie nicht wortwörtlich – schließlich behaupteten sie beide, vollkommen unschuldig zu sein –, aber darauf lief es letzten Endes hinaus.

Wolfe sagte ihnen deutlich seine Meinung. »Wenn ich diese Aufgabe übernehme und Beweise finde, um jemanden des Mordes zu überführen – ganz egal, wen –, so will ich damit restlos nach meinem Belieben verfahren. Ich bin weder eine Göttin der Gerechtigkeit noch ein Sadist, aber ich möchte freie Hand haben. Wenn Sie die Sache jetzt jedoch fallenlassen wollen – hier ist Ihr Scheck, und Mr. Goodwins Notizblöcke werden vernichtet. Wir können und wir werden vergessen, daß Sie hier gewesen sind.«

Dieses war einer der Augenblicke, wo sie um Haaresbreite aufgestanden und gegangen wären, besonders Fred Weppler. Aber sie taten es nicht. Sie sahen sich an, und ihre Blicke sagten alles. Unterdessen war ich so ziemlich überzeugt, daß ich sie beide gern mochte, und stand kurz davor, sie sogar zu bewundern, weil sie so verdammt entschlossen waren, sich aus der Falle, in der sie steckten, zu befreien. Als sie sich so ansahen, schienen ihre Augen zu flehen: »Laß uns gehen und zusammen sein, mein liebster Liebling, vergiß es – komm, komm.« Und zu locken: »Es wäre so wundervoll!« Und dann: »Ja, o ja, aber – es soll nicht nur für einen Tag, eine Woche wundervoll sein, es soll für immer so sein ...«

Es bedurfte schon einiger Zähigkeit, um dabei zu bleiben, von gesundem Menschenverstand ganz zu schweigen; ich ertappte mich einigemal, wie mir sentimental zumute wurde. Doch auf Wolfes Schreibtisch lag der Fünftausender-Scheck. Die Notizblöcke waren mit dem verschiedensten Krimskrams angefüllt. Sie enthielten tausend Einzelheiten, die sich vielleicht oder vielleicht auch nicht als wesentlich herausstellen konnten. So zum Beispiel die gegenseitige Antipathie zwischen Peggy Mion und Rupert Grove, bei der Gifford James Alberto Mion vor Zeugen verprügelte, oder die Haltung verschiedener Personen Mions Schadenersatzansprüchen gegenüber. Aber nicht alles war verwendbar, und Wolfe selbst benötigte nie mehr als einen Bruchteil davon, also mußte ich aussuchen und wählen. Natürlich war die Waffe Indiz Nummer eins. Sie war neu, von Mion, nachdem Gifford James ihn zusammengeschlagen und seinen Kehlkopf verletzt hatte, am darauffolgenden Tag gekauft – nicht, wie er erklärte, um sich an James zu rächen, sondern als Schutz für die Zukunft. Er hatte sie, wann immer er ausging, in seiner Tasche getragen, und zu Hause verwahrte er sie im Studio, auf dem Sockel einer Caruso-Büste. Soweit man wußte, war aus ihr nie mehr als ein einziger Schuß abgegeben worden, derjenige, der Mion tötete.

Als Dr. Lloyd eingetroffen war und Weppler ihn in das Studio geführt hatte, lag der Revolver auf dem Boden, nicht weit von Mions Knie entfernt. Dr. Lloyd hatte seine Hand danach ausgestreckt, sie jedoch dann zurückgezogen, ohne die Waffe berührt zu haben, und so fanden sie die Hüter des Gesetzes vor. Peggy war sicher, daß sie sich nicht dort befunden hatte, als sie und Fred hereingekommen waren, und Fred bestätigte das. Die Polizei hatte nichts über Fingerabdrücke verlauten lassen, was nicht weiter überrascht, da selten solche von Bedeutung an einer Waffe gefunden werden. Während der ganzen zweieinhalb Stunden kehrte Wolfe bumerangartig auf die Waffe zurück, aber sie konnte schließlich keine Flügel haben.

Das Puzzlespiel des Tagesablaufs mitsamt seinen Hauptdarstellern war lückenlos zusammengetragen. Der Morgen schien unbedeutend; es begann also mit dem Lunch und den fünf Anwesenden: Mion, Peggy, Fred, einer Adele Bosley und Dr. Lloyd. Es war ein mehr berufliches als geselliges Zusammensein. Fred war eingeladen worden, weil Mion ihm die Idee zu einem Artikel für die *Gazette* verkaufen wollte, der verkünden sollte, daß die Gerüchte, er könnte nie wieder singen, nackter Blödsinn seien. Adele Bosley, die die Presseabteilung der Metropolitan-Oper vertrat, sollte auch auf Fred einwirken. Lloyd war eingeladen worden, um Weppler zu versichern, daß die Operation, die er an Mions Kehlkopf vorgenommen hatte, ein Erfolg war und er darauf wetten könne, daß der große Tenor zur Eröffnung der neuen Opernsaison so gut wie je sein würde. Nichts Besonderes war geschehen, außer daß Fred sich bereit erklärt hatte, den Artikel zu schreiben. Adele Bosley und Lloyd waren aufgebrochen. Mion hatte sich nach oben in sein schalldichtes Studio zurückgezogen, und Fred und Peggy hatten sich angesehen und plötzlich ihren Garten Eden entdeckt.

Ungefähr eine Stunde später hatte eine andere Zusammenkunft stattgefunden, dieses Mal oben im Studio, gegen halb vier, doch hatten weder Fred noch Peggy daran teilgenommen. Inzwischen hatte Fred seinen Beruhigungsspaziergang gemacht und Peggy angerufen, und sie hatte sich mit ihm im Park getroffen. Deshalb wußten sie von der Konferenz im Studio nur vom Hörensagen. Außer Mion und Dr. Lloyd hatten sich vier Personen eingefunden: Adele Bosley für das Pressebüro der Oper; Mr. Rupert Grove, Mions Manager; Mr. Gifford James, der Bariton, der Mion vor sechs Wochen tätlich angegriffen hatte; und Richter Henry Arnold, James' Rechtsanwalt. Dieses Treffen war noch weniger gesellig als der Lunch gewesen, da es anberaumt worden war, um eine formelle Schadenersatzklage über eine Viertelmillion Dollar, die Mion wegen der Verletzung seines Kehlkopfes gegen Gifford James anstrengen wollte, zu besprechen.

Nach allem, was Fred und Peggy gehört hatten, verlief die Konferenz zeitweilig ziemlich hitzig, nachdem gleich zu Beginn die Temperatur in die Höhe geschnellt war, als Mion den Revolver von der Caruso-Büste nahm und ihn neben seinen Ellbogen auf dem Tisch deponierte. Den Verlauf der Unterredung konnten sie nur skizzenhaft andeuten, da sie nicht dabeigewesen waren. Aber die Waffe war jedenfalls nicht abgeschossen worden. Außerdem gab es genug Beweise dafür, daß Mion lebte und guter Dinge war – abgesehen von seinem Kehlkopf –, als sich die Gesellschaft auflöste. Er hatte nach Beendigung der Konferenz zwei Telefongespräche geführt, eines mit seinem Friseur und das andere mit einer reichen Operngönnerin; sein Manager, Rupert Grove, hatte ihn ein wenig später angerufen; und gegen halb sechs hatte er wegen einer Flasche Wermut und Eis nach dem Dienstmädchen geklingelt, die ihm beides gebracht hatte. Sie hatte das Tablett ins Studio getragen und ihn dort gesund und unverletzt vorgefunden.

Ich gab mir Mühe, alle Namen richtig in meinen Notizblock einzutragen, da unsere Aufgabe wahrscheinlich darin bestand, einen von ihnen als Mörder zu etikettieren. Und besonders sorgfältig war ich mit dem letzten Namen: Clara James, Giffords Tochter. Aus drei Gründen stand sie im Scheinwerferlicht. Erstens hatte James' Angriff gegen Mion auf seiner Kenntnis oder seinem Verdacht beruht – Fred und Peggy waren nicht sicher, worauf –, daß Mion etwas mit seiner Tochter hatte. Zweitens hatte ihr Name den Schluß jener Besucherliste des Nachmittags geziert, die Fred sich von dem Pförtner und dem Fahrstuhlführer hatte geben lassen. Sie erklärten, daß sie gegen Viertel nach sechs gekommen und in der dreizehnten Etage, wo sich das Studio befand, aus dem Fahrstuhl gestiegen war. Ein wenig später, vielleicht nach zehn Minuten, hatte sie den Fahrstuhl zur zwölften Etage gerufen und hatte dann das Gebäude verlassen. Peggy setzte einen weiteren Beleuchtungseffekt auf Clara James. Nach Freds Fortgehen war sie selbst noch eine Zeitlang im Park geblieben und dann nach Hause gegangen, wo sie gegen fünf Uhr eintraf. Sie hatte das Studio nicht betreten und ihren Mann nicht gesehen. Einige Zeit nach sechs Uhr, gegen halb sieben, glaubte sie, hatte sie selbst auf das Klingeln an der Tür hin geöffnet, da das Mädchen bei der Köchin in der Küche war. Es war Clara James. Sie war bleich und verkrampft, doch das war bei ihr ein Dauerzustand. Sie hatte nach Alberto gefragt, und Peggy hatte erwidert, sie glaube, Alberto sei oben im Studio. Clara meinte, nein, er sei nicht oben, doch das mache nichts. Als Clara den Fahrstuhlknopf drückte, hatte sie, Peggy, die Tür geschlossen, da sie ohnehin kein Verlangen nach Gesellschaft hatte, und schon gar nicht nach der von Clara James.

Ungefähr eine halbe Stunde später tauchte Fred auf, und zusammen waren sie zum Studio hinaufgestiegen, wo sie Alberto zwar antrafen, doch nicht mehr gesund und unverletzt.

Dieses Mosaik ließ Platz genug für eine Nacht voller Fragen, doch konzentrierte sich Wolfe auf die in seinen Augen wesentlichen. Aber auch so kamen wir noch bis in die dritte Stunde und bis zum dritten Notizblock. Einige Lücken, die meiner Meinung nach ausgefüllt werden mußten, übersah er vollkommen. Zum Beispiel: War es Albertos Gewohnheit, sich mit den Töchtern oder Frauen anderer Männer einzulassen? Wenn ja, dann bitte Namen. Aus dem, was Fred und Peggy erzählten, schloß ich, daß Alberto sich sehr wohl für die Frauen anderer Männer interessierte, doch offenbar kümmerte Wolfe das nicht. Schließlich war er nochmals auf die Waffe zurückgekommen, und als sie ihm nichts Neues lieferten, runzelte er die Stirn und wurde bissig. Als sie noch immer nicht mit dem herausrückten, was er hören wollte, fuhr er sie schließlich an: »Wer von Ihnen lügt?«

Sie waren gekränkt. »Das bringt Sie nicht weiter«, erwiderte Fred Weppler verbittert, »und uns auch nicht.«

»Es wäre albern«, protestierte Peggy Mion, »erst hierherzukommen und Ihnen den Scheck zu geben und Sie dann anzulügen. Nicht wahr?«

»Dann sind Sie eben albern«, entgegnete Wolfe kalt. Er wies mit dem Finger auf sie. »Hören Sie. Alles dies kann entwirrt werden, nichts ist völlig unsinnig, bis auf eines: Wer legte die Waffe neben die Leiche auf den Boden? Als Sie beide ins Studio traten, war sie nicht dort; darauf leisten Sie beide einen Eid, und ich glaube Ihnen. Sie begaben sich nach unten, Sie fielen hin, und er trug Sie in Ihr Zimmer. Sie waren nicht bewußtlos, oder?«

»Nein.« Peggy hielt seinem Blick stand. »Ich hätte gehen können, aber er – er wollte mich tragen.«

»Zweifellos. Das tat er also. Sie blieben in Ihrem Zimmer. Er fuhr ins Erdgeschoß, um eine Liste derjenigen, die als Mordverdächtige in Frage kämen, zusammenzustellen – womit er sich übrigens bewundernswert weitsichtig zeigte –, kehrte nach oben zurück, rief erst die Polizei und dann den Arzt an, der ohne Verzögerung eintraf, da er im selben Gebäude wohnte. Nicht mehr als fünfzehn Minuten lagen zwischen dem Augenblick, als Sie und Mr. Weppler das Studio verließen, und dem Augenblick, als er und der Arzt hereinkamen. Die Studiotür zum Treppenflur in der dreizehnten Etage hat ein automatisches Türschloß, das beim Schließen der Tür einschnappt, und die Tür war verschlossen. Keiner hatte die Möglichkeit gehabt, in jenen fünfzehn Minuten dort einzudringen. Sie sagten, daß Sie aus Ihrem Bett aufgestanden und ins Wohnzimmer gegangen waren, so daß niemand diesen Weg hätte einschlagen können, ohne von Ihnen gesehen zu werden. Das Dienstmädchen und die Köchin waren in der Küche und hatten keine Ahnung von dem, was vorging. Niemand betrat also das Studio und legte die Waffe dort auf den Boden.«

»Jemand muß es gewesen sein«, versetzte Fred störrisch.

»Wir wissen ja nicht, wer einen Schlüssel hatte«, unterstützte Peggy ihn.

»Das sagten Sie bereits.« Wolfe war ihnen jetzt auf den Fersen. »Selbst wenn die ganze Welt einen Schlüssel besaß, ich glaube Ihnen nicht. Kein Mensch würde Ihnen glauben.« Sein Blick richtete sich auf mich. »Oder etwa Sie, Archie?«

»Ich müßte es in einem Film sehen«, schränkte ich meine Absage ein.

»Da haben Sie es«, sagte er. »Mr. Goodwin ist nicht voreingenommen gegen Sie – im Gegenteil. Er ist bereit, für Sie auf die Barrikaden zu steigen; sehen Sie nur, wie er mit seinen Notizen hinterherhinkt, bloß weil er sich nicht von Ihrem Anblick losreißen kann. Aber er ist wie ich der Meinung, daß Sie lügen. Da kein anderer die Waffe auf den Boden legen konnte, war es einer von Ihnen. Ich muß darüber Bescheid wissen. Die Umstände mögen Sie dazu gezwungen haben, oder Sie haben das zumindest angenommen.«

Er fixierte Fred. »Angenommen, Sie öffneten eine Schublade von Mrs. Mions Kommode, um Riechsalz herauszuholen, und die Waffe lag dort und roch so, als ob sie kürzlich abgefeuert worden wäre – dort von jemandem hingelegt, so hätten Sie auf der Stelle vermutet, um den Verdacht auf Peggy zu lenken. Was würden Sie naturgemäß tun? Genau das, was Sie taten: die Waffe nach oben bringen und neben die Leiche legen, ohne Peggy etwas davon zu sagen. Oder –«

»Quatsch«, unterbrach Fred ihn barsch. »Vollkommener Quatsch.«

Wolfe sah Peggy an. »Oder angenommen, Sie fanden sie dort in Ihrem Schlafzimmer, nachdem Fred nach unten gegangen war.

Selbstverständlich hätten Sie in dieser Situation –«

»Das ist einfach absurd«, fiel Peggy heftig ein. »Wie konnte sie in mein Schlafzimmer gekommen sein, wenn nicht ich selbst sie dort versteckt hätte? Um halb sechs lebte mein Mann noch, und ich kam vor dieser Zeit nach Hause und blieb im Wohnzimmer und in meinem Zimmer, bis Fred um sieben Uhr eintraf. Falls Sie also nicht annehmen, daß –«

»Ausgezeichnet«, räumte Wolfe ein. »Also nicht im Schlafzimmer. Aber irgendwo anders. Ich kann nicht weitermachen, solange mir nicht einer von Ihnen diese Auskunft gibt. Zum Teufel, die Waffe hatte doch keine Flügel! Von den anderen erwarte ich einen Haufen Lügen, zumindest von einem von ihnen, aber von Ihnen beiden wünsche ich die Wahrheit zu hören.«

»Die haben Sie«, erklärte Fred.

»Nein, das stimmt nicht.«

»Dann sind wir in einer Sackgasse.« Fred erhob sich. »Nun, Peggy?«

Sie sahen sich an, und ihre Augen lieferten das gleiche Schauspiel. Als sie bei der Stelle im Drehbuch angekommen waren, wo es hieß: »Immer soll es wundervoll sein, immer!«, setzte Fred sich wieder.

Wolfe jedoch, dessen Rolle im Drehbuch nicht vorgesehen war, trompetete los. »Eine Sackgasse«, erklärte er, »setzt der Sache ein Ende, nehme ich an.«

Offensichtlich lag es nun an mir. Wenn Wolfe sich offen vor einer Entscheidung drückte, kam mein Einsatz. Ich stand auf, nahm den hübschen rosa Scheck von seinem Schreibtisch, legte ihn auf den meinen, verzierte ihn mit einem Briefbeschwerer, setzte mich und grinste ihn an.

»Zugegeben, daß Sie verdammt im Recht sind«, fing ich an, »was absolut unwiderlegbar ist, sollten wir eines Tages doch eine Liste derjenigen Klienten aufstellen, die hier saßen und uns etwas vorlogen. Da waren Mike Walsh und Calida Frost, und jener Kneipenkerl, Pratt – oh, Dutzende. Aber ihr Geld war in Ordnung, und ich bin mit meinen Notizen nicht so sehr im Rückstand, daß ich nicht aufholen könnte. Und das alles für nichts?«

»Was diese Notizen angeht«, erklärte Fred Weppler fest, »so möchte ich etwas klarstellen.«

Wolfe starrte ihn an.

Er starrte zurück. »Wir kamen hierher«, begann er, »um Ihnen vertrauensvoll von einem Problem zu berichten und Sie zu Nachforschungen zu veranlassen. Ich frage mich, ob wir weitermachen sollen, da Sie uns der Lüge bezichtigen, aber wenn Mrs. Mion es wünscht, bin ich einverstanden. Nur eines möchte ich ausdrücklich klarstellen: Falls Sie der Polizei oder sonst jemandem verraten, wir hätten Ihnen anvertraut, daß bei unserem Eintritt in das Studio keine Waffe dort gelegen habe, dann streiten wir das trotz Ihrer verdammten Notizen ab! Wir leugnen und bleiben dabei!« Er blickte auf seine große Liebe. »Das müssen wir, Peggy! Verstanden?«

»Er würde der Polizei nichts verraten«, warf Peggy mit ehrlicher Überzeugung ein.

»Vielleicht nicht. Aber wenn er es tut, so halten wir beide an unserer Version fest. Nicht wahr?«

»Natürlich«, versprach sie, als ob er sie gebeten hätte, bei der Tötung einer Klapperschlange zu helfen.

Wolfe musterte sie mit zusammengepreßten Lippen. Angesichts des Schecks auf meinem Schreibtisch hatte er offenbar beschlossen, sie auf die Liste der lügenden Klienten zu setzen und von dieser Operationsbasis auszugehen. Er riß seine Augen weit auf, um sie zu entspannen, senkte dann wieder halb die Lider und ergriff das Wort.

»Wir werden das zusammen mit anderen Dingen klären, ehe wir das Ganze abgeschlossen haben«, versicherte er. »Sie wissen natürlich, daß ich annehme, Sie sind unschuldig. Allerdings habe ich schon früher tausend falsche Schlußfolgerungen gezogen, das hat also wenig zu sagen. Hat einer von Ihnen eine Ahnung, wer Mr. Mion tötete?«

Beide verneinten.

»Aber ich«, grunzte er.

Sie starrten ihn sprachlos an.

Er nickte. »Es ist nur eine weitere Schlußfolgerung, aber sie gefällt mir. Es bedarf allerhand Arbeit, um sie zu beweisen. Zunächst muß ich mit den Leuten sprechen, die Sie erwähnt haben – mit allen sechs –, und ich würde vorziehen, das nicht auf die lange Bank zu schieben. Da Sie nicht wünschen, daß sie von meiner Untersuchung eines Mordfalles erfahren, müssen wir eine Kriegslist entwerfen. Gibt es ein Testament, Mrs. Mion?«

Sie nickte.

»Sind Sie die Erbin?«

»Ja, ich ...« Sie machte eine Handbewegung. »Ich brauche das Geld nicht, und ich will es nicht.«

»Aber es gehört Ihnen. Das macht sich famos. Der Schadenersatz, den Mr. James wegen seines tätlichen Angriffs an Mr. Mion zahlen sollte, stellt einen Aktivposten des Vermögens dar. Die sechs Personen, die ich sprechen möchte, waren alle auf diese oder jene Weise in die Angelegenheit verwickelt. Ich werde ihnen umgehend schreiben und die Briefe noch heute abend per Eilboten abschicken. Ich werde ihnen mitteilen, daß ich Sie in der Sache vertrete, und sie bitten, mich morgen abend in meinem Büro aufzusuchen.«

»Das ist unmöglich«, schrie Peggy empört auf. »Das kann ich nicht! Mir fiele nicht im Traum ein, von Gif Schadenersatz zu fordern ...«

Wolfe schlug mit der Faust auf den Schreibtisch. »Verwünscht«, donnerte er. »Hinaus mit Ihnen! Fort! Glauben Sie, man löst Mordfälle, indem man Anziehpuppen ausschneidet? Erst belügen Sie mich, und jetzt weigern Sie sich, andere Leute zu verärgern, einschließlich des Mörders! Archie, schaffen Sie sie raus!«

»Ein Plus für Sie«, murmelte ich ihm zu. Mir reichte es langsam auch. Ich stierte die Möchtegern-Klienten an. »Versuchen Sie's bei der Heilsarmee«, riet ich ihnen. »Die haben Übung darin, Leuten in Not zu helfen. Sie können die Notizblöcke mitnehmen – zum Preis von 1 Dollar und 20 Cent. Der Inhalt wird nicht einmal berechnet.«

Sie sahen sich an.

»Ich denke, irgendwie muß er schon mit ihnen reden«, räumte Fred ein. »Er braucht einen Vorwand, und ich muß zugeben, daß die Frage des Schadenersatzes sehr geschickt ausgewählt ist. Du schuldest ihnen nichts – keinem von ihnen.«

Peggy gab nach.

Nachdem noch einige Einzelheiten geklärt waren, deren wichtigste die Niederschrift der Adressen war, verließen sie uns. Die Art der Verabschiedung und wie wir sie hinausdrängten, war so weit von jeder Herzlichkeit entfernt, daß man in ihnen eher unsere Beute als unsere Klienten vermuten konnte. Aber der Scheck lag auf meinem Schreibtisch. Nachdem ich sie hinausgelassen hatte, kehrte ich ins Büro zurück und fand Wolfe mit geschlossenen

Augen und mit griesgrämig gerunzelter Stirn vor.

Ich streckte mich und gähnte. »Das wird noch ein netter Spaß«, sagte ich, um ihm Mut zu machen. »Es einfach als Griff nach dem Schadenersatz hinzustellen. Sollte der Mörder unter den Gästen sein, werden Sie schon sehen, wie lange Sie es vor ihm verbergen können. Ich wette, er begreift, worum es geht, ehe die Geschworenen ihren Spruch fällen.«

»Mund halten«, knurrte er. »Dummköpfe.«

»Ach, haben Sie ein Herz«, protestierte ich. »Von Verliebten erwartet man keinen Verstand; deshalb müssen sie sich an trainierte Denker wenden. Sie sollten stolz und glücklich sein, daß die Wahl der beiden auf Sie fiel. Was bedeuten schon ein oder zwei Riesenlügen, wenn man verliebt ist? Als ich sah –«

»Mund halten«, wiederholte er. Seine Augen öffneten sich. »Ihren Notizblock, bitte. Ich muß diese Briefe sofort schreiben.«

Die Montagabend-Gesellschaft dauerte ganze drei Stunden, und das Wort Mord fiel kein einziges Mal. Auch so war es nicht gerade heiter. Die Briefe hatten keinen Zweifel darüber gelassen, daß Wolfe, als Stellvertreter für Mrs. Mion, ermitteln wollte, ob eine angemessene Summe von Gifford James einkassiert werden konnte, ohne Zuflucht zu Rechtsanwälten und Gericht nehmen zu müssen, und welche Summe als angemessen betrachtet werden konnte. Jeder von ihnen war naturgemäß schlechter Laune: Gifford James selbst; seine Tochter Clara; sein Anwalt, Richter Henry Arnold; Adele Bosley von der Presseabteilung; Dr. Nicholas Lloyd als der wissenschaftliche Experte; und Rupert Grove, Mions ehemaliger Manager. Das machte sechs Personen, die gerade bequem in unser großes Büro hineinpaßten. Fred und Peggy waren nicht eingeladen worden.

Das James-Trio traf gemeinsam ein, und sie waren so pünktlich – auf den Schlag neun Uhr –, daß Wolfe und ich noch nicht mit unserem Abendkaffee im Büro fertig waren. Ich war so neugierig auf die Leute, daß ich selbst öffnen ging, anstatt das Fritz zu überlassen, der Wolfe fast so sehr wie ich dabei behilflich ist, sein Leben zu versüßen. Zunächst einmal beeindruckte mich, wie der Bariton die Führung übernahm, über die Türschwelle trat und seine Tochter und den Rechtsanwalt hinter sich im Schlepptau ließ. Da ich gelegentlich Lily Rowan gestattete, mich an ihren zwei

Plätzen in der Oper teilhaben zu lassen, waren mir James' Länge, seine breiten Schultern und sein gockelhaftes Stolzieren nichts Neues; doch war ich überrascht, daß er so jung aussah, da er fast fünfzig sein mußte. Er reichte mir seinen Hut, so als ob das Entgegennehmen seines Hutes an jenem Montagabend, dem 15. August, der einzige und alleinige Zweck meines Daseins wäre. Unglücklicherweise ließ ich ihn fallen. Clara machte das durch ihren Blick wieder wett. Schon das bewies mir, daß sie außergewöhnlich aufmerksam war, da man den Lakai, der einem die Tür öffnet, selten eines Blickes würdigt. Aber sie sah, wie ich den Hut ihres Vaters fallen ließ, blickte mich an und dehnte ihren Blick so lange aus, bis er fast zu sagen schien: »Wer sind Sie, in dieser Verkleidung? Bis später.« Das erweckte freundschaftliche Gefühle in mir, allerdings mit Einschränkungen. Sie war nicht nur blaß und verkrampft, wie Peggy Mion sie beschrieben hatte, sondern ihre blauen Augen funkelten, und ein Mädchen ihres Alters sollte ihre Blicke besser dosieren. Nichtsdestoweniger grinste ich ihr zu, um ihr zu zeigen, daß ich ihren langen Blick zu schätzen wußte.

Inzwischen hatte der Anwalt, Richter Henry Arnold, seinen Hut selbst abgelegt. Im Lauf des Tages hatte ich selbstverständlich über alle Auskünfte eingeholt und hatte erfahren, daß er sich nur »Richter« schimpfte, weil er früher einmal Friedensrichter gewesen war. Sei dem, wie ihm wolle – er wurde so genannt, und sein Anblick war eine einzige Enttäuschung. Er war ein kleiner abgesägter Wicht mit einem Glatzkopf, der oben so flach war, daß man einen Aschenbecher daraufstellen konnte. Die Nase war total platt. Innerlich mußte sein Kopf besser ausgestattet sein als außen, da er eine ziemliche Anzahl Klienten unter den oberen Zehntausend am Broadway hatte.

Als ich sie ins Büro geführt und Wolfe vorgestellt hatte, übernahm ich es, ihnen einige der gelben Stühle zuzuteilen, doch der Bariton erspähte sofort den roten Ledersessel und belegte ihn mit Beschlag. Ich war dabei, Fritz bei ihren Getränkewünschen behilflich zu sein, als die Türglocke läutete. Ich ging wieder nach vorn.

Es war Dr. Nicholas Lloyd. Er hatte keinen Hut, so daß schon mal ein Problem wegfiel. Ich entschied, daß der prüfende Blick, den er mir zuwarf, rein beruflich war, lediglich um festzustellen, ob ich anämisch oder diabetisch oder sonst was wäre. Mit seinem gefurchten, gutgeschnittenen Gesicht und seinen besorgten dunklen Augen sah er genau so aus, wie man sich eben einen Arzt oder Chirurgen vorstellt, und wurde vollkommen dem piekfeinen Ruf gerecht, den meine Ermittlungen ans Licht befördert hatten. Als ich ihn in das Büro bat, leuchteten seine Augen beim Anblick des Erfrischungsbüfetts auf, und er wurde unser bester Kunde – Bourbon mit Pfefferminz –, den ganzen Abend lang.

Die letzten beiden kamen zusammen – zumindest standen sie zusammen auf dem Vorplatz, als ich die Haustür öffnete. Wahrscheinlich hätte ich Adele Bosley den roten Ledersessel offeriert, wenn ihn nicht schon James eingenommen hätte. Sie schüttelte mir die Hand und sagte, daß sie schon seit Jahren die Bekanntschaft von Archie Goodwin zu machen wünschte, doch das war nur Gesäusel der Presseabteilung und ging mir zum anderen Ohr wieder hinaus. Die Sache ist die, daß ich von meinem Schreibtisch aus die Gesellschaft meist nur im Profil oder Dreiviertelprofil genieße, aber denjenigen im roten Ledersessel direkt von vorne, und ich habe etwas für einen Prachtanblick übrig. Nicht, daß Adele Bosley ein Pin-up-Girl war, und bei Clara James' Geburt mußte sie schon in der fünften oder sechsten Grundschulklasse gewesen sein, aber ihre zarte gebräunte Haut, ihr hübscher Mund mit nicht zuviel Lippenstift und ihre frischen braunen Augen boten einen erquicklichen Anblick.

Rupert Grove gab mir nicht die Hand, was mich nicht weiter erschütterte. Für Alberto Mions Geschäfte mochte er ein guter Manager gewesen sein, aber nicht für seine eigene Gestalt. Ein Mann kann fett und trotzdem voll Rechtschaffenheit sein, wie zum Beispiel Falstaff oder Nero Wolfe, aber dieser Vogel hatte jeden Sinn für gesundes Maß verloren. Seine Beine waren kurz, und alles steckte in seinem mittleren Drittel. Wenn man höflich sein und ihm ins Gesicht sehen wollte, mußte man sich mächtig konzentrieren. Das tat ich, da ich sie alle beurteilen mußte, und entdeckte nichts weiter von Belang, außer einem Paar gerissener und hinterhältiger schwarzer Augen.

Als diese beiden mit Sitzgelegenheiten und Getränken versorgt waren, schoß Wolfe die Startpistole ab. Er sprach sein Bedauern über die Notwendigkeit aus, sie an einem heißen Abend hierherbemüht zu haben, doch könne die strittige Frage nur gerecht und unparteiisch geklärt werden, wenn alle Betroffenen dabei ihre Stimme abgeben konnten. Das Antwortgemurmel erstreckte sich von Zustimmung bis zu äußerster Verärgerung. Richter Arnold sagte feindselig, daß es im juristischen Sinne keine Streitfrage gäbe, da Alberto Mion tot sei.

»Unsinn«, erwiderte Wolfe kurz. »Wenn das wahr wäre, hätten Sie als Anwalt sich nicht die Mühe gemacht, hier zu erscheinen. Außerdem hat diese Zusammenkunft den Zweck, es nicht zu einer juristischen Streitfrage werden zu lassen. Vier von Ihnen telefonierten heute mit Mrs. Mion, um sich zu erkundigen, ob ich sie vertrete, was sie bejahte. In ihrem Namen möchte ich den Tatbestand zusammentragen. Ich kann Ihnen ebensogut bereits sagen, ohne ihr vorgreifen zu wollen, daß sie meinen Rat annehmen wird. Sollte ich entscheiden, daß ihr eine größere Summe zusteht, so können Sie das natürlich anfechten; sollte ich aber zu der Ansicht kommen, daß sie keine Ansprüche hat, so wird sie sich dem fügen. Mit dieser Verantwortung benötige ich den gesamten Tatbestand. Deshalb –«

»Sie sind kein Gerichtshof«, fauchte Arnold.

»Nein, Sir, das bin ich nicht. Wenn Sie es lieber vor einem Gerichtshof hätten, kann Ihr Wunsch erfüllt werden.« Wolfe änderte seine Blickrichtung. »Miss Bosley, würden Ihre Auftraggeber diese Art von Publicity begrüßen? Dr. Lloyd, möchten Sie lieber als Sachverständiger im Zeugenstand aussagen oder es hier besprechen? Mr. Grove, wie würde Ihr Klient, wenn er noch lebte, darüber denken? Mr. James, was halten Sie davon? Sie würden auch keinen Geschmack an dieser Publicity finden, oder? Besonders, da der Name Ihrer Tochter hineingezerrt würde.«

»Warum sollte ihr Name hineingezerrt werden?« fragte James.

Wolfe breitete die Hände aus. »Als Beweismittel. Es würde festgestellt werden, daß Sie, ehe Sie Mr. Mion niederschlugen, zu ihm sagten: ›Lassen Sie meine Tochter in Ruhe, Sie Bastard.‹«

Ich steckte die Hand in die Tasche. Ich habe die durch die Erfahrung gerechtfertigte Angewohnheit, immer eine Waffe griffbereit zu haben, falls sich ein Mörder unter den Anwesenden befinden sollte. Da ich das hintere Fach der dritten Schublade meines Schreibtischs, wo sich unser Waffenarsenal befindet, nicht als griffnah genug betrachte, packe ich üblicherweise so ein Ding in meine Hosentasche, ehe sich Gäste versammeln. Ich versenkte also meine Hand in diese Tasche, denn ich wußte, wie schnell James aufbrauste. Aber er blieb auf seinem Stuhl sitzen und stieß nur hervor: »Das ist eine Lüge!«

Wolfe brummte. »Zehn Leute haben Sie gehört. Das wäre in der Tat eine schöne Publicity, wenn Sie es unter Eid bestritten – und alle zehn Zeugen gegen Sie. Ich glaube aufrichtig, es ist besser, den Fall mit mir zu besprechen.«

»Was wollen Sie wissen?« erkundigte sich Richter Arnold.

»Den Tatbestand. Zuerst den soeben erörterten. Wenn ich etwas Falsches sage, rühren Sie sich. Mr. Grove, Sie waren dabei, als der besagte Schlag fiel. Habe ich Mr. James richtig zitiert?«

»Ja.« Groves Stimme war ein hoher Tenor, der mir gefiel.

»Sie hörten, wie er das sagte?«

»Ja.«

»Miss Bosley. Und Sie?«

Sie blickte unbehaglich drein. »Wäre es nicht besser, wenn ...«

»Bitte, Sie stehen nicht unter Eid. Ich trage nur Tatsachen zusammen, aber es wurde behauptet, ich lüge. Hörten Sie Mr. James das sagen?«

»Ja.« Adeles Augen gingen zu James. »Tut mir leid, Gif.«

»Aber es ist nicht wahr!« schrie Clara James.

»Lügen wir etwa alle?« wetterte Wolfe.

Ich hätte sie vor ihm warnen können, als sie mich mit ihrem langen Blick im Flur bedachte. Sie war nicht nur ein gescheites junges Mädchen, das dazu noch ihre Umwelt mit vielversprechenden Blicken bedachte, nein, auch ihre schlanke Linie war von der Art, die von zuwenig Essen herstammte, und Wolfe kann Leute, die nicht genug essen, absolut nicht ausstehen. Ich wußte genau, daß er es von Anfang an auf sie abgesehen hatte.

Aber sie gab es ihm. »Das meine ich nicht«, entgegnete sie verächtlich. »Seien Sie nicht so empfindlich! Ich meinte, daß ich meinen Vater angelogen hatte. Es war nicht wahr, was er von Alberto und mir dachte. Ich habe nur vor ihm geprahlt, weil – nun, das spielt keine Rolle. Jedenfalls war es nicht die Wahrheit, was ich ihm erzählte, und das habe ich ihm auch an jenem Abend gesagt.«

»An welchem Abend?«

»Als wir nach Hause kamen – von der Bühnenparty nach *Rigoletto*. Da hatte mein Vater Alberto niedergeschlagen. Verstehen Sie, mitten auf der Bühne. Als wir zu Hause waren, erzählte ich ihm, daß es nicht stimmte, was ich ihm über Alberto und mich erzählt hatte.«

»Wann logen Sie nun eigentlich, das erste- oder das zweite-mal?«

»Antworten Sie nicht darauf, meine Liebe«, mischte sich Richter Arnold mit seiner Juristerei ein. Er blickte Wolfe streng an. »Das ist unerheblich. Es steht Ihnen frei, Tatsachen zu sammeln, aber nur solche von Belang. Was Miss James ihrem Vater erzählte, ist bedeutungslos.«

Wolfe schüttelte den Kopf. »O nein.« Seine Augen schwenkten von rechts nach links und zurück. »Offensichtlich habe ich mich nicht deutlich genug ausgedrückt. Mrs. Mion erwartet von mir eine Entscheidung, ob sie einen rechtmäßigen Anspruch hat – nicht so sehr juristisch wie moralisch gesehen. Wenn es den Anschein hat, daß Mr. James' Angriff auf Mr. Mion moralisch gerechtfertigt war, so würde das meine Entscheidung beeinflussen.« Er fixierte Clara. »Gleichgültig, ob meine Frage wesentlich oder unwesentlich war, Miss James, ich gebe zu, daß sie peinlich war und deshalb eine Lüge herausforderte. Ich ziehe sie zurück. Versuchen Sie es statt dessen mit dieser. Hatten Sie vor dieser Bühnenparty Ihrem Vater zu verstehen gegeben, daß Mr. Mion Sie verführt hatte?«

»Nun . . .« Clara lachte. Es war ein recht anziehendes, klingendes Sopranlachen. »Was für ein reizender altmodischer Ausdruck! Ja, das hatte ich gesagt. Aber es war nicht so!«

»Sie haben es jedoch geglaubt, Mr. James?«

Gifford James beherrschte sich nur mit Mühe, und ich gestehe, daß derartige Suggestivfragen eines Fremden über die Ehre seiner Tochter bitter zu schlucken sein mußten. Aber schließlich war es für den Rest der Gesellschaft nichts Neues und immerhin sicher von Bedeutung. Er zwang sich zu einem ruhigen, würdevollen Ton. »Ja, ich glaubte, was mir meine Tochter erzählte.«

Wolfe nickte. »Genug davon«, meinte er erleichtert. »Ich bin froh, daß wir diesen Teil erledigt haben.« Sein Blick wanderte weiter. »Nun, Mr. Grove, erzählen Sie mir von der Besprechung in Mr. Mions Studio, einige Stunden vor seinem Tod.«

Rupert der Dicke hielt seinen Kopf zur Seite geneigt, und seine gerissenen schwarzen Augen begegneten Wolfes Blick. »Es ging darum«, begann er in seinem hohen Tenor, »Mions Forderungen auf Schadenersatzzahlung zu erörtern.«

»Sie waren dabei?«

»Ja, natürlich. Ich war Mions Ratgeber und Manager. Miss Bosley, Dr. Lloyd, Mr. James und Richter Arnold waren ebenfalls anwesend.«

»Wer arrangierte die Zusammenkunft? Sie?«

»In gewisser Weise, ja. Arnold machte den Vorschlag, und ich sagte es Mion und rief Dr. Lloyd und Miss Bosley an.«

»Was wurde beschlossen?«

»Nichts. Das heißt, nichts Bestimmtes. Die Frage über das Ausmaß des Schadens wurde aufgeworfen – wie bald Mion wieder singen könnte.«

»Wie standen Sie dazu?«

Grove kniff die Augen zusammen. »Sagte ich nicht, daß ich Mions Manager war?«

»Aber gewiß. Ich meine, was für einen Standpunkt nahmen Sie im Hinblick auf die Schadenersatzzahlung ein?«

»Ich hielt eine sofortige Vorauszahlung von fünfzigtausend Dollar für recht und billig. Selbst wenn Mions Stimme bald wieder in Ordnung gewesen wäre, hatte er bereits so viel und mehr verloren. Seine Tournee nach Südamerika war abgesagt worden, und er war nicht fähig gewesen, seinen Schallplattenkontrakten nachzukommen, und die Rundfunkangebote . . .«

»Nichts, was sich nach fünfzigtausend Dollar anhört«, versicherte Richter Arnold kriegerisch. Seinem Kehlkopf, klein wie er war, fehlte nichts. »Ich habe Berechnungen vorgelegt –«

»Zum Teufel mit Ihren Berechnungen. Jeder Mensch kann –«

»Bitte!« Wolfe klopfte mit dem Fingerknöchel auf den Schreibtisch. »Wie stellte sich Mr. Mion dazu?«

»Natürlich war er meiner Ansicht.« Grove bedachte Arnold mit einem finsteren Blick, während er zu Wolfe sprach. »Wir hatten es gemeinsam besprochen.«

»Natürlich.« Wolfes Augen schweiften nach links. »Was hielten Sie davon, Mr. James?«

»Ich möchte lieber für meinen Klienten antworten«, fiel Arnold ein. »Sind Sie einverstanden, Gif?«

»Nur zu«, murmelte der Bariton.

Arnold legte los und nahm damit fast eine der drei Stunden in Anspruch. Ich war überrascht, daß Wolfe ihm nicht Einhalt gebot, und folgerte schließlich, daß er ihn nur so weitschweifig werden ließ, um zusätzliche Unterlagen für sein althergebrachtes Urteil über Rechtsanwälte zu sammeln. Wenn ja, so erhielt er sie jedenfalls. Arnold berichtete über alles und jedes. Er hatte eine Menge über Körperverletzungen zu sagen, ging dabei Jahrhunderte zurück und legte besondere Betonung auf den Geisteszustand eines solchen Übeltäters. Die unmittelbare Ursache war sein weiteres Steckenpferd, über das er sich langwierig ausließ. Er kam bei dem Thema »unmittelbare Ursache« wirklich in Fahrt, aber das Ganze war so verzwickt, daß ich den Faden verlor und aufgab.

Aber gelegentlich gab er doch etwas Vernünftiges von sich. An einer Stelle bemerkte er: »Die Idee einer Vorauszahlung, wie Mr. Grove es nannte, war einwandfrei unzulässig. Es kann von einem Mann nicht verlangt werden, daß er, selbst auf eine anerkannte Verbindlichkeit, eine Vorauszahlung leistet, bevor nicht entweder über die Höhe der Verbindlichkeit oder über eine exakte Methode, diese zu berechnen, übereinstimmend beschlossen wurde.«

An anderer Stelle erklärte er: »Die Forderung einer derartig hohen Summe kann in der Tat als Erpressung bezeichnet werden. Mr. Grove wußte, daß die Geschworenen – käme der Fall vor Gericht, und wir bewiesen, daß die Tat meines Klienten seinem Wissen über das seiner Tochter zugefügte Unrecht entsprang – wohl kaum einen Schadenersatzanspruch zuerkennen würden. Aber er wußte ebenfalls, daß wir einer solchen Verteidigung abgeneigt sein würden.«

»Nicht seinem Wissen«, wandte Wolfe ein, »nur seinem Glauben. Seine Tochter behauptet, ihn falsch unterrichtet zu haben.«

»Wir hätten ›Wissen‹ beweisen können«, beharrte Arnold.

Ich betrachtete Clara mit hochgezogenen Brauen. Man widersprach ihr rundheraus auf ihre Folge von Lüge und Wahrheit. Aber entweder begriffen sie und ihr Vater die daraus zu schließenden Folgerungen nicht, oder sie wollten nicht noch einmal davon anfangen.

Etwas später führte Arnold aus: »Selbst wenn die Tat meines Klienten körperverletzend war und ein Schadenersatzanspruch bestand, so konnte über dessen Höhe nicht entschieden werden, ehe das Ausmaß der Verletzung bekannt war. Wir boten ohne Vorbehalt zwanzigtausend Dollar als generelle Abfindung. Mr. Grove lehnte ab. Er wollte eine sofortige Abschlagszahlung. Das lehnten wir ab, aus Prinzip. Zum Schluß hatte man sich über eines geeinigt: daß ein Versuch gemacht werden mußte, den Gesamtschaden festzulegen. Das war natürlich der Grund für Dr. Lloyds Anwesenheit. Er wurde um seine Prognose gebeten, und er versicherte, daß – aber Sie brauchen das nicht aus zweiter Hand. Er ist hier, und Sie können es von ihm persönlich hören.«

Wolfe nickte. »Wenn ich bitten darf, Dr. Lloyd?«

Ich dachte, o Gott, jetzt geht es mit dem nächsten Experten von vorne los. Aber Lloyd hatte Erbarmen mit uns. Er hielt sich auf Laienniveau und brauchte nicht einmal eine Stunde. Ehe er losschoß, nahm er noch einen Schluck aus seinem dritten Glas Bourbon mit Pfefferminz, das bereits einige Falten in seinem gutgeschnittenen Gesicht geglättet und seinen Blick weniger sorgenvoll gemacht hatte.

»Ich will versuchen, mich genau zu erinnern, was ich den anderen erklärte«, begann er bedächtig. »Die Schilddrüsen und die Gießbeckenknorpel an der linken Seite waren ernstlich verletzt worden und in geringerem Maße auch die Ringknorpel des Kehlkopfes.« Er lächelte – ein überlegenes, aber kein anmaßendes Lächeln. »Ich wartete zwei Wochen, behandelte ihn vorschriftsmäßig und dachte, eine Operation sei nicht erforderlich, doch sie war es. Als ich einschnitt, war ich erleichtert, das gebe ich zu. Es war nicht so schlimm, wie ich befürchtet hatte. Es war eine unkomplizierte Operation, und er genas bewundernswert. Ich würde an jenem Tag nicht viel riskiert haben, hätte ich die Versicherung abgegeben, daß seine Stimme in zwei, höchstens drei Monaten so gut wie eh und je sein würde. Doch der Kehlkopf ist ein äußerst empfindliches Organ und ein Tenor wie Mions ein bemerkenswertes Phänomen; deshalb sagte ich vorsichtshalber nur, daß ich überrascht und enttäuscht sein würde, falls er nicht zur Eröffnung der nächsten Opernsaison in sieben Monaten restlos wiederhergestellt sein würde. Ich fügte hinzu, daß meine Hoffnungen und Erwartungen in Wirklichkeit noch optimistischer seien.«

Lloyd schürzte die Lippen. »Das war's, denke ich. Nichtsdestoweniger begrüßte ich den Vorschlag, daß meine Prognose durch Rentner bestätigt werden sollte. Offensichtlich würde es ein Hauptfaktor in der Entscheidung über die Schadenersatzregelung sein, und ich wollte nicht die alleinige Verantwortung tragen.«

»Rentner? Wer war das?« fragte Wolfe.

»Dr. Abraham Rentner vom Sinai-Hospital«, belehrte ihn Lloyd in dem Ton, den ich anschlagen würde, fragte mich jemand nach Jackie Robinson. »Ich rief ihn an und traf eine Verabredung für den folgenden Tag mit ihm.«

»Ich bestand darauf«, trompetete Rupert der Dicke gewichtig. »Mion hatte ein Recht auf Entschädigung, nicht irgendwann in näherer oder fernerer Zukunft, sondern sofort. Sie wollten nicht zahlen, ehe man sich nicht auf eine Gesamtsumme geeinigt hatte, und wenn wir einen Gesamtbetrag nennen mußten, so wollte ich verdammt sichergehen, daß er hoch genug war. Vergessen Sie nicht, daß Mion an jenem Tag nicht einen Ton herausbrachte.«

»In den nächsten zwei Monaten hätte er noch nicht einmal ein Pianissimo hauchen können«, unterstützte Lloyd ihn. »Das nannte ich als Minimum.«

»Es scheint«, mischte sich Richter Arnold ein, »das Mißverständnis zu bestehen, daß wir uns dem Vorschlag, die Meinung eines zweiten Sachverständigen einzuholen, widersetzten. Ich muß protestieren.«

»Aber das taten Sie!« quiekte Grove.

»Ganz und gar nicht!« bellte Gifford James. »Wir wollten nur –«

Alle drei stürzten sich schnappend und knurrend aufeinander. Mir schien, daß sie besser ihre Energien für die Hauptnummer aufgespart hätten – nämlich, ob Mrs. Mion etwas erhalten würde und wenn ja, wieviel. Aber diese Kampfhähne waren anderer Meinung. Ihr Hauptanliegen bestand darin, das geringste Risiko, bei auch nur der winzigsten Kleinigkeit einer Meinung zu sein, unbedingt zu vermeiden. Wolfe ließ sie geduldig auf ihr Ziel – das Nichts – zustürzen und verhalf dann einer neuen Stimme zum Wort.

»Miss Bosley, von Ihnen haben wir noch nichts gehört. Auf wessen Seite standen Sie?«

Adele Bosley hatte alles in sich aufgenommen, gelegentlich an ihrem Rum-Collins genippt – ihrem zweiten jetzt – und meiner Ansicht nach verdammt gescheit dreingeschaut. Obgleich wir Mitte August hatten, war sie als einzige der sechs wirklich braungebrannt. Ihre Werbeverbindungen zur Sonne waren ausgezeichnet.

Sie schüttelte den Kopf. »Ich stand auf keiner Seite, Mr. Wolfe. Ich vertrat lediglich die Interessen meines Arbeitgebers, der Metropolitan-Operngesellschaft. Selbstverständlich wollten wir eine Einigung auf privater Ebene, ohne jeden Skandal. Ich vertrat überhaupt keine Meinung über das Streitobjekt.«

»Und Sie äußerten auch keine?«

»Nein. Ich drängte sie nur, wenn möglich, zu einer Übereinkunft zu kommen.«

»Wie hochanständig!« stieß Clara James verächtlich schnaubend hervor. »Sie hätten meinen Vater ruhig ein wenig unterstützen können, da er Ihnen Ihre Stelle beschaffte. Oder hatten Sie –«

»Sei still, Clara«, unterbrach James sie mit Bestimmtheit.

Doch sie ignorierte ihn und sprach aus, was sie wissen wollte: »Oder hatten Sie dafür bereits voll bezahlt?«

Ich war schockiert. Richter Arnold sah peinlich betroffen drein. Rupert kicherte. Dr. Lloyd nahm einen Schluck Bourbon.

In Anbetracht der zaghaft-freundschaftlichen Gefühle, die ich Adele gegenüber entwickelte, hoffte ich in gewisser Weise, daß sie der schlanken, funkelnden Miss James den Mund stopfen würde, aber sie bat lediglich den Vater: »Können Sie nicht mit der Göre fertig werden, Gif?«

Dann, ohne eine Antwort abzuwarten, wandte sie sich an Wolfe. »Miss James macht gern von ihrer Phantasie Gebrauch. Was sie andeutete, stand nie zur Diskussion.«

Wolfe nickte. »Hierbei ist es sowieso bedeutungslos.« Er verzog sein Gesicht. »Um aufs Wesentliche zurückzukommen: Um welche Zeit löste sich jene Versammlung auf?«

»Nun – Mr. James und Richter Arnold gingen zuerst, gegen halb fünf. Bald darauf auch Dr. Lloyd. Ich blieb ein paar Minuten bei Mion und Mr. Grove und verabschiedete mich dann.«

»Wohin gingen Sie?«

»In mein Büro am Broadway.«

»Wie lange blieben Sie in Ihrem Büro?«

Sie war überrascht. »Ich weiß nicht – doch – ach ja, natürlich. Bis etwa nach sieben Uhr. Ich hatte allerhand zu erledigen, außerdem tippte ich einen vertraulichen Bericht über die Konferenz bei Mion.«

»Haben Sie Mion noch einmal vor seinem Tod gesehen oder mit ihm telefoniert?«

»Ihn gesehen?« Sie war noch überraschter. »Wie konnte ich? Wissen Sie nicht, daß man seinen Tod um sieben Uhr feststellte? Das war, ehe ich das Büro verließ.«

»Haben Sie mit ihm telefoniert? Zwischen halb fünf und sieben Uhr?«

»Nein.« Adele war jetzt verwirrt und leicht gereizt. Ich fand, daß Wolfe sich skrupellos auf dünnes Eis zu bewegte, verdammt nahe an das verbotene Thema Mord heran. Adele fügte hinzu: »Ich weiß nicht, worauf Sie hinauswollen.«

»Ich ebensowenig«, warf Richter Arnold mit Nachdruck ein. Er lächelte sarkastisch. »Oder ist es bei Ihnen die Macht der Gewohnheit, Leute nach ihrem Verbleiben zu der Zeit eines gewaltsamen Todes auszufragen? Warum forschen Sie nicht bei jedem von uns nach?«

»Das beabsichtige ich auch«, versicherte Wolfe unerschütterlich. »Ich möchte gerne wissen, warum Mion beschloß, sich selbst zu töten, denn das hat einen Einfluß auf das Gutachten, das ich seiner Witwe ausstellen werde. Ich weiß, zwei oder drei von Ihnen behaupten, daß er bei Beendigung der Konferenz wohl aufgeregt, aber nicht ernsthaft besorgt oder deprimiert gewesen war. Ich weiß, er beging Selbstmord; man kann der Polizei in einem solchen Fall nichts vormachen; aber warum?«

»Ich bezweifle«, brachte Adele Bosley vor, »daß Sie wissen, wie sich ein Sänger – besonders ein großer Künstler wie Mion –, wie er sich fühlt, wenn er keinen Ton herausbekommt, wenn er nicht einmal sprechen kann, höchstens ganz leise oder im Flüsterton. Es ist schauderhaft.«

»Immerhin, man wurde nie ganz schlau aus ihm.« Rupert Grove hatte offensichtlich beschlossen, noch einen Diskussionsbeitrag zu liefern. »Ich habe ihn bei Proben Arien wie ein Engel singen hören und dann in Tränen davonstürzen sehen, weil er glaubte, einen Ton unrein gebracht zu haben. In der einen Minute himmelhoch jauchzend, in der nächsten zu Tode betrübt.«

Wolfe grunzte. »Dennoch ist jedes Wort, das irgend jemand während dieser zwei Stunden vor seinem Selbstmord mit ihm gewechselt hat, für diese Untersuchung wichtig, um Mrs. Mions moralischen Standpunkt festzulegen. Ich möchte erfahren, wo Sie sich an jenem Tag aufhielten, nach der Besprechung bis gegen sieben Uhr, und was Sie taten.«

»Mein Gott!« Richter Arnold warf die Arme in die Luft. Dann senkte er sie wieder. »Also gut, es wird spät. Wie Miss Bosley Ihnen erzählte, verließen mein Klient und ich gemeinsam Mions Studio. Wir gingen in die Churchill-Bar, tranken und unterhielten uns. Ein wenig später gesellte sich Miss James zu uns, blieb auf einen Drink – ich nehme an, eine halbe Stunde – und ging. Mr. James und ich blieben zusammen bis nach sieben Uhr. Während dieser Zeit setzte sich keiner von uns mit Mion in Verbindung oder vermittelte einem Dritten ein Treffen mit ihm. Ich glaube, damit ist es genug.«

»Vielen Dank«, sagte Wolfe höflich. »Sie bestätigen das selbstverständlich, Mr. James?«

»Selbstverständlich«, erwiderte der Bariton mürrisch. »Das Ganze ist ein verdammter Blödsinn.«

»Ja, es beginnt sich danach anzuhören«, pflichtete Wolfe ihm bei. »Dr. Lloyd? Wenn Sie nichts dagegen haben?«

Das hatte er nicht, denn er war durch vier reichliche Portionen unseres besten Bourbons durchaus wohlwollend gestimmt und er machte auch keine Mätzchen. »Keineswegs«, sagte er bereitwillig. »Ich habe bei fünf Patienten Besuche gemacht, zwei an der oberen Fifth Avenue, einen an der 60. Straße und zwei im Krankenhaus. Etwas nach sechs kam ich nach Hause und war gerade mit meiner Toilette, nachdem ich ein Bad genommen hatte, fertig, als Fred Weppler mich wegen Mion anrief. Natürlich kam ich sofort.«

»Sie hatten Mion weder gesehen noch mit ihm telefoniert?«

»Nicht nach der Konferenz. Vielleicht hätte ich es tun sollen, aber der Gedanke kam mir überhaupt nicht – ich bin kein Psychiater, ich war nur sein Arzt.«

»Er war recht aufgekratzt, nicht wahr?«

»Ja, das stimmt.« Lloyd schürzte die Lippen. »Das ist natürlich kein medizinischer Fachausdruck.«

»Weit davon entfernt«, stimmte Wolfe zu. Dann suchte sein Blick ein neues Opfer. »Mr. Grove, Sie brauche ich nicht zu fragen, ob Sie Mion angerufen haben, da bereits feststeht, daß Sie es taten. So gegen fünf Uhr?«

Rupert der Dicke neigte wiederum seinen Kopf zur Seite. Offenbar war das seine Lieblingspose bei einem Gespräch. »Es war nach fünf«, verbesserte er Wolfe. »Mehr gegen Viertel nach fünf.«

»Von wo aus telefonierten Sie?«

»Vom Harvard Club.«

Verdammt noch mal, dachte ich, das Publikum des Harvard Clubs mußte ziemlich gemischt sein.

»Was wurde gesprochen?«

»Nicht viel.« Groves Lippen verzogen sich. »Es geht Sie einen feuchten Kehricht an, wissen Sie, aber die andern haben eingewilligt, und ich mache mit. Ich hatte vergessen, ihn zu fragen, ob er ein gewisses Produkt für tausend Dollar bestätigen würde, und die Agentur verlangte einen Bescheid. Wir sprachen kaum drei Minuten miteinander. Zuerst lehnte er ab, dann stimmte er zu. Das war alles.«

»Sprach er wie ein Mann, der im Begriff ist, sich selbst zu töten?«

»Nicht im geringsten. Er war mürrisch, aber das war verständlich, da er noch immer nicht singen konnte und auch nicht vor Ablauf von zwei Monaten damit zu rechnen war.«

»Was taten Sie nach dem Gespräch mit Mion?«

»Ich blieb im Club. Ich aß dort zu Abend und war damit noch nicht ganz fertig, als die Nachricht von Mions Selbstmord eintraf. So kam ich um meine Eiscreme und Kaffee.«

»Zu dumm. Als Sie mit Mion telefonierten, versuchten Sie nochmals, ihn dazu zu überreden, seine Forderungen gegenüber James nicht auf die Spitze zu treiben?«

Groves Kopf fuhr in die Höhe. »Was soll ich getan haben?« fragte er.

»Sie haben mich genau verstanden«, entgegnete Wolfe brüsk. »Was ist daran so verwunderlich? Selbstverständlich hat Mrs. Mion mich informiert, da ich sie vertrete. Sie waren von Anfang an gegen Mions Geldforderungen und versuchten sie ihm auszureden. Sie führten an, daß die Publicity so nachteilig sein würde, daß es sich einfach nicht lohnte. Er verlangte, daß Sie seine Forderungen unterstützten, und drohte, Ihren Vertrag zu lösen, falls Sie sich weigerten. Ist das richtig?«

»Nein, keinesfalls.« Groves schwarze Augen sprühten. »Es war ganz und gar nicht so! Ich sagte ihm lediglich meine Meinung. Als beschlossen wurde, die Forderung zu erstellen, willigte ich ein.« Seine Stimme schwang sich noch eine Stufe höher, was ich nie für möglich gehalten hätte. »Ganz gewiß tat ich das!«

»Ich verstehe.« Wolfe wollte keinen Streit. »Wie stellen Sie sich nun zu Mrs. Mions Forderung?«

»Ich glaube nicht, daß sie einen Anspruch hat. Ich denke nicht, daß sie etwas einkassieren kann. Wenn ich an James' Stelle wäre, würde ich ihr ganz gewiß keinen Cent geben.«

Wolfe nickte. »Sie mögen sie nicht, stimmt das?«

»Offen gestanden, nein. Ich habe sie noch nie gemocht. Muß ich sie leiden können?«

»Nein, gewiß nicht. Besonders, da sie Sie auch nicht mag.«

Wolfe rückte sich auf seinem Sessel zurecht und lehnte sich zurück. Aus der schnurgeraden Linie, die seine Lippen bildeten, schloß ich, daß der nächste Punkt auf der Liste ihm unsympathisch war, und ich verstand auch, warum, als ich sah, wie sich sein Blick auf Clara James heftete. Ich möchte wetten, daß er den Auftrag nicht übernommen hätte, wenn er vorher gewußt hätte, mit jener Person verhandeln zu müssen. Er polterte sie an: »Miss James, Sie sind unserem Gespräch gefolgt?«

»Ich habe mich schon gefragt«, klagte sie, als ob sie eine Beschwerde mühsam unterdrückte, »ob Sie mich weiterhin übersehen würden. Ich war nämlich auch dabei, wissen Sie.«

»Ich weiß. Ich habe Sie nicht vergessen.« Sein Ton gab zu verstehen, wie gerne er es getan hätte. »Als Sie mit Ihrem Vater und Richter Arnold in der Churchill-Bar einen Drink nahmen, schickten die beiden Sie in Mions Studio hinauf – weshalb?«

Arnold und James protestierten auf der Stelle und zu gleicher Zeit. Wolfe, der sie nicht beachtete, wartete auf Claras Antwort, die von den anderen Stimmen übertönt wurde.

»... und hatten nichts damit zu tun«, endete sie. »Ich ging aus eigenem Entschluß.«

»Es war Ihr eigener Einfall?«

»Ganz und gar. Ab und zu habe ich selbst auch einmal einen.«

»Weshalb gingen Sie?«

»Sie brauchen nicht zu antworten, meine Liebe«, bedeutete ihr Arnold. Sie beachtete ihn nicht. »Sie erzählten mir, was bei der Unterredung vorgefallen war, und ich war wütend. Ich fand, daß es ein Überfall war – aber das wollte ich Alberto nicht sagen. Ich dachte, ich könnte es ihm ausreden.«

»Sie wollten an ihn appellieren, um der alten Zeiten willen?«

Sie schien belustigt. »Sie haben eine ganz wonnige Art, die

Dinge zu benennen: Stellen Sie sich ein Mädchen meines Alters mit ›alten Zeiten‹ vor!«

»Es freut mich, daß Ihnen mein Stil gefällt, Miss James.« Wolfe kochte vor Wut. »Jedenfalls gingen Sie zu ihm. Und kamen gegen Viertel nach sechs an?«

»So ungefähr, ja.«

»Haben Sie Mion gesehen?«

»Nein.«

»Warum nicht?«

»Er war nicht dort. Wenigstens ...« Sie hielt inne. Ihre Augen funkelten nicht mehr ganz so. »Das dachte ich wenigstens damals«, setzte sie fort. »Ich fuhr bis zum dreizehnten Stock und läutete an der Tür zum Studio. Es ist eine laute Klingel – er wollte sie so laut, damit sie seinen Gesang und das Klavier übertönen konnte, wenn er übte –, aber ich konnte sie vom Flur aus nicht hören, denn die Tür ist ebenfalls schalldicht. Nachdem ich den Klingelknopf einigemal gedrückt hatte, war ich nicht sicher, ob die Klingel funktionierte, deshalb klopfte ich an die Tür. Ich führe gerne alles, was ich einmal begonnen habe, zu Ende, und ich dachte, daß er da sein müßte; deshalb klingelte ich noch mehrmals und zog sogar meinen Schuh aus und klopfte mit dem Absatz an die Tür. Dann ging ich die Flurtreppe in den zwölften Stock hinunter und klingelte an der Wohnungstür. Das war wirklich dämlich, denn ich weiß, wie sehr Mrs. Mion mich haßt, aber jedenfalls tat ich es. Sie kam an die Tür und sagte, sie glaubte, Alberto sei oben im Studio. Ich erwiderte, daß er nicht dort sei, und sie schlug mir die Tür vor der Nase zu. Ich ging nach Hause und mixte mir einen Drink – übrigens, dies ist wirklich ein guter Scotch, das muß ich zugeben, obgleich ich noch nie von dieser Marke gehört habe.«

Sie hob ihr Glas und schüttelte es, um das Eis herumzuwirbeln. »Noch mehr Fragen?«

»Nein«, brummte Wolfe. Er sah auf die Wanduhr und dann über die Reihe der Gesichter hin. »Ich werde bestimmt Mrs. Mion darüber Bericht erstatten, daß Sie mit Tatsachen nicht hinter dem Berg gehalten haben.«

»Und was sonst?« erkundigte sich Arnold.

»Ich weiß nicht. Wir werden sehen.«

Das mißfiel ihnen. Ich hätte es nicht für möglich gehalten, daß es ein Thema gab, bei dem zwischen diesen sechs Personen friedliche Einmütigkeit herrschte, aber Wolfe schaffte dieses Kunststück mit sechs Worten. Sie wollten einen Urteilsspruch; oder in Ermangelung dessen zumindest eine Meinungsäußerung; wenn nicht das, so doch wenigstens einen Wink. Adele Bosley war hartnäckig, Rupert der Dicke war so empört, daß er quiekte, und Richter Arnold war nahe dran, bösartig zu werden. Wolfe blieb bis zu einem gewissen Punkt geduldig, stand jedoch schließlich auf und wünschte ihnen gute Nacht, ganz als ob ihm dieser Wunsch aus dem Herzen käme. Die Versammlung schloß mit einem derartigen Mißklang, daß beim Aufbruch nicht einer von ihnen mit einem Dankeswort für alle Erfrischungen herausrückte, nicht einmal Adele, die Expertin für Werbung, oder Dr. Lloyd, der praktisch die ganze Bourbonflasche verkonsumiert hatte.

Als die Haustür geschlossen und zur Nacht verriegelt war, kehrte ich ins Büro zurück. Zu meiner Verwunderung war Wolfe noch auf den Beinen. Er stand drüben bei der Bücherwand und stierte auf die Buchrücken.

»Unruhig?« fragte ich freundlich.

Er drehte sich um und sagte herausfordernd: »Ich möchte noch eine Flasche Bier.«

»Quatsch. Sie haben schon fünf seit dem Essen gehabt.« Ich machte mir nicht die Mühe, meine Antwort mit viel Gefühl zu würzen, da dieses der vertraute Lauf der Dinge war. Er selbst hatte sich ein Soll von fünf Flaschen zwischen Abendessen und Schlafenszeit gesetzt und hielt sich für gewöhnlich daran. Wenn jedoch irgend etwas seine Laune auf den Nullpunkt trieb, schob er gerne die Verantwortung von sich ab, um auch auf mich sauer sein zu können.

Das gehörte eben zu meinem Aufgabenbereich. »Nichts zu machen«, erklärte ich bestimmt. »Ich habe sie gezählt, fünf. Wo liegt denn der Hase im Pfeffer? Einen ganzen Abend vertan, und noch immer keinen Mörder?«

»Pah.« Er kniff die Lippen zusammen. »Das ist es nicht. Wenn das alles wäre, könnten wir den Fall abschließen, ehe wir zu Bett gehen. Es ist jene verwünschte geflügelte Waffe.« Er stierte mich unter zusammengezogenen Brauen an, als ob er den Verdacht hegte, auch ich könnte Flügel haben. »Ich könnte sie natürlich einfach übergehen – nein. Nein, in Anbetracht des Zustandes, in dem sich unsere Klienten befinden, wäre das tollkühn. Wir müssen es aufklären. Es gibt keine andere Wahl.«

»Ekelhaftes Ärgernis. Kann ich behilflich sein?«

»Ja. Rufen Sie als erstes morgen früh Mr. Cramer an. Bitten Sie ihn, um elf Uhr hier zu erscheinen.«

Ich hob die Brauen. »Aber er interessiert sich nur für Mordfälle. Soll ich ihm sagen, daß wir einen solchen auf Lager haben?«

»Nein. Sagen Sie ihm lediglich, ich garantiere ihm, daß es die Mühe lohnt.« Wolfe trat einen Schritt auf mich zu. »Archie.«

»Ja, Sir?«

»Ich hatte einen schlechten Abend, und ich brauche noch eine Flasche.«

»Kommt nicht in Frage. Keine Chance.« Fritz war hereingekommen, und wir machten uns ans Aufräumen. »Es ist nach Mitternacht, und Sie sind im Weg. Gehen Sie zu Bett.«

»Eine wird ihm nicht schaden«, murmelte Fritz.

»Sie sind vielleicht eine Rückendeckung«, sagte ich erbittert. »Ich warne Sie beide, ich habe einen Revolver in der Tasche. Meine Güte, was für ein Haushalt!«

Neun Monate im Jahr stand Inspektor Cramer von der Mordabteilung, der groß, breit und im Begriff zu ergrauen war, sein Beruf gut zu Gesicht; doch im Sommer färbte die Hitze sein Gesicht derartig rot, daß er ein wenig aufgedonnert wirkte. Er wußte das und mochte es nicht, und folglich war es etwas schwieriger, im August mit ihm fertig zu werden, als im Januar. Falls sich für mich eine Gelegenheit ergibt, in Manhattan einen Mord zu begehen, hoffe ich, daß es im Winter ist.

Am Dienstag nachmittag saß er im roten Ledersessel und beäugte Wolfe ohne Herzlichkeit. Durch eine andere Verabredung aufgehalten, hatte er es nicht um elf Uhr schaffen können, die Stunde, zu der Wolfe die Vormittagsschicht bei seinen Orchideen oben in den Gewächshäusern zu vertagen pflegt.

Wolfe war auch nicht in strahlendster Laune, und ich machte mich auf allerhand Theater gefaßt. Ich war auch neugierig, wie Wolfe es anstellen würde, Informationen über einen Mord von Cramer zu ergattern, ohne auszuplaudern, daß dieser Mord stattgefunden hatte. Denn Cramer war keineswegs ein Tölpel.

»Ich bin auf meinem Weg in die Vororte«, brummte Cramer,

»und habe nicht viel Zeit zu Ihrer Verfügung.«

Das war wahrscheinlich eine nackte Lüge. Er wollte nur nicht zugeben, daß ein Inspektor der New Yorker Polizei einen Privatdetektiv auf dessen Wunsch aufsuchte, selbst wenn es Nero Wolfe war und ich ihm erzählt hatte, daß wir ein heißes Eisen hatten.

»Um was handelt es sich?« fragte er murrend. »Die Dickinson-Sache? Wer hat Sie da schon wieder hineingezerrt?«

Wolfe schüttelte den Kopf. »Keiner, Gott sei Dank. Es handelt sich um den Mord an Alberto Mion.«

Ich gaffte ihn an. Das ging über mein Begriffsvermögen. Er hatte einfach sofort die Katze aus dem Sack gelassen, während ich dachte, daß der springende Punkt darin bestand, daß es überhaupt keine Katze gab.

»Mion?« fragte Cramer uninteressiert. »Keiner meiner Fälle.«

»Wird es bald sein. Alberto Mion, der berühmte Opernsänger. Vor vier Monaten, am 19. April. In seinem Studio in der East End Avenue. Erschossen . . .«

»Ach so.« Cramer nickte. »Ja, ich entsinne mich. Aber Sie übertreiben ein wenig. Es war Selbstmord.«

»Nein, es war vorsätzlicher Mord.«

Cramer betrachtete ihn drei Atemzüge lang. Dann nahm er ohne Eile eine Zigarre aus seiner Tasche, untersuchte sie und steckte sie sich zwischen die Lippen. Nach einem Moment nahm er sie wieder heraus.

»Ich habe immer gewußt«, stellte er fest, »daß man bei Ihnen unweigerlich mit Kopfschmerzen rechnen kann. Wer sagt, daß es Mord war?«

»Ich bin zu diesem Schluß gekommen.«

»Dann ist der Fall ja klar.« Cramers Sarkasmus war für gewöhnlich etwas zähflüssig. »Haben Sie sich ein wenig um Beweismaterial gekümmert?«

»Ich habe keins.«

»Gut. Beweise verwirren einen Mordfall nur.« Cramer steckte sich die Zigarre wieder in den Mund und explodierte. »Seit wann halten Sie Ihre Sätze so verdammt kurz? Fangen Sie endlich an, auszupacken!«

»Ja . . .« Wolfe dachte nach. »Es ist etwas schwierig. Sie sind wahrscheinlich nicht mit den Einzelheiten vertraut, da es so lange her ist und als Selbstmord registriert wurde.«

»Ich erinnere mich gut daran. Wie Sie sagten, er war berühmt. Schießen Sie los.«

Wolfe lehnte sich zurück und schloß die Augen. »Unterbrechen Sie mich, wenn es nötig ist. Ich hatte gestern abend sechs Gäste hier zu einer Besprechung.« Er nannte ihre Namen und beschrieb sie näher. »Fünf von ihnen nahmen an einer Konferenz in Mions Studio teil, die zwei Stunden, ehe man ihn tot auffand, endete. Die sechste, Miss James, klopfte um Viertel nach sechs an die Studiotür und erhielt keine Antwort, wahrscheinlich weil er da schon tot war. Meine Schlußfolgerung, daß Mion ermordet wurde, gründet sich auf Dinge, die ich gehört habe. Ich werde sie Ihnen nicht wiederholen – weil das zu lange dauern würde, weil es eine Frage der Betonung und der Deutung ist und weil Sie sie bereits gehört haben.«

»Ich war gestern abend nicht dabei«, sagte Cramer trocken.

»Das stimmt. Statt ›Sie‹ hätte ich lieber ›die Polizei‹ sagen sollen. Es muß sich alles in den Akten befinden. Man hatte sie damals verhört, und sie haben ihre Geschichten erzählt, wie sie sie mir erzählt haben. Dort können Sie alles erfahren. Haben Sie schon jemals erlebt, daß ich meine Worte zurücknehmen mußte?«

»Ich weiß, daß es Zeiten gab, wo ich sie Ihnen liebend gerne in den Hals zurückgestopft hätte.«

»Aber Sie haben es nie getan. Und hier sind noch einmal drei, die ich nicht zurückzunehmen brauche: Mion wurde ermordet. Ich will Ihnen jetzt nicht erklären, wie ich zu diesem Schluß kam; studieren Sie Ihre Akten.«

Cramer beherrschte sich mühsam. »Ich brauche sie nicht zu studieren«, sagte er, »bis auf eine Einzelheit – wie er ermordet wurde. Wollen Sie sagen, daß er zwar die Waffe selber abfeuerte, aber dazu gezwungen wurde?«

»Nein. Der Mörder feuerte die Waffe ab.«

»Das muß ein beachtlicher Mörder gewesen sein. Es ist ein ganz bemerkenswertes Kunststück, den Mund eines Kerls aufzuhalten und einen Revolver hineinzustecken, ohne daß das Opfer sich wehrt. Macht es Ihnen was aus, ihn mir zu nennen?«

Wolfe schüttelte den Kopf. »So weit bin ich noch nicht gekommen. Aber der Einwand, den Sie erheben, macht mir keine Sorgen; der kann überwunden werden. Es ist etwas anderes.« Er beugte sich vor, ganz ernst. »Hören Sie, Mr. Cramer. Es wäre für mich nicht unmöglich gewesen, mit dieser Sache allein fertig zu werden, Ihnen den Mörder mitsamt den Beweisen abzuliefern, mich in die Brust zu werfen und ein Rad zu schlagen. Doch erstens einmal habe ich keinen Ehrgeiz, Sie als Hanswurst hinzustellen, denn Sie sind keiner; und zweitens brauche ich Ihre Hilfe. Ich bin jetzt nicht in der Lage, Ihnen zu beweisen, daß Mion ermordet wurde. Ich kann Ihnen nur versichern, daß es so war, und wiederholen, daß ich das nicht zurückzunehmen brauche, und Sie ebenfalls nicht. Ist das nicht genug, zumindest, um Ihr Interesse zu wecken?«

Cramer hörte auf, die Zigarre zu zerkauen. Anzünden tat er sich nie eine. »Sicher«, sagte er grimmig. »Himmel, bin ich interessiert. Wieder einmal ein erstklassiges Kopfzerbrechen. Ich fühle mich geschmeichelt, daß Sie meine Hilfe wünschen. Inwiefern?«

»Ich möchte, daß Sie zwei Leute als Hauptzeugen festnehmen lassen, sie ausfragen und sie dann gegen Bürgschaft freilassen.«

»Welche zwei? Warum nicht alle sechs?« Ich habe ja vor seinem deftigen Sarkasmus gewarnt.

»Doch« – Wolfe ignorierte ihn –, »unter klar bestimmten Bedingungen. Sie dürfen nicht erfahren, daß ich dafür verantwortlich bin; sie dürfen nicht einmal wissen, daß ich mit Ihnen gesprochen habe. Die Verhaftungen sollten heute am Spätnachmittag oder frühen Abend vorgenommen werden, so daß sie die ganze Nacht und morgen früh, bis sie für eine Kaution gesorgt haben, in Haft bleiben. Die Kaution braucht nicht hoch zu sein; das ist nicht von Belang. Das Verhör sollte ziemlich lange und streng sein, nicht nur ein Scheingefecht, und wenn sie wenig oder keinen Schlaf bekommen, um so besser. Natürlich ist so etwas für Sie nur eine Routinemaßnahme.«

»Ja, so etwas machen wir am laufenden Band.« Cramers Ton blieb unverändert. »Aber wenn wir mit einem Haftbefehl kommen, so haben wir gerne einen triftigen Grund dafür. Wir wollen nicht anführen, daß wir nur Nero Wolfe einen Gefallen erweisen wollten. Ich möchte mich an die Gepflogenheiten halten.«

»Für diese beiden gibt es Gründe in Hülle und Fülle. Sie *sind* Hauptzeugen. Das sind sie tatsächlich.«

»Sie haben ihre Namen nicht genannt. Wer ist es?«

»Der Mann und die Frau, die die Leiche fanden. Mr. Frederick Weppler, der Musikkritiker, und Mrs. Mion, die Witwe.«

Diesmal fielen mir nicht die Augen aus dem Kopf, aber ich mußte mich doch schnell zusammenreißen. Das war ein unglaublicher Streich. Hin und wieder habe ich erlebt, wie Wolfe alles tat, bei einigen Gelegenheiten sogar zuviel tat, um einen Klienten vor der Verhaftung zu bewahren. Er sieht das als eine unerträgliche persönliche Beleidigung an. Und hier bekniete er praktisch das Gesetz, Fred und Peggy abzuführen, wo ich ihren Scheck über fünftausend Dollar gerade erst gestern eingelöst hatte!

»Oh«, meinte Cramer. »Die beiden?«

»Ja, Sir«, versicherte ihm Wolfe beflissen. »Wie Sie wissen oder aus den Akten erfahren können, gibt es genug, wonach man sie fragen kann. Mr. Weppler war an jenem Tag mit anderen Gästen zum Lunch dort, und als die andern gingen, blieb er bei Mrs. Mion. Was wurde besprochen? Was taten sie an jenem Nachmittag? Wo waren sie gewesen? Warum kehrte Mr. Weppler um sieben Uhr zu Mions Wohnung zurück? Warum gingen er und Mrs. Mion zusammen zum Studio hinauf? Nachdem sie die Leiche gefunden hatten – warum begab Weppler sich nach unten, noch ehe er die Polizei benachrichtigte, um eine Namensliste von dem Pförtner und dem Fahrstuhlführer zu erhalten? Eine ungewöhnliche Handlungsweise. Hielt Mion für gewöhnlich ein Nachmittagsschläfchen? Schlief er mit offenem Mund?«

»Sehr zu Dank verpflichtet«, knurrte Cramer nicht eben dankbar. »Sie sind ein Zauberkünstler im Fragenausdenken. Aber selbst wenn Mion einen Nachmittagsschlaf mit offenem Munde hielt, bezweifle ich, daß er das im Stehen tat. Und nachdem die Kugel seinen Kopf verließ, ging sie, wie ich mich entsinne, in die Decke. Also.« Cramer preßte seine Handfläche gegen die Armlehnen, und die Zigarre in seinem Mund neigte sich ungefähr zu dem Winkel, in dem die Waffe wahrscheinlich in Mions Mund gesteckt hatte. »Wer ist Ihr Klient?«

»Nein«, lehnte Wolfe bedauernd ab. »Zu dieser Enthüllung bin ich noch nicht bereit.«

»Das dachte ich mir. Eigentlich gibt es nicht eine einzige verdammte Tatsache, die Sie enthüllt haben. Brüten Sie sie ruhig aus. Sie haben eine Schlußfolgerung nach Ihrem Geschmack angestellt, zum Nutzen eines Klienten, den Sie nicht nennen wollen, und Sie verlangen von mir, daß ich diese Schlußfolgerung teste, indem ich zwei unbescholtene Bürger verhafte und ihnen die

Daumenschrauben anlege. Ich habe schon genügend Kostproben Ihrer Unverschämtheit erlebt, aber dieses ist absolut der Gipfel, Himmeldonnerwetter!«

»Ich habe Ihnen gesagt, daß ich es nicht zurückzunehmen brauche, und Sie auch nicht. Falls –«

»Sie würden sogar eine Ihrer eigenen Orchideen verschlucken, wenn ein Honorar auf dem Spiel steht!«

Das setzte das Feuerwerk in Bewegung. Ich habe so manches Mal diese beiden ein Wortgefecht auskämpfen sehen und jede Minute davon genossen, doch dieser Kampf wurde so heiß, daß ich nicht ganz sicher war, ob ich ihn noch genoß. Um 12 Uhr 40 erhob sich Cramer zum Gehen. Um 12 Uhr 45 saß er wieder im roten Ledersessel, schüttelte seine Fäuste und fluchte. Um 12 Uhr 48 lehnte sich Wolfe mit geschlossenen Augen zurück und tat so, als ob er taub wäre. Um 12 Uhr 52 hämmerte er auf seinem Schreibtisch herum und schnaubte.

Um 13 Uhr 10 war alles vorbei. Cramer hatte eingewilligt und war wieder verschwunden. Er hatte eine Bedingung gestellt, nämlich, daß man zuerst die Akte prüfen und eine Personalkonferenz abhalten würde, aber das spielte keine Rolle, da die Verhaftungen aufgeschoben werden sollten, bis die Richter nach Hause gegangen waren. Er akzeptierte die Klausel, daß die Opfer nicht erfahren sollten, daß Wolfe seine Hand im Spiel hatte. So konnte wohl behauptet werden, daß er nachgegeben hatte, doch eigentlich gebrauchte er nur seinen gesunden Menschenverstand. Ungeachtet dessen, wie wichtig er Wolfes drei Worte nahm – und er wußte aus Erfahrung, wie riskant es war, Wolfe nicht ernst zu nehmen –, so machten sie es doch ziemlich deutlich, daß es keinem weh tun würde, wenn man Mions Tod noch einmal unter die Lupe nahm. In diesem Fall wäre ein Verhör mit dem Paar, das die Leiche gefunden hatte, ein Anfang so gut wie jeder andere. Tatsächlich war das einzige, was Cramer fast zum Ersticken brachte, Wolfes Weigerung, seinen Klienten anzugeben.

Als ich Wolfe zum Lunch ins Eßzimmer folgte, sprach ich zu seinem ausladenden Rücken: »Es gibt bereits achthundertundneun Leute im Stadtgebiet, die Sie vergiften möchten. Jetzt sind es achthundertundelf. Glauben Sie nicht, daß die beiden das früher oder später herausfinden?«

»Natürlich tun sie das«, räumte er ein und zog seinen Stuhl

zurück. »Aber dann ist es längst zu spät.«

Den restlichen Tag und den Abend über geschah überhaupt nichts, jedenfalls soweit wir wußten.

Am nächsten Morgen saß ich um 10 Uhr 40 hinter meinem Schreibtisch im Büro, als das Telefon klingelte. Ich nahm den Hörer ab und meldete mich: »Büro Nero Wolfe, Archie Goodwin am Apparat.«

»Ich möchte Mr. Wolfe sprechen.«

»Er ist vor elf Uhr nicht zu erreichen. Kann ich aushelfen?«

»Es ist dringend. Hier spricht Weppler, Frederick Weppler. Ich spreche von einer Zelle in einem Drugstore an der 9. Avenue in der Nähe der 20. Straße. Mrs. Mion ist bei mir. Wir sind verhaftet worden.«

»Guter Gott!« Ich tat entsetzt. »Weswegen?«

»Um uns über Mions Tod zu verhören. Sie hatten einen Haftbefehl für uns als Hauptzeugen. Sie hielten uns die ganze Nacht in Haft, und wir sind gerade gegen Kaution herausgekommen. Ich beauftragte einen Anwalt, die Kaution zu stellen, aber ich möchte nicht, daß er erfährt, daß wir Wolfe konsultiert haben. Er ist jetzt nicht hier. Wir möchten Wolfe sprechen.«

»Aber selbstverständlich«, stimmte ich nachdrücklich zu. »Das ist eine verdammte Ausschreitung. Kommen Sie her. Bis Sie hier sind, wird er aus seinen Gewächshäusern nach unten gekommen sein. Schnappen Sie sich ein Taxi.«

»Unmöglich. Deshalb rufe ich an. Zwei Geheimpolizisten beschatten uns, und wir wollen nicht, daß sie unseren Besuch bei Wolfe mitbekommen. Wie können wir sie abschütteln?«

Es hätte viel Zeit und Kraft gespart, ihnen einfach zu raten, herzukommen, da ein Paar offizieller Beschatter sie nicht zu beunruhigen brauchte. Aber ich hielt es für besser, das Spiel mitzuspielen.

»Um Himmels willen«, stöhnte ich angewidert. »Polypen verursachen mir Genickschmerzen. Hören Sie zu. Passen Sie genau auf?«

»Ja.«

»Begeben Sie sich zu der Feder Paper Company, in der 17. Straße Nr. 535. Fragen Sie im Büro nach Mr. Sol Feder. Stellen Sie sich als Mr. Montgomery vor. Er wird Sie durch eine schmale Passage in die 18. Straße führen. Genau dort, entweder am Bordstein oder daneben, wird ein Taxi mit einem Taschentuch um den Türgriff parken. Ich sitze drin. Verlieren Sie keine Zeit beim Einsteigen. Haben Sie verstanden?«

»Ich glaube schon. Wiederholen Sie nur noch einmal die Adresse.«

Das tat ich und bat ihn, mit seinem Start zehn Minuten zu warten, um mir Zeit zu lassen, dorthin zu gelangen. Als ich aufgelegt hatte, rief ich Sol Feder an, um ihn einzuweihen, benachrichtigte Wolfe durchs Haustelefon und machte mich auf den Weg.

Ich hätte ihn besser gebeten, mir fünfzehn oder zwanzig Minuten Vorsprung zu geben, denn ich erreichte meinen Posten in der 18. Straße ganz knapp. Mein Taxi hatte gerade angehalten, und ich streckte meine Hand aus dem Fenster, um das Taschentuch am Türgriff zu befestigen, als sie schon aus der Passage stürzten, als ob der Teufel hinter ihnen her wäre. Ich riß die Tür weit auf, und Fred stieß Peggy praktisch hinein und tauchte hinterher.

»In Ordnung, Chauffeur«, sagte ich gemessen. »Sie wissen, wohin.« Und ab rollten wir.

Als wir in die 10. Avenue einbogen, fragte ich, ob sie schon gefrühstückt hätten, was sie ohne viel Begeisterung bejahten. Sie schienen in der Tat weit von jeglicher Begeisterung entfernt zu sein. Peggys federleichte grüne Jacke, die sie über einem gelbbraunen Baumwollkleid trug, war zerdrückt und nicht sehr sauber, und ihr Gesicht machte einen vernachlässigten Eindruck. Freds Haar sah aus wie einen Monat nicht gekämmt, und sein brauner leichter Sommer-Kammgarnanzug war alles andere als schmuck. Sie hielten Händchen, und ungefähr einmal pro Minute reckte sich Fred den Hals aus, um aus dem Rückfenster zu spähen.

»Wir sind tatsächlich freigekommen«, versicherte ich ihnen. »Ich habe mir Sol Feder gerade für einen solchen Notfall vorbehalten.«

Die Fahrt dauerte nur fünf Minuten. Als ich sie in das Büro geleitete, saß Wolfe bereits in seinem großen, nach Maß angefertigten Sessel hinter seinem Schreibtisch. Er erhob sich zu ihrer Begrüßung, bot ihnen Platz an, fragte, ob sie ordentlich gefrühstückt hätten, und erklärte, daß die Nachricht ihrer Festnahme ein unangenehmer Schock gewesen war.

»Zur Sache«, platzte Fred noch im Stehen heraus. »Wir kamen zu Ihnen, um einen vertraulichen Rat einzuholen, und achtundvierzig Stunden später verhaftet man uns. War das reiner Zufall?«

Wolfe hatte es endlich geschafft, sich wieder bequem in seinem Sessel einzurichten. »Das wird uns kaum helfen, Mr. Weppler«, sagte er ohne Groll. »Wenn Ihre Geistesverfassung so ist, gehen Sie besser erst einmal woandershin, um sich abzukühlen. Sie und Mrs. Mion sind meine Klienten. Die Unterstellung, ich wäre fähig, gegen die Interessen eines Klienten zu handeln, ist zu kindisch, um darüber zu streiten. Worüber hat die Polizei Sie ausgefragt?«

Aber Fred war nicht zufriedengestellt. »Sie spielen kein doppeltes Spiel«, räumte er ein, »das weiß ich. Aber wie ist es hier mit Goodwin? Er mag ebenfalls kein Betrüger sein, aber er kann in der Unterhaltung mit irgend jemandem unvorsichtig gewesen sein.«

Wolfe sah mich an. »Archie? Stimmt das?«

»Nein, Sir. Aber er kann sich seine Entschuldigung für später aufsparen. Beide hatten eine schlechte Nacht.« Ich blickte auf Fred. »Setzen Sie sich, und entspannen Sie sich. Wenn ich eine unvorsichtige Zunge hätte, könnte ich mich keine Woche auf diesem Posten halten.«

»Es ist verdammt seltsam«, beharrte Fred. Er setzte sich. »Mrs. Mion ist meiner Meinung. Nicht wahr, Peggy?«

Peggy, im roten Ledersessel untergebracht, warf ihm einen Blick zu und schaute dann wieder Wolfe an. »Das war ich, glaube ich«, gestand sie. »Ja, das stimmt. Aber jetzt, wo ich hier sitze, Sie ansehe ...« Sie winkte ab. »Ach, lassen wir das. Es gibt keinen andern, zu dem wir gehen könnten. Wir kennen natürlich Rechtsanwälte, aber wir wollen mit keinem Anwalt darüber sprechen, was wir über die – die Waffe wissen. Wir haben es Ihnen bereits erzählt. Aber jetzt argwöhnt die Polizei etwas, und wir sind nur gegen Kaution freigelassen, und Sie müssen irgend etwas unternehmen!«

»Was haben Sie am Montag abend erfahren?« fragte Fred. »Sie wollten gestern nichts darüber sagen, als ich Sie anrief. Was haben die anderen erzählt?«

»Sie zählten Tatsachen auf«, erwiderte Wolfe. »Wie ich Ihnen am Telefon sagte, habe ich Fortschritte gemacht. Ich habe dem nichts hinzuzufügen – im Augenblick. Aber ich *muß* wissen, in welcher Richtung die Polizei Sie ausholen wollte. Wußten sie von dem, was Sie mir über die Waffe berichtet hatten?«

Beide verneinten das.

Wolfe grunzte. »Dann kann ich mit Recht fordern, daß Sie Ihre Unterstellung, ich oder Mr. Goodwin hätten Sie hintergangen, zurückziehen. Worüber wurden Sie verhört?«

Die Beantwortung dieser Frage nahm eine gute halbe Stunde in Anspruch. Die Polizeibeamten hatten sich jedes Mosaiksteinchen des Bildes, so wie sie es kannten, vorgenommen; und mit Cramers Anweisung, es gründlich zu machen, hatten sie auch kein Fitzelchen ausgelassen. Weit davon entfernt, sich nur auf Mions Todestag zu beschränken, hatten sie besondere Neugierde für Peggys und Freds Gefühle und Handlungen während der vorangegangenen und darauffolgenden Monate gezeigt. Mehrmals mußte ich mich auf die Zunge beißen, um die Frage zu unterdrücken, warum sie ihre Ausfrager nicht zum Teufel geschickt hatten. Aber eigentlich wußte ich es: Sie hatten Angst gehabt. Ein verängstigter Mann ist nur ein halber Mann. Als sie schließlich mit dem Bericht über ihre Schicksalsprüfung fertig waren, fühlte ich Mitleid mit ihnen und sogar auch ein wenig Schuldbewußtsein anstelle von Wolfe, als mich dieser plötzlich aus meiner nachdenklichen Stimmung riß.

Er hatte eine Weile mit einer Fingerspitze auf seiner Sessellehne getrommelt, heftete jetzt seinen Blick auf mich und schoß los: »Archie, stellen Sie Mrs. Mion einen Scheck über fünftausend Dollar aus.«

Sie starrten ihn an. Ich stand auf und ging zum Safe. Sie wollten wissen, was das Ganze sollte. Ich stand an der Safetür und spitzte die Ohren.

»Ich geb' es auf«, versetzte Wolfe knapp. »Ich kann Sie nicht ertragen. Am Sonntag sagte ich, daß einer von Ihnen oder Sie beide lügen, und Sie stritten das hartnäckig ab. Ich übernahm es, um Ihre Lüge herumzuarbeiten, und ich tat mein Bestes. Doch jetzt, da die Polizei mit Mions Tod Lunte gerochen hat, und besonders bei Ihnen, weigere ich mich, dieses Risiko länger einzugehen. Ich bin bereit, als Don Quichotte dazustehen, aber nicht als Dummkopf. Wenn ich jetzt mit Ihnen Schluß mache, müssen Sie wissen, daß ich Inspektor Cramer sofort über alles, was Sie mir erzählten, informieren werde. Ich muß Sie ebenfalls warnen, daß er mich gut kennt und mir glauben wird. Falls Sie, wenn die Polizei die nächste Runde mit Ihnen spielt, dumm genug sind, mir zu widersprechen, weiß der Himmel, was geschehen wird. Ihre einzige Chance liegt darin, die Wahrheit zuzugeben und die Polizei die Nachforschungen anstellen zu lassen, für die Sie mich engagiert hatten; aber ich sollte Sie auch warnen, daß sie keine Einfaltspinsel sind und auch erkennen werden, daß Sie lügen – zumindest einer von Ihnen. Archie, was stehen Sie da und halten Maulaffen feil? Holen Sie das Scheckheft.«

Ich öffnete die Tür zum Safe.

Keiner von ihnen hatte einen Mucks von sich gegeben. Ich nehme an, daß sie zu müde waren, um normal zu reagieren. Als ich zu meinem Schreibtisch zurückkehrte, saßen sie nur da und starrten sich an. Als ich anfing, den Kontrollabschnitt auszufüllen, ließ sich Freds Stimme vernehmen.

»Das können Sie nicht machen. Das ist unmenschlich.«

»Pfui«, schnaubte Wolfe. »Sie beauftragen mich, Sie aus der Patsche zu ziehen, und belügen mich, und dann reden Sie von Menschlichkeit! Nur nebenbei, ich habe am Montag abend Erfolg gehabt. Ich habe alles, bis auf zwei Einzelheiten aufgeklärt, aber das Verflixte ist, daß die eine von Ihnen abhängt. Ich muß einfach wissen, wer die Waffe neben die Leiche auf den Boden gelegt hat. Ich bin überzeugt, daß es einer von Ihnen beiden war, aber Sie wollen es nicht zugeben. So bin ich hilflos, und das ist schade, denn ich bin ebenfalls überzeugt, daß keiner von Ihnen in den Mord an Mion verwickelt ist. Wenn es –«

»Was heißt das?« fragte Fred. Jetzt funktionierte sein Reaktionsvermögen wieder. »Sie sind überzeugt, daß es keiner von uns beiden war?«

»Das bin ich.«

Fred war aufgesprungen. Er trat an Wolfes Schreibtisch, stützte seine Handflächen darauf, beugte sich vor und sagte heiser: »Ist das Ihr Ernst? Sehen Sie mich an. Öffnen Sie Ihre Augen, und sehen Sie mich an! Ist das wahr?«

»Ja«, versicherte Wolfe ihm. »Das ist mein voller Ernst.«

Fred starrte ihn noch einen Moment lang an und richtete sich dann auf. »Nun gut«, sagte er, und seine Heiserkeit war wie weggeblasen. »Ich habe die Waffe auf den Boden gelegt.«

Peggy stieß einen Klagelaut aus. Sie segelte aus ihrem Stuhl zu ihm und packte seinen Arm mit beiden Händen. »Fred! Nein! Fred!« flehte sie ihn an. Ich hatte nicht gedacht, daß sie einer solchen Heulerei fähig sei, aber natürlich war sie völlig übermüdet. Er legte seine Hand über die ihre, entschied dann, daß das unzureichend war, und nahm sie in seine Arme. Eine Minute lang befaßte er sich ausschließlich mit ihr. Endlich wandte er sich wieder an Wolfe. »Vielleicht wird es mir leid tun, aber dann auch Ihnen. Bei Gott, auch Ihnen.« Er war fest davon überzeugt. »Also schön, ich habe gelogen. Ich legte die Waffe auf den Boden. Jetzt sind Sie dran.« Er hielt unsere Klientin fest umschlungen. »Ich habe es getan, Peggy. Sag' nicht, daß ich es dir hätte beichten sollen – vielleicht wäre es richtiger gewesen –, aber ich konnte es nicht. Es kommt schon in Ordnung, Liebste, ganz bestimmt ...«

»Setzen Sie sich«, brummte Wolfe böse. Nach einer Minute befahl er: »Verwünscht, setzen Sie sich!«

Peggy machte sich los. Fred ließ sie gehen, und sie kehrte zu ihrem Sessel zurück und ließ sich hineinfallen. Fred hockte sich auf die Lehne, legte den Arm um Peggy, und sie bedeckte seine Hand mit der ihren. Ihre Augen, mißtrauisch, ängstlich, trotzig und hoffnungsvoll, alles in einem, hefteten sich auf Wolfe.

Der blieb verärgert. »Ich nehme an«, begann er, »daß Sie sehen, wie die Dinge liegen. Sie haben absolut keinen Eindruck auf mich gemacht. Ich wußte bereits, daß einer von Ihnen die Waffe dorthin gelegt hatte. Wie könnte irgend jemand anders das Studio während dieser wenigen Minuten betreten haben? Die Wahrheit, die Sie mir gesagt haben, wird schlimmer als nutzlos, sie wird äußerst gefährlich sein, wenn Sie ihr nicht weitere Eröffnungen folgen lassen. Versuchen Sie es mit einer andern Lüge, und ich kann Ihnen für nichts mehr garantieren. Ich werde Sie nicht mehr retten können. Wo haben Sie sie gefunden?«

»Machen Sie sich keine Sorgen«, erwiderte Fred ruhig. »Sie haben es aus mir herausgewrungen, und Sie sollen die ganze Wahrheit hören. Als wir eintraten und die Leiche fanden, sah ich die Waffe dort, wo Mion sie ständig aufbewahrte: auf dem Sockel der Caruso-Büste. Mrs. Mion bemerkte sie nicht; sie blickte nicht in die Richtung. Ich ergriff die Waffe am Abzugsbügel und roch daran; sie war abgefeuert worden. Ich legte sie neben die Leiche auf den Boden, kehrte in die Wohnung zurück, ging hinaus und nahm den Fahrstuhl ins Erdgeschoß. Der Rest deckt sich mit dem, was ich Ihnen Sonntag erzählte.«

Wolfe grunzte. »Sie mögen in sie verliebt sein, aber von ihrer

Intelligenz haben Sie nicht viel gehalten. Sie vermuteten, daß sie, nachdem sie ihn getötet hatte, nicht den Verstand besessen hatte, die Waffe dort liegen zu lassen, wo sie ihm aus der Hand hätte fallen können.«

»Das ist nicht wahr, verdammt noch mal!«

»Blödsinn. Natürlich dachten Sie das. Wen sonst hätten Sie schützen wollen? Und nachher brachte Sie das in arge Verlegenheit: als Sie ihr recht geben mußten, daß die Waffe bei Ihrem gemeinsamen Eintreten nicht dort lag, waren Sie hübsch in die Enge getrieben. Sie wagten nicht, ihr zu gestehen, was Sie getan hatten, weil sie selbstverständlich daraus folgern mußte, daß Sie sie im Verdacht hatten, besonders da sie selbst Sie anscheinend auch verdächtigte. Sie konnten nicht sicher sein, ob sie Sie tatsächlich in Verdacht hatte, oder ob sie lediglich –«

»Ich hatte ihn nie im Verdacht«, erklärte Peggy bestimmt. Es war harte Arbeit, Bestimmtheit in ihre Stimme zu legen, aber sie schaffte es. »Und er hat mich auch nie verdächtigt, nicht wirklich. Wir waren nur nicht sicher – ganz und gar sicher –, und wenn man verliebt ist und es so bleiben soll, muß man restlos sicher sein.«

»Das stimmt«, pflichtete Fred ihr bei. Sie sahen sich an. »Das stimmt ganz genau.«

»In Ordnung, ich glaube Ihnen«, sagte Wolfe kurz. »Ich denke, Sie haben die Wahrheit gesagt, Mr. Weppler.«

»Ich weiß verdammt genau, daß es so war.«

Wolfe nickte. »Es hört sich so an. Ich habe ein gutes Ohr für die Wahrheit. Bringen Sie jetzt Mrs. Mion nach Hause. Ich muß arbeiten, aber zuerst muß ich darüber nachdenken. Wie ich sagte, handelte es sich um zwei Probleme, und Sie haben nur eines davon aus der Welt geschafft. Bei dem andern können Sie nicht behilflich sein. Gehen Sie nach Hause und essen Sie etwas.«

»Wer will hier essen?« fragte Fred grimmig. »Wir wollen wissen, was Sie jetzt zu tun gedenken!«

»Ich muß mir die Zähne putzen«, warf Peggy ein. Ich bedachte sie mit einem bewundernden Blick. Die Fähigkeit weiblicher Wesen, derartige Dinge zu den unmöglichsten Zeiten auszusprechen, ist einer der Gründe, warum ich ihre Gesellschaft so liebe. Kein Mann auf der Welt hätte unter diesen Umständen das Gefühl gehabt, sich die Zähne putzen zu müssen, und das auch noch gesagt.

Außerdem vereinfachte es ihre Verabschiedung, ohne unhöflich werden zu müssen. Fred versuchte, auf seinem Recht zu bestehen, zu erfahren, was auf dem Programm stand, und bei der Betrachtung der Aussichten zu helfen. Schließlich mußte er sich jedoch Wolfes Ansicht anschließen, daß ein Mann bei der Beauftragung eines Experten nur noch die Autorität behält, diesen wieder zu verabschieden. Das, verbunden mit Peggys Verlangen nach einer Zahnbürste und Wolfes Versicherung, sie auf dem laufenden zu halten, brachte sie ohne großen Spektakel auf den Weg.

Als ich, nachdem ich sie hinausgelassen hatte, ins Büro zurückkam, trommelte Wolfe mit dem Papiermesser auf der Löschblattunterlage und betrachtete es stirnrunzelnd, obgleich ich ihm wohl hundertmal gesagt habe, daß dieses Verfahren das Löschblatt ruiniert. Ich holte das Scheckheft und legte es in den Safe zurück. Ich hatte auf dem Kontrollabschnitt nur das Datum eingetragen, ein Schaden war also nicht angerichtet.

»Noch zwanzig Minuten bis zum Lunch«, verkündete ich, schwang meinen Drehstuhl herum und ließ mich nieder. »Wird das reichen, um das zweite Problem unter Dach und Fach zu bringen?«

Keine Antwort.

Ich wollte nicht empfindlich sein. »Wenn Sie nichts dagegen haben – worin besteht eigentlich das zweite Problem?« erkundigte ich mich freundlich.

Wieder keine Antwort, aber nach einem Augenblick ließ Wolfe das Papiermesser fallen, lehnte sich zurück und stieß einen langen Seufzer aus.

»Dieser verwünschte Revolver«, grollte er. »Wie ist er vom Boden auf die Büste gelangt? Wer hat ihn angefaßt?«

Ich stierte ihn an. »Mein Gott«, klagte ich, »Ihnen kann man es nie recht machen. Gerade ließen Sie zwei Klienten inhaftieren und haben wie ein Hund geschuftet, um die Waffe von der Büste auf den Boden zu bekommen. Jetzt wollen Sie sie wieder vom Boden auf die Büste schaffen? Warum, zum Teufel?«

»Nicht wieder. Vorher.«

»Vorher? Vor was?«

»Vor der Entdeckung der Leiche.« Er warf mir einen schiefen Blick zu. »Was halten Sie davon? Ein Mann – oder eine Frau, das spielt keine Rolle – betrat das Studio und tötete Mion, und zwar so, daß es stark nach Selbstmord aussehen würde. Er hat es mit Überlegung so geplant; es ist nicht so schwierig, wie die überlieferte Theorie der Polizei annimmt. Dann legte er die Waffe auf den Sockel der Büste, fünf Meter von der Leiche entfernt – und machte sich davon. Was sagen Sie dazu?«

»Das ist doch ganz klar, so geschah es nicht, es sei denn, daß der Mörder nach dem Abdrücken plötzlich überschnappte, was ziemlich weit hergeholt klingt.«

»Haarscharf. Da er geplant hatte, es wie Selbstmord aussehen zu lassen, hatte er die Waffe neben die Leiche auf den Boden gelegt. Darüber besteht kein Zweifel. Aber Mr. Weppler fand den Revolver auf der Büste. Wer nahm ihn vom Boden und legte ihn auf die Büste, und wann, und warum?«

»Mhm.« Ich kratzte mir die Nase. »Das ist ärgerlich. Ich gebe zu, die Frage ist wichtig und bedeutungsvoll, aber warum, zum Teufel, haben Sie sie angeschnitten? Warum lassen Sie sie nicht einfach ruhen? Lassen Sie ihn oder sie verhaften, anklagen und vor Gericht bringen. Die Polizei wird bestätigen, daß die Waffe dort auf dem Boden lag, und das wird den Geschworenen gut in den Kram passen, da es nach zurechtfrisiertem Selbstmord riecht. Das Urteil, vorausgesetzt, daß Sie Einzelheiten, wie Motiv und Gelegenheit, zusammengeflickt haben: schuldig.« Ich winkte ab. »Ein Kinderspiel. Warum es überhaupt zur Sprache bringen, daß die Waffe so herumzappelte?«

Wolfe schnaubte. »Die Klienten. Ich muß mein Honorar verdienen. Ich soll ihnen die Last von der Seele nehmen, und sie wissen, daß die Waffe nicht auf dem Boden lag, als sie die Leiche entdeckten. Für die Geschworenen kann ich es nicht dabei bewenden lassen, daß die Waffe auf der Büste lag, und für die Klienten kann ich sie nicht auf dem Boden liegen lassen, wo sie der Mörder hingelegt hatte. Nachdem ich durch Mr. Weppler den Revolver von der Büste auf den Boden manövriert habe, muß ich nun weiter zurückgehen und ihn vom Boden zur Büste befördern. Das sehen Sie doch ein?«

»Nur zu deutlich.« Ich pfiff hilfesuchend. »Ich will verdammt sein. Was für Fortschritte machen Sie?«

»Ich habe gerade erst angefangen.« Er richtete sich auf und straffte sich. »Aber ich muß meinen Geist für den Lunch klären. Reichen Sie mir bitte Mr. Shanks Orchideen-Katalog.«

Das war für den Moment alles, und während der Mahlzeiten verbannte Wolfe geschäftliche Themen nicht nur aus der Unterhaltung, sondern auch aus der Luft. Nach dem Lunch ging er wieder ins Büro und machte es sich in seinem Sessel gemütlich. Eine Zeitlang saß er unbeweglich da, und dann begann er seine Lippen vorzuwölben und wieder einzukneifen, und ich wußte, daß er Schwerarbeit leistete. Da ich keine Ahnung hatte, was für einen Vorschlag er machen würde, die Waffe vom Boden auf die Büste zu schaffen, fragte ich mich, wie lange es wohl dauern würde und ob er wohl Cramer veranlassen müßte, noch jemanden einzusperren, und wenn ja, wen. Ich habe schon erlebt, wie er stundenlang so vor sich hin arbeitete, doch diesmal schaffte er es in zwanzig Minuten. Es war noch nicht ganz drei Uhr, als er mürrisch meinen Namen rief und die Augen öffnete.

»Archie.«

»Ja, Sir.«

»Ich kann es nicht tun. Sie müssen es.«

»Sie meinen, es prophezeien? Tut mir leid, ich bin beschäftigt.«

»Ich meine, es ausführen.« Er zog eine Grimasse. »Ich will es nicht übernehmen, mit dieser jungen Frau fertig zu werden. Es wäre ein Martyrium, und ich könnte alles verpfuschen. Es ist genau das richtige für Sie. Ihren Notizblock. Ich will ein Schreiben diktieren, und dann besprechen wir es.«

»Ja, Sir. Aber ich würde Miss Bosley eigentlich nicht gerade als jung bezeichnen.«

»Nicht Miss Bosley. Miss James.«

»Hui.« Ich angelte nach meinem Notizblock.

Um Viertel nach vier, als Wolfe sich oben in den Gewächshäusern der Nachmittagsschicht mit seinen Orchideen widmete, saß ich hinter meinem Schreibtisch, starrte finster das Telefon an und fühlte mich hundeelend. Ich hatte Clara James angerufen und sie zu einer Spritzfahrt in meinem Kabriolett eingeladen, und sie hatte mir einen Korb gegeben. Wenn sich das so anhört, als ob ich mich selber über alle Vernunft sympathisch finde, ist das ein Irrtum. Mir ist völlig klar, daß ich nur aus dem Grunde zu ungefähr tausend Verabredungen mit jungen Damen komme, weil ich keine Einladung austeile, wenn die Umstände nicht deutlich auf eine Annahme weisen. Doch so habe ich mich daran gewöhnt, ein »Ja«

zu hören, und deshalb war ihr unberechtigtes »Nein« ein harter Schlag. Außerdem hatte ich mir die Mühe gemacht, mich in ein Pillater Hemd und einen leichten Sommeranzug zu zwängen, und da saß ich nun fein herausgeputzt wie ein Pfingstochse!

Ich braute mir drei Schlachtpläne zurecht und verwarf sie wieder, entwarf einen vierten und billigte ihn. Dann griff ich nach dem Hörer und wählte noch einmal dieselbe Nummer. Clara war, wie zuvor, am andern Ende der Leitung. Sobald sie festgestellt hatte, wer es war, wurde sie ungeduldig.

»Ich sagte Ihnen doch schon, daß ich eine Verabredung zum Cocktail habe! Bitte machen Sie –«

»Schweigen Sie!« fuhr ich sie grob an. »Ich habe einen Fehler gemacht. Ich war zu freundlich. Ich wollte Sie erst an die hübsche frische Luft spazierenführen, ehe ich Ihnen die Hiobsbotschaft übermittelte. Ich –«

»Was für eine Hiobsbotschaft?«

»Eine Dame hatte gerade Mr. Wolfe und mir erzählt, daß es außer ihr fünf Leute gibt, und vielleicht mehr, die wissen, daß Sie einen Schlüssel zu Alberto Mions Studio besaßen.«

Stille. Manchmal ärgert mich Stille, aber gegen diese hatte ich nichts einzuwenden. Schließlich ertönte ihre Stimme, völlig unverändert: »Das ist eine dumme Lüge. Wer hat das gesagt?«

»Das habe ich vergessen. Und ich spreche nicht am Telefon darüber. Nur zwei Punkte. Erstens, wenn das bekannt wird, wie steht es dann mit Ihrem zehn Minuten langen Türklopfen bei dem Versuch, hineinzukommen, während er drinnen tot lag? Wo Sie einen Schlüssel besaßen? Das würde selbst einen Polizisten skeptisch machen. Zweitens, treffen Sie sich mit mir in der Churchill-Bar um Punkt fünf Uhr, und wir reden darüber. Ja oder nein?«

»Aber es ist so – Sie sind so –«

»Mund halten. Hat keinen Zweck. Ja oder nein?«

Noch einmal Stille, kürzer diesmal, und dann: »Ja«, und sie legte auf.

Ich lasse niemals eine Dame warten und sah keinen Grund, warum ich diesmal eine Ausnahme machen sollte, so fand ich mich acht Minuten vor der Zeit in der Churchill-Bar ein. Sie war geräumig, mit Klimaanlage versehen und in jeder Hinsicht gut ausgestattet. Selbst Mitte August war sie sowohl von weiblichen als auch von männlichen Gästen gut besucht. Ich bummelte einmal durch, blickte mich um, obgleich ich sie noch nicht erwartete, und war überrascht, als ich meinen Namen hörte und sie in einer Nische sitzen sah. Natürlich hatte sie keinen weiten Weg gehabt, aber davon abgesehen, hatte sie sich auffallend beeilt. Sie hatte bereits ein fast leeres Glas vor sich stehen. Ich gesellte mich zu ihr, und sofort tauchte ein Kellner auf.

»Was trinken Sie?« fragte ich sie.

»Scotch mit Eis.«

Ich bestellte zwei Scotch, und der Kellner trollte sich.

Sie beugte sich zu mir herüber und stieß in einem Atemzug hervor: »Hören Sie, das ist absolut albern. Erzählen Sie mir nur, wer Ihnen das gesagt hat. Pah, es ist völlig verrückt –«

»Einen Moment.« Ich unterbrach sie mehr mit meinem Blick als mit meiner Stimme. Ihre Augen funkelten mich an. »Das ist nicht der richtige Anfang, denn so kommen wir nicht weiter.« Ich holte ein Papier aus meiner Tasche und entfaltete es. Es war eine säuberlich getippte Kopie des von Wolfe diktierten Schriftstücks. »Der schnellste und bequemste Weg ist, dieses hier durchzulesen, dann wissen Sie, worum es geht.« Ich reichte ihr das Papier. Es war von jenem Tag datiert.

»Ich, Clara James, erkläre hiermit, daß ich am Dienstag, den 19. April, den Wohnblock East End Avenue Nr. 620, New York City, gegen 18 Uhr 15 betrat und den Fahrstuhl zum 13. Stock nahm. Ich läutete an der Studiotür von Alberto Mion. Keiner öffnete, und von drinnen war kein Laut zu vernehmen. Die Tür war nur angelehnt. Sie war nicht so weit geöffnet, daß sie einen Spalt zeigte, war aber weder eingeklinkt noch verschlossen. Nachdem ich nochmals geklingelt und keine Antwort erhalten hatte, öffnete ich die Tür und trat ein.

Alberto Mion lag auf dem Boden dicht neben dem Klavier. Er war tot. In seinem Kopf war ein Loch. Es bestand kein Zweifel, daß er tot war. Mir wurde schwindlig, und ich mußte mich auf den Boden setzen und meinen Kopf aufstützen, um nicht ohnmächtig zu werden. Die Leiche berührte ich nicht. Auf dem Boden lag ein Revolver, nicht weit von der Leiche, und ich hob ihn auf. Ich glaube, ich saß ungefähr fünf Minuten lang auf dem Boden, aber es kann auch etwas mehr oder weniger gewesen sein. Als ich wieder auf den Füßen stand und zur Tür gehen wollte, wurde mir bewußt, daß ich den Revolver noch in der Hand hielt. Ich legte ihn auf den Sockel der Caruso-Büste. Später erkannte ich, daß ich das nicht hätte tun sollen, aber in jenem Moment war ich zu betroffen und betäubt, um zu wissen, was ich tat.

Ich verließ das Studio, zog die Tür hinter mir ins Schloß, ging die Flurtreppe in den 12. Stock hinunter und läutete an der Tür von Mions Wohnung. Ich wollte Mrs. Mion benachrichtigen, doch als sie in der Tür erschien, konnte ich kein Wort hervorbringen. Ich konnte ihr einfach nicht sagen, daß ihr Mann tot oben im Studio lag. Später bedauerte ich das, aber jetzt sehe ich keinen Grund zu einem Bedauern oder für eine Entschuldigung, und ich konnte einfach kein Wort herausbekommen. Ich sagte, daß ich ihren Mann sprechen wollte und schon an der Studiotür geläutet hätte und daß niemand darauf geantwortet hätte. Dann klingelte ich nach dem Fahrstuhl, fuhr bis ins Erdgeschoß und ging nach Hause.

Da ich nicht fähig gewesen war, Mrs. Mion davon zu erzählen, sagte ich niemandem etwas. Ich hätte es meinem Vater gesagt, aber er war nicht zu Hause. Ich beschloß zu warten, bis er heimkam, um ihm davon zu berichten. Aber ehe er kam, rief mich eine Freundin an und teilte mir die Neuigkeit von Mions Selbstmord mit, und ich entschied, niemandem etwas zu sagen, nicht einmal meinem Vater, daß ich im Studio gewesen war, sondern nur zu bestätigen, daß ich auf den Klingelknopf gedrückt, geklopft und keine Antwort erhalten hätte. Ich dachte, es spielte keine Rolle, aber jetzt hat man mir erklärt, daß es wichtig sei, und deshalb gebe ich alles so an, wie es gewesen war.«

Als sie zum Schluß kam, erschien der Kellner mit den Getränken, und sie drückte das Schreiben gegen ihre Brust, als ob es ein Kartenblatt wäre. Während sie es dort mit ihrer Linken festhielt, griff sie mit der rechten Hand nach ihrem Glas und nahm einen großen Schluck Scotch. Ich nippte, um ihr Gesellschaft zu leisten, ebenfalls an meinem Glas.

»Ein Sack voller Lügen«, stieß sie dann entrüstet hervor.

»Ganz gewiß«, stimmte ich zu. »Ich habe gute Ohren, bitte sprechen Sie leise. Mr. Wolfe ist ganz und gar bereit, Ihnen eine Chance zu geben, und außerdem wäre es sowieso ein schönes Stück Arbeit, Sie zur Unterschrift zu bewegen, falls es die Wahrheit enthielte. Es ist uns völlig klar, daß die Studiotür verschlossen war und Sie sie mit Ihrem Schlüssel öffneten. Ebenfalls – nein, hören Sie mir eine Minute zu – daß Sie die Waffe absichtlich aufhoben und sie auf den Büstensockel legten. Sie nahmen an, Mrs. Mion habe ihn umgebracht und die Waffe so liegengelassen, daß es nach Selbstmord aussah, und Sie wollten ihr Spiel durchkreuzen. Sie konnten nicht –«

»Wo waren Sie?« fragte sie verächtlich. »Hinter der Couch versteckt?«

»Unsinn. Wenn Sie keinen Schlüssel hatten, warum haben Sie dann eine Verabredung abgesagt, um mit mir über das, was ich Ihnen am Telefon sagte, zu verhandeln? Was die Waffe betrifft, so konnten Sie nichts Dümmeres anstellen, selbst wenn Sie ein Jahr lang überlegt hätten. Wer würde glauben, daß ihn jemand so erschossen hatte, daß es nach Selbstmord aussah, und dann dumm genug war, die Waffe auf die Büste zu legen? Zu dämlich, um wahr zu sein, ehrlich. Aber Sie taten es.«

Ihr Verstand arbeitete so emsig, daß sie es nicht übelnahm, dumm genannt worden zu sein. Ihr Stirnrunzeln fältelte ihre glatte, bleiche Stirn und nahm das Funkeln aus ihren Augen.

»Immerhin«, meuterte sie, »was hier steht, ist nicht nur nicht wahr, sondern unmöglich! Man fand die Waffe auf dem Boden, neben seiner Leiche, also kann es einfach nicht stimmen!«

»So.« Ich grinste sie an. »Es muß ein Schock für Sie gewesen sein, als Sie das in der Zeitung lasen. Da Sie ganz persönlich die Waffe auf der Büste deponiert hatten, wie konnte sie dann auf dem Boden gefunden werden? Offensichtlich hat jemand sie dorthin zurückgelegt. Ich nehme an, Sie glaubten, Mrs. Mion habe das ebenfalls getan, und es muß für Sie bitter gewesen sein, zu schweigen. Aber Ihnen blieb keine andere Wahl. Jetzt liegt der Fall anders. Mr. Wolfe weiß, wer die Waffe zurück auf den Boden gelegt hat, und er kann es beweisen. Was mehr ist, er weiß, daß Mion ermordet wurde, und auch das kann er beweisen. Nur noch eines steht ihm im Wege, nämlich die Klärung des Problems, wie die Waffe vom Boden auf die Büste gelangte.« Ich zog meinen Füllhalter heraus. »Setzen Sie Ihren Namen darunter, ich beglaubige es, und alles ist im Lot.«

»Sie meinen, ich soll diesen Wisch unterschreiben?« fragte sie verachtungsvoll. »*So* dämlich bin ich nun doch nicht.«

Ich fing den Blick des Kellners auf und deutete noch einmal auf unsere Gläser. Dann, um ihr Gesellschaft zu leisten, leerte ich mein Glas.

Ich begegnete ihrem Blick und paßte mich ihrem Stirnrunzeln an. »Schauen Sie, Blauäuglein«, versuchte ich ihr mit Vernunft beizukommen. »Ich treibe Ihnen nicht Pflöcke unter die Fingernägel. Ich behaupte nicht, daß wir beweisen können, daß Sie das Studio betraten – ob mit Ihrem Schlüssel oder weil die Tür nicht verschlossen war, spielt keine Rolle – und die Waffe aufhoben. Wir wissen, daß Sie es taten, da es sonst niemand getan haben kann, und Sie waren genau zur entsprechenden Zeit dort. Aber ich gestehe, daß wir keine Beweise dafür haben. Jedenfalls biete ich Ihnen einen wunderbaren Handel an.«

Ich deutete mit der Feder auf sie. »Passen Sie auf. Wir wollen diese Erklärung lediglich in Reserve halten, für den Fall, daß die Person, die die Waffe zurück auf den Boden legte, dumm genug ist, nicht den Mund zu halten, was recht unwahrscheinlich ist. Er würde sich nur –«

»Sie sagten ›er‹?« fragte sie.

»Machen Sie ›er‹ oder ›sie‹ draus. Wie Mr. Wolfe schon immer sagte – die Sprache braucht ein weiteres Pronomen. Er würde sich nur selber Ärger bereiten. Wenn er es nicht ausquatscht, und das wird er nicht, wird Ihre Erklärung überhaupt nicht gebraucht, aber wir müssen sie im Safe haben, für den Fall, daß er plaudert. Und noch etwas. Wenn wir diese Erklärung haben, würden wir uns nicht verpflichtet fühlen, der Polizei von Ihrem Schlüssel zur Studiotür zu erzählen; Schlüssel gingen uns dann nichts an. Und weiterhin würden Sie Ihrem Vater eine große Geldsumme sparen. Wenn Sie diese Erklärung unterschreiben, können wir den Fall von Mions Tod aufklären, und dann kann ich Ihnen garantieren, daß Mrs. Mion in keiner Verfassung sein wird, irgendwelche Ansprüche gegen Ihren Vater durchzusetzen. Sie wird zu sehr mit einer gewissen Angelegenheit beschäftigt sein.«

Ich bot ihr den Füllhalter an. »Machen Sie vorwärts, und unterschreiben Sie.«

Sie schüttelte den Kopf, aber nicht sehr energisch, denn ihr Verstand arbeitete schon wieder. Ich erkannte, daß ihr Denkvermögen wenig trainiert war, und wappnete mich mit Geduld. Dann kam unsere Nachbestellung, und es entstand eine Pause; schließlich konnte man ja von ihr nicht erwarten, gleichzeitig zu denken und zu trinken. Doch schließlich focht sie sich ihren Weg zu dem Punkt, auf den ich gezielt hatte.

»Also wissen Sie es«, sagte sie voller Befriedigung.

»Wir wissen genug«, erwiderte ich dunkel.

»Sie wissen, daß sie ihn umgebracht hat und daß sie die Waffe auf den Boden zurücklegte. Ich wußte auch, daß sie es war, es gewesen sein mußte. Und jetzt können Sie es beweisen? Wenn ich unterschreibe, haben Sie den Beweis dafür?«

Natürlich hätte ich es bei Anspielungen bewenden lassen können, aber ich dachte: Zum Teufel, was soll's. »Gewiß können wir das«, versicherte ich ihr. »Mit dieser Erklärung sind wir startbereit. Sie ist das fehlende Glied. Hier ist der Füllhalter.«

Sie hob ihr Glas, leerte es in einem Zug, stellte es hin und, verdammt noch mal, sie schüttelte schon wieder den Kopf, diesmal mit Nachdruck. »Nein«, sagte sie rundheraus. »Ich will nicht.« Sie reichte mir das Papier. »Ich gebe zu, daß alles stimmt, und wenn sie vor Gericht vernommen wird und behauptet, die Waffe zurück auf den Boden gelegt zu haben, komme ich und beschwöre, daß ich sie auf die Büste gelegt habe. Aber unterschreiben werde ich nichts. Ich habe einmal etwas wegen eines Unfalls unterschrieben, und mein Vater nahm mir das Versprechen ab, nie wieder etwas zu unterschreiben, ohne es ihm vorher gezeigt zu haben. Ich kann es mitnehmen, ihm zeigen und es dann unterschreiben; und Sie können es heute abend oder morgen abholen.« Sie runzelte die Stirn. »Nur wußte er, daß ich einen Schlüssel hatte. Aber das könnte ich erklären.«

Aber sie hatte das Schriftstück nicht mehr. Ich hatte es an mich genommen. Wer mir jetzt vorwirft, ich hätte meine Taktik wechseln und mich weiter mit ihr herumraufen sollen, dem kann ich nur gratulieren, daß nicht er, sondern ich es war, der sie auf dem Hals hatte. Ich gab es auf. Ich zog meinen Taschenblock heraus, riß eine Seite ab und begann darauf zu schreiben.

»Ich könnte noch einen Drink vertragen«, bemerkte sie.

»In einer Minute«, murmelte ich und fuhr fort zu schreiben:

An Nero Wolfe
Ich erkläre hiermit, daß Archie Goodwin sein Bestes getan hat, mich zur Unterschrift der von Ihnen verfaßten Erklärung zu

überreden. Er hat mir ihren Zweck auseinandergesetzt, und ich habe ihm erzählt, warum ich es ablehnen mußte, sie zu unterschreiben.

»Hier«, sagte ich und reichte ihr den Zettel. »Hier geht es um keine amtliche Unterschrift, dieses ist nur eine Erklärung, daß Sie sich weigern, etwas zu unterschreiben. Ich brauche es, weil Mr. Wolfe weiß, wie sehr ich auf hübsche Mädchen fliege, besonders auf so gescheite Mädchen wie Sie; und wenn ich ihm seine Erklärung nicht unterschrieben zurückbringe, wird er denken, ich hätte noch nicht einmal einen Versuch unternommen. Er könnte mich sogar vor die Tür setzen. Schreiben Sie nur dort unten Ihren Namen hin.«

Sie las es durch und nahm den Füllhalter. Sie lächelte mir mit funkelnden Augen zu. »Sie können mir nichts vormachen«, sagte sie nicht unfreundlich. »Ich weiß, wann ein Mann auf mich fliegt. Sie halten mich für kalt und berechnend.«

»So?« stieß ich ein wenig bitter hervor, aber nicht zu bitter. »Aber davon abgesehen, es steht nicht zur Debatte, ob ich auf Sie fliege oder nicht, sondern was Mr. Wolfe denken wird. Dieses wird mir nützlich sein. Recht vielen Dank.« Ich nahm ihr das Papier ab und blies über ihre Unterschrift, um sie zu trocknen. »Ich weiß, wann ein Mann auf mich fliegt«, stellte sie noch einmal fest.

Es gab weiter nichts für mich zu tun, aber ich hatte ihr praktisch noch einen Drink versprochen und hielt mein Versprechen.

Als ich in die 35. Straße zurückkam, war es nach sechs Uhr, und Wolfe hatte seine Sitzung in den Gewächshäusern beendet und war unten im Büro. Ich marschierte hinein und legte das nicht unterschriebene Schriftstück direkt vor ihn auf den Schreibtisch.

Er grunzte. »Na und?«

Ich ließ mich nieder und erzählte haarklein, wie alles vor sich gegangen war, bis zu ihrem Vorschlag, das Schreiben nach Hause zu nehmen, um es ihrem Vater zu zeigen.

»Tut mir leid«, sagte ich, »aber einige ihrer hervorstechendsten Eigenschaften gingen in jener Gesellschaft unter. Das ist keine Entschuldigung, nur eine Tatsache. Ihre geistigen Manöver können leicht in einer ausgehöhlten Erbse vonstatten gehen. Da ich weiß, was Sie von unbestätigten Berichten halten, und da ich Sie von der Wahrheit des meinigen überzeugen möchte, verschaffte ich mir zur Unterstützung Beweise. Hier ist ein Papier, das sie unterschrieben *hat.*«

Ich reichte ihm die Seite, die ich aus meinem Notizblock gerissen hatte. Er warf einen Blick darauf und blinzelte mir zu.

»Das hat sie unterschrieben?«

»Ja, Sir. In meiner Gegenwart.«

»In der Tat. Gut. Zufriedenstellend.«

Ich bestätigte diesen Tribut mit einem lässigen Nicken. Es kränkte mich ganz und gar nicht, wenn er »zufriedenstellend« in diesem Ton sagte.

»Eine kühne, flüssige Handschrift«, urteilte er. »Benutzte sie Ihren Füllhalter?«

»Ja, Sir.«

»Kann ich ihn einmal haben?«

Ich gab ihn ihm zusammen mit einigen Blatt Schreibmaschinenpapier und beobachtete stehend mit beifälligem Interesse, wie er »Clara James« wieder und wieder schrieb und jeden Versuch mit der Schriftprobe, die ich ihm verschafft hatte, verglich. Währenddessen nuschelte er vor sich hin:

»Höchst unwahrscheinlich, daß es überhaupt jemand zu sehen bekommt – außer unseren Klienten ... Das ist besser ... Es ist genug Zeit, sie alle vor dem Abendessen anzurufen – zuerst Mrs. Mion und Mr. Weppler – dann die andern ... Sagen Sie ihnen, daß ich mir mein Urteil über Mrs. Mions Ansprüche gegen Mr. James gebildet habe ... Wenn sie um neun Uhr heute abend kommen können ... Ist das unmöglich, geht es auch morgen vormittag um elf ... Dann rufen Sie Mr. Cramer an ... Sagen Sie ihm, er könnte am besten gleich einen seiner Männer mitbringen ...«

Er strich die maschinengeschriebene Erklärung auf seinem Schreibtischlöschblatt glatt, fälschte Clara James' Unterschrift darunter und verglich sie mit der echten Unterschrift, die ich besorgt hatte.

»Mangelhaft, in den Augen eines Experten«, murmelte er, »aber sie wird niemals einem Experten unter die Augen kommen. Für unsere Klienten, selbst wenn sie ihre Handschrift kennen, wird sie ihren Zweck prächtig erfüllen.«

Es kostete mich eine volle Stunde am Telefon, um alle für den Abend unter einen Hut zu bringen, aber schließlich hatte ich es erreicht. Gifford James entwischte mir, wie immer, aber seine Tochter war bereit, ihn aufzutreiben und mitzubringen, und machte damit vieles gut. Die andern brachte ich selbst zur Strecke.

Die einzigen, die Schwierigkeiten machten, waren unsere Klienten, besonders Peggy Mion. Sie sträubte sich hartnäckig, an einer Besprechung teilzunehmen, die den scheinbaren Zweck hatte, Geld von Gifford James zu kassieren, und ich mußte mich an Wolfe um Hilfe wenden. Fred und Peggy wurden früher als die andern zu einer privaten Einsatzbesprechung eingeladen, um sich dann zu entscheiden, ob sie bleiben wollten oder nicht. Da willigten sie ein.

Sie kamen gerade rechtzeitig, um unseren Abendkaffee zu teilen. Peggy hatte sich wahrscheinlich die Zähne geputzt, ein Bad genommen, ein Schläfchen gehalten und offensichtlich die Kleider gewechselt, aber selbst so glänzte sie nicht. Sie war mißtrauisch, müde, abwesend und skeptisch. Zwar sagte sie nicht, daß sie wünschte, Nero Wolfe nie im Leben begegnet zu sein, aber ihr Ausdruck sprach Bände. Mir schwante, daß Fred Weppler genauso dachte, sich aber tapfer und mannhaft hielt. Peggy hatte darauf bestanden, Wolfe zu konsultieren, und Fred wollte sie nicht fühlen lassen, daß sie damit alles verschlimmert hatte, seiner Meinung nach.

Sie wurden noch nicht einmal munter, als Wolfe ihnen die Erklärung mit Clara James' Unterschrift zeigte. Sie lasen sie zusammen durch, sie im roten Ledersessel, und er auf der Sesselkante hockend. Zusammen blickten sie zu Wolfe auf.

»Na und?« fragte Fred.

»Mein werter Herr!« Wolfe stieß seine Kaffeetasse zurück. »Meine liebe gnädige Frau. Warum kamen Sie zu mir? Weil die Tatsache, daß die Waffe bei Ihrem Eintritt ins Studio nicht auf dem Boden lag, Sie überzeugte, daß Mion nicht Selbstmord begangen hatte, sondern ermordet worden war. Hätten die Umstände Ihnen erlaubt, an einen Selbstmord zu glauben, so wären Sie jetzt bereits verheiratet und hätten mich nie gebraucht. Sehr schön. So liegen die Dinge also. Was wollen Sie noch mehr? Sie wollten Klarheit haben. Ich habe sie Ihnen gegeben.«

Fred verzog kritisch den Mund.

»Ich glaube es nicht«, murrte Peggy düster.

»Sie glauben nicht an diese Erklärung?« Wolfe griff nach dem Schriftstück und legte es in seine Schreibtischschublade, was mir als weise Vorsichtsmaßnahme erschien, da es kurz vor neun Uhr war. »Glauben Sie, daß Miss James eine solche Erklärung unterschreiben würde, wenn sie nicht stimmte? Warum sollte –«

»Das meine ich nicht«, sagte Peggy. »Ich meine, ich glaube nicht, daß mein Mann sich selbst tötete, ganz egal, wo die Waffe lag. Dazu kannte ich ihn zu gut. Er hätte nie Selbstmord begangen – *nie*.« Sie drehte den Kopf, um zu ihrem Mitklienten aufzublicken. »Nicht wahr, Fred?«

»Schwer daran zu glauben«, stimmte Fred griesgrämig zu.

»Ich verstehe«, sagte Wolfe sarkastisch. »Dann war die Aufgabe, für die Sie mich engagierten, nicht so, wie Sie sie mir beschrieben. Zumindest müssen Sie zugeben, daß ich Sie im Hinblick auf die Waffe zufriedengestellt habe; da können Sie sich nicht herauswinden. Der Fall ist also erledigt, aber jetzt wollen Sie mehr. Sie wollen einen Mordfall gelöst haben, was zwangsläufig die Festnahme eines Mörders einschließt. Sie wollen –«

»Ich meine nur«, beharrte Peggy kläglich, »daß ich nicht glaube, daß er sich selbst tötete, und nichts kann mich davon abbringen. Ich weiß jetzt, was ich wirklich –«

Die Türglocke ging, und ich stand auf, um zu öffnen.

Unsere Klienten nahmen also an der Versammlung teil.

Es waren zehn Gäste gekommen: die sechs, die auch am Montag abend hier gewesen waren, die beiden Klienten, Inspektor Cramer und mein alter Freund und Feind, Sergeant Purley Stebbins. Das Ungewöhnliche dabei war, daß die Tölpelhafteste der Gesellschaft, Clara James, die einzige war, die wohl ahnte, worum es ging, wenn sie nicht auch ihren Vater eingeweiht hatte, was ich bezweifelte. Sie hatte den Vorteil, das Stichwort zu kennen, das ich ihr in der Churchill-Bar gegeben hatte. Adele Bosley, Dr. Lloyd, Rupert Grove, Richter Arnold und Gifford James hatten keinen Grund zu der Annahme, daß irgend etwas anderes auf der Tagesordnung stand als der Schadenersatzanspruch gegen James, bis sie erschienen und mit Inspektor Cramer und Sergeant Stebbins bekannt gemacht wurden. Gott allein wußte, was sie dann dachten; ein Blick auf ihre Gesichter genügte, um zu wissen, daß *sie* nichts ahnten. Was Cramer und Stebbins anbetraf, so kannten sie Wolfe gut genug, um zu wissen, daß die Fetzen fliegen würden, aber wessen Fetzen und wie und wann? Fred und Peggy dachten wahrscheinlich auch nach Ankunft der Gesetzeshüter, daß Wolfe Mion auf Selbstmord festnageln wollte, indem er Claras Erklärung vorlegen und enthüllen würde, was Fred uns über die Waffe, die er von der Büste auf den Boden legte, erzählt hatte. Das erklärte auch den verzweifelten, in die Enge getriebenen Ausdruck auf ihren Gesichtern. Aber jetzt saßen sie fest.

Wolfe fixierte Inspektor Cramer, der weiter hinten neben dem großen Globus saß, flankiert von Purley. »Wenn es Ihnen nichts ausmacht, Mr. Cramer, so möchte ich zuerst eine kleine Sache bereinigen, die außerhalb Ihres Interessenbereichs liegt.«

Cramer nickte und schob die Zigarre in den andern Mundwinkel. Er setzte seine wachsamen Augen in Bewegung.

Wolfe wechselte die Blickrichtung. »Ich bin sicher, daß Sie alle sehr erfreut darüber sein werden. Nicht, daß ich mein Urteil, um Ihnen gefällig zu sein, abfaßte; ich betrachtete nur die wesentlichen Punkte des Falles. Ohne ihrer rechtlichen Lage gegenüber voreingenommen zu sein, scheint mir, daß Mrs. Mion, moralisch gesehen, keinen Anspruch gegen Mr. James hat. Wie ich bereits sagte, nimmt sie mein Urteil an. Sie erhebt keinen Anspruch und wird keine Schadenersatzzahlung fordern. Sie bestätigen dies vor diesen Zeugen, Mrs. Mion?«

»Gewiß.« Peggy wollte noch etwas hinzufügen, hielt es aber zurück.

»Das ist wunderbar!« Adele Bosley schnellte von ihrem Stuhl hoch. »Darf ich das Telefon benutzen?«

»Später«, fauchte Wolfe sie an. »Setzen Sie sich, bitte.«

»Mir scheint«, bemerkte Richter Arnold, »daß man uns das auch telefonisch hätte mitteilen können. Ich mußte eine wichtige Besprechung absagen.« Rechtsanwälte sind doch nie zufriedenzustellen.

»Ganz richtig«, pflichtete Wolfe sanft bei. »Wenn das alles wäre. Aber es geht da noch um Mions Tod. Wenn ich –«

»Was hat denn das damit zu tun?«

»Das will ich Ihnen gerade erklären. Gewiß hängt es damit zusammen, da sein Tod, wenn auch indirekt, ein Resultat des Angriffs von Mr. James war. Aber mein Interesse geht darüber hinaus. Mrs. Mion beauftragte mich nicht nur, über den Schadenersatzanspruch gegen Mr. James zu entscheiden – was nun abgeschlossen ist –, sondern auch, den Tod ihres Mannes zu untersuchen. Sie war überzeugt, daß er nicht Selbstmord beging. Sie glaubt nicht, daß er so veranlagt war. Ich habe Ermittlungen angestellt, und ich bin bereit, ihr Bericht zu erstatten.«

»Dafür brauchen Sie uns doch nicht hier«, warf Rupert der Dicke in hohem Quiekton ein.

»Einen von Ihnen brauche ich. Den Mörder.«

»Aber Sie brauchen immer noch nicht *uns*«, schnappte Arnold barsch.

»Verdammt«, polterte Wolfe, »dann gehen Sie! Alle, bis auf einen. Gehen Sie!«

Niemand rührte sich.

Wolfe gab ihnen fünf Sekunden. »Dann will ich fortfahren«, meinte er trocken. »Wie ich sagte, ich bin bereit, Bericht zu erstatten, aber die Ermittlung ist noch nicht abgeschlossen. Eine wichtige Einzelheit erfordert eine amtliche Genehmigung, und deshalb ist Inspektor Cramer hier. Ich brauche weiterhin auch Mrs. Mions Einwilligung und halte es für nötig, auch Dr. Lloyd um Rat zu fragen, da er den Totenschein unterschrieben hat.« Er sah Peggy an. »Zuerst Sie, gnädige Frau. Geben Sie Ihre Einwilligung zu der Exhumierung der Leiche Ihres Mannes?«

Sie starrte ihn an. »Wozu?«

»Um den Beweis zu erbringen, daß er ermordet wurde, und durch wen. Damit kann mit Gewißheit gerechnet werden.«

Sie hörte auf, ihn anzustieren. »Ja. Es ist mir gleich.« Sie dachte wohl, er schwafelte nur daher, um sich selber reden zu hören.

Wolfes Augen schwenkten nach links. »Sie haben keine Einwände, Dr. Lloyd?«

Lloyd war verdutzt. »Ich habe keine Ahnung«, sagte er langsam und deutlich, »worauf Sie hinauswollen. Aber in jedem Fall kann ich mich nicht dazu äußern. Ich stellte lediglich den Totenschein aus.«

»Dann haben Sie also nichts dagegen. Mr. Cramer, den Grund für das Gesuch einer amtlichen Genehmigung erfahren Sie gleich, aber Sie sollten wissen, daß eine Untersuchung und ein Befund von Dr. Abraham Rentner vom Sinai-Hospital gefordert wird.«

»Sie bekommen nicht einfach eine Exhumierung bewilligt, nur weil Sie neugierig sind«, knurrte Cramer.

»Das weiß ich. Ich bin mehr als neugierig.« Wolfes Augen gingen hin und her. »Sie alle wissen, nehme ich an, daß die Polizei hauptsächlich wegen der Art des Todes bei Mion auf Selbstmord schloß. Natürlich mußten auch die andern Einzelheiten stimmen – wie zum Beispiel das Vorhandensein der Waffe neben der Leiche –, und sie stimmten. Aber der entscheidende Faktor war die Annahme, daß ein Mann nicht ermordet werden kann, indem man ihm den Lauf eines Revolvers in den Mund stößt und abdrückt, es sei denn, er wurde zuerst bewußtlos gemacht. Aber nichts deutete darauf hin, daß Mion entweder durch einen Schlag oder durch Drogen betäubt wurde, und außerdem ging die Kugel durch seinen Kopf in die Decke. Immerhin, wenn diese Annahme in der Regel vernünftig ist, so war dieser Fall sicherlich eine Ausnahme. Es fiel mir sofort auf, als Mrs. Mion mich zum ersten Mal aufsuchte. Denn es gab dort – aber ich will es Ihnen an einer einfachen Darstellung zeigen. Archie, besorgen Sie eine Waffe.«

Ich öffnete meine dritte Schreibtischschublade und zog eine Waffe hervor.

»Ist sie geladen?«

Ich schnippte sie zur Probe auf. »Nein, Sir.«

Wolfe wandte sich wieder an seine Zuhörerschaft. »Ich denke, Sie, Mr. James. Als Opernsänger sollten Sie in der Lage sein, Bühnenanweisungen zu folgen. Stehen Sie bitte auf. Dieses ist eine ernste Sache, machen Sie es also richtig. Sie sind ein Patient mit einem entzündeten Hals, und Mr. Goodwin ist Ihr Arzt. Er wird Sie bitten, den Mund zu öffnen, so daß er in Ihren Hals sehen kann. Sie sollen genau das tun, was Sie gewöhnlich unter diesen Umständen tun würden. Wollen Sie das tun?«

»Aber das ist doch bekannt.« James war aufgestanden und starrte ihn grimmig an. »Dazu brauchen Sie mich nicht.«

»Dennoch, tun Sie mir den Gefallen. Es gibt dabei eine gewisse Kleinigkeit. Wollen Sie es so natürlich wie möglich machen?«

»Ja.«

»Gut. Beobachten Sie bitte alle Mr. James' Gesicht. Ganz genau. Fangen Sie an, Archie.«

Die Waffe in meiner Tasche, stellte ich mich vor James hin und bat ihn, den Mund weit zu öffnen. Er tat es. Einen Augenblick lang begegneten seine Augen den meinen, als ich in seinen Hals linste, dann verdrehten sie sich nach oben. Ohne Eile zog ich die

Waffe aus meiner Tasche und steckte sie in seinen Mund, bis sie den oberen Gaumen kitzelte. Er zuckte zurück und ließ sich in seinen Stuhl fallen.

»Sahen Sie die Waffe?« fragte Wolfe.

»Nein. Meine Augen waren nach oben gerichtet.«

»Genau.« Wolfe sah die andern an. »Sie beobachteten, wie seine Augen sich nach oben verdrehten? Das ist immer so. Versuchen Sie es selbst einmal. Ich probierte es Sonntag abend in meinem Schlafzimmer. Es ist also keineswegs unmöglich, einen Menschen auf diese Weise zu töten; es ist noch nicht einmal schwierig, wenn Sie sein Arzt sind und sein Hals nicht in Ordnung ist. Geben Sie mir recht, Dr. Lloyd?«

Lloyd hatte sich dem allgemeinen Tumult, James' Gesicht während meines kleinen Manövers zu beobachten, nicht angeschlossen. Er hatte keinen Muskel gerührt. Jetzt zuckte sein Kiefer ein wenig, aber das war alles.

Er tat sein Bestes, um ein Lächeln zustande zu bringen. »Darzustellen, daß so etwas geschehen kann«, begann er mit recht fester Stimme, »ist nicht dasselbe wie zu beweisen, daß es so geschehen ist.«

»Das stimmt«, räumte Wolfe ein. »Obgleich wir wirklich mit ein paar Punkten aufwarten können. Sie haben kein gültiges Alibi. Mion hätte Sie fraglos jederzeit in sein Studio gelassen. Es wäre für Sie ein leichtes gewesen, die Waffe vom Sockel der Caruso-Büste zu nehmen und sie unbemerkt in Ihre Tasche gleiten zu lassen. Für Sie, und für keinen andern, hätte er auf Ihre Bitte hin mit weit offenem Mund dagestanden und so sein Verderben heraufbeschworen. Er wurde getötet, kurz nachdem Sie gezwungen wurden, für ihn eine Verabredung mit Dr. Rentner für eine Untersuchung zu treffen. Diese Tatsachen haben wir, stimmt's?«

»Sie beweisen gar nichts«, beharrte Lloyd. Diesmal war seine Stimme weniger fest. Er erhob sich. Es sah nicht so aus, als ob diese Bewegung einen bestimmten Zweck verfolgte; offensichtlich konnte er einfach nicht ruhig auf seinem Stuhl sitzen bleiben, und seine Muskeln hatten sich selbständig gemacht. Aber das war sein Verhängnis, denn jetzt, aufrecht stehend, begann er zu zittern.

»Sie sind sehr nützlich«, erklärte Wolfe ihm, »wenn wir noch eine weitere Tatsache hinzubekommen, und ich vermute, wir bekommen sie – oder weshalb zittern Sie so? Was war es, Doktor?

Irgendein unglückseliger Schnitzer? Hatten Sie die Operation verpfuscht und seine Stimme für immer ruiniert? Ich nehme an, das war es, da die Bedrohung für Ihren Ruf und Ihre Karriere ernst genug war, um Sie Zuflucht zu einem Mord nehmen zu lassen. Doch das werden wir bald erfahren, wenn Dr. Rentner sein Gutachten abgeben wird. Ich erwarte nicht von Ihnen, daß Sie uns –«

»Es war kein Schnitzer!« quietschte Lloyd protestierend. »Es hätte jedem passieren können ...«

Und damit war er in die Falle gegangen. Ich glaube, was ihn seinen Kopf völlig verlieren ließ, war der Klang seiner eigenen Stimme, ein hysterisches Quietschen, das er nicht ändern konnte. Er machte einen Satz zur Tür. Ich schlug Richter Arnold nieder bei meinem Hechtsprung durch das Zimmer, der unnötig war, denn als ich ankam, hatte Purley Stebbins Lloyd bereits am Kragen, und Cramer leistete Hilfestellung. Hinter mir spürte ich eine Bewegung, und ich drehte mich um. Clara James hatte sich auf Peggy Mion gestürzt und schrie etwas, was mir entging. Aber ihr Vater und Adele Bosley hatten sich ihr in den Weg gestellt und hielten sie fest. Richter Arnold und Rupert der Dicke bestätigten Wolfe voller Begeisterung, wie fabelhaft er sei. Peggy schluchzte anscheinend, was ich aus der Art, wie ihre Schultern zuckten, entnahm. Ihr Gesicht konnte ich nicht sehen, denn sie barg es an Freds Schulter, und er hielt sie fest in seinen Armen.

Mich wollte und brauchte niemand, deshalb ging ich in die Küche, um mir ein Glas Milch zu genehmigen.

Mittagsschlaf ins Jenseits

Ich war mit zwei Dingen zu gleicher Zeit beschäftigt. Mit meinen Händen holte ich mein Schulterhalfter und meine Marley 32 aus dem Schreibtisch, und mit meiner Zunge hielt ich Nero Wolfe einen Vortrag über Finanzwirtschaft.

»Das meiste, was Sie von ihm bekommen können«, errechnete ich, »sind fünfhundert Dollar. Ziehen Sie davon zwanzig Prozent für Spesen und nochmals zwanzig Prozent für allgemeine Unkosten ab, so bleiben nur noch dreihundert Dollar. Fünfundachtzig Prozent Einkommensteuer reduzieren diese Summe auf fünfundvierzig Dollar, und das ist alles, was Sie für die Abnutzung Ihres Gehirns und meiner Beine erhalten. Von dem Risiko ganz zu schweigen. Davon könnte man nicht einmal –«

»Was für ein Risiko?« murmelte er, um mir zu beweisen, daß er zugehört hatte, obgleich er sich natürlich nur dem Kreuzworträtsel in der *London Times* widmete.

»Die ganzen Verwicklungen«, äußerte ich unheilvoll. »Sie hörten doch seine Erklärung. Mit einem Revolver herumzuspielen ist gefährlich.« Ich verrenkte mich, um die Schnalle des Halfters zu schließen, dann griff ich nach einer Jacke. »Da Sie als Detektiv im Telefonbuch geführt sind und da ich als Ihr Assistent ein Gehalt beziehe, habe ich nichts dagegen, für Klienten Detektivarbeit zu leisten. Aber dieser Bursche will selbst die Arbeit tun und dazu nur unseren Revolver als Requisit benutzen.«

Ich rückte meinen Schlips zurecht, ohne dabei in den großen Spiegel an der Wand zu sehen, weil Wolfe sich sonst über meine Eitelkeit lustig gemacht hätte. »Wir könnten ihm den Revolver ebensogut mit einem Boten zuschicken.«

»Pfui«, brummte Wolfe. »Dies ist eine hochoffizielle Angelegenheit. Sie sind nur schlechter Laune, weil Sie Dazzle Dan nicht mögen. Bei Donald Duck würden Sie sich alle Beine ausreißen.«

»Unsinn. Ich sehe mir das nur ab und zu an, um mich zu bilden. Auch Ihnen könnte das nicht schaden.« Ich ging in den Flur, schloß die Haustür hinter mir, lief die Vordertreppe hinunter und schlug den Weg zum Taxistand in der Zehnten Avenue ein. Ein kalter, böiger Wind kam vom Hudson her, und ich schritt energisch aus, um mich warm zu laufen.

Es stimmte, daß ich mir aus Dazzle Dan nichts machte, dem Helden eines Comic-Streifens, der in zweitausend verschiedenen Zeitungen – oder waren es zweihunderttausend? – im ganzen Land erschien. Auch aus seinem Schöpfer, Harry Koven, machte ich mir nichts, der uns in unserem Büro am Samstag abend, vor vierzig Stunden also, aufsuchte. Er hatte die ganze Zeit mit seinen zackigen gelben Zähnen an seiner Oberlippe geknabbert. Außerdem machte ich mir auch gar nichts aus seinem Auftrag, so wie er ihn darlegte. Nicht daß ich mir auf Wolfes Ruhm und Ansehen etwas einbildete – ein Bursche, dem der Revolver gestohlen wurde, hat das gleiche Recht, einen Detektiv zu beauftragen, wie eine des Mordes verdächtige Herzogin –, aber wie Harry Koven sagte, wollte er selbst Detektiv spielen, so daß der einzige Unterschied zwischen mir und einem Laufburschen darin bestand, daß ich zu meinem Botengang ein Taxi statt der Bahn benutzte.

Auf jeden Fall hatte Wolfe den Auftrag angenommen. Ich zog einen leicht zerknüllten Notizzettel aus meiner Tasche und besah ihn mir.

Marcelle Koven, Ehefrau
Adrian Getz, Freund oder Anhängsel, vielleicht beides
Patricia Lowell, Geschäftsführerin
Pete Jordan, Künstler, zeichnet Dazzle Dan
Byram Hildebrand, Künstler, zeichnet ebenfalls D. D.

Einer dieser fünf sollte nach Angaben von Harry Koven dessen Revolver, eine Marley 32, gestohlen haben, und er wollte den Täter aufspüren. Er tat so, als ginge es ihm weniger um den Gegenstand als ums Prinzip, doch wenn ein Rasierapparat oder ein Paar Manschettenknöpfe gefehlt hätten, hätte er dieses Lippenanknabbern, von den andern Zeichen der Unruhe ganz zu schweigen, bestimmt unterlassen. Er hatte zweimal ausdrücklich betont, daß er keinen der fünf im Verdacht habe, mit dem Revolver ein paar Schießübungen zu machen, und das zweitemal sagte er das so nachdrücklich, daß Wolfe grunzte und ich meine Brauen hob. Da eine Marley 32 keineswegs eine Sammlerrarität ist, war es weiter kein Wunder, daß sich eine in unserem Arsenal befand und wir deshalb in der Lage waren, Koven mit dem Requisit, das er für seine Darbietung benötigte, auszurüsten. Was nun die Darbietung selbst betraf, so war es das klügste, erst einmal abzuwarten. Doch es lag mir nicht, in Fällen, die mir unsympathisch waren, besondere Klugheit an den Tag zu legen.

Ich verließ das Taxi vor dem Haus in der 76. Straße, östlich der Lexington Avenue. Die Vorderfront dieses Hauses war im Laufe der letzten Jahre modernisiert worden, im Gegensatz zu Wolfes altem Sandsteinhaus in der 35. Straße, das noch immer den gleichen Giebel aufweisen konnte, mit dem es einst erbaut wurde. Ehe ich die vier Stufen zur Haustür hinaufstieg, warf ich noch einen Blick auf die rosa Fensterläden und auf die Immergrünkübel, die den Eingang flankierten. Ein Hausmädchen mit triefender Nase ließ mich ein. Sie hatte den Lippenstift so dick aufgetragen, wie Wolfe seinen Camembert aufs Brot streicht. Ich sagte ihr, daß ich eine Verabredung mit Mr. Koven hätte, worauf sie erwiderte, daß Mr. Koven noch nicht zu sprechen sei. Damit dachte sie ihre Pflicht und Schuldigkeit getan zu haben. Ich sagte: »In unserem Haus, das nur von Männern geführt wird, geht es besser zu. Wenn Fritz oder ich jemanden, der eine Verabredung hat, einlassen, nehmen wir ihm Hut und Mantel ab.«

»Wie ist Ihr Name?« fragte sie in einem Ton, der ihren Zweifel, ob ich so etwas wie einen Namen überhaupt besaß, kundtat.

Eine laute Männerstimme ließ sich von irgendwoher hören: »Ist das der Mann von Funari?« Eine Frauenstimme klang von oben: »Cora, ist das mein Kleid?«

»Nein, es ist Archie Goodwin, der um zwölf Uhr von Mr. Koven erwartet wird«, schrie ich. »Es ist jetzt zwei Minuten nach zwölf.« Man rührte sich. Die weibliche Stimme, etwas gedämpfter, bat mich, heraufzukommen. Das Hausmädchen machte sich mit beleidigter Miene davon. Ich legte meinen Mantel auf einen Stuhl und meinen Hut obenauf. Ein Mann trat aus der Tür am Ende der Halle und näherte sich.

»Noch mehr Lärm. Verdammt lauter Ort. Hier geht's entlang!« Er stieg mir voran die Treppe hinauf. »Wenn Sie eine Verabredung mit Sir Harry haben, müssen Sie immer eine Stunde draufschlagen.«

Er lotste mich durch eine große Diele, von der hohe Bogendurchgänge rechts und links zu den Zimmern führten, und schob mich durch eine dieser feudalen Türen zur Linken. Es gibt wenig Räume, die ich nicht mit einem Blick erfassen kann, aber dieser gehört dazu. Zwei große Fernsehapparate, ein Affe in einem Käfig in der Ecke, Sessel in allen Farben und Größen, ein Meer von Teppichen und Brücken, ein Kaminfeuer, das eine höllische Temperatur verbreitete – ich gab es auf und richtete meinen Blick auf die Bewohnerin. Das war nicht nur einfacher, sondern auch angenehmer. Sie war kleiner, als ich es gewöhnlich gern habe, aber sonst nicht übel. Besonders hübsch waren ihre sanft geschwungenen Brauen über ernsten grauen Augen und vorstehenden Backenknochen. Sie mußte Salamanderblut in sich haben, um so kühl und frisch in diesem Backofen auszusehen.

»Liebster Pete«, sagte sie zu meinem Begleiter. »Sie sollten aufhören, meinen Mann Sir Harry zu nennen.«

Ich mußte diese Worte als gelungenen Zeitraffer anerkennen. Denn mit diesem einen Satz belehrte sie mich, daß sie Marcelle Koven und daß der junge Mann Pete Jordan sei, und erteilte gleichzeitig diesem Pete eine Rüge.

Pete Jordan trat heftig auf sie zu, als wolle er sie entweder schlagen oder umarmen. Aber kurz vor ihr hielt er an. »Sie verstehen das nicht«, wies er sie in seinem angriffslustigen Bariton zurück. »Das gehört zu meinem Plan. Es ist für mich die einzig mögliche Art zu zeigen, daß ich keine Laus bin. Nur eine Laus würde hier bleiben und Monat für Monat diesen Kitsch produzieren. Sehen Sie mich nur an, so sehe ich aus, weil ich gerne esse. Ich habe nicht die Willenskraft, damit aufzuhören und einmal ein wenig zu hungern. Deshalb nenne ich ihn Sir Harry, um Sie zu ärgern, und ich strenge meinen Geist an, um einen Namen zu finden, der ihn selbst erbosen wird. Und dann werde ich mir einen Weg ausdenken, um Getz zu verbittern. Dann werde ich hier rausgeworfen und kann mit meiner Hungerkur beginnen und ein richtiger Künstler werden. Das ist mein Plan.« Er wandte sich um und sah mich durchdringend an. »Ich werde ihn besser verfolgen können, weil ich ihn in Gegenwart eines Zeugen dargelegt habe. Sie sind der Zeuge. Mein Name ist Jordan, Pete Jordan.«

Er hätte besser auf diesen Adlerblick verzichtet, denn er paßte ganz und gar nicht zu ihm. Er war kaum größer als Mrs. Koven und hatte schmale Schultern und breite Hüften.

»Sie haben mich bereits genug geärgert«, erklärte sie ihm mit angenehm leiser, doch nicht etwa zaghafter Stimme. »Sie benehmen sich wie ein Rüpel, dabei sind Sie viel zu alt dafür. Warum wollen Sie nicht erwachsen werden?«

Er wirbelte herum und funkelte sie an. »Ich betrachte Sie als eine Matrone!«

Das war dumm, denn beide waren jünger als ich, und sie konnte kaum mehr als drei oder vier Jahre älter sein als er.

»Verzeihung«, mischte ich mich ein, »aber ich bin nicht Zeuge im Hauptberuf. Ich bin zu Mr. Koven bestellt. Soll ich ihn suchen?«

Ein Quieken ertönte hinter mir.

»Guten Morgen, Mrs. Koven. Bin ich zu früh?«

Ich drehte mich nach dem Besitzer dieser Puppenstimme um. Er hätte mit Pete Jordan tauschen sollen, denn er hatte die Statur für einen tiefen Bariton, mit seinem gutgeformten Kopf und seinem dichten Schopf grauer, fast weißer Haare. Alles an ihm war eindrucksvoll und gebieterisch, aber das Quieken machte alles zunichte.

»Ich hörte, wie Mr. Goodwin und Pete heraufkamen, und ich dachte ...«

Mrs. Koven und Pete unterhielten sich ungeniert weiter, und als sich auch noch der Affe schnatternd einmischte, konnte man überhaupt nichts mehr auseinanderhalten. Ich spürte, wie mir der Schweiß auf die Stirn trat, denn ich hatte Jacke und Weste in dieser Hölle an, während Pete und der Neuankömmling in Hemdsärmeln waren. Ich konnte jedoch ihrem Beispiel nicht folgen, ohne mein Schulterhalfter zu enthüllen. Sie fuhren, einschließlich des Affen, mit ihrem Geschnatter fort und ignorierten mich völlig. Doch erfuhr ich immerhin, daß der Quieker nicht, wie ich vermutet hatte, Adrian Getz, sondern Byram Hildebrand war, Petes Mitarbeiter in der Tretmühle der Dazzle-Dan-Produktion.

Alles war ungezwungen und anheimelnd, aber ich begann zu dampfen und ging kurz entschlossen ein Fenster öffnen. Die andern kümmerten sich nicht darum, und ich war froh über die frische Luft, rieb mir den Schweiß von der Stirn und aus dem

Nacken, und als ich mich umwandte, stellte ich fest, daß wir Gesellschaft bekommen hatten. Durch die Flügeltür trat eine rosenwangige Gestalt in einem Nerzmantel und einem schief aufgesetzten kessen Hütchen. Niemand außer mir schien von ihrer Gegenwart Notiz zu nehmen. Sie ging zum Kamin, ließ den Mantel in einen Sessel gleiten und enthüllte dabei ein raffiniert geschnittenes Kleid. Dann sagte sie lässig: »Rookaloo wird in spätestens einer Stunde tot sein.«

Daraufhin schwieg plötzlich alles entsetzt, bis auf den Affen. Mrs. Kovens Augen irrten durch den Raum, und als sie das offenstehende Fenster entdeckte, fragte sie: »Wer hat das getan?«

»Ich«, gestand ich mannhaft.

Byram Hildebrand schritt, wie ein General vor seinen Truppen, zum Fenster und zog es zu. Der Affe hörte auf zu schnattern und hustete.

»Hören Sie nur«, sagte Pete Jordan. Sein Bariton wurde direkt freundlich. »Er hat bereits eine Lungenentzündung. Das ist eine Idee. Damit mache ich Getz schrecklich wütend!«

Die drei gingen an den Käfig und betrachteten Rookaloo eingehend, ohne sich weiter um die Dame zu kümmern, die durch ihr rechtzeitiges Kommen sein Lebensretter geworden war. Sie fragte mich freundlich: »Sie sind Archie Goodwin? Ich heiße Pat Lowell.« Dabei reichte sie mir ihre Hand. Sie hatte Talent zum Händedruck und vervollkommnete ihn noch durch einen offenen Blick aus ihren klaren braunen Augen.

»Ich wollte Sie heute morgen schon anrufen, um Sie zu warnen, daß Mr. Koven nie pünktlich seine Verabredungen einhält. Aber da er diese selbst getroffen hatte, wollte ich mich nicht einmischen.«

»Erfinden Sie nie mehr einen Grund, mich nicht anzurufen.«

»Nein.« Sie sah auf ihre Armbanduhr. »Sie sind sowieso zu früh da. Er hat die Besprechung auf halb eins angesetzt.«

»Ich sollte um zwölf hier sein.«

»Oh!« Sie musterte mich, nicht unfreundlich, doch bildete sie sich bestimmt ihr Urteil über mich. »Wollte er denn erst einmal mit Ihnen sprechen?«

Ich zuckte die Schultern. »Das nehme ich an.«

Sie nickte stirnrunzelnd. »Das ist neu für mich. Ich bin nun seit drei Jahren seine Vertreterin und Managerin, führe seine ganzen

Geschäfte, alles, von Hustentropfen bis zu Ideen für Dazzle Dan, und dies ist das erste Mal, daß er eine Konferenz einberuft, ohne vorher mit mir darüber gesprochen zu haben. Und noch dazu, wo es um keinen Geringern als Nero Wolfe geht. Ich nehme an, es handelt sich um eine Verbindung von Nero Wolfe und Dazzle Dan, da wir D. D. jetzt als Detektiv auftreten lassen wollen?«

Ich setze hier ein Fragezeichen, obgleich ihr Tonfall es mir überließ, hierin eine Frage oder nur eine Feststellung zu sehen. Ich hatte von diesem Plan noch nichts gehört, und das Vergnügen, demnächst Wolfe von einer Verbindung zwischen ihm und Dazzle Dan zu berichten, mußte auf meinem Gesicht stehen. Ich versuchte es zu unterdrücken.

»Wir warten besser«, meinte ich diplomatisch, »bis Mr. Koven uns darüber aufklärt. Soweit ich weiß, bin ich nur als technischer Berater hergekommen und vertrete Mr. Wolfe, da er sein Haus selten verläßt. Sie werden natürlich die geschäftliche Seite erledigen, und wahrscheinlich müssen wir beide dann viele gemeinsame Besprechungen –«

Ich hielt inne, denn sie hörte mir nicht mehr zu. Ihre Augen, die plötzlich völlig verändert waren, richteten sich über meine rechte Schulter hinweg auf die Tür. Ich wandte mich um und sah, daß Harry Koven auf uns zukam. Sein schwarzer Haarschopf war ungekämmt, und er war nicht rasiert. Er trug einen roten Seidenmorgenrock, mit gelben Dazzle-Dan-Figuren bestickt. Ein Männchen in einem dunkelbraunen Anzug begleitete ihn.

»Guten Morgen, meine lieben Dazzle-Kinder«, polterte Koven jovial.

»Es ist kalt hier«, sagte der kleine Bursche mit sanfter, besorgter Stimme. Auf geheimnisvolle Weise schien diese sanfte kleine Stimme mehr zu tönen als das Poltern von Koven. Sicher war es die sanfte kleine Stimme, die die Begrüßungsworte der Dazzle-Kinder im Keime erstickte, aber es konnte auch die Kombination der beiden sein, des großen und des kleinen Mannes, die so plötzlich die Atmosphäre im Raum veränderte. Vorher waren alle, wenn auch vielleicht etwas überspannt, unbeschwert und fröhlich gewesen. Jetzt herrschte betretenes Schweigen. Also ergriff ich das Wort.

»Ich habe ein Fenster geöffnet.«

»Guter Gott«, sagte der Kleine mit mildem Vorwurf und trat an den Affenkäfig. Mrs. Koven und Pete Jordan standen ihm im Weg und drückten sich hastig zur Seite, als fürchteten sie, von ihm überrannt zu werden, obgleich er bei seiner Größe nicht einmal ein Heimchen hätte zertreten können. Er war nicht nur sehr klein und alt, sondern auch leicht verkrüppelt und hinkte.

Koven polterte mich an: »So, Sie sind also hier! Kümmern Sie sich nicht um den Wicht und seinen verdammten Affen! Er ist in ihn vernarrt. Ich nenne dieses Zimmer hier die Sauna.« Er stieß ein Lachen hervor. »Wie steht's, Wicht? Alles in Ordnung?«

»Ich denke, Harry. Ich hoffe es.« Die sanfte kleine Stimme erfüllte wieder den ganzen Raum.

»Ich hoffe es ebenfalls, oder der Himmel stehe Goodwin bei.« Koven wandte sich an Hildebrand. »Ist Sieben-Achtundzwanzig schon fertig, By?«

»Nein«, quiekte Hildebrand. »Ich habe Furnari angerufen, und er will es gleich schicken.«

»Wieder zu spät. Wir müssen eventuell austauschen. Wenn es kommt, sehen Sie Rahmen drei noch einmal durch, wo Dan sagt: ›Nicht heute nacht, Liebling‹, und ändern Sie es in ›Nicht heute früh, Liebling‹ um. Verstanden?«

»Aber wir haben doch –«

»Ich weiß, aber ändern Sie es so. Wir werden Sieben-Neunundzwanzig dazu passend ändern. Haben Sie Sieben-Dreiunddreißig schon fertig?«

»Nein. Es ist nur –«

»Was haben Sie dann hier oben zu suchen?«

»Nun, Mr. Goodwin kam, und Sie hatten uns alle für halb eins bestellt –«

»Ich sage Ihnen Bescheid, wenn ich so weit bin – kurz nach dem Essen. Zeigen Sie mir dann die neue Fassung von Sieben-Achtundzwanzig.« Koven sah sich gebieterisch um. »Wie geht es euch sonst? Gut? Bis später also. Kommen Sie, Goodwin, tut mir leid, daß ich Sie warten ließ.«

Ich folgte ihm aus dem Zimmer, durch die Diele und die Treppe hinauf in die nächste Etage. Dort gab es nur einen schmalen Korridor, von dem vier Türen abgingen. Koven öffnete die letzte Tür links, und wir traten ein. Das Zimmer war auf alle Fälle eine Erleichterung, es war kühler, beherbergte keinen Affen, und die Einrichtung ließ einem mehr Bewegungsfreiheit. Das Prunkstück war ein riesiger, alter, verschrammter Schreibtisch am Fenster. Nachdem Koven mir Platz angeboten hatte, setzte er sich hinter den Schreibtisch und nahm von einigen Schüsseln, die auf einem Tablett vor ihm standen, die Deckel ab.

»Frühstück«, bemerkte er. »Sie haben bereits gefrühstückt.« Es war keine Frage, aber ich sagte: »Ja«, um freundlich zu sein. Nach dem Anblick zu urteilen, den das Tablett bot, hatte er alle Freundlichkeit der Welt nötig. Es gab ein einsames weichgekochtes Ei, eine wellige, dünne Toastscheibe, drei unterernährte Pflaumen in einem Teelöffel Saft, etwas Mineralwasser und ein Glas. Ein herzzerreißender Anblick. Koven machte sich an die Pflaumen. Dann goß er Wasser in das Glas, nahm einen Schluck und fragte: »Haben Sie ihn mitgebracht?«

»Den Revolver? Gewiß.«

»Lassen Sie mich sehen.«

»Es ist derselbe, den wir Ihnen in unserem Büro bereits zeigten.« Ich setzte mich näher zu ihm. »Ich will mit Ihnen noch einmal alles durchsprechen, ehe wir beginnen. Ist dies der Schreibtisch, in dem Sie Ihren Revolver aufbewahrten?«

Er nickte und biß in den Toast. »Hier, in dieser linken Schublade, ganz hinten.«

»Geladen?«

»Das habe ich Ihnen bereits gesagt.«

»Ja. Sie haben ihn also vor zwei Jahren in Montana gekauft, brachten ihn heim und kümmerten sich nie um einen Waffenschein, sondern legten ihn nur in dieses Fach. Sie haben ihn vor einer Woche oder vor zehn Tagen zum letztenmal gesehen, und vorigen Freitag entdeckten Sie, daß er verschwunden war. Aus zwei Gründen wollen Sie die Polizei nicht rufen. Erstens, weil Sie keinen Waffenschein haben, und zweitens, weil Sie eine dieser fünf Personen im Verdacht haben, der Dieb zu sein –«

»Ich sagte nur, daß es sein *könnte*.«

»So drückten Sie es nicht aus. Aber das ist auch egal. Sie gaben uns die fünf Namen. Übrigens, war das Adrian Getz, den Sie den Wicht nannten?«

»Ja.«

»Dann sind also alle fünf da, und wir können anfangen. Soweit ich weiß, soll ich meinen Revolver hier in das Fach legen, in dem Ihrer vorher war. Sie rufen dann die andern zu der Besprechung, die in meiner Anwesenheit stattfinden soll. Sie wollten sich etwas ausdenken, um mein Hiersein zu erklären. Was ist es?«

Er kaute an einem Bissen Toast mit etwas Ei. Wolfe wäre mit dieser Mahlzeit innerhalb von fünf Sekunden fertig geworden oder hätte, was wahrscheinlicher wäre, das Tablett aus dem Fenster geworfen.

»Ich könnte sagen, daß ich eine neue Serie mit Dazzle Dan als Leiter eines Detektivbüros plane und deshalb Mr. Wolfe mit der technischen Beratung betraut habe. Er hat Sie als seinen Vertreter zu dieser Besprechung geschickt. Wir können ein bißchen darüber reden, und dann frage ich Sie, wie ein Detektiv gewöhnlich einen Raum durchsucht, damit wir einen realistischen Eindruck für die Bildserie gewinnen. Sie sollten nicht gerade beim Schreibtisch anfangen; beginnen Sie am besten mit dem Bücherregal. Wenn Sie dann an den Schreibtisch kommen, schiebe ich meinen Stuhl zurück, um Ihnen Platz zu machen, dadurch habe ich die andern dann direkt vor mir. Wenn Sie die Schublade aufziehen und den Revolver herausnehmen und alle ihn sehen –«

»Ich dachte, Sie wollten das tun.«

»Ja, das hatte ich vor, aber so ist es günstiger, so kann ich ihre Gesichter besser beobachten, wenn die Waffe zum Vorschein kommt. Derjenige, der meinen Revolver gestohlen hat – falls es einer von ihnen war –, wird seine Überraschung nicht verbergen können, wenn Sie plötzlich die gleiche Waffe aus dem Fach nehmen. Machen wir es also so.«

Ich gebe zu, daß mir dieser Plan mehr zusagte als der, den er vorher in Wolfes Büro vorgetragen hatte. Auf diesem Weg konnte er vielleicht erreichen, was er wollte. Ich dachte darüber nach, während er die Flasche leerte. Toast und Ei waren bereits vertilgt. »Hört sich gut an«, pflichtete ich ihm bei. »Es gibt nur einen Haken. Sie erwarten einen überraschten Ausdruck bei *einer* Person, was aber, wenn jetzt *fünf* Personen erstaunt blicken, nämlich, wenn keiner wußte, daß Sie überhaupt einen Revolver in Ihrem Schreibtisch haben?«

»Aber das wissen alle.«

»Alle?«

»Natürlich. Ich dachte, daß ich Ihnen das schon gesagt hatte. Hier in diesem Haus weiß jeder alles. Sie meinten auch, ich sollte ihn weggeben, und jetzt wünschte ich, ich hätte es getan. Sie verstehen, Goodwin, ich möchte jetzt nur wissen, wo sich dieses verdammte Ding befindet, und es an mich nehmen! Danach werde ich allein mit der Sache fertig. Das habe ich Wolfe bereits erklärt.«

»Ich weiß.« Ich stand auf, trat an seine linke Seite und zog die Schublade auf. »Hier hinein?«

»Ja.«

»In das hintere Fach?«

»Ja.«

Ich zog die Marley aus meinem Halfter, entlud sie und schob die Patronen in meine Westentasche. Dann legte ich die Waffe in das Fach und verschloß es. »Okay«, sagte ich, nachdem ich zu meinem Stuhl zurückgekehrt war, »holen Sie die andern. Wir können es jetzt einfach improvisieren, ohne noch eine Generalprobe abzuhalten.«

Aber er blieb ruhig sitzen. Er öffnete für einen Augenblick die Lade und warf einen Blick auf den Revolver, berührte ihn jedoch nicht. Dann schob er das Tablett fort, lehnte sich zurück und begann wieder seine Oberlippe mit seinen gezackten, gelben Zähnen zu bearbeiten. »Ich muß meine Nerven etwas vorbereiten«, sagte er, auf mein Verständnis rechnend. »Ich bin immer erst am Spätnachmittag richtig in Form.«

Ich grunzte: »Zum Teufel, Sie haben mich für zwölf Uhr herbestellt und wollten die Versammlung um halb eins einberufen.«

»Ich weiß.« Er biß noch immer auf der Lippe herum. »Aber ich muß mich erst anziehen.« Plötzlich überschlug sich seine Stimme, und er protestierte: »Hetzen Sie mich nicht, verstanden?«

Mir reichte es, aber ich hatte bereits genug Zeit und außerdem einen Dollar für das Taxi investiert, deshalb blieb ich ruhig.

»Mir ist bekannt, daß Künstler ihre Stimmungen haben, aber ich will Ihnen erklären, wie Mr. Wolfe seine Rechnungen aufsetzt. Er nimmt erst einmal ein Grundhonorar, je nach Art der Arbeit, und wenn es mich mehr Zeit kostet, als er für gerechtfertigt hält, rechnet er hundert Dollar pro Stunde Aufschlag. Wenn Sie mich hier bis zum Spätnachmittag festhalten, wird das für Sie ein teurer Spaß. Ich könnte jetzt gehen und später wiederkommen.«

Davon wollte er nichts wissen. Er meinte, daß meine Gegenwart im Haus ihm dabei helfen würde, sich in Stimmung zu bringen, und es würde auch nur noch ungefähr eine Stunde dauern. Er marschierte zur Tür, öffnete sie, drehte sich aber noch einmal nach mir um und fragte: »Wissen Sie überhaupt, was ich in einer Stunde verdiene? Über tausend Dollar! Mehr als tausend Dollar in der Stunde! Ich werde mich jetzt anziehen.«

Er schloß die Tür hinter sich.

Meine Armbanduhr zeigte siebzehn Minuten nach eins, und mein Magen bestätigte es. Nachdem ich ungefähr zehn Minuten ins Leere gestarrt hatte, griff ich zum Telefonhörer und schilderte Wolfe am andern Ende der Leitung die Lage. Er riet mir, irgendwo essen zu gehen, und ich sagte ja, doch nachdem ich aufgelegt hatte, setzte ich mich wieder in den Sessel. Wenn ich essen ging, würde Koven genauso gut auch in meiner Abwesenheit seine Stimmung aufbessern, aber in dem Moment meiner Rückkehr würde er sie vielleicht wieder verlieren, und die Stimmungsmache müßte von vorne beginnen. Ich erklärte meinem Magen den Stand der Dinge. Er versuchte einen schwachen Protest, aber schließlich war ich der Boss. Es war zweiundvierzig Minuten nach eins auf meiner Armbanduhr, als die Tür geöffnet wurde und Mrs. Koven eintrat. Sie sagte, daß ihr Mann ihr erzählt habe, ich würde noch bleiben. Das bestätigte ich. Daraufhin meinte sie, daß ich etwas zu essen haben müßte. Ich fand, daß das keine schlechte Idee wäre. »Wollen Sie nicht herunterkommen«, lud sie mich ein, »und ein paar belegte Brote mit uns essen? Wir kochen nicht, aber wir haben Sandwiches.«

»Ich möchte nicht unhöflich erscheinen«, entgegnete ich, »aber essen Sie in dem Zimmer mit dem Affen?«

»O nein.« Sie blieb ernst. »Wäre das nicht schrecklich? Nein, wir essen unten im Arbeitszimmer.« Sie berührte meinen Arm. »Kommen Sie.«

Ich folgte ihr die Treppe hinunter.

Die andern vier Verdächtigen saßen um einen einfachen Holztisch in einem großen Raum im Parterre. Das Zimmer bot einen sagenhaften Anblick – Zeichentische unter Neonlampen, Regale, vollgestopft mit Papierrollen, Kanistern und Büchsen in allen Größen und verschiedenen Arbeitsgeräten, verstreut umherstehende Stühle, offene Wandschränke mit Büchern und Mappen, und Tische mit noch mehr Papierstapeln. Es war nicht nur ein Durcheinander für das Auge, sondern auch für das Ohr, denn zwei Radios brüllten sich an. Marcelle Koven und ich setzten uns an den Eßtisch, und mir wurde augenblicklich besser. Es gab Körbe mit französischem Weißbrot und Pumpernickel, Schinkenscheiben auf Papptellern, geräucherten Truthahn, Stör, heißes Corned beef, einen Klumpen Butter, Senf und andere Gewürze, Milchflaschen, eine Kanne dampfenden Kaffee und eine Pfunddose Kaviar. Als ich Pete Jordan zusah, wie er sich eine Ladung Kaviar auf eine Brotscheibe häufte, wußte ich, warum eine Hungerkur über seine Willenskraft ging.

»Bedienen Sie sich«, schrie Pat Lowell mir ins Ohr.

Ich griff mit einer Hand nach dem Brot, mit der anderen nach dem Corned beef und schrie zurück: »Warum stellt niemand die Radios leiser oder ganz ab?«

Sie nahm einen Schluck Kaffee aus dem Pappbecher und schüttelte den Kopf. »Ein Apparat gehört By Hildebrand, der andere Pete Jordan. Sie hören beide verschiedene Programme bei der Arbeit, deshalb müssen sie diese Lautstärke aufdrehen.«

Es war ein Höllengetöse, aber das Corned beef schmeckte wunderbar, und das Brot war ein Genuß. Auch an Truthahn und Stör gab es nichts auszusetzen. Da das Radioduell ein Tischgespräch verhinderte, gebrauchte ich zur Abwechslung einmal meine Augen, die schließlich beeindruckt bei Adrian Getz verweilten, den Koven den Wicht nannte. Er brach sich ein Rechteck vom Brot ab, legte darauf ein Rechteck Stör, garnierte das Ganze mit einigen Häufchen Kaviar und schob es sich in den Mund. Dann nahm er drei Schluck Kaffee und begann von vorne. Damit war er schon beschäftigt, als Mrs. Koven und ich eintraten, und damit war er noch immer beschäftigt, als ich gesättigt und zufrieden nach der zweiten Papierserviette griff. Schließlich war er jedoch fertig. Er stand auf, ging an ein Waschbecken an der Wand und hielt seine Finger unter den Hahn. Während er sie mit einem Taschentuch abtrocknete, ging er zu einem der Radios, schaltete es aus und drehte dann auch das andere ab. Als er wieder zu uns an den Tisch trat, meinte er entschuldigend:

»Ich weiß, das war unhöflich.« Keiner widersprach ihm. »Ich wollte nur Mr. Goodwin fragen, ehe ich hinaufgehe, um meinen Mittagsschlaf zu halten.« Seine Augen hefteten sich auf mich. »Als Sie das Fenster öffneten, wußten Sie da, daß plötzlicher kalter Luftzug für gewisse tropische Affenarten sehr gefährlich ist?«

Sein Ton war eher mild und nachdenklich, aber irgend etwas an ihm – ich wußte nicht, was – reizte mich, so daß ich fröhlich erwiderte: »Natürlich. Ich wollte es einmal ausprobieren.«

»Das war sehr unvorsichtig«, sagte er ohne Vorwurf, machte kehrt und trottete aus dem Zimmer.

Ein gespanntes Schweigen fiel über den Raum. Pat Lowell griff nach der Kaffeekanne, um uns einzuschenken.

»Goodwin, der Himmel stehe Ihnen bei«, murmelte Pete Jordan.

»Warum? Beißt er?«

»Fragen Sie nicht, warum, aber seien Sie vorsichtig.« Er zerknüllte seine Papierserviette. »Wollen Sie einen Künstler bei seiner Arbeit sehen? Kommen Sie!« Er stellte sein Radio wieder an und setzte sich an seinen Zeichentisch.

»Ich werde aufräumen«, erbot sich Pat Lowell.

Auch By Hildebrand, der die ganze Zeit über nicht einen Quieker geäußert hatte, setzte sich an seinen Zeichentisch, nachdem er ebenfalls sein Radio eingeschaltet hatte.

Mrs. Koven ließ uns allein. Aus Langeweile half ich Pat den Tisch abdecken, obgleich ich mich lieber unterhalten hätte, um meine neuen Bekanntschaften zu vertiefen. Doch die beiden Radios erlaubten nichts dergleichen. Dann ging auch Pat, und ich schlenderte zu den Zeichentischen und beobachtete die Künstler. Bis jetzt hatte noch nichts meine Meinung über Dazzle Dan ändern können, aber ich mußte der Art, wie sie ihn zum Leben erweckten, meine Bewunderung zollen. Sie stellten im Nu aus rohen Skizzen, die mir eine wie die andere schienen, das fertige Bild in drei Farben her. Die einzige Unterbrechung für eine ganze Weile war, daß Hildebrand aufsprang und sein Radio lauter stellte und Pete Jordan nach einer Minute das gleiche bei seinem Apparat tat. Ich vertiefte mich in die Aufgabe, zwei Sendungen zu gleicher Zeit in mich aufzunehmen, doch nach kurzer Zeit begann mein Gehirn zu kreisen, und ich verließ den Raum.

Eine Tür im vorderen Teil der Eingangshalle stand offen. Ich trat ins Zimmer und fand Pat Lowell an einem Schreibtisch, vor sich einen Stapel Papiere. Sie blickte auf und nickte, fuhr aber in ihrer Arbeit fort.

»Hören Sie einmal eine Minute zu«, sagte ich. »Wir sind hier auf einer einsamen Insel, und seit Monaten halten Sie mich auf Armlänge von sich entfernt. In Lumpen und Asche, wie Sie sind, bar aller Schönheitsmittel, bin ich dennoch auf sie aufmerksam geworden –«

»Ich habe zu arbeiten«, unterbrach sie mich nachdrücklich. »Gehen Sie und spielen Sie mit einer Kokosnuß.«

»Das werden Sie noch bedauern«, stieß ich wild hervor, ging hinaus in die Halle und sah durch das Glas der Haustür in die Welt dort draußen. Die Aussicht war nichts Besonderes, und das Radiogetöse klang mir immer noch in den Ohren. Ich stieg die Treppe hinauf zur Diele. Als ich durch die offene Tür in das Zimmer links blickte, entdeckte ich nur den Affen in seinem Käfig. Ich trat in den gegenüberliegenden Raum, aber der war nur mit Möbeln vollgestopft und wies kein Anzeichen von Leben auf. Als ich die zweite Treppe hinaufging, schien es mir, als ob die Radios lauter statt leiser wurden, je höher ich kam. Auf der letzten Stufe begriff ich, daß hinter einer der verschlossenen Türen hier oben ebenfalls ein Radio spielte. Ich tat einen Blick in das Zimmer, in dem ich mich vorher mit Koven unterhalten hatte. Er war nicht dort. Ich versuchte eine andere Tür und stieß auf eine Wäschekammer. Ich klopfte an eine dritte Tür, erhielt keine Antwort und trat ein. Es war ein geräumiges Schlafzimmer, sehr elegant eingerichtet, mit einem großen französischen Bett. Ein Radio auf einem der Nachttische spielte eine schmalzige Oper, und auf der Couch lag Mrs. Koven in festem Schlaf. Sie sah sanfter und nicht so ernst aus, mit ihren leicht geöffneten Lippen. Ihre Hände lagen entspannt auf dem Kissen. Ich wollte unbedingt Mr. Koven finden und machte ein paar Schritte, um unter dem Bett nachzusehen, als ein zufälliger Blick durch eine offenstehende Tür ihn mir im Nebenzimmer zeigte. Da es mir nach unserer kurzen Bekanntschaft nicht ganz angebracht schien, aus dem Schlafzimmer seiner Frau zu kommen, kehrte ich in den Flur zurück und klopfte an die nächste Tür. Als niemand antwortete, drückte ich die Klinke und trat ein.

Das Radio hatte mein Klopfen übertönt. Koven stand am Fenster und kehrte mir den Rücken zu. Ich ließ die Tür ins Schloß fallen. Er wirbelte herum und stieß etwas hervor, das ich wegen des Radios nicht verstehen konnte. Ich machte die Tür zum Schlafzimmer zu, das half etwas.

»Bitte?« fragte er, als ob er nicht wüßte, wer ich sei und was ich wollte. Er hatte sich gekämmt und rasiert, trug einen guten braunen Maßanzug, ein cremefarbenes Hemd und einen roten

Schlips. »Es ist beinahe vier Uhr«, sagte ich. »Ich werde bald gehen und meinen Revolver mitnehmen.«

Er nahm die Hände aus den Taschen und ließ sich in einen Sessel fallen. Nach der Einrichtung zu urteilen, war dies sein eigenes Wohnzimmer.

»Ich stand am Fenster und dachte nach«, sagte er.

»Ist etwas dabei herausgekommen?«

Er seufzte und streckte seine Beine von sich. »Ruhm und Geld«, erklärte er, »ist nicht alles, was der Mensch zum Glücklichsein braucht.«

Ich setzte mich. Man mußte entweder auf ihn eingehen oder es ganz aufgeben.

»Was würden Sie sonst noch vorschlagen?« fragte ich diskussionswütig.

Er nahm sich alle Mühe, es mir auseinanderzusetzen. Er redete, doch ich will das nicht wörtlich wiederholen, da sein Vortrag weder interessant noch originell war und schon gar keine Hinweise auf das rätselhafte Verschwinden seines Revolvers enthielt. Ich grunzte von Zeit zu Zeit aus Höflichkeit, hörte ihm eine Weile zu und wurde dann ein wenig durch die Schnulzen-Oper abgelenkt, die gedämpft durch die Tür klang. Schließlich kam er natürlich auch auf seine Frau zu sprechen, erklärte mir kurz, daß dies seine dritte Ehe sei und daß sie erst seit zwei Jahren verheiratet seien. Zu meiner Überraschung machte er sie nicht schlecht, im Gegenteil, er fand sie wundervoll. Sein Standpunkt war jedoch der, daß ein Mann, der Geld und Ruhm und noch dazu eine liebenswerte Frau sein eigen nennt, doch noch nicht alles zum Glücklichsein besitzt. Dann gab es eine Unterbrechung. Es wurde an die Tür geklopft, und Byram Hildebrand erschien, um die Änderung seines dritten Rahmens von Sieben-Achtundzwanzig vorzuzeigen. Sie sprachen zuerst darüber, dann begutachtete Koven die Korrektur, und Hildebrand ging. Ich hoffte, daß die Unterbrechung Koven von seinem Thema abgelenkt habe, aber nein, er setzte dort wieder an, wo er aufgehört hatte.

Ich kann eine Menge vertragen, wenn ich einen Fall bearbeite – selbst ein Kindergartenproblem wie dies –, doch endlich, nach dem zwanzigsten Blick auf meine Uhr, riß mir der Geduldsfaden. »Sehen Sie«, sagte ich, »das hat mir einen völlig neuen Ausblick auf das Leben gegeben, und das weiß ich zu würdigen, aber jetzt ist es Viertel nach vier, und bald wird es dunkel. Das würde ich bestimmt jetzt Spätnachmittag nennen. Sollen wir nun nicht mit unserer Arbeit beginnen?«

Er preßte die Lippen zusammen und sah mich stirnrunzelnd an. Dann fing er wieder an, an seinen Lippen herumzubeißen; plötzlich stand er jedoch auf, ging an einen Schrank und holte eine Flasche.

»Wollen Sie auch einen Drink?« fragte er und stellte zwei Gläser auf den Tisch. »Eigentlich trinke ich nie etwas vor fünf Uhr, aber heute ist eine Ausnahme. Mögen Sie Bourbon? Sagen Sie halt.«

Ich hätte ihn umbringen können. Er hatte von Anfang an gewußt, daß er sich Mut antrinken müßte, doch mich mußte er bereits zu Mittag herbestellen! Mit Recht hätte ich jetzt eine Szene vom Stapel lassen können, doch ich schwieg. Ich hob mein Glas, prostete ihm zu, um ihn aufzumuntern, und nahm einen großen Schluck. Er nippte nur, schlug seine Augen zur Decke auf und leerte dann sein Glas in einem Zug. Er nahm die Flasche und füllte es wieder. »Warum gehen wir nicht mit den Erfrischungen ins Arbeitszimmer und bringen es hinter uns?« schlug ich vor.

»Hetzen Sie mich nicht«, sagte er düster und holte tief Luft. Dann grinste er mir plötzlich zu, hob sein Glas, leerte es, griff wieder nach der Flasche, doch dann änderte er seine Absicht.

»Kommen Sie«, sagte er und ging mit Flasche und Gläsern zur Tür. Ich lief an ihm vorbei, um ihm zu öffnen, und folgte ihm dann den Korridor entlang in sein Arbeitszimmer. Er setzte sich hinter seinen Schreibtisch, goß sich sein Glas voll und stellte die Flasche hin. Ich trat ebenfalls an den Schreibtisch, aber nicht, um mich zu setzen. Obwohl ich vorsichtshalber die Munition aus meinem Revolver genommen hatte, konnte ein Blick auf die Waffe nichts schaden. Ich zog die Schublade auf und stellte erleichtert fest, daß der Revolver noch dort lag.

»Ich hole jetzt die andern«, erbot ich mich.

»Ich sagte, hetzen Sie mich nicht«, protestierte Koven, aber nicht mehr so grimmig. Zwei weitere Gläser würden es schaffen, dachte ich und wollte mich setzen. Aber ich hielt inne. Irgend etwas stimmte nicht, und plötzlich wußte ich, was es war: Ich hatte den Revolver mit der Mündung nach rechts gelegt, und jetzt lag er nicht mehr so. Ich ging wieder an den Schreibtisch, nahm die Waffe heraus und betrachtete sie.

Es war eine Marley 32, aber nicht die meinige.

Ich sah Koven scharf an. In meiner linken Hand hielt ich den Revolver, und meine Rechte war zur Faust geballt. Hätte ich in dieser ersten Sekunde zugeschlagen – und wütend, wie ich war, fehlte nicht viel dazu –, hätten sicher einige Knochen geknirscht.

»Was ist los?« fragte er harmlos.

Ich stand drohend neben ihm und durchbohrte ihn mit meinen Blicken. Es ist unmöglich, entschied ich dann, daß er so gut schauspielern kann. Keiner kann das.

Ich richtete mich auf. »Ihr Revolver hat sich wieder gefunden.«

Er glotzte mich an. »Was?«

Ich stellte fest, daß das Magazin leer war, und hielt ihm die Waffe hin. »Sehen Sie.«

Er nahm sie. »Das ist doch die gleiche Waffe – oder nicht?«

»Natürlich nicht. Mein Revolver war blank und sauber. Gehört dieser Ihnen?«

»Ich weiß nicht, es sieht so aus. Aber wie um alles in der Welt –«

Ich nahm ihm die Waffe wieder aus der Hand. »Was wissen Sie nicht?« Ich war so fuchsteufelswild, daß ich beinahe stotterte. »Jemand nahm meine Waffe fort und legte Ihre hinein. Sie selbst könnten es gewesen sein. Stimmt das?«

»Nein. Ich? Wie sollte ich es gewesen sein, wenn ich nicht einmal weiß, wo mein Revolver ist?« stieß er entrüstet hervor.

»Das sagen Sie. Ich sollte Sie zusammenschlagen! Mich hier den ganzen verdammten Tag aufzuhalten, und nun dies! Wenn Sie überhaupt jemals ein offenes Wort sprechen – jetzt ist die Zeit dafür. Haben Sie meinen Revolver angefaßt?«

»Nein. Aber Sie –«

»Wissen Sie, wer es getan hat?«

»Nein. Aber Sie –«

»Halten Sie den Mund!« Ich nahm den Telefonhörer auf und wählte. Zu dieser Stunde würde Wolfe seine Nachmittagsschicht bei seinen Orchideen auf dem Dach haben, wo man ihn nicht stören durfte, es sei denn in einem dringlichen Fall. Dies war einer. Als Fritz an den Apparat kam, bat ich ihn, umzustellen, und nach einem Augenblick fragte Wolfe verdrießlich:

»Ja, Archie?«

»Tut mir leid, Sie zu stören. Ich bin bei Koven. Ich hatte mittags meinen Revolver in seinen Schreibtisch gelegt, und wir warteten alle auf seinen Auftritt, aber er hat ihn bis jetzt hinausgezögert. Er hat keine Courage mehr und mußte erst durch Alkohol ermuntert werden. Ich sah mich inzwischen im Haus um. Jetzt eben kamen wir wieder an seinen Schreibtisch, und ich zog die Schublade auf, um einmal nach meiner Waffe zu sehen. Jemand hat meinen Revolver gegen den von Koven umgetauscht, Sie wissen, den, der verschwunden war. Er ist wieder an seinem Platz, aber dafür ist meiner fort.«

»Sie hätten ihn nicht dort liegenlassen sollen.«

»Okay, schimpfen Sie nur, aber ich brauche jetzt Verhaltensmaßregeln. Es gibt drei Möglichkeiten: ich kann die Polizei holen oder die ganze Gesellschaft zu Ihnen bringen, oder ich kann es selbst anpacken. Was soll geschehen?«

»Verwünscht! Natürlich nicht die Polizei. Die würden sich ins Fäustchen lachen. Und warum sie hierherbringen? Der Revolver ist dort, nicht hier.«

»Dann soll ich es also erledigen?«

»Sicher. Aber mit der nötigen Diskretion. Ein schöner Streich!« Er kicherte. »Ich möchte Ihr Gesicht jetzt sehen. Versuchen Sie, zum Abendessen zurück zu sein.« Damit legte er auf.

»Mein Gott, rufen Sie nicht die Polizei«, stöhnte Koven.

»Ich habe auch nicht die Absicht«, unterrichtete ich ihn grimmig und ließ seinen Revolver in mein Schulterhalfter gleiten. »Nicht, wenn es nicht unbedingt erforderlich ist, und das hängt zum Teil von Ihnen ab. Sie bleiben hier, und ich werde die andern holen. Ihre Frau schläft im Schlafzimmer. Wenn ich wiederkomme und entdecke, daß Sie mit ihr geschwatzt haben, schlage ich Sie entweder nieder, oder ich rufe die Polizei an, vielleicht auch beides. Bleiben Sie also hier.«

»Dies ist mein Haus, Goodwin, und ich –«

»Mein Gott, merken Sie es nicht, wenn ein Rasender vor Ihnen steht?« Ich tippte mir auf die Brust. »Hier steht einer! Wenn ich so aufgebracht bin wie jetzt, wäre es für *Sie* das sicherste, die Polizei zu rufen. Ich will meinen Revolver wiederhaben!«

Als ich zur Tür ging, griff er schon wieder nach der Flasche. Unten hatte ich mich so weit in der Gewalt, um den andern ohne ein Zeichen von Dringlichkeit mitzuteilen, daß Koven sie jetzt zu der Konferenz erwarte. Ich fand Pat Lowell immer noch hinter ihrem Schreibtisch im Vorderzimmer und stieß auf Hildebrand und Jordan an ihren Zeichentischen unten im Arbeitsraum. Ich verkniff mir sogar eine Antwort, als Pat Lowell mich fragte, ob ich mich mit der Kokosnuß amüsiert hätte. Als Hildebrand und Jordan aufstanden und ihre Radios abstellten, beobachtete ich sie scharf. Irgend jemand hier hatte sich meinen Revolver eingesteckt.

Ich fragte, wo ich Adrian Getz finden könnte, während wir im Gänsemarsch die Treppe hinaufgingen. »Er wird in seinem Zimmer ganz oben sein«, erwiderte Pat Lowell. Wir waren in der Diele im ersten Stock angelangt und hörten von oben das Radio. »Gewöhnlich hält er seinen Mittagsschlaf in dem Zimmer hier bei Rookaloo«, sagte Pat und zeigte auf das Zimmer links. »Doch dafür ist es schon zu spät.«

Ich dachte, daß ich trotzdem einmal nachsehen könnte.

Ein frischer Luftzug wehte mir durch die offene Tür entgegen, und im Zimmer war es eiskalt. Ein Fenster stand weit offen! Ich schloß es und wandte mich dem Affen zu. Er kauerte in einer Ecke seines Käfigs und stieß wütende Laute hervor. Er hielt etwas mit seinen Fingern umklammert und drückte es gegen die Brust. Das Licht war gedämpft, aber ich habe gute Augen und erkannte in dem Etwas meine Marley. Ich wollte das Licht anknipsen und mußte dabei an der Couch, die dem Kamin gegenüber stand, vorbei. Plötzlich hielt ich inne und erstarrte zu Eis. Auf der Couch lag Adrian Getz, der Wicht. Doch er hielt kein Mittagsschläfchen.

Ich beugte mich über ihn und sah, daß hinter seinem rechten Ohr ein Loch war, an dem Blut klebte. Ich fühlte nach seinem Herzen und wußte nach acht Sekunden, daß es mit seinem Mittagsschläfchen für immer vorbei war. Dann richtete ich mich auf und rief: »Kommen Sie alle drei, und drehen Sie das Licht an.«

Sie erschienen in der Tür, und einer von ihnen knipste rechts den Schalter für die Deckenbeleuchtung an. Die hohe Rückenlehne der Couch verbarg Getz ihren Blicken, und sie kamen arglos näher.

»Es ist kalt hier«, meinte Pat Lowell. »Haben Sie schon wieder das Fenster –« Sie entdeckte Getz und brach erschrocken ab. Die anderen starrten ebenfalls auf die Gestalt auf der Couch.

»Rühren Sie ihn nicht an«, warnte ich. »Er ist tot. Jenseits aller Hilfe. Rühren Sie nichts hier im Zimmer an. Sie bleiben alle zusammen hier in diesem Raum, während ich –«

»Allmächtiger!« keuchte Pete Jordan, Hildebrand quiekte, und Pat Lowell streckte eine Hand aus, um sich an der Rückwand der Couch zu stützen. Sie fragte etwas, doch ich hörte nicht zu. Ich stand am Käfig, kehrte den andern den Rücken zu und fixierte den Affen, der meine Marley umklammert hielt. Ich biß die Zähne zusammen, streckte meine Finger durch die Stäbe und entriß dem Tier seine Beute. Dann wirbelte ich herum: »Bleiben Sie hier zusammen, verstanden! Ich gehe telefonieren.«

Ohne mich um ihren Widerspruch zu kümmern, verließ ich das Zimmer und stieg langsam, Stufe für Stufe, die Treppe hinauf. Meine gesunde Wut von vorhin war verraucht; ich war jetzt fast steif vor Zorn und brauchte einige Sekunden, um mich zu beherrschen. Harry Koven saß immer noch an seinem Schreibtisch und starrte in das leere Fach. Bei meinem Eintritt sah er auf, schoß mir eine Frage entgegen, erhielt aber keine Antwort. Ich ging ans Telefon und stellte eine Nummer ein. Als Wolfe sich am andern Ende meldete und etwas von erneuter Störung murmelte, unterbrach ich ihn kurz:

»Tut mir leid, aber ich möchte Bericht erstatten, daß ich meine Waffe gefunden habe. Sie befand sich im Käfig, wo der Affe –«

»Welcher Affe?«

»Er heißt Rookaloo. Aber unterbrechen Sie mich nicht. Er hielt meine Marley gegen seine Brust gedrückt, weil ihm kalt war, und die Waffe war warm, weil sie kürzlich abgeschossen wurde. Auf der Couch lag ein Mann, Adrian Getz, mit einem Loch im Kopf. Jetzt steht nicht mehr zur Debatte, ob ich die Polizei rufe oder nicht; ich wollte Ihnen nur die Lage klarmachen, ehe ich es tue. Ich gehe jede Wette ein, daß Getz mit meinem Revolver erschossen wurde, ich will nicht ... Einen Moment!«

Ich ließ den Hörer fallen und sprang. Koven war zur Tür geflüchtet. Ich packte ihn, ehe er sie erreichte. Ich hob ihn an Arm und Kinn hoch und holte mit Gefühl aus. Er prallte gegen die Wand und fiel zu Boden. »Ich wiederhole das gern«, sagte ich zu ihm und griff wieder nach dem Telefonhörer.

»Entschuldigen Sie, aber Koven wollte Schwierigkeiten machen. Ich werde also nicht zum Abendbrot zu Hause sein.«

»Der Mann ist tot?«

»Ja, Sir.«

»Haben Sie schon irgend etwas Befriedigendes für die Polizei?«

»Sicher. Meine Bitte um Entschuldigung dafür, daß ich meine Waffe einem Mörder zu Gefallen hierherbrachte. Das ist alles.«

»Wir haben die heutige Post noch nicht erledigt.«

»Ich weiß. Es ist eine Schande. Ich komme so bald wie möglich.«

»Gut.«

Ich legte auf und sah mich nach Koven um. Er war aufgestanden, doch schien ihm nichts an einem Dacapo zu liegen. Dann wählte ich die Nummer RE-7-5260.

Ich führe nicht genau Buch darüber, aber ich kann wohl sagen, daß ich der Polizei im Laufe der Jahre nicht mehr als ein Dutzend Lügen aufgebunden habe, vielleicht noch nicht einmal so viel. Es lohnt sich selten. Anderseits kann ich mich auch an keinen Mordfall, bei dem Wolfe und ich beteiligt waren, erinnern, wo ich der Polizei meine ganzen Karten offen auf den Tisch gelegt hätte. Heute tat ich es. Bei dem Mord an Adrian Getz hatte ich auch nicht den kleinsten Gedanken, den ich der Polizei nicht mitteilte. Es war ein voller Erfolg. Sie nannten mich einen Lügner.

Nicht sofort, natürlich. Zuerst würdigte Inspektor Cramer sogar meine Mitarbeit, da er wußte, daß kein Mann in seiner ganzen Abteilung mich, was sehen, hören, erinnern und berichten betraf, in den Schatten stellen konnte. Man gab großzügig zu, daß ich korrekt gehandelt hatte, als ich nach dem Auffinden der Leiche die ganze Schar im Zimmer zurückhielt und die Kovens daran hinderte, einen Familienrat zu bilden, bis die Gesetzeshüter erschienen. Von dem Augenblick an stand natürlich jeder, mich eingeschlossen, unter Aufsicht.

Um halb sieben Uhr, als der wissenschaftliche Stab noch immer den Raum, in dem der Mord geschah, besetzt hielt, Polizisten im ganzen Haus herumstreiften, die verschiedenen Bewohner in verschiedenen Zimmern von Männern der Mordabteilung verhört wurden und ich selbst einen offenen und ausführlichen Bericht getippt und unterschrieben hatte, war ich vertrauensselig genug, zu hoffen, bald zu Hause zu sein.

Ich saß im Vorderzimmer an Pat Lowells Schreibtisch, wo ich ihre Schreibmaschine benützt hatte. Sergeant Purley Stebbins saß mir gegenüber und las meine Erklärung durch. Dann hob er den

Kopf und sah mich freundlich an. Ein freundlicher Blick von Purley Stebbins läßt mir das Blut in den Adern gefrieren, aber natürlich kann Purley nichts für den Schnitt seines grobknochigen Gesichts mit den buschigen, finsteren Augenbrauen.

»Ich denke, Sie haben alles drin«, sagte er, »wie Sie es erzählt haben.«

»Ich schlage vor«, meinte ich bescheiden, »daß Sie, wenn dieser Fall beendet ist, eine Abschrift davon an die Polizeischule schicken, als Musterbeispiel eines Berichts.«

»Ja.« Er erhob sich. »Sie können gut schreiben.«

Ich stand gleichfalls auf und sagte beiläufig: »Kann ich jetzt gehen?«

Die Tür wurde geöffnet, und Inspektor Cramer trat ein. Mir gefiel der Blick nicht, den er mir zuwarf, und da ich ihn in jeder Laune kannte, war mir auch die Haltung seiner breiten Schultern, seine zusammengebissenen Kiefer und das Glitzern seiner Augen alles andere als sympathisch.

»Hier ist Goodwins Erklärung«, sagte Purley. »Sie ist in Ordnung.«

»Wie er es erzählt hat?«

»Ja.«

»Bringen Sie ihn in die Stadt, und halten Sie ihn dort fest.«

Das traf mich wie ein Schlag. »*Mich* festhalten?« fragte ich. Es klang fast wie das Quieken von Hildebrand.

»Jawohl, Sir.« Purley konnte nichts erschüttern. »Auf Ihren Befehl hin?«

»Nein, sagen Sie, wegen Übertretung des Waffengesetzes. Er hat keinen Waffenschein für den Revolver, den wir bei ihm fanden.«

»Haha«, machte ich. »Haha und haha! Da kriegen Sie einen Sonderapplaus. Ein prima Witz! Haha!«

»Sie gehen mit, Goodwin. Ich werde Sie später verhören.«

Wie gesagt, ich kannte ihn gut. Es war sein Ernst.

»Dies«, sagte ich, »ist mir einfach unbegreiflich. Ich habe Ihnen erklärt, wo, wie und warum ich an diesen Revolver gekommen bin.« Ich wies auf den Bericht in Purleys Hand. »Lesen Sie es. Ich habe alles, Punkt für Punkt, niedergeschrieben.«

»Sie hatten die Waffe in Ihrem Schulterhalfter und konnten keinen Waffenschein dafür vorweisen.«

»Unsinn. Aber nur zu. Sie haben schon seit Jahren darauf gewartet, Nero Wolfe etwas anhängen zu können – und für Sie bin ich ein Teil von ihm. Jetzt glauben Sie, eine gute Gelegenheit zu haben. Natürlich ist es zwecklos, auf diese Art. Ich wüßte etwas Besseres, zum Beispiel Widerstand gegen die Staatsgewalt und Körperverletzung. Es soll mir ein Vergnügen sein – geben Sie acht!« Ich wippte vor und schwang einen linken Haken, schnell und gefährlich, dann ließ ich die Faust fallen und kippte auf meine Hacken zurück. Es verursachte zwar keine Panik, aber ich hatte die Genugtuung zu sehen, wie Cramer einen eiligen Schritt zurück und Stebbins einen vor tat. Sie stießen zusammen.

»Da«, sagte ich. »Wenn Sie es beide beeiden, wird mich das für mindestens zwei Jahre unschädlich machen. Ich werfe Ihnen die Schreibmaschine gleich zu, wenn Sie versprechen, sie aufzufangen.«

»Lassen Sie die Späße«, knurrte Purley.

»Sie haben in bezug auf den Revolver gelogen«, fuhr mich Cramer an. »Wenn Sie nicht wollen, daß man Sie einsperrt, damit Sie darüber nachdenken können, sagen Sie mir jetzt, weshalb Sie herkamen und was geschah.«

»Das habe ich Ihnen bereits gesagt.«

»Eine Kette von Lügen. Ich will weder Ihnen noch Wolfe etwas anhängen, aber ich will wissen, was geschah.«

»Um Himmels willen.« Ich verdrehte die Augen. »Also gut, Purley, wo ist meine Begleitung?«

Cramer ging zur Tür und rief hinaus:

»Holen Sie Mr. Koven!«

Harry Koven trat an der Seite eines Detektivs ein. Er sah so aus, als ob er sich noch weiter als vorher von der menschlichen Glückseligkeit entfernt fühlte.

»Setzen Sie sich«, sagte Cramer.

Ich durfte wieder hinter Pat Lowells Schreibtisch Platz nehmen. Purley und der Detektiv verzogen sich in den Hintergrund. Cramer ließ sich mir gegenüber nieder und wandte sich sofort an Koven, der links neben ihm saß.

»Ich bat Sie, Mr. Koven, Ihre Geschichte in Mr. Goodwins Gegenwart zu wiederholen, und Sie willigten ein.«

Koven nickte. »Das stimmt«, krächzte er heiser.

»Wir brauchen nicht in jede Einzelheit zu gehen. Beantworten

Sie mir nur kurz einige Fragen. Als Sie Nero Wolfe am vergangenen Samstag aufsuchten, welches Anliegen hatten Sie da?«

»Ich erklärte ihm, daß wir eine Serie mit Dazzle Dan als Leiter eines Detektivbüros herausbringen wollten.« Seine Heiserkeit behinderte ihn, und er räusperte sich explosiv. »Ich bat um technische Beratung und eine eventuelle Zusammenarbeit, wenn wir uns einigen könnten ...«

Auf dem Schreibtisch lag ein Notizblock. Ich griff danach, nahm einen Bleistift und begann mitzustenografieren. Cramer lehnte sich vor, streckte einen Arm aus, schnappte den Block und schleuderte ihn fort. Ich fühlte, wie mir das Blut zu Kopf stieg, was in Gegenwart eines Inspektors, eines Sergeanten und eines Detektivs nicht gerade angebracht war.

»Wir brauchen Ihre volle Aufmerksamkeit«, schnauzte Cramer. Dann wandte er sich wieder an Koven.

»Erwähnten Sie Wolfe gegenüber etwas von einem Revolver, der Ihnen aus Ihrem Schreibtisch abhanden gekommen war?«

»Wieso denn? Ich habe ihn nie vermißt. Ich sagte nur, daß ich eine Waffe in meinem Schreibtisch aufbewahrte, für die ich keinen Waffenschein habe, daß ich sie aber nie trage. Ich fragte ihn auch, ob ein Risiko dabei wäre und ob es viel Umstände machte, sich einen Waffenschein zu besorgen. Ich nannte ihm auch die Marke, eine Marley 32, und –«

»Fassen Sie sich kurz. Wie kamen Sie mit Wolfe überein?«

»Er wollte mir Goodwin am Montag zu einer Besprechung schicken.«

»Worüber sollte verhandelt werden?«

»Über die technischen Probleme bei Dazzle Dans Detektivarbeit und über eine eventuelle Zusammenarbeit.«

»Und Goodwin kam?«

»Ja, heute gegen Mittag.« Kovens Heiserkeit störte seinen Vortrag immer noch, und er räusperte sich erneut. Ich starrte ihn unentwegt an, aber er reagierte nicht. Natürlich, er sprach ja auch zu Cramer. »Die Besprechung sollte um halb eins stattfinden, aber ich wollte vorher mit Goodwin allein reden und bat ihn zu warten. Ich muß mir alle Neuerungen mit Dazzle Dan sehr überlegen. Es liegt mir auch nicht, etwas zu überstürzen. Es war nach vier Uhr, als er –«

»Äußerten Sie Goodwin gegenüber, daß Ihre Waffe verschwunden sei?«

»Natürlich nicht. Es kann sein, daß wir den Revolver erwähnten, weil ich ja keinen Waffenschein dafür habe – nein, warten Sie, wir sprachen tatsächlich darüber! Ich zog ja die Lade auf und zeigte Goodwin den Revolver. Sonst sprachen wir nur davon –«

»Nahmen Sie oder Goodwin die Waffe aus dem Fach?«

»Nein, bestimmt nicht.«

»Legte er seinen Revolver in das Fach?«

»Nein.«

Ich mischte mich ein: »Als ich meinen Revolver aus dem Schulterhalfter nahm und Ihnen zeigte –«

»Kein Wort weiter! Sie haben nur zuzuhören«, zischte mir Cramer zu. Dann wandte er sich wieder an Koven: »Haben Sie später noch einmal mit Goodwin gesprochen?«

Koven nickte. »Ja, gegen halb vier kam er in mein Zimmer – mein Wohnzimmer. Wir unterhielten uns dort bis nach vier Uhr, gingen in mein Büro, und dann –«

»Hat Goodwin in Ihrem Büro die Schreibtischschublade geöffnet, den Revolver herausgenommen und entdeckt, daß es ein anderer war?«

»Aber bestimmt nicht!«

»Was tat er sonst?«

»Nichts. Wir unterhielten uns nur, und dann ging er, um die andern zu der Besprechung zu holen. Nach einer Weile kam er allein zurück, nahm, ohne etwas zu sagen, meinen Revolver aus dem Fach und steckte ihn ein. Dann telefonierte er mit Nero Wolfe. Als ich hörte, wie er Wolfe sagte, daß Adrian Getz erschossen worden sei und unten tot auf der Couch läge, wollte ich mich um ihn kümmern und lief zur Tür, doch Goodwin sprang mich von hinten an und schlug mich nieder. Als ich zu mir kam, sprach er immer noch mit Wolfe, ich weiß nicht mehr, was er sagte, und danach rief er die Polizei an. Er wollte nicht –«

»Genug«, sagte Cramer knapp. »Noch ein Punkt. Haben Sie Grund zu der Annahme, daß Goodwin Adrian Getz ermorden wollte?«

»Nein. Ich sagte Ihnen doch –«

»Wie erklären Sie sich dann, daß Adrian Getz mit Goodwins Waffe erschossen wurde? Können Sie wiederholen, was Sie mir vorhin sagten?«

»Nun –« Koven zögerte. Dann räusperte er sich zum zwanzigsten Male. »Ich erzählte Ihnen von dem Affen. Goodwin öffnete ein Fenster, und das kann bei dieser empfindlichen Art bereits den Tod bedeuten. Getz hing sehr an dem Tier. Er zeigte es nicht, wie sehr ihn das aufregte, denn Getz war still und zurückhaltend. Ich weiß, daß Goodwin sich gerne einen Spaß mit den Leuten macht. Natürlich habe ich keine Ahnung, was geschehen ist, aber falls Goodwin später nochmals ins Zimmer kam, Getz dort vorfand und wieder ein Fenster öffnete – wer weiß! Wenn man Getz herausforderte, war er zu allem fähig. Er konnte zwar Goodwin nichts anhaben, aber vielleicht hat Goodwin aus Scherz dabei seine Waffe gezogen, Getz wollte sie ihm entwinden, und der Schuß löste sich im Handgemenge. Das wäre doch kein Mord, oder?«

»Nein«, sagte Cramer, »nur ein bedauerlicher Unfall. Das wäre alles für jetzt, Mr. Koven. Führen Sie ihn hinaus, Sol, und bringen Sie uns Hildebrand.«

Als Koven aufstand und der Detektiv vortrat, griff ich nach dem Telefonhörer auf Pat Lowells Schreibtisch. Sofort lag Cramers Hand grob auf meinem Arm.

»Die Leitungen hier sind überlastet«, erklärte er. »In der Stadt können Sie später telefonieren. Wollen Sie noch Hildebrand hören, ehe Sie Stellung zu diesem Fall nehmen?«

»Ich bin verrückt danach, Hildebrand zu hören«, versicherte ich ihm. »Er wird zweifellos erklären, daß ich die Waffe in den Affenkäfig stieß, um den Affen zu belasten. Warten wir also auf Hildebrand.«

Es dauerte nicht lange. Die Mordabteilung ist immer flink in solchen Dingen. Byram Hildebrand, von Sol begleitet, blickte mich lange an, ehe er auf dem Stuhl, den vorher Koven innegehabt hatte, Platz nahm. Mit seinen dichten weißen Haaren und seiner aufrechten Haltung machte er immer noch eine gute Figur, doch seine Gliedmaßen verrieten seine Nervosität. Als er sich setzte, wußte er nicht, wohin mit seinen Händen und Füßen.

»Nur eine Minute«, sagte Cramer. »Ich möchte mich nur wegen Sonntag morgen vergewissern. Gestern also. Sie arbeiteten hier?«

Hildebrand nickte, und da kam auch sein Quieken. »Ich hatte noch einige Verbesserungen vorzunehmen. Ich arbeite oft auch sonntags.«

»Sie waren im Arbeitsraum?«

»Ja. Mr. Getz ebenfalls. Er machte mir einige Vorschläge, die nicht meinen Beifall fanden, also ging ich nach oben, um Mr. Kovens Meinung zu hören, aber ich traf Mrs. Koven in der Diele –«

»Sie meinen den großen Vorraum in der ersten Etage?«

»Ja. Sie sagte, daß Mr. Koven noch nicht aufgestanden sei, aber Miss Lowell warte schon in seinem Büro. Miss Lowell hat ein ausgezeichnetes Urteil, und ich wollte sie fragen. Sie verwarf Mr. Getz' Vorschlag auch, und wir sprachen noch über dieses und jenes, auch über die Waffe, die Mr. Koven in seiner Schreibtischlade aufbewahrte. Ich zog die Lade auf, nur um die Waffe anzusehen, und schloß sie dann wieder. Bald danach ging ich nach unten zurück.«

»Befand sich die Waffe in der Lade?«

»Ja.«

»Haben Sie sie berührt?«

»Nein. Miss Lowell auch nicht.«

»Aber Sie erkannten, daß es Mr. Kovens Revolver war?«

»Das kann ich nicht so genau sagen. Ich hatte ihn nie in die Hand genommen und gründlich betrachtet. Diese Waffe sah jedenfalls genauso aus, wie ich sie in Erinnerung hatte. Ich war der Ansicht, daß die ganze Aufregung über Mr. Kovens Revolver ziemlich kindisch war, doch jetzt hat sich das Gegenteil herausgestellt. Nach dem, was heute geschah –«

»Ja«, schnitt ihm Cramer das Wort ab. »Aufregung über eine geladene Waffe ist nie kindisch. Sonntag morgen also, in Miss Lowells Gegenwart, öffneten Sie die Schublade und sahen die Waffe, die Sie für Kovens Revolver hielten. Stimmt das?«

»Genau«, nickte Hildebrand.

»Okay, das ist alles.« Cramer gab Sol einen Wink. »Bringen Sie ihn zu Rowcliff.«

Ich holte tief Luft. Purley beäugte mich scharf. Cramer wandte den Kopf, um festzustellen, ob die Tür geschlossen war, und heftete dann seinen Blick ebenfalls auf mich.

»Nun sind Sie an der Reihe«, grunzte er.

Ich schüttelte den Kopf. »Ich habe meine Stimme verloren«, flüsterte ich gebrochen.

»Sie sind nicht die Spur komisch, Goodwin. Sie sind nie so komisch, wie Sie meinen, aber heute schon gar nicht. Ich gebe Ihnen fünf Minuten, um über diese Verwicklungen nachzudenken, denn als Sie Wolfe anriefen, *ehe* Sie uns benachrichtigten, konnten Sie sich nicht schon über alle Einzelheiten im klaren gewesen sein. Wir haben Sie in Gewahrsam. Ich werde Sie später im Präsidium treffen, und auf meinem Weg dorthin werde ich bei Wolfe vorbeischauen. In dieser Sache wird er sich wohl wieder wie eine Auster verschließen. Sie haben wir auf jeden Fall wegen unberechtigten Waffenbesitzes sicher. Möchten Sie es sich noch fünf Minuten überlegen?«

»Nein, Sir«, sagte ich ruhig, aber nachdrücklich. »Ich möchte fünf Tage, und ich rate Ihnen, sich eine ganze Woche dafür zu nehmen. Verwickelt ist überhaupt kein Ausdruck für diesen Fall. Ehe Sie mich in die Stadt bringen, möchte ich Sie nur daran erinnern, daß ich Kovens Waffe freiwillig aus meinem Halfter nahm und sie freiwillig übergab – daß Sie also nicht ›bei mir gefunden wurde‹, wie Sie es ausdrückten. Außerdem lieferte ich auch sechs hübsch saubere Patronen ab, die ich in meiner Westentasche trug, nachdem ich sie vorher aus meiner eigenen Waffe entfernt hatte. Ich hoffe, daß keiner Ihrer Helden damit unvorsichtig umgeht und sie unter die Patronen, die später in meiner Waffe gefunden wurden, mischt. Das wäre ein Fehler. Das ist nämlich ein wichtiger Punkt: wenn ich die Patronen aus meiner Waffe nahm, um einige aus Kovens Revolver hineinzuschieben – wann tat ich das und warum? Das ist bereits Material zum Grübeln für einen ganzen Tag. Und falls ich das tat, so wäre Kovens freundlicher Versuch, es als Totschlag hinzustellen, hinfällig, denn dann hätte ich den Mord geplant gehabt. Warum also mit dem Waffengesetz herumspielen? Machen Sie Mord daraus, und niemand wird für mich bürgen. Jetzt habe ich genug gesagt.«

Damit preßte ich meine Lippen zusammen.

Cramer starrte mich an. »Sie werden wohl Ihre Lizenz verlieren«, meinte er.

Ich grinste ihm zu.

»Sie verdammter Maulesel«, wetterte Purley.

Ich schloß auch ihn in mein Grinsen ein.

»Schicken Sie ihn in die Stadt«, stieß Cramer hervor und machte auf dem Absatz kehrt.

Selbst wenn ein Mann auf frischer Tat bei einem schweren Verbrechen angetroffen wird, wie es mir geschah, gehört noch ein gut Teil Bürokratie dazu, ihn hinter Gitter zu bringen. In meinem Fall war es nicht nur Bürokratie, die mich daran hinderte, mich mir selbst zu widmen. Zuerst führte ich ein langes Gespräch mit dem stellvertretenden Bezirksstaatsanwalt, einem sanften, verbindlichen Mann, der sogar seine belegten Brote mit mir teilte. Zum Schluß, kurz nach neun Uhr, waren wir beide nur wenig verwirrter als zu Beginn unserer Unterhaltung. Er ließ mich in einem Raum mit einem braunhaarigen, warzenübersäten Individuum in Uniform, dem ich zur Beseitigung seiner Schönheitsfehler verschiedene Mittel empfahl.

Ich wartete auf den versprochenen Besuch von Inspektor Cramer. Natürlich war ich wuterfüllt, aber das ärgerlichste für mich war, daß ich das Gespräch zwischen Wolfe und Cramer verpaßte. Jede Unterhaltung, die die beiden je geführt hatten, war des Zuhörens wert gewesen. Doch diese würde alles in den Schatten stellen. Wenn Wolfe erfuhr, daß nicht nur sein Klient eine Lüge nach der andern erzählte – was schlimm genug war –, sondern auch sein Assistent inhaftiert worden war und somit die Tagespost unerledigt blieb, würde er die Wände hochgehen.

Als sich die Tür endlich öffnete und ein Besucher eintrat, war es nicht Cramer, sondern Sergeant Rowcliff, dessen Ermordung ich nicht erst zu planen brauchte, wenn sich eine Gelegenheit dazu ergeben sollte, denn der Plan ist schon fix und fertig in meinem Kopf. Ich bezweifle, daß ein Mörder so unmenschlich und bösartig sein kann, daß er verdient hätte, von Rowcliff gefangen zu werden.

Er drehte sich einen Stuhl um, setzte sich mir gegenüber und sagte mit öliger Befriedigung: »Endlich haben wir Sie.«

Damit war der Ton für das Interview angestimmt.

Ich würde gerne über die zwei Stunden Sitzung mit Rowcliff in allen Einzelheiten berichten, doch es würde sich wie Prahlerei anhören, und deshalb verzichte ich lieber darauf. Rowcliffs größtes Handicap war es, daß er rettungslos zu stottern anfing, wenn er sich erregte. Ich kannte ihn genug, um zu wissen, wann es so weit war, und dann begann ich vor ihm zu stottern. Seine Fäuste zuckten, doch er beherrschte sich, denn er möchte so gerne Karriere machen und ist nie ganz sicher, ob nicht Wolfe mit einem Bevollmächtigten oder dem Bürgermeister oder sogar mit dem Präsidenten selbst unter einer Decke steckt.

Cramer zeigte sich nicht, und das gab meiner Stimmung die letzte Reife. Ich wußte, daß er Wolfe aufgesucht hatte, denn als man mich endlich gegen acht Uhr mit Wolfe hatte telefonieren lassen und ich ihm alles erzählen wollte, schnitt er mir das Wort ab mit einer Stimme so kalt wie eine Eskimonase:

»Ich weiß, wo Sie sind und wie Sie dahin kamen. Mr. Cramer ist hier. Ich habe Mr. Parker bereits angerufen, aber es ist zu spät, um heute noch etwas zu unternehmen. Haben Sie etwas zu essen bekommen?«

»Nein, Sir. Ich fürchte mich vor Gift und bin deshalb in Hungerstreik getreten.«

»Sie sollten etwas essen. Mr. Cramer ist schlimmer als ein Dummkopf, er ist wahnsinnig. Ich bemühe mich, ihn zu überreden, daß er Sie sofort entläßt.«

Damit hatte er aufgelegt.

Als Rowcliff kurz nach elf Uhr die Sitzung beendete und ich in meine Zelle geführt wurde, hatte Cramer noch immer nichts von sich hören lassen. Der Raum war in keiner Weise bemerkenswert, immerhin ziemlich sauber, roch natürlich furchtbar nach Desinfektionsmitteln, lag aber insofern günstig, als die nächste Lampe im Gang sechs Schritte entfernt war und mich nicht belästigen konnte. Außerdem war es eine Einzelzelle, was ich zu würdigen wußte. Endlich allein, zog ich mich aus, hängte meinen Anzug über einen Stuhl, drapierte das Fußende der Bettstelle mit meinem Hemd und legte mich nieder, um über die verschiedenen Komplikationen dieses Falls nachzudenken. Doch mein Gehirn und meine Nerven hatten andere Pläne, und nach zwanzig Sekunden schlief ich fest.

Am nächsten Morgen war allerhand zu tun: eine Kontrolle, ein Gang in den Waschraum und dann das Frühstück. Danach fand ich jedoch Ruhe und Zeit zum Nachdenken, und zwar mehr als mir lieb war. Meine Uhr ging nach. Gegen Mittag hätte ich sogar einen Besuch von Rowcliff begrüßt. Ich malte mir aus, daß jemand das Papier, auf dem ich registriert war, verloren hatte und sie alle zu beschäftigt waren, um noch an mich zu denken. Das Mittagessen, das ich nicht beschreiben will, unterbrach die Eintönigkeit, doch dann war ich wieder allein mit meiner nachgehenden Armbanduhr. Zum zehnten Mal machte ich den Versuch, aus den Einzelheiten dieses Falles ein Mosaik zusammenzustellen, und zum zehnten Mal verschwamm mir das Bild in einem heillosen Durcheinander vor den Augen.

Bei mir war es neun Minuten nach eins, als meine Tür geöffnet wurde und der Wärter, ein gedrungener, kleiner Bursche mit nur einem halben rechten Ohr, mir einen Wink gab. Ich folgte ihm bereitwillig zu einem Fahrstuhl, dann einen Flur entlang in ein Büro. Dort war ich hocherfreut, als ich die große, schlaksige Gestalt und das schmale, bleiche Gesicht von Henry George Parker sah, dem einzigen Rechtsanwalt, den Wolfe, wenn es nach ihm ginge, bei Gericht zulassen würde. Er schüttelte mir die Hand und meinte, in einer Minute werde er mich von hier freibekommen haben.

»Nur keine Eile«, entgegnete ich steif. »Ich bin ja nicht so wichtig.« Er lachte dröhnend und zog mich mit sich fort. Alle Formalitäten waren bereits erledigt, bis auf eine, die meine Gegenwart erforderte. Er schaffte es wirklich in einer Minute.

Als wir im Taxi saßen, erklärte er mir, warum man mich bis gegen Mittag hatte schmoren lassen. Ich wurde nicht nur wegen Übertretung des Waffengesetzes festgehalten, sondern auch wegen meiner Wichtigkeit als Hauptzeuge. Der Richter wollte mich nur gegen eine Kaution von fünfzigtausend Dollar freilassen. Es war Parker gelungen, ihn auf zwanzigtausend Dollar herunterzuhandeln, und dann mußte er noch mit Wolfe darüber Rücksprache halten, ehe er die Sache abschließen konnte. Ich durfte den Gerichtsbezirk nicht verlassen. Als das Taxi die 34. Straße kreuzte, schaute ich westwärts über den Fluß. Ich hatte mir eigentlich nie viel aus New Jersey gemacht, aber jetzt fand ich den Gedanken, einfach durch den Tunnel zu fahren, doch sehr verlockend.

Ich führte Parker den Treppenaufgang des alten Sandsteinhauses in der 35. Straße hinauf, stellte fest, daß die Vorlegekette eingehängt war, und klingelte nach Fritz. Er ließ uns ein, und wir legten Hüte und Mäntel ab.

»Alles in Ordnung, Archie?« fragte er.

»Nein«, erwiderte ich offen. »Riechen Sie nichts?«

Als wir den Flur entlanggingen, erschien Wolfe aus dem Speisezimmer. Er blieb stehen und betrachtete mich. Ich erwiderte seinen Blick mit erhobenem Kinn.

»Ich werde mich erst einmal duschen«, sagte ich, »während Sie Ihre Mahlzeit beenden.«

»Das ist bereits geschehen«, brummte er. »Haben Sie schon gegessen?«

»Genug, um mich auf den Beinen zu halten.«

»Dann wollen wir anfangen.« Er marschierte in sein Büro und machte es sich in seinem übergroßen Sessel hinter seinem Schreibtisch bequem. Parker setzte sich auf den roten Ledersessel. Ich lehnte mich an meinen Schreibtisch und begann zu erzählen.

»Es ist nützlich«, sagte ich, nicht aggressiv, aber nachdrücklich, »wenn wir uns von Anfang an darüber klar sind, daß, als ich das Zimmer verließ, der Revolver in der –«

»Mund halten«, schnappte Wolfe.

»Wenn das so ist, frage ich mich nur, warum Sie mich nicht im Gefängnis gelassen haben. Ich kann ja zurückgehen und –«

»Setzen Sie sich.«

Ich tat, wie mir geheißen. Er fuhr fort.

»Ich bin sicher, daß Sie nicht die geringste Unvorsichtigkeit begangen haben. Und wenn auch – mit solch kleinlichen Erwägungen können wir uns nicht aufhalten.« Er nahm einen Bogen Papier vom Schreibtisch. »Dies ist ein Brief, der gestern von einer Mrs. E. R. Baumgarten kam. Sie bittet mich, ihren Neffen einmal unter die Lupe zu nehmen, der in ihrem Geschäft angestellt ist. Ich möchte den Brief jetzt beantworten. Ihren Notizblock, bitte.« Er äußerte dies in seinem endgültigen Ton, der jede Frage und jeden Einwand im Keime erstickte. Ich griff nach Block und Bleistift.

»Sehr geehrte Mrs. Baumgarten.« Er hatte den Brief anscheinend bereits in seinem Kopf formuliert. »Vielen Dank für Ihr Schreiben vom 13. des Monats, in dem Sie mich baten, eine Untersuchung für Sie durchzuführen. Absatz. Es tut mir leid, daß ich Ihnen nicht zu Diensten stehen kann. Ich bin gezwungen, Ihren Auftrag abzulehnen, da mir ein Beamter der New Yorker Polizei mitteilte, daß meine Lizenz als Detektiv vorläufig aufgehoben sei. Mit vorzüglicher Hochachtung ...«

Parker sprudelte irgend etwas hervor, wurde jedoch ignoriert. Ich verzog keine Miene, bedauerte aber erneut, dem Gespräch zwischen Wolfe und Cramer nicht beigewohnt zu haben.

»Tippen Sie das sofort«, sagte Wolfe, »und schicken Sie Fritz damit zur Post. Sollten weitere Aufträge oder Anfragen per Telefon kommen, lehnen Sie alles ab, und führen Sie Protokoll über jede Absage.«

»Mit dem gleichen Grund, den Sie in diesem Brief anführten?«

»Ja.«

Ich zog mir die Schreibmaschine heran, legte Briefbogen und Durchschlagpapier ein und schlug auf die Tasten. Ich mußte mich konzentrieren. Parker stellte viele Fragen, und Wolfe gab einige Grunzlaute von sich. Ich beendete den Brief, legte ihn Wolfe zur Unterschrift vor, ging in die Küche und beauftragte Fritz, ihn sofort zur Post zu bringen und dann zurückzukommen.

»Jetzt will ich alles hören«, erklärte mir Wolfe, als ich wieder ins Büro trat.

Für gewöhnlich, wenn ich Wolfe einen genauen Bericht über ein Ereignis ablegen muß, ganz egal, wie verwickelt und langwierig dies auch sein mochte, macht mir das dank meines harten Trainings weiter keine Schwierigkeiten. Doch diesmal fiel mir der Anfang schwer, da ich jedes Wort und jede Bewegung wiedergeben sollte. Aber als ich den Punkt erreicht hatte, wie ich bei Koven das Fenster geöffnet hatte, kam Schwung in meine Erzählung. Wie immer nahm Wolfe alles zur Kenntnis, ohne mich zu unterbrechen. Es dauerte anderthalb Stunden, und dann kamen die Fragen, aber nicht viele. Ich stufe meine Berichte danach ein, wie viele Fragen Wolfe anschließend stellt, und demnach mußte dieser Bericht einer meiner besten sein. Wolfe lehnte sich zurück und schloß die Augen.

»Jeder von ihnen konnte es gewesen sein, aber sicher war es Koven«, meinte Parker. »Warum sollte er sonst so lügen, obwohl er weiß, daß Sie und Goodwin ihm widersprechen würden? Das heißt«, setzte er augenzwinkernd hinzu, »falls es wirklich Lügen sind. Sie pflegen Ihrem Rechtsbeistand immer nur so viel von der Wahrheit zu sagen, wie er Ihrer Meinung nach wissen darf.«

»Pfui.« Wolfe machte die Augen auf. »Das Ganze ist außerordentlich verwickelt, Archie. Haben Sie schon etwas sortiert und geprüft?«

»Ich habe damit angefangen, doch es wurde schlimmer statt besser.«

»Ja. Ich fürchte, Sie müssen es aufschreiben. Bis elf Uhr morgen früh?«

»Ich denke schon. Aber zuerst brauche ich ein Bad. Außerdem, wozu? Was sollen wir damit anfangen, ohne unsere Lizenz? Ich denke, sie wurde einstweilen aufgehoben?«

Er überging meinen Einwand. »Was zum Teufel ist das für ein Gestank?« fragte er.

»Desinfektionsmittel. Für die Bluthunde, falls man ausbricht.«

Ich stand auf. »Ich werde jetzt baden.«

»Nein.« Er warf einen Blick auf die Wanduhr, die ein Viertel vor vier anzeigte, noch fünfzehn Minuten bis zu seinem Besuch bei den Orchideen auf dem Dach. »Erst müssen Sie noch etwas erledigen. Ich glaube, es ist die *Gazette*, die die Dazzle-Dan-Bildserien bringt?«

»Ja, Sir.«

»Täglich, auch sonntags?«

»Ja, Sir.«

»Ich möchte alle Ausgaben der letzten drei Jahre haben. Können Sie mir die besorgen?«

»Ich kann es versuchen.«

»Bitte.«

»Jetzt?«

»Ja. Einen Augenblick – nur nicht so stürmisch! Sie sollen auch meine Anweisungen an Parker anhören. Aber erst noch etwas für Sie: schicken Sie an Mr. Koven eine Rechnung über fünfhundert Dollar für die Wiederauffindung seiner Waffe. Noch heute.«

»Noch weitere Nebenkosten, unter diesen Umständen?«

»Nein. Glatte fünfhundert Dollar.« Wolfe wandte sich dem Anwalt zu. »Mr. Parker, wie lange dauert es, eine Schadenersatzklage einzureichen und dem Verklagten eine Vorladung zu schicken?«

»Das kommt darauf an«, meinte Parker in anwaltsmäßiger Unbestimmtheit. »Wenn man es beschleunigt, keine unvorhergesehenen Hindernisse eintreten und der Beklagte zu erreichen ist, kann es eine Sache von Stunden sein.«

»Bis morgen mittag?«

»Ja, gut möglich.«

»Dann bitte ich Sie, das in die Wege zu leiten. Mr. Koven hat mir durch Verleumdung meinen Broterwerb genommen. Ich verlange von ihm, mir als Entschädigung eine Summe von einer Million Dollar zu zahlen.«

»Hm-hm-hm«, machte Parker und runzelte die Stirn.

Ich sagte zu Wolfe: »Ich muß Sie um Entschuldigung bitten. Ich dachte, Sie hätten Cramer auf den Fuß getreten, weil Sie Ihre Beherrschung verloren hatten. Dabei hatten Sie dies von vornherein geplant. Ich will verdammt sein!«

Wolfe knurrte nur.

»In einer solchen Sache«, erklärte Parker, »ist es üblich, erst einmal eine schriftliche Aufforderung durch den Anwalt zu schikken. Das sieht besser aus.«

»Es ist mir völlig egal, wie es aussieht. Ich will, daß Sie das sofort in die Wege leiten.«

»Na gut.« Einer von Wolfes Gründen, daß er auf Parker schwor, war dessen schnelle Auffassungsgabe. »Aber meinen Sie nicht, daß die Summe ein bißchen hoch gegriffen ist? Eine ganze Million?«

»Sie ist nicht zu hoch gegriffen. Mit bescheidenen Erwartungen beträgt mein Jahreseinkommen hunderttausend Dollar, das wäre in zehn Jahren eine Million. Wenn man einmal seine Lizenz auf diese Art verliert, ist es schwer, sie zurückzubekommen.«

»Also gut, eine Million. Ich brauche nun alle Angaben, um eine Klage aufzusetzen.«

»Die haben Sie. Sie hörten eben, wie Archie sie aufzählte. Brauchen Sie noch mehr?«

»Nein, ich komme schon zurecht.« Parker erhob sich. »Noch eins. Es wird ein Problem werden, das Schriftstück zuzustellen. Die Polizei schnüffelt noch herum, und außerdem bezweifle ich, daß Fremde morgen in das Haus eingelassen werden.«

»Archie wird Ihnen Saul Panzer schicken. Saul kommt überall hinein und erledigt alles.« Wolfe hob einen Finger. »Ich möchte Mr. Koven hier in diesem Zimmer sehen. Fünfmal habe ich heute morgen versucht, ihn anzurufen, ohne Erfolg. Wenn ihn das nicht herbringt, fällt mir noch etwas anderes ein.«

»Er wird es an seinen Anwalt weiterreichen.«

»Dann kommt der Anwalt, und wenn er kein Dummkopf ist, brauche ich eine halbe Stunde, um ihn dazu zu bewegen, seinen Klienten herbeizuschaffen. Nun?«

Parker machte auf dem Absatz kehrt und verschwand schnurstracks. Ich schrieb auf der Schreibmaschine eine Rechnung über fünfhundert Dollar aus, und das kam mir wie eine Papierverschwendung vor nach der Summe, die eben erwähnt wurde.

An jenem Dienstag gegen Mitternacht bot unser Büro einen unbeschreiblichen Anblick. Es hatte schon oft ein wirres Durcheinander gesehen, besonders damals, als Cynthia Brown eines Tages darin erwürgt wurde und mit herausgestreckter Zunge auf dem Fußboden lag. Jetzt war es jedoch etwas anderes. Dazzle Dan, in Schwarz-Weiß und farbig, breitete sich bei uns aus. Wegen unseres Personalmangels – ich selbst hatte den Bericht zu schreiben – wurden Fritz und Theodor zu der Aufgabe, die Dazzle-Dan-Serien aus der Zeitung zu schneiden, herangezogen. Die Streifen wurden der Reihe nach aufgeklebt, bereit für Wolfes Studium. Ich hatte Lon Cohen von der *Gazette* mit Wolfes Erlaubnis bestochen, uns die Dazzle-Dan-Serien von drei Jahren zu überlassen, indem ich ihm als Gegenleistung einen Exklusivbericht versprach. Natürlich wollte er Näheres wissen.

»Da gibt's nicht viel«, sagte ich ihm am Telefon, »nur, daß Nero Wolfe nicht mehr als Detektiv arbeitet, weil Inspektor Cramer ihm die Lizenz entzogen hat.«

»Das ist ein Witz«, meinte Lon.

»Kein Witz. Die Wahrheit.«

»Wirklich?«

»Wir bieten es zur Veröffentlichung an. Exklusiv.«

»Im Zusammenhang mit dem Getz-Mord?«

»Ja. Nur ein kurzer Absatz, denn Einzelheiten sind noch nicht erhältlich, selbst für Sie nicht. Ich bin auf Kaution freigelassen.«

»Das weiß ich. Ein starkes Stück. Wir werden unser Archiv durchsehen und Ihnen die Zeitungen so bald wie möglich zuschicken.«

Er hängte auf, ohne auf weitere Einzelheiten zu drängen. Das bedeutete natürlich, daß er Dazzle Dan per Nachnahme senden würde, nämlich mit einem Reporter. Als der Reporter kurz nach sechs, gerade als Wolfe von den Gewächshäusern kam, eintraf, war es nicht irgendein mit Notizblock bewaffneter Jüngling, sondern Lon Cohen in eigener Person. Er ging ins Büro, stellte einen großen, schweren Karton auf den Boden, zog seinen Mantel aus und legte ihn über den Karton, um zu zeigen, daß Dazzle Dan sein Eigentum blieb, bis wir dafür bezahlt hatten. Dann sagte er:

»Jetzt also her damit. Was Wolfe sagte und was Cramer sagte. Dann ein Foto von Wolfe, wie er Dazzle Dan studiert –«

Ich bot ihm höflich einen Stuhl an und gab ihm alles, was wir bereit waren herauszurücken. Natürlich war es, wie immer, nicht genug. Ich ließ ihn noch ein Dutzend Fragen stellen, beantwortete davon zwei oder drei und machte ihm dann klar, daß dies für den Augenblick alles sei und mich Arbeit erwarte. Er gab zu, daß es ein reelles Geschäft sei, steckte seinen Notizblock in die Tasche, erhob sich und griff nach seinem Mantel.

»Wenn Sie noch etwas Zeit hätten, Mr. Cohen«, murmelte Wolfe, der mir das Interview überlassen hatte. Lon glitt aus seinem Mantel und nahm wieder Platz.

»Mir bleiben noch neunzehn Jahre, Mr. Wolfe, ehe ich mich zur Ruhe setze.«

»Ich werde Sie nicht so lange aufhalten«, seufzte Wolfe. »Ich bin kein Detektiv mehr, also bin ich neugierig. Die Funktion eines Zeitungsmannes ist es, Neugierde zu befriedigen. Wer tötete Mr. Getz?«

Lon hob die Brauen. »Archie Goodwin. Es war seine Waffe.«

»Unsinn. Ich meine es ernst. Ich bin von den üblichen Informationsquellen abgeschnitten, durch die Dämlichkeit von Mr. Cramer, deshalb –«

»Darf ich das ebenfalls drucken lassen?«

»Nein. Nichts hiervon. Dies ist eine Privatunterhaltung. Ich möchte wissen, was Ihre Kollegen davon halten. Wer tötete Mr. Getz? Miss Lowell? Wenn ja, warum?«

Lon nagte an seiner Unterlippe. »Sie meinen, wir unterhalten uns nur so?«

»Ja.«

»Daraus könnte vielleicht ein Gespräch werden, das gedruckt werden kann?«

»Vielleicht.«

»Nun, was Miss Lowell betrifft, so wissen wir einiges von ihr. Getz soll erfahren haben, daß sie mit den Gewinnanteilen der Dazzle-Dan-Produktion mogelt, und wollte ihr kündigen.«

»Irgendwelche Namen und Daten?«

»Nichts, was zu erwähnen wäre. Noch nicht.«

»Beweismaterial?«

»Nicht, daß ich wüßte.«

Wolfe grunzte. »Mr. Hildebrand. Wenn ja, warum?«

»Das ist einfacher und betrüblicher. Er hat es Freunden erzählt. Er ist schon seit acht Jahren bei Koven, und ihm wurde letzte Woche zum Ende des Monats gekündigt. Daran gab er Getz die Schuld. Er bekommt vielleicht keine andere Stellung mehr.«

Wolfe nickte. »Mr. Jordan?«

Lon zögerte. »Das paßt mir gar nicht so. Man sagt, daß Jordan einige moderne Bilder gemalt hat und sich zweimal bemühte, sie in einer Galerie ausstellen zu lassen. Beide Male hat ihm Getz das verdorben. Hier sind Namen und Daten verfügbar, aber ob Getz von Natur ein Biest war oder Jordan nur nicht entbehren wollte –«

»Ich ziehe meine eigenen Schlüsse, vielen Dank. Die Bilder könnten Getz nicht gefallen haben. Mr. Koven?«

Lon zuckte die Schultern. »Nun, es besteht kein Zweifel, daß Getz ihn übers Ohr gehauen hat. Getz beherrschte den ganzen Laden, dafür gibt es genug Beweise, und niemand weiß, wieso. Die Frage ist also: womit hielt er Koven in Schach? Es mußte etwas Wirksames sein, aber was? Sie sagten, dies sei eine Privatunterhaltung?«

»Ja.«

»Hier ist etwas, das wir erst heute nachmittag erfahren haben. Es muß überprüft werden, ehe es gedruckt wird. Das Haus in der 76. Straße ist auf Getz' Namen eingetragen.«

»Wirklich?« Wolfe schloß für eine Weile die Augen, ehe er fragte: »Und Mrs. Koven?«

Lon zuckte wiederum die Schultern. »Mann und Frau sind eins, nicht wahr?«

»Ja. Mann und Frau ergeben zusammen einen großen Dummkopf.«

Lons Kinn hob sich. »Das möchte ich veröffentlichen. Wie wär's?«

»Das wurde bereits vor mehr als dreihundert Jahren veröffentlicht. Es stammt von Ben Jonson.« Wolfe seufzte. »Verwünscht, was soll ich mit diesen Bruchstücken anfangen?« Er zeigte auf das Paket. »Sie wollen den Karton sicher zurückhaben?«

Lon bejahte das. Außerdem sagte er, daß er die Privatunterhaltung gern fortführen würde, im Interesse der Gerechtigkeit und der öffentlichen Meinung, doch anscheinend hatte Wolfe alle für den Augenblick benötigten Bruchstücke beisammen. Nachdem ich Lon zur Tür geleitet hatte, ging ich in mein Zimmer, um mich für eine Stunde ganz mir selbst zu widmen. Ich hatte gerade meine Dusche beendet und griff nach einem frischen Hemd, als Saul Panzer wegen der Botschaft, die ich ihm hinterlassen hatte, anrief. Ich erklärte ihm seinen Auftrag in allen Einzelheiten und bat ihn, morgen in Parkers Büro Bericht zu erstatten.

Nach dem Abendbrot ging es also im Büro an die Arbeit. Fritz und Theodor schlugen eine *Gazette* nach der andern auf, suchten die richtige Seite und schnitten die Bildstreifen aus. Ich klapperte auf meiner Schreibmaschine, drei Seiten pro Stunde. Wolfe saß an seinem Schreibtisch und konzentrierte sich auf eine gründliche und methodische Durchsicht von drei Jahren Dazzle-Dan-Abenteuern. Es war nach Mitternacht, als er seinen Sessel zurückschob, aufstand, sich reckte, seine Augen rieb und uns erklärte: »Feierabend. Dieser Sumpf von Albernheit schlägt mir auf den Magen. Gute Nacht.«

Am Mittwoch morgen überschlug er sich. Normalerweise fing der Tag bei ihm so an: Frühstück auf seinem Zimmer mit der Zeitung um acht Uhr, dann Rasieren und Ankleiden, dann von neun bis elf Uhr seine Vormittagsschicht oben in den Gewächshäusern. Nie betrat er sein Büro vor elf Uhr, und das Detektivgeschäft durfte nie seine Orchideenzucht beeinträchtigen. Doch an jenem Mittwoch mogelte er. Während ich mit Fritz in der Küche saß und Pfannkuchen, Würstchen, Honig und eine Menge Kaffee genoß, dabei die Morgenzeitungen studierte und auch in der *Gazette* einen Absatz über Wolfes erzwungenen Rücktritt las, schlich sich Wolfe in sein Büro und machte sich mit einem Stapel Dazzle Dan davon. Wie ich das herausbekam? Vor dem Frühstück hatte ich im Büro noch ein wenig aufgeräumt, und ich bin ans Beobachten gewöhnt. Als ich nach dem Frühstück ins Büro zurückkehrte und einen Blick in die Runde warf, ehe ich mich an die Schreibmaschine setzte, entdeckte ich, daß von einem Stoß Dazzle-Dan-Ausschnitten die Hälfte fehlte. Noch nie, solange ich Wolfe kannte, hatte ihm die Arbeit derartig unter den Nägeln gebrannt. Ich muß sagen, sein Eifer schien mir durchaus angebracht. Ich verzichtete deshalb auch auf einen Ausflug auf das Dach, um ihn nicht bei seiner Lektüre zu überraschen, und nahm mir sogar die Mühe, nicht im Büro zu sein, als er um elf Uhr herunterkam, damit er die Möglichkeit habe, Dazzle Dan unbemerkt wieder an seinen Platz zu legen.

Nach dem Frühstück mußte ich erst einmal einige Anordnungen ausführen, die Wolfe mir noch am vorhergehenden Abend erteilt hatte. Um fünfunddreißig Minuten nach neun hatte ich den maßgebenden Mann bei der Levay Tonbandgesellschaft am Apparat. Es dauerte aber einige Zeit, ehe ich das Versprechen bekam, daß man sofort jemanden schicken werde. Kurz nach zehn Uhr erschienen zwei Männer mit einer Kiste und Werkzeugtaschen. In weniger als einer Stunde hatten sie es geschafft. Es war eine saubere und adrette Arbeit. Ein Experte hätte lange in unserem Büro suchen müssen, um irgend etwas Verdächtiges zu entdecken, und der Draht, der hinter dem Schrank in unsere Küche lief, erweckte, selbst wenn man ihn sah, kein Mißtrauen.

Das Telefon läutete fast ununterbrochen, meist Reporter, die mit Wolfe sprechen wollten oder zumindest mit mir, und schließlich bat ich Fritz, die Anrufe zu beantworten und allen eine Absage zu erteilen. Dann kam ein Anruf für mich von dem Büro des Staatsanwalts. Sie hatten den Mut, mich hinzubestellen, da sie mich etwas fragen wollten. Ich erklärte, daß ich Bewerbungen schreiben müsse und keine Zeit hätte. Eine halbe Stunde später kam ein Anruf von Sergeant Purley Stebbins. Er war sehr verstimmt über Wolfe, weil er die Neuigkeit über den Entzug seiner Lizenz hatte veröffentlichen lassen, wo doch noch nichts offiziell sei, und gab mir zu bedenken, wohin es mich wohl brächte, wenn ich mich weigerte, dem Staatsanwalt bei dem Mordfall behilflich zu sein. Schließlich hätte ich ja die Leiche entdeckt, und er ließe mir die Wahl, entweder sofort zu kommen oder mich durch einen Polizeiwagen abholen zu lassen. Ich ließ ihn ausreden.

»Hören Sie zu«, sagte ich endlich. »Mir ist nicht bekannt, daß man Mr. Wolfe auch noch unter Vormundschaft gestellt hat. Wenn Mr. Wolfe bekanntgeben möchte, daß er nicht mehr berufstätig ist, in der Hoffnung, daß ihm jemand eine Stelle als Portier anbietet, ist das seine Sache. Was meine Mithilfe bei dem Mordfall betrifft, so ist das Unsinn. Sie haben mir bereits zwei Sachen angehängt, und auf Rat meines Anwalts und meines Arztes muß ich zu Hause bleiben, Aspirin nehmen und mit Pflaumensaft und Gin gurgeln. Wenn Sie hierherkommen, werden Sie nur mit einem Haussuchungsbefehl eingelassen. Haben Sie einen andern Befehl, etwa wegen Tierquälerei, weil ich das Fenster geöffnet hatte, können Sie entweder warten, bis ich herauskomme, oder die Tür einschlagen. Jetzt lege ich auf.«

»Einen Augenblick, verdammt!«

»Auf Wiedersehen!«

Ich legte auf, saß dreißig Sekunden still, um mich zu beruhigen, und nahm dann meine Arbeit an der Schreibmaschine wieder auf. Die nächste Unterbrechung kam von Wolfe, kurz vor Mittag. Er setzte sich an seinen Schreibtisch und zerpflückte Dazzle Dan. Plötzlich nannte er meinen Namen. Ich drehte mich um.

»Ja, Sir.«

»Sehen Sie sich dies hier an.«

Er schob mir einen Streifen aus der *Gazette* zu, und ich besah ihn mir. Es war eine halbe Seite aus der Sonntagsausgabe, farbig, und vor vier Monaten veröffentlicht. Im ersten Bild sauste Dazzle Dan auf einem Fahrrad eine Landstraße entlang, an einem Schild vorbei, auf dem stand: Pfirsiche direkt vom Baum! Aggie Ghool und Haggie Krool.

Bild 2: D. D. hatte sein Fahrrad gegen einen Pfirsichbaum voll rotgelber Früchte gelehnt. Zwei weibliche Wesen standen neben ihm, wahrscheinlich Aggie Ghool und Haggie Krool. Eine war alt und krumm, in grobes Leinen gekleidet – soweit ich das erkennen konnte –, die andere war jung, mit rosigen Wangen, und trug einen Nerzmantel. In einer Blase, die aus D. D.s Mund kam, stand: »Geben Sie mir ein Dutzend!« Bild 3: Die Junge reicht D. D. die Pfirsiche und streckt ihre Hand aus. Bild 4: Die Alte gibt D. D. das Wechselgeld zurück. Bild 5: Die Alte gibt der Jungen eine Münze und sagt: »Hier sind deine zehn Prozent, Haggie«, und die Junge erwidert: »Vielen Dank, Aggie.« Bild 6: D. D. fragt Aggie: »Warum teilen Sie nicht gleichmäßig?« Und Aggie sagt: »Weil es mein Baum ist.« Bild 7: D. D. sitzt wieder auf seinem Fahrrad – doch ich hatte jetzt genug und sah fragend Wolfe an.

»Soll ich dazu einen Kommentar geben?«

»Ja, bitte.«

»Ich passe. Wenn es Reklame für die Nationale Industrie-Liga sein soll, so wäre das der falsche Weg. Wenn Sie den Nerzmantel meinen, so ist der von Pat Lowell wahrscheinlich gar nicht bezahlt.«

Er grunzte. »Es gab bereits zwei ähnliche Episoden, jedes Jahr eine, mit den gleichen Personen.«

»Dann ist es vielleicht doch Reklame.«

»Ist das alles?«

»Für den Moment ja. Ich bin kein Elektronengehirn, sondern eine Stenotypistin. Ich muß mit diesem Bericht fertig werden.«

Ich warf ihm das Kunstwerk zu und machte mich wieder an meine Arbeit. Um achtundzwanzig Minuten nach zwölf überreichte ich ihm meinen Bericht zur Lektüre, und er ließ D. D. fallen. Ich ging in die Küche, um Fritz zu sagen, daß ich mich wieder um das Telefon kümmern werde. Als ich ins Büro zurückkam, läutete es bereits. Ich nahm den Hörer ab. Für gewöhnlich meldete ich mich: »Hier Büro Nero Wolfe, Archie Goodwin am Apparat«, da jedoch unsere Lizenz aufgehoben war, wäre es wohl illegal gewesen, ein Büro zu unterhalten, und darum sagte ich: »Wohnung Nero Wolfe, Archie Goodwin am Apparat.«

»Mein Bericht, Archie«, erklang Saul Panzers heisere Stimme. »Hatte überhaupt keine Schwierigkeiten. Koven ist schon versorgt, er hat das Schreiben vor fünf Minuten in die Hand bekommen.«

»Im Haus?«

»Ja. Ich werde Parker anrufen –«

»Wie sind Sie reingekommen?«

»Oh, sehr einfach. Der Bursche, von dem Sie mir erzählten, der das Zeug von Furnari abliefert, war schlecht bei Kasse, und ich habe ihn mit zehn Dollar bestochen. Als ich drin war, hielt ich mich an Ihre Skizze, und es war ein Kinderspiel.«

»Für Sie, ja. Zufriedenstellend, würde Wolfe sagen, und das ist bei ihm schon höchstes Lob. Vielversprechendes Talent, ist mein Urteil. Sie rufen Parker gleich an?«

»Ja. Ich muß dort ein Papier unterschreiben.«

»Okay. Bis später!«

Ich legte auf und erstattete Wolfe Bericht. Er sagte »Ah« und wandte sich wieder meinem Schriftstück zu.

Nach dem Mittagessen gab es noch etwas Wichtiges zu tun. Es betraf Wolfe und mich, die Rekonstruktion unseres Gesprächs mit Koven am Samstag abend sowie die Einrichtung, die von der Levay Tonbandgesellschaft in unserem Büro angebracht worden war. Wir brauchten fast eine Stunde, ehe Wolfe zufrieden war. Danach schleppte sich alles träge dahin. Die Telefonanrufe hörten auf. Wolfe hatte den Bericht zu Ende gelesen, legte ihn in eine Schublade, lehnte sich zurück und schloß die Augen. Mir war nach einem Gespräch zumute, doch ich sah, wie Wolfes Lippen sich vorwölbten und wieder einkniffen, und wußte, daß sein Gehirn auf Hochtouren lief. Ich ging an den Aktenschrank, um eine seiner Pflanzenkeimtabellen zu holen, und machte mich daran, die Eintragungen zu vervollständigen. Gott sei Dank brauchte er keine Lizenz zum Orchideenzüchten, aber natürlich würde die Frage bald akut werden, wie wir die Rechnungen bezahlen sollten. Um vier Uhr verschwand Wolfe auf das Dach zu den Gewächshäusern, und ich machte meine Eintragungen weiter. Während der nächsten zwei Stunden läutete ein paarmal das Telefon. Es war aber weder Koven, noch sein Anwalt, noch Parker.

Zwei Minuten nach sechs, während ich mir ausmalte, wie Koven sich wahrscheinlich erst Mut antrinken mußte, geschahen plötzlich zwei Dinge gleichzeitig: Wolfes Fahrstuhl kam im Flur mit einem quietschenden Ruck zum Stehen, und die Türglocke schellte. Ich ging in den Flur, drehte die Außenbeleuchtung an und spähte durch den Spion. Es war wirklich ein Nerzmantel, doch der Hut kam mir fremd vor. Ich wartete, bis Wolfe das Feld geräumt hatte und im Büro verschwand. Dann schob ich mich dichter an das Glas heran und sah jetzt deutlich ihr Gesicht. Sie war allein. Ich eilte Wolfe nach und verkündete: »Miss Patricia Lowell.«

Er verzog sein Gesicht. Selten heißt er einen Mann in seinen Räumen willkommen, eine Frau fast nie. »Führen Sie sie herein«, murmelte er verdrießlich.

Ich ging nach vorn, schob die Kette zurück und öffnete die Tür. »Das ist eine Überraschung nach meinem Herzen«, begrüßte ich sie munter. Sie trat ein, und ich verschloß die Tür hinter ihr. »Konnten Sie keine Kokosnuß finden?«

»Ich möchte Nero Wolfe sprechen«, sagte sie mit entschlossener Stimme, die nicht zu ihren rosigen Wangen passen wollte.

»Bitte! Hier entlang.« Ich geleitete sie ins Büro. Ab und zu steht Wolfe auf, wenn eine Dame das Zimmer betritt, aber diesmal blieb er nicht nur auf seinem Sessel sitzen, sondern auch auf seinem Mund. Er neigte seinen Kopf um sechs Millimeter, als ich ihren Namen nannte, erwiderte jedoch nichts. Ich bot ihr Platz an, half ihr aus dem Mantel und setzte mich an meinen Schreibtisch.

»Sie sind also Nero Wolfe?« begann sie. »Ich bin fast krank vor Angst.«

»Sie sehen nicht so aus«, grollte Wolfe.

»Hoffentlich nicht. Ich verstehe mich zu beherrschen.« Sie zog einen Handschuh aus. »Mr. Koven schickt mich her.«

Keine Antwort. Wir betrachteten sie. Sie sah von einem zum andern und rief dann aufgebracht: »Mein Gott, sagen Sie nie etwas?«

»Nur bei Gelegenheit.« Wolfe lehnte sich zurück. »Geben Sie mir eine. Sagen Sie etwas.«

Sie preßte die Lippen zusammen. Sie saß aufrecht in dem roten

Sessel, ohne sich anzulehnen. »Mr. Koven schickt mich wegen der lächerlichen Entschädigungsklage, die Sie ihm zugestellt haben. Er beabsichtigt, eine Gegenklage wegen Rufschädigung durch Ihren Beauftragten, Archie Goodwin, einzureichen. Natürlich bestreitet er jede Grundlage für Ihre Klage.« Sie hielt inne. Wolfe ließ ihren Blick nicht los, sagte aber nichts. »Das ist also die augenblickliche Lage«, endete sie feindselig.

»Vielen Dank, daß Sie sich herbemüht haben, um mir das zu sagen«, murmelte Wolfe. »Wollen Sie Miss Lowell bitte hinausbegleiten, Archie.«

Ich stand auf. Sie sah mich an, als ob ich sie tödlich beleidigt hätte, und blickte dann zu Wolfe. »Ich glaube nicht, daß Ihre Haltung sehr vernünftig ist. Sie und Mr. Koven sollten sich über diese Sache gütlich einigen. Warum nicht die Klagen beiderseits aufheben?«

»Weil«, sagte Wolfe trocken, »meine Ansprüche gerechtfertigt sind und seine nicht. Wären Sie mit dem Gerichtswesen vertraut, Miss Lowell, würden Sie wissen, daß Ihr Vorgehen unkorrekt, zumindest ungewöhnlich ist. Sie sollten mit meinem Anwalt verhandeln, nicht mit mir.«

»Ich bin kein Rechtsanwalt, Mr. Wolfe, ich bin Mr. Kovens Geschäftsführerin. Er meint, daß die Anwälte alles noch mehr verwirren, und ich stimme ihm bei. Er ist der Ansicht, daß Sie sich auf privatem Weg einigen sollten. Wäre das nicht möglich?«

»Ich weiß nicht. Wir können es versuchen. Dort ist ein Telefon, rufen Sie ihn an, damit er herkommt.«

Sie schüttelte den Kopf. »Er ist nicht – er ist zu aufgeregt. Sie können besser mit mir verhandeln, und wenn wir zu einer Einigung gelangen, wird er mit allem einverstanden sein, das kann ich versichern. Warum befassen wir uns nicht einmal näher mit den beiden Klagen?«

»Ich bezweifle, daß uns das weiterbringt. Es gibt in beiden Klagen einen gemeinsamen Faktor, und zwar die Frage: Wer tötete Adrian Getz und warum? Wenn es Mr. Goodwin war, ist Mr. Kovens Klage begründet, und ich gebe freiwillig nach. War es nicht Mr. Goodwin, bleibe ich fest. Um mit Ihnen verhandeln zu können, müßte ich einige direkte Fragen über diesen Punkt an Sie richten, doch ich glaube nicht, daß Sie wagen, sie zu beantworten.«

»Zur Not kann ich ja schweigen. Was für Fragen?«

»Nun –« Wolfe schürzte die Lippen, »zum Beispiel, wie geht es dem Affen?«

»Diese Antwort kann ich riskieren. Er ist krank, liegt im Tierspital, und die Ärzte glauben nicht, daß er durchkommt.«

»Alles wegen des offenen Fensters?«

»Ja. Diese Rasse ist sehr empfindlich.«

Wolfe nickte. »Dort auf dem Tisch neben dem Globus liegt ein Stapel Zeitungsausschnitte, und zwar die Dazzle-Dan-Seiten der letzten drei Jahre. Ich habe alles studiert. Im letzten August und September spielte ein Affe eine führende Rolle. Er wurde von zwei verschiedenen Leuten gezeichnet oder zumindest mit zwei verschiedenen Einstellungen. In den ersten siebzehn Bildfolgen wurde er boshaft und tückisch dargestellt, meiner Ansicht nach von jemandem, der Affen verabscheut. Danach wurde er sympathisch und humorvoll gezeichnet. Der Wechsel war abrupt und bemerkenswert. Warum? Hatte Mr. Koven das angeordnet?«

Pat Lowell runzelte die Stirn. Ihre Lippen öffneten sich und preßten sich dann wieder zusammen.

»Sie haben die Wahl«, sagte Wolfe kühl. »Die Wahrheit, eine Lüge, eine Ausflucht oder Antwortverweigerung. Die letzten beiden Möglichkeiten würden meine Neugierde reizen, und irgendwie würde ich sie schon befriedigen. Meinetwegen können Sie auch lügen, ich bin ein Experte für Lügen und Lügner.«

»Es gibt nichts zu lügen. Ich dachte nur nach. Mr. Getz war mit der Art, in der der Affe gezeichnet wurde, nicht zufrieden, und Mr. Koven beauftragte daraufhin Mr. Jordan mit der Arbeit anstelle von Mr. Hildebrand.«

»Mag Mr. Jordan Affen?«

»Er liebt Tiere ganz allgemein. Er meinte, der Affe sähe wie Napoleon aus.«

»Mr. Hildebrand hat keine Sympathien für Affen?«

»Nicht für diesen jedenfalls. Rookaloo spürte das natürlich und biß ihn auch einmal. Aber ist das nicht ein wenig albern, Mr. Wolfe? Wollen Sie so weitermachen?«

»Wenn Sie nicht aufbrechen, ja. Ich untersuche Mr. Kovens Gegenklage, und zwar auf diese Art und Weise. Bei jeder Frage haben Sie, wie bereits erwähnt, vier Möglichkeiten und noch eine fünfte dazu, nämlich aufzustehen und zu gehen. Wie war Ihre eigene Einstellung dem Affen gegenüber?«

»Ich fand ihn schrecklich lästig, aber er hatte auch seine Vorzüge, als Ablenkung. Es war meine Schuld, daß er dort lebte, denn ich hatte ihn Mr. Getz geschenkt.«

»Wirklich? Warum?«

»Ein Freund, der vor ungefähr einem Jahr aus Südamerika zurückkam, hatte ihn mir mitgebracht, und da ich ihn nicht versorgen konnte, schenkte ich ihn Mr. Getz.«

»Mr. Getz lebte in Kovens Haus?«

»Ja.«

»Dann haben Sie ihn in Wirklichkeit Mrs. Koven an den Hals geladen. Wußte sie das zu würdigen?«

»Sie hat nie etwas darüber gesagt. Ich entschuldigte mich bei ihr, und sie war sehr freundlich.«

»Konnte Mr. Koven den Affen leiden?«

»Er neckte ihn gern, aber nicht, um den Affen zu ärgern, sondern Mr. Getz.«

Wolfe lehnte sich zurück und verschränkte die Hände hinter dem Kopf. »Wissen Sie, Miss Lowell, ich glaube nicht, daß diese Dazzle-Dan-Episoden hoffnungslos geistlos sind. Es spricht ein unterdrückt sarkastischer Ton, eine reichhaltige Phantasie und Erfindungsgabe aus diesen Bilderfolgen. Montag abend, während Mr. Goodwin im Gefängnis saß, rief ich einige Leute an, die bekannt dafür sind, allerhand zu wissen. Dabei erfuhr ich von der allgemeinen Annahme, daß die Idee für Dazzle Dan ursprünglich von Mr. Getz stammte, daß er sie dann Koven überlassen hat, aber dennoch die unerschöpfliche Quelle der Inspiration für die Geschichte und Bilder blieb. Mr. Koven säße also jetzt in einer Sackgasse. Was halten Sie davon?«

Pat Lowell hatte sich steif aufgerichtet. »Klatsch«, meinte sie verächtlich. »Billiger Klatsch.«

»Sie müssen es wissen.« Wolfe schien erleichtert. »Hätte man Beweise für diese Annahme, wäre ich, zugegeben, selbst in einer argen Klemme. Um meine Klage gegen Mr. Koven zu stützen und um die seinige zu entkräften, muß ich beweisen, daß Mr. Goodwin Mr. Getz nicht umgebracht hat, weder durch einen unglücklichen Zufall noch sonstwie. Wenn er es nicht tat, wer tat es dann? Einer von Ihnen fünf. Aber jeder von Ihnen hatte ein direktes, persönliches Interesse an dem fortlaufenden Erfolg von Dazzle Dan, da Sie sich in den Gewinn teilten, und wenn Mr. Getz für diesen Erfolg verantwortlich gewesen wäre, warum ihn dann töten?« Wolfe kicherte. »Sie sehen also, daß ich gar nicht so dumm bin. Wir haben uns erst ein Viertelstündchen damit beschäftigt, und schon haben Sie mir gewaltig geholfen. Noch vier oder fünf Stunden, und wir werden weiter sein.«

Er beugte sich vor und drückte einen Knopf an der Schreibtischecke, und nach einer Minute erschien Fritz.

»Wir haben einen Gast zum Abendbrot, Fritz.«

»Ja, Sir.« Fritz verschwand.

»Vier oder fünf Stunden?« fragte Pat Lowell.

»Mindestens. Mit einer Pause fürs Essen, denn ich verbanne Geschäfte von meinem Tisch. Zweieinhalb Stunden für Sie, zweieinhalb Stunden für mich. Diese Angelegenheit ist äußerst verwickelt, und wenn Sie hierherkamen, um eine Einigung zu erzielen, müssen wir erst den Knoten lösen. Wo waren wir also stehengeblieben?«

Sie sah ihn an. »Bei Getz. Ich will nicht sagen, daß er nichts mit Dazzle Dans Erfolg zu tun hatte. Das habe ich schließlich ebenfalls. Ich sage auch nicht, daß er kein Verlust wäre. Jeder wußte, daß er Mr. Kovens ältester und vertrautester Freund war. Wir hatten alle den Eindruck, daß sich Mr. Koven völlig auf ihn verließ –«

Wolfe unterbrach sie. »Bitte, Miss Lowell, verderben Sie es mir nicht. Geben Sie mir nicht erst einen Anhaltspunkt, um ihn mir dann Stück für Stück wieder zu entziehen. Als nächstes werden Sie mir noch erzählen, daß Koven Mr. Getz aus eitel Zuneigung mit ›Wicht‹ titulierte, wie ein Mann seinen treuesten Freund einen Bastard nennt. Ich persönlich sehe hinter solchen Kosenamen den Minderwertigkeitskomplex eines Mannes, der zutiefst verbittert ist und sich auf diese Weise Luft machen will. Wollen Sie mir vielleicht auch noch weismachen, daß Sie alle, ohne Ausnahme, Mr. Getz über alle Maßen gern hatten und ihm innig dankbar waren? Vergessen Sie nicht, daß Mr. Goodwin Stunden in diesem Haus in Ihrer Gesellschaft zugebracht und mir genau Bericht erstattet hat. Und Montag abend hatte ich mit Inspektor Cramer eine Unterredung und erfuhr von dem zerrissenen Kissen auf dem Boden, das den Lärm des Schusses dämpfen sollte, und von der Unfähigkeit aller Beteiligten, ihren Mangel an Gelegenheit zu beweisen. Aber wenn Sie darauf bestehen, Kovens Abhängigkeit von Mr. Getz zu bagatellisieren, so lassen Sie mich trotzdem darüber eine Frage stellen. Nehmen wir einmal an, daß diese Abhängigkeit von Getz Koven stark belastete und daß er plante, etwas dagegen zu unternehmen. Dazu mußte er irgend jemand ins Vertrauen ziehen, um Rat und Hilfe zu bekommen. An wen hätte er sich damit gewandt? Wir müssen natürlich an erste Stelle seine Frau setzen, von Amts wegen und um Brauch und Sitte aufrecht-zuerhalten – aber Sie werden mir wohl nichts über die ehelichen Geheimnisse Ihres Arbeitgebers sagen. Nun, an wen von Ihnen dreien hätte er sich gewandt – an Mr. Jordan, Mr. Hildebrand oder an Sie?«

»An keinen von uns.«

»Aber wenn es wirklich dringend war?«

»Nicht mit einer so persönlichen Angelegenheit. Das hätte er nie getan. Keiner von uns ist ihm in privater Hinsicht je näherge-kommen.«

»Sicher hätte er sich Ihnen als seiner Geschäftsführerin anver-traut.«

»In geschäftlichen Dingen ja. Nicht in persönlichen Angelegen-heiten, bis auf Kleinigkeiten.«

»Warum nahm man sich allgemein den Revolver in seinem Schreibtisch so zu Herzen?«

»Wir haben uns das nicht wirklich zu Herzen genommen – ich wenigstens nicht. Mir gefiel es nur nicht, daß sich eine geladene Waffe so offen im Haus befand. Außerdem wußte ich, daß Mr. Koven keinen Waffenschein dafür hatte.«

Wolfe behandelte das Thema Revolver noch für die nächsten zehn Minuten – wie oft sie ihn gesehen, ob sie ihn je angefaßt hatte und so weiter, mit besonderem Nachdruck auf Sonntag morgen, als sie und Hildebrand die Lade aufgezogen und die Waffe be-trachtet hatten. In diesem Punkt stimmte ihr Bericht genau mit dem Hildebrands, wie er ihn Cramer gegeben hatte, überein. Schließlich wurde sie jedoch störrisch und meinte, daß wir auf diese Weise nicht weiterkämen und daß sie auch nicht zum Essen bleiben wolle.

Wolfe nickte zustimmend. »Sie haben recht«, sagte er. »Wir, Sie und ich, sind so weit wie möglich gegangen. Wir brauchen jetzt die Gesellschaft. Sie sollten Mr. Koven anrufen und ihm das mitteilen. Sagen Sie ihm, daß ich ihn, Mrs. Koven, Mr. Jordan und Mr. Hildebrand gegen halb neun hier erwarte.«

Sie starrte ihn an. »Soll das ein Witz sein?«

Er überhörte das. »Ich weiß nicht«, sagte er, »ob Sie das richtig anpacken können, sonst lassen Sie mich lieber mit ihm reden. Die Berechtigung meiner Klage oder seiner Klage hängt hauptsächlich davon ab, wer Mr. Getz ermordet hat. Ich kenne den Täter jetzt. Ich muß es der Polizei mitteilen, aber zuerst möchte ich mich mit Koven über meine Klage auseinandersetzen. Sagen Sie ihm das. Berichten Sie ihm, daß ich, falls ich die Polizei benachrichtige, ehe er mit mir spricht, ohne Schwierigkeit mit meiner Klage durchkommen werde.«

»Das ist ein gemeiner Bluff!«

»Sagen Sie ihm das.«

»Das werde ich auch tun.«

Sie stand auf und hängte sich den Mantel über. Ihre Augen funkelten Wolfe an. »Ich bin doch nicht verrückt.« Sie ging zur Tür.

»Rufen Sie Inspektor Cramer an, Archie«, fauchte Wolfe. »Die Polizei wird vor Ihnen im Haus sein«, rief er hinter Pat Lowell her. Ich hob den Hörer ab und wählte. Sie war draußen im Flur, doch ich hörte weder Schritte noch die Haustür zuschlagen.

»Hallo«, sagte ich zu der Telefonistin ziemlich laut. »Ist dort Mordabteilung Manhattan-West? Bitte, Inspektor Cramer, hier spricht –«

Eine Hand schoß an mir vorbei, ein Finger preßte die Gabel nieder, und ein Nerzmantel glitt zu Boden.

»Sie Teufel«, sagte sie eisig, aber ihre Hand zitterte. Ich legte den Hörer auf.

»Suchen Sie Mr. Kovens Nummer heraus, Archie«, schnurrte Wolfe.

Zwanzig Minuten vor neun. Wolfes Augen glitten von links nach rechts über die Gesichter der vor uns versammelten Gesellschaft. Er war in gräßlicher Laune. Er haßte es, gleich nach dem Essen zu arbeiten, und aus der Art, wie er sein Kinn einzog und wie seine Wangenmuskeln zuckten, konnte ich ablesen, daß es eine harte Arbeit werden würde. Ob er sie nun mit oder ohne Bluff hierhergelockt hatte – ich nahm an, es war Bluff –, jetzt bedurfte es anderer

Methoden, um die Beute aufzustöbern, der er auf den Fersen war.

Pat Lowell hatte nicht mit uns zu Abend gegessen. Nicht nur, daß sie uns nicht ins Eßzimmer begleiten wollte, sie ließ auch das Tablett, das Fritz ihr ins Büro brachte, unberührt. So etwas ging Wolfe gegen den Strich und veranlaßte ihn bestimmt zu einigen beißenden Bemerkungen, die ich jedoch nicht hören konnte, da ich mit Fritz in der Küche die Tonbandanlage überprüfte. Das war der einzige Teil in Wolfes Programm, der mir völlig klar war. Ich hantierte mit Fritz noch in der Küche, als die Türglocke läutete, und dann fand ich die Gesellschaft vollzählig vor unserer Haustür versammelt. Sie wurden besser empfangen als ich bei ihnen, auch sogleich mit Sitzgelegenheiten versorgt.

Wolfe beäugte sie der Reihe nach, Harry Koven in dem roten Ledersessel, dann seine Frau, dann Pat Lowell und nach einer Lücke Peter Jordan und By Hildebrand, beide in meiner Nähe. Ich wußte nicht, welchen Eindruck Wolfe bei diesem Anblick gewann, aber mir schien, als stünde er gegen eine vereinigte Front.

»Diesmal«, stieß Koven hervor, »können Sie keine Lüge mit Goodwin zusammenbrauen, es sind Zeugen da.«

Er war in Stimmung. Ich schätzte ihn auf sechs Drinks, aber es konnten auch mehr gewesen sein.

»Auf diese Art und Weise kommen wir nicht weiter, Mr. Koven«, warnte Wolfe ihn. »Wir sind alle in die Sache verwickelt und müssen sehen, wie wir uns befreien. Sie möchten nicht eine Million an mich zahlen. Ich möchte meine Lizenz nicht verlieren. Die Polizei möchte der langen Liste von ungeklärten Mordfällen nicht noch einen weiteren hinzufügen. Alles dreht sich also um den Tod von Mr. Getz, und ich schlage deshalb vor, darauf ausführlich einzugehen. Wenn wir damit –«

»Sie sagten Miss Lowell, daß Sie den Mörder kennen. Wenn ja, warum haben Sie es noch nicht der Polizei mitgeteilt? Damit wäre das doch erledigt.«

Wolfes Augen wurden schmal. »Das meinen Sie doch nicht im Ernst, Mr. Koven.«

»Verdammt noch mal, natürlich!«

»Dann verstehen wir uns falsch. Ich hörte Ihr Telefongespräch mit Miss Lowell und gewann den Eindruck, daß meine Drohung, die Polizei zu benachrichtigen, Sie überhaupt erst hierhergeführt hat. Jetzt scheint es –«

»Ich kam nicht wegen einer Drohung her, sondern wegen dieser erpresserischen Klage. Nehmen Sie sie zurück, und ich gehe.«

»Dann kommt es Ihnen also nicht darauf an, wer es zuerst erfährt – Sie oder die Polizei. Aber mir kommt es darauf an, denn wenn ich die Polizei davon unterrichte, möchte ich in der Lage sein –«

Die Türglocke schellte.

Wenn wir Besuch bekommen, öffnet Fritz gewöhnlich die Tür, aber jetzt hatte er strenge Weisung, seinen Posten in der Küche nicht zu verlassen; deshalb ging ich an die Tür. Ich drehte die Frontbeleuchtung an und sah durch die Glasscheibe. Ein Blick genügte. Ich kehrte ins Büro zurück und wartete so lange, bis Wolfe auf mich aufmerksam wurde.

»Der Mann wegen des Stuhls«, sagte ich.

Er runzelte die Stirn. »Sagen Sie ihm, ich hätte –« Er hielt inne, und sein Gesicht glättete sich. »Nein, ich will ihn empfangen. Entschuldigen Sie mich bitte.« Er schob seinen Sessel zurück, stand auf und zwängte sich hinter Koven vorbei. Ich folgte ihm in den Flur und schloß hinter mir die Tür. Nach einem Blick durch den Spion öffnete er die Haustür, soweit es die Sicherheitskette zuließ. »Nun, Sir?« fragte er durch den Spalt.

Inspektor Cramers Stimme war weit von jeder Freundlichkeit entfernt. »Ich will eingelassen werden.«

»Wozu?«

»Patricia Lowell kam um sechs Uhr und ist immer noch bei Ihnen. Die andern vier erschienen hier vor fünfzehn Minuten. Ich empfahl Ihnen Montag abend, die Finger davonzulassen, da Ihre Lizenz einstweilen aufgehoben ist, und trotzdem ist Ihr Büro jetzt wieder voll. Ich komme rein.«

»Ich habe keine Klienten in meinem Büro, denn meine Arbeit für Mr. Koven ist, wie Sie wissen, beendet, und ich habe ihm die Rechnung geschickt. Wir besprechen hier jetzt nur eine Schaden-ersatzklage, die ich gegen Mr. Koven angestrengt habe. Dafür brauche ich keine Lizenz. Jetzt schließe ich die Tür.«

Er versuchte es, doch Cramer hatte seinen Fuß dazwischenge-stellt. »Bei Gott, jetzt reicht es aber!« brüllte er. »Sie sind erle-digt!«

»Ich dachte, das wäre schon geschehen.«

»Ich kann Sie nicht verstehen, der Wind –«

»Es ist abscheulich, durch eine Türritze zu sprechen. Gehen Sie auf den Bürgersteig, und ich komme hinaus. Haben Sie das verstanden?«

»Ja.«

»Also gut. Auf dem Bürgersteig.«

Wolfe nahm seinen Mantel von dem großen alten Nußbaumgarderobenständer. Ich half ihm hinein und reichte ihm seinen Hut, dann schlüpfte ich in meinen eigenen Mantel und schaute durch den Spion, ob unser Treppenaufgang leer war. Eine massige Gestalt stand am Fuß der Stufen. Ich folgte Wolfe über die Schwelle und zog die Tür hinter mir zu.

Ein Windstoß packte uns und peitschte uns Graupeln ins Gesicht. Als wir die Stufen hinuntergingen, wollte ich Wolfes Ellbogen stützen – ich dachte daran, was aus mir werden sollte, wenn er hinfiele und sich das Genick bräche –, ließ es dann aber doch sein. Er langte heil unten an und kehrte dem Wind den Rücken zu, so daß Cramer ihn im Gesicht hatte. »Ich kämpfe nicht gern gegen einen Schneesturm an«, posaunte er. »Machen wir es kurz. Sie wollen nicht, daß diese Leute mit mir sprechen, aber Sie können nichts daran ändern. Sie haben einen Schnitzer gemacht, und Sie wissen das auch, als Sie Mr. Goodwin auf eine Schwindelbeschuldigung hin festhielten. Sie tobten sich bei mir aus und gingen auch hier zu weit. Jetzt fürchten Sie, daß ich Mr. Kovens Lügen enthüllen, einen Mörder dingfest machen und ihn dem Staatsanwalt ins Haus liefern werde. Deshalb –«

»Ich fürchte überhaupt nichts.« Cramer blinzelte, um seine Augen gegen den schneidenden Wind zu schützen. »Ich verlangte von Ihnen, daß Sie die Finger davon lassen, und das werden Sie verdammt auch tun! Ihre Klage gegen Koven ist ein Betrugsmanöver!«

»Nein. Aber bleiben wir bei der Sache. Ich bin kein Freiluftmensch und fühle mich hier draußen nicht wohl. Ich möchte ins Haus zurück. Sie können unter einer Bedingung mitkommen. Die fünf Besucher sitzen in meinem Büro. In der Wand befindet sich ein Loch, durch ein Bild verdeckt. Wenn Sie sich in den Abstellwinkel am Ende des Korridors stellen – Sie können auch einen Stuhl haben – und den Schieber zurückschieben, können Sie uns im Büro sehen und hören. Bedingung ist, Sie müssen leise ... Verwünscht!«

Der Wind hatte seinen Hut gepackt. Ich raste hinterher, verfehlte ihn jedoch – und fort war er. Das gute Stück hatte ihm erst vierzehn Jahre lang gedient.

»Die Bedingung«, wiederholte Wolfe, »ist also, daß Sie leise eintreten, Ihren Posten in dem Abstellwinkel beziehen und mir eine halbe Stunde Zeit lassen. Danach können Sie sich zu uns gesellen, wenn Sie wollen. Ich warne Sie aber davor, allzu ungestüm zu sein. Bis an einen bestimmten Punkt würde Ihre Anwesenheit meinen Stand nur erschweren, wenn nicht unmöglich machen, und ich bezweifle, daß Sie wissen, wann dieser Punkt erreicht ist. Ich bin einem Mörder auf der Spur, die Chance steht eins zu fünf, aber ich bin sicher, ihn zu fassen –«

»Sagten Sie nicht vorhin, daß Sie eine Schadenersatzsache besprechen wollten?«

»Das stimmt auch, aber ich bekomme entweder den Mörder oder den Schaden. Wollen Sie noch einmal von vorn anfangen?«

»Nein.«

»Sie haben sich abgekühlt, was bei diesem Sturm kein Wunder ist. Gleich wehen mir noch die Haare davon. Ich gehe jetzt ins Haus. Wenn Sie mitkommen wollen, dann nur unter den genannten Bedingungen. Sind Sie einverstanden?«

»Ja.«

Wolfe erklomm die sieben Stufen. Ich eilte an ihm vorbei, um die Haustür aufzuschließen. Als wir drin waren, hängte ich die Kette vor die Tür. Wir legten unsere Mäntel ab, und Wolfe führte Cramer im Flur um die Ecke in den Abstellwinkel. Ich holte einen Hocker aus der Küche, aber Cramer schüttelte den Kopf. Wolfe rückte den Schieber zur Seite und nickte Cramer zu. Cramer schaute durch die Luke und nickte zurück. Dann verließen wir ihn. An der Tür zum Büro murmelte Wolfe etwas von seinen durchgewehten Haaren, und ich überließ ihm meinen Taschenkamm.

Bei unserem Eintritt hefteten sich fünf mißtrauische Augenpaare auf uns, als ob man uns im Verdacht hätte, in der Zwischenzeit im Keller eine Bombe gelegt zu haben. Wolfe ließ sich hinter seinem Schreibtisch nieder und atmete tief. Dann ließ er seine Augen über die Versammlung schweifen.

»Es tut mir leid«, erklärte er höflich. »Aber diese Unterbrechung war nicht zu vermeiden. Fangen wir also damit an, daß

Sie –« er blickte zu Mr. Koven »der Polizei gegenüber die Vermutung äußerten, Getz sei von Mr. Goodwin versehentlich in einem Handgemenge erschossen worden. Das ist absurd. Getz wurde mit einer Patrone erschossen, die aus Ihrem eigenen Revolver genommen und in den von Goodwin eingelegt wurde. Goodwin konnte das nicht selbst getan haben, denn als er Ihre Waffe zum erstenmal sah, war Getz bereits tot. Deshalb –«

»Das stimmt nicht«, mischte sich Koven ein. »Er hätte sie schon vorher entdecken können, als er in mein Büro kam. Er konnte später wiedergekommen sein und die Patronen an sich genommen haben.«

Wolfe starrte ihn verblüfft an. »Wagen Sie wirklich, mir ins Gesicht hinein die phantastische Lüge, die Sie der Polizei erzählt haben, zu wiederholen? Dieses Geschwätz?«

»Da haben Sie verdammt recht, ich wage es!«

»Pfui!« Wolfe war angewidert. »Ich hatte gehofft, daß wir hier gemeinsam dem wahren Sachverhalt näherkommen würden. Es wäre besser gewesen, wenn ich Ihren Vorschlag befolgt und meine Angaben der Polizei unterbreitet hätte –«

»Ich habe keinen solchen Vorschlag gemacht!«

»Vor einer Viertelstunde, Mr. Koven, hier in diesem Zimmer.«
»Nein.«

Wolfe verzog das Gesicht. »Ich begreife«, sagte er ruhig. »Es ist unmöglich, mit einem Mann wie Sie auf festen Boden zu kommen. Archie, holen Sie bitte das Tonband aus der Küche.«

Ich ging ungern. Dieser Zug war für meinen Geschmack übereilt. Selbst wenn man berücksichtigte, daß Wolfe durch Cramers Ankunft aus dem Konzept geraten war, so konnte ich ihn zu seiner Darbietung heute keineswegs beglückwünschen, und gerade in dieser Situation hätte er sein Bestes leisten müssen. Ich trat in die Küche, ohne Cramer in seinem Winkel zu beachten, und bat Fritz, das Tonbandgerät anzuhalten. Das Band surrte zurück auf die Spule, die ich dann in eine Schachtel steckte und ins Büro brachte. »Wir warten schon«, empfing mich Wolfe mürrisch. Seine Nervosität färbte auf mich ab. Auf meinem Schreibtisch lag ein Stapel ähnlicher Schachteln, die ich mit einer ungeschickten Bewegung umstieß, als ich die neue aus der Küche obenauf legen wollte. Mir war das peinlich, denn alle Augen waren auf mich gerichtet. Ich setzte mein hochmütigstes Gesicht auf, als ich hinauszog, um den Abspielapparat zu holen. Ich brauchte Platz auf meinem Schreibtisch und mußte die umgestürzten Schachteln zur Seite räumen. Nachdem der Apparat angeschlossen war, legte ich das Tonband ein.

»Ich bin soweit«, sagte ich zu Wolfe.

»Los.«

Ich drückte auf den Knopf. Es gab ein paar Knackgeräusche, und dann kam Wolfes Stimme. »Das ist es ja nicht, Mr. Koven. Ich bezweifle nur, daß es sich für Sie lohnt, mich zu beauftragen, eine gestohlene Waffe wiederzufinden oder den Dieb ausfindig zu machen, wenn Sie mein Minimumhonorar in Betracht ziehen. Ich denke ...«

»Nein!« bellte Wolfe.

Aufgeregt und erhitzt stellte ich den Apparat ab. »Entschuldigen Sie, das war das falsche Band.«

»Muß ich mich selbst darum kümmern?« fragte Wolfe sarkastisch. Ich murmelte etwas und ließ das Band zurückrollen. Dann nahm ich die Spule heraus, wühlte in den Schachteln, holte eine andere Spule heraus, legte sie ein und drückte den Knopf. Jetzt erklang Kovens Stimme, laut und deutlich.

»Diesmal können Sie keine Lüge mit Goodwin zusammenbrauen, es sind Zeugen da.«

Dann Wolfe: »Auf diese Art und Weise kommen wir nicht weiter, Mr. Koven. Wir sind alle in die Sache verwickelt und müssen sehen, wie wir uns befreien. Sie möchten nicht eine Million an mich zahlen. Ich möchte meine Lizenz nicht verlieren. Die Polizei möchte der langen Liste von ungeklärten Mordfällen nicht noch einen weiteren hinzufügen. Alles dreht sich also um den Tod von Mr. Getz, und ich schlage deshalb vor, darauf ausführlich einzugehen. Wenn wir damit –«

Koven: »Sie sagten Miss Lowell, daß Sie den Mörder kennen. Wenn ja, warum haben Sie es noch nicht der Polizei mitgeteilt? Damit wäre das doch erledigt.«

Wolfe: »Das meinen Sie doch nicht im Ernst, Mr. Koven.«

Koven: »Verdammt noch mal, natürlich!«

Wolfe: »Dann verstehen wir uns falsch. Ich hörte Ihr Telefongespräch mit Miss Lowell und gewann den Eindruck, daß meine Drohung, die Polizei zu benachrichtigen, Sie überhaupt erst hierhergeführt hat. Jetzt ...«

»Genug«, rief Wolfe, und ich stellte den Apparat ab. »Das

würde ich als Vorschlag bezeichnen, meine Kenntnisse der Polizei mitzuteilen; Sie nicht?« Wolfe musterte Koven, doch er erhielt keine Antwort. »Und Sie, Miss Lowell?«

Sie schüttelte den Kopf. »Ich verstehe nicht viel von Vorschlägen.«

»Wir wollen uns nicht über den Sinn eines Wortes streiten. Mr. Koven, zufällig hörten Sie durch Goodwins Ungeschicklichkeit den Anfang eines andern Tonbands, und Sie wundern sich vielleicht, warum ich es noch nicht der Polizei übergab, um Ihre Angaben zu widerlegen. Montag abend, als Inspektor Cramer zu mir kam, betrachtete ich Sie noch als meinen Klienten, und ich wollte Sie nicht in Verlegenheit bringen, ehe ich Ihre persönliche Stellungnahme gehört hatte. Bevor Mr. Cramer ging, wurde er so ausfällig, daß ich mich weigerte, ihm noch irgend etwas zu sagen. Jetzt sind Sie nicht mehr mein Klient. Wir besprechen diese Sache offen oder überhaupt nicht. Ich habe nicht die Absicht, von Ihnen eine Erklärung, daß Sie die Polizei angelogen haben, zu verlangen, aber ich bestehe darauf, daß wir auf der Grundlage dessen fortfahren, was wir beide als die Wahrheit kennen. Damit –«

»Einen Moment«, warf Pat Lowell ein. »Die Waffe war am Sonntag morgen in dem Fach, ich habe sie gesehen.«

»Das weiß ich. Es ist einer der Knoten in der allgemeinen Verstrickung, und wir werden uns noch damit beschäftigen. Aber erst einmal der Mord an Adrian Getz. Was wissen wir über den Mörder? Eine ganze Menge.

Erstens: Er nahm Kovens Waffe aus dem Schreibtischfach, irgendwann vor letztem Freitag, und versteckte sie. Die Waffe wurde in das Fach zurückgelegt, nachdem man die von Goodwin herausgenommen hatte, kurz bevor Getz getötet wurde, und die Patronen von Kovens Revolver wurden in Goodwins Waffe gesteckt.

Zweitens: Getz' Existenz war für den Mörder so widerwärtig, daß er sie nicht ertragen konnte.

Drittens: Er kannte den Zweck von Kovens Besuch hier am Samstag abend, und er kannte die Einzelheiten des zwischen Koven und Goodwin vereinbarten Plans. Nur mit –«

»Ich kenne diese Einzelheiten bis jetzt noch nicht«, quiekte Hildebrand.

»Ich ebenfalls nicht«, erklärte Pete Jordan.

»Der Unschuldige kann es sich leisten, unwissend zu sein«,

dozierte Wolfe. »Genießen Sie Ihre Unwissenheit. Denn nur mit Kenntnis dieser Einzelheiten konnte der Mörder seinen ausgetüftelten Plan durchführen.

Viertens sind seine Gedankengänge zwar raffiniert, aber fehlerhaft. Sein vorsätzlicher und offensichtlicher Plan, Goodwin als den Mörder hinzustellen, war in einer Hinsicht genial, in anderer jedoch ganz dumm. In Kovens Büro zu gehen, die Waffen auszutauschen, die Patrone von Kovens Waffe in die Goodwins zu stecken, den schlafenden Getz zu erschießen und dabei das Kissen als Schalldämpfer zu benutzen – all das war gut und schön, ausgezeichnet geplant und tollkühn ausgeführt. Aber was dann? Damit die Waffe sofort am Tatort gefunden wurde – eine völlig überflüssige Vorsichtsmaßregel –, steckte der Mörder sie in den Affenkäfig. Das war anscheinend improvisiert und völlig blödsinnig. Mr. Goodwin konnte unmöglich ein solch phantasieloser Trottel sein.

Fünftens haßte der Mörder den Affen zutiefst, entweder seiner selbst wegen oder wegen seiner Verbindung zu Getz. Nachdem er Getz erschossen hatte und den Raum so schnell wie möglich hätte verlassen müssen, öffnete er noch das Fenster. Das enthüllt eine beispiellose Bosheit. Ich gestehe, daß sie wirkungsvoll war, denn Miss Lowell sagte mir, daß der Affe im Sterben liegt.

Sechstens: Der Mörder legte Kovens Waffe am Sonntag morgen in die Lade, und nachdem sie dort gesehen wurde, nahm er sie wieder an sich. Das war ein bemerkenswerter Schachzug. Da die Waffe dort unbedingt gesehen werden sollte, traf er entsprechende Vorbereitungen. Warum? Weil er bereits wußte, was am Montag in Mr. Goodwins Anwesenheit geschehen sollte, und den Plan gefaßt hatte, Goodwin den Mord in die Schuhe zu schieben. Deshalb mußte er Goodwins Geschichte von vornherein unglaubwürdig erscheinen lassen. Am Sonntag morgen legte er also nicht nur die Waffe in das Fach zurück, sondern sorgte auch dafür, daß sie gesehen wurde – doch keineswegs von Mr. Koven. Sie sahen die Waffe in der Lade, Mr. Hildebrand?«

»Ja.« Hildebrands quiekende Stimme überschlug sich. »Aber ich habe sie nicht dort hingelegt.«

»Das hat auch niemand behauptet; bis jetzt zweifelt niemand an Ihrer Unschuld. Sie waren also im Arbeitsraum, gingen dann nach oben, um Mr. Kovens Rat einzuholen, begegneten Mrs. Koven, die Ihnen erzählte, daß Mr. Koven noch im Bett liege. Dann trafen Sie Miss Lowell im Büro, und Sie zogen die Schublade auf und sahen die Waffe. Ist das richtig?«

»Ich bin nicht ins Büro gegangen, um nach der Waffe zu sehen. Wir wollten nur –«

»Hören Sie auf, sich zu rechtfertigen, wenn man Sie nicht beschuldigt, das ist eine schlechte Angewohnheit. Waren Sie schon früher am Morgen oben gewesen?«

»Nein.«

»Stimmt das, Miss Lowell?«

»Ja, soweit ich weiß.« Sie sprach langsam, zögernd, als ob sie ihre Worte zählen müßte. »Es war nur Zufall, daß wir in die Lade sahen.«

»War Mr. Hildebrand schon früher oben gewesen, Mrs. Koven?«

Sie hob ihren Kopf mit einem Ruck. »Wie bitte?«

Wolfe wiederholte seine Frage.

Sie sah ihn verwirrt an. »Früher als wann?«

»Sie trafen ihn doch im Flur und sagten ihm, daß sich Ihr Mann noch im Bett befinde und daß Miss Lowell im Büro sei. War er an diesem Morgen schon einmal oben gewesen?«

»Ich habe nicht die geringste Ahnung.«

»Es gibt nichts Sichereres als Unwissenheit, aber auch nichts Gefährlicheres«, sagte Wolfe und blickte über die Anwesenden hinweg. »Zum Schluß – siebtens – wissen wir noch etwas über den Mörder. Seine Abneigung gegen Getz war so stark, daß er, als er Getz tötete, das Risiko einging, damit auch Dazzle Dan zu töten. Was für einen Anteil Getz an Dazzle Dan hatte –«

»*Ich* mache Dazzle Dan!« schrie Harry Koven aufgebracht. »Dazzle Dan gehört mir!« Er stierte alle an. »*Ich* bin Dazzle Dan!«

»Hören Sie um Himmels willen auf, Harry«, sagte Miss Lowell scharf. Kovens Kinn zitterte. Er benötigte mindestens drei Drinks.

»Ich weiß nicht, wie wichtig Getz für Dazzle Dan war«, fuhr Wolfe fort. »Die Zeugenaussagen widersprechen sich da. Auf jeden Fall wollte der Mörder ihn töten. Sicher habe ich Ihnen jetzt den Mörder genau beschrieben.«

»Nein«, entgegnete Pat Lowell feindselig.

»Dann will ich noch genauer werden.« Wolfe beugte sich vor. »Aber lassen Sie mich zuerst ein Wort für die Polizei, besonders für Mr. Cramer, einflechten. Sicher ist er in der Lage, einen solchen Fall nach den äußeren Gegebenheiten zu entwirren, aber ihn brachte Mr. Kovens sorgfältig ausgedachte Lüge, die von Miss Lowell und Mr. Hildebrand bekräftigt wurde, in Verlegenheit. Hätte er den Verstand gehabt, meine und Mr. Goodwins Angaben als die Wahrheit zu betrachten, wäre alles ein Kinderspiel gewesen. Dies sollte ihm eine Lehre sein.«

Wolfe dachte einen Augenblick nach. »Es ist am einfachsten, den Mörder aufzuspüren, indem wir die Unschuldigen ausscheiden. Erinnern Sie sich an meinen Sieben-Punkte-Plan? Mr. Jordan zum Beispiel wird durch Punkt sechs ausgeschieden, er war am Sonntag morgen nicht da. Mr. Hildebrand wird durch mehrere Punkte ausgeschieden, besonders aber auch wieder durch Punkt sechs, denn er hatte keinen früheren Ausflug nach oben unternommen. Miss Lowell wird durch Punkt vier und fünf ausgeschieden, und ich bin überzeugt, daß auf keinen der drei, die ich bisher nannte, die Beschreibung von Punkt drei zutrifft. Ich glaube nicht, daß Mr. Koven einem von ihnen so viel Vertrauen entgegenbrachte, außerdem –«

»Genug!« Die rauhe Stimme kam von der Tür.

Alles drehte sich um. Cramer trat vor und blieb links von Koven stehen. Es herrschte Totenstille. Koven verrenkte sich den Hals, um an Cramer emporzublicken, dann fiel er plötzlich in sich zusammen und verbarg sein Gesicht in den Händen.

Cramer sah finster zu Wolfe und knurrte: »Der Teufel soll Sie holen, wenn Sie uns mit Ihrem Nummernspiel an der Nase herumgeführt haben!«

»Ich kann Ihnen nicht geben, was Sie nicht nehmen wollen«, sagte Wolfe beißend. »Jetzt können Sie zugreifen. Oder wünschen Sie noch mehr Hilfestellung? Mr. Koven war am Sonntag morgen noch im Bett, als zwei von Ihnen die Waffe in der Lade sahen. Noch mehr? Er hatte die Nacht mit Mr. Hildebrand verbracht. Ich möchte meine Lizenz gegen Ihre Marke wetten, daß Mrs. Koven im Flur etwas sagte, was Mr. Hildebrand veranlaßte, die Lade zu öffnen. Noch mehr? Bringen Sie alles aus ihrem Zimmer in Ihr Labor. Sie muß die Waffe in ihrer Wäsche versteckt gehalten haben, und da müssen Sie Spuren finden. Sie können ihn nicht in den Zeugenstand holen und ihn fragen, wann er sie in seine Pläne eingeweiht hat, denn er kann nicht gegen seine Frau aussagen, aber –«

Mrs. Koven stand auf. Sie war bleich, aber völlig gefaßt. Sie sah auf den gebeugten Rücken ihres Mannes. »Bring mich nach Hause, Harry.«

Cramer war mit einem kurzen Schritt an ihrer Seite.

»Harry«, wiederholte sie mit sanftem Nachdruck, »bring mich nach Hause.«

Er hob den Kopf und blickte sie an. Ich konnte sein Gesicht nicht sehen. »Setz dich, Marcy«, sagte er, »ich werde schon damit fertig.« Dann wandte er sich an Wolfe: »Wenn Sie unsere Unterhaltung am Samstag abend hier auf Band aufgenommen haben, na gut, ich habe die Polizei angelogen. Was bedeutet das? Ich wollte nicht –«

»Seien Sie still, Harry«, zischte ihm Pat Lowell zu. »Holen Sie sich einen Anwalt, ehe Sie noch mehr sagen.«

Wolfe nickte. »Das ist ein guter Rat. Besonders, da ich noch nicht zu Ende bin. Es ist eine feststehende Tatsache, daß Mr. Getz nicht nur das Haus gehört, in dem Sie, Mr. Koven, leben, sondern daß er auch das Alleinrecht an Dazzle Dan besaß und Ihnen nur zehn Prozent der Einkünfte zukommen ließ.«

Mrs. Koven sank in ihren Sessel zurück und starrte Wolfe an. »Ich denke, Madam«, sagte Wolfe, »daß Sie, nachdem Sie ihn ermordet hatten, in sein Zimmer gingen, um nach Schriftstücken zu suchen und sie zu verbrennen. Das muß bereits ein Teil Ihres Plans gewesen sein, als Sie in der letzten Woche den Revolver aus dem Fach nahmen. Sie wollten jeden Beweis seines Besitzanspruchs auf Dazzle Dan zerstören, nachdem Sie ihn getötet hatten. Das war ein naiver Gedanke, denn ein Mann wie Mr. Getz würde niemals so wichtige Papiere einfach herumliegen lassen. Ich überlasse es Mr. Cramer, sie aufzuspüren. Ich habe mir mein Beweismaterial selbst zusammengesucht. Dort liegt es.« Wolfe zeigte auf den Zeitungsstapel auf dem Tisch. »Es sind die letzten drei Jahrgänge Dazzle Dan. In einer Episode, die sich jährlich wiederholt, kauft Dazzle Dan Pfirsiche von zwei Gestalten, die Aggie Ghool und Haggie Krool genannt werden. Aggie Ghool sagte, daß sie als Besitzerin des Baumes Haggie Krool zehn Prozent von dem Ertrag abgibt und den Rest für sich behält. A. G. sind die Anfangsbuchstaben von Adrian Getz, H. K. die von Harry Koven. Ich glaube nicht, daß diese Bilderfolge Zufall war oder nur ein Streich, sonst wäre sie nicht jedes Jahr wiederholt worden. Mr. Getz hatte anscheinend einen krankhaften Geist, da es ihm Spaß machte, seinen eigenen Besitzanspruch geheimzuhalten und den nominellen Eigentümer von Dazzle Dan jedes Jahr zu dieser kindischen Versinnbildlichung zu zwingen. Für magere zehn Prozent –«

»Nicht der Netto-Einkünfte«, mischte sich Koven ein, »zehn Prozent vom Bruttogewinn! Jede Woche über vierhundert Dollar, und ich –« Er hielt inne. Seine Frau hatte »Du Dummkopf« gesagt.

Sie stand auf, und trotz ihrer geringen Größe sah sie auf ihn herab. »Nicht einmal ein Wurm bist du. Würmer haben wenigstens Verstand!« sagte sie bitter. Dann drehte sie sich zu Wolfe um. »Also gut, Sie haben ihn. Es war das einzige Mal, daß er sich wie ein Mann benahm. Aber er konnte nicht durchhalten. Getz war Eigentümer von Dazzle Dan, das stimmt. Er hatte die Idee und ließ sie von Harry ausführen. Damals, als er Harry, als Aushängeschild sozusagen, in sein Geschäft aufnahm, hätte Harry auf dem halben Anteil bestehen müssen. Aber er konnte sich einfach nicht durchsetzen, und das wußte Getz. Als die Jahre vergingen und Dazzle Dan immer erfolgreicher wurde, überließ er Harry gern den Namen und den Ruhm, solange er der Eigentümer blieb und das Geld bekam. Sie sagten, er hätte einen krankhaften Geist, vielleicht, aber ich nenne es anders. Getz war ein Vampir.«

»Das mag stimmen«, murmelte Wolfe.

»So war es schon, als ich Harry kennenlernte, aber ich entdeckte es erst, als wir vor zwei Jahren heirateten. Vielleicht hätte er Getz getötet, wenn ich nicht gewesen wäre. Als ich erfuhr, wie es stand, bemühte ich mich, Harry zur Vernunft zu bringen. Ich sagte ihm, daß sein Name schon so lange mit Dazzle Dan verbunden sei, daß Getz ihm, wenn er es verlangte, einen größeren Anteil geben müßte. Er meinte, er habe das bereits versucht, aber dazu war er nicht Manns genug. Ich hielt ihm vor, daß sein Name doch bekannt sei, daß er sich von Getz lösen und irgendwo anders neu anfangen könne, aber auch dazu hatte er keinen Mut. Er ist kein Mann, sondern ein Waschlappen. Ich ließ nicht locker, setzte ihm immer mehr zu, das bestreite ich nicht, auch nicht im Zeugenstand, wenn es sein muß. Aber ich muß auch gestehen, daß ich ihn doch nicht so gut kannte, wie ich glaubte. Ich hatte keine Ahnung, daß er fähig war, eines Tages aus Verzweiflung einen Mord zu begehen. Ich wußte nicht, daß das in ihm steckte. Natürlich wird er nun zusammenbrechen, aber wenn er behaupten sollte, daß ich von seinem Mordplan unterrichtet war, stimmt das nicht. Ich war ganz und gar nichtsahnend.«

Ihr Mann glotzte sie mit hängendem Unterkiefer an.

»Ich verstehe.« Wolfes Stimme war stahlhart. »Zuerst hatten Sie den Plan, es einem Fremden anzuhängen, nämlich Mr. Goodwin – und auch mich zogen Sie in Ihr teuflisches Spiel –, und nachdem das fehlschlug, wälzen Sie es jetzt auf Ihren Mann ab.« Er schüttelte den Kopf. »Nein, Madam, Sie haben sich in manchem verrechnet, aber Ihr größter Fehler war, das Fenster zu öffnen, um den Affen zu töten. Mr. Cramer?«

Cramer trat vor und umklammerte ihren Arm.

»Guter Gott!« stöhnte Koven.

Pat Lowell wandte sich an Wolfe, die Stimme klang dünn und scharf: »Deshalb haben Sie mich also bearbeitet!«

Sie war eine zähe Katze, dieses Mädchen.

Wolfe kommt auf den Hund

Manchmal mache ich freiwillig Spaziergänge im Regen, obwohl ich Sonnenschein lieber habe, zumindest, wenn der Wind nicht so stark weht, daß er einem Staubwolken ins Gesicht jagt. Aber an diesem Mittwoch trieb mich eine besondere Veranlassung hinaus in das Geplätscher. Ich wollte, daß der Regenmantel durch und durch naß war, wenn ich ihn seinem Eigentümer ablieferte. Deswegen ging ich mit dem Mantel und meinem alten braunen Filzhut aus dem Haus und in Richtung Arbor Street, die etwa vier Kilometer von unserem Haus entfernt liegt.

Auf halbem Weg hörte es auf zu regnen, und mir war von dem Marsch so warm geworden, daß ich den Mantel auszog und ihn, mit der nassen Seite nach innen, über meinen Arm legte. Die Arbor Street war schmal und nur drei Block lang, und die alten, drei- bis vierstöckigen Backsteinhäuser zu beiden Seiten machten wahrhaftig keinen großartigen Eindruck. Nummer 29 mußte nach meiner Schätzung in der Mitte des ersten Blocks sein.

Ich erreichte das Haus auch, aber ich ging nicht hinein, denn ein unerwartetes Hindernis hielt mich davon ab: ein Polizeiauto stand mitten auf der Straße, und ein Uniformierter machte sich auf dem Gehsteig wichtig. Als ich mich der kleinen Gruppe Neugieriger näherte, hörte ich ihn fragen: »Wem gehört der Hund?« – und das bezog sich offensichtlich auf ein großes Tier mit nassem schwarzem Fell, das hinter ihm stand. Offenbar gab niemand Antwort; ich hätte es allerdings auch nicht gehört, denn meine Aufmerksamkeit wurde in diesem Augenblick abgelenkt. Ein weiterer Polizeiwagen kreuzte auf und hielt hinter dem ersten, ein Mann in Zivil stieg aus, bahnte sich den Weg durch die Menschengruppe, nickte dem Uniformierten kurz zu und ging auf das Haus zu, das die Nummer 29 trug.

Leider kannte ich den Mann, und das ist milde ausgedrückt. Ich will damit nicht sagen, daß ich beim Anblick von Sergeant Purley Stebbins vom Morddezernat Manhattan-West zu zittern beginne, aber seine Anwesenheit hier machte mir klar, daß sich eine Leiche in diesem Haus befinden mußte. Und wenn ich nun Einlaß begehrt und erklärt hätte, ich sei nur gekommen, um einen vertauschten Regenmantel zurückzubringen – na, ich konnte mir ausmalen, was dann geschehen würde. Mein promptes Erscheinen auf dem Schauplatz eines Mordes mußte Stebbins' schlechteste Instinkte wachrufen, und wahrscheinlich käme ich nicht einmal rechtzeitig zum Abendessen nach Hause; dabei wußte ich, daß es gegrillte Täubchen mit einer braunen Soße gab, die Fritz *Vénitienne* nennt und die zu seinen besten kulinarischen Schöpfungen gehört.

Stebbins verschwand im Haus, ohne mich zu sehen. Der Polizist war ein völlig Fremder. Als ich langsam hinter ihm vorbeigehen wollte, um zur nächsten Straßenkreuzung zu gelangen, maß er mich mit einem schiefen Blick und erkundigte sich: »Gehört der Hund Ihnen?«

Das Tier schnüffelte freundschaftlich an meinem Knie, und ich tätschelte seinen schwarzen Kopf. Ich verneinte die Frage des Polizisten und ging weiter. Bei der nächsten Kreuzung wandte ich mich nach rechts und hielt Ausschau nach einem Taxi. Da keines zu entdecken war, entschloß ich mich, meinen Ausflug zu Fuß zu beenden. Ein starker Wind blies von Westen, und die Straßen waren noch naß vom Regen.

Ich hatte schon ein hübsches Stück meines Weges zurückgelegt, ehe ich den Hund bemerkte. Als ich bei einem Fußgängerstreifen auf das grüne Licht wartete, fühlte ich etwas an meinem Knie – und da war der Hund. Automatisch streckte ich die Hand nach seinem Kopf aus, doch ich zog sie rasch wieder zurück. Das war eine dumme Geschichte! Ganz offensichtlich beehrte mich das Tier mit seiner Freundschaft, und wenn ich jetzt weiterging, würde es mir folgen. Man kann aber in der Neunten Avenue einen Hund nicht mit Steinwürfen verjagen. Ich hätte natürlich ein Taxi besteigen und ihn so abschütteln können, aber das fand ich nicht anständig einem Wesen gegenüber, das mir so deutlich seine Bewunderung zeigte. Der Hund trug ein Halsband mit Marke, so daß sich gewiß feststellen ließ, wem er gehörte. Die Meldestation befand sich ganz in der Nähe, es war daher wohl der einfachste und billigste Weg, ihn dorthin zu bringen. Als ich mich eben dazu entschlossen hatte, riß mir ein heftiger Windstoß den Hut vom Kopf, mitten auf die Straße hinaus.

Ich warf mich nicht in das Verkehrsgewühl. Aber der Hund! Er sauste wie ein Pfeil am Kühler eines Lastwagens vorbei, stoppte, um ein anderes Auto durchzulassen, sprang wieder los und geriet direkt unter einen weiteren Wagen – oder wenigstens schien es mir so –, und auf einmal sah ich ihn auf dem jenseitigen Bürgersteig. Er riß den Hut unter den Füßen eines Passanten fort, machte kehrt und kam wieder zurück. Diesmal brauchte ich nicht um sein Leben zu bangen, denn der Verkehr war durch ein Stoppzeichen aufgehalten. Wedelnd und mit hocherhobenem Kopf blieb er vor mir stehen und hielt mir meinen Hut entgegen. Ich nahm ihn in die Hand. Er war durch einige Pfützen gerollt, aber ich dachte, das Tier wäre sicherlich enttäuscht, wenn ich ihn nicht aufsetzen würde, und so setzte ich ihn auf. Natürlich erledigte das den Fall ein für allemal. Ich winkte ein Taxi herbei, stieg mit dem Hund ein und gab dem Fahrer die Adresse von Nero Wolfes Haus an.

Eigentlich wollte ich meinen Hutretter mit in mein Zimmer nehmen, ihm eine Erfrischung anbieten und dann beim Meldeamt anrufen, man solle ihn abholen. Aber ich hätte es bedauert, die günstige Gelegenheit zu einem kleinen Zank mit Wolfe ungenützt vorübergehen zu lassen; darum hängte ich Hut und Mantel an den Garderobenständer im Flur und begab mich ins Büro.

»Wo, zum Teufel, haben Sie denn wieder gesteckt?« fragte Wolfe ärgerlich. »Wir wollten doch um sechs Uhr einige Listen durchgehen, und jetzt ist es bereits Viertel vor sieben.«

Er saß in seinem Monstersessel hinter dem Schreibtisch und las in einem Buch. Bei meinem Eintritt hatte er nicht einmal aufgesehen. Höflich entgegnete ich: »Ich wollte den verdammten Regenmantel zurückbringen. Aber ich konnte ihn nicht abliefern, weil –«

»Was ist das?« bellte er und glotzte meinen Gefährten an.

»Ein Hund.«

»Das sehe ich. Aber ich bin nicht in der Stimmung für Ihre Possen. Schaffen Sie ihn fort.«

»Jawohl, Sir, sofort. Ich kann ihn natürlich die meiste Zeit in meinem Zimmer halten, aber es läßt sich nicht vermeiden, daß er die Treppe hinunter und durch den Flur geht, wenn ich ihn ausführe. Er stellte mich auch vor gewisse Probleme. Sein Name ist nämlich Nero. Sie wissen ja wohl, daß dies schwarz bedeutet. Und selbstverständlich muß ich diesen Namen ändern. Ebony wäre ganz passend, oder Jett, vielleicht auch Tinty, doch das gefällt mir alles nicht so recht. Ich –«

»Pah, Narreteien!«

»Keineswegs, Sir. Ich fühle mich manchmal recht einsam hier, besonders während der vier Stunden, die Sie jeden Tag im Gewächshaus zubringen. Sie haben Ihre Orchideen, Fritz hat seine Schildkröte – weshalb sollte ich also keinen Hund haben? Ich weiß, daß sein Name geändert werden muß, obwohl er als Champion Nero Karbon von Possendorf eingetragen ist. Ich dachte –«

Ich fuhr mit meinem Geschwätz nur fort, weil es nicht anders ging. Der ganze Witz der Sache war verpufft. Ich hatte einen Wutausbruch erwartet, der sogar darin hätte gipfeln können, daß Wolfe höchstpersönlich aufgestanden wäre und den Hund zum Zimmer hinausspediert hätte. Und jetzt saß er bloß da und starrte meinen Nero mit einem Blick an, wie er ihn noch nie an einen Menschen verschwendet hatte, selbst an mich nicht. Mir blieb gar nichts anderes übrig, als etwas gequält über den Nutzen eines Jagdhundes weiterzureden.

»Das ist kein Jagdhund«, unterbrach mich Wolfe schroff. »Es ist ein Labrador-Apportierhund.«

Bei Wolfe darf man sich nicht verblüffen lassen. Ich bin auch nie erstaunt über die besonderen Kenntnisse eines Kauzes wie ihm, der so viele Bücher verschlingt. »Jawohl, Sir«, stimmte ich daher ganz demütig zu. »Ich dachte nur, es würde sich für einen Detektiv besser machen, einen Jagdhund zu besitzen.«

»Labradorhunde haben eine breitere Schädelform als jede andere Hunderasse, weil die Gehirnmasse größer ist. Als kleiner Junge, in Montenegro, besaß ich einen braunen Bastard, der einen sehr schmalen Kopf hatte. Aber damals schien mir das kein Fehler; heute wäre ich wahrscheinlich kritischer. Als Sie dieses Geschöpf hier einschmuggelten, Archie, haben Sie da auch bedacht, welche Umwälzungen das für unseren Haushalt mit sich bringen muß?« Der Schlag, den ich ihm zugedacht hatte, war auf mich zurückgefallen. Ich lernte eine ganz neue Seite dieses großen, dicken Genies kennen: er würde sich tatsächlich über einen Hund freuen – vorausgesetzt, daß er die Verantwortung dafür auf mich abschieben konnte. Und was mich betrifft, nun, ich habe Hunde gern, und wenn ich mich einmal auf dem Land zur Ruhe setze, werde ich mir wahrscheinlich einen oder auch zwei anschaffen, aber niemals in der Stadt.

Ich zog mich also in eine Verteidigungsstellung zurück. »Nein, daran habe ich nicht gedacht«, bekannte ich. »Natürlich würde ich gern ein Haustier haben, aber ich kann mir ja schließlich genausogut einen Kanarienvogel oder ein Chamäleon anschaffen. Schön, ich werde also den Hund wieder wegbringen, es ist ja Ihr Haus.«

»Ich will nicht schuld sein an Ihrem Verzicht«, erklärte Wolfe steif. »Lieber ertrage ich die Anwesenheit dieses Tieres als Ihre ewigen Vorwürfe.«

»Denken wir nicht mehr daran!« Ich wedelte abwehrend mit der Hand. »Und ich verspreche Ihnen, daß ich nie ein Wort darüber verlieren werde.«

»Noch ein anderer Punkt«, beharrte er. »Ich will nicht, daß Sie Ihre Abmachungen annullieren müssen.«

»Ich habe gar keine Abmachungen getroffen.«

»Wie kamen Sie denn zu dem Hund?«

Seufzend gab ich es auf. »Schön, Sie sollen alles wissen.«

Ich setzte mich an meinen Schreibtisch und begann. Nero der Vierbeiner legte sich zu meinen Füßen nieder. Ich erzählte die ganze Geschichte mit so vielen Einzelheiten, wie ich es bei einem wichtigen Fall tun würde. Als ich fertig war, wußte Wolfe natürlich, daß meine Einführung des Hundes als ständige Vergrößerung unseres Haushalts nur eine Finte gewesen war. Normalerweise hätte er mir jetzt gründlich seine Meinung gesagt, aber diesmal vergaß er das vollkommen, und der Grund dazu war leicht ersichtlich.

Der Gedanke, einen Hund im Hause zu haben, für den er mich haftbar machen konnte, hatte Wurzel geschlagen bei ihm.

Nach einem Moment des Schweigens bemerkte er bloß: »Jett wäre ein recht passender Name für ihn.«

»Ja-a.« Ich drehte meinen Sessel und griff nach dem Telefonhörer. »Ich werde jetzt das Meldeamt anrufen und sagen, man soll ihn abholen.«

»Nein!« Das klang drängend.

»Weshalb denn nicht?«

»Weil ich einen besseren Ausweg weiß. Rufen Sie irgendeinen

Bekannten von der Polizei an, geben Sie ihm die Nummer auf dem Halsband des Hundes und sagen Sie, man möchte feststellen, wem das Tier gehört. Dann können Sie mit dem Eigentümer direkt telefonieren.«

Es war ganz klar, daß er nur nach einer Verzögerung suchte. Er hoffte wohl, der Eigentümer sei tot oder im Gefängnis oder wolle seinen Hund gar nicht zurückhaben, und dann hätte Wolfe behaupten können, ich sei verantwortlich für das Tier, weil ich es in einem Taxi mitgenommen und hierhergebracht habe. Aber ich hatte keine Lust, mich weiter mit ihm zu streiten, und daher rief ich einen Sergeanten vom Revier an, der mir immer gern kleine Dienste erweist. Er notierte sich Neros Markennummer und meinte, es würde wohl nicht mehr möglich sein, mir am gleichen Tage noch Bescheid zu geben. Als ich den Hörer auflegte, kam Fritz ins Zimmer und kündete an, das Essen sei bereit.

Die Täubchen mit dieser Spezialsoße waren ein Hochgenuß, und auch die Ereignisse der nächsten Stunden waren bemerkenswert, aber dafür konnte ich mich nicht so begeistern. Das Tischgespräch wurde fast ausschließlich von Wolfe bestritten und drehte sich fast ausschließlich um Hunde, diesmal jedoch auf höherer Ebene, fern von gefühlsseligen Erinnerungen. Wolfe vertrat die Ansicht, die kleinen braunen afrikanischen Jagdhunde seien die erste Zucht auf Erden, da sie im Nilland bereits um fünftausend vor Christi Geburt bekannt waren, wohingegen man vom afghanischen Windhund nicht früher als etwa ums Jahr viertausend hörte. Mir bewies das nichts weiter, als daß er ein Buch darüber gelesen hatte, das ich nie bei ihm sah.

Nero der Vierbeiner fraß in der Küche bei Fritz – mit glänzendem Erfolg. Wolfe hatte angeordnet, den Hund Jett zu nennen. Als Fritz mit dem Salat hereinkam, verkündete er, Jett habe fabelhafte Manieren und sei überhaupt ein Prachtbursche.

»Würden Sie ihn nicht trotzdem als große Plage empfinden, wenn er ständig hier wäre?« erkundigte sich Wolfe scheinheilig.

»Ganz im Gegenteil« beteuerte Fritz. »Ich würde ihn mit Freude pflegen.«

Nach dem Essen hatte ich das deutliche Empfinden, diese neue Hundeliga müsse einen Dämpfer erhalten. Ich nahm daher Nero erst zu einem kleinen Spaziergang mit, dann brachte ich ihn in mein Zimmer hinauf. Selbst ich mußte zugeben, daß er sich tadellos benahm. Wenn ich wirklich in der Stadt einen Hund hätte halten wollen, dann unbedingt diesen. Ich befahl ihm, sich hinzulegen, und er gehorchte sofort. Als ich zur Tür ging, folgten mir seine gelbbraunen Augen und zeigten sehr deutlich, wie gern er mitkäme; aber er rührte sich nicht.

Wolfe und ich machten uns endlich an unsere Listen, das heißt, Spezialofferten von Orchideenzüchtern aus der ganzen Welt. Es war ganz und gar nicht einfach, aus diesen Tausenden die paar herauszupicken, mit denen Wolfe vielleicht einen Versuch zu machen wünschte. Ich saß ihm an seinem Schreibtisch gegenüber, vor mir die ganze Kartei, und wir hatten kaum die Hälfte durchgeackert, als um halb elf die Hausglocke anschlug. Ich ging in den Flur, knipste die Frontbeleuchtung an und schaute durch den Spion auf den Vorplatz hinaus. Dort stand ein lieber alter Bekannter: Inspektor Cramer vom Morddezernat.

Ich öffnete die Tür einen Spaltbreit und fragte höflich: »Was ist?«

»Ich muß mit Wolfe sprechen.«

»Es ist reichlich spät. Um was dreht es sich denn?«

»Um einen Hund.«

Wir haben eine feste Regel, wonach kein Besucher, und ganz besonders kein amtlicher Gesetzesvertreter, ohne vorherige Anmeldung Wolfes Büro betreten darf. Doch dies schien eine Ausnahme zu rechtfertigen, denn es war nicht abzusehen, wie Wolfe sich verhalten würde, wenn ich jetzt zu ihm ginge und erklärte, Inspektor Cramer wünsche ihn wegen des Hundes zu sprechen. Ich überlegte mir die Sache zwei Sekunden lang, dann riß ich die Tür weit auf und lud den Inspektor herzlich ein, hereinzukommen.

»Genau gesagt«, erklärte Cramer mit der leutseligen Miene eines Mannes, der krumme Wege verabscheut, »ist es Goodwin, von dem ich einige Auskünfte brauche.«

Er saß in dem roten Ledersessel bei Wolfes Schreibtisch. Sein großes, rundes Gesicht war nicht röter als üblich, seine grauen Augen nicht kälter – er befand sich also im Normalzustand.

Wolfe fuhr mich an: »Warum bringen Sie ihn denn zu mir, sogar ohne ihn anzumelden?«

Cramer kam mir zu Hilfe. »Ich hatte nach Ihnen gefragt. Natürlich stecken Sie in der ganzen Sache drin. Und ich will jetzt wissen, was der Hund damit zu tun hat. Wo ist das Vieh, Goodwin?«

Dieser ebenfalls normale Ton brachte mich in Stimmung. Manchmal nennt Cramer mich Archie, da wir uns nun wirklich lange genug kennen, doch das sind Ausnahmefälle. Harmlos fragte ich: »Ein Hund?«

Seine Lippen preßten sich hart aufeinander. »Na schön, ich werde mich klarer ausdrücken. Sie haben heute im Revier angerufen und wollten wissen, wem der Hund mit einer bestimmten Kennummer gehört. Als der Sergeant erfuhr, daß der Eigentümer ein Mann namens Philip Kampf sei, der heute nachmittag in der Arbor Street 29 ermordet wurde, benachrichtigte er die Mordabteilung. Der Polizist, der vor dem Haus Wache stand, hatte uns gemeldet, der Hund sei mit einem Mann fortgegangen, der erklärt habe, das Tier gehöre nicht ihm. Nachdem wir nun wußten, daß Sie sich nach dem Besitzer erkundigten, zeigten wir dem Polizisten ein Bild von Ihnen, und er erkannte Sie sofort als den Mann, der den Hund mitgelockt hatte. Er wartet draußen in meinem Wagen. Soll ich ihn hereinholen?«

»Danke, kein Bedarf. Ich habe den Hund nicht gelockt.«

»So? Aber er folgte Ihnen.«

Ich zuckte bescheiden die Achseln. »Mädchen folgen mir, Hunde folgen mir, und manchmal sogar Ihre Spitzel. Dagegen kann ich nichts tun.«

»Hören Sie endlich mit der Komödie auf! Der Hund gehörte dem Opfer eines Mörders, und Sie haben ihn vom Tatort entfernt. Wo ist er?«

Wolfe mischte sich hastig ein. »Sie unterstellen Mr. Goodwin eine Handlung, die völlig aus der Luft gegriffen ist. Er hat den Hund nicht entfernt. Ich rate Ihnen, einen anderen Ton anzuschlagen, wenn Sie von uns irgendwelche Auskünfte wünschen.«

Seine Stimme klang nicht bösartig, sondern nur sehr energisch. Ich warf ihm einen Seitenblick zu. Wahrscheinlich war er so gnädig gestimmt, weil er erfahren hatte, daß Jetts Besitzer tot war.

»Ich greife nichts aus der Luft«, behauptete Cramer. »Ein Mann namens Richard Meegan, der in der Arbor Street 29, wohnt und während des Mordes im Haus war, hat ausgesagt, er sei heute vormittag bei Ihnen gewesen, um Ihnen einen Fall zu übertragen. Er behauptet allerdings, Sie hätten die Sache abgelehnt.« Cramer stieß das Kinn vor. »Nun gut! Ein Mann, der sich zur Zeit des Mordes auf der Szene befand, gibt zu, heute mit Ihnen gesprochen zu haben. Kaum eine halbe Stunde nach dem Verbrechen taucht Goodwin auf dem Schauplatz auf, und er lockt den Hund ...na schön, sagen wir, der Hund des Opfers geht freiwillig mit ihm, bis hierher. Wie gefällt Ihnen das?« Er zog das Kinn wieder ein. »Sie wissen verdammt gut, daß Sie oder Goodwin die letzten Menschen sind, die ich in einem Umkreis von zehn Block um eine Mordstelle sehen möchte; denn ich weiß aus Erfahrung, was ich davon zu erwarten habe. *Wenn* Sie aber dort auftauchen, will ich wissen, weshalb und wozu – und bei Gott, das werde ich auch erfahren! Wo steckt der Hund?«

Wolfe seufzte und schüttelte den Kopf. »Geben Sie es auf; damit verlieren Sie nur Ihre Zeit«, erklärte er fast freundlich. »Was nun Mr. Meegan betrifft, so rief er uns heute früh an, um eine Verabredung zu treffen, und um elf Uhr war er dann hier. Unsere Unterhaltung war sehr kurz. Er wollte einen Mann beschatten lassen, aber den Namen oder nähere Gründe erfuhr ich nicht. Er erwähnte ziemlich erregt als erstes eine Frau, so daß ich annehmen mußte, es handle sich nur um eheliche Schwierigkeiten. Wie Sie ja wissen, rühre ich derartige Fälle nicht an, und daher unterbrach ich ihn. Ich betrachte es als eine Zumutung, diese Art Aufträge überhaupt nur anzuhören! Meine kurze Ablehnung machte ihn wütend, und er rannte davon. Im Flur riß er seinen Hut vom Ständer und nahm irrtümlicherweise Mr. Goodwins Regenmantel statt seinen eigenen. – Archie, fahren Sie fort.«

Cramer richtete seine Blicke auf mich, und ich gehorchte. »Ich bemerkte die Verwechslung der Mäntel erst am Nachmittag. Sein Mantel hatte wohl die gleiche Farbe, aber meiner war viel neuer. Bei seinem Anruf am Morgen hatte er mir Namen und Adresse angegeben; ich versuchte daher zu telefonieren, aber er stand nicht im Telefonbuch, und das Amt teilte mir mit, er sei nicht als Abonnent eingetragen. Daher machte ich mich selbst auf den Weg und nahm seinen Mantel mit. Vor dem Haus, das er als seine Anschrift genannt hatte, standen ein Streifenwagen, ein Polizist und eine Gruppe von Neugierigen. Als ich näher trat, fuhr ein zweites Polizeiauto vor, Purley Stebbins stieg aus und ging ins Haus; also beschloß ich, mich wieder zu verziehen. Ich hatte nicht die geringste Lust, mich einem Verhör zu stellen für eine Sache, die mich nichts anging. Ein Hund lungerte dort herum, er schnüffelte an mir, und ich strich ihm über den Kopf. Schön, ich gebe zu, daß ich das vielleicht nicht hätte tun sollen. Der Polizist erkundigte sich, ob der Hund mir gehöre; ich verneinte das wahrheitsgemäß, wandte mich ab und machte mich wieder auf den Heimweg.«

»Haben Sie den Hund zu sich gerufen oder ihm sonstwie ein Zeichen gegeben?«

»Kein Gedanke! Ich war bereits in der Neunten Avenue, als ich überhaupt merkte, daß er mir gefolgt war. Ich habe ihn weder zu mir gelockt noch ihn verschleppt. Wollen Sie mir sagen, weshalb ich denn im Revier angerufen hätte, um den Eigentümer festzustellen, wenn ich das Tier absichtlich mitgenommen hätte?«

»Bei Wolfe und Ihnen kann man so etwas nie wissen. Wo haben Sie den Hund?«

Ich platzte damit heraus, ehe Wolfe mir Einhalt gebieten konnte.

»Oben in meinem Zimmer.«

»Bringen Sie ihn her.«

»Meinetwegen.«

Ich hatte mich erhoben und war im Begriff, das Zimmer zu verlassen, als Wolfe mich scharf anrief: »Archie!«

Ich wandte mich um. »Ja, Sir?«

»Es eilt nicht so entsetzlich.« Seine nächsten Worte galten Cramer. »Das Tier scheint recht klug zu sein, aber ich bezweifle immerhin, daß es Ihnen auf Fragen antworten wird. Und ich will nicht, daß der Hund hier im Büro herumschnüffelt.«

Cramer grinste. »Ich auch nicht.«

»Warum soll er dann geholt werden?«

»Ich nehme ihn mit. Wir werden ein kleines Experiment mit ihm anstellen.«

Wolfe schürzte die Lippen. »Ich bezweifle sehr, daß sich das machen läßt. Setzen Sie sich wieder, Archie. Mr. Goodwin hat eine Verpflichtung übernommen und wird sich daran halten. Das Tier hat keinen Herrn mehr und demnach auch kein Heim. Wir müssen es hier unterbringen, bis Mr. Goodwin sich von seinem ferneren Wohlergehen überzeugen kann. Archie?«

Wären wir allein gewesen, hätte ich Wolfe meinen Standpunkt sehr deutlich gemacht. So aber blieb mir nichts übrig, als ihm beizupflichten. »Unbedingt«, sagte ich fest.

»Sehen Sie«, bemerkte Wolfe an Cramer gewandt. »Wir können leider Ihrem Wunsch nicht entsprechen.«

»Quatsch. Ich nehme den Hund mit.«

»Ach nein? Haben Sie eine schriftliche Vorladung? Wollen Sie ihn als Hauptzeugen einsperren?«

Cramer öffnete den Mund zu einer Entgegnung, aber er schloß ihn wieder. Er stützte seine Ellbogen auf die Armlehnen, faltete die Hände und beugte sich vor. »Passen Sie auf. Sie und Meegan sagen das gleiche, entweder weil es die Wahrheit ist oder weil sie es zusammen so vereinbart haben; ich weiß nicht, wie es sich verhält, aber es wird sich noch zeigen. Jedenfalls nehme ich den Hund mit. Philip Kampf, der Mann, der ermordet wurde, wohnte in der Perry Street, nur ein paar Block von der Arbor Street entfernt. Er betrat das Haus Arbor Street 29 mit seinem Hund an der Leine ungefähr um zwanzig nach fünf heute nachmittag. Der Hausmeister Olsen wohnt im Kellergeschoß und saß an seinem Fenster, als Kampf mit dem Hund ankam und ins Haus ging. Etwa zehn Minuten später sah er das Tier allein und ohne Leine wieder herauskommen. Gleich nach ihm verließ ein Mann das Haus. Dieser Mann war Victor Talento, ein Rechtsanwalt, der im Erdgeschoß wohnt. Talento erklärt, er sei zu einer Verabredung ausgegangen und habe das Tier im Hausflur gesehen. Er glaubte, es streune da herum, und jagte es fort. Das ist alles, was er zu sagen weiß. Auf jeden Fall bestätigte Olsen, Talento sei sofort weitergegangen, während der Hund auf dem Gehweg blieb und wartete.«

Cramer löste seine Finger wieder und lehnte sich zurück. »Zwanzig Minuten später, um zehn vor sechs, hörte Olsen, wie jemand seinen Namen rief, und ging die Hintertreppe empor zum Erdgeschoß. Dort befanden sich zwei Männer, ein Toter und ein Lebender. Der Lebende war Ross Chaffee, ein Kunstmaler, Inhaber der Studiowohnung im dritten Stock. Bei dem Toten handelte es sich um den Mann, der mit dem Hund ins Haus gekommen war. Man hatte ihn mit der Hundeleine erdrosselt; sein Körper lag am Fuß der Treppe, die nach oben führt. Chaffee erklärt, er habe ihn dort gefunden, als er herunterkam. Mehr weiß auch er nicht. Er blieb bei dem Ermordeten, während Olsen hinunterging, um zu telefonieren. Der Streifenwagen erschien zwei Minuten vor sechs, Sergeant Stebbins um zehn Minuten nach sechs, Goodwin ebenfalls; genaue Zeitangabe.«

Wolfe knurrte bloß, und Cramer fuhr fort: »Ich kann Ihnen den Rest auch noch erzählen. Die Hundeleine steckte in der Tasche des Regenmantels, den der Tote anhatte. Unser Labor erklärt, damit sei er erdrosselt worden. Natürlich werden noch weitere Erhebungen angestellt. Alle vier Wohnungsinhaber waren zu Hause, als Kampf in der Arbor Street eintraf: Victor Talento, der Rechtsanwalt aus dem Erdgeschoß; Richard Meegan, dessen Auftrag Sie nicht annehmen wollten, wohnt im ersten Stock; Jerome Aland, ein Artist in einem Nachtlokal, im zweiten; und Ross Chaffee hat die Studiowohnung im dritten Stock inne. Aland behauptet, fest geschlafen zu haben, bis wir an seine Tür polterten und ihn herunterschleppten, um den Toten anzusehen. Meegan erklärt, nichts gesehen und gehört zu haben.«

Cramer rückte in seinem Sessel wieder vor. »Schön. Was also ist geschehen? Kampf ging ins Haus, um mit einem der vier Wohnungsinhaber zu sprechen, und brachte seinen Hund mit. Möglich, daß er ihm im Hausflur die Leine abnahm und ihn dort ließ, was ich jedoch bezweifle. Wahrscheinlicher dürfte sein, daß er das Tier bis zu einer der Wohnungstüren mitnahm; aber es hatte geregnet, und der Hund war so naß, daß der Mieter ihn nicht einlassen wollte. Deshalb ließ Kampf ihn draußen. Es besteht auch noch die weitere Möglichkeit, daß der Hund dabei war, als sein Herr ermordet wurde – aber über all das wissen wir erst mehr, wenn wir uns mit dem Hund abgeben können. Momentan beabsichtigen wir nur, ihn mitzunehmen, in dieses Haus zu führen und zu beobachten, zu welcher Tür er geht. Und zwar werden wir das jetzt gleich tun. Ich habe einen Mann im Wagen, der sich auf Hunde versteht.«

Cramer erhob sich.

Wolfe schüttelte den Kopf. »Sie sind eigensinnig wie immer. Mr. Kampf wohnte, wie Sie sagen, in der Perry Street. Hat er dort eine Familie?«

»Nein, er war Junggeselle. So etwas wie ein Schriftsteller. Er brauchte sich seinen Lebensunterhalt nicht zu verdienen; besaß genug Geld.«

»Demnach ist der Hund verwaist. Er befindet sich doch noch in Ihrem Zimmer, Archie?«

»Jawohl, Sir.« Ich stand auf und wandte mich zur Tür, doch Wolfe hielt mich wiederum zurück.

»Einen Augenblick. Sie gehen jetzt hinauf und schließen sich ein, bis ich Sie rufe.«

Was sollte ich anderes tun? Entweder mußte ich gehorchen oder sofort meine Stellung kündigen, und das mache ich nur, wenn wir allein sind. Außerdem hatte Wolfe wohl seine guten Gründe, den Hund nicht der Mordkommission zu überlassen. Cramer, der keine Vollmacht brauchte, um in unser Haus zu kommen, weil er sich bereits darin befand, hätte bestimmt keine Hemmungen, in mein Zimmer einzudringen und sich dort umzusehen. Ihn davon mit Gewalt abhalten zu wollen, wäre vergebliche Liebesmühe. Aber eine verschlossene Tür aufbrechen – das war ein anderer Fall. Allerdings schloß ich nicht ab, denn das hatte ich seit Jahren nicht getan und wußte gar nicht, in welchem Fach meiner Kommode der Schlüssel lag. Ich hielt es daher für das beste, auf dem Treppenabsatz stehenzubleiben und zu horchen. Wenn ich Cramer kommen hörte, würde ich die Tür schließen und mich dagegenstemmen. Nero, oder Jett – je nach dem Standpunkt, den man einnahm –, trottete zu mir heraus, aber ich schickte ihn wieder zurück, und er verschwand gehorsam. Von unten ließen sich Stimmen vernehmen, nicht besonders freundschaftlich, aber auch nicht laut genug, um die Worte zu verstehen. Nach kurzer Zeit vernahm ich Cramers schwere Schritte im Flur, dann schlug die Eingangstür hinter ihm zu.

Ich rief hinunter: »Alles klar?«

»Nein«, rief Wolfe zurück. »Warten Sie, bis ich die Kette vorgelegt habe.« Und nach einem kurzen Moment: »In Ordnung.«

Ich klinkte meine Tür zu und ging die Treppe hinunter. Wolfe saß bereits wieder in seinem Mammutsessel hinter dem Schreibtisch. Als ich eintrat, fuhr er mich sogleich an: »Eine schöne Suppe haben Sie uns da eingebrockt! Sie schmuggeln einen Hund ins Haus, um mich zu ärgern – und wo stehen wir jetzt?«

Ohne Eile ging ich zu meinem Schreibtisch, setzte mich und begann gelassen: »Darum handelt es sich gar nicht mehr. Sie werden ja doch nie zugeben, daß Sie die Sache selbst verkorkst haben, also reden wir nicht mehr davon. Wenn Sie mich aber fragen, wie es jetzt weitergeht – also, das ist einfach. Ich könnte sagen, ich liefere den Hund persönlich bei der Mordkommission ab, aber auch das hat sich erledigt. Erstens haben Sie erklärt, der

Hund sei verwaist, was übrigens in meinen Ohren scheußlich klingt, und es dürfte daher leicht sein, ihn zu adoptieren. Zweitens haben Sie Cramer gegenüber einen entschiedenen Standpunkt eingenommen, von dem Sie selbstverständlich nicht abgehen werden. Wenn wir uns hier verbarrikadieren, sollte es wenigstens möglich sein, das Tier für seine notwendigen Verrichtungen durch die Hintertür auszuführen. Was aber geschieht, wenn die Heilige Hermandad morgen mit einer schriftlichen Vollmacht auftaucht?«

Wolfe lehnte sich zurück und schloß die Augen. Ich sah auf meine Uhr: zwei Minuten nach elf. Es war sechs Minuten nach elf, als Wolfe die Augen wieder öffnete.

»Nach Mr. Cramers Aussagen bezweifle ich, daß dieser Fall unüberwindbare Schwierigkeiten bietet.«

Dazu hatte ich nichts zu bemerken.

»Wenn wir die Sache rasch betreiben«, fuhr er fort, »dann dürfte die endgültige Auslieferung des Hundes an Sie leicht zu bewerkstelligen sein. Aber bis jetzt hatte ich immer angenommen, meine Abneigung, einen Polizisten nach Belieben in diesem Hause herumschnüffeln zu lassen, werde von Ihnen geteilt.«

»Wird sie auch – in gewissen Grenzen.«

»Das ist eine unklare Formulierung, und Sie werden mir gestatten, darüber meine eigene Ansicht zu haben. Der einfachste Weg, diese Angelegenheit zu einem Ende zu bringen, ist der, den Mörder des Mr. Kampf zu finden. Das dürfte kein großes Problem sein, andernfalls können wir immer noch anders disponieren. Eine sofortige Untersuchung ist notwendig, und glücklicherweise haben wir einen guten Vorwand dafür. Sie können in das Haus gehen, um Ihren Regenmantel zu verlangen und den von Mr. Meegan zurückzugeben, und dann handeln Sie, wie es die Gelegenheit ergibt. Das beste wäre natürlich, den Mann herzubringen, aber Sie wissen, daß ich mich in solchen Dingen völlig auf Ihre Umsicht und Ihren Unternehmungsgeist verlasse.«

»Schönen Dank«, bemerkte ich. »Sie meinen, jetzt gleich.«

»Ja.«

»Möglicherweise quetschen sie diesen Meegan noch immer im Präsidium aus.«

»Sie werden ihn kaum über Nacht dortbehalten. Aber am frühen Morgen wird er wohl wieder hinzitiert werden.«

»Zuerst muß ich den Hund ausführen.«

»Das kann Fritz besorgen.«

»Hol's der Teufel!« Ich stand auf. »Kein Klient, kein Honorar, kein Nichts außer einem Hund mit einem breiten Schädel wegen der größeren Gehirnmasse.« Ich ging zur Tür, drehte mich dort noch einmal um und wiederholte laut und deutlich: »Der Teufel soll's holen!« Dann riß ich meinen Hut und Meegans Mantel vom Haken und machte mich davon.

Es regnete nicht mehr, und auch der Wind hatte sich gelegt. Nachdem ich mein Taxi an der Ecke der Arbor Street fortgeschickt hatte, ging ich zu Fuß bis zur Nummer 29, den Regenmantel über den Arm gehängt. Im Erdgeschoß brannte noch Licht, aber das ganze übrige Haus war dunkel. Ich ging die Stufen zum Vorplatz hinauf und studierte die Schilder neben den Briefkästen. Von unten herauf lauteten sie: Talento, Meegan, Aland und Chaffee. Ich drückte auf den Klingelknopf bei Meegan und wartete. Nichts geschah. Dann versuchte ich den Türgriff zu drehen, doch auch das war erfolglos. Ein nochmaliges, längeres Klingeln, ein weiteres vergebliches Warten. Nichts zu machen.

Langsam ging ich die Stufen wieder hinunter und sah zwei Pärchen, die auf dem Gehweg standen und mich anstarrten. Sie wechselten ein paar Worte miteinander, fanden aber doch, daß ihnen mein Zurückstarren nicht behagte, und so verzogen sie sich. Eine Weile überlegte ich, ob es nicht am zweckmäßigsten wäre, bei dem Rechtsanwalt Victor Talento im Erdgeschoß zu läuten, der noch Licht hatte. Aber dann hielt ich es doch für klüger, noch eine Weile auf Meegan zu warten, mit dem ich es ja schließlich zu tun hatte. Ich bummelte ein paar Schritte weiter die Straße hinunter und lehnte mich an einen Hydranten.

Ich stand noch nicht lange da, als im Erdgeschoß das Licht ausging. Etwas später öffnete sich die Haustür, und ein Mann trat heraus. Er wandte sich in meine Richtung, sah mich aber nur flüchtig an, während er an mir vorbeiging. Da ich es für unwahrscheinlich hielt, daß man einen Bewohner dieses Hauses während der Nacht ohne Beschattung herumlaufen ließ, blickte ich mich verstohlen um. Und richtig, als der Mann sich etwa dreißig Schritte entfernt hatte, löste sich aus einer Einfahrt ein Schatten und ging ihm nach. Mißbilligend schüttelte ich den Kopf. Ich hätte an seiner Stelle gewartet, bis der Verfolgte noch zehn Schritte weiter gewesen wäre. Saul Panzer hätte es nicht unter zwanzig getan, aber Saul ist auch der beste Spürhund, den es gibt.

Während ich das billige Schauspiel betrachtete, kam mir ein Gedanke. Meegan mochte noch stundenlang im Hauptquartier zurückgehalten werden, oder er lag bereits im Bett und schlief fest. Hier aber bot sich mir wenigstens die Gelegenheit, etwas zu unternehmen. Ich machte daher lange Schritte, um mein Wild einzuholen, das eben um eine Ecke bog. Den Verfolger, der auf der anderen Straßenseite ging, hatte ich bald erreicht, aber er interessierte mich nicht weiter. Mir schien, mein Mann beschleunigte seinen Schritt, und so tat ich dasselbe. Bei der nächsten Straßenkreuzung war ich neben ihm. Er hatte sich umgeblickt, als er meine Schritte hörte, war aber ununterbrochen weitergegangen. Sobald ich auf gleicher Höhe mit ihm war, sprach ich ihn an.

»Sie sind Victor Talento?«

»Kein Kommentar«, bemerkte er, ohne stehenzubleiben.

»Danke für das Kompliment«, sagte ich, »aber ich bin kein Reporter. Mein Name ist Archie Goodwin, und ich arbeite für Nero Wolfe. Wenn Sie eine Sekunde warten, können Sie meinen Ausweis sehen.«

»Ich bin nicht daran interessiert.«

»Mir auch recht. Wenn Sie nur ausgingen, um frische Luft zu schnappen, braucht Sie auch meine Mitteilung nicht zu interessieren. Andernfalls könnte sie wichtig für Sie sein. Bitte machen Sie kein Geschrei, und sehen Sie sich nicht um, aber Sie haben einen Burschen vom Morddezernat auf den Fersen. Er geht auf der anderen Straßenseite etwa zwanzig Meter hinter Ihnen her. Drehen Sie den Kopf nicht, sonst merkt er, daß Sie Bescheid wissen.«

»Ja«, gab er zu, ohne den Schritt zu verlangsamen, »das ist nicht uninteressant. Sind Sie Pfadfinder, und ist das Ihre gute Tat für diesen Tag?«

»Nein. Ich spiele den Rutengänger für Mr. Wolfe. Er stellt zu Übungszwecken Nachforschungen nach einem Mörder an, und ich versuche einen Faden davon zu erhaschen. Ich dachte, wenn ich Ihnen einen Wink gäbe, würden Sie mir vielleicht auch einen Gefallen tun. Falls Sie wirklich nur einen Spaziergang machen, ist die Sache erledigt, und ich kann mich nur bei Ihnen entschuldigen. Haben Sie jedoch etwas vor, das nicht unbedingt bekannt werden soll, dann könnten Sie vielleicht den Rat eines Fachmanns brauchen. In dieser Gegend und um diese Nachtzeit ist es nicht so einfach, einen Verfolger abzuschütteln, und ich würde Ihnen gern dabei behilflich sein.«

Er überlegte sich das eine Weile, während wir nebeneinander hergingen, dann sagte er: »Sie sprachen vorhin von Ausweispapieren.«

»Ja. Wir können hier unter der Laterne stehenbleiben. Unser Mann da drüben wird sich bestimmt in sicherer Entfernung halten.«

Wir machten halt. Ich zog meine Brieftasche heraus und zeigte ihm meinen Ausweis als Detektiv und meinen Führerschein. Er besah sich beides gründlich, denn er war ja Rechtsanwalt. Endlich konnte ich meine Papiere wieder einstecken.

»Ich war mir natürlich klar darüber, daß ich möglicherweise beobachtet würde«, begann er. »Und ich hatte mir auch vorgenommen, meine Vorsichtsmaßnahmen zu treffen. Doch vielleicht ist die Sache nicht so einfach, wie ich annahm; ich habe keine Übung in solchen Manövern. Wer hat Wolfe den Auftrag erteilt?«

»Das weiß ich nicht. Er behauptet, er tue es nur zu seiner eigenen Befriedigung.«

»Schön, nehmen wir an, daß es sich so verhält.« Er sah mich beim Licht der Straßenlaterne genauer an, und ich tat dasselbe. Er war etwas kleiner als ich, sicher ein paar Jahre älter, und um die Mitte herum bereits ziemlich rundlich. Seine Haut schien dunkel, die Augen waren braun, die Nase bog sich in einem Haken nach unten. Ich drängte ihn nicht. Es war sein Problem, nicht meines, das ins Wanken geraten war. Mochte er sich entschließen, wie er wollte – ich hatte Zeit.

»Ich habe eine Verabredung«, erklärte er schließlich.

Ich wartete.

»Eine Frau hat mich angerufen«, fuhr er fort, »und ich versprach, sie zu treffen. Ich befürchtete, mein Telefon werde überwacht.«

»Das bezweifle ich; so rasch arbeiten die Leute nicht.«

»Sie mögen recht haben. Die Frau hat nichts zu tun mit dem Mord, sowenig wie ich. Aber natürlich scheint augenblicklich alles, was ich tue, und jeder, den ich treffe, verdächtig. Ich möchte die Frau keinesfalls etwa Unannehmlichkeiten aussetzen, und wer weiß, ob es mir gelingt, diesen Mann abzuschütteln.«

Ich grinste ihn an. »Und mich.«

»Sie meinen damit, daß Sie mir nachgehen würden?«

»Gewiß – nur so zur Übung. Ich möchte auch gerne sehen, wie Sie sich aus der Affäre ziehen.«

Er blieb sehr ernst. »Ich sehe, Sie verdienen Ihren Ruf, Goodwin. Sie würden aber nur unnötig Zeit verlieren, denn diese Frau hat, wie gesagt, nicht das geringste mit dem Mord zu tun. Immerhin war es eine Dummheit von mir, ihr dieses Zusammentreffen vorzuschlagen. Es ist besser, ich gehe nicht hin, obwohl ich schon in ein paar Minuten am Ziel wäre. Würden Sie mir wohl den Weg abnehmen und ihr sagen, ich könnte nicht kommen, aber ich würde mich morgen mit ihr in Verbindung setzen?«

»Wenn es weiter nichts ist, kann ich das besorgen. Aber ich deutete vorhin schon an, daß ich auf eine kleine Gegenleistung hoffte. Wollen Sie Nero Wolfe anrufen?«

Er überlegte kurz. »Doch nicht jetzt mitten in der Nacht?«

»Für Wolfe ist das die günstigste Zeit.«

»Nein, ich habe für heute genug.«

»Dann morgen vormittag um elf Uhr?«

»Ja, das kann ich machen.«

»Fein.« Ich gab ihm unsere Adresse. »Falls Sie die Nummer vergessen sollten – wir stehen im Telefonbuch. Wo muß ich nun hingehen?«

Er zog eine ganz nette Banknotenrolle aus der Tasche und streckte mir einen Zwanziger hin. »Da Sie als mein Vertreter auftreten, haben Sie auch Anrecht auf ein Honorar.«

Ich grinste ihn wieder an. »Das ist eine prächtige Einstellung, wenn man bedenkt, daß Sie Rechtsanwalt sind. Aber ich arbeite nicht als Ihr Vertreter, ich leiste Ihnen nur einen Gefallen und erwarte von Ihnen das gleiche. Wo soll das Stelldichein stattfinden?«

Er steckte das Geld wieder ein. »Wie Sie wollen. Die Frau heißt Jewel Jones, und sie wartet um Mitternacht an der südöstlichen Ecke von Christopher und Grove Street.« Er warf einen Blick auf seine Uhr. »Sie ist mittelgroß, schlank, hat dunkles Haar und dunkle Augen. Sieht ausgesprochen gut aus. Erklären Sie ihr bitte, weshalb ich nicht komme, und sagen Sie, ich würde morgen von mir hören lassen.«

»Geht in Ordnung. Sie machen jetzt am besten einen Spaziergang in der entgegengesetzten Richtung, um den Aufpasser zu beschäftigen. Und drehen Sie sich auf keinen Fall um.«

Er wollte mir zum Zeichen seiner Wertschätzung die Hand geben, aber ein Händedruck wäre genauso unklug gewesen wie die Annahme des Geldes. Es war ja immerhin möglich, daß Wolfe ihn im Verlauf des nächsten Tages als Mörder entlarven würde. Daher tat ich so, als sähe ich seine Hand nicht. Er ging nach rechts, und ich ging nach links, ganz gemächlich, ohne mich ein einziges Mal umzusehen. Natürlich mußte ich mich vergewissern, ob der Spürhund nicht etwa einen Geistesblitz gehabt und sich zwei und zwei zusammengezählt hatte. Doch ich verschob das, bis ich die Christopher Street erreichte. Sobald ich dort um die Ecke gebogen war, drückte ich mich in den nächsten Hauseingang, schielte zurück und zählte langsam bis hundert. Einige Passanten kamen vorbei, ein Pärchen und ein sehr eiliger Bursche, aber kein Detektiv. Ich ging bis zur Grove Street, überquerte den Fahrdamm und sah mich um. Keine wartende Frau weit und breit. Ich bummelte ein Stück weiter, drehte um, kehrte wieder zurück, und beim fünften Mal, zwölf Minuten nach zwölf, hielt ein Taxi an der Ecke. Eine Frau stieg aus, und der Wagen fuhr davon.

Ich ging näher heran. Das Licht hätte besser sein dürfen, aber die Frau schien der Beschreibung ungefähr zu entsprechen. Ich blieb stehen und fragte: »Miss Jones?« Erschrocken fuhr sie herum, und ich sagte: »Nachricht von Victor.«

Sie trat einen Schritt zurück, um mich besser betrachten zu können. »Wer sind Sie?« Ihr Atem ging schnell.

»Victor schickt mich mit einer Nachricht, aber ich muß zuerst sicher sein, daß ich mit der richtigen Person spreche. Ich habe die Hälfte von Ihrem und die Hälfte von seinem Namen genannt. Nun ist die Reihe an Ihnen, das zu vervollständigen.«

»Wer sind Sie?« fragte sie noch einmal.

Ich schüttelte den Kopf. »Zuerst die Namen, oder Sie erhalten die Mitteilung nicht.«

»Wo ist er?«

»Nichts zu machen. Ich zähle bis zehn, und dann gehe ich. Eins, zwei, drei, vier –«

»Mein Name ist Jewel Jones, und er heißt Victor Talento.«

»Braves Mädchen. Jetzt werde ich Ihnen alles erzählen.«

Das tat ich denn auch. Damit sie die Lage richtig überschaute, begann ich mit dem Hydranten in der Arbor Street und erzählte, was dann weiter geschah. Natürlich mußte ich ihr auch meinen Namen und Beruf sagen. Bis ich fertig war, hatten sich tiefe Falten auf ihrer Stirn gebildet.

»Oh, verdammt«, bemerkte sie inbrünstig. Sie legte die Hand auf meinen Arm und zog mich vorwärts. »Kommen Sie mit mir, bis wir ein Taxi finden.«

Ich rührte mich nicht vom Fleck. »Das werde ich sehr gern tun, und zwar auf meine Kosten. Wir fahren jetzt zu Nero Wolfe.«

»Wir?« Sie zog ihre Hand zurück. »Sind Sie verrückt?«

»Zehn zu eins, daß ich es nicht bin. Überlegen Sie einmal vernünftig. Sie wollten sich mit Talento an einer Straßenecke treffen – ein Beweis, daß Sie guten Grund hatten, sich heute abend nicht zusammen sehen zu lassen. Die Sache muß sehr dringend gewesen sein. Sie hat vielleicht nichts mit dem Mord an Philip Kampf zu tun, aber es könnte sich auch anders verhalten, und das muß besprochen werden. Ich will nicht den Schiedsrichter spielen. Ich kann Sie zum Morddezernat bringen, wo Sie mit einem Mann namens Purley Stebbins zu tun bekämen; oder ich nehme Sie mit zu Nero Wolfe. Ich persönlich würde Mr. Wolfe vorziehen. Aber wählen Sie selbst.«

Sie schaltete schnell. Während ich sprach, hatten ihre Augen sekundenlang wie Dolche geblitzt, doch dann wurden sie sanft und flehend. Wieder ergriff sie meinen Arm, diesmal mit beiden Händen. »Oh, ich möchte alles mit Ihnen besprechen«, bettelte sie in einem Ton, der Eisberge zum Schmelzen gebracht hätte. »Dazu bin ich gern bereit. Lassen Sie uns irgendwohin gehen.«

Ich erhob keinerlei Einwände, und wir setzten uns in Bewegung. Zärtlich hatte sie ihre Hand unter meinen Arm geschoben. Wir waren noch nicht weit gegangen, als sich ein Taxi näherte. Ich winkte dem Fahrer, wir stiegen ein, und ich gab das Ziel an:

»Neun-achtzehn West Fünfunddreißigste.« Er sauste los.

»Was bedeutet diese Adresse?« erkundigte sich Miss Jones.

Ich erklärte ihr, das sei das Haus von Nero Wolfe. Das arme Mädchen wußte nicht, was tun. Sie konnte mich mit Schimpfnamen bedenken, doch was half ihr das? Daß auch Toben und Schreien zwecklos wäre, sah sie wohl ein. Sie verlegte sich also darauf, mich einzuwickeln, und wenn sie genügend Zeit dafür gehabt hätte, sagen wir vier oder fünf Stunden, wäre es ihr möglicherweise sogar gelungen, denn sie besaß unbestreitbar das

Zeug dazu. Sie versuchte gar nicht, mich zu beschwatzen oder zu argumentieren; sie lehnte sich bloß an mich und flüsterte, ich sei ein Mann, dem sie alles sagen könnte, denn ich würde ihr glauben und sie verstehen. Und danach wäre sie bereit, überall hinzugehen, wo ich es nur wünsche, denn sie sei sicher, ich würde daraus keinen Vorteil ziehen ...

Aber sie hatte nicht genug Zeit. Der Wagen fuhr vor unserem Haus vor, und ich hatte bereits das Geld bereit. Ich stieg aus, reichte ihr die Hand und führte sie die sieben Stufen zur Haustür empor. Innerlich mußte ich sie dafür loben, daß sie keinen Atemzug für Protest verschwendete. Mein Schlüssel nützte mir nichts, weil die Kette vorgelegt war; daher drückte ich auf den Klingelknopf. Gleich darauf wurde die Lampe über unseren Köpfen hell, und Fritz öffnete die Tür.

»Ist Mr. Wolfe noch auf?« fragte ich.

»Im Büro«, gab Fritz lakonisch zurück und warf gleichzeitig einen Blick auf Miss Jones – den Blick, den er immer für weibliche Eindringlinge bereithält. Tief in seinem Innern lebte die ständige Furcht, einmal könnte so ein Geschöpf Wolfe umgarnen und ins Unglück stürzen. Ich beauftragte ihn, die Dame ins Vorderzimmer zu führen, hängte Hut und Mantel an den Garderobenständer und begab mich ins Büro.

Wolfe saß an seinem Schreibtisch und las, und mitten im Zimmer, auf dem allerschönsten Teppich, lag zusammengerollt der Hund. Das Tier begrüßte mich durch ein leichtes Heben des Kopfes, während seine Rute den Teppich klopfte. Wolfes Gruß bestand nur aus einem Knurren.

»Ich habe Ihnen Gesellschaft gebracht«, erklärte ich. »Aber ehe ich die Dame hereinführe –«

»Dame?« unterbrach er. »Die Bewohner des Hauses an der Arbor Street sind alle Männer. Ich hätte mir eigentlich denken können, daß Sie eine Frau aufgabeln würden.«

»Ich kann sie ja wieder fortschicken, wenn Sie nicht mit ihr reden wollen. Lassen Sie mich erzählen, wie ich an sie geraten bin.« Ich gab Wolfe einen kurzen Bericht, der jedoch alles Wesentliche enthielt, dann schloß ich: »Ich hätte sie auch woandershin schaffen und mich selbst mit ihr befassen können, aber das wäre gefährlich gewesen. Während der kurzen Taxifahrt von sechs Minuten hatte sie mich schon so weit, daß ich – hm – brüderliche

Gefühle für sie empfand. Wollen Sie mit ihr sprechen oder nicht?«

»Ach, zum Teufel mit Ihnen!« Seine Augen senkten sich lange genug auf das Buch, um einen Abschnitt fertigzulesen; dann klappte er es zusammen. »Meinetwegen bringen Sie sie herein.«

Ich ging zu der Verbindungstür zum Vorderzimmer, öffnete sie weit und sagte: »Bitte, kommen Sie herein, Miss Jones.« Sie ließ sich nicht lange bitten. Im Vorbeigehen schenkte sie mir ein rätselhaftes Lächeln, das mir direkt ins Herz gedrungen wäre, hätte sich nicht gleichzeitig ein seltsamer Zwischenfall ereignet. Der Hund sprang auf und lief freudig bellend auf sie zu, blieb dicht vor ihr stehen und hob den Kopf, um sich streicheln zu lassen. Dabei wedelte er so heftig, daß sein Schwanz nur noch einen verschwommenen Halbkreis bildete.

»Erstaunlich«, meinte Wolfe dazu, doch dann fuhr er äußerst höflich fort: »Erfreut, Sie kennenzulernen, Miss Jones. Mein Name ist Nero Wolfe. Und wie heißt der Hund?«

Ich muß gestehen, daß sie sich tapfer hielt. Die Anwesenheit des Hundes war eine völlige Überraschung für sie, aber ohne das geringste Zeichen von Unsicherheit tätschelte sie ihm den Kopf, sah sich um, entdeckte den roten Sessel und setzte sich.

»Eine komische Frage!« lächelte sie. »Sie verlangen von mir den Namen Ihres Hundes?«

»Pfui!« Wolfe war degoutiert. »Ich weiß nicht, welche Haltung Sie einzunehmen gedachten; aber nach dem, was Mr. Goodwin mir erzählte, vermute ich, daß Sie mir weismachen wollten, Ihre Verabredung mit Mr. Talento sei rein persönlicher Natur gewesen und habe mit dem Mord an Mr. Kampf nichts zu tun gehabt, außerdem kennten Sie Mr. Kampf gar nicht oder nur ganz flüchtig. Jetzt hat der Hund das zunichte gemacht. Offenbar kennt er Sie sehr gut, und er gehörte Mr. Kampf. Also kennen Sie Mr. Kampf sehr gut. Wenn Sie versuchen, das zu leugnen, werden Mr. Goodwin und andere erprobte Männer Ihre ganze Vergangenheit und Ihr gegenwärtiges Leben ans Licht zerren, und das wird äußerst unangenehm sein, ob Sie nun in diese Mordsache verstrickt sind oder nicht. Also: Wie heißt der Hund?«

Sie blickte mich an. Talentos Bemerkung über ihr »ausgesprochen gutes Aussehen« wurde ihr nur zum Teil gerecht. Sie war zweifellos hübsch, aber es war vor allem ein gewisses Etwas in ihren Augen, das den besonderen Zauber ausmachte. Es lag sogar jetzt darin, obwohl sie doch bestimmt ihre ganze Intelligenz aufbieten mußte, um zu einem Entschluß zu kommen.

Aber das dauerte nur ein paar Sekunden. »Sein Name ist Burschi«, erklärte sie.

Der Hund zu ihren Füßen hob den Kopf und wedelte wieder.

»Du guter Himmel«, murmelte Wolfe. »Und nichts weiter?«

»Meines Wissens nicht.«

»Sie selbst heißen Jewel Jones?«

»Ja. Ich bin Sängerin in einem Nachtlokal, dem *Flamingo*, aber zur Zeit arbeite ich nicht.« Sie machte eine kleine, flehende Handbewegung; aber diesmal war es Wolfe, der ihr zu widerstehen hatte, nicht ich. »Glauben Sie mir doch, Mr. Wolfe, ich weiß wirklich nicht das geringste über diesen gräßlichen Mord. Wenn mir etwas darüber bekannt wäre, würde ich es Ihnen ohne Scheu sagen, denn Sie sind bestimmt ein Mensch, der alles versteht und mir nicht unnötig weh tun möchte.«

Das war dasselbe, wenn auch nicht wörtlich, was sie mir vor kurzem aufgetischt hatte.

»Ich versuche immer, alles zu verstehen«, antwortete Wolfe trocken. »Waren Sie mit Mr. Kampf eng befreundet?«

»Ja, so kann man es wohl nennen.« Sie lächelte ihm zu. »Eine Weile wenigstens, aber während der letzten zwei Monate nicht mehr.«

»Den Hund haben Sie natürlich in seiner Wohnung in der Perry Street kennengelernt?«

»Ja. Ich war fast ein Jahr lang recht häufig dort.«

»Hatten Sie Streit mit Mr. Kampf?«

»Keineswegs. Wir kamen bloß nicht mehr zusammen. Ich hatte andere ... Ich war sehr beschäftigt.«

»Wann sahen Sie ihn zum letzten Mal?«

»Sie meinen – intim?«

»Nein, ganz allgemein.«

»Vor etwa zwei Wochen, im *Flamingo*. Er kam gelegentlich hin und plauderte mit mir.«

»Ohne jeglichen Streit?«

»Wir hatten keinen Grund dazu.«

»Sie ahnen nicht, wer ihn umbrachte, oder weshalb?«

»Ganz bestimmt nicht.«

»Kennen Sie auch Victor Talento intimer?«

»Nein, wenn Sie darunter verstehen ... Wir sind natürlich gute Freunde. Ich habe früher dort gewohnt.«

»Mit Mr. Talento?«

»Nicht *mit* ihm.« Sie schien ziemlich entrüstet. »Ich lebe nie mit einem Mann zusammen. Ich hatte die Wohnung im ersten Stock.«

»In der Arbor Street 29?«

»Ja.«

»Wie lange? Und wann?«

»Fast ein Jahr. Ich zog aus vor – ja, vor ungefähr drei Monaten. Jetzt habe ich ein kleines Appartement in der 49. Straße.«

»Dann kennen Sie also auch die anderen Hausbewohner? Mr. Meegan, Mr. Chaffee und Mr. Aland?«

»Ich kenne Ross Chaffee und Jerry Aland, aber keinen Meegan. Wer ist das?«

»Ein Mieter im Hause Arbor Street 29. Erster Stock.«

Sie nickte verstehend. »Ach, natürlich, das ist die Wohnung, die ich früher hatte. Ich hoffe, man hat ihm den verflixten Tisch wieder zurechtgeschreinert. Das wacklige Ding war einer der Gründe, warum ich auszog. Ich hasse möblierte Wohnungen, Sie auch?«

Wolfe verzog das Gesicht. »Im allgemeinen schon. Daraus schließ ich, daß Sie jetzt eigene Möbel haben. Von Mr. Kampf gestiftet?«

Sie kicherte amüsiert, und ihre Augen tanzten. »Ich merke, daß Sie Philip Kampf nicht kannten, sonst kämen Sie nicht auf solche Gedanken.«

»Von wem denn? Von Mr. Chaffee? Oder Mr. Aland?«

»Weder – noch!« Ernsthaft fuhr sie fort: »Wissen Sie, Mr. Wolfe die Sachen sind mir von einem sehr guten Freund geschenkt worden, und damit wollen wir es gut sein lassen. Archie sagte mir, was Sie interessiere, sei dieser Mord, und ich bin sicher, Sie wollen nicht alles mögliche mit hineinziehen, nur um mich und einen Freund von mir zu kränken. Also denken wir lieber nicht mehr an diese Möbel.«

Wolfe ließ es dabei bewenden und ging auf ein anderes Thema über. »Weshalb haben Sie sich mit Mr. Talento mitten in der Nacht an einer Straßenecke verabredet?«

Sie nickte. »Ja, diese Frage habe ich erwartet. Ich weiß gar nicht, was ich Ihnen darauf antworten soll – ich meine, es wäre schrecklich, wenn Sie mich für eine dumme Gans hielten, und das werden Sie wohl tun, wenn ich Ihnen sage, wie es war. Als ich im Radio von Phils Ermordung hörte, rief ich Vic an. Ich wußte, daß er noch in diesem Haus wohnt, und hoffte, Näheres zu erfahren.«

»Sie sprachen also bereits am Telefon mit ihm?«

»Ja; aber er schien sich am Apparat nicht äußern zu wollen.«

»Das erklärt immer noch nicht die Straßenecke.«

Diesmal lachte sie laut heraus. »Aber Mr. Wolfe. *Sie* sind doch gewiß nicht dumm! Sie haben doch nach der Herkunft meiner Möbel gefragt, nicht wahr? Nun, ein Mädchen in meiner Lage kann es sich nicht leisten, in einem Lokal mit einem Mann wie Vic Talento gesehen zu werden.«

»Was ist mit ihm?«

Sie machte eine vage Handbewegung. »Ach, er macht eben immer seine kleinen Annäherungsversuche.«

Die Uhr hatte längst eins geschlagen, als Wolfe das Mädchen endlich gehen ließ. Aber er war mit all seinen Fragen nicht weitergekommen; es war ihm nicht gelungen, sie zu überrumpeln oder in die Enge zu treiben. Sie war seit zwei Monaten nicht mehr in der Arbor Street gewesen. Sie hatte Chaffee, Aland und Talento seit Wochen nicht gesehen und selbstverständlich auch nicht Meegan, von dem sie überhaupt noch nie gehört hatte. Sie hatte nicht die leiseste Ahnung, wer Kampf umgebracht haben könnte.

Der einzige Erfolg, den Wolfe für die aufgewendete Stunde buchen konnte, war Jewels Aussage, daß ihres Wissens kein Mensch ein Anrecht auf den Hund Burschi besaß. Falls Erben vorhanden waren, wußte sie nicht, wo sich diese befanden.

Als sie sich erhob, stand auch der Hund auf. Sie tätschelte ihm den Kopf, und er begleitete uns bis zur Tür. Ich brachte Jewel bis zur Zehnten Avenue, steckte sie dort in ein Taxi und kehrte wieder zurück. In der Küche versorgte ich mich mit einem Glas Milch und begab mich damit ins Büro. Wolfe, der sein Bierglas in der Hand hatte, machte nicht einmal ein finsteres Gesicht, als ich eintrat. Er ist meistens friedlich gestimmt, wenn er Bier trinkt.

»Wo ist Burschi?« erkundigte ich mich.

»Nein!« sagte er mit Nachdruck.

Ich gab klein bei. »Na schön, also Jett. Wo ist er?«

»Unten, im Zimmer von Fritz. Dort wird er auch in Zukunft schlafen. Sie haben ihn nicht gern.«

»Das ist nicht wahr, aber mir soll's recht sein. Es bedeutet, daß Sie die Schuld nicht mir aufhalsen können, wenn Ihnen irgend etwas an dem Tier nicht paßt, und das freut mich ungemein.« Ich nippte an meiner Milch. »Übrigens wird das morgen schon bedeutungslos werden, wenn die Mordkommission mit einer Verfügung erscheint und ihn mitnimmt.«

»Sie erscheint nicht.«

»Ich wette zehn zu eins, daß Stebbins noch vor dem Mittagessen aufkreuzt.«

Er nickte. »Das war auch meine Schätzung. Daher habe ich während Ihrer Abwesenheit mit Mr. Cramer telefoniert. Ich habe ihm einen Vergleich vorgeschlagen, und mir scheint, er befürchtet, der Hund würde morgen früh nicht mehr in seinem Bezirk sein, wenn er meinen Vorschlag ablehnte. Obwohl ich kein Wort davon gesagt habe. Aber es mag sich vielleicht so angehört haben.«

»Hm. Sie sollten etwas vorsichtiger sein.«

»Wir haben also eine Abmachung getroffen. Sie werden sich morgen vormittag um neun mit dem Hund in der Arbor Street 29 einfinden. Während des ganzen Theaters, das sich die Polizei in den Kopf gesetzt hat, bleiben Sie dabei und lassen das Tier nicht aus den Augen. Spätestens um zwölf Uhr kommen Sie mit ihm hierher zurück. Während der nächsten vierundzwanzig Stunden läßt uns die Polizei dann in Ruhe. Vielleicht haben Sie das Glück, dort im Haus auf jemanden zu stoßen, der etwas aufgeschlossener ist als diese Lady von der Straßenecke. Wenn Sie morgen, ehe Sie weggehen, bei mir hereinschauen wollen, kann ich Ihnen vielleicht einen Rat geben.«

»Mir paßt Ihre Ausdrucksweise nicht«, erklärte ich mannhaft. »Wenn Sie das arme Mädchen schon so bezeichnen, dann lächeln Sie wenigstens.«

Der Morgen war schön und klar. Den Regenmantel von Meegan ließ ich zu Hause, denn diesmal brauchte ich keinen Vorwand, und ich bezweifelte auch, daß sich eine passende Gelegenheit für einen Austausch bieten würde.

Die Gesetzesvertreter warteten bereits auf mich. Der Hundefachmann erwies sich als ein stämmiger älterer Bursche mit Brille. Ehe er den Hund anfaßte, erkundigte er sich nach seinem Namen, und ich gab ihm Burschi an.

»Ein blödsinniger Name«, bemerkte er. »Und übrigens auch eine blödsinnige Leine, die Sie da haben.«

»Einverstanden. Seine richtige Leine trug der Ermordete um den Hals, und ich nehme daher an, daß sie noch im Labor ist.« Ich reichte ihm das Ende des Stricks. »Falls er Sie beißt, kann ich nichts dafür.«

»Er wird mich nicht beißen. Was, Burschi?« Er stellte sich vor den Hund und bemühte sich, mit ihm Freundschaft zu schließen. Sergeant Purley Stebbins brummte dicht an meinem Ohr:« *Sie* hätte er beißen sollen, als Sie ihn entführten.«

Ich wandte mich um. Stebbins ist etwas größer als ich und bedeutend kräftiger. »Sie verwechseln das«, erklärte ich. »Ich werde höchstens von Frauen gebissen. Aber ich habe mich schon oft gefragt, was *Sie* beißt, wenn Sie so schlechter Laune sind.«

Wir tauschten weitere Liebenswürdigkeiten aus, während Loftus, der Hundefachmann, sich bei Burschi beliebt machte. Es dauerte nicht lange, bis er behauptete, jetzt sei er so weit, und es könne losgehen. Doch dann furchte er die Stirn und meinte: »Vielleicht wäre es besser, wenn ich ihn auch im Haus an der Leine halte, denn Kampf hat es wahrscheinlich auch so gemacht. Oder nicht? Sie sollten mir etwas mehr über die ganze Sache erzählen. Was wissen wir eigentlich?«

»Ehrlich gesagt«, knurrte Purley, »verdammt wenig. Aber wenn ich mir alles zusammenreime, was wir aufgepickt haben, dann sieht die Geschichte so aus: Als Kampf mit seinem Hund herkam, regnete es, und der Hund war tropfnaß. Er ließ ihn daher unten im Hausflur, nahm ihm die Leine ab und hatte sie in der Hand, als er zu einer der Wohnungstüren ging. Der Mieter ließ ihn ein, und sie sprachen eine Weile miteinander. Dann riß ihn der Mann nieder, wahrscheinlich von hinten, und benutzte die Hundeleine, um ihn fertigzumachen. Als er tot war, stopfte er die Leine in die Tasche des Regenmantels. Es gehörte schon eine Portion Nerven und Muskelkraft dazu, die Leiche die Treppen hinunter bis ins Erdgeschoß zu schleppen, aber es blieb ihm nichts anderes übrig. Kampf durfte nicht in seiner Wohnung entdeckt werden, und jeder der vier Mieter hätte im Notfall das Kunststück fertiggebracht. Natürlich war der Hund bereits draußen auf dem Gehsteig. Während Kampf in einer der Wohnungen ermordet wurde, kam Talento in den Hausflur, sah das Tier und jagte es hinaus.«

»In diesem Fall«, unterbrach Loftus, »ist dieser Talento aus der Sache heraus.«

»Nein, keiner steht außer Verdacht. Falls es Talento war, ging er, nachdem er Kampf getötet hatte, in den Flur, brachte den Hund vor die Haustür, kehrte zu seiner Wohnung zurück, zog den Toten heraus und legte ihn am Fuß der Treppe nieder. Dann verließ er das Haus, wobei er den Hund von der Tür weg auf den Bürgersteig scheuchte. Sie sind hier der Hundeexperte; ist irgend etwas an meiner Annahme falsch?«

»Nicht unbedingt. Es hängt ganz von dem Hund ab und davon, wie sehr er seinem Herrn verbunden war. Es gab ja überhaupt kein Blut.«

»So sehe ich also die Sache an. Wenn Sie es komplett haben wollen, können Sie den Rest des Tages mit den Rapporten der anderen Fachleute und den Aussagen der Mieter verbringen.«

»Für heute ist mein Bedarf gedeckt. Wollen Sie zuerst hineingehen?«

»Ja. Kommen Sie, Goodwin.«

Purley wandte sich der Tür zu, aber ich winkte ab. »Ich bleibe bei dem Hund.«

»In Gottes Namen. Dann halten Sie sich aber hinter Loftus.«

Im gleichen Moment jedoch änderte ich meinen Entschluß. Es könnte ganz interessant sein, das Experiment zu beobachten, und hinter Loftus würde ich jedenfalls nicht viel zu sehen bekommen. Daher trat ich gleichzeitig mit Stebbins ins Haus. Ein Mann vom Morddezernat schloß hinter uns die Tür, während wir uns in die hinterste Ecke begaben. Nach einer Minute öffnete der Polizist wieder, um Loftus und den Hund einzulassen. Zwei Schritte, dann blieb Loftus stehen, mit ihm auch Burschi. Niemand sprach ein Wort. Die Leine hing lose herab, der Hund blickte zu seinem Führer auf. Dieser beugte sich nieder, löste den Riemen vom Halsband und hielt ihn Burschi vor die Schnauze, um ihm zu zeigen, daß er frei war. Burschi setzte sich sogleich in Bewegung, kam zu mir herüber und blieb schwanzwedelnd vor mir stehen.

»Verrückt!« sagte Stebbins ärgerlich.

»Sie wissen, was ich eigentlich erwartete«, erklärte Loftus. »Ich dachte natürlich niemals, er würde uns zeigen, wo Kampf ihn gestern zurückgelassen hatte, sondern ich war der Meinung, er würde zum Fuß der Treppe gehen, wo der Tote gefunden wurde, und von dort aus die Spur zu der Wohnung verfolgen, aus der Kampf herausgeschleppt wurde. Fassen Sie ihn am Halsband, Goodwin, und bringen Sie ihn zur Treppe.«

Ich tat, wie er mir sagte. Burschi kam ohne weiteres mit, aber er zeigte nicht das geringste Interesse für die Stelle. Wir standen alle da und beobachteten ihn. Endlich öffnete er die Schnauze weit zu einem Gähnen.

»Prächtig«, polterte Stebbins. »Ich kann nur sagen, prächtig! Fahren Sie nur so fort.«

Loftus kam herüber und befestigte die Leine wieder am Halsband. Dann führte er Burschi zur Wohnungstür des Erdgeschosses und klopfte. Im Handumdrehen wurde geöffnet, und Victor Talento erschien in einem schreiendbunten Hausmantel.

»Hallo, Burschi«, sagte er und beugte sich nieder, um den Hund zu streicheln.

»Hölle und Teufel!« brach Stebbins los. »Ich habe Ihnen doch erklärt, Sie dürfen nicht reden!«

Talento richtete sich auf. »Stimmt, das haben Sie getan.« Sein Ton klang entschuldigend. »Tut mir leid, ich hab's ganz vergessen. Wollen Sie es noch einmal versuchen?«

»Nein. Das genügt mir.«

Talento drehte sich um und schloß die Tür hinter sich.

»Sie müssen bedenken«, erläuterte Loftus, »daß ein Labradorhund keinem Menschen an die Kehle' springen würde. Das liegt nicht in dieser Rasse. Das höchste, was Sie erwarten können, wäre irgendeine Bewegung oder vielleicht ein leises Knurren.«

»Und was habe ich davon?« brummte Purley. »Lohnt es sich überhaupt, weiterzumachen?«

»Bestimmt. Sie gehen wohl besser voraus.«

Stebbins steuerte auf mich zu, ich machte ihm Platz und folgte ihm dann die Treppe hinauf. Der obere Flur war ziemlich schmal und schlecht beleuchtet. Wir drückten uns an die Mauer, der Wohnungstür gegenüber, um Loftus und Burschi genügend Platz zu lassen. Die beiden kamen herauf, und Loftus klopfte. Zehn Sekunden vergingen, ehe wir Schritte hörten und sich die Tür öffnete. Dort stand der Kerl, der am Vortag aus Wolfes Büro gerannt war und meinen Mantel mitgehen ließ. Er war in Hemdsärmeln und ungekämmt.

»Dies ist Sergeant Loftus, Mr. Meegan«, stellte Stebbins vor.

»Sehen Sie sich den Hund an; ist er Ihnen bekannt? Streicheln Sie ihn.«

Meegan schnaubte: »Streicheln Sie ihn doch selbst. Und machen Sie, daß Sie weiterkommen.«

»Haben Sie den Hund schon einmal gesehen?«

»Nein.«

»Danke. Kommen Sie, Loftus.«

Als wir die Treppe weiter emporstiegen, fiel hinter uns die Tür mit einem wütenden Knall zu. Purley Stebbins fragte über die Schulter zurück: »Na?«

»Er mochte ihn nicht«, gab Loftus zurück. »Aber das will nichts besagen; es gibt viele Menschen, denen ein Hund kein Vertrauen entgegenbringt.«

Der Flur im zweiten Stock sah genau gleich aus wie der andere. Wiederum postierten Purley und ich uns im Hintergrund, während Loftus mit dem Hund ankam und an die Tür klopfte. Doch nichts geschah. Er klopfte noch einmal, bedeutend energischer. Diesmal ging die Tür einen Fingerbreit auf, und eine quiekende Stimme ertönte.

»Haben Sie den Hund mitgebracht?«

»Ja, er steht direkt vor der Tür«, antwortete Loftus.

»Sind Sie auch da, Sergeant?«

»Ganz in Ihrer Nähe«, meldete sich Purley.

»Ich sagte Ihnen doch, daß dieser Hund mich nicht leiden kann. Auf einer Gesellschaft bei Phil Kampf ist mir einmal ... Das habe ich Ihnen ja erzählt. Ich wollte ihm wirklich nichts tun, aber er glaubte es eben. Was haben Sie denn vor? Wollen Sie mich hereinlegen?«

»Öffnen Sie die Tür, der Hund ist an der Leine.«

»Nein, ich will nicht! Ich sagte Ihnen gleich, ich tue es nicht!«

Purley griff ein. Sein gestreckter Arm fuhr über Loftus' Schulter, und seine Hand drückte die Tür nach innen. Einen Augenblick schien sie nicht nachgeben zu wollen, doch dann flog sie plötzlich auf. Eng an den Rahmen gedrückt, stand dort ein mageres Knochengestell in einem rot-grün gestreiften Pyjama. Burschi stieß ein leises Knurren aus und krümmte ein wenig den Rücken.

»Wir machen nur die Runde, Mr. Aland«, erklärte Purley, »und da können wir Sie nicht auslassen. Aber jetzt dürfen Sie wieder ins

Bett gehen und weiterschlafen. Was das Hereinlegen betrifft –« Er blieb mitten im Satz stecken, denn die Tür schlug zu.

»Sie haben mir nichts davon gesagt, daß Aland sich bereits eine Ausrede zurechtgelegt hatte«, beschwerte sich Loftus.

»Nein, ich dachte, wir können es abwarten. Nun noch der letzte der Brüder.« Purley wandte sich der Treppe zu.

Der oberste Flur wirkte viel persönlicher als die andern, obwohl er auch nicht größer war. Ein sauberer hellbrauner Läufer bedeckte den Boden, die Wände waren im gleichen Farbton gestrichen und mit ein paar kleinen Bildern geschmückt.

Wir blieben wieder im Hintergrund. Auf Loftus' Klopfen hin näherten sich sogleich Schritte, und die Tür öffnete sich weit. Der Maler Ross Chaffee steckte in einem alten braunen Arbeitskittel. Er war bei weitem der ansehnlichste der Mieter, groß und kräftig gebaut, mit einer dunklen Künstlermähne und Gesichtszügen, die er mit Vergnügen im Spiegel betrachten durfte.

Ich hatte reichlich Zeit, sie ebenfalls zu genießen, während er ganz gelassen dastand und uns freundlich anlächelte. Er war der einzige, der Purleys Instruktionen befolgte und sich schweigend verhielt. Auch Burschi stand ganz gelassen da. Als Purley endlich überzeugt war, daß kein Blutvergießen stattfinden würde, erkundigte er sich: »Sie kennen den Hund, Mr. Chaffee?«

»Gewiß. Es ist ein schönes Tier.«

»Streicheln Sie ihn.«

»Mit Vergnügen.« Freundlich beugte er sich nieder. »Armer Burschi! Weißt du, daß dein Herr nie wieder zu dir kommt?« Er kraulte den schwarzen Kopf hinter den Ohren. Nach einer Weile richtete er sich wieder auf und fragte: »Sonst noch etwas? Ich bin nämlich bei der Arbeit, möchte das günstige Morgenlicht ausnützen.«

»Das ist alles. Besten Dank.« Purley wandte sich zum Gehen; ich ließ Loftus und Burschi den Vortritt, ehe ich mich anschloß. Während des ganzen Abstiegs wurde kein Wort gesprochen.

Als wir den Hausflur im Erdgeschoß erreichten, öffnete sich Talentos Tür, er kam heraus und sagte: »Der Staatsanwalt wünscht mich zu sprechen. Man hat mich eben angerufen. Brauchen Sie mich nicht mehr?«

»Nein«, brummte Purley. »Wir können Sie übrigens im Wagen mitnehmen.«

Talento sagte, das wäre nett, und er werde in einer Minute fertig sein. Purley wies Loftus an, mir den Hund zu übergeben, und ich bekam die Leine in die Hand gedrückt.

Dienstwillig erklärte ich: »Ich bin gerne bereit, Ihnen einen ausführlichen Bericht über das Verhalten des Hundes zusammenzustellen. Das wird nur etwa eine Woche beanspruchen.«

»Scheren Sie sich zum Teufel«, schnauzte Purley, »und nehmen Sie den verdammten Köter mit.«

Ich zog ab. Der Morgen war unverändert schön. Die Anwesenheit von zwei Polizeiwagen vor dem Hause, in dem sich ein Mord ereignet hatte, zog die Neugierigen an; Burschi und ich wurden eifrig aufs Korn genommen, als wir herauskamen. Aber wir kümmerten uns beide nicht darum. Gemächlich schlenderten wir davon, ich blieb sogar ein paarmal stehen, wenn Burschi Lust zeigte, etwas näher zu beschnüffeln. Beim vierten oder fünften derartigen Halt sah ich, wie das Quartett das Haus Nummer 29 verließ. Stebbins und Talento setzten sich in den einen Wagen, Loftus und sein Kollege in den anderen, und gleich darauf fuhren sie los.

Ich nahm Burschi etwas kürzer und spazierte mit ihm westwärts, bis ein leeres Taxi erschien, das ich anhielt. Nachdem wir eingestiegen waren, zog ich eine Fünfdollarnote aus der Tasche und reichte sie dem Fahrer.

»Ergebensten Dank«, sagte er. »Was ist das? Eine Anzahlung für den Wagen?«

»Sie werden es sich ehrlich verdienen, Bruderherz«, versicherte ich ihm. »Gibt es hier in der Nähe ein Plätzchen, wo Sie bis zu drei Stunden parken können?«

»Sicher. Aber keine drei Stunden für einen Fünfer.«

»Natürlich nicht.« Ich gab ihm eine zweite Fünfernote. »Ich glaube übrigens nicht, daß es so lange dauern wird.«

»Der nächste Parkplatz ist nur ein paar hundert Meter weit. Auf der Straße kann ich nicht stehenbleiben ohne Fahrgast; man wird mir keine Ruhe lassen.«

»Oh, Sie haben einen Fahrgast – meinen Hund. Es ist mir lieber, Sie warten an der Straße. Keine Sorge, der Hund ist sehr brav. Und wenn ich zurückkomme, werde ich mich erkenntlich zeigen. Sehen wir mal nach, ob wir nicht eine Lücke finden.«

Er löste die Bremse, und wir fuhren ab. In dieser Gegend gibt es verflixt wenig Straßenränder, an denen ein Wagen parken darf, ohne mit der Polizei in Konflikt zu kommen. Wir mußten um mehrere Ecken fahren, ehe wir in der Court Street einen leeren Platz fanden, zwei Block von der Arbor Street entfernt. Ich öffnete das Fenster eine Handbreit, stieg aus, sagte dem Fahrer, ich würde zurück sein, wenn er mich sähe, und marschierte auf kürzestem Weg zur Arbor Street 29.

Kein Polizeiwagen war mehr zu sehen und auch keine Menschenansammlung. Das war sehr befriedigend. Ich ging die Stufen hinauf, betätigte die Klingel beim Namen Meegan und legte die Hand auf den Türdrücker. Doch kein Summen ertönte. Auch ein zweites Läuten hatte keinen Erfolg. Ich versuchte es bei Aland, und das wirkte; nach kurzem Warten ging die Haustür auf. Ich stieg die zwei Treppen empor, ging zu seiner Wohnungstür und klopfte gebieterisch.

Sogleich antwortete die quietschende Stimme: »Wer ist da?«

»Goodwin. Ich war vorhin schon hier, mit den anderen. Der Hund ist fort. Machen Sie auf.«

Die Tür bewegte sich ein paar Millimeter nach innen, und dann etwas weiter. Jerome Aland war immer noch in seinem prächtigen Pyjama. »Was ist denn jetzt schon wieder los?« krähte er. »Ich brauche meinen Schlaf.«

Ich dachte nicht daran, mich zu entschuldigen. »Ich wollte Ihnen vorhin ein paar Fragen stellen, aber der Hund komplizierte die Sache. Ich werde Sie nicht lange aufhalten.« Da er nicht höflich genug war, mir Platz zu machen, mußte ich ihn beiseite schieben, als ich eintrat. »Wo können wir uns unterhalten?«

Er schlich an mir vorbei in sein Wohnzimmer – und in diesem Moment verstand ich Jewèl Jones' Abneigung gegen möblierte Wohnungen. Die Stühle waren unbequem, und der Rest nicht besser. Aland setzte sich auf die Kante seines Stuhles und sagte: »Also gut, was gibt's?«

Die Lage war etwas kitzlig für mich. Da er annahm, ich gehöre zur Mordkommission, durfte ich nicht zuviel, aber auch nicht zu wenig wissen. Es war riskant, Jewel Jones' Namen zu erwähnen, denn ich konnte nicht sicher sein, ob die Polizei schon bis zu ihr vorgedrungen war.

»Ich möchte nur ein paar Punkte nachprüfen«, meinte ich leichthin. »Können Sie mir sagen, wie lange es her ist, daß Richard

Meegan die Wohnung unter Ihnen gemietet hat?«

»Das habe ich Ihnen bereits ein dutzendmal vorgekaut!«

»Mir nicht. Ich sagte Ihnen ja, ich habe verschiedenes zu prüfen. Wie lange also?«

»Seit neun Tagen. Am Dienstag vor einer Woche zog er ein.«

»Wer wohnte vorher dort?«

»Niemand. Die Wohnung stand leer.«

»Leer? Schon seit Sie hier sind?«

»Nein. Ich habe doch erklärt, daß früher ein Mädchen dort wohnte, aber sie ist vor drei Monaten ausgezogen. Ihr Name ist Jewel Jones, und sie ist eine begabte Künstlerin. Sie war es, die mir die Stelle in dem Nachtlokal verschafft hat, wo ich jetzt arbeite.« Er mümmelte ärgerlich. »Ich weiß genau, was Sie wollen. Sie versuchen, mir einen Strick zu drehen, weil Sie hoffen, ich werde mich in meinen Aussagen verhaspeln. Und den Hund brachten Sie her, damit er mich anknurrt. Kann ich etwas dafür, daß ich Hunde nicht leiden mag?«

Mit allen zehn Fingern fuhr er sich durch das Haar, wie es sich für einen Artisten gehört. »Umkommen wie ein Hund mußte er, ja, so starb Phil – wie ein Hund! Ich möchte diesen Anblick nicht noch einmal erleben.«

»Sie sagten, daß Sie und er gute Freunde waren«, tastete ich mich vor.

Er hob ruckartig den Kopf. »Nein. Habe ich das gesagt?«

»Sie deuteten es wenigstens an. Waren Sie es denn nicht?«

»Ich habe überhaupt keine Freunde.«

»Sie erwähnten gerade, daß die frühere Mieterin der Wohnung im ersten Stock Ihnen eine Stellung verschafft hat. Das ist doch sehr freundschaftlich gehandelt. Oder schuldete sie Ihnen etwas?«

»Nicht die Spur. Wieso wollen Sie das Mädchen in die Sache hineinziehen?«

»Ich doch nicht! Sie sprachen von ihr. Ich erkundigte mich bloß nach dem früheren Mieter dieser Wohnung. Warum? Würden Sie sie lieber heraushalten?«

»Ich brauche sie nicht herauszuhalten – sie hat gar nichts damit zu tun.«

Ich zuckte die Achseln. »Na ja, vielleicht nicht. Kannte sie Philip Kampf?«

»Gewiß kannte sie ihn.«

»Wie gut?«

»Woher soll ich das denn wissen? Wenn Phil noch lebte, könnten Sie ihn fragen; ich bin nicht die richtige Person dazu.«

Ich lächelte ihn freundlich an. »Wissen Sie, Mr. Aland, diese ganze Geheimnistuerei macht mich bloß neugierig. Jemand aus diesem Haus hat Kampf umgebracht. Also stellen wir Fragen, und wenn wir merken, daß sich einer verkriecht, zerbrechen wir uns natürlich den Kopf, warum. Nun, Sie wollen über Kampf und das Mädchen nicht sprechen – überlegen Sie selbst, welche Schlüsse wir daraus ziehen können. Zum Beispiel wäre es denkbar, daß diese Jewel Jones zu Ihnen gehörte, und Kampf spannte sie Ihnen aus. Daraufhin brachten Sie ihn um, als er gestern ins Haus kam. Oder –«

»Sie hat nie zu mir gehört!«

»Macht nichts. Eine andere Möglichkeit: Sie fühlten sich ihr gegenüber tief verpflichtet, und Kampf hatte ihr einen schmutzigen Streich gespielt, vielleicht bedrohte er sie auch. Sie wollte ihn los sein, und Sie taten ihr den Gefallen. Natürlich könnte es auch einfach so sein, daß Kampf Sie selbst in der Zange hatte.«

Er hatte den Kopf zurückgeworfen, um mich von oben herab anzusehen. »Sie haben den falschen Beruf erwählt; als Romanschreiber wären Sie besser.«

Ich hielt mich nur noch wenige Minuten bei ihm auf, denn es war kaum anzunehmen, daß ich noch mehr aus ihm herausholen konnte. Da ich ihn im Glauben gelassen hatte, ich sei ein Polizeibeamter, durfte ich ihn natürlich nicht auffordern, mit mir zu Wolfe zu kommen. Außerdem hatte ich noch zwei weitere Besuche vor, und ich wollte nicht riskieren, daß inzwischen das eine oder andere meiner Opfer zu einem amtlichen Verhör zitiert würde. Eines war sicher: Jerome Aland versuchte nicht, den Verdacht auf einen anderen Mieter zu schieben, um sich selbst reinzuwaschen. Er erklärte, keine Ahnung zu haben, wer den armen Phil ermordet haben könnte, und aus welchem Grund. Als ich mich verabschiedete, stand er auf, aber er begleitete mich nicht zur Tür. Ich ging eine Treppe tiefer, klopfte bei Meegan an und wartete. Als ich eben meine Faust hob, um mich deutlicher bemerkbar zu machen, hörte ich Schritte kommen. Die Tür flog auf. Meegan war immer noch in Hemdsärmeln und ungekämmt.

»Was gibt's?«

»Noch ein paar Fragen«, erklärte ich fest, aber nicht übermäßig schroff. »Gestatten Sie?«

»Sie wissen verdammt gut, daß ich es nicht gestatte.«

»Klar. Mr. Talento wurde vorhin zum Staatsanwalt gerufen. Vielleicht kann ich Ihnen diesen Weg ersparen.«

Er trat beiseite, um mich einzulassen. Das Zimmer sah nicht viel anders aus als dasjenige von Aland; die Möbel waren zwar etwas neuer, aber keineswegs besser. Der Tisch wackelte – wahrscheinlich war es der, von dem Jewel Jones gehofft hatte, er sei für ihren Nachfolger repariert worden.

Wir setzten uns beide, und er blickte mich stirnrunzelnd an.

»Habe ich Sie nicht schon gesehen?« wollte er wissen.

»Gewiß; wir waren mit dem Hund hier.«

»Ich meine vorher. Waren nicht Sie das, gestern im Büro von Nero Wolfe?«

»Stimmt.«

»Wie kommt das?«

Ich hob meine Brauen. »Sie verwechseln die Situation, Mr. Meegan. Ich bin hier, um Fragen zu stellen, nicht um Fragen zu beantworten. Im übrigen hatte ich beruflich mit Wolfe zu tun; ich bin oft dort. Nun –«

»Wolfe ist ein arroganter Trottel«, knurrte mein Gegenüber.

»Vielleicht haben Sie recht; auf jeden Fall ist er wirklich arrogant. Jedenfalls, jetzt habe ich beruflich mit Ihnen zu tun.« Ich zog Notizblock und Bleistift hervor. »Sie sind vor neun Tagen hier eingezogen. Bitte, erzählen Sie mir genau, wie es dazu kam, daß Sie gerade diese Wohnung wählten.«

Er glotzte mich an. »Das habe ich schon oft genug erzählt.«

»Ich weiß, aber auf diese Weise müssen wir eben vorgehen. Ich denke nicht etwa, daß Ihre Aussagen sich widersprechen werden, aber vielleicht haben Sie doch die eine oder andere Kleinigkeit ausgelassen, die wichtig sein könnte. Nehmen Sie einfach an, ich wüßte von nichts. Fangen Sie an!«

»Ach du meine Güte«, stöhnte er und preßte die Lippen zusammen. Im Normalzustand mochte er ein recht gutaussehender Mann sein, mit seinem blonden Haar, den grauen Augen und dem schmalen, kantigen Gesicht. Aber die langen Nachtstunden beim Staatsanwalt und der Mordabteilung hatten ihre Zeichen hinterlassen. Die Augen waren rot und geschwollen.

Er hob den Kopf. »Ich bin Fotograf – in Pittsburg. Vor zwei Jahren habe ich ein Mädchen namens Margaret Ryan geheiratet. Nach sieben Monaten verließ sie mich wieder; ich wußte nicht, ob allein oder mit einem Kerl – sie war einfach fort, auch aus Pittsburg. Wenigstens konnte ich sie dort nicht ausfindig machen, und auch ihre Familie sah und hörte nichts mehr von ihr. Fünf Monate später, also vor einem Jahr, traf ich einen Geschäftsmann, den ich kenne und für den ich gelegentlich arbeite. Er sagte mir, er habe meine Frau in New York gesehen; sie war in irgendeinem Theater mit einem Mann. Er sprach sie an, aber sie behauptete, er müsse sich in der Person irren. Doch er war seiner Sache ganz sicher. Daher fuhr ich nach New York und suchte eine Woche lang vergeblich nach ihr. Die Polizei ließ ich aus dem Spiel, weil ich nichts mit ihr zu tun haben wollte. Ihnen wird dieser Grund nicht genügen, aber ich kann Ihnen keinen anderen angeben.«

»Ich werde das auslassen«, sagte ich. Mein Bleistift flog über das Papier.

»Vor vierzehn Tagen besuchte ich eine Gemäldeausstellung im Institut in Pittsburg. Dort hing ein großes Ölbild; es war betitelt: *Drei junge Stuten auf der Weide,* aber es stellte ein Interieur dar, ein Zimmer mit drei Frauen. Die eine lag auf einem Sofa, die beiden anderen kauerten auf einem Teppich am Boden. Alle drei aßen Äpfel – und die auf dem Sofa war meine Frau. Ich erkannte sie schon auf den ersten Blick ganz sicher, und nachdem ich das Bild länger studiert hatte, war ich noch sicherer. Es war absolut kein Zweifel möglich.«

»Das bestreiten wir nicht«, erklärte ich ihm. »Was taten Sie daraufhin?«

»Die Signatur des Malers sah aus wie Chapple, aber im Katalog fand ich den richtigen Namen: Ross Chaffee. Ich ging ins Büro des Instituts und erkundigte mich nach ihm. Die Sekretärin meinte, er wohne in New York; aber mehr wußte sie auch nicht. Ich hatte einige Aufträge in Arbeit, die erledigt werden mußten, und es vergingen ein paar Tage, dann kam ich wieder nach New York. Es war nicht schwer, Ross Chaffee ausfindig zu machen, denn er stand im Telefonbuch. Ich suchte ihn in seinem Atelier auf – hier im Haus. Zuerst sagte ich ihm, ich brauche ein Modell für eine besondere Aufnahme, und die Frau auf seinem Bild wäre genau das richtige. Als er mir aber kurzerhand erklärte, er schätze die

Fotografie als Kunstersatz gar nicht und habe daher keine Lust, Modelle dafür zu vermitteln, sagte ich ihm die Wahrheit. Von diesem Moment an benahm er sich ganz anders. Er zeigte Verständnis und versicherte mir, daß er mir sehr gern helfen würde, wenn er es könnte; aber er habe das Bild vor mehr als einem Jahr gemalt, und er verwende so viele verschiedene Modelle, daß er nicht mehr wisse, um welches es sich dabei handle.« Meegan hielt inne, und ich sah von meinem Notizblock auf. Streitsüchtig sagte er: »Ich möchte wiederholen, daß mir das von Anfang an unglaubwürdig vorkam.«

»Fahren Sie fort. Sie dürfen diese Tatsache ruhig wiederholen.«

»Ich sage es Ihnen, es war unglaubwürdig. Ein Fotograf mag Hunderte von Modellen in einem Jahr haben und sie auch wieder vergessen – aber nicht ein Maler. Und nicht bei einem solchen Gemälde. Ich deutete ihm das auch an, ich wurde sogar etwas taktlos, aber dann entschuldigte ich mich wieder. Er versprach mir, sich die Sache noch einmal zu überlegen, und schlug vor, ich solle ihn am nächsten Tag anrufen. Statt dessen ging ich wieder zu ihm, aber er behauptete, er könne sich beim besten Willen nicht erinnern, und er bezweifle, daß ihm der Name jemals wieder einfallen werde. Diesmal beherrschte ich mich besser. Ich hatte am Haus einen Anschlagzettel gesehen, daß hier eine möblierte Wohnung zu vermieten sei, und als ich Chaffee verließ, suchte ich den Hausmeister auf und ließ mich als Mieter eintragen. Ich ging ins Hotel zurück, um mein Gepäck zu holen, und dann zog ich hier ein. Ich wußte ganz genau, daß meine Frau zu dem Bild Modell gestanden hatte, und war überzeugt, sie durch Chaffee zu finden. Deshalb wünschte ich, in seiner Nähe zu sein und auch die Leute zu sehen, die ihn besuchen kamen.«

Auch ich hatte einen Wunsch, aber ich wagte nicht, ihn auszusprechen. Als Fotograf besaß Meegan sicherlich Bilder von seiner Frau, und die hätte ich nur zu gerne gesehen. Doch es lag auf der Hand, daß er diese Aufnahmen entweder bereits der Polizei ausgehändigt oder aber behauptet hatte, keine zu besitzen. Daher erkundigte ich mich bloß: »Und – haben Sie Fortschritte gemacht?«

»Nicht der Rede wert. Ich versuchte, mich mit Chaffee auf freundschaftlichen Fuß zu stellen, aber das gelang nicht so recht. Ich lernte auch die beiden anderen Mieter, Talento und

Aland, kennen, doch auch das half mir nicht weiter. Schließlich beschloß ich, mich fremder Hilfe zu bedienen, und suchte deshalb Nero Wolfe auf. Sie waren selbst dort, Sie wissen, was dabei herauskam – dieser dicke Trottel!«

Ich nickte. »Er hat die seelische Wassersucht. Was sollte er für Sie unternehmen?«

»Das habe ich Ihnen doch erzählt.«

»Tun Sie es nochmals.«

»Er sollte Chaffees Telefon anzapfen und seine Gespräche abhören. «

»Das ist ungesetzlich«, erklärte ich streng.

»Na schön; ich habe es ja auch nicht gesagt.«

Ich wandte ein Blatt in meinem Notizbuch um. »Gehen wir noch einmal zurück. Haben Sie während dieser neun Tage hier außer den übrigen Mietern noch andere Leute kennengelernt? Ich meine, von Chaffees Bekannten oder Freunden?«

»Nur die zwei, die ich schon erwähnte. Ein junges Mädchen, das ihm Modell stand – den Namen habe ich vergessen. Und ein Mann, von dem Chaffee sagte, er kaufe seine Bilder. Sein Name ist Braunstein.«

»Sie haben Philip Kampf nicht genannt.«

Meegan lehnte sich vor und schmetterte die Faust auf den Tisch. »Jawohl, und ich werde ihn auch weiterhin nicht nennen. Ich habe nie etwas von ihm gehört oder gesehen.«

»Was würden Sie dazu sagen, wenn ich erklärte, Sie seien mit ihm gesehen worden?«

»Sie sind ein dreckiger Lügner! Das würde ich dazu sagen.« Die entzündeten Augen schienen noch röter zu werden. »Ich habe weiß Gott schon genug Sorgen, ohne daß Sie jetzt ankommen und mich über einen Mord ausfragen – an einem Mann, den ich überhaupt nicht kannte! Und dann schleppen Sie noch einen Hund her und verlangen, ich soll ihn streicheln!«

»Das ist Ihr Pech, Mr. Meegan. Sie sind nicht der erste, der ungewollt in eine Mordaffäre hineinstolpert.« Ich schloß mein Notizbuch und steckte es ein. »Und es wäre besser für Sie, wenn Sie einen Weg aus Ihren Schwierigkeiten fänden, ohne fremde Telefone anzuzapfen.« Ich stand auf. »Bleiben Sie zu Hause, bitte. Es wäre denkbar, daß Sie doch noch vom Staatsanwalt verlangt werden.« Er begleitete mich zur Tür. Ich hätte gerne noch weitere

Einzelheiten über seine Erfolge beziehungsweise Mißerfolge mit Ross Chaffee gehört und auch über seine Verbindung mit den beiden anderen Mietern; aber es schien mir wichtiger, mit dem Maler selbst zu sprechen, ehe ich unterbrochen wurde. Während ich die Treppen hinaufstieg, warf ich einen Blick auf meine Uhr. Es war achtundzwanzig Minuten nach zehn.

»Ich weiß, es ist zwecklos, sich über diese ständigen Unterbrechungen meiner Arbeit zu beklagen – unter den besonderen Umständen«, meinte Ross Chaffee sehr liebenswürdig.

Das oberste Stockwerk glich den anderen in keiner Weise. Ich weiß nicht, wie die Wohnräume aussahen, das Atelier jedenfalls war groß und luftig, nicht so mies wie das übrige Haus. Große und kleine Skulpturen standen herum; auf einem langen Holzgestell lehnten Stapel aufgezogener Malerleinwand in allen Größen. Die Wände waren mit einfachem grauem Stoff bespannt, ohne irgendwelche Dekorationen. Auf zwei Staffeleien sah ich angefangene Gemälde, an denen der Künstler anscheinend gerade arbeitete. Zum Sitzen gab es einfache Stühle, zwei Polstersessel und einen riesigen, fast quadratischen Diwan, und nachdem ich mich in dem einen Sessel niedergelassen hatte, zog Chaffee einen der gewöhnlichen Stühle heran und setzte sich mir gegenüber.

»Ich möchte Sie nur bitten, es nicht unnötig in die Länge zu ziehen«, schloß er etwas lahm.

Das versprach ich ihm. »Es gibt da ein paar Punkte, die uns etwas stutzig machen«, sagte ich. »Natürlich kann es bloßer Zufall sein, daß Richard Meegan gerade jetzt nach New York kam, um seine Frau zu suchen, daß er hier mit Ihnen sprach und sich dann in dem Haus einmietete, in dem neun Tage später Kampf ermordet wurde. Aber solche Zufälle müssen eben genauer untersucht werden. Ehrlich gesagt, Mr. Chaffee, es gibt Leute – und ich gehöre auch dazu –, denen es nicht einleuchten will, daß Sie vergessen haben könnten, wer Ihnen zu einem bedeutenden Gemälde Modell saß. Ich kenne Ihre Erklärung dafür, aber sie ist wirklich schwer zu glauben.«

»Mein bester Freund«, lächelte Chaffee, »dann nehmen Sie also an, ich lüge?«

»Das habe ich nicht gesagt.«

»Aber Sie denken es.« Er zuckte die Achseln. »Warum, meinen

Sie, sollte ich lügen? Welche dunkle Absicht verfolge ich damit?«

»Ich wüßte es auch nicht. Sie sagten ja Meegan ausdrücklich, Sie seien bereit, ihm zu helfen.«

»Ja, das sagte ich wohl. Er war richtig lästig, die reine Klette.«

»Er hängte sich also sozusagen an Sie?«

»Ständig.«

»Haben Sie denn nichts unternommen, um ihn loszuwerden?«

»Ich habe bereits erklärt, was ich tat, und habe meine Aussage auch unterschrieben. Beizufügen wüßte ich nichts. Ich bemühte mich, mein Gedächtnis aufzufrischen. Einer Ihrer Kollegen meinte, ich hätte ja nach Pittsburg fahren und das Bild nochmals sehen können. Er wollte wohl besonders witzig sein.«

Ein Funke von Ärger glomm in seinen dunklen Augen auf, die so klar und frisch waren, als hätte er mindestens acht Stunden unbeschwert geschlafen. Aber das Zeichen warnte mich. Wenn ihm Zweifel daran kamen, ob ich seine Aussage gelesen hatte, dann könnte er vielleicht unliebsame Fragen stellen.

Ich blickte ihn ernsthaft an. »Diese Sache ist höchst peinlich für alle Beteiligten, Mr. Chaffee. Und sie wird immer schlimmer werden, bis wir den Mörder gefunden haben. In diesem Haus wohnen vier Männer, die sicher verschiedenes voneinander wissen – und sogar gewisse Dinge im Zusammenhang mit Philip Kampf, über die sie nicht sprechen wollen. Ich bin überzeugt, ein Mann wie Sie würde keinen Schmutz aufwühlen nur um des Vergnügens willen; aber bedenken Sie eines: jeder Schmutz, der mit dieser Angelegenheit zusammenhängt, kommt früher oder später doch ans Licht. Und wenn Sie etwas wissen und es für sich behalten, dann sind Sie törichter, als Sie aussehen.«

»Das war ja direkt ein Vortrag.« Er lächelte bereits wieder.

»Danke. Nun sind Sie an der Reihe.«

»Ich bin nicht so redegewandt wie Sie.« Er schüttelte den Kopf. »Nein, ich glaube wirklich nicht, daß ich Ihnen helfen könnte. Ich will nicht behaupten, daß mir Schmutz ein Fremdwort wäre, das wäre lächerlich. Aber in diesem Zusammenhang weiß ich tatsächlich nichts. Sie haben meine Meinung über Philip Kampf, den ich recht gut kannte. In gewisser Hinsicht war er bewundernswert, aber er besaß auch sein gerüttelt Maß an Fehlern. Ungefähr dasselbe würde ich von Talento sagen. Aland kenne ich nur flüchtig, und über Meegan weiß ich nicht mehr als Sie. Ich habe nicht die leiseste Ahnung, weshalb einer von ihnen Kampf hätte umbringen wollen. Wenn Sie erwarten –«

Das Telefon klingelte. Chaffee ging zu dem kleinen Tisch neben dem Diwan und hob den Hörer ab. Er sagte ein paarmal »Ja« in den Apparat, dann einige Worte und dann: »Aber einer Ihrer Leute ist gerade bei mir ... Ich weiß seinen Namen nicht, habe nicht danach gefragt ... Mag sein ... Gut, dann Leonhard Street 155 ... Ja, ich gehe in ein paar Minuten aus dem Haus.«

Er legte auf und wandte sich nach mir um. Aber ich war schneller als er. »Man zitiert Sie also zum Staatsanwalt. Erzählen Sie den Leuten nicht, daß ich es gesagt habe, aber man würde dort einen Mordfall lieber hängenlassen, bis die Hölle gefriert, als daß man zugäbe, daß die Polizeimannschaft ihn aufknackt. Wenn sie mein Name interessiert, wissen sie, wo er zu erfahren ist.«

Ich marschierte zur Tür, öffnete sie, und weg war ich. Immer noch stand kein Polizeiwagen vor dem Haus. Ich bog links in die Court Street ein, und nachdem ich die beiden Häuserblocks hinter mir hatte, war ich sehr erleichtert, mein Taxi am gleichen Ort zu finden – mit seinem Fahrgast, der auf dem Polster saß und aufmerksam die Umgebung betrachtete. Wenn der Chauffeur sich davongemacht und den Hund verschachert hätte, oder wenn Stebbins vorbeigekommen und sich als Straßenräuber betätigt hätte – nicht auszudenken! Ich hätte es nicht gewagt, nach Hause zurückzukehren. Burschi schien sehr zufrieden, mich wiederzusehen, wozu er auch allen Grund hatte. Während der Fahrt zur 35. Straße durfte ich als Stützpfeiler für seinen Rücken herhalten. Der Taxameter zeigte nur etwas über sechs Dollar an, aber ich ließ dem Fahrer die ganzen zehn Dollar, die ich ihm als Vorschuß gegeben hatte. Wenn Wolfe mich nur deshalb in einen Mordfall hetzte, weil er plötzlich in einen Hund vernarrt war, dann sollte es ihn auch etwas kosten.

Als ich die Bürotür aufmachte, beobachtete ich, daß Jett ohne die geringste Scheu oder Unsicherheit zu Wolfe hinübertrabte und sich neben seinem Sessel niederließ – ein klarer Beweis, daß sich Wolfe während meiner Abwesenheit am Vorabend an ihn herangemacht hatte, ihn wahrscheinlich gefüttert und möglicherweise sogar getätschelt hatte. Mir fielen verschiedene Bemerkungen dazu ein, aber ich unterließ sie lieber. Ich würde nachher noch genug Zeit und Worte verschwenden müssen, wenn ich Wolfe auseinandersetzte, daß ich ohne eigene Schuld die Rolle eines Polizeibeamten gespielt hatte und daß es nicht mein Fehler war, wenn mordverdächtige Subjekte mich für einen Polizisten hielten.

Wolfe stellte sein leeres Bierglas ab und fragte: »Nun?«

Ich erzählte. Die Lage erforderte einen genauen und eingehenden Bericht, und den lieferte ich, während Wolfe mit geschlossenen Augen in seinem Sessel lehnte. Als ich geendet hatte, stellte er keine Fragen. Statt dessen öffnete er die Augen, reckte sich und begann: »Rufen Sie –«

Ich unterbrach ihn rasch. »Augenblick, bitte! Nach einem Morgen anstrengender Arbeit möchte ich wenigstens die Genugtuung haben, den Vorschlag selbst auszusprechen. Ich habe längst daran gedacht. Wie heißt das Institut in Pittsburg, wo diese Gemäldeausstellungen durchgeführt werden?«

»Hm. Das ist ein Schuß ins Blaue.«

»Ich weiß, aber es kostet nur einen Dollar. Vorhin habe ich bereits einen Zehner für das Taxi gezahlt. Wie lautet der Name?«

»Pittsburger Kunstinstitut.«

Ich drehte mich auf meinem Stuhl herum, griff nach dem Telefon und verlangte die Verbindung. Das Kunstinstitut war sehr rasch am Apparat, aber dort schaltete man von einer Stelle zur andern, und es dauerte eine geschlagene Viertelstunde, bis ich die verlangte Auskunft hatte.

Ich legte den Hörer auf und wandte mich wieder Wolfe zu. »Die Ausstellung ist seit acht Tagen geschlossen«, erläuterte ich. »Dem Himmel sei Dank, daß ich nicht nach Pittsburg muß. Das Gemälde war von Mr. Hermann Braunstein in New York zur Verfügung gestellt worden. Man hat es ihm vor vier Tagen als Eilpaket wieder zugesandt. Die Adresse von Braunstein wollten sie mir nicht geben.«

»Das Telefonbuch.«

Ich hatte es bereits aufgeschlagen und blätterte darin. »Aha, hier wären wir ja: Geschäftsadresse Broadstreet, Wohnung Park Avenue. Es gibt nur einen einzigen Hermann Braunstein.«

»Rufen Sie ihn an.«

Ich schüttelte den Kopf. »Wer weiß, wann ich ihn erwische; das dauert vielleicht den ganzen Tag. Besser, ich gehe direkt zu seiner Wohnung. Das Bild wird sich wahrscheinlich dort befinden, und wenn ich es nicht zu sehen bekomme, können Sie mich entlassen.

Ich denke sowieso daran, meine Stelle aufzugeben.«

Er hatte natürlich Bedenken, weil die Idee von mir stammte, aber schließlich stimmte er zu. Nachdem ich mir die Sache überlegt hatte, holte ich die Kamera samt Zubehör aus dem Schrankfach unter den Bücherregalen, schlang den Lederriemen über die Schulter und erklärte Wolfe, ich ginge jetzt und käme nicht wieder, bis ich das Gemälde gesehen hätte. Vor dem Weggehen rief ich noch bei Talento an, um ihm zu sagen, er brauche sich mit seinem Besuch bei Wolfe nicht zu beeilen, aber er nahm nicht ab. Entweder saß er immer noch beim Staatsanwalt fest, oder er war eben unterwegs zu uns, und das schadete auch nichts, denn während meiner Abwesenheit war ja Jett da, um Wolfe zu beschützen.

Ein Taxi brachte mich zu einem der palastartigen Bienenstöcke in der Park Avenue, und ich versuchte am Pförtner vorbeizukommen, ohne ihm einen Blick zu schenken. Der Trick mißglückte, denn er rief mich an. Ich erklärte geschäftsmäßig, »Braunstein, Aufnahmen machen, ich bin schon spät«, und setzte ungeschoren meinen Weg fort bis in den Fahrstuhl, der zum Glück mit offener Tür unten stand. Beim Eintreten sagte ich kurz: »Braunstein bitte«, worauf der Fahrstuhlführer die Tür schloß und auf einen Knopf drückte. Im zwölften Stock hielten wir an, und ich stieg aus. Rechts war eine Tür und links auch eine. Ich ging aufs Geratewohl nach rechts, bei jedem Schritt gewärtig, von dem Fahrstuhlmann berichtigt zu werden, der müßig vor seinem Kasten stehenblieb. Das Ganze erwies sich als kindisch einfach. Auf mein Klingeln öffnete mir ein weiblicher Dragoner mit Häubchen und Schürze, und als ich erzählte, ich sei gekommen, um eine Aufnahme zu machen, durfte ich eintreten und warten. Nach einigen Minuten kam eine elegante, weißhaarige Dame durch eine hohe Tür geschritten und fragte mich nach meinen Wünschen. Ich bat um Verzeihung, falls ich störte, und sagte, ich wäre sehr dankbar, wenn sie mir gestatten würde, eine Aufnahme von einem Gemälde zu machen, das als Leihgabe von Mr. Braunstein kürzlich im Pittsburger Kunstinstitut ausgestellt gewesen sei. Es trüge die Bezeichnung *Drei junge Stuten auf der Weide*. Ein Pittsburger Kunde von mir hätte das Bild gesehen und es sehr bewundert. Aber als er zurückkam und für seine Sammlung eine Aufnahme davon machen wollte, sei es bereits zu spät gewesen.

Die Dame verlangte ein paar Angaben, wie meinen Namen, meine Adresse und den Namen meines Kunden, die ich ihr gern aus dem Gedächtnis hersagte, und dann geleitete sie mich in einen Raum, in dem unser ganzes Haus gut und leicht Platz gehabt hätte. Es wäre ein Vergnügen gewesen, und auch sehr lehrreich, die Teppiche, die Möbel und andere Sehenswürdigkeiten, besonders das Dutzend Bilder an den Wänden, näher zu betrachten, aber dazu blieb mir keine Zeit. Die Dame lotste mich quer durch den ganzen Saal, deutete dort auf die Wand und bemerkte: »Das ist es.« Dann ließ sie sich in einen Sessel sinken.

Es war ein feines Bild. Ich hatte halbwegs erwartet, die jungen Stuten würden keine Kleider tragen, aber sie waren vollständig angezogen. Nach ein paar passenden Bemerkungen machte ich mich mit Kamera und Blitzlicht an die Arbeit. Die Dame blieb sitzen und sah mir zu. Ich machte vier Aufnahmen von verschiedenen Gesichtswinkeln aus und hoffte, dabei recht professionell zu wirken. Schließlich packte ich meine Sachen wieder ein, bedankte mich herzlich im Namen meines Kunden, versprach, ein paar Abzüge zu senden, und verabschiedete mich. Das war meine ganze Leistung.

Wieder auf der Straße, suchte ich eine Telefonzelle und wählte unsere Nummer.

Wolfes Stimme bellte: »Ja? Wen wünschen Sie?«

Ich habe ihm mindestens hundertmal gesagt, daß sei keine Art, einen Anruf zu beantworten; aber er ist viel zu dickköpfig, um sich zu ändern.

»Ich wünsche Sie, Mr. Wolfe. Ich habe das Bild gesehen, und ich hätte nie gedacht, daß dieser Ross Chaffee so etwas fertigbrächte. Es hat Farbe und Leben, das Blut scheint unter der warmen Haut zu pulsieren. Die Schatten sind transparent, in einem harmonisch —«

»Halten Sie den Mund! Ja oder nein?«

»Ja. Sie haben Mrs. Meegan bereits kennengelernt. Möchten Sie noch einmal mit ihr sprechen?«

»Bringen Sie sie her!«

Ich brauchte nicht im Telefonbuch nach der Adresse zu suchen, denn das hatte ich bereits getan. Ich verließ die Zelle und winkte mir ein Taxi heran.

Bei dem Haus in der 49. Straße gab es keine Probleme mit

Türhütern. Das alte Backsteingebäude war hellgelb gestrichen, modernisiert und vor allem mit einem Selbstbedienungsaufzug ausgestattet, was ich freilich nicht wußte, bis ich davor stand. Und dorthin zu gelangen war nicht ganz leicht. Es bot natürlich keine Schwierigkeiten, den Knopf unter dem Schildchen Jewel Jones zu drücken und den Hörer des Haustelefons ans Ohr zu nehmen, aber dann wurde die Sache komplizierter.

Eine Stimme ertönte: »Ja?«

»Sind Sie es, Miss Jones?«

»Ja. Wer ist da?«

»Archie Goodwin. Ich möchte Sie sprechen – diesmal keine Nachricht von Victor Talento.«

»Was wollen Sie denn?«

»Lassen Sie mich ein, dann werden Sie es gleich hören.«

»Nein. Um was handelt es sich?«

»Eine sehr persönliche Angelegenheit. Aber wenn Sie nicht mit mir reden wollen, werde ich Richard Meegan herholen, und Sie unterhalten sich vielleicht mit ihm.«

Ich hörte, wie sie nach Luft schnappte, und erst nach einer Pause kam ihre Stimme wieder. »Was soll das? Ich habe Ihnen doch gesagt, daß ich keinen Meegan kenne.«

»Sie wissen das Neueste noch nicht. Ich habe soeben ein Bild gesehen, das *Drei junge Stuten auf der Weide* heißt. Machen Sie auf.«

Kleine Pause, dann wurde die Verbindung unterbrochen. Ich hängte den Hörer an seinen Platz, wartete auf den Summton und drückte die Haustür auf. Mit besagtem Aufzug fuhr ich zum fünften Stock, und dort wartete bereits Miss Jones in einem blauen Hauskleid auf der Schwelle ihrer offenen Wohnungstür. Sie öffnete den Mund, um etwas zu sagen, aber ich unterbrach sie schroff.

»Es hat keinen Sinn, lange Geschichten zu machen«, erklärte ich. »Letzte Nacht ließ ich Ihnen die Wahl zwischen Sergeant Stebbins und Mr. Wolfe; heute heißt es: entweder Mr. Wolfe oder Meegan. Ich nehme an, Sie werden Mr. Wolfe vorziehen, denn er ist ein Mensch, der alles versteht, wie Sie gestern selbst betonten. Ich warte hier, bis Sie sich umgezogen haben, aber versuchen Sie nicht, mit jemandem zu telefonieren, denn Sie wissen ja gar nicht, woran Sie sind, ehe Sie mit Mr. Wolfe gesprochen haben. Im übrigen werden wahrscheinlich alle Telefongespräche mit der Arbor Street 29 abgehört. Ziehen Sie kein rotes Kleid an, Mr. Wolfe mag diese Farbe nicht; aber gelb hat er gern.«

Sie trat ganz nahe an mich heran und legte mir eine Hand auf den Arm. »Archie, wo haben Sie das Bild gesehen?«

»Das erzähle ich Ihnen unterwegs. Los, machen Sie sich fertig.«

Sie drückte meinen Arm liebevoll. »Sie brauchen nicht hier draußen zu warten. Kommen Sie herein und setzen Sie sich.« Ein neuerlicher sanfter Druck. »Kommen Sie!«

Ich tätschelte ihre Hand, um nicht ungeschliffen zu scheinen. »Es tut mir leid«, sagte ich, »aber ich habe Angst vor jungen Stuten. Ich bin einmal von einer gebissen worden.«

»Nennen Sie mich nicht Mrs. Meegan!« schrie Jewel Jones.

Wolfes Laune war nicht besser als ihre. Sie war allerdings hoffnungslos in die Enge getrieben und sah keinen Ausweg, aber dafür hatte Wolfe sein Mittagessen auf einen unbestimmten Zeitpunkt verschieben müssen.

»Ich wollte nur klarstellen, daß Ihre Identität keinem Zweifel unterliegt«, sagte er mürrisch. »Rechtlich sind Sie Mrs. Meegan. Und nachdem wir dies festgestellt haben, bin ich bereit, Sie mit jedem beliebigen Namen anzusprechen. Miss Jones, zum Beispiel?«

»Ja.« Sie saß auf der äußersten Kante des roten Ledersessels und sah aus, als wollte sie jede Sekunde aufspringen und davonrennen.

»Schön.« Wolfe betrachtete sie. »Sie können sich vorstellen, Madam, daß wir jedes Wort von Ihnen sehr skeptisch aufnehmen werden. Sie sind eine hervorragende Lügnerin. Ihre nebensächliche Behauptung gestern, daß Sie keinen Mr. Meegan kennen, war ein Meisterstück. Nun weiter. Wann hat Ihnen Mr. Chaffee erzählt, Ihr Mann sei in New York und suche nach Ihnen?«

»Ich habe nicht gesagt, daß Mr. Chaffee mir das erzählte.«

»Jemand hat es aber getan. Wer und wann?«

»Woher wollen Sie wissen, daß ich es erfahren habe?«

Er fuchtelte mit dem Zeigefinger. »Vergessen Sie bitte nicht, Miss Jones, in welcher Situation Sie sich befinden. Kein Mensch wird jemals glauben, daß Mr. Chaffee den Namen seines Modells zu diesem Bild vergessen hat. Selbst die Polizei glaubt nicht daran, und die weiß noch gar nichts von Ihnen und davon, daß Sie ein Jahr lang in diesem Haus wohnten und Mr. Chaffee immer noch gelegentlich sehen. Und wenn Ihr Ehemann herkam und Mr. Chaffee nach dem Namen seines Modells fragte, und Mr. Chaffee ein schlechtes Namensgedächtnis vorschützte und Ihr Mann dort eine Wohnung mietete, was hieß, daß er zu bleiben gedachte – so ist es lächerlich, mir weiszumachen, daß Mr. Chaffee Ihnen nichts gesagt hat. Ich beneide Sie nicht um die Scherereien, die Sie mit der Polizei haben werden, wenn man dort erst von Ihnen erfährt.«

»Die Polizei muß ja nicht von mir erfahren, nicht wahr?«

»Pfui! Ich bin erstaunt, daß man Sie nicht schon geholt hat; obwohl erst achtzehn Stunden vergangen sind. Aber Sie werden das sehr bald erleben. Ich weiß, es ist kein Vergnügen für Sie, mir hier Rede und Antwort zu stehen, aber es wird Ihnen so vorkommen, sobald Sie es mit der Polizei zu tun kriegen.«

Sie überlegte. Dann blickte sie Wolfe direkt in die Augen. »Wissen Sie, was das beste wäre?« sagte sie. »Seltsam, daß ich nicht schon längst daran gedacht habe. Sie sind doch ein Detektiv, Sie helfen Leuten, die in Schwierigkeiten sind – und ich bin ganz bestimmt in einer schwierigen Lage. Ich zahle Ihnen ein gutes Honorar, und Sie helfen mir. Eine Anzahlung könnte ich Ihnen jetzt gleich geben und den Rest später bringen.«

»Weder jetzt noch später, Miss Jones.« Wolfe war sehr kurz angebunden. »Wann hat Ihnen Mr. Chaffee erzählt, daß Ihr Mann aufgetaucht ist und nach Ihnen forscht?«

»Sie wollen mir gar nicht zuhören«, beklagte sie sich.

»Reden Sie vernünftig, und ich werde es tun. Wann?«

Sie rutschte etwas tiefer in den Sessel. »Sie kennen meinen Mann nicht. Er war schon vor unserer Heirat eifersüchtig, und nachher wurde es noch viel schlimmer. Damit quälte er mich so, daß ich es nicht mehr aushielt und ihn verließ. Ich wußte, wenn ich in Pittsburg bliebe, würde er mich finden und umbringen. Deshalb kam ich nach New York. Ein Freund von mir lebte hier – wirklich nur ein Freund. Ich erhielt Arbeit bei einer Modellagentur und verdiente genug, um davon leben zu können. Außerdem lernte ich viele Menschen kennen. Ross Chaffee war einer davon; er wollte mich als Modell für ein Bild haben, und ich war einverstanden. Natürlich bezahlte er mich dafür, aber das war mir nicht so wichtig, denn zur gleichen Zeit lernte ich Phil Kampf kennen, und er verschaffte mir eine Stelle in einem Nachtlokal. Bald darauf hatte ich einen Schreck: Ein Mann aus Pittsburg sah mich im Theater und sprach mich als Mrs. Meegan an. Ich sagte ihm, er irre sich, ich sei noch nie in Pittsburg gewesen.«

»Das war vor einem Jahr«, murmelte Wolfe.

»Ja. Eine Weile war mir nicht ganz wohl in diesem Nachtlokal, weil so viele Menschen mich dort sahen, aber Monate vergingen, und nichts geschah. Und dann auf einmal dieser Schock. Ross Chaffee rief mich an und erzählte mir, mein Mann sei dagewesen und habe sich nach mir erkundigt; ich flehte ihn an, um Gottes willen nichts von mir verlauten zu lassen, und er versprach es mir. Sie kennen meinen Mann nicht! Ich wußte genau, daß er mich nur suchte, um mich umzubringen.«

»Das haben Sie jetzt bereits zweimal behauptet. Hat er denn schon irgend jemand umgebracht?«

»Ich sprach nicht von irgend jemand, ich sprach doch nur von mir, nicht wahr? Ich scheine auf Männer zu wirken, sie fliegen auf mich, ich kann gar nichts dagegen tun. Und Richard – oh, ich kenne ihn! Vor eineinhalb Jahren habe ich ihn verlassen, und er sucht mich immer noch. Das ist ganz seine Art. Als mir Ross berichtete, er sei hier, da war ich zu Tode erschrocken. Ich unterbrach sofort meine Arbeit in dem Nachtlokal, denn dort hätte er mich leicht einmal zufällig sehen können. Außer gestern abend habe ich meine Wohnung kaum mehr verlassen.«

»Gestern, ja, um Mr. Talento zu treffen«, nickte Wolfe. »Und was war der Grund dafür?«

»Das habe ich Ihnen bereits erklärt, Mr. Wolfe.«

»Allerdings, aber da waren Sie bloß Miss Jones – jetzt sind Sie außerdem auch Mrs. Meegan. Was war also der Grund?«

»Das ändert doch nicht das geringste. Ich hatte im Radio von Phils Ermordung gehört und wollte Näheres darüber wissen. Zuerst rief ich bei Ross Chaffee und bei Jerry Aland an, aber bei beiden bekam ich keine Antwort, und so versuchte ich es bei Vic Talento. Er wollte mir am Telefon nichts sagen, sondern schlug vor, daß wir uns treffen.«

»Wußten Mr. Aland und Mr. Talento über dieses Gemälde etwas?«

»Selbstverständlich.«

»Auch darüber, daß Mr. Meegan es gesehen und Sie erkannt hatte und daß er Sie jetzt in New York suchte?«

»Sie wußten alles. Ross mußte es ihnen sagen, denn es wäre ja möglich gewesen, daß Richard sich bei ihnen nach dem Modell für dieses Bild erkundigt hätte. Beide haben versprochen, kein Wort darüber verlauten zu lassen. Es sind alles gute Freunde von mir.«

Sie hielt inne und fingerte an ihrer Handtasche herum, die sie auf dem Schoß hatte. Dann warf sie einen Blick in ihre Börse, um gleich darauf ihre Augen zu Wolfe aufzuschlagen. »Ich kann Ihnen jetzt vierzig Dollar geben, nur als Anfang. Ich bin nicht knapp an Geld, ich habe nur Angst um mein Leben. Wirklich, ich fürchte mich ... Sie hören mir ja nicht zu!«

Damit hatte sie recht. Mit gespitzten Lippen betrachtete er seinen Zeigefinger, der kleine Kreise auf der Schreibtischplatte zog. Auf ihren Vorwurf reagierte er gar nicht, doch nach einiger Zeit hob er den Kopf und sagte zu mir: »Holen Sie Mr. Chaffee ans Telefon.«

»Nein!« schrie sie. »Er soll nicht wissen –«

»Unsinn«, fuhr Wolfe sie an. »Bald wird jedermann Bescheid über alles wissen, also warum die Sache länger hinausziehen? Los, Archie, ich will mit ihm sprechen.«

Ich zog den Apparat heran und wählte die Nummer. Allerdings zweifelte ich daran, daß er von einer Sitzung mit dem Staatsanwalt schon zurück war, aber sein »Hallo!« gab mir rasch darüber Gewißheit. Ich verstellte meine Stimme, damit er sie nicht erkennen konnte, denn mir lag nichts an einer Debatte mit ihm, ob und warum ich mich als Polizeibeamter ausgegeben habe. Ich sagte nur kurz, Mr. Wolfe wünsche ihn zu sprechen.

Wolfe hob seinen Hörer ab. »Mr. Chaffee? Hier ist Nero Wolfe. Ich bin an der Aufklärung des Mordes an Philip Kampf interessiert und habe verschiedene Nachforschungen angestellt ... Einen Moment, bitte, legen Sie nicht auf. Neben mir im Büro sitzt Mrs. Meegan alias Miss Jewel Jones ... Lassen Sie mich bitte ausreden ... Ich muß die Dame natürlich zurückhalten und die Polizei informieren, denn sie wird als Hauptzeugin in einem Mordverfahren benötigt werden. Aber bevor ich das tue, möchte ich eine persönliche Besprechung mit Ihnen und den anderen Hausbewohnern durchführen. Wollen Sie dafür sorgen, daß alle so rasch wie möglich zu mir kommen? ... Nein, ich will am Telefon nicht deutlicher werden. Falls Mr. Meegan Schwierigkeiten macht, sagen Sie ihm nur, seine Frau sei hier. Ich erwarte –«

Sie war mit einem Sprung bei ihm, der wirklich einer jungen Stute alle Ehre gemacht hätte, und riß ihm den Hörer aus der Hand. »Nein, Ross, sag ihm nichts! Laß ihn nicht herkommen! Sie –«

Mein eigener Sprung war auch ganz ordentlich. Ich sauste um Wolfes Schreibtisch herum, packte sie an den Schultern und riß sie zurück – mit einer solchen Energie, daß ich im roten Ledersessel landete und sie auf meinem Schoß sitzen hatte. Da sie noch keineswegs fertig war, schlang ich meine Arme um sie und hielt sie fest, worauf sie meine Schienbeine mit ihren Absätzen zu bearbeiten begann. Das tat sie so lange, bis Wolfe sein Gespräch mit Chaffee beendet hatte. Als er den Hörer niederlegte, fiel sie plötzlich zusammen und wurde ein weiches, warmes Bündel in meinen Armen.

Wolfe maß uns mit finsterem Gesicht. »Ein rührender Anblick«, schnaubte er.

Die Situation bot verschiedene Probleme. Das erste betraf das Mittagessen. Für Wolfe war es undenkbar, während des Essens Besuch im Haus zu haben, ohne diesen zum Mithalten aufzufordern; aber er setzte sich bestimmt nicht mit einer Frauensperson an den Tisch, die gerade auf ihn losgegangen war. Hier war die Lösung einfach. Jewel Jones und ich wurden im Eßzimmer bedient, und Wolfe speiste mit Fritz in der Küche. Meine Tischgenossin zeigte wenig Interesse für das Essen, dagegen ließ sie die Tür zum Flur kaum aus den Augen und lauschte auf jedes Geräusch, obwohl ich ihr mehrmals versicherte, es würde dafür gesorgt werden, daß ihr Mann sie nicht in unserem Haus um die Ecke brächte.

Das zweite Problem stellte sich mir von drei Bewohnern der Arbor Street, sobald sie erkannten, wer ich war. Diese Sache erledigte ich allein. Als es um Viertel nach zwei klingelte und ich die Tür öffnete, sagte ich ihnen, es werde mir ein Vergnügen sein, meine gespaltene Persönlichkeit zu erklären – aber erst später, sofern sie dann noch Wert darauf legten. Zuerst jedoch müsse ich sie zu Wolfe führen. Victor Talento wollte bösartig werden und behauptete, ich hätte ihn verraten und betrogen, als er mir die Botschaft an Miss Jones anvertraute. Er forderte eine private Unterredung mit Mr. Wolfe, aber ich erklärte ihm schlicht, er solle mir den Buckel runterrutschen.

Das dritte Problem war etwas schwerer zu handhaben. Nach

Miss Jones' Theorie wollte ihr Mann sie umbringen, sobald er ihrer ansichtig würde – mochte das stimmen oder nicht. Auf jeden Fall aber bestand die Möglichkeit, daß derjenige, der Kampf ermordet hatte, gewalttätig werden würde, wenn Wolfe ihn in die Enge trieb. Dagegen gab es ein gutes Mittel: Ich zeigte den vier Männern meinen Revolver und sagte ihnen, er sei geladen; dann beharrte ich darauf, sie von den Schultern bis zu den Knöcheln abzutasten, um sicher zu sein, daß keiner eine Waffe bei sich trug. Miss Jones ließ ich im Eßzimmer warten, bis alle im Büro Platz genommen hatten und Wolfe aus der Küche erschienen war. Als er sich hinter seinen Schreibtisch gesetzt hatte, holte ich die junge Frau herein. Meegan fuhr auf und wollte sich auf uns stürzen. Ich stieß ihn mit der vorgereckten Faust zurück und machte es so gründlich, daß ihm das Näherkommen verging. Jewel Jones hatte sich hinter mich geflüchtet. Talento und Aland standen sofort auf; sie fühlten sich wohl als Beschützer der jungen Stute. Meegan schrie etwas, und sie redeten auf ihn ein. Hinter der Gruppe her zog ich das Mädchen neben meinen Schreibtisch und schob ihr einen Stuhl zurecht. Ich setzte mich so, daß ich jedem, der zu ihr wollte, ein Bein stellen konnte. Talento und Aland hatten Meegan zwischen sich auf einen Stuhl genommen, und jetzt saß er dort und starrte seine Frau an.

»Wenn dieser Lärm endlich vorbei ist, möchte ich mich vergewissern, ob ich die Namen richtig gehört habe«, bemerkte Wolfe. Seine Augen streiften von links nach rechts. »Talento, Meegan, Aland, Chaffee. Stimmt das?«

Ich bestätigte es.

»Dann will ich beginnen.« Er warf einen Blick auf die Wanduhr. »Vor zwanzig Stunden wurde Philip Kampf in dem Haus ermordet, in dem die Herren wohnen. Alle Anzeichen deuten darauf hin, daß einer von Ihnen ihn getötet hat. Aber ich will nicht alle Einzelheiten nochmal wiederholen, die Sie schon des langen und breiten von den Herren der Mordkommission gehört haben. Ich bin nicht beauftragt worden, diesen Fall zu bearbeiten; mein einziger Klient ist ein Hund, der ganz gegen meinen Willen hierherkam. Immerhin, es –«

Die Türklingel ertönte. Ich fragte mich eine Sekunde, ob ich die Kette vorgelegt hatte, aber ich war meiner Sache sicher. Durch die offene Tür sah ich Fritz zum Eingang gehen. Wolfe wollte eben weiterreden, doch das Geräusch von Stimmen draußen störte ihn: die Stimme von Fritz und eine andere. Wolfe schloß die Augen und kniff die Lippen zusammen. Die ganze Gesellschaft saß stumm da und schaute ihn an.

Dann erschien Fritz und kündigte an: »Inspektor Cramer, Sir.« Wolfes Augen öffneten sich. »Was will er?«

»Ich sagte ihm, Sie seien beschäftigt. Er erklärte, das wüßte er; ein Polizist sei den Herren bis hier gefolgt und habe ihn benachrichtigt. Er habe erwartet, daß Sie einen Trick mit dem Hund versuchten, und er wisse genau, was Sie jetzt vorhätten, aber er wünsche dabeizusein. Sergeant Stebbins ist mit ihm gekommen.«

Wolfe knurrte. »Archie, sagen Sie ihm ... Nein, Sie bleiben lieber hier. Fritz, bringen Sie ihm bei, er dürfe hereinkommen, vorausgesetzt, daß er mir dreißig Minuten Zeit läßt, ohne sich einzumischen. Wenn er damit einverstanden ist, können Sie ihn hereinbringen.«

»Halt!« Ross Chaffee war aufgesprungen. »Sie versprachen mir, die Sache mit uns zu besprechen, ehe Sie der Polizei Mitteilung machen.«

»Ich habe der Polizei keine Mitteilung gemacht. Sie sind von selbst gekommen.«

»Sie haben sie herbestellt!«

»Nein. Ich hätte die Unterredung viel lieber allein mit Ihnen allen geführt, aber nachdem die Herren jetzt da sind, können sie ebensogut zuhören. Sagen Sie ihnen meine Bedingung, Fritz.«

»Jawohl, Sir.«

Fritz verschwand. Chaffee wollte noch mehr äußern, besann sich aber und setzte sich wieder. Talento flüsterte ihm etwas zu, und er schüttelte den Kopf. Jerry Aland, der gekämmt und angezogen bedeutend besser aussah, hielt seine Augen fest auf Wolfe gerichtet. Für Meegan war offensichtlich kein anderer Mensch im Zimmer als seine Frau.

Cramer und Stebbins marschierten herein, blieben nahe bei der Tür stehen und betrachteten die ganze Runde.

»Setzen Sie sich«, lud Wolfe sie ein. »Ihr Stammplatz ist frei, Mr. Cramer, wie Sie sehen.«

»Wo ist der Hund?« bellte Cramer.

»In der Küche. Und Sie sollten am besten Ihre vorgefaßte Meinung aufgeben. Wir verstehen uns doch richtig: Sie haben zugestimmt, eine halbe Stunde nichts anderes zu sein als ein stummer Zuschauer?«

»Ja, das habe ich gesagt.«

»Dann setzen Sie sich bitte. Immerhin will ich Ihnen eine kurze Aufklärung geben. Die Herren sind Ihnen ja bekannt, nicht aber die Dame. Ihr landläufiger Name ist Jewel Jones, der rechtliche lautet Mrs. Meegan.«

»Meegan?« Cramer starrte Wolfe an. »Das Modell aus Chaffees Gemälde? Meegans Frau?«

»Ganz richtig. Wollen Sie jetzt Platz nehmen?«

»Wo haben Sie die Frau aufgegabelt?«

»Das hat Zeit. Bitte jetzt keine Unterbrechungen und keine Fragen mehr. Verdammt noch mal, setzen Sie sich!«

Cramer ging zum roten Ledersessel und ließ sich hineinfallen. Purley Stebbins zog einen der gelben Stühle heran und setzte sich hinter die anderen, zwischen Chaffee und Aland.

Wolfe betrachtete das Quartett. »Ich war eben im Begriff, Ihnen zu erklären, daß etwas, was der Hund tat, mich auf die Spur des Mörders brachte. Doch vorher –«

»Was tat denn der Hund?« fuhr Cramer dazwischen.

»Das wissen Sie so genau wie ich«, bemerkte Wolfe kühl. »Mr. Goodwin hat Ihnen alles geschildert, nicht anders als mir. Wenn Sie mich noch einmal unterbrechen, können Sie die ganze Gesellschaft ins Präsidium mitnehmen und versuchen, die Sache selbst auszukochen. Nur der Hund bleibt hier.«

Er wandte sich wieder den vier Männern zu. »Zuerst also möchte ich noch zwei Dinge klarstellen. Über Ihren Schwindel Mr. Meegan gegenüber brauche ich mich nicht zu äußern. Sie alle waren mehr oder weniger intim mit Miss Jones befreundet und wollten Sie nicht einem Ehemann preisgeben, den sie verlassen hatte und vor dem sie sich fürchtete. Ich will sogar zugeben, daß Ihr Benehmen von einer Art Ritterlichkeit diktiert wurde. Als jedoch Mr. Kampf ermordet wurde und die Polizei auf dem Platz erschien, war es einfach idiotisch, sie aus der Sache heraushalten zu wollen. Mit tödlicher Sicherheit hätte die Polizei sie ausfindig gemacht. Ich geriet nur etwas früher auf ihre Spur, dank Mr. Goodwins bewundernswertem Eifer und seinem üblichen Glück.«

Er schüttelte verächtlich den Kopf. »Genauso dumm war es von

Ihnen, ohne weiteres anzunehmen, Mr. Goodwin sei ein Polizeibeamter, bloß weil er dem mißlungenen Experiment mit dem Hund beigewohnt hatte. Sie hätten natürlich seinen Ausweis verlangen müssen, denn keiner von Ihnen kannte ihn wirklich – mit Ausnahme von Mr. Talento, der aber nicht anwesend war. Selbst Mr. Meegan, der ihn doch bei mir gesehen hatte, erkundigte sich nicht näher. Ich erwähne das nur, um einer eventuellen Beschwerde zuvorzukommen, Mr. Goodwin habe sich als Polizeibeamter ausgegeben. Sie wissen genau, daß er das nicht tat; er widersprach einfach Ihrer Annahme nicht.«

Er rutschte in seinem Sessel herum. »Nun etwas anderes. Gestern vormittag kam Mr. Meegan zu mir und wollte, daß ich eine Aufgabe für ihn übernehme. Schon seine ersten Worte machten mir klar, daß es sich um eine eheliche Angelegenheit handelte, und da ich mich mit derartigen Dingen prinzipiell nicht befasse, fertigte ich ihn ziemlich kurz ab. Er stürmte zornig hinaus, riß Hut und Regenmantel vom Haken und verschwand. Dabei hat er Mr. Goodwins Mantel erwischt statt seinen eigenen. Am späten Nachmittag ging Mr. Goodwin mit dem zurückgebliebenen Mantel in die Arbor Street, um ihn auszutauschen. Er traf vor dem Haus Nummer 29 zwei Polizeiautos an, einen Polizisten, eine Ansammlung von Leuten und einen Hund. Er entschloß sich, sein Vorhaben zu verschieben und nach Hause zurückzukehren. Im Vorbeigehen blieb er einen Moment stehen und streichelte den Hund. Erst als er sich etwa anderthalb Kilometer entfernt hatte, entdeckte er, daß ihm der Hund folgte. Er stieg in ein Taxi und brachte ihn hierher.«

Wolfe legte seine dicke Hand flach auf den Schreibtisch. »Weiter. Weshalb folgte der Hund Mr. Goodwin durch das ganze Verkehrsgewühl der Stadt? Mr. Cramers Ansicht, der Hund sei von ihm mitgelockt worden, ist blanker Unsinn. Mr. Goodwin dagegen bildete sich – wie viele Männer – ein, er besitze eine unwiderstehliche Anziehungskraft sowohl auf Hunde wie auf Frauen, und da spielt ihm seine Eitelkeit einen Streich, denn sonst wäre er auf die gleiche Lösung gekommen wie ich. Der Hund folgte nicht ihm, sondern dem Mantel. Jetzt fragen Sie sich natürlich, wie Mr. Kampfs Hund dazu kam, dem Mantel von Mr. Meegan nachzulaufen. Nun, das gleiche fragte ich mich auch, und ich fand keine Erklärung dafür. Da es sich aber unzweifelhaft um Mr. Kampfs Hund handelte, konnte eben logischerweise der Regenmantel nicht Mr. Meegan gehören. Die einzig mögliche Schlußfolgerung daraus war, daß der Mantel Mr. Kampfs Eigentum sein mußte.«

Sein Blick heftete sich fest auf den Ehemann von Jewel Jones. »Mr. Meegan. Vor etwa zwei Stunden erzählte mir Mr. Goodwin, daß Sie behaupten, Mr. Kampf nie gekannt oder gesehen zu haben. Das war sehr aufschlußreich. Doch ehe ich nach Ihnen sandte, mußte ich mich zuerst vergewissern, ob die Frau, die Mr. Chaffee zu seinem Gemälde Modell gestanden hatte, tatsächlich Ihre Ehefrau war. Jetzt frage ich Sie direkt: Sind Sie jemals mit Mr. Kampf zusammengetroffen, als er noch lebte?«

Meegan gab den Blick fest zurück. »Nein.«

»Wollen Sie diese Aussage nicht noch einmal überlegen?«

»Nein.«

»Dann erklären Sie mir bitte, woher Sie seinen Regenmantel hatten.«

Keine Antwort. Meegans Kiefer verkrampften sich. Endlich murmelte er: »Ich hatte seinen Mantel nicht, oder wenn ja, dann wußte ich nichts davon.«

»Das ist keine Antwort. Ich warne Sie, Mr. Meegan, Sie stecken in einer schweren Klemme. Der Regenmantel, den Sie gestern in dieses Haus brachten und hier zurückließen, hängt draußen im Flur. Es kann leicht festgestellt werden, daß er Mr. Kampf gehörte und von ihm getragen wurde. Wie kamen Sie zu dem Mantel?«

Meegans Kiefer arbeiteten stärker. »Ich habe ihn niemals gehabt, wenn er wirklich Kampf gehörte. Sie versuchen nur einen schmutzigen Trick. Sie können nicht nachweisen, daß dies der Mantel ist, den ich hier zurückließ.«

Wolfes Stimme wurde schärfer. »Ich biete Ihnen eine letzte Gelegenheit. Haben Sie irgendeine Erklärung dafür, wie Kampfs Mantel in Ihren Besitz kam?«

»Nein, und ich brauche auch keine.«

Vielleicht war er nicht einmal hoffnungslos dumm. Wenn er nicht gemerkt hatte, daß er den falschen Mantel mitnahm – und wahrscheinlich hatte er es nicht gemerkt in seinem Gemütszustand –, dann mußte ihn dieser unverhoffte Schlag schwer erschüttert haben, und ihm blieb keine Zeit, darüber nachzudenken.

»Dann sind Sie erledigt.« Wolfe zuckte die Achseln. »Denn Ihr eigener Mantel muß sich ja irgendwo befinden, und ich kann mir denken, wo: nämlich im Labor der Polizei. Mr. Kampf trug einen Mantel, als Sie ihn ermordeten und seine Leiche die Treppe hinunterschleiften – und das erklärt, warum der Hund heute früh kein Interesse zeigte an der Stelle, wo der Körper seines Herrn gelegen hatte. Er war nicht mit seinem Mantel bekleidet gewesen, sondern mit Ihrem. Auch das kann bewiesen werden. Wenn Sie uns nicht erklären wollen, wie Sie zu Mr. Kampfs Mantel kamen, dann sagen Sie uns, wie er zu dem Ihrigen kam. Oder halten Sie das ebenfalls für einen Trick?«

Wolfe wies mit dem Zeigefinger auf Meegan. »Ich sehe das Aufblitzen in Ihren Augen, und ich erkenne auch, was es bedeutet. Aber Ihr Geist hinkt hintennach. Wenn Sie ihm nach dem Mord Ihren Mantel abnahmen und ihm den anzogen, den Sie für seinen eigenen hielten, dann sitzen Sie erst recht in der Falle. Denn dann ist es Mr. Goodwins Regenmantel, der sich jetzt im Labor befindet. Und das läßt sich am leichtesten feststellen. Wie wollen Sie *dafür* eine Erklärung finden? Die Sache sieht hoffnungslos für Sie aus, und –«

Meegan sprang auf, doch ehe er noch eine Bewegung auf Wolfe zu machen konnte, legten sich schon Stebbins' Hände schwer auf seine Schulter und rissen ihn auf den Stuhl zurück. Gleichzeitig ertönte eine neue Stimme.

»Ich sagte Ihnen ja, er würde mich töten! Ich weiß, daß er es tun wollte! Er brachte auch Phil um!«

Jewel Jones blickte nicht auf ihren Mann, der sich nicht rühren konnte, sondern auf Wolfe. Er fauchte sie an: »Woher wollen *Sie* das wissen?«

Sie schwankte, und ihre Augen hatten einen verstörten Ausdruck. In ein paar Minuten würde sie wohl einen hysterischen Anfall bekommen, und das schien sie zu ahnen, denn ihre Worte übersprudelten sich. »Phil hat es mir gesagt – hat mir gesagt, er wisse, daß Richard hier nach mir suche. Er wußte auch, wie sehr ich mich vor ihm fürchtete, und er erklärte mir, er würde mich an meinen Mann verraten, wenn ich nicht wieder zu ihm zurückkehre. Ich glaubte nicht, daß er das wirklich tun würde – ich dachte, so gemein könne er doch nicht sein, und ich wollte ihm nichts versprechen. Aber gestern vormittag rief er mich an und erzählte mir, er habe Richard gesehen und durchblicken lassen, er wisse, wo das Modell zu dem Gemälde wohne, und er werde ihn am Nachmittag wieder treffen und ihm alles über mich erzählen, wenn ich ihm nicht das Versprechen gebe, das er von mir verlangte. Mir blieb nichts übrig, als ja zu sagen. Ich dachte, wenn ich das täte, würde ich wenigstens Zeit zum Überlegen gewinnen. Aber Phil muß trotzdem hingegangen sein und mit Richard gesprochen haben –«

»Wo haben sich die beiden am Vormittag gesehen?«

»In Phils Wohnung, wie er mir sagte. Und er lachte noch und meinte – und deshalb weiß ich, daß Richard ihn umgebracht hat –, mein Mann sei mit seinem Regenmantel fortgegangen, aber er werde ihm vorschlagen, er dürfe seinen Mantel behalten, wenn er ihm die Frau überlasse.« Sie schwankte immer stärker. »Und ich wette, das hat er wirklich zu Richard gesagt! Oh, das glich Phil! Ganz bestimmt erzählte er Richard, ich werde zu ihm zurückkehren, und er hielt das für ein gutes Geschäft – ein Regenmantel für eine Frau! Ja, so war Phil! Sie kannten ihn nicht –«

Sie kicherte. Das heißt, es begann mit einem Kichern, dann brach der Damm, und das Geschrei ging los. Wenn in diesem Büro eine Frau ihre Nerven verliert, muß ich mich im allgemeinen darum kümmern. Aber diesmal waren drei andere Burschen da, die das Geschäft für mich übernahmen, allen voran Ross Chaffee. Was Wolfe betrifft – er machte sich schleunigst aus dem Staub. Wenn es etwas auf der Welt gibt, das er nicht ertragen kann, dann ist es der hemmungslose Ausbruch einer Frau. Er stand auf und marschierte hinaus. Meegan war versorgt und aufgehoben, denn Cramer und Stebbins befaßten sich mit ihm.

Als sie mit ihm das Haus verließen, nahmen sie den Hund nicht mit. Und falls jemand die weitverbreitete Meinung vertreten sollte, daß ein Hund garantiert neurotisch wird, wenn man seinen Namen ändert, dann kann ich dazu nur den Kopf schütteln. Burschi hört jetzt auf den Namen Jett, als ob er nie etwas anderes gekannt hätte.

Mein Regenmantel aber blieb im Polizeilabor. Wolfe hatte das Aufblitzen in Meegans Augen richtig gedeutet. Kampf hatte Meegans Mantel angehabt, als er ermordet wurde, und diese Visitenkarte mußte natürlich verschwinden. Daher hatte Meegan, nachdem er Kampf erdrosselte, ihm den Mantel ausgezogen und dessen eigenen übergestreift. Nur war es nicht Kampfs Mantel, sondern meiner. Als Zeuge der Anklage ging ich hin und identifizierte das Kleidungsstück, und das half den Geschworenen zu entscheiden, daß Meegan den elektrischen Stuhl verdiente. Später hätte ich mein Eigentum wohl wieder zurückfordern können, aber ich verspürte keine rechte Lust dazu. Mein neuer Mantel hat eine andere Farbe.

Ein Zeuge verstummt

Ich bin aus Prinzip gegen weibliche Detektive. Zwar ist es nicht immer und überall ein hartes Spiel, aber meistens doch, und es gibt keinen Platz für die freundlichen Gefühle und hübschen Regungen. Deshalb muß eine Detektivin eine gute, dicke Haut haben, und die zu streicheln wäre nicht mein Fall. Wenn sie sie nicht hat, ist sie geneigt, gerade dann, wenn Kaltblütigkeit und starke Nerven verlangt werden, schlappzumachen, und in dem Fall gehörte sie nicht zur Zunft.

Immerhin gibt es Gelegenheiten, wo man ein Prinzip auf Urlaub schicken sollte, und das damals war so eine. Von den sieben Privatdetektiven, die sich im Zimmer versammelt hatten, waren zwei Frauen, die in einer Ecke zusammenhockten. Theodolinda (Dol) Bonner, ungefähr in meinem Alter, mit echten langen schwarzen Wimpern, die einen geschwungenen Baldachin für ihre bernsteinfarbenen Augen bildeten, leitete ihre eigene Agentur seit mehreren Jahren als zugelassene Detektivin und hielt sich wacker. Sicher hatte sie ihr gutgeschnittenes und gutsitzendes braunes Tweedkostüm von Bergdorfs gekauft und die Nerzjacke wahrscheinlich ebenfalls. Ich kannte sie schon von früher, aber den Namen ihrer Begleiterin, Sally Colt, wußte ich nur, weil die Mitglieder der kleinen Versammlung sich bei der Begrüßung auf Vorschlag von Jay Kerr hin vorgestellt hatten.

Ich verließ meinen Stuhl, strebte auf die Ecke zu, wurde mit zwei Augenaufschlägen bedacht und sagte: »Miss Colt? Ich weiß nicht, ob Sie meinen Namen verstanden haben. Archie Goodwin.«

»Ja, natürlich«, versicherte sie. Ihre Haut sah nicht hartgesotten aus, auch ihre Stimme klang nicht so. Sie war im richtigen Alter, um meine jüngere Schwester zu sein, aber ich hatte keine sonderliche Verwendung für Schwestern. Ihr Wollkleid und ihr Kamelhaarmantel stammten nicht von Bergdorfs, aber mir waren Klamotten von Bergdorfs sowieso egal.

Ich sah auf meine Armbanduhr und schlug vor: »Es ist Viertel nach elf und nicht abzusehen, wie lange sie uns noch warten lassen. Ich habe unten ein Imbißbüfett gesehen, und ich will für die Gesellschaft Kaffee holen gehen, wenn Sie mir tragen helfen. Ist Ihnen nicht nach Kaffee zumute, Miss Bonner?«

Miss Colt schaute Miss Bonner, ihre Arbeitgeberin, an, und Miss Bonner nickte ihr zu und erklärte mir dann, daß es eine fabelhafte Idee sei. Ich drehte mich um, fragte mit erhobener Stimme, ob jemand Kaffee wünsche, und erhielt keine Absage. Sally Colt stand auf, und wir beide machten uns auf den Weg.

Mir war bestimmt nach Kaffee zumute. Außerdem hatte mir das Aussehen und Benehmen von Miss Colt den Eindruck vermittelt, daß es wohl einen kleinen Fehler in meiner Einstellung zu weiblichen Detektiven geben mochte, und ich wollte das überprüfen. Aber hauptsächlich brauchte ich eine Erholungspause von Nero Wolfes Anblick, den ich noch nie mit so säuerlichem Gesicht gesehen hatte. Die Tatsache, daß man ihn aufs äußerste gereizt hatte, machte ihn auch nicht anziehender. Es war eine sehr traurige Geschichte. Der Skandal der Telefon-Mithörer hatte die Aufmerksamkeit auf verschiedene Punkte des Privatdetektiv-Berufs gelenkt, nämlich, daß 590 von ihnen durch den Innenminister des Staates New York konzessioniert waren; daß von den 590 Detektiven 432 in New York City lebten; daß Bewerber für Lizenzen keine schriftlichen Prüfungen abzulegen brauchten und daß keine offizielle Nachforschung über ihre Vergangenheit durchgeführt wurde; daß das Ministerium keine Ahnung hatte, wie viele Detektive bei den konzessionierten Detektiven angestellt waren, da die Angestellten überhaupt keine Lizenz benötigten, und so weiter und so fort.

Deshalb beschloß der Innenminister, eine Untersuchung durchzuführen. Die gesamten 590 Detektive wurden zu einer Befragung vorgeladen, die besonders über die Telefonmithör-Vorfälle, falls solche in Betracht kamen, und im allgemeinen über die ganze Organisation Aufklärung geben sollte. Wolfe und ich hatten beide eine Lizenz und wurden deshalb beide vorgeladen. Das war natürlich ärgerlich, aber da wir 588 Leidensgefährten hatten, hätte er seine Reaktion auf ein paar Dutzend Brummer und Knurrer beschränken können, wenn nicht zwei Dinge gewesen wären.

Erstens wurde die Untersuchung teilweise in New York und teilweise in Albany abgehalten, und man hatte uns nach Albany geladen. Sein Gesuch, es nach New York zu verlegen, war nicht beachtet worden. Zweitens hatte der einzige Leitungsanzapf-Vorfall, bei dem er je seine Hand im Spiel gehabt hatte, wenig zu seinem Ruhm und verdammt wenig zu seinem Bankkonto beigetragen, und er wollte nicht daran erinnert werden.

Deshalb, als an jenem Wintermorgen um fünf Uhr Fritz ihm das Frühstück auf sein Zimmer gebracht hatte und ich mitgekommen war, um ihm zu berichten, daß das Wetter die Fahrt im Wagen gestattete und er sich nicht den Gefahren einer Bahnfahrt auszusetzen brauchte, war unser Boß in so tiefe Schwermut versunken, daß er nicht einmal knurrte. Auf der ganzen vierstündigen Fahrt nach Albany saß er im Fond der Limousine, wie üblich, damit er, falls es einen Zusammenstoß gab, nicht durch die Windschutzscheibe sauste, und äußerte keine zwanzig Worte; und als ich ihn auf die Vorzüge der neuen Schnellverkehrsstraße, die er vorher noch nicht gesehen hatte, aufmerksam machte, schloß er die Augen. Wir erreichten das Gebäude in Albany, das man uns angegeben hatte, um 9 Uhr 55, fünf Minuten vor der angegebenen Zeit, waren in ein Zimmer im 3. Stock geführt worden, und man hatte uns geheißen zu warten. Dort hatte sich natürlich kein passender Stuhl für Wolfes massiven Wanst befunden. Er hatte einen Blick um sich geworfen, zu den bereits Anwesenden »Guten Morgen« gekrächzt, hatte sich einen Stuhl an der gegenüberliegenden Wand ausgesucht, sich dort niedergelassen und eineinviertel Stunden geschmollt.

Ich muß zugeben, daß den fünf andern auch nicht sehr festlich zumute war. Als Jay Kerr beschloß, die gesellige Stimmung zu heben, ließ er die Namen die Runde machen. Damit erschöpfte sich sein Versuch, obgleich wir alle Mitglieder des V.K.P.D.S.N.Y. – des Verbandes der Konzessionierten Privat-Detektive des Staates New York – waren; außer natürlich Sally Colt, die bloß eine angestellte Detektivin war. Jay Kerr, ein halb glatzköpfiges, rundliches Männchen mit randloser Brille, war offensichtlich bemüht, die Leute ein wenig zusammenzubringen, nachdem er so oft dazu beigetragen hatte, die Menschen auseinanderzubringen. Er und seine Boys hatten mehr Ehemänner im Auftrag ihrer Frauen und Ehefrauen im Auftrag von Ehemännern beschattet als jedes andere Unternehmen im Stadtgebiet. Harland Ide, lang aufgeschossen und dürr, mit ergrauten Schläfen, einer langen Hakennase, wie ein Bankier aufgezäumt, war auch in der Branche gut bekannt, aber mit einem Unterschied. Er war ein alter Hase vom Fach mit einem anspruchsvollen Ruf, und es wurde behauptet, daß er mehr als einmal vom FBI um Rat gefragt worden war, aber ich möchte nicht dafür einstehen. Über den dritten, Steve Amsel, war ich nicht so im Bilde, da ich nur hier und dort ein paar zufällige Bemerkungen über ihn gehört hatte, als er vor einigen Jahren von Larry Bascom entlassen wurde, sich selbst eine Lizenz verschaffte und im Stadtzentrum ein Büro mietete. Bascom, der eine der besten Agenturen der Stadt unterhält, hatte irgend jemandem erzählt, daß Amsel kein einsamer Adler, sondern ein einsamer Habicht sei. Er war klein, dunkelhaarig und sehr gepflegt, mit flinken schwarzen Augen, die immer auf der Suche nach einem Landeplatz hin und her schossen; und er war wahrscheinlich nicht so jung, wie er aussah. Als Sally Colt und ich Kaffee holen gingen, stand er auf, um uns seine Hilfe anzubieten, änderte aber dann seine Absicht.

Unten am Büfett, während wir auf den Kaffee warteten, empfahl ich Sally, die Ruhe zu bewahren. »Falls Sie und Ihre Chefin wegen eines Mithör-Streiches festgenommen werden sollten, rufen Sie nur Mr. Wolfe an, er überträgt es mir, und ich biege es hin.«

»Das ist aber nett.« Sie hielt den Kopf so geneigt, daß ich den besten Blickwinkel auf die Linie unterhalb ihres Ohres bis zum Kinn hatte, und die war beachtlich. Sie wollte zeigen, daß sie nicht nur ein anziehendes Mädchen war, sondern auch warmherzig und hilfsbereit. »Ich erwidere Ihr Angebot. Falls Sie und Ihr Chef geschnappt werden, rufen Sie Miss Bonner an. Meine Chefin übertrifft den Ihren noch.«

»Das ist der richtige Kampfgeist«, lobte ich. »Diensttreue oder Untergang. Sie bekommen noch eine Extra-Belohnung. Ich nehme an, Ihre persönliche Spezialität liegt darin, das Individuum in einen Winkel der Peacock Alley zu lotsen und es ihm abzuschmeicheln. Falls Sie jemals den Wunsch haben, es bei mir zu versuchen, werde ich es wohlwollend in Erwägung ziehen, aber ich bin nicht leicht zu bezaubern.«

Sie hob ihren Kopf, um mir in die Augen zu sehen. Die ihren waren dunkelblau. »Sie mögen ein wenig abgebrüht sein«, sagte sie. »Es könnte eine ganze Stunde dauern, bis man Sie soweit hat.«

Der Kaffee kam, und wir wurden unterbrochen. Als wir den Fahrstuhl erreichten, hatte ich inzwischen eine Erwiderung parat – einen Bombentreffer –, aber wir waren nicht allein, und ich mußte ihn aufsparen, und im Zimmer mit unseren ganzen Kollegen konnte ich ihn auch nicht anbringen. Sie bediente Nero Wolfe zuerst, und ich bediente Dol Bonner. Nachdem die andern versorgt waren, gesellte ich mich zu den Damen in der Ecke; aber ich wollte Sally nicht vor ihrer Chefin herunterputzen, so erörterten wir lediglich, wie lange man uns wohl noch warten ließe. Das war bald geklärt – jedenfalls für mich. Mein Pappbecher war noch voll Kaffee, als ein Mann eintrat und verkündete, daß Nero Wolfe und Archie Goodwin gewünscht wurden. Wolfe seufzte tief auf, so daß alle es hörten, stellte seinen Pappbecher auf einen Stuhl, erhob sich und steuerte auf die Tür zu, und ich folgte ihm, während hinter uns Gemurmel einsetzte. Der Mann führte uns zwanzig Schritte den Korridor entlang, öffnete eine Tür, trat ein und winkte uns, ihm zu folgen. Das Personal des Innenministers hatte zweifelsohne Unterricht im Benehmen nötig.

Es war ein mittelgroßer Raum mit drei breiten Fenstern, alle wetterbeschmutzt. In der Mitte stand ein ausladender Nußbaumtisch, von Stühlen umgeben, und an der Wand standen ein Schreibtisch, ein kleinerer Tisch und weitere Stühle. Der Mann, der an dem einen Ende des großen Tisches mit einem Stapel Akten zu seiner Rechten saß, wies uns Stühle zu seiner Linken an. Derjenige, der uns hergeführt hatte, schloß die Tür und setzte sich auf den nächsten Stuhl an der Wand. Der Mann am Tisch musterte uns, weder herzlich noch feindselig. »Ich denke, es gibt keinen Zweifel über Ihre Person«, sagte er zu Wolfe, womit er entweder meinte, daß dieser so berühmt war, oder daß kein anderer so groß und fett sein konnte. Er warf einen Blick auf ein Aktenstück, das aufgeschlagen vor ihm lag. »Ich habe hier Ihre Erklärungen, die Ihre und die von Mr. Goodwin. Ich glaube, es geht schneller, wenn ich Sie zusammen vornehme. Ich bin Albert Hyatt, der Sonderbeauftragte des Innenministers für diese Untersuchung. Das Verfahren ist inoffiziell und wird es bleiben, falls nicht besondere Umstände auftauchen, die ein formelles Protokoll verlangen.«

Ich betrachtete ihn eingehend. So um die vierzig Jahre alt, war er glatt von oben bis unten – glatte gesunde Haut, glattes schwarzes Haar, glatte angenehme Stimme, glattes lebhaftes Benehmen und einen glatten grauen Gabardineanzug. Ich hatte mich natürlich über die beiden Abgeordneten, die die Untersuchung durchführten, genauestens erkundigt und hatte Wolfe berichtet, daß dieser Hyatt Teilhaber einer großen Anwaltsfirma war, die ihre Büros im Zentrum von New York hatte, daß er sich ziemlich viel mit Politik abgegeben hatte, daß er einen guten Ruf als Verteidiger hatte, was bedeutete, daß er Leute gerne ausfragte, und daß er Junggeselle war.

Er warf wieder einen Blick in die Akte. »Im April vergangenen Jahres trafen Sie Vorkehrungen, um die Privatleitung von Otis Ross in seiner Wohnung in der 83. Straße in Manhattan, New York City, anzuzapfen. Ist das richtig?«

»Das habe ich dargelegt«, räumte Wolfe verdrießlich ein.

»Allerdings. Unter welchen Umständen kamen Sie dazu?«

Wolfe hob einen Finger, um auf die Akte zu weisen. »Falls meine und Mr. Goodwins Erklärung vor Ihnen liegt, finden Sie dort alles.«

»Ja, das hier ist Ihre Erklärung, aber ich möchte es gerne aus Ihrem Munde hören. Beantworten Sie bitte die Frage.«

Wolfe setzte zu einer Grimasse an, erkannte, daß es damit auch nicht besser würde, und unterdrückte sie. »Am 5. April suchte mich ein Mann in meinem Büro auf, gab seinen Namen als Otis Ross an und äußerte den Wunsch, seinen Privatanschluß abhören zu lassen. Ich erklärte ihm, daß ich mich niemals mit Eheschwierigkeiten befaßte. Er versicherte mir, daß es nichts mit Eheangelegenheiten zu tun habe, daß er Witwer sei und verschiedenen Geschäften und finanziellen Interessen nachgehe, die er von seiner Wohnung aus leite. Seit kurzem habe er seinen Sekretär im Verdacht, doppeltes Spiel zu treiben. Er sei häufiger ein bis zwei Tage unterwegs und wolle herausfinden, ob sein Argwohn gegen seinen Sekretär begründet sei, und zu diesem Zweck wolle er seine Telefongespräche abhören lassen.«

Wolfe preßte die Lippen zusammen. Er haßte es, an diese Geschichte erinnert zu werden, und erst recht, sie wiederzuerzählen. Eine Sekunde lang dachte ich, er wollte bockbeinig werden, aber er fuhr fort: »Ich wußte natürlich, daß es gesetzlich zulässig war, wenn ein Mann seinen eigenen Anschluß anzapfen ließ, aber ich lehnte den Auftrag auf Grund meiner mangelnden Erfahrung auf diesem Gebiet ab. Mr. Goodwin, der, wie immer, bei Besprechungen in meinem Büro dabei war, warf ein, daß er einen Mann kenne, der die technische Seite übernehmen könnte. Er machte seinen Einwurf aus zwei Gründen: erstens wegen der Ablenkung, die eine Neuheit wie ein Leitungsanzapfen ihm persönlich bieten würde, und zweitens hält er es für notwendig, mich anzutreiben, Honorare zu verdienen, wobei ich Aufträge annehmen soll, die ich lieber abweisen würde. Ich gestehe, daß er manchmal recht damit hat. Wollen Sie, daß er das jetzt bestätigt?«

Hyatt schüttelte den Kopf. »Wenn Sie fertig sind. Fahren Sie fort.«

»Sehr gut. Mr. Ross legte tausend Dollar in bar auf meinen Schreibtisch – zehn Hundertdollarscheine – als Vorschuß für die Auslagen. Er sagte, er könnte nicht per Scheck zahlen, da sein Sekretär nicht erfahren solle, daß er mich beauftragt habe, und aus demselben Grunde sollten keine Berichte oder andere Schriftstükke an ihn geschickt werden; er werde sie aus meinem Büro abholen oder andere Vereinbarungen treffen, sie zu erhalten. Ich sollte ihn auch nicht unter seiner Privatnummer anrufen, weil er argwöhnte, daß sein Sekretär sich gelegentlich für ihn selbst am Telefon ausgab. Deshalb wünschte er Berichte über alle Gespräche auf seiner Leitung, da, wenn man ihn selber am Apparat glaubte, es in Wirklichkeit sein Sekretär sein konnte.«

Wolfe kniff wieder die Lippen zusammen. Er mußte es förmlich aus sich herauspressen. »Natürlich war nicht nur meine Neugierde geweckt worden, sondern auch mein Verdacht. Es wäre zwecklos gewesen, ihn nach Ausweisen über seine Person zu bitten, da Ausweise gefälscht oder gestohlen sein können, deshalb sagte ich ihm, daß ich mich in gutem Glauben auf seine Angaben verlassen müßte. Ich schlug vor, daß Mr. Goodwin ihn bei sich zu Hause aufsuchen sollte. Sie brauchen mir nicht zu sagen, wie sinnlos dieser Vorschlag war; ich habe es mir selbst gesagt. Er willigte sofort ein, denn so etwas hatte er natürlich erwartet. Er stellte nur die Bedingung, es auf eine Zeit zu legen, wenn sein Sekretär nicht im Hause sei, da er – das heißt, sein Sekretär – Mr. Goodwin möglicherweise erkennen könnte. Es wurde eine Vereinbarung getroffen. Um neun Uhr an jenem Abend ging Mr. Goodwin zu der Adresse in der 83. Straße und nach oben in Mr. Ross' Wohnung. Er nannte dem Dienstmädchen, das ihn einließ, einen Namen – ein Pseudonym, auf das man sich geeinigt hatte – und fragte nach Mr. Ross. Sie führte ihn ins Wohnzimmer, wo er meinen Klienten unter einer Lampe mit einem Buch antraf.«

Wolfe trommelte mit der Fingerspitze auf der Tischplatte. »Ich bezeichne ihn absichtlich als ›meinen Klienten‹, weil ich die Schmach verdient habe – verwünscht – er *war* mein Klient! Nachdem Mr. Goodwin sich mit ihm zehn Minuten lang unterhalten hatte, kehrte er zurück und erstattete Bericht; und es wurde beschlossen, mit dem Unternehmen fortzufahren. Mr. Goodwin setzte sich am selben Abend mit einem Bekannten in Verbindung, und es wurden Vorkehrungen für den nächsten Morgen getroffen. Wollen Sie Einzelheiten darüber hören?«

»Nein, das können Sie übergehen.« Hyatt strich mit der Hand über sein weiches dunkles Haar. »Es steht in Goodwins Erklärung.«

»Ich weiß sowieso kaum etwas darüber. Die Leitung wurde angezapft, und Mr. Goodwin hatte sein neues Spielzeug. Er konnte ihm nicht viel Zeit widmen, da ich ihn mehr oder weniger fortgesetzt im Büro brauche, und die von dem Techniker gestellten Leute erledigten meistens das Abhören. Ich sah mir noch nicht einmal die Berichte an, die sich Mr. Ross täglich aus meinem Büro abholte – zu einer Zeit, wo ich oben zu tun hatte und ihn somit nicht sah. Am fünften Tag bat Mr. Goodwin ihn um weitere tausend Dollar und erhielt sie in bar. Mir blieb sehr wenig davon, nachdem ich die Kosten der Außer-Haus-Zapfstelle und deren Unterhalt bezahlt hatte. Sie wissen, was eine Außer-Haus-Zapfstelle ist?«

»Gewiß. Praktisch wird jedes ungesetzliche Mithören ›außer Haus‹ durchgeführt.«

»Das kann sein.« Wolfe breitete die Hand aus. »Aber ich wußte nicht, daß sie ungesetzlich war, bis zum achten Tag des Unternehmens. Am 13. April verbrachte Mr. Goodwin zwei Stunden an dem Ort, wo die Leitung angezapft wurde, und hörte Mr. Ross persönlich am andern Ende der Leitung bei einer langen Unterhaltung. Ob es wirklich Mr. Ross war oder der Sekretär, der seine Rolle spielte – auf jeden Fall hatte die Stimme so wenig Ähnlichkeit mit der unseres Klienten, um Mr. Goodwins Interesse zu wecken. Aus den Berichten, die er gelesen und unserem Klienten weitergegeben hatte, hatte er eine Menge über Mr. Ross' Interessen und Betätigungen erfahren – zum Beispiel, daß er kürzlich vom Gouverneur zum Vorsitzenden des ›Wohltätigkeits-Fonds-Untersuchungs-Komitees‹ ernannt worden war. Goodwin machte sich auf zu einer Telefonzelle, rief Mr. Ross an, hörte dieselbe Stimme, erzählte ihm, daß er ein Zeitungsreporter von der *Gazette* sei, traf mit ihm eine Verabredung, begab sich zu der Adresse in der 83. Straße, sah ihn und sprach mit ihm. Er sah ebenfalls den Sekretär. Keiner von beiden war unser Klient. Ich war geblufft worden.«

Wolfe spuckte Gift und Galle. »Alles Bluff«, stieß er bitter hervor. »Mr. Goodwin kam nach Hause und erstattete mir Bericht, und wir betrachteten die Lage. Wir beschlossen zu warten, bis der Klient am Nachmittag wie gewöhnlich um halb sechs kam, um sich seinen täglichen Bericht abzuholen – obgleich wir natürlich die Anzapfstelle sofort abbliesen. Wahrscheinlich bestand keine andere Möglichkeit, als ihn der Polizei mit einem vollständigen Rechenschaftsbericht über meine Albernheit zu übergeben, aber das konnte ich erst, wenn ich ihn in den Fingern hatte.«

Wolfe schluckte wieder. »Und er kam nicht. Ich weiß nicht, warum. Ob er irgendwie Wind davon bekommen hatte, daß wir die Anzapfstelle aufgegeben hatten oder daß Mr. Goodwin Mr. Ross aufgesucht hatte – aber Spekulationen sind nutzlos. Er erschien nicht. Er kam nie wieder. Einen Monat lang verbrachte Mr. Goodwin seine Zeit, für die ich zahle, damit, ihn ausfindig zu machen, ohne Erfolg. Mr. Goodwin ist ein höchst befähigter und erfindungsreicher Mann. Auch das Dienstmädchen, das ihn in die Wohnung gelassen hatte, konnte er nicht auftreiben. Als eine Woche ergebnislos verstrichen war, bat ich Mr. Ross, ihn aufsuchen zu dürfen. Das tat ich und erzählte ihm die ganze Gessichte. Er war natürlich sehr erregt, aber nach einer Aussprache gab er zu, daß es keinen Zweck hatte, die Behörden zu benachrichtigen, ehe ich den Schuldigen fand. Mr. Goodwin war bei mir, und zusammen gaben wir ihm eine erschöpfende Beschreibung unseres Klienten, aber er konnte ihn nicht identifizieren. Das Dienstmädchen war erst seit kurzem in seinem Dienst gewesen, war ohne Kündigung gegangen, und er wußte nichts über sie.«

Wolfe hielt inne, seufzte tief und stieß die Luft pfeifend aus. »Das ist es. Nach einem Monat konnte Mr. Goodwin nicht länger seine ganze Zeit darauf verwenden, da er andere Pflichten hatte, aber er hat jenen Klienten keineswegs vergessen, und ich auch nicht. Das werden wir nie.«

»Das kann ich mir vorstellen.« Hyatt lächelte. »Ich kann Ihnen ebensogut sagen, Mr. Wolfe, daß ich persönlich Ihrer Erzählung Glauben schenke.«

»Ja, Sir. Das können Sie auch.«

»Ich hoffe es. Aber natürlich erfassen Sie ihre Schwächen. Niemand außer Ihnen und Mr. Goodwin sah jemals diesen Ihren Klienten. Kein anderer weiß, was zwischen Ihnen geschehen war, und Sie können ihn nicht finden und nicht identifizieren. Offen gesagt, falls Sie wegen ungesetzlichen Abhörens innerhalb des Fernmeldewesens angezeigt würden und wenn der District Attorney gegen Sie vorginge und Sie vor Gericht kämen, wäre es gut möglich, daß man Sie verurteilt.«

Wolfes Brauen hoben sich um einen Millimeter. »Falls das eine Drohung ist, was schlagen Sie vor? Sollte es lediglich ein Vorwurf sein, so habe ich ihn verdient und mehr. Kanzeln Sie mich ab, wie Sie wollen.«

»Sie verdienen es«, stimmte Hyatt zu. Er lächelte wieder. »Ich würde es auch gerne tun, aber ich will davon absehen. Ich glaube, ich habe eine Überraschung für Sie, und ich wollte nur Ihre Bekanntschaft machen, bevor ich sie Ihnen vorsetze.« Sein Blick glitt zu dem Mann an der Wand. »Corwin, drüben in Zimmer 38 sitzt ein Mann. Bringen Sie ihn her.«

Corwin stand auf, verschwand und ließ dabei die Tür offen. Man hörte seine schweren Schritte im Korridor, das Öffnen einer Tür, dann wieder Schritte, sehr viel leiser, darauf eine kurze Stille und dann seine Stimme, die rief: »Mr. Hyatt! Kommen Sie!«

Es war mehr ein Kläffen als ein Rufen. Es klang, als ob ihm jemand die Kehle zudrückte. Als Hyatt aufsprang und auf die Tür zustrebte, setzte ich mich auch in Bewegung, folgte ihm ein paar Schritte den Korridor entlang bis zu einer offenen Tür und in das Zimmer. Ich stand knapp hinter ihm, als er neben Corwin am hintersten Ende eines Tisches stehenblieb, um auf einen Mann am Boden zu starren. Der Mann war nicht in der Verfassung, den Blick zu erwidern. Er lag auf dem Rücken, seine gestreckten Beine bildeten beinahe ein V, er war gut gekleidet, einschließlich einer Krawatte, nur lag die Krawatte nicht unter seinem Hemdkragen.

Sie war eng um seinen Hals geknotet. Trotz seines purpurn angelaufenen Gesichts, seiner hervortretenden Augen und der herausgestreckten Zunge erkannte ich ihn sofort. Corwin und Hyatt, die ihn anstierten, wußten wahrscheinlich nichts von meiner Anwesenheit, und in einer Sekunde war ich verschwunden. Zurück im andern Zimmer, wo Wolfe finster blickend am Tisch saß, erklärte ich ihm: »Es ist bestimmt eine Überraschung. Unser Klient liegt dort auf dem Boden. Jemand hat ihm die Krawatte zu stramm gebunden, und er ist tot.«

Ich hatte natürlich gewußt, daß jener Kerl einen Dolch mitten in Wolfes Selbstachtung gestoßen hatte, aber ich hatte keine Ahnung, wie tief dieser saß, bis zu jenem Augenblick. Offensichtlich hatten Wolfes Ohren, nachdem ich sagte, unser Klient befinde sich dort drinnen, den Dienst verweigert. Er hievte sich aus seinem Stuhl, machte einen Schritt auf die Tür zu, blieb stehen, drehte sich um und glotzte mich an.

»Oh«, sagte er und kam wieder zu sich. »Tot?«

»Richtig. Erdrosselt.«

»Es würde keine Befriedigung sein, ihn tot zu sehen.« Er starrte auf die Tür, dann auf mich, setzte sich, legte seine Hände flach auf die Tischplatte und schloß die Augen. Nach einer Weile öffnete er sie. »Dieser verwünschte Kerl«, murrte er. »Als er noch am Leben war, hat er mich hintergangen, und jetzt ist er tot und bringt mich in Gott weiß was für Schwierigkeiten. Wenn wir vielleicht gingen ... aber nein. Ich kann nicht mehr denken vor Zorn.« Er erhob sich. »Kommen Sie.« Er startete in Richtung Tür.

Ich stellte mich vor ihn hin. »Nur keine Hast. Ich möchte auch nach Hause, aber Sie wissen verdammt gut, daß wir nicht kneifen können.«

»Das weiß ich in der Tat. Aber ich möchte mal einen Blick auf die Kollegen werfen. Kommen Sie.«

Ich trat zur Seite und überließ ihm die Führung den Korridor entlang und in das Zimmer, aus dem wir gekommen waren. Ich trat hinter ihm ein und schloß die Tür. Die zwei weiblichen Wesen saßen noch immer in ihrer Ecke, aber die drei Männer hatten sich zu einer Gruppe zusammengeschlossen, und offensichtlich war das Eis gebrochen. Alle drehten sich nach uns um, und Jay Kerr rief aus: »Was, immer noch auf freiem Fuß? Wie ist er?«

Wolfe musterte sie alle. Ich ebenfalls. Bis jetzt gab es noch keinen besonderen Grund zu der Annahme, daß einer von ihnen die Krawatte unseres Klienten zusammengezogen hatte, aber der Klient hatte fraglos mit der Leitungsanzapferei in Verbindung gestanden, und sie alle waren vorgeladen worden, um über diesen Punkt auszusagen. Deshalb musterten wir sie, Wolfe und ich. Keiner von ihnen zitterte oder wurde blaß oder leckte sich die Lippen oder bekam einen Anfall.

Wolfe hielt eine kleine Ansprache. »Ladies und Gentlemen, wir sind Mitglieder derselben Berufsorganisation, und daher könnten Sie von mir erwarten, jede Information über eine uns gemeinsam betreffende Angelegenheit mit Ihnen zu teilen. Aber ich habe gerade von einem Ereignis in diesem Gebäude heute morgen erfahren, das Mr. Goodwin und mir Unannehmlichkeiten und möglicherweise ernstliche Schwierigkeiten bereiten wird. Ich glaube nicht, daß einer von Ihnen darin verwickelt ist, aber es könnte so sein; sind Sie es nicht, gewinnen Sie nichts, es jetzt von mir zu hören, also überlasse ich es andern, Ihnen davon zu berichten. Sie brauchen nicht lange zu warten. In der Zwischenzeit verstehen Sie bitte, daß ich Sie nicht beleidigen will, wenn ich Sie alle scharf ansehe. Ich bin lediglich an der Möglichkeit interessiert, daß einer von Ihnen darein verwickelt *ist*. Falls Sie –«

»Was zum Teufel?« schnaubte Steve Amsel. Seine flinken schwarzen Augen leuchteten endlich auf. »Soll das ein Witz sein?«

»Es ist ein gutes Drehbuch und gefällt mir«, sagte Jay Kerr. »Machen Sie ruhig weiter.« Seine Stimme klang hoch und dünn, aber das war kein Zeichen dafür, daß er einen Mann erdrosselt hatte. Es war eben nur seine Stimme.

Harland Ide, der Bankier-Typ, räusperte sich. »Wenn wir nicht darein verwickelt sind«, bemerkte er trocken, »betrifft uns das Ganze nicht. Sie sagten, in diesem Gebäude, heute morgen? Was für ein Ereignis?«

Wolfe schüttelte den Kopf und starrte in die Runde. Noch immer bekam keiner einen Anfall. Statt dessen unterhielten sie sich, und die allgemeine Stimmung drückte Erleichterung aus, daß man endlich etwas hatte, worüber man sich unterhalten konnte. Steve Amsel schlug vor, Dol Bonner und Sally Colt sollten Wolfe in die Zwickmühle nehmen und es ihm entreißen, aber die Damen lehnten höflich ab.

Wolfe stand immer noch aufrecht und betrachtete sie, als die Tür plötzlich aufgestoßen wurde und Albert Hyatt auftauchte. Als er Wolfe bemerkte, blieb er stehen und sagte: »Oh, hier sind Sie.« Eine Strähne seines glatten Haars hatte sich gelöst. Er sah mich an. »Sie auch. Sie kamen hinter mir herein und sahen ihn, nicht wahr?«

Ich bejahte es.

»Und verschwanden eiligst?«

»Gewiß. Sie hatten Mr. Wolfe eine Überraschung angekündigt, und ich wollte ihm sagen, um was es sich handelt.«

»Sie erkannten ihn?«

»Ja, der Klient, von dem Ihnen Mr. Wolfe berichtete.«

»Ich hätte es zu schätzen gewußt, ihn lebend gesehen zu haben«, warf Wolfe ein.

»Vielleicht. Natürlich haben Sie diesen Leuten davon erzählt?«

»Nein, Sir.«

»Das haben Sie nicht?«

»Nein.«

Hyatts Augen schweiften in die Runde. »Offensichtlich sind alle da. Jay Kerr?«

»Das bin ich«, gestand Kerr.

»Harland Ide?«

»Hier.«

»Steven Amsel?«

Amsel hob die Hand.

»Theodolinda Bonner?«

»Ich bin hier, und das seit mehr als zwei Stunden. Ich bin vollkommen bereit –«

»Einen Augenblick, Miss Bonner. Sally Colt?«

»Hier.«

»In Ordnung. Das Verhör, das ich auf Anordnung des Innenministers durchführe, ist vorläufig aufgeschoben, aber Sie werden alle in diesem Zimmer bleiben. Man fand eine Leiche in einem Zimmer auf diesem Stockwerk. Ein Mann, der wahrscheinlich ermordet wurde. Das ist natürlich Sache der Polizei, und man wird Sie sprechen wollen. Ich kann jetzt noch nicht sagen, wann das Verhör wieder aufgenommen wird, also betrachten Sie bitte Ihre Vorladungen für heute als aufgeschoben, aber nicht aufgehoben. Verlassen Sie bitte nicht das Zimmer, bis die Polizei kommt.«

Er wandte sich zum Gehen. Eine Stimme hielt ihn auf.

»Wer ist der Ermordete?« Das war Harland Ide.

»Das wird Ihnen die Polizei sagen. Das ist nicht mein Amt, Gott sei Dank.«

»Mr. Hyatt.« Dol Bonners Stimme klang klar und frisch. Sie war aufgestanden. »Sie sind Mr. Hyatt?«

»Das bin ich.«

»Miss Colt und ich hatten sehr zeitig gefrühstückt, und wir sind hungrig. Wir wollen uns etwas zu essen besorgen.«

Verdammt mutig, dachte ich. Sie mußte gewußt haben, daß ein Mörder angeblich nach vollbrachter Tat sich ausgehungert fühlt und eine große Mahlzeit braucht.

Hyatt erklärte ihr, daß sie warten müßte, bis die Polizei käme, ignorierte einen Protest von Steve Amsel, ging und schloß die Tür hinter sich.

Sie sahen sich gegenseitig an. Ich war von ihnen enttäuscht. Bei verschiedenen Gelegenheiten war ich mit einer Anzahl Leuten wegen eines Mordes eingesperrt gewesen, aber dies war das erste Mal, daß es sich ausschließlich um Privatdetektive handelte, und man hätte annehmen können, daß sie ein wenig schneller als die meisten am Ball wären. Nein. Bei einer durchschnittlichen Gruppe hätte es vielleicht eine Minute gedauert, bis sie den Schock von Hyatts Ankündigung verdaut hatten und sich auf Wolfe und mich stürzten, und genausolange dauerte es auch bei ihnen. Steve Amsel begriff als erster. Er war ungefähr halb so groß wie Wolfe, und als er ihm gegenübertrat, mußte er seinen Kopf zurückwerfen, um mit seinen flinken schwarzen Augen in gerader Linie in Wolfes zielen zu können.

»Das war also das Ereignis. Mord.« Er sprach es so ähnlich wie »Moood« aus. »Okay. Wer war es?«

Jay Kerr schloß sich ihm an. »Ja, Goodwin erkannte ihn. Nennen Sie seinen Namen!«

Dol Bonner näherte sich erwartungsvoll mit Sally im Schlepptau. Harland Ide sagte: »Wenn ich richtig verstanden habe, Mr. Wolfe, so war er einer Ihrer Klienten?«

Sie kreisten Wolfe ein, und er trat einen Schritt zurück. »Ich kann Ihnen nicht sagen, wer er war«, sagte er, »denn ich weiß es nicht. Mr. Goodwin auch nicht. Wir kennen seinen Namen nicht.«

Sally Colt fing an zu kichern, schluckte es aber hinunter.

»Blödsinn«, stieß Steve Amsel angewidert aus. »Und Goodwin erkannte ihn? Ist dies ein Rätselspiel, das Sie sich ausgedacht haben?«

»Und er war Ihr Klient?« quiekte Jay Kerr.

»Also wirklich, Mr. Wolfe«, protestierte Dol Bonner, »machen Sie nicht eine Farce daraus? Sie, mit Ihrem Ruf? Erwarten Sie, daß wir Ihnen glauben sollen, einen Mann als Klienten angenommen zu haben, ohne nach seinem Namen zu fragen?«

»Nein.« Wolfe kniff die Lippen zusammen. Dann entspannte er sich. »Ladies und Gentlemen, ich bin gezwungen, Sie um Nachsicht zu bitten. Der albernste Schnitzer, den ich je beging, hat mich heute hier getroffen, zu meinem tiefsten Kummer und wahrscheinlich zu meinem Verderben. Was wollen Sie mehr? Welche weitere Schmach? Mr. Goodwin erkannte ihn, er war mein Klient, ich kenne seinen Namen nicht, und weder vor noch nach meinem Auftrag für ihn wußte ich das geringste über ihn. Das ist alles.«

Er marschierte zu einem Stuhl an der Wand, ließ sich nieder, stemmte seine Fäuste auf die Oberschenkel und schloß die Augen.

Ich trat zu ihm und senkte meine Stimme. »Irgendwelche Anordnungen?«

»Nein.« Seine Augen blieben geschlossen.

»Wie Sie wissen, ist Gil Tauber hier in Albany. Er kennt die Polypen bestimmt. Soll ich nach einem Telefon suchen und ihn in Alarmbereitschaft setzen, falls wir einige Auskünfte brauchen?«

»Nein.«

Offensichtlich war ihm nicht nach einem Schwätzchen zumute. Ich gesellte mich wieder zu meinen Kollegen und erklärte ihnen: »Wenn ihr Leute über unsere Schande herziehen wollt, kümmert euch nicht um mich. Vielleicht äußert einer sogar etwas Nützliches.«

»Wo ist die Leiche?« fragte Steve Amsel.

»Zimmer 38, den Korridor hinunter.«

»Wie wurde er getötet?«

»Mit seiner Krawatte um den Hals. Ich nehme an, er könnte es selbst getan haben, aber Sie wissen, wie das ist. Ich stimme dagegen; und er kann zuerst mit einem schweren Messingaschenbecher betäubt worden sein. Es stand einer auf dem Boden.«

»Sie und Wolfe kamen heute morgen als letzte«, stellte Harland Ide fest. »Sahen Sie ihn auf dem Weg?«

Ich grinste ihm zu. »Hören Sie«, wandte ich ein, »wir bekommen noch genug davon von der Polizei. Haben Sie ein Herz. Wir sind beide Mitglieder einer Berufsorganisation. Und *Sie* wollen mich in die Zange nehmen?«

»Nicht im geringsten«, erwiderte er steif. »Ich dachte nur, daß Sie ihn gesehen haben könnten und möglicherweise sogar mit ihm gesprochen haben – falls jenes Zimmer zwischen diesem und dem Fahrstuhl liegt und die Tür offenstand. Gewiß beabsichtige ich nicht –«

Er wurde unterbrochen. Die Tür öffnete sich, und ein Mann trat ein, ein hünenhafter, breitschultriger Gorilla mit zuwenig Gesichtszügen, um die große runde Fläche seines Gesichts auszufüllen. Er schloß die Tür, zählte uns, wobei sich seine Lippen bewegten, zog sich dann einen Stuhl neben der Tür zurecht und setzte sich. Zu sagen wußte er offensichtlich nichts.

Wiederum enttäuschte mich jenes Grüppchen von Fachleuten. Sie wußten sehr gut, daß die Anwesenheit des Detektivs keinerlei Einfluß auf ihre Redefreiheit hatte, und was seine Verschwiegenheit anbelangte, so genügte ein Blick auf seine Visage, um zu wissen, daß ihm der geistige Mechanismus fehlte, um alles zu registrieren und wiederzuberichten, was er hörte, vorausgesetzt, daß er hören konnte. Aber sie hüllten sich in Schweigen, und das für eine gute halbe Stunde. Probeweise machte ich ein paar Versuche, eine Unterhaltung in Gang zu bringen, aber es war nichts zu machen. Die Damen hatten sich in ihre Ecke zurückgezogen, und ich versuchte es auch bei ihnen und erhielt den Eindruck, daß Sally bereit gewesen wäre, die Spannung durch einen kleinen Meinungsaustausch zu lockern, aber Dol Bonner war dagegen, und sie war die Chefin.

Ich hatte gerade auf meine Armbanduhr gesehen und festgestellt, daß es zehn Minuten nach ein Uhr war, als die Tür wieder geöffnet wurde. Diesmal waren sie ihrer zwei. Der Mann vorneweg war ein Ungetüm von einsneunzig mit einem langen, schmalen Gesicht und ergrautem Haar. Er stapfte drei Schritt ins Zimmer, ließ seine Augen in die Runde schweifen und erklärte uns: »Ich bin Leon Groom, Chef der Kriminalpolizei der Stadt Albany.«

Er hielt inne, wahrscheinlich um den Beifall entgegenzunehmen, erhielt jedoch keinen. Sein Gesichtsausdruck war überheblich, und der Ton seiner Stimme gleichfalls, was unter diesen Umständen nicht anders zu erwarten war. Nicht oft erhält ein Chef der Kriminalpolizei die Gelegenheit, sich an eine Zuhörerschaft zu wenden, die sich ausschließlich aus Privatdetektiven zusammensetzt, eine Brut, die er vollkommen ablehnt. Und nicht nur das, wir kamen alle aus der großen Stadt, was uns noch mehr zu Nieten machte.

Er ergriff wieder das Wort. »Es wurde Ihnen gesagt, daß ein Mord in einem Zimmer auf diesem Stockwerk verübt worden ist, und man hält Sie für eine Untersuchung zurück. Nero Wolfe und Archie Goodwin kommen mit mir. Sofort. Die übrigen werden in Kürze vernommen, um die Leiche in Augenschein zu nehmen.« Er deutete mit dem Daumen auf seinen Begleiter. »Dieser Mann wird Sie fragen, was für Sandwiches Sie möchten, und die werden Ihnen dann gebracht. Auf Kosten der Stadt Albany. Sind Sie Theodolinda Bonner?«

»Ja.«

»Eine Polizistin kommt bald, für den Fall, daß es erforderlich ist, Sie alle zu durchsuchen.«

»Mit Einwilligung?« sagte Steve Amsel angriffslustig.

»Natürlich mit Einwilligung. Nero Wolfe? Kommen Sie, Sie und Archie Goodwin.«

Wolfe stand auf und steuerte auf die Tür los, und als er an mir vorbeiging, sagte er: »Kommen Sie, Archie.« Ich gehörte zu seinem Personal, und er duldete es nicht, daß mir andere Leute Befehle erteilten.

Im Korridor lungerten drei Männer herum, einer in Zivil, der äußerst gewichtig tat, und zwei in Uniform, die einen leeren Gemüsekorb in der Nähe der Tür von Zimmer 38 bewachten und gelangweilt dreinblickten. Im Zimmer selbst tummelten sich drei weitere – die Leute vom Erkennungsdienst, zwei mit Fingerabdruck-Ausrüstungen und einer mit einer Kamera. Sie gaben sich Mühe, Grooms Gehabe nachzuahmen, ermahnten uns, nichts anzufassen, und geleiteten Wolfe um den Tisch zu der Leiche. Außer daß die Beine sich wieder in normaler Lage befanden und die Krawatte entfernt worden war, hatte sie sich kaum verändert.

Wolfe sah stirnrunzelnd darauf nieder.

»Identifizieren Sie ihn?« fragte Groom.

»Nein«, erklärte Wolfe. »Ich weiß nicht, wer er ist. Ich erkenne ihn jedoch als den Mann, der mich im vergangenen April aufsuchte, sich als Otis Ross vorstellte und meine Dienste in Anspruch nahm. Später erfuhr ich, daß er nicht Otis Ross war – zumindest nicht der Otis Ross, als den er sich ausgab. Mr. Goodwin, der ihm nicht einmal, sondern neunmal begegnete, hat bereits erklärt, daß es sich um denselben Mann handelt.«

»Ich weiß. Sind Sie immer noch der Ansicht, Goodwin?«

»Nicht Ansicht.« Wenn Wolfe die Wahl seiner Worte beanstanden konnte, so stand mir das auch zu. »Überzeugung. Er ist jener Mann – oder war es.«

»Dann können wir ... ach, da fällt mir noch etwas ein.« Er drehte sich zum Tisch um, deutete auf einen Gegenstand und fragte einen der Spezialisten: »Sind Sie mit dem Aschenbecher fertig, Walsh?«

»Alles erledigt, Captain. Wir haben es.«

»Dann können Sie ein wenig behilflich sein, Goodwin, wenn es Ihnen nichts ausmacht. Nur ein Experiment. Nehmen Sie ihn, und halten Sie ihn so, als ob Sie damit einem Mann einen Schlag auf den Kopf versetzen wollten. Ganz ungezwungen, ohne viel nachzudenken.«

»Gewiß«, meinte ich bereitwillig und streckte meine Hand nach dem Aschenbecher aus. Ich ließ ihn in meiner Hand wippen und schätzte sein Gewicht auf mindestens ein Pfund, wahrscheinlich mehr. »Es gibt zwei Möglichkeiten, beide gleich gut. Entweder ihn am Rand fassen, so, das wäre das beste, wenn man Platz und Zeit für einen Schwung hat« – ich schwang ihn, um es zu zeigen –, »oder, mit einer großen Hand und langen Fingern wie den meinen, packen Sie ihn nur, wie hier, und Sie können entweder schwingen oder stoßen oder schlagen.« Ich führte ihnen einen gesunden Schlag vor, nahm den Aschenbecher in meine linke Hand, holte mit der rechten mein Taschentuch hervor und begann das Messing mit ordentlichem Druck abzureiben.

»Ziemlich dürftig«, meinte Groom. »Ihre Narrenpritsche mag dort, wo Sie herkommen, Erfolg haben, aber hier in der Stadt Albany schätzen wir das nicht. Es bringt Ihnen nichts ein.«

»Was denn sonst?« fragte ich. »Was wollen Sie? Daß ich mich

weigere, ihn zu berühren?« Ich beendete das Polieren und setzte den Aschenbecher wieder auf den Tisch.

»Kommen Sie«, sagte er und setzte sich in Bewegung. Wir folgten ihm aus dem Zimmer und den Korridor bis fast zum Ende entlang, wo er eine Tür öffnete und beiseite trat, um uns den Vortritt zu lassen. Es war ein Eckzimmer, mit Fenstern nach zwei Seiten, und es wies eine Anzahl Teppiche auf. An einem Schreibtisch, mit einem der Fenster im Rücken, saß Albert Hyatt und telefonierte. Ein Mann mit Segelohren und einer Narbe auf der Wange kam zu uns und fragte Groom, wie er die Stühle wünsche. Selbstverständlich so, daß Wolfe und ich dem Fenster gegenübersaßen. Bis Hyatt mit seinem Gespräch fertig war, hatten wir uns niedergelassen, Wolfe und ich Seite an Seite und der Mann mit den Segelohren an einem Tischchen dicht daneben, mit einem Notizblock vor sich und gezücktem Federhalter.

Hyatt erhob sich und bot Groom an, am Schreibtisch Platz zu nehmen. Groom lehnte dankend ab und behielt seinen Stuhl neben dem Schreibtisch bei, wo er uns im Auge hatte. Er nahm sich Wolfe vor. »Mr. Hyatt hat mich Ihre Erklärung lesen lassen. Ihre Erklärung an den Innenminister betreffs der angezapften Leitung. Er hat mir auch erzählt, was Sie ihm heute morgen berichteten, lediglich eine teilweise Wiederholung aus Ihrer Erklärung. Möchten Sie sie jetzt ändern?«

»Nein, Sir.«

»Möchten Sie etwas hinzufügen?«

»Das kommt darauf an. Falls ich oder Mr. Goodwin unter Mordverdacht stehen, möchte ich etwas hinzufügen. Stehen wir unter Verdacht?«

»Sagen wir so: Sie werden nicht beschuldigt. Die Polizei hält Sie für ein Verhör zurück, um zu erfahren, ob Sie irgend etwas über den Mord an einem Mann wissen, mit dem Sie zugegebenermaßen in Verbindung gestanden haben und gegen den Sie einen Groll hegten. Den hegten Sie doch?«

»Ja, in der Tat. Ich möchte noch eine weitere Erklärung abgeben.«

»Nur zu.«

»Ich wurde durch den Innenminister vorgeladen, bei dieser Adresse in Albany um zehn Uhr heute morgen zu erscheinen. Um sechs Uhr heute morgen verließ ich mein Haus in New York in meinem Wagen, und Mr. Goodwin chauffierte. Wir hielten unterwegs nur einmal an, um unseren mitgeführten Proviant zu essen und Kaffee zu trinken. Wir kamen hier kurz vor zehn Uhr an, betraten das Gebäude, wurden in Zimmer 42 auf dem dritten Stockwerk gewiesen, begaben uns sofort dorthin, sprachen mit niemandem, und ich blieb im Zimmer, bis ich zu Mr. Hyatt geleitet wurde. Mr. Goodwin ging einmal kurz fort, um mit Miss Sally Colt Kaffee zu holen. Ich habe zu keiner Zeit diesen – wie soll ich dieses Geschöpf nennen?«

»Den Ermordeten?«

»Ja.«

»Nennen Sie ihn Ihren Klienten.«

»Das möchte ich nicht, in diesem Zusammenhang. Ich habe andere Klienten gehabt. Was den Mann betrifft, der mich im April aufsuchte, sich mir als Otis Ross vorstellte und mich mit einer Arbeit beauftragte, die ich in meiner Erklärung an den Innenminister beschrieb, so habe ich ihn seit dem 13. April vorigen Jahres nicht mehr gesehen noch in irgendeiner Verbindung mit ihm gestanden oder irgend etwas über seinen Aufenthalt gewußt. Das nächste Mal, daß ich von ihm hörte, war heute morgen, als Mr. Goodwin zusammen mit Mr. Hyatt das Zimmer verlassen hatte und beinahe augenblicklich zurückkehrte, um mir zu sagen, daß jener Mann tot in einem nahe gelegenen Zimmer lag. Das nächste Mal, daß ich ihn sah, war vor einigen Minuten, als man mich in das Zimmer zu seiner Leiche führte. Ich hatte nicht gewußt, daß er sich im Gebäude aufhielt. Es ist dumm, nur Verneinungen aufzuzählen. Jedenfalls weiß ich ganz und gar nichts über seinen Tod und über seine Schritte vor seinem Tod. Außer den Tatsachen, die in meiner Erklärung an den Innenminister festgehalten sind, habe ich keinerlei Kenntnis, gleich welcher Art, die bei der Untersuchung dieses Mordfalls dienlich sein könnte.«

Wolfe dachte einen Augenblick lang nach. »Nun, Mr. Groom. Ich glaube zwar nicht, daß irgendwelche Fragen viel Zweck haben, aber versuchen Sie es immerhin.«

»Ja, ich versuche es.« Groom fixierte mich, und ich dachte, jetzt sei die Reihe wohl an mir, aber er wandte sich wieder an Wolfe. »Sie sagten, daß Sie heute morgen dieses Gebäude kurz vor zehn Uhr betraten. Wieviel früher?«

»Das weiß ich nicht aus eigener Kenntnis. Ich trage keine Uhr. Aber als wir hereinkamen, bemerkte Mr. Goodwin, daß es fünf Minuten vor zehn sei. Er behauptet, seiner Uhr nie zu gestatten, mehr als dreißig Sekunden falsch zu gehen.«

»Wie spät war es, als Sie bei Zimmer 42 anlangten?«

»Das weiß ich nicht. Ich kann es nur schätzen. Ich würde sagen, wir brauchten vier Minuten bis zum Fahrstuhl, hinauf in das dritte Stockwerk und den Korridor entlang bis zu dem Zimmer. Das wäre dann eine Minute vor zehn Uhr.«

»Und wenn jetzt einer oder mehrere der andern behaupteten, Sie seien erst gegen Viertel nach zehn ins Zimmer gekommen?«

Wolfe beäugte ihn. »Mr. Groom. Diese Frage ist sinnlos, und das wissen Sie. Als Drohung ist sie kindisch. Als bloße Hypothese ist sie leichtfertig. Und wenn einer von ihnen so etwas behauptet, wissen Sie, wie viele Fragen das aufwerfen wird, einschließlich derjenigen über die Aufrichtigkeit des Betreffenden. Falls Sie Ihre Frage, so wie Sie sie stellten, beantwortet haben wollen, so ging entweder seine Uhr falsch, oder sein Gedächtnis versagte, oder er lügt.«

»Gewiß.« Augenscheinlich war Groom schwer zu verärgern. Er wechselte zu mir über. »Selbstverständlich bestätigen Sie alles, was Wolfe gesagt hat. Nicht wahr?«

»Selbstverständlich«, bejahte ich.

»Ja oder nein. Bestätigen Sie es?«

»Ja.«

»Einschließlich Ihrer Ankunftszeit in diesem Gebäude?«

»Ja. 9 Uhr 55.«

Er stand auf und trat zu mir. »Lassen Sie mich Ihre Uhr sehen.«

Ich drehte meinen Arm um, streifte die Manschette hoch, und er warf einen Blick auf die Uhr, sah dann auf seine eigene, dann wieder auf meine. »Schreiben Sie auf, ich stellte fest, daß Goodwins Uhr zwanzig Sekunden nachging«, sagte er zu dem Mann am Tisch und kehrte zu seinem Stuhl zurück.

»Sie wundern sich vielleicht«, sagte er, »warum ich Sie nicht getrennt vernehme. Aber das wäre eine Zeitverschwendung. Nach dem, was ich über Ihren Ruf und Ihre Personalien weiß und wie Sie arbeiten, rechnete ich mir aus, daß meine Chance, Sie in einen Widerspruch zu verwickeln, falls Sie sich eine Geschichte ausgedacht hatten, zu gering wäre und es nicht die Mühe lohnte. Außerdem wollte Mr. Hyatt zum Lunch gehen, und ich wünschte, daß er dabei ist. Sie dürfen auch wissen, warum.« Er drehte sich um. »Wollen Sie ihnen sagen, was Sie mir erzählt haben, Mr. Hyatt?«

Hyatts Haarsträhne war wieder an ihrem Platz. Er beugte sich mit aufgestützten Ellenbogen vor. »Sie meinen über heute morgen?« fragte er Groom.

»Ja. Genau das.«

»Nun, ich kam früh hierher, ein wenig vor neun Uhr. Einer aus meinem Stab, Tom Frazer, war bereits da. Wir saßen hier zusammen an meinem Schreibtisch, sahen Papiere durch und bereiteten alles für die Leute vor, die heute erscheinen sollten, als mich das Mädchen aus der Zentrale anrief, weil mich ein Mann wegen einer, wie er sagte, dringenden und vertraulichen Angelegenheit sprechen mußte. Er wollte nicht sagen, worum es sich handelte. Er erklärte, sein Name sei Donahue, was mir nichts weiter sagte. Ich wollte nicht, daß er uns hier störte, deshalb ging ich vor die Tür, um ihn abzuwimmeln, und traf ihn auf einer Bank im Korridor an. Er wollte nicht dort sprechen, so führte ich ihn in das nächste leere Zimmer, Zimmer 38. Er war ein Mann in mittleren Jahren, von ungefähr meiner Größe, hatte braunes Haar und Augen –«

»Sie haben ihn gesehen«, warf Groom ein.

»Oh.« Hyatt war bestürzt. »Das stimmt. Er nannte sich William A. Donahue, und er wollte mir einen Handel vorschlagen. Er wußte, wer heute vor mir erscheinen sollte, und daß Nero Wolfe einer von ihnen wäre, und daß er kalte Füße bekommen hätte und aus der Sache aussteigen wollte. Seine Bedingungen ... Muß ich die ganze Unterredung wiederholen, Captain? Wir haben ungefähr zwanzig Minuten gesprochen.«

»Das Wesentliche. Die Hauptpunkte.«

»Es hab eigentlich nur einen Hauptpunkt. Er stotterte sich allerhand zurecht, aber das war der Kernpunkt der Sache: In Verbindung mit einer Spekulation, in die er verwickelt war – er machte keine näheren Angaben –, hatte er einige Leitungen abhören lassen, eine davon durch Nero Wolfe, wofür er Wolfe zweitausend Dollar gezahlt hatte. Als der Skandal ausbrach – er nannte es ›die große Pleite‹ – und Broady eingesperrt und angeklagt wurde, war er zu dem Schluß gekommen, daß der Boden in New York zu heiß für ihn wäre, und hatte den Staat verlassen. Als er kürzlich erfuhr, daß diese Untersuchung im Namen des Innenministers durchgeführt wurde und alle Privatdetektive verhört werden sollten, war er beunruhigt, besonders wegen Nero Wolfe. Wolfe hatte die Abhör-Zapfstelle sofort abgebrochen, die er für ihn bedient hatte. Sie hatten sich gestritten, und Wolfe hatte es ihm gehörig gegeben. Er wußte, wie durchtrieben Wolfe war, und nun, da er vorgeladen worden war – verwirre ich Sie mit den Pronomen?«

Er sah Wolfe an, deshalb erwiderte ihm dieser: »Nicht im geringsten. Fahren Sie fort.«

». . . und nun, da Wolfe vorgeladen worden war, wußte er, daß er versuchen würde, sich so oder anders herauszuwinden, und daß er – Donahue – für etwas eingesperrt werden würde, das schlimmer als Beschaffung ungesetzlicher Abhörberichte war. Deshalb wollte er mit mir einen Handel abschließen. Falls ich meinen Einfluß bei dem District Attorney geltend machen würde, mit ihm hinsichtlich der Abhöranklagen glimpflich umzugehen, würde er mir eine vollständige eidesstattliche Erklärung über diese Operation abgeben und würde, falls gefordert, es vor Gericht bezeugen. Ich fragte ihn, ob Wolfe gewußt habe, daß das Abhören ungesetzmäßig war, und er bejahte es. Ich fragte ihn, ob Donahue sein richtiger Name sei und ob er diesen Namen auch Wolfe genannt hatte, und er bejahte das ebenfalls. Ich fragte ihn nach weiteren Einzelheiten über seine Person, aber er wollte mir nichts weiter sagen, bis – und falls – ich auf seinen Vorschlag einginge – außer, daß er in New York im Hotel Marbury gewohnt hatte. Ich erklärte ihm, daß ich nicht so ohne weiteres auf einen solchen Handel eingehen könnte, ich brauchte Bedenkzeit, und bat ihn, im Zimmer zu warten. Dort ließ ich ihn und kehrte in dieses Zimmer zurück, und –«

»Wie spät war es da?« fragte Groom.

»Es war halb zehn, ein oder zwei Minuten danach. Ich halte meine Uhr nicht so auf die Sekunde genau, wie Goodwin es tut, aber sie geht ziemlich richtig.« Er blickte auf sein Handgelenk. »Ich habe jetzt 13 Uhr 42.«

»Sie geht drei Minuten vor.«

»Dann war es ziemlich genau 9 Uhr 30, als ich in dieses Zimmer zurückkam.« Er wandte sich wieder Wolfe zu. »Ich mußte natürlich sehen, wieviel Zeit mir noch blieb. Das Verhör sollte um zehn Uhr beginnen. Ich hielt es für wichtig genug, um den Innenminister deswegen um Rat zu fragen. Deshalb rief ich sein Büro an, doch man sagte mir, daß er in New York auf einer Konferenz sei und sein Sekretär nicht wüßte, wo man ihn um diese Zeit erreichen könnte. Ich rief das Büro des District Attorney von New York an und erreichte den stellvertretenden D. A. Lamert, einen Freund von mir. Ich erklärte, daß ich dringend ein polizeiliches Führungszeugnis über einen William A. Donahue, der im Frühjahr im Hotel Marbury gewohnt hatte, brauchte, und zwar so schnell wie möglich. Um Viertel nach zehn hatte ich noch keine Nachricht und versuchte den stellvertretenden Innenminister an den Apparat zu bekommen, aber dieser war nicht in seinem Büro. Ich erklärte Tom Frazer das Ganze, und –«

Groom unterbrach ihn. »Ich glaube, das reicht. Sie kehrten auch nicht in Zimmer 38 zurück, um mit Donahue zu sprechen?«

»Nein. Ich hatte ihm gesagt, daß es eine Stunde und länger dauern könnte, möglicherweise zwei. Als um elf Uhr noch immer kein Bericht aus New York vorlag – bis jetzt ist noch keiner eingetroffen –, beschloß ich eine Gegenüberstellung von Wolfe und Donahue, um zu sehen, was daraufhin geschehen würde, und ich ging in das Untersuchungszimmer und schickte nach Wolfe und Goodwin.« Hyatt sah auf seine Uhr. »Ich komme zu spät zu meiner Lunch-Verabredung.«

»Ja, ich weiß.« Groom sah auf Wolfe. »Haben Sie irgendwelche Fragen an Mr. Hyatt?«

Wolfe hatte die Beine übereinandergeschlagen, wie gewöhnlich, wenn er auf einem Stuhl saß, der zu klein für ihn war und keine Armlehnen hatte. Jetzt setzte er die Füße nebeneinander und stützte seine Handflächen auf die Knie. »Nur ein oder zwei Fragen. Sie werden sich erinnern, Mr. Hyatt, daß Sie mir erklärten, Sie persönlich schenkten meinem Bericht Glauben. Warum sagten Sie mir das?«

»Weil ich es so meinte.«

»Sie hatten bereits mit diesem Donahue gesprochen.«

»Ja, aber ich glaubte ihm nicht. Ich weiß etwas über Ihren Ruf und Ihre Position, und ich wußte ganz und gar nichts über ihn. Vom einfachen Standpunkt der Glaubwürdigkeit aus zog ich Sie vor, zumindest versuchsweise.«

»Schenken Sie meinem Bericht immer noch Glauben?«

»Nun ...« Hyatt blickte auf Groom und dann wieder zu Wolfe

hinüber. »Unter den gegenwärtigen Umständen, fürchte ich, ist meine persönliche Meinung weder maßgebend noch überzeugend.«

»Ich denke, nein. Etwas anderes. Dieser Donahue behauptete, sich einige Abhörberichte verschafft zu haben. Mehrzahl. Erwähnte er noch einen andern Namen als den meinigen?«

»Ja, er nannte noch andere, aber während der ganzen Unterredung konzentrierte er sich auf Sie.«

»Welche anderen Namen erwähnte er?«

»Augenblick mal«, warf Groom ein. »Ich halte das nicht für erforderlich. Wir wollen Sie nicht länger aufhalten, Mr. Hyatt.«

»Ich möchte wissen«, beharrte Wolfe, »ob jener Mann den Namen eines der heute hier Vorgeladenen nannte.«

Er mußte es mit seinem Wissenwollen bewenden lassen. Hyatt sah Groom an, der den Kopf schüttelte, und Hyatt stand auf und ging. Wolfe kreuzte seine Beine wieder und verschränkte die Arme, aber die Proportionen stimmten nicht. Er wirkte nie so imposant, wenn er auf einem zu kleinen Stuhl saß und sein Gesäß über die Sitzfläche ragte. Als sich die Tür hinter dem Sonderbeauftragten des Innenministers geschlossen hatte, ergriff Groom das Wort. »Ich wollte, daß Sie es direkt aus Hyatts Mund hören. So ist es unverfälscht. Möchten Sie jetzt Ihre Erklärung abändern? Oder etwas hinzufügen? Natürlich ist Donahue tot, aber wir haben seine Spur und wissen, wo wir ansetzen müssen. Sie kennen das.«

»Ja, ich kenne das.« Wolfe grunzte. »Ich spreche gerne, Mr. Groom, aber nicht ohne Sinn und Zweck. Was ein Abändern meiner Erklärung betrifft, so könnte ich ihren Stil oder ihre Interpunktion verbessern, aber nicht ihren Inhalt. Und was das Hinzufügen betrifft, so könnte ich ein paar Fußnoten setzen, wie zum Beispiel, daß dieser Mann log, als er Mr. Hyatt erzählte, er hätte mir seinen Namen als Donahue angegeben und ich hätte gewußt, daß das Anzapfen der Leitung ungesetzlich war. Doch das ist bereits stillschweigend in der Erklärung mit einbegriffen. Eine Bitte möchte ich allerdings äußern. Ich kenne jetzt seinen Namen, zumindest den Namen, den er Hyatt nannte, und den Namen des Hotels, in dem er zu der Zeit, als er mich aufsuchte, wohnte. Hier kann ich Ihnen von keinerlei Nutzen sein; ich habe ganz und gar nichts für Sie. Aber falls mir gestattet wird, sofort nach New York zurückzukehren, werde ich meine ganze Findigkeit und mein ganzes Talent darauf verwenden, seine Herkunft zu entlarven, sein Tätigkeitsfeld, seine Verbindungen zu ...«

Er hielt inne, denn Groom hatte den Kopf gewandt. Die Tür hatte sich geöffnet, und auf der Schwelle stand ein Mann, ein Kollege in Uniform. Er trat vor und sagte: »Für Sie, Captain«, und reichte ihm ein gefaltetes Stück Papier. Groom faltete es auseinander, warf einen Blick darauf, nahm sich Zeit, befahl dem Polizisten zu bleiben, musterte das Papier noch einmal und hob die Augen zu Wolfe und mir.

»Dieses ist ein Haftbefehl«, sagte er schließlich. »Für Ihre Verhaftung als Hauptzeugen in einem Mordfall. Wollen Sie ihn sehen?«

Ich drehte mich zu Wolfe um. Ich kann bezeugen, daß er während der ganzen zehn Sekunden Totenstille nicht ein einziges Mal mit den Lidern zuckte. Dann sprach er, doch alles, was er vorbrachte, war: »Nein.«

»Aber ich«, warf ich ein und streckte die Hand aus, und Groom reichte mir das Papier. Es sah echt aus, und sogar unsere Namen waren richtig geschrieben. Die Unterschrift des Richters sah aus wie »Bymnyomr«. »Ich denke, er stimmt«, sagte ich zu Wolfe.

Der stierte Groom an. »Ich weiß kaum, welchen Ausdruck ich gebrauchen soll«, sagte er eisig. »Willkürlich? Anmaßend? Starrköpfig?«

»Sie sind jetzt nicht in New York, Wolfe.« Groom versuchte vergeblich, seine Selbstzufriedenheit zu verbergen. »Dieses ist die Stadt Albany. Ich frage Sie nochmals, wollen Sie Ihre Erklärung ändern oder ihr etwas hinzufügen?«

»Sie meinen es wirklich ernst mit der Zustellung dieses Dingsda?«

»Ich *habe* ihn zugestellt. Sie stehen unter Arrest.«

Wolfe drehte sich zu mir. »Wie ist Mr. Parkers Nummer?«

»Eastwood sechs-zwei-sechs-null-fünf.«

Er erhob sich, umkreiste den Schreibtisch, setzte sich auf den Stuhl, den Hyatt geräumt hatte, und hob den Hörer von der Gabel. Groom sprang hoch, machte einen Schritt, fing sich, blieb stehen und steckte die Hände in die Hosentaschen. »Ein Gespräch mit New York City, bitte. Eastwood sechs-zwei-sechs-null-fünf«, sagte Wolfe in den Apparat.

Vier Stunden später, um sechs Uhr, waren wir immer noch in Haft. Ich hatte schon vorher hinter Gittern gesessen, aber noch nie mit Wolfe zusammen. Für ihn war es eine Premiere.

Eigentlich waren wir nicht hinter Gittern, oder zumindest waren sie nicht sichtbar. Es war ein Untersuchungszimmer im Polizeipräsidium, und es war eigentlich nicht übel, außer daß es wie ein Krankenhaus roch und die Stühle klebrig waren. Es gab sogar eine Privattoilette hinter einem abgetrennten Verschlag in der Ecke. Ein Polizeibeamter leistete uns Gesellschaft, wahrscheinlich um aufzupassen, daß wir den elektrischen Stuhl nicht um seine Beute betrogen, indem wir einen Selbstmord-Pakt schlossen und ihn ausführten. Als ich ihm sagte, daß uns eine Abendzeitung einen Dollar wert wäre, öffnete er die Tür und schrie jemandem über den Korridor etwas zu, verharrte aber auf seinem Posten. Er ging kein Risiko ein.

Bald nach unserer Festnahme hatte man uns gestattet, etwas Eßbares zu bestellen, und ich hatte zwei Portionen Corned beef auf Toast und einen Viertelliter Milch kommen lassen. Wolfe, der seit zehn Uhr nichts weiter als Kaffee verzehrt hatte, lehnte das Angebot ab. Ob er in Hungerstreik treten wollte oder nur vor Wut nichts essen konnte, vermochte ich nicht zu sagen. Als mein Corned beef auf Toast ankam, entpuppte es sich als Schinken auf Schwarzbrot, und der Schinken war nur mittelprächtig, aber die Milch war in Ordnung.

Nicht nur, daß Wolfe in der Gefangenschaft nichts aß, er sprach auch nicht. Mit dem Hut auf dem Kopf saß er auf seinem auf einer Holzbank ausgebreiteten Mantel, zumeist gegen die Wand gelehnt, mit geschlossenen Augen und mit über dem Gipfel seines Schmerbauchs gefalteten Händen. Ich betrachtete ihn, und da mir seine Grimassen wohlvertraut waren, würde ich sagen, daß er, statt sich zu beruhigen, noch wütender wurde. Nachdem einige Stunden verstrichen waren, machte er den einzig wirklichen Versuch zu einem Gespräch, öffnete die Augen und fragte mich nach meiner offenen, ehrlichen Meinung über etwas. Ich erklärte, daß er meine wahre Meinung über alles und jedes haben könnte und daß wir offensichtlich dafür ausreichend Zeit hätten.

Er grunzte. »Ich sehe voraus, daß in Zukunft – falls Sie und ich weiterhin zusammen arbeiten, was wahrscheinlich ist – diese Episode in diesem oder jenem Zusammenhang öfters erwähnt werden wird. Gehen Sie mit mir einig?«

»Na klar. Vorausgesetzt, daß es nicht unsere letzte Episode ist. Sie nehmen offenbar an, daß wir eine Zukunft haben werden.«

»Sie Miesmacher! Dafür werden wir schon sorgen. Beantworten Sie mir eine Frage: Wenn Sie nicht durch Ihr Gelüst, bei einem Telefon-Anzapfvorgang mitzuwirken und die technischen Einzelheiten und den Ablauf zu studieren, verführt worden wären, glauben Sie, daß ich den Job für jenen Mann angenommen hätte? Ich frage nur nach Ihrer Meinung.«

»Nun, die werden Sie nicht bekommen.« Ich sah auf ihn hinunter. »Falls ich nein sage, wären die zukünftigen Erörterungen zu einseitig. Sage ich ja, hieße das, eine weitere Herausforderung auf die Bürde zu häufen, die Sie bereits tragen, und das könnte zuviel für Sie sein. Sie können uns nicht aus dieser Klemme befreien, wenn Sie zu sehr vor Wut kochen, um nachdenken zu können. Ich schlage Ihnen etwas vor: Ich werde es teilen.«

»Was teilen?«

»Die Schuld. Halbe-halbe. Wir beide haben verdient, daß man uns prügelt, aber nicht, daß man uns brät.«

»Überlassen wir das der Zukunft«, knurrte er und schloß einfach die Augen.

Um sechs Uhr war ich in den zweiten Abschnitt der Abendzeitung vertieft, und nachdem ich alles mögliche andere verschlungen hatte, ließ ich mich darüber belehren, wie man Nylon-BHs, die auf irgendeine Weise zerrissen worden waren, reparieren konnte. Plötzlich flog die Tür auf. Unser Wachtposten wirbelte hoch, bereit, einen bewaffneten Rettungsversuch abzuwehren, aber es war nur ein Polyp, der einen Besucher hereinführte. Der Besucher, ein Kerl mit rotem Gesicht und in einem braunen Kaschmirmantel, blieb stehen und warf einen Blick um sich, trat ein und streckte eine Hand aus.

»Mr. Wolfe? Ich bin Stanley Rogers. Es tut mir schrecklich leid. Wahrscheinlich dachten Sie, ich sei in eine Sackgasse geraten, aber Nat Parker erreichte mich erst gegen drei Uhr, und der Richter steckte mitten in einer Verhandlung, und ich mußte allerlei Fäden ziehen. Wir sind hier draußen nicht sehr gastfreundlich, stimmt's? Das ist Mr. Goodwin? Mir ein Vergnügen.« Er bot mir seine Hand, und ich schüttelte sie. »Ich bat den Richter, sich mit einer Summe von fünftausend für die Bürgschaft zu begnügen, aber er wollte es nicht unter zwanzigtausend machen. Für jeden zwanzigtausend. Immerhin sind Sie auf freiem Fuß, wie Sie es zweifellos verdienen, nur dürfen Sie den Gerichtsbezirk nicht ohne Erlaubnis des Gerichtshofs verlassen. Ich habe ein Zimmer für Sie im Latham Hotel reservieren lassen, aber es kann natürlich rückgängig gemacht werden, wenn Sie andere Vorkehrungen treffen möchten.«

Er hatte einige Papiere, die wir unterschreiben mußten. Er versicherte uns, Parker, der ihn aus New York anrief, habe ihm erklärt, alles im Bereich des Möglichen für uns zu unternehmen. Er würde auch seine Dinnerverabredung absagen, falls wir ihn benötigten; aber Wolfe sagte, daß er im Moment nichts weiter wollte, als hier herauszukommen und etwas zu essen. Ein Angebot nahmen wir aber an. Er hatte seinen Wagen draußen stehen, und nachdem er sich von dem Wachtposten verabschiedet hatte – ohne Trinkgeld – und zu einem Schalter gegangen war, wo wir uns abmeldeten und einige persönliche Dinge zurückforderten, die man uns abgenommen hatte, führte er uns nach draußen und fuhr uns zu der Garage, wo wir die Limousine abgestellt hatten. Mit Wolfe wieder im Fond, rollte ich zum Hotel, holte die Reisetaschen aus dem Kofferraum und überließ den Wagen einem Hoteldiener.

Ich hätte Wolfe unter die Nase reiben können, daß ich in bezug auf die Taschen wieder einmal recht gehabt hatte, entschied jedoch, daß er dafür nicht in Form war. Am Abend zuvor, dickköpfig wie gewöhnlich, hatte er sich geweigert, der Möglichkeit ins Auge zu sehen, eine Nacht außer Haus verbringen zu müssen. Er hatte darauf bestanden, daß wir kein Gepäck brauchen würden, doch ich hatte selbst seine Tasche gepackt, nach dem Grundsatz, daß der Mensch denkt, aber ein höheres Wesen gelegentlich lenkt. Jetzt, als uns der Hotelboy auf Zimmer 902 folgte und die Taschen auf das Gestell setzte, war eine prächtige Gelegenheit für eine nonchalante Bemerkung, aber ich hielt es für ratsamer, sie für mich zu behalten.

Als sein Mantel neben dem meinen im Schrank hing, entledigte sich Wolfe seines Jacketts, seiner Weste, seiner Krawatte und des Hemdes, ging ins Badezimmer und wusch sich Gesicht und Hände. Dann zog er seinen Morgenrock aus gelber Wolle mit zarten schwarzen Streifen an, holte seine Pantoffeln, setzte sich auf einen

Stuhl, um seine Stiefel auszuziehen, und bat mich, den Zimmerdienst wegen einer Speisekarte anzurufen. Ich erinnerte ihn daran,
daß Rogers das Essen im Latham Hotel als nur mittelmäßig
bezeichnet hatte und daß das beste Restaurant der Stadt nur zwei
Häuserblocks entfernt lag.

»Ich bin daran nicht interessiert«, erklärte er. »Ich habe keinen
Appetit und deshalb auch kein Geschmacksempfinden. Ich esse,
weil ich essen muß. Sie wissen genau, daß ich nicht mit leerem
Magen arbeiten kann.«

Arbeiten wollte er also.

Ich kann mich an kein düstereres Mahl erinnern. Die Speisen
waren einwandfrei genießbar. Austern, Consommé, Rindsbraten,
Kartoffelbrei, Broccoli, Salat, Apfelkuchen, Käse und Kaffee –,
und wir verputzten alles, aber die Stimmung war ohne Glanz.
Obwohl Wolfe bei Tisch niemals über Geschäfte spricht, so
unterhält er sich doch während der Mahlzeiten gerne über alles
mögliche, und tut es auch beinahe immer. Bei jenem Essen sagte er
jedenfalls kein einziges Wort, und ich unterließ auch jeden Versuch, ihn anzukurbeln. Als er mit seiner zweiten Tasse Kaffee
fertig war, stieß er seinen Stuhl zurück und nuschelte mir zu: »Wie
spät ist es?«

»Zwanzig nach acht.«

»Gut.« Er zog die Luft ein, den ganzen Weg bis zu dem
Rindsbraten hinunter, und stieß sie durch die Nase wieder aus.
»Ich weiß nicht, ob Sie sich vorstellen können, in was für einer
Patsche ich sitze.«

»Auch die Patsche ist geteilt. Halbe-halbe.«

»Nur in gewissem Maße. Die Gefahr, ja, aber bei mir gibt es
eine besondere Schwierigkeit. Man wird uns hier festhalten, bis
der Fall gelöst ist. Ich kann unsere Freilassung nur beschleunigen,
indem ich ihn löse, aber ich habe keine Lust dazu. Gewiß kann
niemandem gestattet werden, ungestraft zu morden, aber ich
würde es vorziehen, bei der Überführung des Mannes, der diese
abscheuliche Kreatur tötete, nicht die Hand im Spiel zu haben.
Was soll ich tun?«

Ich winkte ab. »Das ist einfach. Warten Sie's ab. Dieses Zimmer
ist gar nicht so übel. Sie können die Versammlungen des Stadtra-
tes, wenn sie stattfinden, besuchen und sich Bücher aus der
Leihbücherei holen, und ich kann Sally Colt allerhand beibringen,

falls sie auch hier hängenbleiben sollte. Zieht es sich über Monate hin, und das ist wahrscheinlich, wenn jener Groom das Beste ist, was sie vorzuweisen haben, könnten wir eine kleine Wohnung mieten und Fritz kommen lassen –«

»Mund halten!«

»Jawohl, Sir. Oder vielleicht könnten Sally und ich den Fall ohne Sie lösen. Ich fühle mich dem Täter nicht so sehr zu Dank verpflichtet, wie es bei Ihnen zu sein scheint. Falls –«

»Unsinn. Ich bin nicht dankbar. Ich wollte ihn lebend wiedersehen. Also gut. Zwischen dem Unerträglichen und dem lediglich Widerwärtigen muß ich das letztere wählen. Ich nehme an, die andern werden ebenfalls im Gerichtsbezirk festgehalten.«

»Falls Sie unsere Kollegen meinen, ganz bestimmt. Vielleicht nicht inhaftiert, wie wir, aber zurückgehalten gewiß. Für Groom sind wir kein so sicherer Tip, als daß er die andern gehenließe, und außerdem braucht Hyatt sie für seine Befragung.«

Er nickte. »Ich muß sie sehen. Vielleicht sind einige in diesem Hotel. Finden Sie sie, und bringen Sie sie her.«

»Jetzt?«

»Ja.«

»Haben Sie irgendwelche Vorschläge?«

»Nein. Mein Geist funktioniert nicht. Ich will versuchen, ihn wieder flottzumachen, bis Sie sie anbringen.«

So etwas war schon früher vorgekommen, mehrmals. Er wußte, daß es für mich nur zwei Möglichkeiten gab: zu protestieren, daß er mir mehr auftrug, als ich ausführen konnte, oder es als Kompliment zu nehmen, daß er, wollte er ein Wunder vollbracht haben, nur mit dem Finger in meine Richtung zu schnippen brauchte; und er wußte auch, welche dieser Möglichkeiten ich wählen würde.

»Okay«, sagte ich. »Wollen Sie dann bitte den Zimmerdienst anrufen, damit abgeräumt wird? Fritz könnten Sie auch anrufen, damit er nicht anfängt, sich zu sorgen. Ich muß jetzt nachdenken.«

Ich stellte mich ans Fenster, schob die Gardinen auseinander, zog die Jalousie hoch und starrte auf die nächtliche Straße hinunter. Es war nicht das erste Mal, daß es mir oblag, eine Gesellschaft zusammenzutrommeln, aber es war noch niemals eine Bande von Privatdetektiven gewesen, und für sie brauchte ich einen Spezialtrick. Allmählich kamen mir brillante Ideen. Zum Beispiel, ihnen zu erzählen, Wolfe nähme an, es würde sie interessieren, was ihn

Hyatt beim Verhör gefragt hatte. Oder Wolfe hätte eine Idee, wie wir uns alle aus dem Gerichtsbezirk verdrücken könnten, und wollte sich mit ihnen darüber beraten. Oder Wolfe hätte gewisse Informationen über den Ermordeten, die er der Polizei nicht mitgeteilt hatte und die er mit ihnen besprechen wollte. Oder ihnen zu sagen, daß Wolfe es für wesentlich hielt, die Ankunftszeit eines jeden von uns in Zimmer 42 festzuhalten, und daß wir das gemeinsam regeln sollten. Und so weiter, fast ein Dutzend Einfälle. Ich wirbelte sie in meinem Kopf herum. Das Entscheidende war, etwas zu wählen, das bei jedem von ihnen ankommen würde.

Plötzlich fiel mir ein, daß Wolfe mir einmal erklärt hatte, die beste Art, unter einem Sortiment von Einfällen zu wählen, sei die, den einfachsten zu nehmen. Ich ließ die Jalousie herunter und drehte mich um. Er hatte gerade sein Gespräch mit Fritz beendet und manövrierte sich in den Lehnsessel, der beinahe breit genug für ihn war. »Sie wollen alle zusammen, nicht wahr?«

Er bejahte.

»Wie bald?«

»Oh – in zwanzig Minuten. Einer halben Stunde.«

Ich setzte mich auf die Bettkante, nahm den Hörer auf und erklärte der Telefonistin, daß, soviel ich wüßte, Harland Ide auch hier abgestiegen sei, und sie solle mich bitte mit seinem Zimmer verbinden. In zwei Minuten begrüßte mich sein Baß, ein wenig heiser, mit einem Hallo.

»Mr. Harland Ide?«

»Am Apparat.«

»Hier ist Archie Goodwin. Ich rufe im Auftrag von Mr. Wolfe an. Wir sind auf Zimmer 902. Er möchte Sie gerne wegen einer Sache, die man nicht am Telefon besprechen kann, um Rat fragen. Im Augenblick ruht er sich aus. Wenn Sie ihm den Gefallen tun wollen, in Zimmer 902, sagen wir, in einer halben Stunde, vorbeizukommen, wird er das sehr schätzen. Sagen wir neun Uhr. Wir hoffen, Sie kommen.«

Ein kurzes Schweigen. »Können Sie mir einen Anhaltspunkt geben?«

»Besser nicht, am Telefon.«

Ein etwas längeres Schweigen. »Also gut, ich komme.«

Das Einfachste ist das Beste. Es war natürlich ein großer Vorteil, daß sie alle Privatdetektive waren. Sagen Sie einem Privatdetektiv, Sie müssen etwas mit ihm besprechen, das zu heiß fürs Telefon ist, und er durchschwimmt einen Strom, um zu Ihnen zu gelangen.

Nicht bei allen war es so leicht wie bei Ide. Steve Amsel war nicht im Latham abgestiegen, aber ich erreichte ihn in einem andern Hotel und gewann ihn für das Projekt. Jay Kerr war im Latham, aber bei den ersten beiden Versuchen war seine Leitung besetzt, und ich erreichte ihn als letzten. Dol Bonner und Sally Colt hatten Zimmer 917 auf unserem Stockwerk, und ich wünschte, ich hätte unten mit ihnen zu Abend gegessen, anstatt mit einer stummen Attrappe vorliebzunehmen. Zuerst machte sich Dol Bonner nicht viel aus der Sache, aber als ich ihr erklärte, daß die andern auch kämen, sagte sie zu. Nachdem ich beim dritten Versuch auch Kerr antraf, legte ich auf und drehte mich zu Wolfe um. »Alles bestens inszeniert. Wollen Sie noch jemanden? Groom? Hyatt? Den Innenminister?«

»Wie spät ist es?«

»Neun Minuten vor neun.«

»Verflixt, ich muß mich anziehen.« Er erhob sich und begann sich aus dem Morgenmantel zu schälen. Er wollte weibliche Gäste nicht im Negligé empfangen, besonders nicht in einem Hotelzimmer.

Es war ein geräumiges Zimmer und war mit sieben – oder, wenn man Wolfe doppelt zählte, acht – Personen nicht überfüllt. Ich hatte eine telefonische Eilbestellung nach weiteren vier Stühlen aufgegeben, so brauchte sich niemand auf die Bettkante zu hocken. Dol Bonner und Sally, immer noch unzertrennlich, saßen drüben an der Wand. Daneben Steve Amsel, der seinen Stuhl umgedreht hatte, die Arme auf der Rückenlehne verschränkte und sein Kinn auf die Hände stützte. Er war immer noch sehr adrett, und seine schwarzen Augen waren immer noch flink. Harland Ide sah müde aus, aber immer noch würdig genug für einen Bankier. Jay Kerr, das halb glatzköpfige rundliche Männchen, tauchte als letzter auf. Er brachte zwei Hinweise mit, die ich auf der Stelle mit meiner höchst trainierten Beobachtungsgabe entdeckte: ein gerötetes Gesicht und eine Fahne.

»Sieh an!« rief er bei unserem Anblick aus. »Eine Party, he? Davon haben Sie mir nichts gesagt, Archie. Hört, hört!«

»Hinsetzen und zuhören«, befahl ihm Amsel. »Wir haben auf Sie gewartet. Wolfe will sein Liedchen pfeifen.«

»Das möchte ich gerne hören«, bemerkte Kerr herzlich und setzte sich.

Wolfes Augen machten die Runde. »Ich beginne am besten damit, Ihnen die Erklärung vorzulesen, die ich dem Innenminister vorlegte.« Er zog ein Dokument aus seiner Tasche und entfaltete es. »Sie ist ziemlich lang, aber ich möchte, daß Sie über meine Lage Bescheid wissen. Wenn Sie mir gestatten.«

»Gewiß«, rief Kerr. »Schießen Sie los.«

Wolfe begann zu lesen. Es nahm ganze zehn Minuten in Anspruch, aber er packte seine Zuhörerschaft. Ich muß zugeben, daß ich Mitgefühl für ihn empfand. Am liebsten hätte er doch diese Angelegenheit verschrottet und vergessen, aber da man ihn bereits gezwungen hatte, sie in schriftlicher Form in einer eidesstattlichen Erklärung niederzulegen und vor Hyatt zu wiederholen, mußte er das Ganze jetzt vor einer Versammlung von Mitgliedern seiner Berufsgenossenschaft wiederkäuen. Es mußte eine der bittersten Pillen sein, die er je zu schlucken gehabt hatte, aber er würgte sie hinunter. Als er geendet hatte, faltete er das Schriftstück wieder zusammen und reichte es mir.

Er stützte seine Ellenbogen auf die Sessellehne und spreizte die Fingerspitzen gegeneinander. »Heute morgen konnte ich Ihnen also nicht den Namen des Ermordeten nennen. Ich sprach dabei von meiner Schmach, und ich will nicht länger darauf eingehen. Möchte einer von Ihnen etwas geklärt haben? Irgendwelche Fragen?«

Offensichtlich hatte niemand eine. Wolfe ergriff wieder das Wort. »Mr. Goodwin sagte Ihnen am Telefon, daß ich Sie wegen etwas um Rat fragen möchte. Hier ist es. Wir alle sind in eine Morduntersuchung verwickelt und werden festgehalten. Mr. Goodwin und ich sind als Hauptzeugen verhaftet worden und auf Bürgschaft freigelassen. Ich weiß nicht, ob jemand von Ihnen verhaftet worden ist, aber gewiß ist Ihre Bewegungsfreiheit eingeschränkt worden. Ich denke, daß es zu unserem gemeinsamen Vorteil sein wird, unsere Informationen zusammenzutun, darüber zu sprechen und zu beschließen, was damit zu machen ist. Wir alle sind geübte und erfahrene Spürhunde.«

Amsel wollte zum Sprechen ansetzen, aber Wolfe winkte ab.

»Bitte. Ehe Sie sich dazu äußern, lassen Sie mich klarstellen, daß weder Mr. Goodwin noch ich irgend etwas mit dem Tod jenes Mannes zu tun hatten noch irgend etwas darüber wissen. Möglicherweise trifft das auf Sie alle zu. Falls ja, ist der Wert meines Vorschlags eindeutig; wir wären Einfaltspinsel, wenn wir nicht unsere Informationen und unseren Verstand zusammentäten. Falls nein, falls einer von Ihnen ihn tötete oder seine Hand im Spiel hatte, wird er uns gewiß nichts davon sagen, und wahrscheinlich wird er sich weigern, uns überhaupt eine Auskunft zu geben. Aber offensichtlich läge es im Interesse von uns andern, unsere Kenntnisse und unsere Findigkeit zu vereinen. Stimmen Sie mir zu?«

Zum erstenmal wechselten sie Blicke. Jay Kerr sagte: »Recht ordentlich. Hört, hört! Den letzten beißen die Hunde!«

»Das ist der richtige Ausdruck«, erklärte Amsel. »Wenn ich nicht mitspiele, bin ich der Sündenbock.«

»Ich habe eine Frage.« Das war Harland Ide. »Warum wurden Sie und Goodwin in Haft genommen und gegen Bürgschaft freigelassen?«

»Weil«, erklärte ihm Wolfe, »jener Mann – ich nehme an, daß Sie inzwischen alle wissen, daß sein Name Donahue war –, weil er Mr. Hyatt heute morgen eine Geschichte aufgetischt hat, die im Widerspruch zu meiner Erklärung stand. Er behauptete, mir seinen Namen als Donahue genannt zu haben, und ich hätte von der Ungesetzmäßigkeit des Abhörens gewußt.«

»Au weh«, meinte Kerr. »Kein Wunder, daß wir auspacken sollen.«

»Ich habe auch ›ausgepackt‹, Mr. Kerr. Ich werde jede Frage, die Sie stellen wollen, beantworten. Und ich versichere Ihnen, daß mich nicht Furcht vor einem unvermeidbaren Unheil, weder für Mr. Goodwin noch für mich selbst, antreibt. Ich möchte nur nach Hause.«

Dol Bonner ergriff das Wort. »Mir scheint, daß es nur um die Frage geht, ob es Zweck hat oder nicht. Wir haben bereits der Polizei alles erzählt, was wir wissen – ich wenigstens und Miss Colt, und morgen werden sie uns erneut vornehmen.« Sie richtete ihre Bernsteinaugen auf Wolfe. »Was für einen Sinn soll es haben?«

Er sah sie stirnrunzelnd an. Manchmal bemüht er sich wahrhaft, mit einer Frau zu reden, ohne sie finster anzustarren, aber er schafft es selten. »Möglicherweise keinen, gnädige Frau. Aber wir beanspruchen für uns eine beträchtliche Portion Verstand, und vielleicht haben wir ihn auch. Falls ja, können wir ihn ebensogut nutzen, da sonst nur die Möglichkeit bleibt, stillzusitzen und vor uns hin zu brüten, in der Hoffnung, daß Mr. Groom entweder Verstand oder Glück hat. Haben Sie überhaupt schon Notizen ausgetauscht?«

Er erhielt dreimal ein Nein und zweimal Kopfschütteln.

»Dann wird es Zeit. Sie wissen noch nicht einmal, ob einer oder mehrere von Ihnen mit Sicherheit ausgeschlossen werden können. Angenommen, einer von uns tötete ihn, wissen Sie, wie die Zeitgrenze liegt?... Sie wissen es nicht. Offenbar hatten Sie nicht den Vorzug wie ich, Mr. Hyatts Geschichte gehört zu haben. Der Mord wurde zwischen halb zehn, als Mr. Hyatt Donahue allein in dem Zimmer ließ, und zehn Uhr – als ich und Mr. Goodwin hereinkamen – begangen. Angenommen, daß einer von uns ihn tötete – und diese Mutmaßung müssen wir aufrechterhalten, bis wir eine Rechtfertigung haben, sie fallenzulassen. Falls einer von Ihnen beweisen kann, daß er vor 9 Uhr 30 in Zimmer 42 ankam und dort blieb, kann er ausgeschlossen werden.«

»Ich nicht«, sagte Dol Bonner. »Miss Colt und ich kamen als erste, um zwanzig Minuten vor zehn Uhr. Ungefähr fünf Minuten später kam Mr. Ide und nach weiteren vier oder fünf Minuten Mr. Amsel. Der nächste war Mr. Kerr, und Sie und Mr. Goodwin kamen als letzte, kurz vor zehn. Ich nahm übel, daß man Sie zuerst aufrief, da wir alle vor Ihnen gekommen waren und meines Erachtens auch zuerst aufgerufen werden sollten.«

»Dann stecken wir alle drin. Als ich die Zeitgrenze zwischen 9 Uhr 30 und 10 Uhr angab, übersah ich die Möglichkeit, daß entweder Mr. Goodwin oder Miss Colt, oder beide – auf ihrem Weg zum Kaffeeholen – in Zimmer 38 schlüpfen und ihn töten konnten. Möchte einer diese Möglichkeit untersuchen?«

Sally Colt fing an zu kichern. Das war ein Schönheitsfehler, aber ich machte Zugeständnisse, weil es das erste Mal sein konnte, daß sie einen Mord aus nächster Nähe miterlebte, und deshalb natürlich nervös war. Ich kam ihr zu Hilfe. »Streichen Sie das von der Liste. Ich tat es nicht, sie tat es nicht, und wir taten es nicht.«

»Miss Colt?«

»Seien Sie nicht albern!« Ihre Stimme war lauter als nötig, und sie dämpfte sie. »Nein. Mr. Goodwin hat recht.«

»Gut. Das hat er oft.« Wolfe rutschte auf seinem Stuhl herum. Sein Hinterteil war seit sechs Uhr früh genug gestraft worden. »Wahrscheinlich nimmt die Polizei an, einer von uns hätte bei seiner Ankunft Donahue, der die Tür jenes Zimmers geöffnet haben konnte, um herauszuspähen, im Korridor gesehen und sich daran gemacht, ihn zu vernichten. Bei dieser Theorie sind wir in Schwierigkeiten. Für eine ausgedehnte Unterhaltung konnte nicht Zeit genug gewesen sein, wenn der Mörder das Gebäude nicht sehr viel früher betrat, ehe er in Zimmer 42 eintraf, und in dem Fall wird ihn die Polizei gewiß ohne unsere Hilfe fangen. Doch war aller Wahrscheinlichkeit nach der bloße Anblick von Donahue in diesem Gebäude ausreichend, um den Mörder seinen Tod auf der Stelle beschließen zu lassen. Trifft das auf einen von Ihnen zu? Ich habe Ihnen erschöpfend und offenherzig von meiner Verbindung mit jenem Manne berichtet. Hatte einer von Ihnen mit ihm zu tun?«

»Ich«, gestand Dol Bonner.

»Ja, Miss Bonner? Wollen Sie mehr darüber sagen?«

»Sicher. Ich habe es der Polizei erzählt, warum nicht Ihnen auch?« In ihrer Stimme schwang ein Anflug von Verachtung, ob für Wolfe oder für die andern, war nicht zu sagen. »Erst einmal überging ich etwas, aber nicht absichtlich. Als Miss Colt und ich im dritten Stock jenes Gebäudes anlangten, ging ich auf die Damentoilette, und sie ging in Zimmer 42. Es war zwanzig Minuten vor zehn, als ich dort zu ihr stieß. Die Polizei weiß das natürlich. Ich hörte auch, wie ein Polizeibeamter zu jemandem – ich glaube, es war der District Attorney – sagte, daß alle von uns die Leiche identifiziert hatten.«

»Sieh an.« Wolfes Stirn hatte sich beinahe geglättet. »Die ganze Schar?«

»Das sagte er.« Ihr Blick schwenkte zu Ide, zu Amsel, zu Kerr und zurück zu Wolfe. »Meine Geschäfte mit ihm gleichen fast aufs Haar den Ihren. Er kam im April in mein Büro, gab als Namen Alan Samuels an und wollte, daß ich es einrichtete, seinen Privat-anschluß – er wohnte in der Bronx – abhören zu lassen, unter genau den gleichen Abmachungen, die er bei Ihnen traf. Ich hatte keinen Archie Goodwin, der mich anstachelte, aber ich dachte, es könnte mir nichts schaden, etwas über Leitungsanzapfen zu lernen, wenn es legal geschehen konnte. Deshalb willigte ich in den Auftrag ein, falls er mir seine Personalien geben würde. Er zeigte mir einige Papiere – einen Führerschein und einige Briefe –, aber ich erklärte, daß das nicht ausreichte.«

Sie hielt inne, um zu schlucken. Offenbar erfüllte ihre Leistung sie mit genauso wenig Stolz wie Wolfe die seine. »Er sagte, daß er ein Konto auf der Bank um die Ecke habe – mein Büro liegt an der 50. Straße, Ecke Madison Avenue –, und bat mich, ihn dorthin zu begleiten. Ich hatte eine Verabredung, konnte das Büro nicht verlassen, deshalb bat ich Miss Colt, mit ihm zu gehen.« Sie drehte sich um. »Sally, jetzt sind Sie dran.«

Sally sah nicht sehr fröhlich aus. »Sie wollen, daß ich es erzähle?«

Dol Bonner bejahte, und Sally heftete ihren Blick auf Wolfe. Von meinem Blickwinkel aus konnte man in dem elektrischen Licht das Blaue in ihren Augen nicht erkennen, sie wirkten fast so schwarz wie Amsels. »Miss Bonner erklärte mir, um was es ging«, begann sie, »und ich begleitete ihn um die Ecke in die Madison Avenue zur Zweigstelle der Continental Trust Company. Er führte mich durch ein Türchen hinter der Abgitterung, wo vier Männer an Schreibtischen saßen, und er trat an einen der Schreibtische, auf dem ein kleines Namensschild mit dem Namen Frederick Poggett stand. Der Klient nannte den Mann an dem Schreibtisch Mr. Poggett, reichte ihm die Hand und erklärte, daß er in Verbindung mit einer geschäftlichen Angelegenheit seine Identität beweisen müsse und ob Mr. Poggett ihn wohl identifizieren würde. Mr. Poggett sagte: ›Selbstverständlich‹, wandte sich an mich und erklärte: ›Dieser Herr ist Mr. Samuels, ein Kunde unserer Bank.‹ Ich fragte: ›Alan Samuels?‹, und er bejahte das und bot dann dem Kunden an, falls es sich um eine Kreditfrage handelte, gerne seinen Bankauszug bestätigen zu wollen. Der Klient meinte, das sei nicht nötig, und wir gingen. Wir kehrten ins Büro zurück, und ich erstattete Miss Bonner Bericht.«

Sie unterbrach sich und sah Dol Bonner an, die nickte und ihr Stichwort aufgriff. »In meinem Fall, Mr. Wolfe, war es nicht sein Sekretär, den er im Verdacht hatte, sondern sein Bruder, der im selben Haus wohnte, aber das ist nur eine Kleinigkeit. Er zahlte in bar tausend Dollar, und ich fand heraus, wie man die Leitung anzapfte, und machte mich ans Werk. Er sollte sich täglich um fünf Uhr seinen Bericht in unserem Büro abholen. Eines Morgens, als er den fünften Bericht erhalten hatte, rief er uns an und erklärte, daß er die Zapfstelle nicht länger benötige, und fragte, ob er mir noch etwas schulde. Ich sagte, ja, weitere fünfhundert Dollar, und nach ungefähr einer Stunde kam er vorbei und zahlte sie.«

Sie machte eine kleine Handbewegung. »Ich hatte ihn nie in Verdacht. Ich behaupte immer noch, daß es keinen Grund dazu gab. Aber als der ganze Tumult wegen der angezapften Leitungen losging und als man uns auferlegte, jegliche Beziehung, die wir dazu hatten, unter Eid darzulegen, ging ich zu der Bank und sprach mit Mr. Poggett. Miss Colt nahm ich mit. Er erinnerte sich natürlich an den Vorfall. Nachdem er sich die Karteikarte vorgenommen hatte, erklärte er mir, daß Alan Samuels ein Scheckkonto auf der Bank am 10. Februar eröffnet hatte, wobei er seine Geschäftsadresse in der Lexington Avenue angegeben hatte. Er, Poggett, hatte den Fall bearbeitet. Er wollte mir weder die Anzahl noch die Art der Referenzen, die Samuels angegeben hatte, nennen, aber er sagte, daß das Konto am 20. April, also einen Tag später, als er die Abhörstelle aufgegeben hatte, gelöscht wurde. Ich konnte die Adresse in der Lexington Avenue aus ihm herausbekommen. Natürlich argwöhnte ich, daß man mich an der Nase herumgeführt hatte, und ich – wollen Sie, daß ich weitererzähle? Von meinen Bemühungen, ihm auf die Spur zu kommen?«

»Nur, falls Sie ihn fanden. Hatten Sie Erfolg?«

»Nein. Das nächstemal, daß ich ihn sah, war heute in dem Zimmer. Tot.«

»Sie hatten ihn vorher nicht lebend gesehen?«

»Nein.«

»Wäre es nicht ein leichtes gewesen, Ihren Argwohn zu überprüfen – ihn entweder begründet oder unbegründet zu finden?«

»Oh.« Sie war verblüfft. »Das habe ich vergessen. Natürlich. Ich ging selber zu der Adresse in der Bronx. Ein Mann namens Alan Samuels lebte dort, aber es war nicht derselbe Mann.«

»Beichteten Sie ihm Ihr ... hm, unbeabsichtigtes Eindringen in seine Intimsphäre?«

»Nein. Ich gestehe, daß ich es hätte tun sollen, aber ich tat es nicht. Mich widerte das Ganze an.«

»Haben Sie Erkundigungen über ihn eingezogen – über seinen

Beruf, seine Lebensführung, seine Interessen?«

»Nein. Was hätte das schon genützt?«

»Wie lautet seine Adresse?«

»Ich denke ...« Sie zögerte. »Ist das wichtig?«

Wolfe runzelte wieder die Stirn. »Kommen Sie, Miss Bonner. Sie ist wahrscheinlich in jedem Telefonverzeichnis der Bronx zu finden.«

Sie errötete ein wenig. »Es schien mir nur unwesentlich zu sein. Borchard Avenue Nr. 2970, in der Bronx.«

Wolfe drehte sich um. »Archie. Rufen Sie Mr. Cohen an. Geben Sie ihm Namen und Adresse, und sagen Sie ihm, wir möchten alle Auskünfte, die leicht zu beschaffen sind. Möglichst innerhalb einer Stunde.«

Ich stand auf und ging an den Apparat. Bei der Nummer der *Gazette* brauchte ich mein Notizheft nicht zu Rate zu ziehen. Ich bat die Versammlung, weiterzumachen, da ich gewohnt war, unter schwierigen Verhältnissen zu telefonieren, aber sie schwiegen höflich. Zu jener Nachtzeit hatte ich New York in zwanzig Sekunden, erwischte Lon und teilte ihm unseren Wunsch mit, aber es dauerte zwei Minuten, ihn loszuwerden. Er wollte einen Exklusivbericht über unsere Verhaftung und über die Sorte Knoten, mit der ich Donahues Krawatte gebunden hatte, und ich mußte unhöflich werden und den Hörer ohne Verabschiedung auflegen. Als ich zu meinem Stuhl zurückkehrte, lud Wolfe die Zuhörerschaft ein: »Will einer von Ihnen irgendwelche Fragen an Miss Bonner richten?«

Offensichtlich wollte das niemand.

»Ich denke, daß wir unsere Anerkennung für Miss Bonners Offenheit am besten zeigen, indem wir sie erwidern. Mr. Ide? Mr. Amsel? Mr. Kerr?«

Ide zwickte sich in die Hautfalte über seinem Adamsapfel. Amsel, seine Arme immer noch über der Rückenlehne seines Stuhls verschränkt, sah Wolfe an. Jay Kerr machte ein Geräusch, aber es war nur ein kleiner Rülpser.

»Ich verstehe«, sagte Wolfe, »daß Sie sich durch Ihren Beruf und Ihre Erfahrungen eine hohe Meinung über Diskretion gebildet haben, aber ich hoffe, Sie haben keinen Fetisch daraus gemacht. Miss Bonner zufolge hat jeder von Ihnen den Toten erkannt. Das heißt, daß Sie ihm nicht nur begegnet sind, sondern ihn auch unter

Umständen kennengelernt haben, die es Ihnen als gefährlich – oder zumindest als unvorsichtig – erscheinen ließen, vorzugeben, ihn nicht zu kennen. Wie Miss Bonner sagte: Was Sie der Polizei erzählen, kann sicherlich auch hier gesagt werden, es sei denn, Sie hätten Grund zu der Befürchtung –«

»Was zum Teufel?« stieß Jay Kerr aus. »Gewiß kannte ich den Bastard!«

»Wir haben Damen hier«, wandte Amsel vorwurfsvoll ein.

»Es sind keine Damen, es sind Kollegen. Warum, war er nicht ein Bastard? Sehen Sie nur, wie er Wolfe und Dol Bonner an der Nase herumführte, zwei Fachleute von bestem Ruf. Ein Stinktier. Ich werde liebend gerne alles, was ich über ihn weiß, ausposaunen, aber zuerst möchte ich einen Drink.«

»Ich bitte um Verzeihung«, entschuldigte sich Wolfe, und er meinte es ehrlich. »Fern von zu Hause bin ich nicht ich selbst, und ich vernachlässige sogar die kleinen Annehmlichkeiten. Archie, bitte.«

Dol Bonner nahm Weinbrand und Kaffee, Sally eine Rum-Cola – noch ein Schönheitsfehler. Ide nahm Tee mit Zitrone, Amsel einen doppelten Bourbon mit Wasser, Kerr einen doppelten Scotch mit Eis, und Wolfe wollte zwei Flaschen Bier und ich eine doppelte Portion Milch. Ab und zu genehmigte ich mir auch einen Drink, aber nicht, wenn ich mich meiner Freiheit nur gegen Kaution erfreue. Dann brauche ich meine ganze Geschicklichkeit.

Kerr hatte gesagt, daß er zuerst einen Drink haben wollte. Während wir darauf warteten, daß die Bestellungen heraufgebracht wurden, ging Wolfe noch ein paar Einzelheiten mit Dol Bonner durch, wie zum Beispiel das Datum von Donahues erstem Besuch bei ihr. Aber das war nur Zeitvertreib. Oder vielleicht auch nicht. Ich war froh, daß Fritz nicht da war. Er hat jede Frau, die über die Schwelle tritt, im Verdacht, seine Küche übernehmen zu wollen; von dem übrigen Haus ganz zu schweigen. Er hätte sich regelrecht gewunden. Dol Bonners bernsteinfarbene Augen und lange dunkle Wimpern waren keineswegs ihre einzigen Reize, außerdem war sie der richtige Jahrgang, hatte gesunden Menschenverstand bewiesen und einen recht annehmbaren Bericht erstattet. Darüber hinaus war sie noch eine Leidensgefährtin, da auch sie von Donahue zum Narren gehalten worden war. Natürlich, falls Wolfe ihr den Mord nachwies, wäre sie nicht länger eine Gefahr. Aber ich stellte fest, daß er sie nicht mehr mit einem Stirnrunzeln bedachte. Auch gut, dachte ich. Wenn sie ihn einfängt und Sally mich einfängt, können wir alle Fälle zusammen lösen und ein Monopol in der Branche bilden.

Nachdem die Drinks gekommen und verteilt worden waren und Wolfe ein paar gesunde Schluck Bier genommen hatte, fixierte er Jay Kerr. »Ja, Sir? Sie wollten mit Ihrem Bericht anfangen.«

Kerr nippte an seinem Scotch. »Er hat mich auch reingelegt. Gekonnt. Nur nicht nach genau dem gleichen Motto. Bei ihm ging es um seine Frau. Er wollte, daß seine Privatleitung abgehört wurde – eine Apartmentwohnung in Brooklyn –, und wünschte einen vollständigen Bericht über jeden Anruf, ob von männlichen oder weiblichen Teilnehmern, da er annahm, daß sich ein männliches Wesen während seiner Abwesenheit dort herumtrieb, wo es nichts zu suchen hatte. Ich kann Ihnen, und auch Miss Bonner, sagen, daß er Sie übers Ohr gehauen hat. Er gab mir gleich zu Anfang zweitausend Dollar und noch weitere zweitausend später.«

»Vielen Dank. Das nächstemal werde ich mehr verlangen. Wann war das?«

»Es war Anfang April, als er mit mir in Verbindung trat. Nach zwei Wochen – sechzehn Tagen, wenn ich mich recht entsinne – kündigte er die Abhörstelle und rechnete ab.«

»Wie war sein Name? Der Name, den er angab?«

Kerr nippte wieder, schluckte und zog eine Grimasse. »Dieser Whisky hat nicht den richtigen Geschmack, aber das ist nicht die Schuld des Whiskys. Ich habe Kohl zu Abend gegessen. Sein Name, nun, er nannte sich Leggett. Arthur M. Leggett.«

»Das hört sich bekannt an. L-e-g-g-e-t-t?«

»Ja, genau.«

»Ich habe ihn schon gehört. Archie?«

»Hm«, stimmte ich zu. »Er ist der Boß von irgend etwas.«

»Er ist der Präsident der Metropolitan-Bürger-Liga«, warf Dol Bonner ein.

Diese Frau ging mir auf die Nerven. Jetzt gab sie Wolfe schon Auskünfte, nach denen er mich vergeblich fragte, und sie waren noch nicht einmal verlobt. Wolfe dankte ihr höflich. Nichts gegen Höflichkeit, aber ich hoffte, daß er keinen Fetisch daraus machte.

»Wie bekräftigte er seine Identität?« fragte er Kerr.

»Durch nichts.«

Kerr nippte noch einmal, zog wieder eine Grimasse, und Wolfe wandte sich zu mir und bellte: »Probieren Sie diesen Whisky.«

Ich selbst hatte den gleichen Gedanken gehabt. Es begann so auszusehen, als ob wir einen Mörder in unserer Gesellschaft hatten, und nicht nur das; es war noch nicht lange her, als ein Kerl namens Asse direkt in unserem Büro einen Drink, der ihm von mir serviert worden war, hinunterstürzte und tot umgefallen war. Zyankali. Wolfe wollte keine Wiederholung dieser Szene, und ich ebenfalls nicht. Ich bat Kerr, seinen Drink probieren zu dürfen, und er sagte, was zum Teufel, reichte ihn mir aber. Ich nahm einen Tropfen, verteilte ihn mit meiner Zunge, ließ ihn hinunterrieseln, wiederholte das Ganze mit einem Fingerhut voll und reichte ihn zurück.

»Okay«, beruhigte ich Wolfe. »Es muß der Kohl sein.«

Wolfe grunzte. »Sie sagten, daß er sich nicht auswies, Mr. Kerr. Warum nicht?«

»Warum sollte er?« fragte Kerr zurück. »Wissen Sie, wie viele Männer im Stadtgebiet durchschnittlich pro Woche ihre Ehefrauen verdächtigen? Hunderte. Tausende! Einige von ihnen kommen zu mir, damit ich ihnen helfe. Ein Mann taucht auf und will mich für die Dienste einer Fachkraft bezahlen. Warum sollte ich bezweifeln, daß er weiß, wer er ist? Falls ich alle ihre Angaben überprüfen sollte, würde mich das meine ganze Zeit kosten.«

»Sie müssen diesen Namen schon einmal gehört haben, Arthur M. Leggett. Sie, mit Ihrem ausgedehnten – äh – Betätigungsfeld.«

Kerr reckte sein Kinn hoch. »Hören Sie, sind Sie ein Polyp? Oder einer von uns?«

»Ich bin einer von uns.«

»Dann zeigen Sie es. Überlassen Sie es den Polypen, mir zu sagen, welche Namen ich schon gehört haben muß. Machen Sie sich keine Sorgen, das haben sie und das werden sie. Und ich berichtete über die Abhörstelle in meiner Erklärung an den Innenminister, weil die Moral es erforderte und weil ich wußte, daß es unumgänglich war. Ich wußte, daß zwei der Techniker nicht dichtgehalten hatten, und ich wäre verloren gewesen, wenn man mich mit einer Sache in Zusammenhang gebracht hätte, über die ich nicht Bericht erstattet hatte.«

Wolfe nickte. »Wir haben kein Verlangen, Sie zu quälen, Mr. Kerr. Wir bitten Sie nur, Ihren Anteil für unsere Informations-Sammlung beizusteuern. Sie hatten Ihren Klienten nicht im Verdacht, nicht Arthur M. Leggett zu sein?«

»Nein.«

»Und haben ihn nie verdächtigt?«

»Nein.«

»Dann müssen Sie ihn, als man Sie heute die Leiche besichtigen ließ, als Arthur M. Leggett identifiziert haben.«

»Genau das tat ich.«

»Ich verstehe.« Wolfe dachte einen Augenblick nach. »Warum nicht? Und natürlich waren Sie betroffen und aufgebracht, als Sie erfuhren, daß das nicht sein Name war. Und jetzt haben Sie einige harte Ausdrücke für ihn auf Lager. Damit stehen Sie nicht allein. Ich habe sie auch; ebenfalls Miss Bonner, und auch zweifellos Mr. Ide und Mr. Amsel.« Er leerte sein Bierglas, füllte es wieder, behielt es so lange im Auge, um achtzugeben, daß der aufsteigende Schaum nicht über den Rand schwemmte, und hob dann den Blick. »Das stimmt doch, Mr. Ide?«

Ide stellte seine Tasse auf meinen Koffer auf dem Gestell, den ich ihm als Tisch angeboten hatte. Er räusperte sich. »Ich möchte sagen, Mr. Wolfe, daß ich mich besser als vorher fühle, seit ich in diesem Zimmer bin.«

»Fein. Da es mein und Mr. Goodwins Zimmer ist, bin ich erfreut.«

»Ja, Sir. Meine Erfahrungen mit jenem Mann ähneln den Ihren und denen von Miss Bonner, und ich habe es zutiefst bereut. Er hinterging mich, wie er Sie hinterging, und in der gleichen Art und Weise. Falls ich es Ihnen in allen Einzelheiten erzählte, wäre es nur eine Wiederholung Ihres und Miss Bonners Berichts.«

»Nichtsdestoweniger möchten wir es gerne hören.«

»Das erscheint mir überflüssig.«

Ides Ton hatte sich ein wenig verschärft, aber Wolfe blieb leutselig. »Die eine oder andere Einzelheit mag einen Anhaltspunkt geben. Oder zumindest eine Bestätigung. Wann geschah es?«

»Im April.«

»Wieviel zahlte er Ihnen?«

»Zweitausend Dollar.«

»Gab er seinen Namen als Donahue an?«

»Nein. Einen andern Namen. Wie ich sagte, verfuhr er nach fast dem gleichen Muster wie bei Ihnen.«

»Wie wies er sich aus?«

»Ich ziehe vor, darüber zu schweigen. Ich habe es ziemlich falsch angepackt. Diese Einzelheit ließ ich in meiner Erklärung an den Innenminister weg. Ich nehme an, daß Mr. Hyatt beim Verhör darauf bestehen wird, aber ich glaube nicht, daß das Ganze veröffentlicht wird, und ich will es nicht an die Öffentlichkeit bringen, indem ich es hier erzähle. Ich wollte sagen, der Grund, daß ich mich jetzt besser fühle, ist der Trost zu wissen, daß ich nicht der einzige bin, den er zum Narren gehalten hat.«

»Das stimmt wahrhaftig. Wir alle haben uns für die Narrenkappe qualifiziert.« Wolfe trank von seinem Bier und leckte sich mit der Zunge die Lippen. »Wie ging es zu Ende? Sind Sie dahintergekommen, oder hat er die Abhörstelle abgeblasen, wie bei Miss Bonner oder Mr. Kerr?«

»Das möchte ich lieber nicht sagen.« Nach dem Ausdruck auf Ides knochigem Gesicht mit der langen Hakennase zu urteilen, hätte er am liebsten das Gespräch auf ein harmloses Thema, wie das Wetter, gebracht. »Ich sage nur soviel: Die Abhörstelle wurde nach zehn Tagen aufgegeben, und damit endeten meine Beziehungen zu ihm. Wie Sie, Miss Bonner und Mr. Kerr, sah ich ihn erst heute wieder, und da war er eine Leiche.«

»Und Sie identifizierten die Leiche?«

»Ja. Es gab keine andere... es wäre Wahnsinn gewesen, es nicht zu tun.«

»Sie identifizierten sie unter dem Namen, den er Ihnen angab, als er Sie beauftragte?«

»Natürlich.«

»Wie lautete der Name?«

Ide schüttelte den Kopf. »Es war der Name eines ehrbaren, ordnungsliebenden Bürgers. Ich suchte diesen auf und erzählte ihm davon, und er war so freundlich, meine Entschuldigung anzunehmen. Er ist ein sehr feiner Mann. Ich hoffe, daß sein Name nicht in einen Mordfall gezogen werden muß; ich jedenfalls werde es nicht tun.«

»Aber Sie haben ihn natürlich der Polizei genannt?«

»Nein, noch nicht. Aber man wird mich vielleicht dazu nötigen.

Ich kann meine Karriere nicht dadurch beenden lassen, daß man mir die Lizenz fortnimmt.«

Wolfes Blick schweifte in die Runde. »Ich schlage vor, wir lassen die Frage offen, ob Mr. Ide seinen Beitrag geleistet hat, zumindest, bis wir Mr. Amsel angehört haben.« Der Blick blieb auf Steve Amsel haften. »Nun, Sir?«

»Wenn ich nicht mitspiele, bin ich der schwarze Mann, he?«

»Ganz so einfach ist es nicht«, belehrte ihn Wolfe. »Aber Sie haben uns gehört und sind jetzt selbst an der Reihe.«

»Den letzten beißen die Hunde«, erklärte Kerr.

»Blödsinn. Hat man mich etwa gefragt?« Es war noch ein Finger hoch Bourbon mit Wasser in seinem Glas, und er machte damit Schluß, stand auf, um das Glas auf die Kommode zu stellen, zog eine Zigarette heraus, zündete sie an und lehnte sich mit dem Rücken gegen die Kommode. »Ich werde Ihnen sagen, wie es ist«, meinte er. »Bei mir liegt der Fall anders. Eins vorweg, ich war ein Tölpel, daß ich dieses steife Etwas identifizierte, aber dort lag er, und in einem solchen Fall kann man sich nicht drücken. Man muß ja oder nein sagen, und ich sagte ja. Da wären wir also. Miss Bonner sagte, wir könnten uns ebensogut gegenseitig erzählen, was wir der Polizei gesagt haben, und das akzeptiere ich. Aber mein Problem ist nicht wie das Ihre. Ich identifizierte ihn als einen Kerl namens Bill Donahue, den ich früher gekannt hatte.«

Sechs Augenpaare waren bereits auf ihn gerichtet, und jetzt zog er sie völlig in den Bann. Er grinste in die Runde.

»Ich sagte, mein Fall liegt anders. Ich habe es ausbaden müssen. Und was habe ich der Polizei erzählt? Ich sagte ihnen, daß ich ihn im letzten Frühjahr ein paarmal gesehen hatte, aber es war ziemlich verschwommen, ich konnte mich nicht an viel erinnern, außer daß er mich einmal bat, für ihn eine Leitung abzuhören, und ich es ihm abschlug. Sie wollten wissen, wessen Leitung er angezapft haben wollte, und ich versuchte mich daran zu erinnern, aber vergeblich. Ich sagte, ich wüßte noch nicht einmal sicher, ob er mir den Namen genannt hatte. Das habe ich also der Polizei erzählt, und das erzähle ich Ihnen.«

Er ging zu seinem Stuhl und ließ sich nieder.

Immer noch hingen alle Augen an ihm. Wolfes waren halb geschlossen, als er sagte: »Ich denke, Mr. Amsel, daß Sie seit Ihrer Unterredung mit der Polizei Ihr Gedächtnis etwas aufgefrischt haben. Möglicherweise können Sie uns jetzt über die Gelegenheiten, bei denen Sie Donahue im letzten Frühjahr sahen, etwas Genaueres sagen.«

»Nichts zu machen. Alles nur verschwommen.«

»Oder über den Namen des Mannes, dessen Leitung er anzapfen lassen wollte?«

»Nein. Tut mir leid.«

»Da fällt mir etwas ein. Mr. Kerr hat gesagt, er wüßte, daß – um seine Worte zu gebrauchen – zwei der Techniker ›nicht dichtgehalten haben‹. Angenommen, daß Ihr Gedächtnis Sie auch bei einer anderen Einzelheit im Stich ließ, angenommen, daß Sie die Abhöranlage einrichteten und es vergessen wollen – nur eine Annahme! –, würde Ihre Lage nicht ziemlich unhaltbar sein, falls sich einer der Techniker daran erinnert?«

»Nur als Annahme?«

»Gewiß.«

»Nun, ich habe gehört, daß eine Menge Techniker dabei waren. Ich denke, daß sie heutzutage ziemlich rar sind. Angenommen, daß diejenigen, die ›nicht dichthielten‹, nicht diejenigen waren, die ich beschäftigte? Angenommen, daß meine dichthalten?«

Wolfe nickte. »Ja, wenn ich Vermutungen aufstellen kann, können Sie es auch. Ich verstehe Ihre Abneigung, uns etwas zu enthüllen, das Sie der Polizei verschwiegen haben, aber ich denke, daß wir mit Recht folgendes fragen können: Erwähnten Sie diesen Vorfall in Ihrer Erklärung an den Innenminister?«

»Welchen Vorfall?«

»Ihre Weigerung, die Abhöranlage auf Donahues Wunsch hin einzurichten?«

»Warum sollte ich? Uns wurde gesagt, alle Abhörstellen anzugeben. Uns wurde nicht gesagt, über Verweigerungen solcher Aufträge Auskünfte zu geben.«

»Sie haben ganz recht. Erwähnten Sie Donahues Namen überhaupt in der Erklärung?«

»Nein. Wozu?«

»Nur so. Sie haben natürlich wieder recht. Ich bin sicher, daß Sie mir beipflichten, Mr. Amsel, daß Ihr Beitrag sogar noch dürftiger ist als Mr. Ides. Ich weiß nicht–«

Das Telefon läutete, und ich ging an den Apparat. Es war Lon Cohen. Während ich mit ihm sprach, oder ihm vielmehr zuhörte, öffnete Wolfe die zweite Bierflasche und schenkte ein. Die Gäste verharrten höflich in Schweigen, wie zuvor. Wiederum bestand Lon, als er geendet hatte, auf einem genauen Tatsachenbericht, und ich versprach, ihn mit einer achtspaltigen Schlagzeile zu versorgen, sobald wir sie hätten. Ich bat ihn, eine Minute am Apparat zu bleiben, und informierte Wolfe: »Alan Samuels ist ein Makler im Ruhestand, in der Wall Street. Er könnte auf der Park Avenue wohnen, zieht aber die Bronx vor. Seine Frau starb vor fünf Jahren. Er hat zwei Söhne und zwei Töchter, alle verheiratet. Er spendet Geld für wohltätige Zwecke, nichts Aufsehenerregendes. Harvard-Club. Direktor der Ethische-Kultur-Gesellschaft. Vor einem Jahr vom Gouverneur zum Mitglied des Wohltätigkeits-Fonds-Untersuchungs-Komitees ernannt. Ich habe noch mehr, aber es ist nicht sehr aufregend. Natürlich haben Sie den Punkt erkannt, der eventuell interessant sein könnte.«

»Ja. Ist er noch am Apparat? Besorgen Sie die Namen der Mitglieder jenes Komitees.«

»Ist recht.« Ich sprach wieder mit Lon. Er meinte, er müßte die Akten kommen lassen, und tat das und verlangte in der Zwischenzeit ein paar vertrauliche Informationen. Ich konnte ihm nicht gut klarmachen, daß die andern Verdächtigen hier in unserem Zimmer saßen und Wolfe sein verflixt möglichstes tat, einen Riß zu finden, in den er einen Keil treiben konnte. Daher gab ich ihm eine rührselige Story über Nero Wolfes Verhalten im Gefängnis und andere kleine Streiflichter. Die Liste kam, er las sie vor, und ich schrieb die Namen auf. Dann gab ich ihm den Rat, die Schlagzeile nicht noch rechtzeitig für die Frühausgabe zu erwarten. Ich riß das Blatt aus meinem Notizblock und reichte es Wolfe. »Das ist alles. Nur fünf Mitglieder, einschließlich des Vorsitzenden.«

Er betrachtete das Papier und grunzte. Dann sah er die Kollegen an. »Nun also. Sie mögen sich aus meiner Erklärung erinnern, daß Otis Ross der Vorsitzende des Wohltätigkeits-Fonds-Untersuchungs-Komitees ist. Sie hörten gerade, daß Alan Samuels ein Mitglied dieses Komitees ist. Ebenso Arthur M. Leggett. Die Namen der andern zwei Mitglieder sind James F. Finch und Philip Maresco. Es ist schade, daß wir nur drei von fünf kennen. Falls die Liste vollständig wäre, würde es mehr als nur vielsagend sein, es würde den Fall abschließen. Können Sie uns helfen, Mr. Ide?«

Ide sah unbehaglich drein. Er kniff wieder in die Haut über

seinem Adamsapfel, aber das schien nicht zu helfen, und er versuchte auf seiner Unterlippe zu knabbern, doch da seine Zähne von bräunlichgelber Farbe waren, machte ihn das kaum ansehnlicher. »Ich sagte, ich wollte seinen Namen nicht in diesen Skandal hineinziehen. Aber jetzt *ist* er drin. Ich kann es nicht ändern. Sie haben ihn genannt.«

»Das wären vier. Hat es Sinn, Vermutungen darüber anzustellen, ob es Finch oder Maresco war?«

»Nein. Es war Finch.«

Wolfe nickte. »Dann bleibt nur Maresco übrig, und ich hoffe, daß er nicht vernachlässigt wurde. Mr. Amsel, erweckt dieser Name, Philip Maresco, nicht ein Echo in Ihrem Gedächtnis? Zumindest ein schwaches?«

Amsel grinste ihn an. »Nichts zu machen, Wolfe. Mein Gedächtnis ist ziemlich schlecht geworden. Wenn Sie meinen Rat wollen, lassen Sie mein Gedächtnis beiseite. Es ist eine Spielerei. An Ihrer Stelle würde ich es für gegeben hinnehmen.«

»Sehr gut ausgedrückt. Zufriedenstellend. Halten Sie es für möglich, Ladies und Gentlemen, es sei bloßer Zufall gewesen, daß die fünf Männer, deren Leitungen Donahue abhören lassen wollte, alles Mitglieder jenes Komitees waren?«

Das glaubten sie nicht.

»Ich auch nicht. Sicherlich verdient es eine Untersuchung. Miss Bonner, wieviel befähigte Detektive, Miss Colt nicht mitgezählt, stehen zu Ihrer sofortigen Verfügung?«

Sie war überrascht. »Was … Sie meinen jetzt? Heute nacht?«

»Heute nacht oder morgen früh. Wie spät ist es, Archie?«

»Viertel nach elf.«

»Dann muß morgen früh reichen. Wie viele?«

Sie dachte nach und rieb ihre Lippen mit einer Fingerspitze. Ich gebe zu, daß an ihren Lippen nichts auszusetzen war und daß sie hübsche Hände hatte. »Ich beschäftige eine Frau und zwei Männer. Außer ihnen setze ich vier Frauen und drei Männer bei Gelegenheitsaufträgen ein.«

»Macht zusammen zehn. Mr. Ide?«

»Was soll das?« wollte Ide wissen.

»Ich erkläre es nachher. Jetzt nur: wie viele?«

»Es hängt von Ihrer Auslegung des Wortes ›befähigt‹ ab. Ich habe zwölf gute Männer unter meinem Personal. Acht oder zehn weitere könnte ich auf die Beine stellen.«

»Sagen wir zwanzig. Macht insgesamt dreißig. Mr. Kerr?«

»Neun. Im Notfall könnte ich vielleicht noch fünf, sechs weitere zusammenkratzen.«

»Fünfzehn. Macht fünfundvierzig zusammen. Mr. Amsel?«

»Ich passe.«

»Überhaupt keinen?«

»Nun, vielleicht. Ich habe kein Personal. Warten Sie, bis ich weiß, worum es geht, dann vielleicht.«

»Dann also fünfundvierzig.« Wolfe richtete sich abrupt hoch. »Jetzt, wenn Sie mir gestatten, muß ich meinen Verstand ordnen. Es wird nicht lange dauern. Ich bitte Sie alle, zu bleiben, um einen Vorschlag, den ich machen möchte, anzuhören. Und Sie müssen durstig sein. Für mich eine Flasche Bier, Archie.«

Er rückte seinen Stuhl zu einem der Fenster hinüber, drehte sich um und setzte sich mit dem Rücken zum Zimmer.

Alle bestellten noch einmal das gleiche, bis auf Sally, die zu Kaffee überging, und Ide, der dankend ablehnte. Nachdem ich die Bestellung nach unten telefoniert hatte, sagte ich ihnen, daß sie sich nicht um Dämpfung ihrer Stimmen zu bemühen brauchten, da nichts, was außerhalb seiner Gehirnschale vor sich ging, Wolfe stören konnte, wenn er sich auf deren Inneres konzentrierte. Sie standen auf, um sich die Beine zu vertreten, und Harland Ide fragte Dol Bonner über ihre Erfahrungen mit weiblichen Detektiven aus, und Kerr und Amsel gesellten sich zu ihnen und machten eine allgemeine Streitfrage daraus. Die Getränke kamen und wurden ausgeteilt, und sie fuhren fort, Ansichten und Meinungen auszutauschen. Man hätte annehmen können, daß es nur ein geselliges Treffen war, und daß nicht eine Morduntersuchung, ganz zu schweigen von einer behördlichen Ermittlung, die einige von ihnen die Lizenz kosten konnte, über ihnen schwebte, wenn man die häufigen Blicke auf Wolfes Rücken übersah. Ich schloß, daß die Männer zu der Übereinstimmung gelangten, Frauen seien auf ihrem Platz am besten aufgehoben. Und das war meiner Ansicht nach wohl auch die Einstellung der Höhlenmenschen und ihrer ganzen männlichen Nachkommen gewesen. Die Frage war und ist es noch: Wo ist dieser Platz? Ich hoffte nur, daß niemand Wolfe den Floh ins Ohr setzte, daß Dol Bonners Platz in dem alten Sandsteinhaus in der 35. Straße wäre.

Als er endlich aufstand und seinen Stuhl umdrehte, blickte ich auf meine Armbanduhr. Acht Minuten vor Mitternacht. Er hatte für das Ordnen seines Verstandes eine halbe Stunde gebraucht. Er rückte den Stuhl wieder auf seinen früheren Platz, setzte sich, und die anderen folgten seinem Beispiel.

»Wir konnten es ticken hören«, sagte Steve Amsel.

Wolfe musterte ihn stirnrunzelnd. »Wie bitte?«

»In Ihrem Gehirnkasten. Die Tasten.«

»Oh. Zweifellos.« Wolfe war kurz angebunden. »Es ist spät, und wir haben Arbeit vor uns. Ich habe eine Hypothese entwickelt, die wir als Ausgangsbasis für den Mord nehmen können. Ich möchte sie beschreiben und eine gemeinsame Aktion vorschlagen. Ich beabsichtige, Sie alle um Ihre volle Mithilfe zu bitten, und ich erwarte Ihre Zustimmung. Ich werde versuchen, meinen Beitrag zu leisten, obgleich ich keine Organisation wie die von Mr. Ide oder Mr. Kerr vorweisen kann. Archie, ich muß mit Saul Panzer sprechen, und zwar vertraulich. Kann ich das von hier aus?«

»Guter Gott, nein.« Ich hätte ihn treten können, eine solch dämliche Frage vor unseren Kollegen zu stellen. »Zehn zu eins, daß Groom davon in zehn Minuten Wind bekommt. Und auch nicht von einer Telefonzelle im Hotel. Sie müssen nach draußen in eine Zelle gehen.«

»Können Sie zu dieser Stunde eine finden?«

»Sicher. Dieses ist die Stadt Albany.«

»Dann tun Sie das bitte, und rufen Sie ihn an. Sagen Sie ihm, ich riefe ihn um acht Uhr früh bei sich zu Hause an. Falls er andere Verpflichtungen hat, bitten Sie ihn, sie rückgängig zu machen. Ich brauche ihn.«

»Gut. Sobald wir hiermit fertig sind.«

»Nein, jetzt bitte.«

Ich hätte ihn noch mal treten können, aber es ging nicht an, daß ich mir mit einer handgreiflichen Beschwerde vor versammeltem Publikum Luft machte. Ich holte mir Hut und Mantel und trollte mich.

Falls es Sie nicht mehr als mich selbst interessiert, wie ich den nächsten Tag, Dienstag, verbracht habe, werden Sie die nächsten vier Minuten vor Langeweile gähnen.

Es gab Ereignisse, doch keine Fortschritte, soweit ich feststellte.

Aber zuerst über Montag nacht und Saul Panzer. Saul ist das Beste, was es gibt, und er konnte es mit den ganzen fünfundvierzig Detektiven unserer Kollegen aufnehmen, aber er sollte früher nach Hause und zu Bett gehen. Ich fand mühelos eine Telefonzelle in einem Grill-Restaurant, wählte die Nummer und erhielt keine Antwort. Zurückzugehen, mich der Konferenz anzuschließen und es später noch einmal zu versuchen, kam nicht in Frage. Wenn Wolfe mich mit einem Auftrag losschickt, möchte er ihn erledigt haben, und was das angeht, ich ebenfalls. Ich wartete fünf Minuten und versuchte es noch einmal, und nach weiteren zehn Minuten unternahm ich abermals einen Versuch. Das ging noch so weiter, und es war Viertel nach eins, als ich ihn endlich erwischte. Er erklärte, daß er einen Beschattungs-Auftrag für Baxom auszuführen hatte und diesen morgen mittag erneut aufnehmen würde. Ich sagte, daß er das nicht tun würde, es sei denn, er wünschte mich und Wolfe des Mordes angeklagt und wahrscheinlich für schuldig befunden zu sehen, und ich bat ihn, auf einen Anruf um acht Uhr früh zu warten. Ich beschrieb ihm die Höhepunkte unseres heiteren Tagesablaufes, wünschte ihm gute Nacht, kehrte zum Hotel zurück, hinauf zu Zimmer 902 und traf Wolfe im Bett fest schlafend an. Er hatte das dem Fenster nächstgelegene Bett in Beschlag genommen; das Fenster stand weit offen, und das Zimmer war so eiskalt wie die gestrige Leiche. Von der halboffenen Badezimmertür drang genug Licht herein, daß ich mich dabei ausziehen konnte.

Wenn ich schlafe, schlafe ich tief, aber selbst so hatte ich es nicht für möglich gehalten, daß ein Ungetüm von seiner Größe aus dem Bett klettern, herumstöbern und sich anziehen konnte, ohne mich zu wecken. Dazu noch in der Kälte. Ich hätte ihn gerne dabei beobachtet. Was ich endlich hörte, war das Klicken, als er den Türknauf aufdrehte. Ich öffnete die Augen, schnellte hoch und fragte: »He, wohin gehen Sie?«

Er drehte sich auf der Schwelle um. »Saul anrufen.«

»Wie spät ist es?«

»Nach Ihrer Armbanduhr zwanzig nach sieben.«

»Sie sagten doch acht Uhr!«

»Ich kümmere mich zuerst um etwas zu essen. Schlafen Sie weiter. Es gibt nichts zu tun, nach meinem Gespräch mit Saul.« Er zog die Tür hinter sich zu und war verschwunden. Ich wälzte mich auf die andere Seite, sorgte mich ein wenig, wie er sich wohl in eine Telefonzelle zwängen würde, und schlief wieder ein.

Doch nicht so tief wie zuvor. Bei dem Geräusch seines Schlüssels im Schloß war ich hellwach. Ein Blick auf meine Armbanduhr belehrte mich, daß es 8 Uhr 35 war. Er trat ein, schloß die Tür, legte Hut und Mantel ab und hängte sie in den Schrank. Ich fragte, ob er Saul erreicht habe, und er sagte ja, es sei zufriedenstellend. Ich fragte, wie es letzte Nacht gewesen sei, ob unsere Kollegen ihre Mitwirkung zugesagt hätten, und er antwortete ja, es sei zufriedenstellend. Ich fragte, wie das Programm für uns laute, und er meinte, es gebe keines. Ich fragte ihn, ob das auch zufriedenstellend sei, und er bejahte. Während dieser Unterhaltung entledigte er sich seiner Klamotten. Er entkleidete sich, ohne sichtbare Reaktion auf die Eiseskälte, zog seinen Pyjama an, schlüpfte ins Bett und unter die Decken und drehte mir den Rücken zu.

Jetzt schien ich an der Reihe zu sein; ich war munter, es ging auf neun Uhr zu, und ich war hungrig. Ich rollte aus den Federn, ging ins Badezimmer, wusch und rasierte mich, zog mich an, wobei ich ein wenig Mühe hatte, mein Hemd zuzuknöpfen, so zitterte ich. Dann ging ich in die Hotelhalle, kaufte eine *Times* und eine *Gazette*, marschierte weiter in den Speisesaal und bestellte Orangensaft, Pfannkuchen, Rührei und Kaffee. Endlich, als ich von dem Willkommensfrühstück genug hatte, wechselte ich in die Halle hinüber und studierte die Zeitungen. Es gab darin nichts über den Mord an William A. Donahue, was ich nicht bereits wußte, außer einigen nutzlosen Einzelheiten, wie zum Beispiel die Meinung des untersuchenden Mediziners, daß er zwischen zwei und fünf Stunden, ehe er zu ihm kam, gestorben war. Es war das erste Mal, daß die *Gazette* Bilder von Wolfe und mir als Gefängnisinsassen veröffentlicht hatte. Dasjenige von mir war recht ordentlich, aber Wolfes war abscheulich. Dann war da eins von Albert Hyatt, sehr gut, und eines von Donahue, das offenbar, nachdem der Spezialist sein Gesicht ausgebessert hatte, aufgenommen worden war. Ich ging nach draußen, um etwas frische Luft zu schnappen, schlug meinen Mantelkragen als Schutz gegen den Wind hoch, der beinahe so kalt wie auf Zimmer 902 war, und stellte fest, daß ein Spaziergang mehr Spaß machte, wenn man ihn nur gegen Bürgschaft genoß. Man wünscht weiterzugehen, immer weiter und nie anzuhalten. Es war nach elf Uhr, als ich zum Hotel zurückkam, den Fahrstuhl zum neunten Stockwerk nahm und mich in die Tiefkühltruhe einließ.

Wolfe lag immer noch im Bett und rührte sich bei meinem Eintritt nicht. Ich stierte ihn nicht allzu sanftmütig an. Ich erwog immer noch die Lage, als hinter mir an der Tür geklopft wurde, recht laut sogar. Ich drehte mich um, öffnete, und ein überlebensgroßes Individuum trat ein, wobei es mich fast umrannte. Der kam mir gerade recht. Ich fing ihn mit ausgestreckten Armen ab, und er wankte zurück und ging beinahe zu Boden.

»Ich bin ein Polizeibeamter«, bellte er.

»Sagen Sie das doch. Selbst wenn es stimmt, bin ich keine Fußmatte. Was wollen Sie?«

»Sind Sie Archie Goodwin?«

»Ja.«

»Sie werden im Büro des District Attorney gewünscht. Sie und Nero Wolfe. Ich bin hier, um Sie dorthin zu bringen.«

Die richtige Art, das zu erledigen, wäre gewesen, ihm zu sagen, wir würden es wohlwollend erwägen und ihn unseren Bescheid wissen lassen, und ihm die Tür vor der Nase zuzuschlagen. Aber ich grollte Wolfe mehr als ihm. Es hatte keinen sinnvollen Grund gegeben, mich nach draußen zu schicken, um Saul anzurufen, ehe die Konferenz zu Ende war. Es war absolut kindisch gewesen, daß er sich, als er von dem Gespräch mit Saul zurückkehrte, wieder ins Bett legte, ohne mir gegenüber auch nur eine Andeutung zu machen, was los war. Ich hatte ihm angeboten, die Schuld zu teilen, aber nein, ich war der Sündenbock, und er war der Löwe. Deshalb gab ich dem Gesetzeshüter den Weg frei, drehte mich um und sah, wie Wolfe uns aus offenen Augen anstarrte.

»Das ist Mr. Wolfe«, erklärte ich dem Tolpatsch.

»Aufstehen und anziehen«, kommandierte er. »Ich führe Sie zum Verhör in das Büro des District Attorney.«

»Quatsch.« Wolfes Stimme war eisiger als die Luft im Zimmer. »Ich habe Mr. Hyatt und Mr. Groom alle Auskünfte, die ich besitze, gegeben. Falls der District Attorney mich in einer Stunde oder so sprechen möchte, lasse ich ihn vielleicht herein. Sagen Sie Mr. Groom, er sei ein Esel. Er hätte mich nicht in Haft nehmen sollen. Jetzt hat er keine Drohung, mit der er mich zwingen kann, außer mich des Mordes anzuklagen oder meine Bürgschaft aufheben zu lassen; und das eine wäre unbesonnen und das andere recht schwierig. Hinaus hier! Nein. Ha! Nein, tatsächlich. Archie, wie ist dieser Mann hier hereingekommen?«

»Zu Fuß. Er klopfte an, und ich öffnete die Tür.«

»Ich verstehe. Sie, der Sie ein wahrer Horatius sein können und es auch meistens sind. Ich verstehe.« Seine Blickrichtung änderte sich. »Sie, Sir! Sind Sie nur nach mir oder nach uns beiden geschickt worden?«

»Nach Ihnen beiden.«

»Gut. Nehmen Sie Mr. Goodwin mit. Mich können Sie nur mit Gewalt holen, und ich bin zu schwer, um hochgestemmt zu werden. Der District Attorney kann mich später wegen einer Verabredung anrufen, aber ich bezweifle, daß er sie erhält.«

Der Tolpatsch zögerte, öffnete den Mund, schloß ihn und öffnete ihn wieder, um mir zu befehlen, mitzukommen. Wolfe dachte wahrscheinlich, daß er bei mir einen Leberhaken gelandet hatte, aber dem war nicht so. Da man mich dem Programm fernhielt, konnte ich als Freizeitbeschäftigung ebensogut mit dem D. A. herumalbern.

Eine andere Möglichkeit, die Zeit zu verbringen, war mir eingefallen, nämlich Sally Colt zum Lunch einzuladen, aber es war nach zwei Uhr, als der District Attorney mich schließlich als hoffnungslosen Fall aufgab. Ich ging in einen Drugstore, rief Wolfe an und erklärte ihm, daß der D. A. ein hoffnungsloser Fall sei, fragte, ob er irgendwelche Anweisungen habe, und erhielt ein Nein zur Antwort. Ich rief Sally Colt an und fragte, ob ihr nach Kino zumute sei, und sie erwiderte, daß sie wohl möchte, aber nicht könnte, weil sie zu tun habe. Sie hatte zu tun. Fein. Ich hoffte ehrlich, daß sie einen Weg fand, mich vor dem elektrischen Stuhl zu retten. Ich wollte ein Sandwich und eine Milch an der Soda-Bar einnehmen, entsann mich, daß dieser Ausflug auf Spesen ging, machte mich auf und entdeckte das Restaurant, das Stanley Rogers empfohlen hatte. Dort bestellte ich eine Mahlzeit für sechs Dollar und erhielt eine Quittung. Der Kellner klärte mich auf, wo ich einen Spielsaal finden konnte. Ich begab mich dorthin, rief Wolfe an, um ihm meinen Standort zu übermitteln, setzte mich und sah eine Weile zu. Dann wurde ich von einem tatkräftigen Spieler herausgefordert, übernahm und hinderte ihn nur dadurch, mich auszurauben, daß ich mich weigerte, das Gebot bei den Höhen, die er anschlug, mitzuhalten. Schließlich entschied er, daß ich eine Zimperliese sei, und ließ mich fallen. Inzwischen ging es auf sieben Uhr zu. Die Zeit fürs Dinner nahte, aber ich hatte keine Absicht, mich dem Bewohner von Zimmer 902 aufzudrängen, deshalb erklomm ich einen Hocker, um an einem Billardtisch einem Paar gerissener Spieler zuzusehen. Es waren keine Turnierspieler, aber sie waren gut. Gerade, als der eine seinen Stock zu einem *Massé* ansetzte, rief mir der Kassierer zu, daß ich am Telefon gewünscht werde. Ich ließ mir Zeit. Soll er doch warten.

»Hallo.«

»Hallo, Mr. Goodwin?«

»Am Apparat.«

»Hier ist Sally Colt. Ich habe wirklich Ihre Einladung nur ungern ausgeschlagen, aber ich mußte. Sie haben wohl keine Lust, statt einer Kinoeinladung eine Dinnereinladung daraus zu machen?«

Ich brauchte etwas Zeit, um meine Fassung wiederzugewinnen. Nur eine Person konnte ihr erzählt haben, wo ich war. Aber es war nicht ihre Schuld. »Sicher«, sagte ich. »Ich esse jeden Tag. Um welche Zeit?«

»Jetzt, ab jetzt paßt es immer. Im Hotel?«

»Nein. Es gibt einen besseren Platz, nur zwei Häuserblocks weiter. Henningers. Wollen wir uns dort in einer Viertelstunde treffen?«

»Abgemacht. Henningers?«

»Stimmt.«

»Ich bin da. Ich werde Mr. Wolfe sagen, wo wir sind, falls er uns braucht.«

»Ich rufe ihn an.«

»Nein, ich sage es ihm schon. Er steht neben mir.«

Während ich mich um Hut und Mantel kümmerte, waren meine Gefühle zu gemischt, als daß ich sie zu ordnen vermochte. Nichts dagegen, auf ein Genie Rücksicht zu nehmen, aber das ging zu weit! Neugierde! Was zum Teufel wollte er von ihr? Erleichterung! Immerhin war er aufgestanden und angezogen, falls nicht seine Einstellung zu Frauen eine Kehrtwendung gemacht hatte. Fröhlichkeit! Unter fast jeden Umständen ist es ein Vergnügen, mit einem gutaussehenden Mädchen verabredet zu sein. Erwartung! Irgendwann im Laufe der Ereignisse mochte sie es für angebracht halten, mir zu enthüllen, was mein Brötchengeber vorhatte. Das tat sie aber nicht. Es war ein sehr kurzweiliges Mahl, und ehe es zu Ende ging, hatte ich beschlossen, in meinem Urteil über weibliche Detektive eine Ausnahme einzuräumen. Aber nicht ein Sterbenswörtchen über aktuelle Geschehnisse, und natürlich würde ich sie nicht danach fragen. Wolfe hatte sie angewiesen, dem aus dem Wege zu gehen. Zwar kann ich das nicht beschwören, aber als der Nachtisch kam, waren wir recht aufgemuntert, und wenn eine Dame mir auf eine gewisse Art zulächelt, aber dem Thema, von dem sie verdammt gut weiß, daß es mir an erster Stelle am Herzen liegt, glattweg ausweicht – dann ist sie von jemandem bestochen worden. Wir beendeten gerade unseren Kaffee und erwogen, das Ganze in ein Lokal die Straße etwas hinunter, wo es ein Tanzparkett gab, zu vertagen, als der Kellner kam und mir sagte, daß ein Telefongespräch für mich da sei. Ich ging.

»Hallo?«

»Archie?«

»Ja.«

»Ist Miss Colt bei Ihnen?«

»Ja.«

»Kommen Sie aufs Zimmer und bringen Sie sie mit.«

»Ja.«

Ich kehrte an den Tisch zurück, berichtete ihr, daß wir gebraucht würden, verlangte die Rechnung, zahlte, und wir brachen auf. Der Gehsteig war an vereinzelten Stellen vereist, und sie nahm meinen Arm, was ein wenig unsportlich für einen Detektiv im Dienst erschien, aber immerhin brauchte ich sie nicht hinter mir herzuschleppen. Im Hotel, als wir im 9. Stock ausstiegen, ging sie in ihr Zimmer, Nummer 917, um abzulegen. Ich wartete auf dem Flur auf sie. Mir war aufgetragen worden, sie mitzubringen, und da das mein einziger Auftrag für den Tag gewesen war, wollte ich ihn aufs I-Tüpfelchen ausführen. Sie kam, und wir machten uns auf zu Zimmer 902. Ich schloß die Tür mit meinem Schlüssel auf, und wir traten ein.

Der Raum war voller Leute.

»Nun«, grüßte ich herzlich, denn ich wollte mir meine Verbitterung nicht in aller Öffentlichkeit anmerken lassen. »Wieder eine Party, he?«

Wolfe flegelte sich in dem Klubsessel an der hinteren Wand herum. Der Schreibtisch war neben ihn gerückt worden, mit

Papieren übersät. Dol Bonner saß, durch den Tisch getrennt, ihm gegenüber. Sie grinste. Falls Sie glauben, daß ich unfair bin und sie nicht grinste, sondern nur kein Zeichen von Elend zeigte, so haben Sie völlig recht. Wolfe nickte mir zu. »Sie lassen besser gleich die Tür offen, Archie. Mr. Groom und Mr. Hyatt werden jeden Moment kommen.«

Während ich Hut und Mantel forttrug, war mein erster Gedanke, daß dieser Teufelskerl offensichtlich den Versuch machte, gleich mehrere Fliegen mit einer Klappe zu schlagen – nicht nur für Groom einen Mörder zu brandmarken, sondern auch für Hyatt das Verhör zu bereinigen, soweit es dieses Grüppchen, uns eingeschlossen, betraf. Ohne meine Hilfe sah es für ihn nach einem schönen Brocken Arbeit aus, aber natürlich hatte er Dol Bonner. Wie schade, dachte ich, wenn sich herausstellte, daß sie Donahues Krawatte gebunden hatte und Wolfe auf mich zurückkommen müßte.

Ich blickte in die Runde, stellte dabei fest, daß Ide und Kerr und Amsel am weitesten entfernt von Wolfe Platz genommen hatten, während vorne zwei leere Stühle für die erwarteten Besucher standen – als Schritte vom Flur her klangen und ich mich umdrehte. Groom war in Führungsposition. Offenbar hatten sie ihre Hüte und Mäntel unten gelassen.

Wolfe begrüßte sie. »Guten Abend, Gentlemen.« Er deutete mit der Hand auf die Stühle. »Nehmen Sie dort Platz, bitte.«

Sie blieben stehen. Groom sagte: »Ich habe etwas Ähnliches erwartet. Von Ihnen. Sie sagten nicht, daß es sich um eine Versammlung handelte.«

»Nein, Sir. Ich sagte nur, daß – falls Sie kommen und Mr. Hyatt mitbringen – ich jetzt in der Lage sein würde, meiner Erklärung etwas Wesentliches und Schlagendes hinzuzufügen. Ich ziehe es vor, dabei Zeugen zu haben.« Er winkte nochmals mit der Hand. »Wollen Sie bitte Platz nehmen?«

Groom sah Hyatt an, drehte sich um, um mir einen Blick zuzuwerfen, schlängelte sich durch die Lücke zwischen Kerr und Sally Colt, hob einen der leeren Stühle auf, stellte ihn gegen die Wand und ließ sich nieder. Auf diese Weise hatte er Wolfe und Dol Bonner zur Rechten und die übrigen zur Linken und konnte nicht von hinten angefallen werden. Hyatt war nicht so wähle-

risch. Er machte sich nicht die Umstände, mit dem Stuhl umher-
zuziehen, sondern setzte sich einfach, obgleich er fünf von uns –
Ide, Kerr, Amsel, Sally und mich – im Rücken hatte.

»Lassen Sie uns hören«, gab Groom Wolfe das Stichwort.

»Ja, Sir.« Wolfe rückte seinen Stuhl so, daß er ihn besser im
Auge hatte. »Eine Unmenge Einzelheiten sind darin verwickelt,
aber ich will sie jetzt nicht erschöpfend behandeln. Sie erhalten sie.
Zuerst die Lage der Dinge, wie sie gestern abend war. In einem
unbedachten Ausmaß an Eifer hatten Sie Mr. Goodwin und mich
in Haft genommen. Deshalb –«

»Ich weiß, wie die Lage war.«

»Nicht, wie ich sie sah. Deshalb mußte ich entweder hier sitzen
und Däumchen drehen, Ihrem Geschick und Glück vertrauend,
oder mich selber rühren. Als erstes mußte ich möglichst erfahren,
ob irgend jemand der andern fünf – jene, die mit Mr. Goodwin
und mir in Zimmer 42 gewesen waren – irgendwelche Beziehungen zu Donahue gehabt hatte. Ich lud sie in dieses Zimmer zu
einem Kriegsrat ein, und sie kamen. Sie –«

»Das weiß ich. Und heute wollten sie nicht damit herausrücken,
was hier geschah. Nicht einer von ihnen. Auch Goodwin nicht.
Und Sie ebenfalls nicht.«

»Ich tue es jetzt. Es geht schneller, Mr. Groom, wenn Sie mich
nicht unterbrechen. Sie waren hier beinahe vier Stunden lang, und
ich brauche Ihnen nicht alles darüber zu wiederholen. Sobald ich
erfuhr, daß jeder von ihnen die Leiche erkannt hatte und so auch
Donahue gekannt hatte, und daß ihre Ankunftszeiten gestern in
dem Gebäude keinen von ihnen ausschlossen, war die unvermeid-
bare Schlußfolgerung, daß einer von ihnen den Mord begangen
hatte, und ich zog sie. Für ungefähr eine Stunde, während wir mit
unserer Diskussion fortfuhren, hielt ich sie aufrecht, doch dann
mußte ich sie aufgeben.«

Groom wollte etwas einwerfen, doch Wolfe hielt ihn mit einer
Geste ab. »Wenn ich bitten darf. Vielleicht sollte ich ›aufschieben‹
anstatt ›aufgeben‹ sagen. Ich schob sie auf, weil meine Aufmerksamkeit in eine andere Richtung gelenkt wurde. Ich hatte es als
interessanten Punkt vermerkt, daß sieben Personen, die mit Donahue in Verbindung mit den Abhörvorgängen zu tun gehabt hatten,
allesamt an einem Tag zum Verhör geladen worden waren. Daß
dies nur Zufall war, widersprach aller Wahrscheinlichkeit, und

wer sagte, daß es Zufall war? Es mochte absichtlich so eingerichtet worden sein, als Vergleichsmöglichkeit für ihre Berichte, und sogar, um sie mit ihm zu konfrontieren.

Aber nein. Es stellte sich heraus, daß diese Erklärung zu dürftig war. Keiner von uns hatte Donahues Namen in seiner Erklärung an den Innenminister erwähnt. Miss Bonner und Mr. Ide und ich hatten alle berichtet, daß wir von einem Mann an der Nase herumgeführt worden waren, der bei jedem von uns nach dem gleichen Muster verfuhr, und unsere Beschreibung von ihm stimmte überein; so mochte das Erscheinen von uns dreien am selben Tag geplant sein, aber das traf nicht auf Mr. Kerr und Mr. Amsel zu. Mr. Kerr hatte lediglich berichtet, die Leitung von Arthur M. Leggett auf Leggetts Wunsch hin angezapft zu haben. Mr. Amsel berichtete nichts – das heißt, nichts, was ihn mit Miss Bonner, Mr. Ide und mir in Verbindung gebracht haben könnte. Gestern identifizierte er Donahue als einen Mann, der ihn einmal gebeten hatte, eine Leitung für ihn abzuhören, und der zurückgewiesen worden war, aber das hatte Amsel in der Erklärung an den Innenminister nicht erwähnt.«

»Nichts geht schneller bei Ihnen«, fiel Groom ein. »Sie alle hatten ihn gekannt. Einer von Ihnen sah ihn dort und tötete ihn.«

»Aber weshalb waren wir alle dort?« fragte Wolfe. »Daß man Miss Bonner, Mr. Ide und mich dort absichtlich zusammengebracht hatte, wäre verständlich, aber nicht Mr. Kerr und Mr. Amsel. Es gab in den Akten keinerlei Verbindung, und dennoch *waren* sie damit in Zusammenhang gebracht worden. Das war höchst bedeutungsvoll, da auch sie mit Donahue zu tun gehabt hatten. Durch Zufall allein? Ich glaubte es nicht. Möglicherweise einer von ihnen, aber sicherlich nicht beide. So wurde meine Aufmerksamkeit auf die Frage gelenkt: Wer hatte dafür gesorgt, daß wir alle am selben Tag erscheinen sollten? Und gleichzeitig auf eine andere Frage: Hatten diese fünf Männer, deren Leitung Donahue hatte anzapfen lassen wollen, irgend etwas gemeinsam? Das warf noch eine weitere Frage auf: Warum war er zu fünf verschiedenen Detektiven gegangen, um die Leitungen abhören zu lassen? War es nicht deshalb gewesen, weil die fünf Männer *wirklich* etwas gemeinsam hatten und er diese Tatsache geheimhalten wollte?«

Wolfes Blick heftete sich auf Hyatt, als ob er ihn zu einer

Antwort aufforderte, aber er erhielt keine. Er wandte sich wieder an Groom. »Meine erste Frage mußte warten, da ich nicht gut Mr. Hyatt aufrufen und ihm die Schuld geben konnte. Die zweite war bald beantwortet. Ich erfuhr, daß vier der Männer, deren Leitung angezapft worden war, Mitglieder des Wohltätigkeits-Fonds-Untersuchungs-Komitees waren, und hatte Grund zu der Annahme, daß der fünfte es gleichfalls war und somit das gesamte Komitee beteiligt war. Daraufhin entschied ich, diesen Damen und Herren die Lage so darzustellen, wie ich sie sah, und um ihre Mithilfe zu bitten. Falls sich meine Vermutung als falsch herausstellte und einer von ihnen in der Tat schuldig war, wäre kein Schaden angerichtet worden; im Gegenteil, ihre Reaktion auf meinen Vorschlag hätte einen Hinweis geben können. Ich erfuhr –«

»Was für ein Vorschlag?« wollte Groom wissen.

»Ich erzähle es gerade. Ich erfuhr, daß sie insgesamt vierzig und mehr Mitarbeiter in New York zur Verfügung hatten, und ich konnte auch noch vier bis fünf stellen. Nachdem ich ihnen die Situation beschrieben hatte, schlug ich vor, daß wir so viele Männer wie möglich – und Frauen – sofort an die Arbeit schicken sollten. Es gab drei Hauptfährten: erstens das Hotel Marbury, wo Donahue gewohnt hatte; zweitens die Herkunft, Interessen und Betätigungen von Albert Hyatt, mit der Betonung auf irgendeiner greifbaren Verbindung zu dem Wohltätigkeits-Fonds-Untersuchungs-Komitee, und drittens –«

»Sie meinen, daß Sie Hyatt des Mordes verdächtigen?«

»Ich meine, daß mir ein Verdacht gekommen war, den ich für wert befand, zu überprüfen, und meine Kollegen stimmten mir zu. Ich habe bereits die Frage gestellt: Wer hatte dafür gesorgt, daß wir alle sieben an ein und demselben Tag erschienen? Mr. Hyatt leitete das Verhör. Ein weiterer Punkt, der für gewöhnlich von Bedeutung ist und den Sie anscheinend übersehen haben, ist, daß Mr. Hyatt die letzte Person war, soweit wir wissen, die Donahue lebend sah. Noch ein Punkt war, daß Hyatt gesagt hatte, Donahue hätte behauptet, mir seinen Namen als Donahue angegeben zu haben, und ich hätte von der Ungesetzlichkeit der Anzapfstelle gewußt. Ich wußte, daß entweder Donahue gelogen hatte oder daß Hyatt log; und Donahue war tot ...«

Wolfe hob die Schultern und ließ sie wieder fallen. »Was ich damals argwöhnte, ist nicht mehr von Bedeutung. Die dritte Nachforschungsfährte war, Beweise einer früheren Beziehung zwischen Hyatt und Donahue zu finden. Meine Kollegen telefonierten und ich selbst ebenfalls. Gegen zehn Uhr früh hatten wir – wie viele Detektive, Miss Bonner?«

»Um zehn Uhr waren es vierunddreißig. Um zwei Uhr heute nachmittag achtundvierzig. Zweiundvierzig Männer und sechs Frauen.«

Steve Amsel explodierte plötzlich. »Zu viele Detektive, Hyatt! Ziehen Sie unsere Lizenzen ein! Zu viele. Viel zu viele!«

»Halten Sie den Mund!« befahl im Jay Kerr. »Wolfe erzählt.«

Wolfe ignorierte sie. »Vor ein Uhr begannen Berichte bei uns einzulaufen, und das ging den ganzen Nachmittag so, bis vor einer Stunde, als wir den Leuten in New York erklärten, daß wir genug für unseren Zweck hätten. Miss Bonner und Miss Colt nahmen die meisten davon in Empfang, aber die andern halfen dabei. Die erste Untersuchungsfährte, das Hotel Marbury, lieferte kein wichtiges Ergebnis. Die zweite, Hyatts Herkunft, Interessen und Betätigungen, lieferte nichts endgültig Überzeugendes, aber vieles, das bedeutungsvoll war. Vor achtzehn Monaten begannen nachteilige Berichte über die Tätigkeit der fondsaufbringenden Organisationen in der Presse aufzutauchen, und als die Wochen vergingen, nahmen sie an Anzahl und Bedeutung zu. Vor etwas mehr als einem Jahr wurde Mr. Hyatt als Rechtsberater von einer großen fondsaufbringenden Organisation, deren beträchtliche Profite aus ihrer Tätigkeit verschiedentlich von einer bis zu drei Millionen Dollar jährlich geschätzt wurden, eingestellt. Das war ungefähr zu der Zeit, als der Gouverneur das Wohltätigkeits-Fonds-Untersuchungs-Komitee ins Leben rief; und Mr. Hyatts Klient konnte mit Recht erwarten, eine Hauptzielscheibe dieses Komitees zu werden. Es gibt einige Beweise, daß Mr. Hyatt sich zwei Mitgliedern des Komitees in der Absicht näherte, ihre Pläne herauszufinden ...«

»Was meinen Sie mit ›einige Beweise‹?« knurrte Groom.

Wolfe tippte auf die Papiere auf dem Tisch. »Hier liegt alles und wartet auf Sie. Aber wie ich sagte, ist es nichts Endgültiges. Die Komiteemitglieder zeigten unseren Privatdetektiven gegenüber nicht allzuviel Redseligkeit, aber zweifellos werden sie bei Staatsbeamten weniger zugeknöpft sein. Ich gebe Ihnen aus unserer zweiten Untersuchungsfährte nur dieses wieder: Mr. Hyatt war außerordentlich an jenem Komitee und seinen Plänen interessiert. Das Ergebnis unserer Fährte war mehr als gewichtig, es war entscheidend, oder doch beinahe. Es war natürlich auch die vielversprechendste Richtung gewesen, und dreißig unserer Mitarbeiter waren auf diese Spur gesetzt worden. Sie wurden mit Fotos von Hyatt und Donahue aus Zeitungsausschnitten ausgerüstet, und sie fanden drei Personen, die die beiden bei zwei verschiedenen Gelegenheiten im vergangenen Frühjahr zusammen gesehen hatten – bei Zusammenkünften, die mit Recht als verstohlen bezeichnet werden konnten. Ich will Mr. Hyatt nicht den Gefallen tun, die Personen, die Gelegenheiten und die Orte zu nennen, aber diese Angaben sind hier.« Er tippte wieder auf die Papiere.

»Und Mr. Hyatt hat in meinem und in Ihrem Beisein erklärt, Donahue vor gestern früh noch niemals gesehen zu haben. Sie fragten, ob ich ihn des Mordes verdächtige. Ich tue es jetzt, ja. Es gibt natürlich Fragen, auf die ich nicht antworten kann, außer mit Vermutungen, wenn Ihnen daran gelegen ist – zum Beispiel die wichtigste: Warum sorgte er dafür, daß wir alle – er wußte natürlich, mit wem sich Donahue wegen der Abhörstellen in Verbindung gesetzt hatte – vor ihm am selben Tag erscheinen sollten? Meine Vermutung: weil das die beste Möglichkeit war, denn wir mußten alle früher oder später zum Verhör geladen werden, entweder in New York oder in Albany, und er wollte uns selbst vornehmen und nicht seinen Kollegen in New York überlassen. Uns alle am selben Tag vorzuladen, würde sicherstellen, daß wir zur Hand waren und, falls erforderlich, zurückgerufen werden konnten. Wenn die Sache glattging, hatte er womöglich beabsichtigt, uns alle vor sich zu zitieren und uns großmütig zu sagen, daß er, da unsere einzelnen Erklärungen die Vermutung bestärkten, daß wir einem Schuft auf den Leim gegangen waren, befürworten werde, daß man nicht weiter gegen uns vorging.«

Wolfe drehte eine Hand um. »Denn er nahm natürlich an, daß Donahue aus dem Weg war, außerhalb des Staates, und nicht gefunden werden konnte. Fraglos hatte er dafür gesorgt. Die Situation barg keine große Gefahr für ihn. Die Tatsache, daß einer seiner Klienten die Zielscheibe eines der Untersuchungskomitees des Gouverneurs war, stand in keiner bekannten Beziehung zu den Nachforschungen, die er selbst leitete; und er war zuversichtlich, daß keine solche Verbindung entdeckt werden würde oder auch nur der Verdacht einer solchen aufkam. Wahrscheinlich war er noch nicht einmal arrogant, denn er hatte vielleicht aus den abgehörten Gesprächen die Auskunft über die Pläne und Absichten des Komitees erhalten, die er benötigte. In diesem Fall erhielt er einen vernichtenden Schlag, als er gestern morgen ans Telefon ging und man ihm sagte, daß ihn ein Mann namens Donahue wegen einer vertraulichen und dringenden Angelegenheit sprechen wollte.«

Wolfes Augen wanderten zu Hyatt und zurück zu Groom. »Falls Sie noch die Vermutung hören möchten, was zwischen Hyatt und Donahue gestern in Zimmer 38 vorfiel, so ist die wahrscheinlichste die, daß Donahue mit der Enthüllung der ganzen Geschichte drohte – entweder als Daumenschraube für eine Erpressung, oder weil Donahue erfahren hatte, daß man uns sieben zusammen herbestellt hatte, und argwöhnte, daß man ihn zum Sündenbock stempeln wollte – und das Wahrscheinlichste ist immer das Beste. Diese Frage und andere sind Ihre Sorge, Mr. Groom, nicht die unsrige. Uns ging es nur darum, Ihnen zu zeigen, daß Sie viel zu schnell mit einer falschen Vermutung bei der Hand waren. Was Mr. Goodwin und mich betrifft, so nehme ich an, daß Sie einer Klage wegen unbegründeter Haft erfolgreich entgegentreten könnten, aber ich hoffe, Sie haben gelernt, wie kindisch es ist, das Wort eines Mannes als Evangelium hinzunehmen, nur weil er ein Sonderbeauftragter des Innenministers ist. Kann man die Klage gegen uns heute abend aufheben?«

»Nein. Nicht eher, als der Gerichtshof morgen früh öffnet.« Groom stand auf, ging zum Tisch und stemmte seine Hand auf die Papiere. Er sah auf den Sonderbeauftragten. »Mr. Hyatt, möchten Sie etwas sagen?«

Hyatt war Rechtsanwalt. Er drehte mir den Rücken zu, so konnte ich sein Gesicht nicht sehen, aber ich bezweifle, daß es viel ausdrückte. »Außer«, erklärte er, »daß ich Wolfes gesamte Behauptungen und Folgerungen, die mich betreffen, bestreite und ihn dafür verantwortlich machen werde, habe ich nichts zu sagen. Hier und jetzt jedenfalls.« Er stand auf und steuerte auf die Tür zu. Groom machte keine Anstalten, ihn aufzuhalten, und das konnte auch nicht von ihm erwartet werden, zumindest nicht, bis er die Papiere durchgelesen hatte.

Steve Amsel rief ihm nach: »Zu viele Detektive, Hyatt!«

Gestern nachmittag saß ich mit Wolfe im Büro, und wir besprachen einen kleinen Auftrag, den wir übernommen hatten, als das Telefon läutete. Ich ging an den Apparat.

»Büro Nero Wolfe, Archie Goodwin am Apparat.«

»Hier ist Dol Bonner. Wie geht es Ihnen?«

»Besser denn je.«

»Fein. Kann ich mit Mr. Wolfe sprechen?«

»Warten Sie bitte, ich will mal hören.« Ich legte die Hand über die Muschel, drehte mich um und informierte Wolfe. Er verzog das Gesicht, zögerte und griff nach dem Zweithörer. Ich hielt meinen Hörer ans Ohr, da das meine Pflicht war, es sei denn, er entband mich davon.

»Ja, Miss Bonner? Hier Nero Wolfe.«

»Wie geht es Ihnen?«

»Gut, vielen Dank.«

»Ich bin froh, daß ich Sie erreicht habe. Natürlich haben Sie die Neuigkeit schon gehört?«

»Ich weiß nicht. Welche Neuigkeit?«

»Die Geschworenen haben heute mittag ihren Spruch gefällt. Sie befanden Hyatt des Mordes schuldig.«

»So, so. Hatte noch nichts davon gehört. Aber das war ja mit Sicherheit zu erwarten.«

»Natürlich. Warum ich anrufe – vor einer Stunde rief mich Harland Ide an. Er hält es für ein bißchen barbarisch, das Todesurteil eines Mannes zu feiern, und ich stimme ihm zu, darum geht es also nicht, aber er schlug vor, daß wir Ihnen irgendwie unsere Verehrung zeigen sollten. Immerhin, der Innenminister hat das Ergebnis des Verhörs veröffentlicht, und wir alle werden unsere Lizenz behalten. Das wäre also ein Grund zum Feiern. Mr. Ide dachte, wir könnten ein kleines Dinner für Sie geben, nur wir sieben, und er wollte wissen, ob ich das billige, und ich sagte ja. Gerade jetzt rief er mich wieder an und sagte, daß der Plan Mr. Kerr und Mr. Amsel gefiele, und er bat mich, Ihnen den Vorschlag zu machen. An jedem Abend, der Ihnen recht ist, in der nächsten Woche – oder, was das betrifft, in irgendeiner Woche. Wir hoffen sehr, daß Sie annehmen, und natürlich auch Mr. Goodwin. Miss Colt kommt selbstverständlich auch.«

Stille. Ich beobachtete Wolfes Gesicht. Seine Lippen waren fest zusammengepreßt.

»Sind Sie noch da, Mr. Wolfe?«

»Ja. Ich nehme nur selten Einladungen zum Essen an.«

»Ich weiß. Dieses ist kein Essen, es ist ein Tribut.«

»Und es wäre roh, ihn abzuweisen. Mr. Goodwin *hält* mich für roh, aber das stimmt nicht. Ich verwöhne mich nur selbst. Ich mache einen Gegenvorschlag. Auch ich empfinde Hochachtung für die tüchtige und erfolgreiche Mitarbeit, die ich erhielt. Ich schlage vor, daß Sie, anstatt in irgendeinem Restaurant zu essen, was, wie ich annehme, beabsichtigt ist, alle zum Dinner zu mir kommen. An irgendeinem Abend in der nächsten Woche, außer Donnerstag.«

»Aber das hieße, das Ganze auf den Kopf stellen!«

»Nicht im geringsten! Ich sagte, ich fühle auch Hochachtung.«

»Nun... soll ich Mr. Ide fragen? Und die andern?«

»Ich wäre Ihnen sehr dankbar.«

»Also in Ordnung. Ich geben Ihnen Bescheid.«

Und das tat sie. In weniger als einer Stunde. Alles ist für nächsten Mittwoch abend arrangiert. Ich freue mich darauf. Es wird ein Mordsspaß, Fritz' Gesicht zu beobachten, wenn er Dol Bonner sieht, die an Wolfes rechter Seite sitzt und deren bernsteinfarbene Augen unter ihren langen dunklen Wimpern auf ihn zielen.

Was die Aufteilung der Schuld bei unserer Abhörerei betrifft, so ist das von Zeit zu Zeit immer noch ein Thema für ein Streitgespräch. Und was meine Streichung vom Programm an jenem Tag in der Stadt Albany betrifft, so bedurfte das keines Streitgesprächs. Da alle Arbeit von den 48 Detektiven in New York erledigt werden mußte, warum mich einschalten? Besonders, da ich mich als Zeitvertreib für Groom und den District Attorney nützlich machen konnte.

Wenn ein Mann mordet

»Eben das ist der springende Punkt«, erklärte sie und versuchte, ihrer Stimme einen sicheren Klang zu geben. »Wir sind gar nicht richtig verheiratet.«

Meine Brauen hoben sich. Wenn ich so in meinem Sessel in Wolfes Büro saß und ein besonders attraktives Exemplar des schwachen Geschlechtes vor mir hatte, war mir schon oft der Gedanke gekommen, ob sich für so ein Wesen der Gang zum Traualtar lohnen würde. Aber um Frauen, die bereits den Ehering tragen, kümmere ich mich eigentlich nicht – schon gar nicht, wenn der zuständige Ehemann in der Nähe ist. Jetzt sah die Sache allerdings anders aus. Wenn erst einmal die Kummerfalten von der klaren Stirn verschwunden und die Augen nicht mehr vom Weinen gerötet waren, könnte dieses Mädchen meinen Pulsschlag beträchtlich beschleunigen.

Wolfe, der soeben erst vom Dachgarten heruntergekommen war und seinen umfangreichen Korpus in den eigens für ihn gebauten Sessel niedergelassen hatte, starrte sie ärgerlich an. »Aber Sie haben doch Mr. Goodwin erklärt«, begann er, unterbrach sich jedoch sofort und drehte sich zu mir um. »Archie?«

Ich nickte. »Jawohl, Sir. Eine Männerstimme am Apparat behauptete, Paul Aubry zu sein. Er und seine Frau wollten so rasch wie möglich mit Ihnen sprechen. Daher bestellte ich sie für sechs Uhr. Ich hatte nicht von ihnen verlangt, daß sie ihre Heiratsurkunde mitbringen sollten.«

»Wir besitzen eine Heiratsurkunde«, sagte sie, »aber sie hat keine Gültigkeit.« Sie warf einen verzweifelten Blick auf ihren Begleiter und bat ihn: »Erkläre du es, Paul.«

Sie saß neben Wolfes Schreibtisch in dem roten Ledersessel. Er ist sehr bequem und hat breite Armstützen; auf einer davon kauerte Paul Aubry, den Arm um die Rückenlehne gelegt. Ich hatte ihm einen der gelben Stühle angeboten, die entschieden bequemer gewesen wären, aber augenscheinlich zog er es vor, möglichst nahe bei seiner Gefährtin zu sein.

»Wir stecken in einer ganz verteufelten Lage«, platzte er heraus.

Seine Augen waren zwar nicht gerade gerötet, doch anscheinend machte ihm die Sache, was es auch sein mochte, ebensoviel Sorgen wie ihr. Die Hand, die auf dem Sessel lag, ballte sich zur Faust, sein Gesicht war grimmig verzogen, und seine Schultern reckten sich wie zur Abwehr. Jetzt neigte er den Kopf, um ihrem Blick zu begegnen.

»Willst nicht du mit ihm sprechen?« fragte er sanft.

Sie schüttelte den Kopf. »Nein, du!« Einen Moment berührte ihre Hand sein Knie, doch dann zog sie sie rasch wieder fort.

Seine Augen glitten zu Wolfe hinüber. »Wir haben vor sechs Monaten geheiratet, genauer, vor sechs Monaten und sieben Tagen. Aber jetzt sind wir plötzlich dem Gesetz nach keine Eheleute mehr. Das kommt daher, weil Caroline, meine Frau ...« Er unterbrach sich und schaute auf sie nieder. Und da sein Gedankengang nun einmal unterbrochen war, versuchte er, ihre Hand zu fassen, doch sie entzog sie ihm.

Er stand auf, reckte die Schultern, sah Wolfe gerade an und redete wieder viel entschlossener und etwas lauter, als nötig war. »Vor vier Jahren hat sie sich mit einem Mann namens Sidney Karnow verheiratet. Ein Jahr später trat er in die Armee ein und wurde nach Korea geschickt. Von dort erhielt sie nach einigen Monaten den Bescheid, er sei gefallen. Wieder ein Jahr später lernte ich sie kennen und verliebte mich sofort in sie; ich bat sie um ihre Hand. Doch sie wollte nicht eher heiraten, bis zwei Jahre nach Karnows Tod verflossen sein würden. Erst dann gab sie nach. Vor drei Wochen tauchte Karnow plötzlich wieder auf – lebendig! Er telefonierte von San Francisco aus mit seinem Rechtsanwalt, und letzte Woche wurde er aus der Armee entlassen. Am Sonntag, vorgestern also, kam er nach New York.«

Aubry sah aus wie ein Boxkämpfer, der sich zum Angriff bereitmacht. »Ich gebe sie nicht her!« knirschte er. »Ich – gebe – sie – nicht – her!«

Wolfe brummte: »Fünfzehn Millionen zu eins, Mr. Aubry ... ein aussichtsloser Kampf.«

»Was wollen Sie damit sagen?«

»Die gesamte Einwohnerschaft des Staates New York, alle würden sich gegen Sie stellen – offiziell wenigstens. Ich selbst gehöre auch dazu. Weshalb, in drei Teufels Namen, kommen Sie zu mir? Sie hätten besser getan, sofort mit ihr in die weite Welt hinauszufahren, nach Australien, Burma, meinetwegen in die Türkei, vorausgesetzt, daß sie bereit dazu war. Vielleicht wäre es auch jetzt noch nicht zu spät. Also: *Bon voyage!*«

Aubry stand einen Augenblick reglos da, dann holte er tief Atem, drehte sich um und ging zu dem gelben Stuhl, den ich für ihn bereitgestellt hatte. Erst als er sich gesetzt hatte, merkte er, daß seine Fäuste immer noch geballt waren. Er löste sie, legte die Hände auf seine Knie und sah Caroline mit einem sehnsüchtigen Blick an. »Ich darf dich nicht berühren«, murmelte er.

»Nein«, stimmte sie leise bei. »Nicht, solange ..., nein.«

»Schön, erzähl du weiter! Er könnte sonst denken, ich verdrehe die Tatsachen. Bitte!«

Sie schüttelte leicht den Kopf. »Er kann mich ja fragen – ich bin hier und warte darauf. Nur zu!«

Er wandte sich wieder an Wolfe. »Die Geschichte ist leider noch komplizierter. Karnow war das einzige Kind seiner Eltern, und bei ihrem Tod erbte er ein ganz schönes Vermögen, nahezu zwei Millionen Dollar... Er stellte ein Testament auf und vermachte die Hälfte davon meiner... seiner Frau, Caroline. Die andere Hälfte sollten Verwandte von ihm erhalten, eine Tante und ein paar Vettern. Sein Anwalt hatte das Testament in Verwahrung. Nachdem er für tot erklärt worden war, dauerte es etliche Monate, bis die gerichtliche Bestätigung seines Letzten Willens eintraf und das Erbe verteilt wurde. Carolines Anteil betrug etwas über neunhunderttausend Dollar, und davon lebte sie, als ich mit ihr bekannt wurde. Ich bezog nur ein bescheidenes Einkommen aus meinem Autohandel und verdiente etwa hundertfünfzig Dollar wöchentlich. Aber ich verliebte mich in *sie* und nicht in ihr Geld, daß Sie es nur wissen! Als wir dann heirateten, war es *ihre* Idee, ich sollte mein Geschäft vergrößern. Mir selbst war gar nicht so viel daran gelegen. So sah ich mich denn ein wenig um und fand auch ein sehr günstiges Objekt, und ...«

»Was für ein Objekt?«

»Eine Generalvertretung für Autos natürlich!« Aubrys Ton deutete klar genug an, daß kleinere Objekte für ihn gar nicht in

Frage kamen. »Brandon- und Hiawatha-Wagen. Wir brauchten fast die Hälfte von Carolines Vermögen, um die Sache aufzuziehen und richtig in Gang zu bringen. Aber in den letzten drei Monaten haben wir nach Abzug aller Steuern über zwanzigtausend Dollar eingenommen; die Zukunft sah also recht rosig für uns aus. Und jetzt mußte uns *das* passieren. Der Vorschlag, den wir Karnow unterbreiten möchten, stammt nicht von mir und nicht von Caroline, sondern von uns beiden gemeinsam. Er reifte sozusagen in uns heran, während wir die Situation immer wieder erörterten, nachdem wir erfahren hatten, Karnow sei noch am Leben. Letzte Woche nun gingen wir zu Karnows Anwalt, Jim Beebe, damit er die Sache mit Karnow besprechen solle, aber er wollte nichts davon wissen. Er behauptete, Karnow viel zu gut zu kennen – er hatte mit ihm die Schule besucht –, und sei sicher, daß er ihn nicht einmal anhören würde. Daher entschlossen wir uns ...«

»Wie lautete Ihr Vorschlag?«

»Wir hielten es für ein anständiges Angebot. Wir waren bereit, ihm alles zu überlassen: die halbe Million, die Caroline übriggeblieben war, und die Generalvertretung – wie gesagt, alles, wenn er nur in eine Scheidung einwilligen wollte. Ich wäre auch bereit gewesen, das Geschäft für ihn weiterzuführen, weil er sich auf dem Gebiet ja nicht auskennt. Und Caroline hätte nicht einen Cent Entschädigung von ihm verlangt.«

»Das war mein Gedanke«, unterbrach sie.

»Wir *beide* hatten es so beschlossen«, beharrte er.

Wolfe betrachtete sie mit gerunzelten Brauen. Ganz offensichtlich war der Mann wirklich maßlos in sie verliebt und nicht etwa in ihr Vermögen, und wahre Liebe hat mich schon immer beeindruckt. Ich lenkte deshalb meine Empfindungen wieder in die geschäftlichen Bahnen. Wenn sie wirklich so verliebt in ihren Paul war, daß sie um seinetwillen auf nahezu eine Million verzichten wollte, dann sah der Fall ohnehin ziemlich hoffnungslos für mich aus.

Er fuhr fort: »Da also Beebe nichts unternehmen wollte und wir erfuhren, daß Karnow nach New York gekommen sei, hielten wir es für das einzig Richtige, wenn ich selbst zu ihm hinginge. Das haben wir heute nacht beschlossen. Heute vormittag hatte ich ein paar dringende Geschäfte zu erledigen, aber heute nachmittag begab ich mich zu seinem Hotel – er logiert im Churchill – und ging zu seinem Zimmer hinauf. Absichtlich ließ ich mich nicht anmelden, denn ich hatte ihn noch nie gesehen und wollte mir zuerst ein Bild von ihm machen, ehe ich ihm meinen Vorschlag unterbreiten wollte.«

Aubry hielt inne, um sich mit dem Handrücken über die feuchte Stirn zu fahren. Als er die Hand fallen ließ, ballte sie sich wieder zur Faust. »Die eine Schwierigkeit bestand darin, daß ich gar nicht wußte, wie ich es ihm sagen sollte. Unser Angebot war klar genug, aber mir spukten noch zwei andere Gedanken im Kopf herum, falls es Schwierigkeiten geben sollte. Die Generalvertretung ist eine Aktiengesellschaft, deren Anteile zur Hälfte mir, zur anderen Hälfte Caroline gehören. Ich konnte ihm natürlich erklären, wenn er unser Angebot nicht annehmen wolle, werde ich auf meinem Teil beharren und darum kämpfen – aber diese Drohung gefiel mir nicht so recht. Die zweite Möglichkeit bestand darin, zu behaupten, Caroline sei in anderen Umständen. Das stimmt nicht, und ich bezweifle, daß ich es fertiggebracht hätte, ihm diese Lüge aufzutischen. Nun, es kommt ja jetzt auch nicht mehr darauf an, denn ich habe ihn überhaupt nicht zu Gesicht bekommen.«

Er preßte die Lippen fest aufeinander, ehe er fortfuhr. »Im letzten Moment habe ich mich nicht gerade glänzend benommen, das gebe ich zu. Ich weiß nicht, wie es kam, aber plötzlich fiel mir das Herz in die Hose. Ich ging also hinauf, bis zur Tür seines Zimmers, Nummer dreiundzwanzigachtzehn, und hob meine Hand, um anzuklopfen, und dann tat ich es nicht, weil ich merkte, daß ich am ganzen Körper zitterte. Ein paar Minuten stand ich so dort, versuchte, mich zu beruhigen, aber es gelang mir nicht. Ich wußte, wenn ich jetzt zu ihm hineinging und er meinen Vorschlag höhnisch ablehnen würde, dann könnte ich für nichts einstehen. Auf jeden Fall hätte ich unserer Sache viel mehr geschadet als genützt. Daher gab ich es einfach auf. Ich bin wahrhaftig nicht stolz darauf, aber ich muß Ihnen doch die Wahrheit gestehen. Caroline wartete auf mich in einer Bar neben dem Hotel, und ich ging hin und erzählte es ihr. Auch das war nicht einfach, aber es mußte eben sein. Bis dahin hatte sie immer geglaubt, ich könne mit jeder Situation fertig werden. Sie hielt mich schon immer für besser, als ich bin.«

»Ich halte dich immer noch für den besten Mann, Paul«, flüsterte sie liebevoll.

»Ja? Oh, mein Liebes – ich darf dich ja nicht anrühren!«

»Nein, du hast recht; nicht bis . . .« Ihre Hand flatterte. »Aber sprich nicht immer wieder davon!«

»Schön; also schweigen wir darüber.« Er wandte sich wieder an Wolfe. »Ich sagte ihr also, ein Gespräch von Mann zu Mann komme nicht in Frage, und wir saßen da und fingen wieder von vorn an uns den Kopf zu zerbrechen, was wir unternehmen sollten. Keiner von unseren Freunden konnte für uns einspringen. Der Anwalt, den ich gelegentlich für die Firma in Anspruch nehme, war für solche Dinge nicht zu brauchen. Plötzlich tauchte der Gedanke an *Sie* in uns auf. Wer zuerst davon sprach, das weiß ich nicht mehr, aber jedenfalls hastete ich zu einer Telefonzelle, um eine Verabredung mit Ihnen zu treffen. Wir hofften, wenn Sie nicht selbst kommen wollten, würden Sie uns wenigstens Archie Goodwin schicken. Caroline meinte sogar, für den Anfang wäre das vielleicht besser, denn Karnow sei ein Dickkopf und könnte vor Ihnen den starken Mann spielen wollen. Ich darf Ihnen versichern, daß wir bereit sind, Ihnen jede Summe zu zahlen, wenn Sie ihn dazu bringen, Caroline freizugeben. Allerdings werden wir dann selbst nicht mehr über große Mittel verfügen, aber so um fünftausend Dollar herum brächten wir schon noch auf. Aber, bitte, helfen Sie uns! Jetzt gleich, heute nacht noch!«

Wolfe räusperte sich. »Ich bin kein Rechtsanwalt, Mr. Aubry, ich bin Detektiv.«

»Das ist mir bekannt, aber deswegen können Sie den Auftrag doch trotzdem übernehmen. Ihnen wird jedenfalls nachgesagt, daß Sie alles wieder ins rechte Gleis bringen können. Wir verlangen ja nichts anderes als Karnows Einwilligung zu unseren Vorschlägen.«

Wolfe knurrte. »Mein Honorar richtet sich stets nach dem Aufwand und der Arbeit, die wir einsetzen müssen. Ihr Fall scheint mir ziemlich einfach zu sein. Wieweit waren Sie ehrlich, als Sie Ihre Situation schilderten?«

»Vollkommen! Absolut!«

»Unsinn! Vollkommene Ehrlichkeit gibt es nicht unter den Menschen. Wenn Mr. Karnow Ihren Vorschlag annimmt, kann ich mich dann darauf verlassen, daß Sie unter allen Umständen dazu stehen?«

»Ja, selbstverständlich!«

Wolfe wandte den Kopf. »Mrs. Karnow, sind auch Sie ...«

»Nennen Sie sie mit diesem Namen! Sie ist *meine* Frau!« bellte Aubry.

Wolfes Schultern hoben sich zu einem leichten Zucken. »Madam, haben Sie den Vorschlag mit seinen ganzen Konsequenzen verstanden und stimmen Sie ihm bei?«

»Ja!« erklärte sie fest.

»Sie wissen, daß Sie damit auf eine hohe Abfindungssumme verzichten, auf ein Recht, das Ihnen unbedingt zusteht?«

»Jawohl.«

»Dann muß ich Ihnen ein paar Fragen über Mr. Karnow stellen – Ihnen, Madam, da Mr. Aubry ihn nicht gekannt hat. Sie hatten kein Kind aus Ihrer Ehe?«

»Nein.«

»Als Sie sich verheirateten, liebten Sie wahrscheinlich Ihren Mann.«

»Ich ... ja, zumindest glaubte ich es damals.«

»Hat sich dieses Gefühl während der Ehe abgekühlt?«

»Nicht direkt«, sagte sie nachdenklich. »Sidney war sehr empfindsam und hielt ziemlich viel von sich selbst. Ich sage immer noch war, weil ich mich noch nicht an den Gedanken gewöhnt habe, daß er noch lebt. – Ich war erst neunzehn, als wir heirateten, und wahrscheinlich verstand ich nicht, ihn richtig zu behandeln. Er meldete sich freiwillig zur Armee, weil er das für seine Pflicht hielt, da er den letzten Weltkrieg nicht mitgemacht hatte. Jeder müsse einmal Kartoffeln schälen, so drückte er sich aus. Ich war nicht seiner Ansicht, aber zu jener Zeit hatte ich bereits gelernt, daß meine Ansichten ihn überhaupt nicht interessierten – übrigens auch meine Gefühle nicht. Wenn Sie mit ihm verhandeln wollen, müssen Sie natürlich wissen, was für ein Mensch er ist. Doch das kann ich Ihnen wirklich nicht sagen, denn nach all dieser Zeit weiß ich es selbst nicht. Vielleicht hilft es Ihnen ein wenig, wenn Sie die Briefe lesen, die ich von ihm bekam. Es sind allerdings nur drei Briefe, einer aus dem Ausbildungslager und zwei aus Korea. Er haßte es, Briefe zu schreiben. Mein Mann ... Paul meinte, ich sollte sie mitbringen und Ihnen vorlegen.«

Sie öffnete ihre Handtasche, fummelte eine Weile darin herum und zog dann ein paar zusammengeheftete Blätter heraus. Ich nahm sie in Empfang und händigte sie Wolfe aus, und weil ich ja doch mit der Sache zu tun haben würde, pflanzte ich mich neben ihm auf und las über seine Schulter hinweg. Alle drei Briefe befinden sich noch in unserem Archiv, aber ich begnüge mich damit, hier bloß den letzten anzuführen. Er war typisch für den Stil dieses Mannes.

Liebe Carrie, mein treues Eheweib (ich hoffe, »treu« ist das richtige Wort!)

Verzeih, wenn ich Dich damit gekränkt habe; aber ich bin eben ein schwacher Mensch. Ich möchte jetzt gern bei Dir sein und Dir sagen, warum mir Dein neues Kleid nicht gefällt, und dann würdest Du schweigend hinausgehen und Dich umziehen, und nachher könnten wir zu Chambord fahren und Schnecken essen und einen guten Richebourg trinken und anschließend zum Velvet Yoke, wo es eine gute Krebsschwanzsuppe gibt. Dann gingen wir heim, würden ein heißes Bad nehmen und uns zwischen feine Leinentücher ausstrecken, auf Matratzen, die einen halben Meter dick und ganz elastisch sind. Nach einer Woche in solcher Umgebung würde ich dann langsam wieder zu mir selbst zurückfinden, würde Dich fest in meine Arme nehmen, und wir würden in Seligkeit vergehen.

Jetzt sollte ich Dir wahrscheinlich einiges über dieses Land hier erzählen, damit Du begreifst, weshalb ich viel lieber anderswo wäre, aber das würde zu lange dauern, und Du weißt ja, wie ungern ich schreibe. Und dann kann ich ja nicht ausdrücken, was ich fühle. Da der Zeitpunkt immer näherrückt, an dem ich ausrücken und andere Menschen töten muß, habe ich mir überlegt, was ich überhaupt vom Tod weiß. Herodot sagte: »Der Tod ist ein prächtiger Ausweg für Schwächlinge«, und Epiktet meinte: »Der Tod ist nur ein Schreckgespenst.« Montaigne schrieb: »Ein sicherer Tod ist immer noch der beste Tod.« Das werde ich dem Mann sagen, den ich umbringen muß, dann wird es ihm nicht so viel ausmachen.

Da ich gerade vom Tode spreche: falls es mich erwischen sollte statt des anderen, dann will ich Dir lieber jetzt gleich verraten, daß etwas, das ich vor meiner Abreise in New York erledigt habe, Dir einen schweren Schock versetzen wird. Ich möchte gern dabeisein können und beobachten, wie Du es aufnimmst. Du hast immer behauptet, daß Du Dir aus Geld nichts machen würdest, es lohne die Mühe nicht. Du hast Dich auch immer beklagt, ich sei ein Zyniker, aber nur in meinen Reden, nicht in meinen Taten. Wart nur ab! Man sagt, wer zuletzt lacht, lacht am besten – aber leider werde ich dann schon tot sein, und auch das ist ein grimmiger Scherz des Schicksals. Wenn ich bloß wüßte, ob ich Dich liebe oder hasse? Beides ist ja so schwer voneinander zu unterscheiden. Denke an mich in Deinen Träumen!

Dein zynischer Kavalier Karnow

Während ich zu meinem Schreibtisch hinüberging, um die Briefe in ein Fach zu legen, sprach Caroline bereits wieder. »Ich habe ihm jede Woche zwei lange Briefe geschrieben, im ganzen müssen es über fünfzig gewesen sein; aber er erwähnte sie nie in den paar Briefen, die ich von ihm bekam. Ich möchte ihm Gerechtigkeit widerfahren lassen, doch er behauptete von sich, er sei völlig egozentrisch, und ich glaube wirklich, daß er es war.«

»Nicht *war*«, bemerkte Aubry grimmig, »*ist*! Denn er lebt ja!« Er wandte sich an Wolfe: »Beweist dieser Brief nicht, daß er eine taube Nuß ist?«

»Er ist jedenfalls etwas – hm – außergewöhnlich«, gab Wolfe zu. Dann fragte er Caroline: »Was hat Ihr Gatte denn vor seiner Abreise in New York getan, das Ihnen einen schweren Schock versetzen sollte?«

Sie schüttelte den Kopf. »Ich weiß es nicht. Natürlich nahm ich damals an, er habe sein Testament geändert und mich als Erbin ausgeschaltet. Doch als dann die Nachricht von seinem Tode kam, zeigte ich diesen Brief seinem Anwalt Jim Beebe und sagte ihm auch, was ich dachte. Aber er schüttelte nur den Kopf und meinte, das klänge tatsächlich so, aber es stimme nicht, denn soweit er informiert sei, habe mein Mann sein Testament nicht geändert. Sidney habe mich wohl bloß ängstigen wollen.«

»Das hat er aber nicht besonders geschickt angefangen«, widersprach Wolfe und schüttelte den Kopf. »Es ist nämlich gar nicht so einfach, eine Ehefrau zu enterben. Immerhin, da er es ja gar nicht versuchte, brauchen wir das Thema nicht weiter zu erörtern. – Was wissen Sie über die falsche Meldung von seinem Tode?«

»Nur ganz wenig aus einer Zeitungsnotiz«, erklärte sie. »Doch Jim Beebe hat es mir dann ausführlich erzählt. Mein Mann wurde bei einem Gefecht auf dem Rückzug von einer explodierenden

Granate betäubt. Man hielt ihn für tot, aber er war nur bewußtlos und wurde dann gefangengenommen. Fast zwei Jahre hielt man ihn fest, dann aber gelang es ihm, über den Yaluuß in die Mandschurei zu entkommen. Inzwischen hatte er die Landessprache gelernt – Sprachen waren schon immer seine Leidenschaft –, und in einem kleinen Dorf schloß er Freundschaft mit den Einwohnern und trug die Landeskleidung. Angeblich bekehrte er sich dort auch zum Kommunismus; aber das ist lediglich ein Gerücht.«

»Dann ist er ein Trottel«, warf Wolfe trocken ein.

»O nein, das ist er nicht.« Sie wollte unbedingt gerecht sein. »Wahrscheinlich wollte er bloß nicht aus dem Rahmen fallen. Wie dem auch sei – ein paar Monate nach Abschluß des Waffenstillstandes fand er, er habe nun genug von den Leuten da oben gehabt, überquerte den Yalu und schlug sich nach Südkorea durch, wo er sich bei der Militärverwaltung meldete. Diese schickte ihn nach Hause – und hier ist er nun.« Sie streckte ihre Hand flehend aus: »Bitte, Mr. Wolfe, bitte!«

Sie konnte natürlich nicht wissen, daß das eine schlechte Taktik war. Bei Wolfe darf man nie an seine Gefühle appellieren, und eine Frau schon gar nicht. Mit einer Grimasse wandte er sich ab und schaute mich an. »Archie, Sie sind mein Angestellter, und im Rahmen unseres Dienstvertrages kann ich Ihnen Aufträge erteilen. Dies hier gehört jedoch nicht dazu. Sind Sie bereit, sich mit der Sache zu befassen?«

Er war überaus höflich. Was er wirklich meinte, war folgendes: Fünf Tausender sind eine Menge Geld, damit kann ich meine Angestellten bezahlen, Sie mit eingeschlossen, und mir wäre es sehr recht, wenn Sie das Geld für mich verdienen würden. Weil ich ebenso höflich sein wollte, schlug ich einen Kompromiß vor: »Ich bin bereit, ihn herzubringen, und dann können Sie mit ihm reden.«

»Nein«, erklärte er kurz. »Da mir die ganze Angelegenheit recht überspannt vorkommt, würde ich die Sache nicht so geschickt anpacken wie Sie. Ich überlasse Ihnen also die Entscheidung.«

»Ich bin tief beeindruckt!« versicherte ich ironisch. »Wenn ich nein sagte, dann würde ich es monatelang zu hören bekommen. Mir bleibt also nur eine Zusage übrig, ob es mir nun paßt oder nicht.«

»Schön. Wir werden uns nach dem Essen darüber unterhalten.

Und morgen vormittag können Sie ...«

Die beiden wehrten schleunigst ab. Sie konnten nicht bis zum Vormittag warten, sie mußten *sofort* Bescheid wissen. Weshalb diese Verzögerung? Warum nicht jetzt? Ich reagiere auf Gefühlsausbrüche nicht so gleichgültig wie Wolfe und beruhigte sie, indem ich ihrer Forderung zustimmte.

»Gut denn«, gab Wolfe nach, und das war entschieden mehr, als man von ihm erwarten durfte. »Aber Sie müssen den Vorschlag, den man diesem Karnow unterbreiten will, schriftlich aufsetzen und das Original und einen Durchschlag mitnehmen, Archie. Mr. Aubry und ... hm ... Sie, Madam, werden ihn gleich hier unterzeichnen, und zwar als *Caroline Karnow*. Links tippen Sie das Wort akzeptiert und lassen eine Linie frei. Unter den gegebenen Umständen müßte der Bursche schon ein richtiger Einfaltspinsel sein, wenn er Einwände erheben wollte. Aber es wäre allzu unvorsichtig, ihm das gleich zu sagen. Ihren Stenogrammblock bitte, Archie!«

Ich ließ meinen Drehstuhl herumschnellen und schrieb auf, was er diktierte.

Energisch, aber nicht aufdringlich, klopfte ich mit dem Knöchel des Zeigefingers an die Tür von Zimmer 2318 im dreiundzwanzigsten Stockwerk des Churchill.

Unsere beiden Kunden hatten zwar gebeten, in Wolfes Büro auf meine Rückkehr warten zu dürfen, aber ich bestand darauf, daß sie sich in greifbarer Nähe aufhalten müßten, falls sie dringend benötigt würden. Jetzt saßen sie unten in der Tulpenbar, und ich hoffte nur, daß sie nicht im Begriffe waren, sich einen Rausch anzutrinken. Menschen, die in ernsthaften Schwierigkeiten stecken, neigen sehr oft dazu, entweder zuviel zu essen oder zu trinken, oder auch beides.

Ich klopfte erneut, diesmal lauter und länger.

Im Taxi hatte ich mir noch ein paar Informationen über Sidney Karnow geben lassen, das heißt, über jenen Karnow, der er vor drei Jahren gewesen war. Seine Einstellung dem Geld gegenüber mußte mehr als gleichgültig gewesen sein, aber immerhin hatte er sein Vermögen nicht sinnlos verschwendet. Soviel Caroline wußte, hatte er im großen und ganzen sparsam gewirtschaftet, sogar ihre eigenen bescheidenen Ansprüche nicht ohne weiteres erfüllt.

Damit konnte ich, ehrlich gestanden, nicht viel anfangen, doch mit einer anderen Auskunft um so mehr. Die Schlüsselwörter lauteten »egozentrisch« – und das gefiel mir gar nicht – und »stolz«, was mir um so besser gefiel. Wenn es sich dabei um echten Stolz handelte und nicht bloß um einen Deckmantel für etwas ganz anderes, dann ließ sich darauf eine Taktik aufbauen. Keinem wirklich stolzen Mann kann daran gelegen sein, sein Essen und sein Bett mit einer Frau zu teilen, die bereit war, fast eine Million zu opfern, um beides zu vermeiden. Ich hatte mich entschlossen, mich auf diesen Charakterzug zu stützen, aber ich mußte meine Worte vorsichtig wählen, bis ich genau wußte, wie der Kerl zu nehmen war.

Aber ich erhielt auf mein Klopfen keine Antwort. Da ich keine Abfuhr riskieren wollte und meinen Besuch nicht telefonisch angemeldet hatte, blieb mir jetzt nichts übrig, als unverrichteter Dinge wieder abzuziehen und den beiden Kunden zu melden, daß ihre Geduld doch noch auf eine längere Probe gestellt werde, wobei es sich ebensogut um zehn Minuten wie um zehn Stunden handeln könne. Darauf wollte ich mir ein belegtes Brötchen und ein Glas Milch in der Tulpenbar genehmigen und dann noch einmal mein Glück versuchen. Doch ehe ich mich endgültig abwandte, glitt meine Hand ganz automatisch zum Türknauf. Ohne Schwierigkeit ließ er sich drehen, und die Tür ging auf. Eine Sekunde blieb ich bewegungslos stehen, dann trat ich einen Schritt vor und rief in das Zimmer hinein: »Mr. Karnow, Mr. Karnow!«

Keine Antwort. Jetzt stieß ich die Tür ganz auf und trat über die Schwelle. Im Zimmer war es dunkel. Nur ein schwaches Licht drang vom Korridor herein, und ich wäre wahrscheinlich wieder umgekehrt, wenn ich nicht eine so gute Nase besitzen würde. Diese sagte mir, hier riecht es nach etwas, das mir als Detektiv nicht unbekannt war, und ein mehrmaliges Schnüffeln bestätigte diese Annahme. Ich fand den Schalter an der Wand und knipste das Licht an. Dann blickte ich mich um. Da lag ein Mann flach auf dem Rücken, Beine und Arme merkwürdig gespreizt. Gedankenlos ging ich ein paar Schritte auf ihn zu, doch dann fuhr ich herum, kehrte zur Tür zurück und schloß diese vorsichtig. Nach Carolines Beschreibung erkannte ich sofort, daß es sich um Sidney Karnow handeln mußte. Er war bekleidet, trug aber keine Jacke und keine Krawatte. Ich bog mich zu ihm hinunter und ließ meine

Hand unter sein Hemd gleiten – ein zweckloses Unterfangen, denn das Herz klopfte nicht mehr. Sicherheitshalber hob ich ein paar Fläumchen vom Teppich auf und legte sie auf seine Nasenlöcher: kein Hauch bewegte sie. Vorsichtig nahm ich seine Augenwimpern zwischen meine Finger und zog das Lid leicht herunter: Es rührte sich nicht mehr. Ich hob seine Hand und drückte kräftig auf einen Fingernagel; dann löste ich den Druck, aber die Fingerspitze blieb weiß. Dieses Beweises hätte es allerdings gar nicht mehr bedurft, denn die viel zu niedrige Körpertemperatur hatte mir bereits alles gesagt.

Ich erhob mich wieder und blickte auf den Mann hinunter. Es bestand kein Zweifel, das war Karnow. Ich warf einen Blick auf meine Uhr; sie zeigte 7 Uhr 22 an. Durch eine offene Tür hinter ihm sah ich einen Teil des Badezimmers, und als ich um seine ausgestreckten Arme herumging, entdeckte ich zwei Gegenstände auf dem Boden. Ich beugte mich wieder nieder, um sie genau anzusehen. Der erste war eine Militärpistole, Kaliber 45. Ich ließ sie unberührt liegen. Der andere war ein kleiner Stapel von Handtüchern. Diesen nahm ich auseinander und entdeckte ein schwärzliches Loch in einem Handtuch, das nur durch eine Kugel entstanden sein konnte. Ich reckte mich und schloß die Augen, um besser nachdenken zu können. Hatte ich die nötige Vorsicht walten lassen? Seit langem habe ich es mir zur Gewohnheit gemacht, Türen, die sich nicht freiwillig vor mir geöffnet hatten, nur mit einem Taschentuch zu berühren. War das auch diesmal geschehen? Ich antwortete mir selbst mit einem Ja. Auch den Lichtschalter hatte ich nicht mit den Fingerspitzen berührt. Hatte ich Fingerabdrücke auf einem anderen Gegenstand hinterlassen? Nein! In dieser Hinsicht durfte ich also beruhigt sein.

Ich kehrte zum Schalter zurück und knipste das Licht mit dem Knöchel aus, zog mein Taschentuch hervor, um die Tür zu öffnen und hinter mir wieder zu schließen, nahm den Lift bis zum Erdgeschoß und betrat dort eine Telefonkabine. Dann wählte ich die Nummer von Wolfe. Fritz war es, der sich meldete, und ich sagte ihm, ich müsse dringend mit Wolfe sprechen.

Er war außer sich. »Aber, Archie, Sie wissen doch, daß er um diese Zeit beim Essen ist!«

»Macht nichts. Erzählen Sie ihm, ich sei von Kannibalen überfallen worden und sie hätten mich schon am Spieß.«

Es dauerte volle zwei Minuten, bis ich Wolfes wütendes Bellen hörte. »Was gibt's, Archie?«

»Ich rufe aus einer Kabine im Churchill an. Die beiden Klienten habe ich in der Bar gelassen, bin zu Karnows Zimmer hinaufgefahren, fand dort die Tür unverschlossen und trat ein. Karnow lag tot auf dem Boden, mit einer Militärpistole erschossen. Die Waffe liegt neben ihm, aber es handelt sich nicht um Selbstmord, denn der Täter hat sie mit einem Handtuch umwickelt, ehe er feuerte. Wie soll ich jetzt meine fünf Tausender verdienen?«

»Verdammt noch mal! Konnte das nicht bis nach dem Essen warten?«

Wenn sich jemand einbilden sollte, diese Antwort hätte ich erfunden, dann kennt er meinen hohen Chef nicht. Das Essen ging ihm eben über alles.

Ich überging seine Frage und fuhr fort: »Ich habe keine Spuren im Zimmer hinterlassen, und niemand hat mich gesehen. Man kann uns also nichts anhaben. Natürlich ist es schwer für Sie, mit vollem Mund zu reden, aber ...«

»Schweigen Sie!« brüllte er, um erst nach ein paar Sekunden fortzufahren: »Ist er innerhalb der letzten neunzig Minuten gestorben?«

»Nein. Die Haut auf seiner Brust ist bereits erkaltet.«

»Haben Sie nichts gesehen, was als Hinweis dienen könnte?«

»Nicht das geringste. Ich war höchstens drei Minuten dort im Zimmer, denn ich wollte Sie beim Essen stören. Aber ich kann ja noch mal zurückgehen und eine genauere Untersuchung vornehmen.«

»Lassen Sie das bleiben.« Er war sehr kurz angebunden. »Wir wollen uns nicht in die Nesseln setzen. Ich werde Fritz beauftragen, die Polizei anonym von dem Mord zu unterrichten. Kommen Sie mit Mr. Aubry und Mrs. Karnow hierher ... haben die beiden schon gegessen?«

»Sie sind wahrscheinlich gerade dabei.«

»Sehen Sie zu, daß sie etwas zu sich nehmen, und dann bringen Sie die beiden unter irgendeinem Vorwand hierher.«

»Ohne sie aufzuklären?«

»Natürlich! Das übernehme ich. Sorgen Sie nur dafür, daß sie erst in einer Stunde und zehn Minuten da sind, nicht früher. Ich war ja gerade erst bei der Suppe ... und jetzt *das*!«

Die Verbindung wurde jäh unterbrochen.

Ich durchquerte die Vorhalle, um mich zur Bar zu begeben. Vor der Bar wurde ich kurz von einem alten Bekannten aufgehalten, von Tim Evarts, dem Hausdetektiv des Churchill. Wenn der Mann gewußt hätte, daß ich soeben in einem seiner Zimmer einen Toten gefunden und es ihm nicht gemeldet hatte, hätte er mir den Rücken zugedreht. Wir nickten uns freundlich zu, und ich ging weiter.

Die geräumige Bar war zu dieser Stunde kaum besetzt. Meine Kunden saßen an einem Ecktischchen, und als sich Aubry erhob, um einen Stuhl für mich heranzuziehen, mußte ich den beiden eine gute Note für ihr Betragen ausstellen. Sie warteten bestimmt sehnsüchtig darauf, das Ergebnis meiner Mission zu erfahren, aber sie beherrschten sich mustergültig.

Als ich mich zurücklehnte und in ihre fragenden Augen sah, konnte ich nur die Achseln zucken. »Ich habe keine Antwort auf mein Klopfen bekommen und muß es später nochmals versuchen. Inzwischen wollen wir etwas essen.«

Ihre Enttäuschung war echt. Caroline schüttelte den Kopf. »Ich kann jetzt nichts essen.«

»Tun Sie es doch«, riet ich ihr. »Es braucht ja keine vollständige Mahlzeit zu sein, aber wenigstens ein paar belegte Brötchen oder so etwas. Die können wir auch hier in der Bar bekommen. Nachher versuche ich es noch einmal, und wenn ich immer noch keine Antwort erhalte, wollen wir uns etwas anderes ausdenken. Sie können ja schließlich nicht die ganze Nacht hierbleiben.«

»Vielleicht ist er nur für einen Moment aus dem Zimmer gegangen, oder er kommt jetzt ins Hotel und geht gleich wieder fort. Wäre es nicht besser, wenn Sie dort oben blieben?«

»Nicht mit leerem Magen.« Ich blieb fest. »Und ich könnte wetten, Mrs... Wie soll ich Sie nun nennen?«

»Oh, nennen Sie mich Caroline.«

»Ich wette, Sie haben fast eine Woche lang nichts Ordentliches mehr zu sich genommen. Und jetzt brauchen Sie bestimmt viel Kraft und Energie. Also sorgen Sie lieber vor!«

Es wurde eine ungemütliche halbe Stunde. Sie aß mit Widerwillen, und Aubry verdrückte zwei belegte Brötchen und etwas Käse, aber beide mußten sich sehr zusammennehmen, um nicht zu sagen, was sie von mir hielten. Als meine Kaffeetasse leer war, befahl ich ihnen, sitzen zu bleiben, während ich noch einmal hinaufgehen würde. Doch ich schlenderte nur durch den Korridor und schloß mich dann in der Herrentoilette ein, um nicht Aubry zu begegnen, falls er auf den Gedanken kommen sollte, mir nachzuspionieren. Während einer vollen Viertelstunde rührte ich mich nicht, dann kehrte ich zur Bar zurück und meldete: »Immer noch keine Antwort. Ich habe mit Mr. Wolfe telefoniert: er hat eine neue Idee und möchte, daß wir gleich zu ihm kommen. Also machen wir uns auf den Weg.«

»Nein!« erklärte Caroline entschieden.

»Was soll das für einen Zweck haben?« fragte Aubry.

»Sehen Sie«, erklärte ich geduldig, »wenn Mr. Wolfe eine Idee hat und sie mit mir besprechen will, dann gehe ich eben hin. Sie können von mir aus hierbleiben und sich in Unruhe verzehren – oder Sie begleiten mich. Das ist Ihre Sache.«

Ihr Gesichtsausdruck ließ mich vermuten, daß sie beide es zu bereuen begannen, Wolfe mit dem Auftrag betraut zu haben. Doch jetzt konnten sie nicht mehr zurück. Nachdem Aubry die Zeche beglichen hatte, verließen wir die Bar, und draußen im Korridor drängte ich sie nach links zu einer Seitentür, weil ich annahm, der Telefonanruf von Fritz müsse in der Zwischenzeit gewirkt und die Polizei auf die Beine gebracht haben. Meine Begleiter schienen im Churchill bekannt zu sein, denn der Pförtner, der uns ein Taxi herbeiwinkte, kannte ihre Namen.

Vor unserem Haus angelangt, öffnete ich die Haustür mit meinem Schlüssel, ließ die beiden eintreten und legte dann die Kette vor. Während ich unsere Klienten zum Büro führte, warf ich einen Blick auf meine Uhr und sah, daß es genau 8 Uhr 35 war. Ich hatte also die beiden nicht so lange hingehalten, wie Wolfe es mir aufgetragen hatte, aber auf ein paar Minuten kam es ja schließlich auch wieder nicht an. Er kam aus dem Wohnzimmer heraus und sah der kleinen Prozession zu, dann folgte er uns, mit einem Gesicht wie sieben Tage Regenwetter. Während er zu seinem Schreibtisch trampelte und sein gewichtiges Volumen in den Sessel fallen ließ, knurrte er sie an: »Setzen Sie sich, bitte!« Aber sie blieben stehen. Aubry erkundigte sich: »Was haben Sie für eine großartige Idee? Goodwin deutete so etwas an.«

»Ich möchte zuerst, daß Sie sich setzen«, bemerkte er kalt. »Wenn ich jemandem etwas mitzuteilen habe, dann will ich ihm in die Augen sehen können, besonders wenn ich vermuten muß, daß er mich anzuschwindeln versucht. Und mein Nacken ist nicht so elastisch.«

Sein Ton ließ klar erkennen, daß die Sache, die er auf dem Herzen hatte, wichtig sein mußte. Caroline sank rasch in den roten Ledersessel, blieb aber auf der äußersten Kante kleben. Aubry setzte sich auf den gelben Stuhl und begegnete Wolfes kaltem Starren.

»Was wollen Sie damit sagen?« erkundigte er sich gelassen.

»Ich glaube, daß einer von Ihnen – vielleicht sogar beide – heute Mr. Karnow gesehen und mit ihm gesprochen hat.«

»Wie kommen Sie darauf?«

»Das halte ich vorläufig zurück. Ob und wann ich es Ihnen sage, hängt von Ihnen allein ab. Vollkommene Offenheit kann ja wohl nicht erwartet werden, aber immerhin sollte sie bis zu einem gewissen Grade vorhanden sein, wenn Sie einen Mann für einen Auftrag verpflichten, den Sie ausgeführt haben wollen. Wann und wo haben Sie also Mr. Karnow gesehen, und was wurde dabei gesprochen?«

»Nichts! Ich habe ihn nicht gesehen, das sagte ich Ihnen ja bereits. Was beabsichtigen Sie mit dieser Unterstellung?«

Wolfes Kopf drehte sich ein wenig. »Dann waren *Sie* es also, Madam?«

Caroline schaute ihn mit gerunzelten Brauen an. »Wollen Sie andeuten, ich hätte meinen ... ich hätte Sidney Karnow heute gesehen?«

»Genau das.«

»Nun, das stimmt nicht! Ich habe ihn überhaupt nicht gesehen, und ich möchte gerne wissen, wie Sie zu dieser Behauptung kommen!«

»Das sollen Sie gleich erfahren.« Wolfe stützte seine Ellbogen auf die Armlehne des Sessels, beugte sich vor und bedachte sie mit seinem strengsten Blick. Doch sie wurde keineswegs verwirrt. Er drehte seinen Kopf ein wenig nach rechts und bedachte Aubry mit dem gleichen Ausdruck. Auch er reagierte nicht darauf.

Es schellte an der Tür.

Fritz war in der Küche mit dem Aufwaschen beschäftigt, daher stand ich auf und ging in die Halle hinaus, um durch das Guckfenster zu schauen, wer da Einlaß begehrte. Ich pfiff leise durch die

Zähne. Sergeant Purley Stebbins vom Morddezernat wußte, daß man ihn von innen sehen konnte, aber er schnitt keine Grimassen, er stand nur da und wartete, ob wir ihn einlassen würden, ein bedauernswerter Mann der Pflicht.

Ich öffnete die Tür einen Spaltbreit, denn mehr gab die vorgelegte Kette nicht zu. »Hallo, Stebbins! Ich bin nicht der Verbrecher, Ehrenwort!«

»In Ordnung, Sie Komiker.« Sein tiefer Baß klang etwas rauh. »Dann werde ich Sie auch nicht vor Gericht schleppen. Lassen Sie mich ein.«

»Was haben Sie denn vor?«

»Das werde ich Ihnen gleich sagen, aber Sie erwarten doch wohl nicht, daß ich es durch diesen Spalt tue?«

»Doch. Denn wenn ich Sie einließe, würden Sie einfach über mich hinwegtrampeln und zu Mr. Wolfe eindringen, und er ist sehr schlechter Laune! Ich übrigens auch. Ich gebe Ihnen zehn Sekunden, um loszulegen. Eins, zwei, drei, vier ...«

Er unterbrach meine Zählerei. »Sie waren vor kurzem im Hotel Churchill mit einem Mann namens Paul Aubry und seiner Frau. Mit den beiden fuhren Sie dann in einem Taxi fort. Wo stecken sie jetzt? Haben Sie sie hierhergebracht?«

»Aber, mein bester Mr. Purley Stebbins ...« näselte ich.

»Hören Sie auf mit Ihren Dummheiten!«

»Schön. Dann sollen Sie auch eine klare Antwort haben. Sie sollten mich doch eigentlich kennen. Achtundachtzig Prozent der Leute, Privatdetektive mit eingeschlossen, kriegen es mit der Angst zu tun, wenn Sie so bellen, aber bei mir verfängt das nicht. Ich kenne meine Rechte. Geben Sie mir einen triftigen Grund an, weshalb ich Ihnen über meine Schritte und meine Begleitung Rechenschaft ablegen soll – aber machen Sie es gut!«

Absolute Stille. Nach einem Moment des Abwartens fügte ich hinzu: »Geben Sie sich keine Mühe, den Schock abzuschwächen. Da Sie im Morddezernat arbeiten, muß es sich um einen Toten handeln. Wer ist es?«

»Nun, was vermuten *Sie*?«

»Nein, mein Lieber. Ich könnte ja eventuell das Richtige raten, und dann säße ich ganz hübsch in der Tinte.«

Ein abgrundtiefer Seufzer von Stebbins: »Uff! Das möchte ich gerne mal erleben! – Sidney Karnow wurde heute nachmittag in seinem Zimmer im Hotel Churchill ermordet. Man hatte ihn schon in Korea als tot gemeldet, er tauchte aber vor kurzem ganz lebendig hier auf und erfuhr, daß seine Frau sich inzwischen mit Paul Aubry verheiratet hatte. Als ob ich Ihnen damit etwas Neues erzählen würde!«

Durch den schmalen Türspalt konnte er mein Gesicht nicht sehen, also brauchte ich mein Mienenspiel nicht unter Kontrolle zu halten. Ich erkundigte mich bloß höflich: »Karnow wurde ermordet?«

»Ohne Frage. Er wurde von hinten durch den Kopf geschossen.«

»Wollen Sie wirklich behaupten, ich hätte das schon gewußt?«

»So weit möchte ich nicht gehen. Aber Sie kannten jedenfalls die Situation, da Sie mit Aubry und der Frau dort waren. Ich brauche die beiden Leute, und ich brauche sie jetzt! Also – sind sie hier? Und wenn nicht: Wo stecken sie?«

»Tja, Sie haben mir tatsächlich einen Grund genannt«, bemerkte ich vorsichtig. »Setzen Sie sich draußen hin, während ich mich erkundigen werde.« Ich schloß die Tür und schob den Riegel vor. Dann begab ich mich ins Büro zurück, nahm meinen Notizblock und einen Bleistift vom Pult und schrieb:

Stebbins hier. Erklärt, K. sei ermordet worden. Man sah uns das Hotel verlassen. Fragt, ob sie hier sind, wenn nicht, wo.

Ich legte den Zettel vor Wolfe auf den Schreibtisch, der ihn mit steinernem Gesicht las und in sein Schreibtischfach schob. Dann blickte er ernst Caroline und anschließend Aubry an. »Sie brauchen mich nicht mehr«, erklärte er, »Ihr Problem hat sich von selbst gelöst. Mr. Karnow ist tot.«

Sie glotzten ihn verständnislos an.

»Natürlich«, fuhr Wolfe fort, »taucht für Sie jetzt eine neue Frage auf, die sich möglicherweise noch viel schwieriger gestaltet.«

Caroline war wie erstarrt.

»Ich glaube es einfach nicht!« sagte Aubry mit rauher Stimme.

»Die Tatsache scheint authentisch zu sein«, bemerkte Wolfe. »Archie?«

»Jawohl, Sir. Sergeant Stebbins vom Morddezernat steht draußen vor der Tür. Er behauptet, Karnow sei von hinten durch den

Kopf geschossen worden, und zwar heute nachmittag in seinem Zimmer im Hotel *Churchill*. Jemand hat gesehen, wie Mr. Aubry und Mrs. Karnow zusammen mit mir das Hotel verließen, und nun will Stebbins wissen, ob sich die beiden hier befinden oder wo er sie finden kann. Er erklärt, er brauche sie dringend.«

»Guter Gott!« flüsterte Aubry. Caroline hatte tief Luft geholt, aber kein Wort verlauten lassen. Immer noch war sie wie erstarrt. Doch jetzt bewegte sie die Lippen, und ich konnte ablesen:

»Tot! Wirklich tot?«

Wolfe begann zu sprechen: »Sie stehen also jetzt vor einem anderen Problem. Auf der Polizeiwache können Sie die ganze Nacht darüber nachdenken, vielleicht auch den nächsten Tag oder eine ganze Woche. Mr. Stebbins kann allerdings ohne einen Hausdurchsuchungsbefehl dieses Haus nicht betreten, und wenn Sie meine Klienten wären, würde es mir gar nichts ausmachen, ihn so lange warten zu lassen, bis wir den Fall eingehend besprochen haben. Doch das Problem, das ich für Sie lösen sollte, hat sich jetzt von selbst erledigt. Manchmal habe ich viel Vergnügen daran, der Polizei ein Schnippchen zu schlagen, aber niemals aus bloßem Zeitvertreib. Leben Sie wohl, meine Herrschaften!«

Caroline war von ihrem Sessel aufgefahren und mit ein paar Schritten zu Aubry hinübergegangen. Ihre Hände hielt sie dabei flehend ausgestreckt. Er nahm sie und zog sie an sich. Offensichtlich war der Bann gebrochen.

»Trotzdem«, fuhr Wolfe fort, »habe ich eine starke Abneigung dagegen, der Polizei Leute zu überlassen, die mich aus irgendeinem Grund aufgesucht haben und die nicht unter der Anklage stehen, ein Verbrechen begangen zu haben. Es gibt hier eine Hintertür, die zur 34. Straße führt, und Mr. Goodwin wird Sie dorthin geleiten, wenn Sie Zeit brauchen, um die Sache miteinander zu besprechen.«

»Nein«, erklärte Aubry fest. »Wir haben keinen Grund, uns zu verstecken. Sagen Sie ruhig dem Sergeanten, wir seien hier, und lassen Sie ihn eintreten.«

Wolfe schüttelte den Kopf. »Nicht in mein Haus. – Sind Sie ganz sicher, daß Sie die Sache nicht hinausschieben wollen?«

»Ja!«

»Schön. Archie, nehmen Sie sich jetzt der Sache an.«

Ich stand auf und wies mit einer Handbewegung zur Tür. »Bitte sehr, meine Herrschaften!« Doch ich kam nicht weiter, denn auf einmal hatte Caroline ihre Stimme wiedergefunden.

»Einen Moment, bitte!« sagte sie kaum verständlich. Sie drehte sich zu Aubry um und packte ihn an den Rockaufschlägen. »Paul, meinst du nicht ...«

»Da gibt es nichts mehr zu bitten.« Aubry schlang einen Arm um ihre Schultern. »Ich habe mehr als genug von Nero Wolfe. Komm, *Cara mia!* Wir brauchen die Hilfe anderer Leute nicht.« Sie kamen hinter mir her in die Halle. Während Aubry seinen Hut vom Ständer nahm, öffnete ich die Eingangstür wieder so weit, wie es die Kette erlaubte, und sprach mit Purley: »Was soll ich Ihnen sagen ... sie waren tatsächlich hier im Büro! Das ist eine Überraschung für Sie, nicht wahr? Wenn jedoch ...«

»Öffnen Sie sofort die Tür!«

»Gleich, gleich – nur etwas Geduld! Mr. Wolfe ist ärgerlich und könnte Sie vielleicht anfahren. Wenn Sie also jetzt brav auf die andere Straßenseite hinübergehen, dann lasse ich die beiden hinaus und sie gehören Ihnen.«

»Ich komme ins Haus!«

»Aber nein – daran ist nicht zu denken.«

»Ich brauche auch *Sie*, Archie Goodwin.«

»Das dachte ich mir schon. Ich folge Ihnen in ein paar Minuten.«

»Nein, jetzt! Sie kommen mit mir!«

»Tut mir leid! Ich muß zuerst Mr. Wolfe fragen, ob es nicht irgend etwas gibt, was wir beide zu besprechen haben und was Sie nichts angeht. – Wo soll ich hinkommen? Zur 20. Straße?«

»Jawohl, und zwar nicht erst morgen!«

»Schön, ich werde es mir merken. Die Verdächtigen stehen hier, gleich neben mir – wenn ich Sie also bitten dürfte, die Stufen hinunterzugehen, ja? Und seien Sie vorsichtig, damit Sie nicht fallen!«

Er brummte etwas, das ich nicht verstand, drehte sich um und stapfte hinunter. Als er auf der Straße stand, löste ich die Vorlegkette, stieß die Tür auf und sagte zu unseren beiden ehemaligen Klienten: »Als Dank für die Brötchen und den Kaffee möchte ich Ihnen einen guten Rat mitgeben. Beantworten Sie keine einzige Frage, ehe Sie sich einen Anwalt verschafft und mit diesem gesprochen haben. Selbst wenn ...«

Ich brach ab, denn meine Zuhörer waren bereits draußen. Aubry hatte die Frau am Arm gefaßt, als sie über die Schwelle traten und die Stufen hinabschritten. Da mir nichts daran lag, anzusehen, wie Purley sie abfaßte, schloß ich rasch die Tür, schob den Riegel vor und kehrte ins Büro zurück. Wolfe lehnte sich mit geschlossenen Augen in seinem Sessel zurück.

»Man verlangt mich ebenfalls«, sagte ich ihm. »Soll ich gehen?«

»Natürlich!« knurrte er.

»Muß ich etwas unterschlagen?«

»Nein ... kein Grund dazu.«

»Karnows Briefe an seine Frau befinden sich in meinem Schreibtisch. Soll ich sie mitnehmen?«

»Nein. Sie gehören ihr allein, und sie wird sie bestimmt zurückverlangen.«

»Habe ich den Leichnam gesehen?«

»Keine Spur! Wozu denn?«

»Stimmt; es besteht wirklich keine Veranlassung, ihnen das zu erzählen. Verzweifeln Sie nicht, wenn ich sehr spät zurückkehren sollte.«

Ich ging in die Halle, holte meinen Hut und machte, daß ich fortkam.

Ich hatte gar kein Interesse dran, dem Morddezernat allzu eifrig beizustehen, und da der milde Abend sich vortrefflich für einen Spaziergang eignete, entschloß ich mich, bis zur 20. Straße zu Fuß zu gehen. Außerdem hatte ich noch einen kleinen Plan, den ich zu Hause nicht ausführen durfte, denn Wolfe hätte sich mit Händen und Füßen dagegen gewehrt, obwohl er den Wert einer guten Reklame sehr zu schätzen weiß. Ich wandte mich daher einer Telefonkabine zu, wählte die Nummer der *Gazette* und verlangte Lon Cohen.

»Streichen Sie Ihre Titelseite«, forderte ich ihn auf, »und fangen Sie von vorne an. Wenn Ihnen das nicht paßt, dann verkaufe ich meine Neuigkeit der *Times*. Wußten Sie schon, daß Paul Aubry und seine Frau – für Sie noch immer Mrs. Karnow – heute nachmittag bei Nero Wolfe vorsprachen, ich mit den beiden fortging, sie später wieder zu Wolfe zurückbrachte und zusehen mußte, wie Sergeant Stebbins sie vor einer Viertelstunde bei uns abfaßte? Ich darf doch sicher von der Annahme ausgehen, daß Sie erfahren haben, daß Sidney Karnow ermor ...«

»Das ist mir bekannt«, unterbrach Cohen meine Ausführungen. »Was aber ist mit dem Rest von dieser Geschichte? Haben Sie sich das bloß aus den Fingern gesogen?«

»Unsinn! Ich garantiere Ihnen für eine Originalfassung. Mir liegt bloß daran, den Namen meines erhabenen Brötchengebers wieder einmal in der Zeitung zu sehen. *Mein* Name wird buchstabiert A-r-c-h ...«

»Lassen Sie den Unsinn, Goodwin! Wem haben Sie das noch angeboten?«

»Keinem sonst. Authentische Erstausgabe, für Sie allein, mein Bester.«

»Was haben die beiden Leute von Wolfe gewollt?«

Das hätte ich natürlich voraussehen müssen. Man gebe einem Zeitungsmenschen nur einen Satz, und er verlangt eine ganze Spalte. Schließlich überzeugte ich ihn davon, daß für den Moment nicht mehr bei mir zu holen sei. Ich hing auf und schlenderte befriedigt weiter.

Im Morddezernat Manhattan in der 20. Straße hoffte ich, an den Lieutenant Rowcliff verwiesen zu werden, um mich einmal wieder tüchtig mit ihm herumzanken zu können, doch leider mußte ich mich mit einem Kollegen von ihm begnügen, den ich gar nicht kannte. Dieser Mr. Eisenstadt wollte nichts als Tatsachen hören, und ich erzählte ihm fast alles – ausgenommen natürlich, daß ich das Mordzimmer betreten hatte. Ich benötigte dazu knapp eine Stunde, einschließlich der Schreibarbeiten, um die inzwischen getippte Aussage mit meiner Unterschrift zu versehen. Allerdings lehnte ich seine dringende Aufforderung ab, zu bleiben, bis Inspektor Cramer einträfe. Dagegen erklärte ich ihm, ich sei ein relativ unbescholtener Bürger mit fester Adresse, und dort könne ich jederzeit erreicht werden.

Befriedigt kehrte ich nach Haus zurück und fand dort Wolfe gähnend vor einem Buch. Doch das Gähnen war nur gespielt. Er wollte damit bloß beweisen, daß der Verlust von fünf Tausendern ihn nicht im geringsten bedrückte. Nun hatte ich die Wahl, ihn entweder zu verärgern oder ins Bett zu gehen. Beide Möglichkeiten lockten mich sehr, daher zog ich ein Centstück aus der Tasche und spielte mit mir selbst Kopf oder Schrift. Da ich »Kopf« geworfen hatte, bedeutete das, ich sollte mich verkrümeln. Ich knurrte daher nur ein bißchen, was bedeuten sollte, mein Besuch beim Dezernat lohne gar nicht erzählt zu werden, sagte gute Nacht und stieg die beiden Treppen zu meinem Zimmer hinauf.

Während mich Fritz beim Frühstück mit heißem Toast bediente, nahm ich mir die Zeitung vor und entdeckte, daß Lon Cohen aus meiner Geschichte viel mehr gemacht hatte, als ich beabsichtigt hatte. Da es sich um einen Exklusivbericht handelte, war ihm das mehr als willkommen gewesen. Außer meinem Bericht hatte er sich noch andere Meldungen verschafft, zum Beispiel, daß Karnow eine Tante namens Mrs. Margaret Savage besaß, die ihrerseits einen Sohn Richard und eine Tochter Ann hatte. Letztere war mit einem gewissen Norman Horne verheiratet. Ein Bild von Ann und ein ziemlich schlechtes von Caroline prangten ebenfalls auf der Titelseite.

Selten läßt sich Wolfe vor elf Uhr unten blicken; um diese Zeit kommt er meistens aus dem Gewächshaus. Aber an diesem Vormittag bekam ich ihn überhaupt nicht zu Gesicht. Kurz nach zehn läutete Sergeant Stebbins an, um mich zu bitten, sobald es mir passe, bei der Staatsanwaltschaft vorzusprechen. Nichts hätte mir willkommener sein können, denn es bestand immerhin die Möglichkeit, dort unsere gewesenen Klienten zu treffen, und vielleicht waren sie doch zum Schluß gekommen, es könnte besser sein, Wolfe nicht ganz abzulehnen. Innerhalb von vier Minuten hatte ich die Papiere auf meinem Schreibtisch in Ordnung gebracht, mit Wolfe telefoniert und meinen Hut aufgesetzt.

Es wäre aber nicht nötig gewesen, mich so zu beeilen. In einem großen Vorzimmer in der Leonard Street mußte ich fast eine halbe Stunde auf einem harten Stuhl sitzen und warten. Eben war ich im Begriff, zu dem ältlichen Frauenzimmer am Schreibtisch zu gehen und ihr zu erklären, daß ich höchstens noch drei Minuten zugeben könne. Doch da erschien ein anderes weibliches Wesen aus einem der Korridore, und da dieses Wesen alles andere als ältlich war, stellte ich mein Ultimatum zurück. Schon die Art, wie sie sich bewegte, war bewundernswert, ihr Gesicht verdiente genauere Analyse, und ihre ganze Aufmachung war erstklassig. Entweder lautete ihr Name Ann Savage-Horne, oder die *Gazette* hatte ein falsches Bild gebracht.

Sie bemerkte meine abwägenden Blicke, doch das störte sie

nicht im mindesten. Den Kopf ein wenig zur Seite geneigt, kam sie näher und setzte sich auf einen Stuhl neben dem meinen. Unerschrocken sah sie mich an.

»Besteht Ihre Pelzstola aus echten Kaninchenfellen?« erkundigte ich mich höflich.

Ihr Lächeln war dazu berechnet, mich zu verführen, und beinahe gelang es ihr auch. »Aber, aber, wie vulgär! Glauben Sie, damit Eindruck zu machen?«

»Keineswegs. Doch als ich Ihr Bild in der Zeitung sah, da fragte ich mich, wie wohl Ihre Stimme klingen möge. Das ist alles. Bitte, reden Sie doch weiter.«

»Oh, da sind Sie mir schon etwas voraus. *Sie* kennen *meinen* Namen.«

»Aus dem meinen mache ich kein Geheimnis. Ich heiße Goodwin, Archie Goodwin.«

»Goodwin?« Sie runzelte überlegend die Stirn, doch gleich darauf strahlte sie. »Natürlich! Jetzt weiß ich's! Sie stehen auch in der Zeitung. Das sind *Sie* also? Sie arbeiten für Nero Wolfe?«

»Man könnte auch sagen, ich *bin* Nero Wolfe, soweit es sich um wirkliche Arbeit handelt. Wo waren Sie gestern nachmittag von elf Minuten nach zwei bis achtzehn Minuten vor sechs?«

»Lassen Sie mich nachdenken. Ja, ich machte einen Spaziergang im Park mit meinem Lieblingsflamingo. Und wenn Sie glauben, das sei kein Alibi, dann irren Sie sich. Mein Flamingo kann reden. Fragen Sie weiter.«

»Kennt Ihr Flamingo auch die Uhr?«

»Selbstverständlich! Er trägt eine Armbanduhr um seinen Hals.«

»Wie kann er denn das Zifferblatt sehen?«

Sie nickte beifällig. »Ich wußte, daß Sie diese Frage stellen würden. Mein Flamingo ist dazu abgerichtet, seinen Hals in einen einfachen Knoten zu drehen, und dann vermag er ... Nun, Mutter?« Sie war plötzlich aufgesprungen. »Was, keiner von euch trägt Handschellen?«

»Mutter« war Sidney Karnows Tante Margaret. Sie führte eine kleine Prozession an, die soeben aus einem Seitenkorridor auftauchte. Neben ihr schritt ein magerer Mensch mit einer dicken, schwarzgeränderten Hornbrille auf der Nase, und hinter diesen beiden kamen zwei andere Männer. Der eine davon glich so auffallend der Mutter, daß er zweifellos Anns Bruder Richard sein mußte; der andere sah äußerst attraktiv aus und bedeutete sicher für jede Frau zwischen sechzehn und sechzig Jahren eine Gefahr.

Während ich diese flüchtigen Beobachtungen machte, fuhr das Flamingomädchen fort: »Mutter, dies ist Mr. Goodwin – *der* Archie Goodwin, der gestern mit Caroline und Paul im Hotel Churchill war. Jetzt versucht er, mich auf dem Rost zu braten. Mr. Goodwin: Meine Mutter, mein Bruder Dick und mein Mann Norman Horne.« Der schöne Mann hatte sich vorgedrängt und stand jetzt neben ihr. Gewandt fuhr sie fort: »Und hier ist Mr. Beebe, der Rechtsanwalt, der jedem Recht hohnspricht. Ihr wißt alle, wie enttäuscht ich war, als sich der Staatsanwalt so entsetzlich höflich zu uns benahm; nun, Mr. Goodwin ist anders. Ich warte nur darauf, daß er den dritten Grad bei mir anwendet; dann breche ich bestimmt zusammen und bekenne ...«

Die Hand ihres Mannes preßte sich auf den vorlauten Mund. »Du redest zuviel, meine Liebe«, meinte er tolerant.

»Das ist nun einmal ihre Auffassung von Humor«, erläuterte Tante Margaret. »Immerhin, ist das augenblicklich fehl am Platz. Vergiß nicht, daß der arme Sidney erst vor kurzem grausam ermordet wurde. *Grausam!*«

»Unsinn«, schnappte Dick Savage.

»Doch, es *war* grausam«, beharrte seine Mutter. »Mord ist immer grausam.«

»Zugegeben«, bemerkte er. »Aber für uns ist Sidney schon vor mehr als zwei Jahren gestorben, und zum Leben erwacht war er jetzt nur vierzehn Tage lang. Wir haben ihn in dieser Zeit nicht einmal zu Gesicht bekommen. Was also kann man von uns erwarten?«

»Ich finde«, unterbrach Beebe, der Rechtsanwalt, mit einer hohen, dünnen Stimme, die ausgezeichnet zu seiner Statur paßte, »der Platz hier ist doch viel zu öffentlich, um eine private Diskussion zu führen. Wollen wir nicht weitergehen?«

»Ich kann ja nicht!« rief Ann. »Mr. Goodwin hält mich fest und wird mich schließlich noch erdrücken. Seht euch bloß seine harten, grauen Augen an! Seht euch sein kantiges Kinn an!«

»Nun, Liebling, das dürfte genügen!« Norman Horne ergriff den Arm seiner Frau und geleitete sie zärtlich zum Ausgang. Die anderen folgten schweigend; Beebe bildete die Nachhut. Mich ignorierten sie vollkommen, nur der Anwalt nickte mir kurz zu, als die Prozession an mir vorüberging.

Als ich noch verblüfft dastand und hinter ihnen herstarrte, ertönte die scharfe Stimme des ältlichen Frauenzimmers: »Mr. Mandelbaum ist bereit, Sie zu empfangen, Mr. Goodwin.«

Nur zwei von den Assistenten des Staatsanwalts erfreuen sich eines Eckzimmers, und Mandelbaum gehörte nicht zu diesen. In der Mitte des Korridors stand eine Tür offen, und beim Eintreten erlebte ich eine Überraschung. Mandelbaum saß an seinem Schreibtisch, und ihm gegenüber hatte ein großer, kräftiger Kerl mit ergrauendem Haar, einem breiten roten Gesicht und grauen Augen Platz genommen ... ein Kerl, vor dem sich schon ganz andere Menschen als Ann Savage-Horne gefürchtet hatten. Wenn die junge Dame meine Augen hart nannte, hätte sie erst einmal in die von Inspektor Cramer blicken sollen!

»Ich fühle mich außerordentlich geehrt«, bemerkte ich und ließ mich, auf Mandelbaums Aufforderung hin, auf dem dritten Stuhl nieder.

»Sehen Sie mich an!« befahl Cramer.

Ich gehorchte mit hochgezogenen Brauen, was ihn immer ärgerte.

»Ich habe noch eine andere Verabredung«, erklärte er, »also werde ich mich kurz fassen. Soeben war ich bei Wolfe. Natürlich unterstützte er Sie und behauptet, keine Klienten zu haben. Ich habe auch Ihre Aussage gelesen, und ganz offen bekenne ich, keinen Beweis dafür zu besitzen, daß Sie jenes Hotelzimmer betraten.«

»Danke, das läßt mich aufatmen!« sagte ich aus tiefstem Herzensgrund.

»Und ich werde erst wieder normal essen können, wenn Sie das einmal nicht mehr tun«, knurrte der Inspektor. »Ich wiederhole: *bis jetzt* besitzen wir keinen Beweis, daß Sie jenes Zimmer betraten, aber ich weiß verdammt genau, daß Sie es doch taten. Jemand, der seine Stimme verstellte, gab uns die Meldung von dem Mord durch. Und Sie werden nicht leugnen können, daß ich Ihre Taktik, wie Sie unangenehmen Situationen begegnen, durchschaut habe.«

»Klar! Ich reagiere aufrecht, tapfer und genial.«

Cramer zuckte die Achseln. »Lassen wir das! Ich sage nur, daß ich genau Bescheid weiß. Sie haben Aubry und Mrs. Karnow in der Bar gelassen, sind hinaufgegangen und haben an Karnows Tür geklopft, ohne jedoch eine Antwort zu bekommen. Daß Sie daraufhin an der Klinke rüttelten, um herauszufinden, ob die Tür zugeschlossen sei, ist selbstverständlich.«

»Dann wird es wohl auch so sein, wie Sie sagen«, murmelte ich höflich.

»Natürlich! Sie fanden also heraus, daß die Tür nicht abgeschlossen war. Daraufhin traten Sie ein, riefen Karnows Namen und erhielten wiederum keine Antwort. Als Sie weitergingen, entdeckten Sie die Leiche. Das weiß ich, weil ich Sie genau kenne. Außerdem wird es durch die folgenden Ereignisse bestätigt. Sie kehrten zurück in die Bar und saßen eine Weile mit den beiden Leuten zusammen, dann geleiteten Sie sie zu Wolfe. Weshalb das? Weil Sie genau wußten, daß Karnow ermordet wurde. Wären Sie einfach hinuntergegangen, als auf Ihr Klopfen keine Antwort kam, dann hätten Sie sich nicht aus dem Hotel fortgerührt, sondern es immer und immer wieder versucht, und wenn es auch die ganze Nacht gedauert hätte. Und das ist noch längst nicht alles! Als Stebbins ohne Hausdurchsuchungsbefehl bei Wolfe auftauchte, ließ er es ohne weiteres zu, daß die beiden verhaftet wurden. Er beharrte darauf, sie seien nicht mehr seine Klienten gewesen, als Stebbins die Neuigkeit vom Tode Karnows gebracht habe. Weshalb? Weil er keine Kunden annimmt, von denen er weiß, daß sie einen Mord begangen haben. Und er war überzeugt, Aubry habe Karnow getötet. Deshalb!«

Ich schüttelte bewundernd den Kopf. »Du meine Güte, wenn Sie bereits alles wissen, brauchen Sie *mich* doch nicht mehr!«

»Ich will ganz genau wissen, was Sie in jenem Zimmer taten, ob Sie etwas mitgehen ließen oder etwas veränderten.« Cramer beugte sich zu mir. »Goodwin, ich gebe Ihnen den guten Rat, Ihr Gewissen zu entlasten. So wie die Dinge jetzt stehen, erwarte ich Aubrys Geständnis, noch ehe der Abend hereinbricht, und sobald das geschieht, erfahre ich ohnehin alles, auch das, was *Sie* ihnen über das berichteten, was Sie in Karnows Zimmer sahen, und weshalb Sie es für nötig erachteten, mit den beiden zu Wolfe zu gehen. Wenn Sie aber jetzt auspacken, dann werde ich nichts ... Worüber grinsen Sie?«

»Oh, ich denke bloß an Mr. Wolfes Gesicht, wenn ich ihm die Geschichte erzähle. Als Stebbins mit der Neuigkeit auftauchte, Karnow sei tot und unser Auftrag damit hinfällig, da machte er

Mr. Aubry eine leise Andeutung, er wäre bereit, einen anderen Auftrag zu übernehmen, falls es notwendig sei, aber die beiden schienen es nicht zu verstehen. Was ich ihm jetzt zu erzählen habe, wird ihn daher sehr ärgern. Er hat die Hoffnung noch nicht aufgegeben, daß Sie eines Tages doch noch den richtigen Täter erraten würden. Das wird also ein schwerer Schlag für ihn sein.«

Cramer stand auf und stapfte aus dem Zimmer.

Ich sah Mandelbaum mit unschuldsvollem Lächeln an. »Ist er auf einmal empfindlicher geworden?« erkundigte ich mich.

»Eines Tages«, drohte er, »werden gewisse Leute merken, daß Wolfe und Sie mehr Schaden anrichten als nützen, und dann wird Ihre Lizenz eingezogen. Das dürfte für euch beide nicht sehr lächerlich sein. – Ich bin zu stark beschäftigt, um mit Ihnen zu spielen. Bitte verschwinden Sie.«

Als ich kurz nach zwölf Uhr nach Hause kam, saß Wolfe am Schreibtisch und blätterte in der statistischen Kartei über das Wachstum seiner Orchideen herum. Ich erkundigte mich, ob er einen Rapport über meinen Besuch bei Mandelbaum und Cramer wünsche. Aber er brummte, das sei überflüssig, da er selbst mit dem Inspektor gesprochen habe und die Natur seiner gegenwärtigen Sorgen kenne. Ich sagte dagegen, ich hätte Karnows Angehörige und auch seinen Anwalt gesehen, und ob er meine Eindrücke von diesen Leuten wünsche. Doch außer einem ärgerlichen Grunzen erhielt ich keine Antwort. Daher überging ich die Sache mit Stillschweigen und setzte mich an meinen Schreibtisch, um die Arbeit abzuschließen, die Stebbins' Telefonanruf unterbrochen hatte. Doch kaum hatte ich damit begonnen, als die Türglocke anschlug. Ich ging hinaus, um zu sehen, wer etwas von uns wünschte.

Auf der Schwelle stand Caroline Karnow. Ich öffnete daher die Tür und ließ sie eintreten.

»Ich will mit Mr. Wolfe sprechen«, sagte sie heftig und bewies es dadurch, daß sie sofort zur Bürotür schritt und hineinging. Mein Auftrag lautet dahin, alle Besucher zurückzuhalten, bis ich weiß, ob mein Brotgeber sie sehen will; aber ich hätte schon Rollschuhe haben müssen, um das Mädchen zurückzuhalten. Deshalb ließ ich sie gehen und folgte ihr langsam. Als ich zur Tür kam, saß sie bereits im roten Ledersessel, als ob er ihr von Rechts wegen zustände.

Wolfe hielt eine Karteikarte in jeder Hand und warf einen wütenden Blick auf Caroline.

»Man hat ihn festgenommen!« keuchte sie. »Unter Mordverdacht!«

»Das war anzunehmen«, knurrte Wolfe kalt.

»Aber er hat es nicht getan!«

»Ebenfalls anzunehmen ... ich meine, anzunehmen, daß Sie das sagen würden.«

»Es ist wahr, wahr! Und ich möchte, daß Sie es beweisen.«

Wolfe schüttelte den Kopf. »Nicht nötig. Die Polizei muß beweisen, daß er wirklich der Täter ist. Sie sind viel zu aufgeregt, Madam. Haben Sie heute schon etwas gegessen?«

»Guter Gott, können Sie denn an nichts anderes denken als an das Essen? Gestern abend er, und jetzt Sie ...« Sie versuchte zu lachen; zuerst war es nur eine Art von Gurgeln, dann aber konnte sie nicht mehr aufhören. Ich ging zu ihr hinüber, nahm ihren Kopf in meine Hände und verschloß ihr die Lippen mit einem dauerhaften Kuß. Bei gewissen Frauen ist das angenehmer als eine Ohrfeige und ebenso erfolgreich. Ich achtete nicht auf ihre ersten empörten Zuckungen und ließ ihren Kopf erst los, als sie aufgehört hatte zu schluchzen und meine Haare packte. Da machte ich mich frei und trat einen Schritt zurück.

»Was soll das«, keuchte sie.

Ich merkte, daß alles wieder in Ordnung war, ging in die Küche und bat Fritz, ein paar Biskuits und Milch und heißen Kaffee zu bringen; dann kehrte ich gelassen zurück. Als ich mich an meinen Schreibtisch setzte, erkundigte sich Caroline höflich: »Mußte das sein?«

»Sehen Sie«, erklärte ich, »Sie kamen doch zu Mr. Wolfe, damit er Ihnen helfen solle. Nun kann er aber hysterische Frauen nicht ausstehen, und ein paar Sekunden später wäre er aus dem Zimmer gestürzt und hätte sich einfach geweigert, Sie noch einmal zu sprechen. So habe ich nach dem einen Hilfsmittel gegriffen, das nach meinen Erfahrungen am zuverlässigsten wirkt.«

Sie fuhr sich mit der Hand über das zerzauste Haar. »Dafür soll ich Ihnen wohl gar noch danken?«

»Das steht Ihnen frei.«

»Sind Sie jetzt eigentlich wieder bei Verstand oder nicht?« knurrte Wolfe böse.

»Ich bin ganz in Ordnung.« Sie schluckte schwer. »Es ist natürlich wahr, daß ich nichts gegessen und auch nicht geschlafen habe; jetzt bin ich aber wieder ruhig. Man hat Paul unter Mordverdacht verhaftet. Er möchte, daß ich ihm einen Anwalt besorge, doch ich kenne keinen, der dafür in Frage käme. Jim Beebe kann es natürlich nicht tun, und außer ihm wüßte ich niemanden. Deshalb sagte ich Paul, ich wolle zu Ihnen gehen, und er fand das ganz richtig.«

»Ich soll Ihnen also einen Anwalt empfehlen?«

»Ja, aber wir brauchen auch Sie selbst! Wir möchten, daß Sie das für uns tun, was... nun, was Ihr Beruf ist.« Auf einmal war ihr Gesicht in dunkle Glut getaucht, und das stand ihr sehr gut. »Paul sagt, Sie stellen sehr hohe Forderungen, aber ich nehme an, ich besitze jetzt wieder viel Geld, da Sidney doch tot ist.« Das Rot auf ihren Wangen vertiefte sich noch. »Ich muß Ihnen etwas gestehen. Als Sie uns in der vergangenen Nacht sagten, Sidney sei ermordet worden, da glaubte ich tatsächlich eine Sekunde lang, Paul habe es getan ... eine ganze, fürchterliche Sekunde lang!«

»Das wußte ich bereits. Nur würde ich behaupten, es habe zehn Sekunden gedauert. Und dann gingen Sie zu ihm hin.«

»Ja. Ich ging hin und berührte ihn, und ließ es zu, daß auch er mich berührte – und dann war es vorbei. Doch der kurze Moment war gräßlich. Auch aus diesem Grunde muß ich Sie jetzt fragen: Glauben Sie, daß Paul der Täter war?«

»Nein«, erklärte Wolfe kurz und bündig.

»Damit wollen Sie mich nicht bloß beruhigen?«

»Ich sage nie etwas zur bloßen Beruhigung.« Wolfe bemerkte plötzlich, daß er seinen Sessel herumgedreht hatte, als er befürchten mußte, Caroline komme ihm zu nahe; jetzt schwang er wieder zurück. »Mr. Cramer, ein Polizeibeamter, kam heute morgen zu mir und machte mir Vorwürfe, weil ich mich von einem Mörder habe täuschen lassen. Als er gegangen war, überlegte ich mir die Sache noch einmal. Es hätte natürlich so sein können, daß Mr. Aubry sich nach dem Mord und nach einer Besprechung mit Ihnen dazu entschlossen hätte, mich in aller Harmlosigkeit aufzusuchen und so zu tun, als ob Mr. Karnow noch lebte. Das jedenfalls ist Mr. Cramers Standpunkt, den ich jedoch ablehne. Gestern nachmittag habe ich eine volle Stunde lang Mr. Aubry betrachten können, während er mir gegenübersaß und berichtete. Und wenn mir während dieser ganzen Zeit nicht aufgefallen sein sollte, daß ich einem Mörder gegenübersitze, müßte ich schon ein rechter Einfaltspinsel sein. Das bin ich aber nicht, und folglich ist Mr. Aubry auch kein Mörder. Daher... Ja, Fritz, kommen Sie nur! Hier ist etwas zu essen für Sie, Madam.«

Ich möchte mir gern einreden, mein Kuß habe ihr Appetit gemacht, aber natürlich war es Wolfes Versicherung, daß er ihren Paul nicht des Mordes verdächtigte. Jedenfalls verschlang sie nicht nur die Toastbrote und die Milch, sondern auch eine gesunde Portion der Beilagen, die Fritz mit Künstlerschaft hergerichtet hatte. Wolfe versenkte sich inzwischen in seine Pflanzenkartei, und ich fand Arbeit auf dem Schreibtisch.

»Danke schön – Ihr Kaffee ist herrlich«, meinte sie endlich. »Jetzt fühle ich mich bedeutend besser.«

Wolfe freute sich so sehr, wenn jemand mit gesundem Appetit ißt, daß er ihr beinahe den vorangegangenen Gefühlsausbruch verzieh und sie sogar mit einer Art von Lächeln bedachte.

»Sie müssen begreifen«, erklärte er, »daß es keine Rückhalte für mich gibt, wenn ich eine Aufgabe übernehme. Ich halte Mr. Aubry bis jetzt für unschuldig, wenn sich jedoch das Gegenteil herausstellen sollte, dann lehne ich jede weitere Unterstützung ab. Verstehen Sie das?«

»Ja. Ich werde niemals glauben, daß... Nun gut, ich bin einverstanden.«

»Als Rechtsbeistand schlage ich Ihnen Nathaniel Parker vor. Erkundigen Sie sich über ihn, und wenn es Ihnen paßt, werde ich eine Zusammenkunft vereinbaren. Jetzt aber möchte ich eines wissen: Wenn es nicht Mr. Aubry war, der Karnow umbrachte, wer tat es dann?«

Keine Antwort.

»Nun?« bellte Wolfe.

Caroline stellte die Kaffeetasse ab. »Das fragen Sie *mich*?«

»Ja.«

»Ich habe keine Ahnung.«

»Dann wollen wir später darauf zurückkommen. Sie sagten, Mr. Aubry sei wegen Mordverdachtes verhaftet. Lautet die Anklage wirklich so, oder wird er bloß als Zeuge zurückgehalten?«

»Nein, wegen Mordes. Man sagte mir, er könne nicht gegen Bürgschaft freigelassen werden.«

»Dann muß die Polizei einen Beweis für seine Schuld besitzen. Vermutungen reichen dazu nicht aus. Er hat natürlich ausgesagt.«

»Sicher!«

»Hat er gesagt, er habe gestern nachmittag vor Karnows Zimmertüre gestanden?«

»Ja.«

»Wissen Sie, wann das war?«

»Halb vier, jedenfalls nicht viel früher.«

»Die Gelegenheit hatte er also, und das Motiv ist klar. Was die Waffe betrifft, so wurde erklärt, es handle sich um Karnows eigene. Ist das dementiert worden?«

»Meines Wissens nicht.«

»Dann wäre die Formel komplett: Gelegenheit, Motiv und Waffe. Aber ein Mensch kann nicht auf einen bloßen Verdacht hin verurteilt werden, es muß auch der Beweis erbracht werden, daß er die Tat wirklich ausgeführt hat. Wie steht es damit?«

»Mir ist nur eine Tatsache bekannt: Man hat Paul gesagt, eine seiner Geschäftskarten sei in Sidneys Rocktasche gefunden worden, und verlangte von ihm, er solle das erklären. Er konnte es nicht. Er sagte, sowohl er wie seine Angestellten verteilten manchmal ein Dutzend solcher Karten an einem Tag, und Sidney hätte sich ohne weiteres eine solche Karte beschaffen können. Daraufhin wurde erwähnt, seine Fingerabdrücke befänden sich darauf, und zwar ganz frische Abdrücke.«

»Nun? Wußte er darauf eine Antwort?«

»Vor der Polizei nicht, aber mir hat er es später gesagt, als ich ihn besuchen durfte.«

»Wie hat er es denn begründet?«

Sie zögerte. »Ich sage das nicht gern, aber es muß sein, wenn ich Paul helfen will. Er erinnerte sich daran, daß er vorigen Freitag nachmittag eine Besprechung mit Jim Beebe in dessen Büro hatte und eine seiner Karten dort ließ.«

»Wer war bei dieser Besprechung anwesend?«

»Außer Paul und Jim waren dort noch Sidneys Tante Margaret – Mrs. Savage – und Dick Savage, Ann und ihr Mann, Norman Horne.«

»Und Sie selbst?«

»Ich war nicht dabei, ich hatte einfach genug von all dem Geschwätz.«

»Sie sagten also, er habe eine seiner Geschäftskarten dort gelassen – auf dem Schreibtisch, nicht wahr? Lag die Karte noch dort, als sich die Besprechung auflöste?«

»Er ist ziemlich sicher, sie noch gesehen zu haben; doch war er der erste, der hinausging.«

»Hat Mr. Aubry das jetzt der Polizei berichtet?«

»Ich denke nicht. Er hatte es jedenfalls nicht im Sinn, da er fand, es würde so aussehen, als ob er versuchen wollte, einen von Sidneys Angehörigen zu beschuldigen, und das könnte mehr Schaden stiften als nützen. Deshalb wollte ich zuerst auch Ihnen gegenüber nichts erwähnen. Doch ich sah ein, daß es sein muß.«

Wolfe knurrte. »Damit haben Sie allerdings ganz recht, Madam. Sie sind nicht in der Lage, sich vornehme Gesten zu leisten. Da Ihr Gatte zweifellos von jemandem getötet wurde, den seine unerwartete Heimkehr in große Schwierigkeiten versetzte, und da wir ferner Sie und Mr. Aubry vom Verdacht ausschalten wollen, so muß logischerweise der Täter unter den übrigen Erben zu suchen sein. Nach allem, was ich gestern von Mr. Aubry erfahren habe, kommen dafür drei Personen in Betracht: Mrs. Savage, ihr Sohn und ihre Tocher. Wie verhält es sich übrigens mit *Mr.* Savage?«

»Er starb vor einigen Jahren. Mrs. Savage ist die Schwester von Sidneys Mutter.«

»Sie erbte, wie auch ihr Sohn und ihre Tochter, ein Drittel einer Million. Was bedeutete diese Summe für sie? Wie waren ihre finanziellen Verhältnisse?«

»Es machte einen gewaltigen Unterschied aus; vorher ging es ihr gar nicht gut.«

»Von was lebte sie?«

»Nun, Sidney sorgte mehr oder minder für sie.«

Wolfe preßte die Lippen zusammen und drehte die Handfläche nach oben. »Meine beste Dame, seien Sie so zurückhaltend, wie Sie wollen, in bezug auf persönliche Urteile, aber alles, was ich will, sind Tatsachen. Muß ich die auch aus Ihnen herauspressen? Gut, ich stelle Ihnen eine klare, eindeutige Frage: Lebte Mrs. Savage von Mr. Karnows Wohltätigkeit?«

Caroline schluckte schwer. »Ja«, gab sie endlich zu.

»Was hat sie mit ihrem Legat gemacht? Hat sie es auf die Bank gelegt und lebt von den Zinsen? Bitte nur Tatsachen, soweit sie Ihnen bekannt sind.«

»Nein, sie hat viel ausgegeben.« Caroline hob den Kopf. »Sie haben ganz recht; ich bin bloß dumm und wollte ... Nun, das hat gar keinen Zweck, denn viele Leute wissen Bescheid. Mrs. Savage hat zuerst ein Haus in New York gekauft, und letzten Winter erstand sie eine Villa in Südfrankreich. Sie trägt die teuersten Kleider und Schmucksachen und gibt große Gesellschaften. Wieviel ihr von dem Geld noch geblieben ist, ahne ich nicht. Dick hatte eine Stellung bei einem Makler, und diese gab er auf, sobald er das Geld von Sidney erhielt; bis heute hat er noch nichts gefunden, das ihm zusagen würde. Er ist ein großer Frauenfreund. Über Ann zu urteilen, fällt mir schwer. Sie ist schön und klug und erst sechsundzwanzig, aber sie hat sich weggeworfen an einen Menschen wie Norman Horne!«

»Mit was beschäftigt sich Mr. Horne?«

»Er erzählt allen Leuten davon, wie er vor zwölf Jahren das Fußballspiel für Yale gegen Princeton gewonnen hat.«

»Und bringt ihm das etwas ein?«

»Keine Spur! Aber er erklärt, kein Talent für kaufmännische Unternehmungen zu haben. Ich kann den Kerl nicht ausstehen und begreife nicht, wie Ann ihn erträgt. Sie leben in einem Apartment in der Park Avenue, und sie bezahlt natürlich die Miete ... und wahrscheinlich auch alles übrige. Es kann ja gar nicht anders sein.«

»Schön, soweit wüßte ich also Bescheid.« Wolfe seufzte. »Sie können samt und sonders nicht ganz ausgeschaltet werden, obwohl Mr. Aubry zweifellos das stärkste Motiv von allen besitzt. Er lief nicht nur Gefahr, das ganze Geld zu verlieren, sondern in erster Linie auch seine Frau. Wie häufig sind Sie in den letzten zwei Jahren mit der Verwandtschaft zusammengekommen?«

»Nicht sehr oft. Tante Margaret und Dick habe ich fast nie gesehen, nur Ann ab und zu, aber seit ihrer Verheiratung auch nicht mehr.«

»Wann fand diese Heirat statt?«

»Vor zwei Jahren, kurz nachdem das Erbe verteilt worden war.« Sie unterbrach sich, entschloß sich aber dann doch, fortzufahren: »Das war auch eine von Anns unverständlichen Taten. Sie war verlobt mit Jim Beebe – offiziell sogar –, und auf einmal ging sie hin und heiratete Norman Horne, ohne sich auch nur die Mühe zu machen, ihre Verlobung zu lösen.«

»War Mr. Horne ein Freund Ihres Gatten?«

»Nein, sie kannten sich gar nicht. Ann hat diesen Norman irgendwo aufgegabelt, ich weiß nicht, wie es dazu kam. Und mit Sidney wäre er ganz bestimmt nicht befreundet gewesen, selbst wenn sie sich getroffen hätten. Es gab wenig Menschen, die Sidney leiden mochte.«

»Mochte er auch seine Verwandten nicht?«

»Wenn Sie Tatsachen wollen, dann kann ich nur sagen – nein. Er kam auch selten mit ihnen zusammen.«

»Ich verstehe.« Wolfe lehnte sich zurück und schloß die Augen, und seine Lippen begannen zu arbeiten wie immer, wenn er über etwas nachdachte. Ich fand das ja etwas verfrüht, denn er kannte die Leute ja noch gar nicht. Caroline wollte etwas sagen, doch ich machte ihr ein Zeichen, still zu sein.

Endlich öffnete Wolfe die Augen und redete. »Sie werden begreifen, Madam, daß die Umstände etwas seltsam sind und nach einer Erklärung verlangen. Einmal haben wir da Mr. Aubrys Karte mit seinen Fingerabdrücken in der Tasche des Toten, und wenn wir Sie beide ausschalten wollen, bleiben uns noch immer fünf Personen, die bei dieser Konferenz in Mr. Beebes Büro anwesend waren. Sie kennen sie alle, wenn auch nicht sehr intim, so doch besser als ein Fremder, der nicht zur Familie gehört. Und ich frage Sie deshalb: Scheint einer von ihnen aus irgendeinem Grunde verdächtiger zu sein als die andern?«

Sie schüttelte den Kopf. »Nein, ich wüßte nicht ... Müssen wir denn wirklich ... Ist das der einzige Weg?«

»Jawohl! Es soll natürlich nur ein Hilfsmittel sein, bis ich konkretere Anhaltspunkte besitze. Ich möchte einfach Ihre Ansicht darüber wissen.«

Sie überlegte, doch dann schüttelte sie entschieden den Kopf. »Nein, ich könnte wirklich nicht sagen ...«

Ich entschloß mich, auch mein Scherflein zu der Unterhaltung beizutragen. »Ich bezweifle, daß ich viel helfen kann, aber heute vormittag habe ich immerhin die ganze Gesellschaft gesehen, als sie aus dem Büro des Staatsanwalts kamen. Mit Mrs. Horne habe ich sogar ein wenig geplaudert. Die Dame scheint Scherze zu lieben, und als die anderen erschienen, stellte sie mich ihnen vor. Sie jammerte, ich wolle den dritten Grad bei ihr anwenden, und fuhr fort: ›Dann breche ich bestimmt zusammen und bekenne ...‹

In diesem Moment legte ihr Horne die Hand auf den vorlauten Mund und bemerkte, sie schwatze zuviel. Mrs. Savage bemerkte dazu, das sei nun einmal ihre Auffassung von Humor.«

»Das sieht Ann ähnlich«, rief Caroline. »Genauso benimmt sie sich, wenn sie sich über etwas aufregt.«

Wolfe knurrte. »Mr. Goodwin hat die Gabe, diese Aufregungen bei Frauen heraufzubeschwören. Er ist also keine Hilfe für mich, und ebensowenig Sie, Madam. Sie haben anscheinend noch nicht begriffen, daß Mr. Aubry höchstwahrscheinlich verloren ist, wenn es mir nicht gelingt, zu beweisen, daß einer der anderen fünf Ihren Gatten umgebracht hat.«

»Doch, das habe ich begriffen.« Ihre Lippen preßten sich zusammen. Erst nach einer Weile begann sie wieder zu sprechen: »Ich möchte ja so gern helfen! Die ganze Nacht habe ich darüber nachgedacht, aber es kam mir immer nur die eine Sache in den Sinn, von der ich mit Ihnen gestern schon sprach: Was Sidney wohl mit seinem Brief meinte, als er schrieb, ich werde über irgend etwas erschrecken. Sie sagten, es sei nicht leicht, eine Ehefrau zu enterben, aber könnte er es nicht auf einem Umweg gemacht haben? Könnte er nicht etwas unterschrieben haben, das jemand Fremdem ein Anrecht auf sein Vermögen gäbe – zum Beispiel einen Schuldschein oder so etwas?«

»Nicht ausgeschlossen«, gab Wolfe zu. »Aber dazu hätte der Gläubiger eine authentische Abtretungsurkunde vorlegen müssen, und das geschah ja nicht. Nein, Sie müssen schon etwas Besseres finden!« Er räusperte sich und blickte Caroline an. »Nun gut, dann werde ich mich eben mit den Leuten befassen müssen. Wollen Sie bitte dafür sorgen, Madam, daß sie um sechs Uhr hier sind – alle zusammen.«

Ihre Augen öffneten sich weit, »Ich? *Ich* soll sie herbeibringen?«

»Selbstverständlich!«

»Das kann ich nicht! Was sollte ich ihnen denn sagen? Ich kann doch nicht einfach erklären, Sie glaubten, einer von ihnen habe Sidney umgebracht, und Sie wünschten ... Nein, ich kann nicht!« Sie rutschte noch etwas weiter vor auf ihrem Sessel. »Sehen Sie denn nicht ein, daß es ganz unmöglich ist? Sie würden auch gar nicht kommen, wenn *ich* das verlangte!«

Wolfe machte eine halbe Drehung mit dem Stuhl. »Archie, dann müssen Sie das also übernehmen. Am liebsten wäre mir sechs Uhr, wenn sich das jedoch nicht einrichten läßt, können wir es auch auf die Zeit nach dem Essen verlegen.« Er warf einen Blick auf die Wanduhr. »Rufen Sie Mr. Parker an, und treffen Sie eine Verabredung für Mrs. Karnow mit ihm. Und telefonieren Sie mit Saul, sagen Sie ihm, ich wünsche ihn so rasch wie möglich hier zu sehen. Nachher soll Fritz das Essen bringen.« Er wandte sich an die Klientin. »Wollen Sie uns Gesellschaft leisten, Madam? Der Risotto mit Pilzen von Fritz ist ein wirklicher Genuß.«

James M. Beebe gehörte nicht zu den Advokaten, die ihre luxuriösen Büros in einem Wolkenkratzer eingerichtet haben. Er war ein Einzelgänger und residierte im zehnten Stock eines sehr bescheidenen Gebäudes in einer ebenso bescheidenen Straße. Die Frau in dem kleinen Vorzimmer schien die einzige Angestellte zu sein. Sie meinte, Mr. Beebe würde sehr bald zurück sein, und ob ich warten wolle. Nun, wenn man fünfunddreißig Minuten »sehr bald« nennt, dann stimmte ihre Angabe.

Das Zimmer, in das er mich dann führte, mußte bei der Konferenz der Familie Savage brechend voll gewesen sein. Die Ausstattung war zwar passend für einen Anwalt, aber doch sehr bescheiden. Beebe, der neben der imposanten Mrs. Savage fast wie ein Zwerg ausgesehen hatte, wirkte auch an seinem Schreibtisch nicht viel eindrucksvoller. Den größten Teil seines hageren Gesichts nahm die riesige Hornbrille ein. Als ich ihm meinen Ausweis zeigte und das von Caroline unterzeichnete Schriftstück, worin sie bestätigte, daß Nero Wolfe für sie tätig sei, und ihm gleichzeitig verkündete, mein Chef würde mit den Hauptbeteiligten gerne eine Besprechung abhalten, entweder am Nachmittag oder abends, da entgegnete er, die Polizei mache Fortschritte bei ihren Ermittlungen, und er bezweifle, daß ein Privatdetektiv einen Mordfall eher aufklären könne als die Behörden.

Er möge davon halten, was er wolle, gab ich zurück, auf alle Fälle stehe Mrs. Karnow eine eigene Wahl zu. Das konnte er nicht leugnen. Und natürlich sei die Gattin seines früheren Freundes der Meinung, daß auch er alles versuchen wolle, um die Wahrheit so schnell wie möglich aufzudecken. Sollte sie sich darin irren?

Er machte ein betretenes Gesicht. Dann sah er auf einen Bleistift, der nicht genau auf seinem Platze lag, und rückte ihn zurecht. Eine Weile starrte er dann noch auf den Schreibtisch und versuchte, einen Entschluß zu fassen. Endlich hob er wieder den Kopf.

»Die Sache verhält sich so, Mr. Goodwin«, quiekte er. »Selbstverständlich habe ich vollstes Verständnis für Mrs. Karnow, und auch volle Sympathie. Doch nicht *ihr* fühle ich mich verpflichtet, sondern den Angehörigen meines verstorbenen Freundes und Klienten Sidney Karnow. Es ist klar, daß ich alles tun will, um die Wahrheit herauszufinden, aber Mrs. Karnows hauptsächlichste – wenn nicht einzige – Sorge wird es sein, Paul Aubry zu retten. Zu diesem Zweck hat sie Mr. Wolfes Unterstützung erbeten. Als vereidigter Rechtsanwalt kann ich mich daran nicht beteiligen. Ich bin ja nicht Aubrys Vertreter. Hoffentlich verstehen Sie meinen Standpunkt.«

Ich ließ meine Blicke nicht von ihm, aber er hielt eisern stand. Schließlich befolgte ich Wolfes Instruktion und stellte ihm eine Frage:

»Schön. Immerhin werden Sie wohl nichts dagegen haben, eine Einzelheit aufzuklären, die uns beschäftigt. Bei der Besprechung am letzten Freitag ließ Mr. Aubry eine seiner Geschäftskarten hier in diesem Zimmer auf Ihrem Schreibtisch liegen. Als er fortging, war die Karte noch dort. Was geschah nachher damit?«

Der Anwalt legte den Kopf auf die Seite und furchte die Stirn. »Hier auf meinem Schreibtisch?«

»Ganz richtig.«

Die Falten auf der Stirn vertieften sich. »Ich versuche, mich zu erinnern – ganz recht, ich weiß es wieder. Er bat mich, ihn später anzurufen, und legte zu diesem Zweck die Karte hin.«

»Was geschah damit?«

»Das weiß ich nicht.«

»Haben Sie ihn angerufen?«

»Nein. Wie sich die Dinge dann weiter entwickelten, hatte ich keine Gelegenheit mehr dazu.«

»Würde es Ihnen nichts ausmachen, nachzusehen, ob sich diese Karte noch hier befindet? Es ist ziemlich wichtig für uns.«

»Weshalb denn?«

»Das ist eine lange Geschichte, die ich Ihnen jetzt nicht auseinandersetzen kann. Aber an der Karte liegt mir sehr viel. Würden Sie wenigstens nachsehen?«

Er schien alles andere als begeistert, aber immerhin gehorchte er. Er kramte unter seinen Papieren auf dem Schreibtisch und hob sie auf, dann zog er die Schubfächer heraus und sah dort nach. Schließlich stand er sogar auf und schaute sich im Zimmer um, zuerst auf dem Karteikasten. Ich hatte mich auf die Knie niedergelassen, um unter den Schreibtisch zu blicken. Nirgends eine Karte!

Seufzend erhob ich mich wieder. »Darf ich Ihre Sekretärin danach fragen?«

»Wozu soll das alles gut sein?« wollte er wissen.

»Zu nichts, in das ich Sie einweihen möchte. Aber es wäre der einfachste und schnellste Weg, mich wieder loszuwerden.«

Er hob den Telefonhörer ab und sprach ein paar Worte, und gleich darauf öffnete sich die Tür, um seine Sekretärin einzulassen. Ich trat vor und erklärte ihr mein Anliegen. Sie behauptete, nichts von einer Geschäftskarte mit dem Namen Paul Aubry zu wissen, sie auch nie auf Beebes Schreibtisch oder anderswo gesehen zu haben, weder am letzten Freitag noch an einem anderen Tag. Nach dieser Information zog sie sich gleich wieder zurück und schloß die Tür.

»Das ist sehr bedauerlich für uns«, seufzte ich. »Ich hatte so sehr darauf gehofft, diese Karte mitnehmen zu können. Sind Sie ganz sicher, auch nicht bemerkt zu haben, daß eine der Herrschaften, die damals bei Ihnen waren, dieses Ding eingesteckt hatte?«

»Ich habe Ihnen bereits erklärt, ich erinnere mich nur daran, daß Paul Aubry eine Karte auf meinen Schreibtisch legte, und an sonst nichts mehr.«

»Bestand die Möglichkeit, daß jemand sie eingesteckt haben könnte, ohne daß Sie es beobachteten?«

»Das wäre nicht ausgeschlossen. Ich weiß nicht, was für eine These Sie damit aufstellen möchten, Mr. Goodwin, doch ich weigere mich absolut, daran nur im geringsten teilzuhaben. Es ist auch möglich, daß ich im Verlaufe unserer Besprechung einmal aufstand und etwas aus dem Karteikasten holte. Ich will keineswegs behaupten, das habe einem der Anwesenden die Möglichkeit geboten, das Ding rasch an sich zu nehmen, aber ich kann Sie wahrscheinlich nicht davon abhalten, das zu denken.« Er erhob sich. »Tut mir leid – doch ich vermag Ihnen wirklich nicht zu helfen.«

»Das bedauere ich gleichfalls«, gab ich emphatisch zurück.

Auch ich stand auf, um zu gehen, doch auf halbem Wege hielt

mich seine Stimme zurück, und ich blieb abwartend stehen.

»Mr. Goodwin!«

Ich wandte mich um. Er hatte sich neben seinem Schreibtisch aufgebaut, steif und gerade. »Ich bin Anwalt«, sagte er in ganz verändertem Ton, »aber ich bin auch ein Mensch. Und als solcher bitte ich Sie, meine Stellungnahme verstehen zu wollen. Mein Freund und Klient ist ermordet worden, und die Polizei ist anscheinend überzeugt, den wirklichen Täter gefaßt zu haben. Nun jedoch möchte Nero Wolfe, als Vertreter von Mrs. Karnow, beweisen, daß dies ein Irrtum ist. Seine einzige Hoffnung, dieses Ziel zu erreichen, besteht natürlich darin, einem anderen die Tat nachzuweisen. So liegt doch die Sache, nicht wahr?«

»Oberflächlich betrachtet – ja.«

»Und Sie möchten, daß ich Ihnen dabei helfe. Sie erwähnten eine Besprechung vom vergangenen Freitag, hier in diesem Büro. Nun, außer mir waren da noch fünf Personen anwesend – Sie wissen, wer. Keine von diesen fünf Personen ist oder war mein Klient. Sie alle waren sehr beunruhigt von der Neuigkeit, daß Sidney Karnow lebend wieder hier aufgetaucht sei. Sie alle befürchteten große finanzielle Schwierigkeiten. Und sie alle ersuchten mich, auf die eine oder andere Art Fürsprache für sie einzulegen. Selbstverständlich habe ich dies der Polizei mitgeteilt, und ich sehe keinen Grund, es Nero Wolfe zu verhehlen. Doch darüber hinaus weiß ich absolut nichts, das Nero Wolfe auch nur den kleinsten Fingerzeig geben könnte. Ich bin ganz offen: Wenn Paul Aubry der Schuldige ist, dann hoffe ich, er möge verurteilt und entsprechend bestraft werden. Sollte jedoch einer – oder eine – der anderen schuldig sein, dann hoffe ich ebensosehr auf die Bestrafung dieser Person. Und wenn ich nur das Geringste wüßte, das in dieser Beziehung von Nutzen wäre, dann würde ich ganz bestimmt nicht damit zurückhalten.«

Er hob eine Hand und ließ sie wieder fallen. »Ich will damit nur ausdrücken, daß ich als Anwalt nicht rachsüchtig sein sollte – aber als Mensch und Freund des Toten bin ich es trotzdem. Wer immer Karnow ermordete, soll seiner Strafe nicht entgehen!«

»Ein Gefühl, das Sie ehrt!« stimmte ich von Herzen bei und entfernte mich.

Unterwegs zu meinem nächsten Kunden sah ich zufällig eine Telefonzelle und ging hinein, um Wolfe Bericht zu erstatten. Aber als Antwort bekam ich nur eine Reihe von Grunztönen zu hören. Das Haus, das Mrs. Savage erstanden hatte, befand sich in der Gegend östlich der Lexington Avenue. Ich bin kein Häusermakler, aber ein Blick auf das schmale graue Sandsteinhaus mit seinen drei Stockwerken sagte sogar mir, daß dieser Kauf höchstens ein Zehntel der Erbschaft gekostet haben konnte. Als auf mein Klingeln keine Antwort kam, fühlte ich mich trotzdem enttäuscht. Ich hatte zwar keinen protzigen Butler erwartet, aber nicht einmal ein Dienstmädchen?

Es war nur ein Spaziergang von zehn Minuten bis zu Mr. und Mrs. Norman Hornes Adresse in der Park Avenue. Mein Glück hatte mich anscheinend endgültig verlassen, denn der Pförtner erklärte auf meine Frage, Mr. und Mrs. Horne seien beide ausgegangen. Auf mein Ersuchen rief er zwar oben in der Wohnung an, ohne jedoch eine Antwort zu erhalten.

Ich liebe Spaziergänge quer durch Manhattan, sein wildes Leben, die Tauben und Katzen und kleinen Kinder, aber an diesem Tage wurde es selbst mir etwas zuviel, dieses Hin und Her zwischen meinen beiden Zielscheiben. Doch schließlich wurde meine Geduld belohnt, während ich in einer versteckten Kneipe saß und mir ein Glas Milch genehmigte. Tante Margaret segelte über die Straße und betrat das graue Sandsteinscheusal. Rasch trank ich meine Milch aus, kreuzte ebenfalls hinüber und drückte auf den Klingelknopf.

Sie öffnete die Tür nur einen Spaltbreit, hielt mich für einen Reporter und bemerkte hastig: »Ich habe nichts auszusagen.« Wenn ich meinen Fuß nicht dazwischengeklemmt hätte, wäre mir die Tür vor der Nase zugeflogen.

»Nicht so hastig«, warf ich ein. »Wir sind uns vorgestellt worden – heute früh von Ihrer Tochter. Mein Name ist Archie Goodwin.«

Sie öffnete die Tür etwas weiter, um mich richtig betrachten zu können, und der Druck meines Fußes half nach, so daß ich die Schwelle überschreiten konnte.

»Ich erinnere mich jetzt«, meinte sie. »Wir waren wohl etwas frostig zu Ihnen, nicht wahr? Mir wurde aufgetragen, jeden Menschen mit der Bemerkung abzuweisen, ich würde keine Erklärung abgeben. Das stimmt auch, aber es ist ebenfalls richtig, daß meine Tochter uns miteinander bekannt machte, und wir *waren* frostig.

Was wünschen Sie jetzt?«

Das klang in meinen Ohren wie eine Himmelsposaune. Wenn es mir gelang, diese Dame in unser Büro zu verschleppen und dann die übrige Gesellschaft mit der Bemerkung zu alarmieren, Mrs. Savage sei bei uns und sei sehr gesprächig und hilfsbereit, dann wollte ich jede Wette eingehen, daß sie alle herbeieilen würden, um die Gute rechtzeitig aus unseren Fängen zu retten.

Ich strahlte sie daher mit meinem freundlichsten Lächeln an. »Das will ich Ihnen gern sagen, Mrs. Savage. Wie Ihnen Ihre Tochter bereits berichtet hat, bin ich für Nero Wolfe tätig. Nun ist Mr. Wolfe der Meinung, einige Aspekte der heiklen Angelegenheit seien nicht genügend beleuchtet worden. Um nur einen davon zu nennen: Wir haben hier ein Gesetz, wonach ein Verbrecher keine finanziellen Vorteile aus seiner Tat ziehen darf. Wenn es sich also erweist, daß Mr. Aubry Ihren Neffen umbrachte und Mrs. Karnow ihm dabei Hilfe leistete, was geschieht dann mit der Hälfte der Erbschaft? Geht auch diese an Ihren Sohn und Ihre Tochter? Diese Dinge sind es, die Mr. Wolfe mit Ihnen besprechen möchte. Wenn Sie die Güte hätten, mit mir zu seinem Büro zu kommen, dann wartet er dort schon auf uns. Er möchte wissen, wie Sie über die ganze Angelegenheit denken, und er hätte auch gern Ihren Rat gehört. Es wird nicht lange Zeit ...«

Ein Bellen kam von oben. »Was ist los, Mutter?«

Schwere Schritte kamen eilig die Treppe herunter. Mrs. Savage drehte sich um. »Oh, Dickie, ich dachte, du schläfst!«

Der Bursche steckte in einem seidenen Schlafanzug, den er sich bestimmt erst nach der Erbschaft angeschafft hatte. Ich hätte ihn schütteln können. Die ganze Zeit hatte er schon gehorcht! Nachdem er zwei Stunden lang nicht auf mein Klingeln reagiert hatte, tauchte er genau in dem Moment auf, als ich seine Mutter tüchtig in der Zange hatte.

»Du erinnerst dich doch noch an Mr. Goodwin, Dickie?« fragte seine Mutter. »Wir begegneten ihm heute früh an diesem schrecklichen Platz. Er möchte, daß ich mit ihm zu Nero Wolfe komme. Mr. Wolfe wünscht meinen Rat in einer sehr interessanten Angelegenheit. Ich glaube, ich sollte hingehen. Es scheint mir sehr wichtig zu sein.«

»Mir nicht«, erklärte Dick schroff.

»Aber Dickie«, flehte sie. »Ich bin sicher, auch du stimmst mir zu, daß wir diese gräßliche Sache sobald wie möglich hinter uns haben sollten.«

»Sicher«, sagte er widerstrebend. »Aber ich sehe nicht ein, warum wir die gräßliche Sache mit einem privaten Schnüffler besprechen sollten.«

Sie schauten sich gegenseitig an. Ihre Ähnlichkeit war so groß, daß man beinahe hätte glauben können, das gleiche Gesicht zu erblicken, abgesehen natürlich von dem Altersunterschied. Auch ihr Körperbau war sehr ähnlich, denn Mrs. Savage bestand hauptsächlich aus Knochen und Sehnen.

Als sie jetzt redete, kam es mir so vor, als hätte ich sie vorhin falsch beurteilt. Die Frau war gar nicht so dumm, wie sie sich gab; denn auf einmal hatte ihre Stimme einen ganz anderen Klang, war kalt und bedeutungsvoll. »Ich halte es für richtig, wenn ich hingehe«, sagte sie.

Er dagegen flehte sie fast an: »Bitte, Mutter, laß uns die Sache wenigstens vorher besprechen! Du kannst dann später immer noch hingehen, nach dem Essen.« Richard Savage drehte sich zu mir um: »Kann meine Mutter Mr. Wolfe heute abend aufsuchen?«

»Sie könnte wohl«, gab ich zu. »Aber jetzt wäre es viel besser.«

»Ich bin wirklich sehr müde«, erklärte sie plötzlich. »Ach, diese ganze gräßliche Geschichte! Nach dem Essen werde ich ruhiger sein. Wie lautet die Adresse?«

Ich zückte meine Brieftasche und händigte ihr eine Karte aus. »Oh, das erinnert mich übrigens an etwas«, bemerkte ich leichthin. »Bei der Zusammenkunft am letzten Freitag im Büro von Mr. Beebe legte Aubry seine Geschäftskarte auf den Schreibtisch des Anwalts und ließ sie dort liegen. Wissen Sie zufällig, was damit geschah?«

Prompt erklärte Mrs. Savage: »Ich erinnere mich an die Karte, aber ich weiß nichts ...«

»Schweig!« bellte Dick und packte sie so heftig am Arm, daß sie leise aufschrie. »Geh hinauf!«

Sie versuchte, sich zu befreien; doch als das nicht ging, hob sie die Augen empört zu ihm auf und fand, daß auch das keine Wirkung erzielte. Seine Augen blickten noch härter und grausamer als die ihrigen. Nicht länger als vier Sekunden ertrug sie sein Starren; als er sie dann zur Treppe schob, ging sie ohne ein Wort des Widerspruchs hinauf. Er blickte ihr nach und wandte sich dann zu mir um. »Was soll dieses Geschwätz mit der Karte?«

»Kein Geschwätz, sondern Tatsachen. Aubry legte eine Geschäftskarte auf Beebes Schreibtisch ...«

»Wer behauptet das?«

»Aubry selbst.«

»Ach, was Sie nicht sagen! Ein Kerl, der des Mordes angeklagt ist? Und darauf wollen Sie sich verlassen?«

»Nicht allein darauf. Auch Beebe selbst gibt es zu.«

Dick schnaubte zornig. »Diese dreckige Laus?« Er hob die rechte Hand und wollte mich mit dem Zeigefinger berühren; aber ich trat rasch einen Schritt zurück und verhinderte es. »Lassen Sie sich eines gesagt sein, Brüderchen: Mir ist es egal, wenn Sie versuchen wollen, Aubry aus seiner Klemme zu befreien. Aber versuchen Sie oder Ihr Chef ja nicht, meine Mutter oder mich in die dreckige Angelegenheit zu verwickeln! Das wird Ihnen nicht gelingen! Ist das klar?«

»Ich möchte bloß erfahren ...«

»Der Ausgang ist dort«, bellte er schroff, ging zur Tür und riß sie auf. Da ich es mir zur Gewohnheit gemacht habe, nur dann ungebeten irgendwo zu bleiben, wenn ich damit etwas erreichen kann, ging ich auf seine höfliche Aufforderung ein und entfernte mich lässig.

Mir blieb keine große Wahl mehr; ich kehrte zur Park Avenue zurück, wo wenigstens der Pförtner mich freundlich anblickte und mir mitteilte, Mrs. Horne sei heimgekommen. Bei seiner Meldung, Mr. Goodwin habe ein paarmal nach ihr gefragt und werde wiederkommen, habe sie sofort befohlen, mich zu ihr zu schicken.

Im Apartment D im zwölften Stockwerk wurde ich von einem Dienstmädchen eingelassen und in ein Wohnzimmer geführt, das zweifelsohne mit dem Geld von Karnow ausgestattet worden war, zwar mit wenig Geschmack, aber um so mehr Verlangen nach Behaglichkeit. Ich setzte mich, sprang jedoch sofort wieder auf, als Ann Horne eintrat. Sie kam mir entgegen und reichte mir die Hand.

»Wir müssen uns beeilen«, fing sie sogleich an, »denn mein Mann kann jeden Augenblick heimkehren. Was wollen Sie zuerst wissen?«

Sie trug ein schlichtes blaues Kleid, das nach Seide aussah, und hatte frische Schminke aufgelegt, seit sie von der Straße hereingekommen war. Sie blickte mich erwartungsvoll an.

Ich schüttelte den Kopf. »Nicht hier, Teuerste. Holen Sie Ihren Mantel, ich führe Sie in ein tiefes Burgverlies.«

Sie ließ sich auf der Sofaecke nieder. »Setzen Sie sich, und schildern Sie mir dieses Verlies. Gibt es Ratten dort?«

»Nein, die halten es dort nicht aus; die Luft ist viel zu schlecht.« Ich ließ mich neben ihr auf das Sofa fallen. »Leider mußte ich entdecken, daß physische Nähe bei Ihnen nicht wirkt; daher wollen wir es jetzt mit einer geistigen Annäherung versuchen. Das ist aber Mr. Wolfes Abteilung, und da er sein Haus nie verläßt, bin ich hergekommen, um Sie dorthin zu begleiten. Sie können Ihrem Mann einen Zettel hinterlassen, damit er sich dort zu uns gesellt.«

»Das gefällt mir ganz und gar nicht! Geistig bin ich jetzt schon ein Wrack. Was ist denn los? Befürchten Sie, ich könne den Schlag nicht ertragen?«

»Im Gegenteil, ich befürchte, ich kann ihn nicht austeilen. Die Schöpfung hat sich viel Mühe mit Ihnen gegeben, und ich brächte es nicht fertig, dieses Meisterwerk zu zerstören. Aber eine kleine Auseinandersetzung mit Nero Wolfe wird Ihnen viel Spaß bereiten. Er weiß mit Frauen ohnehin nichts anzufangen, und *Sie* werden ihn bestimmt völlig außer Fassung bringen.«

Sie bewies eine Routine, die meinen vollen Beifall fand: Da ihr klar war, daß ich aufstehen mußte, um ihr Feuer zu geben, sobald sie eine Zigarette zwischen die Finger nahm, wandelte sie das übliche Verfahren ab und knipste zuerst ihr Feuerzeug an, ehe sie nach der Zigarette griff. Ein ausgezeichneter Gedanke, der so vielen Frauen zur Nachahmung empfohlen werden sollte. »Also, um was dreht es sich?« Sie zog den Rauch tief in die Lunge und stieß ihn wieder aus.

Ich schilderte es ihr. »Paul Aubry ist des Mordes angeklagt. Mr. Wolfe kann sich ein schönes Honorar sichern, wenn er ihn weißwäscht. Das ist eine Sache, die wir niemals auslassen. Also werden wir dafür sorgen, daß Mr. Aubry wie ein schneeweißes Unschuldslämmchen aus der Sache hervorgeht. Wenn Sie mitmachen, teilen wir uns den Ruhm – allerdings nicht das Geld. Holen Sie Ihren Mantel, damit wir gehen können.«

»Sie sind einfach unwiderstehlich«, meinte sie bewundernd. »Diese Geschichte mit Paul ist wirklich zu ärgerlich.«

»Aber gar nicht! Wenn er erst weißgewaschen ist, kann er ja

seine Frau heiraten.«

»Wenn er wieder aus dem Zuchthaus herauskommt. Kennen Sie noch die alten Kinderreime?«

»Ich habe selbst welche gedichtet.«

»Dann erinnern Sie sich natürlich auch an diesen:

> Gläser und Scherben,
> Gläser und Scherben,
> Wenn ein Mann mordet,
> Beginnt sein Verderben.«

Ich grinste. »Einer meiner Lieblingsverse. Nur hat Aubry nicht gemordet.«

Sie nickte. »Das ist Ihr Standpunkt, und natürlich müssen Sie daran festhalten.« Sie reckte den Arm, um die Zigarette in einem Aschenbecher auszudrücken. Doch plötzlich drehte sie sich mit blitzenden Augen zu mir um. »Ach, dieser ganze Unsinn! Dieses dumme Geschwätz über die ›Unantastbarkeit des Lebens‹! Für jeden Menschen gibt es nur ein einziges Leben, das ihm unantastbar vorkommt, und das ist sein eigenes!« Sie drückte die Hand auf die Brust. »Meines! Und auch für Sidney war nur sein eigenes Leben wichtig ... Und jetzt ist er tot. Das ist wirklich ärgerlich für den armen Paul!«

»Wenn Sie so empfinden, dann müßten Sie eigentlich bereit sein, ihm zu helfen.«

»Das wäre denkbar, *wenn* ich etwas wüßte, das ihm helfen könnte.«

»Vielleicht kann ich Ihnen da einen kleinen Fingerzeig geben. Am letzten Freitag nahmen Sie an der Besprechung in Beebes Büro teil. Aubry legte eine seiner Geschäftskarten auf den Schreibtisch. Weshalb haben Sie diese an sich genommen und was taten Sie damit?«

Sie starrte mich einen Augenblick sprachlos an. Dann schüttelte sie den Kopf. »Ihre Daumenschrauben sind jetzt fehl am Platz.«

»Haben Sie denn die Karte nicht mitgenommen?«

»Natürlich nicht.«

»Wer tat es dann?«

»Keine Ahnung – wenn überhaupt eine Karte auf dem Schreibtisch lag.«

»Sie wissen nichts davon, daß Aubry sie dorthin legte?«

»Nein. Aber das Spiel scheint ja wirklich interessant zu werden. Es klingt so, als ob Sie tatsächlich eine Spur verfolgen. Tun Sie das?«

Ich nickte. »Mein Vorgehen nennt man ›die peinliche Doppelschraube‹. Zuerst bringe ich Sie dazu, zu leugnen, daß Sie die Karte berührt haben. Dann zaubere ich eine von Aubrys Karten in einer Cellophanhülle hervor und erzähle Ihnen, daß sie Fingerabdrücke aufweist, die höchstwahrscheinlich von Ihnen stammen. Schließlich frage ich Sie, ob Sie sich weigern, Ihre Fingerabdrücke abnehmen zu lassen, damit wir sie vergleichen können. Sie wagen es natürlich nicht, dieses Ansinnen zurückzuweisen ...«

»Zeigen Sie mir einmal, wie Sie meine Fingerabdrücke abnehmen. Ich weiß nicht einmal, wie man das macht.«

Ich gebe zu, daß mich die Neugier packte. Forderte sie mich zu physischem Kontakt auf, weil sie nun einmal so geartet war; wollte sie mich umgarnen oder nur die Zeit totschlagen? Um das herauszufinden, stand ich auf und ging zu ihr hinüber, nahm ihre dargebotene Hand in die meine, die Handfläche nach oben, und beugte mich zu einer genauen Prüfung darüber. Die Hand schien mir zu sagen, daß sie gar nichts gegen die Berührung einzuwenden habe. Daher legte ich die Fingerspitzen meiner anderen Hand darüber und neigte mich noch etwas tiefer.

Natürlich war ich völlig von meiner Beschäftigung in Anspruch genommen. Ob sich nun die Tür wirklich so lautlos öffnete, daß nichts zu vernehmen war, oder ob ich es bloß nicht hörte, das kann ich nicht mehr sagen. Was meine Untersuchung unterbrach, war ihr plötzlicher Aufschrei: »Nein! Sie tun mir weh! O Norman, Gott sei Dank, daß du gekommen bist!«

Ich wollte herumfahren, doch meine Bewegung wurde durch ihren festen Griff verhindert. Sie hatte so viel Kraft, wie ich sie bei einem so zarten Mädchen niemals erwartet hatte. Es mag sein, daß Norman Horne, der hinter mir auftauchte, einen verkehrten Eindruck von der Situation erhielt. Aber er hätte mit seinem Angriff doch wenigstens warten können, bis ich ihn kommen sah. Doch nein, sein Fausthieb traf gänzlich unvorbereitet ans Kinn, und ohne Gegenwehr ging ich zu Boden.

»Er versuchte mich zu vergewaltigen«, kreischte Ann mit ihrem seltsamen Sinn für Humor.

Wahrscheinlich hätte ich mich in die Höhe gerappelt und wäre stillschweigend davongegangen, da Wolfe es nicht schätzt, wenn ich meinem persönlichen Groll Luft mache, während ich im Dienst bin. Doch Hornes Verhalten hinderte mich daran. Er glotzte mich mit geballten Fäusten an, und es schien sehr zweifelhaft, daß er mich bis auf die Knie kommen lassen würde. Daher rollte ich mich zweimal um mich selbst, um aus seiner Reichweite zu kommen, und sprang elastisch auf die Füße. Er ging mit ausgebreiteten Armen auf mich los, als ob ich eine Attrappe wäre, und das war sein großer Fehler. In dem Moment, da er seinen Schwinger startete, sah ich mich natürlich gezwungen, als erster loszuschlagen. Ich schlug eine kräftige Linke in seinen Unterleib. Er stöhnte auf und krümmte sich zusammen; dann war er außer Gefecht.

Seine hübsche Gattin ging ein paar Schritte auf ihn zu, blieb jedoch wieder stehen, um mich anzuschauen, und sagte: »Ich will verdammt sein!«

»Das wird auch geschehen, wenn's nach mir geht, meine Verehrteste«, erklärte ich mit Nachdruck. Ich wandte mich um, ging in die Diele, um meinen Hut zu holen, und begab mich hinaus. Während der Fahrt mit dem Lift betastete ich meinen Unterkiefer und sah mich im Spiegel an. Dabei konnte ich beruhigt feststellen, daß ich am Leben bleiben würde.

Als der Gong zum Essen rief, Punkt halb acht, kam ich zu Hause an; und da es schon eines Erdbebens bedarf, um in diesem Hause die Mahlzeiten auch nur um eine Minute zu verzögern, und da während des Essens nicht von Geschäften geredet werden darf, mußte mein Bericht über die Ereignisse des Nachmittags warten. Hätte das Hauptgericht aus Gulasch oder Kalbshirn bestanden, wäre meine seltsame Kautechnik wohl kaum aufgefallen; aber zufälligerweise gab es junge Täubchen, deren Fleisch man nur mit den Zähnen von den Knochen lösen kann, und während ich mich damit abmühte, erkundigte sich Wolfe plötzlich: »Was, zum Kuckuck, ist los mit Ihnen?«

»Nichts. Weshalb?«

»Sie essen ja nicht, Sie knabbern bloß.«

»Ja-a, zersplitterter Kiefer, mit bester Empfehlung von Ann Horne.«

Er starrte mich ungläubig an. »Eine *Frau* hat das besorgt?«

»Tut mir leid, aber ich rede nicht über Geschäfte beim Essen. Später werde ich es Ihnen erzählen.«

Das tat ich denn auch nach dem Essen im Büro, nachdem ich mich über eine kleine Sache informiert hatte. Ich hatte mich natürlich strikt an den Befehl gehalten, der mir am Vormittag erteilt worden war, und Saul Panzer angerufen. Dieser hatte zugesagt, um halb drei Uhr im Büro zu erscheinen. Um diese Zeit war ich jedoch schon fortgewesen. Als ich nun auf dem Wege vom Wohnzimmer zum Büro fragte, ob Saul gekommen sei, erhielt ich bloß ein kurzes Ja zur Antwort, was wohl bedeuten sollte, mehr brauche ich über diese Sache nicht zu wissen. Ich war jedoch anderer Ansicht, ging daher zum Safe und holte das Scheckbuch heraus. Gelegentlich kritzelt Wolfe außer dem Namen und Datum auf dem Abschnitt auch noch den Verwendungszweck eines ausgestellten Schecks hin. Diesmal hatte er es jedoch nicht getan. Die letzte Eintragung lautete einfach: »SP tausend Dollar«. Das machte mich natürlich nur noch neugieriger, denn was für einen Auftrag mochte Saul erhalten haben, der einen ganzen Tausender wert war?

Später schilderte ich meine Erlebnisse, und zwar ganz genau, ohne das Geringste auszulassen. Dazu brauchte es eine gewisse Übung, aber ich habe mich daran gewöhnt, denn ich weiß, daß Wolfe die geringste Auslassung bemerkt und rügt. Er saß während der ganzen Zeit mit geschlossenen Augen da und rührte sich nicht. Das konnte zwei Ursachen haben: entweder paßte ihm der ganze Auftrag nicht, und er wollte so wenig wie möglich davon hören, oder meine Aufgabe dabei war nur ein Ablenkungsmanöver gewesen, und seine ganzen Gedanken drehten sich um die Hauptsache, an der er mich nicht teilhaben lassen wollte. Als ich mit meinem Rapport fertig war, öffnete er die Augen noch immer nicht und stellte keine einzige Frage.

Ich stöhnte vor Schmerzen. »Da ich offenbar fünf Stunden Ihrer kostbaren Zeit nutzlos verschwendet habe und außerdem ein paar bissige Bemerkungen mache, wenn ich noch fünf Minuten länger hierbleibe, schlage ich vor, ich gehe sofort zu Doktor Vollmer und lasse mir von ihm erzählen, was er mit meinem lädierten Kiefer anfangen kann.«

»Nein!«

»Was heißt ›Nein‹?«

Endlich öffnete er die Augen. »Ich erwarte einen Telefonanruf. Wahrscheinlich kommt er nicht vor morgen früh, aber er könnte auch noch heute abend erfolgen. Und in diesem Falle brauche ich Sie.«

»Schön; ich bin oben.«

Ich stieg die beiden Treppen zu meinem Zimmer empor, machte Licht und ging ins Badezimmer, um den Spiegel zu befragen, ob meine Wange schon unförmig angeschwollen war. Da das nicht der Fall war, machte ich es mir in meinem Lehnstuhl bequem, um in ein paar Zeitschriften zu blättern.

So verflossen zwei Stunden, und ich gähnte herzhaft, als sich ein schwaches Geräusch durch die offene Tür hören ließ, nämlich Wolfes Stimme. Ich ging zum Telefon hinüber und nahm den Hörer ab, doch der Apparat blieb tot. Offensichtlich hatte ich vergessen einzustöpseln, als ich das Büro verließ. Ich vernahm immer noch seine Stimme, aber Worte ließen sich nicht unterscheiden. Das wurde mir bald zu dumm, und ich kehrte in meinen Lehnstuhl zurück. Doch kaum hatte ich mich gesetzt, bellte er: »Archie! *Archie!*«

Ich nahm nicht gerade drei Stufen auf einmal, aber ich muß zugeben, daß ich auch nicht trödelte. Wolfe saß am Schreibtisch und begann schon zu sprechen, als ich die Tür noch gar nicht richtig geöffnet hatte.

»Verbinden Sie mich mit Mr. Cramer!«

Das ist eine Aufgabe, die entweder sehr leicht oder unmöglich zu lösen ist. Diesmal ging es ziemlich schnell. Er war in seinem Büro, jedoch mitten in einer Konferenz und daher nicht erreichbar, wie man mir sagte. Ich mußte etwas andere Saiten aufziehen und erklärte scharf, wenn er nicht sofort mit Nero Wolfe spreche, könnten die Folgen unabsehbar sein, und was die morgigen Zeitungen dann zu berichten wüßten, nun ...

Es dauerte nur ein paar Minuten, bis sein bekanntes Knurren ertönte. »Goodwin? – Ist Wolfe da?«

Ich nickte meinem Chef zu, und er nahm seinen Hörer ab. »Mr. Cramer? Ich weiß nicht, ob Ihnen bekannt ist, daß ich mich mit dem Mordfall Karnow befasse. Ja, für einen Kunden. Seine Frau bat mich heute darum.«

»Meinetwegen, tun Sie es doch! Was wollen Sie denn von *mir?*«

»Wie ich höre, ist Mr. Aubry unter Mordverdacht verhaftet

worden und wird auch nicht gegen Kaution freigelassen. Das ist höchst bedauerlich, denn der Mann ist unschuldig. Wenn der Fall zu Ihrer Kompetenz gehört, dann kann ich Ihnen nur raten, die Sache noch einmal gründlich zu prüfen. Ich übernehme jede Verantwortung für das, was ich sage.«

Zu gern hätte ich jetzt Cramers Gesicht gesehen! Er wußte sehr genau, daß Wolfe eher einen ganzen Tag nichts essen würde, als eine derartige Behauptung zu wagen, wenn er seiner Sache nicht todsicher war.

»Ich habe nichts dagegen einzuwenden, mir Ihre Ansichten darüber anzuhören.«

Das Knurren blieb, aber es tönte ganz anders als vorher. »Genügt es, wenn ich ihn morgen freilasse?«

»Ich glaube, es genügt. – Darf ich Ihnen eine Frage stellen? Wie viele von den anderen – Mrs. Savage, deren Sohn, Mr. und Mrs. Horne und Mr. Beebe – konnten durch hieb- und stichfeste Alibis ausgeschaltet werden?«

»Mit absoluter Sicherheit keiner von ihnen. Immerhin besitzt Aubry nicht nur kein Alibi, sondern er gibt auch zu, am Tatort gewesen zu sein.«

»Das ist mir bekannt. Und dennoch hat einer von den anderen die Tat begangen. Jetzt muß ich zwischen zwei Alternativen wählen: Entweder gehe ich unabhängig vor und liefere Ihnen dann den Schuldigen aus, oder ich lade Sie ein, beim Schlußrennen mitzumachen. Was ziehen Sie vor?«

Eine Weile herrschte Stille, doch mir schien, als könnte ich durch den Draht Cramers Atem hören. »Wollen Sie damit andeuten, Sie hätten den Fall bereits gelöst?«

»Ich erkläre nur, daß ich bereit bin, den Mörder zu überführen. Falls Sie Zeit haben, wäre es natürlich einfacher, wenn Sie herkommen würden; denn ich brauche die beteiligten Leute hier in meinem Büro. Für Sie ist das eine Kleinigkeit, diese Leute herzubringen. Falls Sie Lust haben, meiner Einladung zu folgen – wollen Sie dann in einer halben Stunde bei mir sein?«

Cramer fluchte. Aber es wäre unschicklich, alle Schimpfworte aufzuschreiben, die er am Telefon von sich gab. Daher lasse ich es lieber bleiben. Erst als ihm der Atem ausging, fügte er etwas zahmer hinzu: »Schön, ich komme. In fünf Minuten bin ich bei Ihnen.«

»Sie werden nicht eingelassen.« Wolfe war nicht bösartig, doch seine Stimme klang sehr entschieden. »Wenn Sie nicht mit der ganzen Gesellschaft erscheinen oder wenigstens versprechen können, daß sie gleich eintreffen wird, wird Mr. Goodwin Ihnen die Tür gar nicht erst aufmachen. Er ist ohnehin schlechter Laune, weil so ein Kerl ihm mit der geballten Faust den Unterkiefer zerschmettert und ihn niedergeschlagen hat. Auch ich habe keine Lust, mich mit Ihnen herumzuzanken. Ich habe Ihnen eine Chance gegeben. Erinnern Sie sich daran, daß ich Ihnen bei Ihrem Besuch sagte, der letzte Brief von Karnow an seine Frau sei in meinem Besitz? Ich schlug vor, Ihnen das Prachtstück zu leihen.«

»Ich weiß.«

»Sie erklärten jedoch, Sie seien nicht interessiert an einem Brief, der vor drei Jahren geschrieben worden sei. Das war ein Fehler von Ihnen. Ich wiederhole daher meinen Vorschlag. Sonst sende ich das Dokument an den Staatsanwalt, aber nur unter den genannten Bedingungen. Nun, wie entscheiden Sie sich?«

Eines darf zu Cramers Gunsten gesagt werden: Er weiß, wann er keine Wahl hat, und auch diesmal versuchte er keine Mätzchen mehr. Er hüstelte und brachte schließlich knurrig hervor: »In Ordnung; ich werde kommen und diese Leute ebenfalls.«

Wolfe hing auf. Ich erkundigte mich: »Wie steht es mit unserer Klientin? Sollte sie nicht auch aufgeboten werden?«

Er schnitt eine Grimasse und stöhnte. »Na ja, das läßt sich kaum vermeiden. Sehen Sie zu, daß Sie sie erreichen.«

Es war bereits halb zwölf, als ich Norman Horne und seine attraktive Frau in das Büro geleitete und ihnen die beiden leeren Stühle anwies. Ich hatte alle verfügbaren Sitzgelegenheiten im Halbkreis vor Wolfes Schreibtisch aufgebaut. Links von unseren beiden Kunden saß Mrs. Savage, hinter ihnen Dick Savage, James M. Beebe und Sergeant Purley Stebbins – nur nicht in dieser Reihenfolge, denn Purley hielt sich in der Mitte, direkt hinter Ann Horne. Zwischen all diesen Leuten hatte sich auch ein Stuhl für Caroline Karnow befunden, aber sie hatte sich damit auf die andere Seite des Raumes begeben, wo die Bücherregale standen, während ich draußen in der Halle weilte und Mr. Horne einließ. Auf diese Weise konnte Stebbins sie nicht sehen, ohne den Kopf zu wenden, und das paßte ihm gar nicht. Ich erklärte ihm aber, es ginge ihn einen feuchten Staub an, wo sich unsere Klientin aufzuhalten beliebe.

Der rote Ledersessel stand für Cramer bereit, der sich vorläufig noch mit Wolfe im Wohnzimmer aufhielt. Nachdem die Hornes ihre Verwandten einschließlich Caroline begrüßt und anschließend Platz genommen hatten, ging ich ins Wohnzimmer hinüber und meldete Wolfe, daß wir bereit seien. Daraufhin stapfte er ins Büro hinüber und pflanzte sich vor seinem Schreibtisch auf.

»Archie?«

»Jawohl, Sir.« Ich wußte, was verlangt wurde. »Erste Reihe, von links: Mr. Horne, Mrs. Horne, Mrs. Savage. Dahinter, ebenfalls von links: Mr. Savage – Mr. Stebbins kennen Sie – und Mr. Beebe.«

Wolfe nickte so, daß man es tatsächlich sehen konnte, setzte sich und drehte den Kopf. »Mr. Cramer?«

Der Inspektor blieb stehen und ließ seine Augen über die ganze Versammlung schweifen. »Ich kann nicht behaupten, diese Zusammenkunft habe nur privaten Charakter. Weil ich Sie ja dazu eingeladen habe und selbst hier bin. Aber Sie sind keineswegs verpflichtet, auf irgendeine Frage zu antworten. Ich möchte das von Anfang an klarstellen.«

»Selbst dann«, fuhr Beebe auf, »scheint mir die Sache irregulär zu sein.«

»Wenn Sie damit ausdrücken wollen, sie sei etwas ungewöhnlich, dann haben Sie recht. Aber *unkorrekt* ist sie nicht. Man hat Ihnen nicht befohlen, herzukommen, sondern Sie wurden nur eingeladen. Und Sie sind alle freiwillig erschienen. Wünscht jemand wieder fortzugehen?«

Anscheinend war das nicht der Fall, wenigstens stand niemand auf. Sie wechselten bloß Blicke, und jemand brummte etwas vor sich hin. Beebe war es, der schließlich knurrte: »Wir behalten uns auf jeden Fall das Recht vor, fortzugehen.«

»Niemand wird Sie davon abhalten«, versicherte ihm Cramer, während er sich setzte und Wolfe anblickte. »Schießen Sie los!«

Wolfe rutschte auf seinem Sessel herum, bis er das Maximum an Behaglichkeit erreicht hatte; dann ließ er die Augen über sein gespannt blickendes Publikum schweifen. Endlich räusperte er sich: »Mr. Cramer hat Ihnen zugesichert, daß niemand auf meine Fragen zu antworten braucht. Ich kann Sie in diesem Punkt beruhigen, denn wahrscheinlich habe ich überhaupt keine Fragen zu stellen. Ich möchte Ihnen nur die Lage schildern, wie ich sie sehe, und Sie ersuchen, sich zu äußern. Vielleicht haben Sie auch gar nichts dazu zu sagen.«

Er verschränkte seine Hände über der Wölbung seines Bauches. »Die Meldung von Mr. Karnows Ermordung wurde mir gestern am frühen Abend von Mr. Stebbins überbracht, doch eigentlich ging sie mich gar nichts an. Das änderte sich natürlich, als Mrs. Karnow heute mittag zu mir kam und mich ersuchte, die Aufklärung des Falles zu übernehmen. Da befaßte ich mich mit der Angelegenheit, und sofort fiel mir auf, daß Mrs. Savage, ihr Sohn und ihre Tochter, auch Mr. Horne als Ehegatte dieser Tochter, kein überzeugendes Tatmotiv besaßen. Nach dem zu schließen, was mir Mrs. Karnow über den Charakter und das Temperament ihres Mannes erzählt hatte, hielt ich es für unwahrscheinlich, daß eine dieser Personen Mr. Karnow so sehr fürchtete, daß sie keinen anderen Ausweg mehr sah. Sie hatten ja alle ihre Vermächtnisse auf korrektem Wege und in gutem Glauben erhalten und hätten sicherlich beim Wiederauftauchen von Mr. Karnow zuerst an seine Vernunft und Gnade appelliert. Also mußte jemand von Ihnen ein viel stärkeres, noch unbekanntes Motiv gehabt haben.«

Wolfe räusperte sich. »Diese Überlegung reduzierte die Gruppe der Verdächtigen beträchtlich. Es blieben natürlich noch zwei Personen übrig, die ein schwerwiegendes Tatmotiv hatten: Mr. Aubry und Mrs. Karnow. Erstens einmal hätten die beiden einen viel größeren Vermögensverlust erlitten als alle anderen, zweitens aber sahen sie sich auch noch einer ganz anderen Schwierigkeit gegenüber: Sie hätten ihre eheliche Gemeinschaft aufgeben und ihrer Liebe entsagen müssen. Es ist also nicht verwunderlich, daß Mr. Cramer und seine Kollegen diesen ins Auge fallenden Motiven besondere Aufmerksamkeit schenkten. Mir wäre es wahrscheinlich ebenso gegangen, hätten nicht zwei Gründe dagegen gesprochen. Der erste davon war meine felsenfeste Überzeugung, daß weder er noch sie einen Mord begehen könnten. Jedenfalls nicht auf diese heimtückische Weise. Sie wären nämlich dann nicht sofort nach der Tat zu mir gekommen und hätten mich um Unterstützung gegen den *lebenden* Mr. Karnow ersucht, nur um zu beweisen, daß sie von Mr. Karnows Tod nichts wüßten. Nur ein kaltblütiger, gerissener Verbrecher bringt das fertig. Und ich hätte in diesem Falle über eine Stunde lang mit ihnen geschwatzt, ohne auch nur zu ahnen, daß sie mich die ganze Zeit beschwindelten. Entweder mußte ich also den Verdacht gegen sie fallenlassen oder aber zugeben, daß ich völlig vertrottelt bin. Nun, die Wahl fiel mir nicht schwer.«

»Außerdem war Mrs. Karnow Ihre Klientin«, fiel ihm Cramer anzüglich ins Wort.

Wolfe zog es vor, diese Worte zu überhören. Er fuhr fort: »Der zweite Grund lag darin, daß inzwischen die Möglichkeit eines anderen Motivs aufgetaucht war. Dieses hatte sich aus einem Brief ergeben, den mir Mrs. Karnow gestern zeigte – den letzten Brief, den sie von ihrem Gatten erhalten hatte, und zwar vor nahezu drei Jahren.« Er zog ein Schubfach hervor und entnahm ihm einige Blätter. »Hier ist das Dokument. Ich werde Ihnen nur die wichtigsten Stellen daraus vorlesen:

Da ich gerade vom Tode spreche: falls es mich erwischen sollte statt den anderen, dann will ich Dir lieber jetzt gleich verraten, daß etwas, was ich vor meiner Abreise in New York erledigt habe, Dir einen schweren Schock versetzen wird... Du hast immer behauptet, daß Du Dir aus Geld nichts machen würdest, es lohne die Mühe nicht. Du hast Dich auch immer beklagt, ich sei ein Zyniker, aber nur in meinen Reden, nicht in meinen Taten. Warte nur ab. Man sagt, wer zuletzt lacht, lacht am besten – aber leider werde ich dann schon tot sein, und auch das ist ein grimmiger Scherz des Schicksals ... Denke an mich in Deinen Träumen!«

Wolfe schob die Blätter wieder in das Schubfach. »Mrs. Karnow glaubte, aus diesem Brief entnehmen zu müssen, daß ihr Gatte ein neues Testament gemacht und sie darin übergangen habe. Aber diese Theorie basierte auf zwei großen Irrtümern. Einmal kann eine Ehefrau nicht ohne sehr schwerwiegende Gründe enterbt werden, und dann wäre eine derartige Handlungsweise nicht zynisch, sondern nur schmutzig und gemein gewesen. Doch der Satz ›Da ich gerade vom Tode spreche‹ ließ natürlich den Gedanken an ein Testament nicht abwegig erscheinen, und ich begann mir zu überlegen, was wohl wirklich dahinterstecken mochte. Wie konnte ein Mann von Karnows Art seinen Letzten Willen so formulieren, daß seine selbstlose, an Geld uninteressierte Frau sich entgegen ihren Wünschen eingehend damit beschäftigen mußte? Denn daß dies sein Wunsch war, lag klar zutage.«

Wolfe hob die Hand und drehte sich um. »So wie ich die Sache ansah, gab es für ihn nur einen Weg: Er mußte in einem neuen Testament seiner Gattin *alles* hinterlassen! Das würde sie zwingen, sich um das Vermögen zu kümmern, wie auch er es hätte tun müssen: Was sollte sie davon den Verwandten abgeben und wie mußte sie aufteilen? Für sie waren dann die Schwierigkeiten noch viel größer als für ihn, denn es handelte sich ja um *seine* Verwandten, die ihr immerhin nicht allzu wohlgesinnt waren. *Das* würde ich zynisch nennen! Er mochte übrigens auch noch einen anderen Grund für seine Handlungsweise gehabt haben, nämlich seine eigene Unsicherheit, sein Zögern, diesen Leuten große Summen Geldes in die Hand zu geben. Er hatte wohl selbst am besten gewußt, wie unsinnig sein Vermögen von ihnen angelegt oder auch verschleudert würde.«

Ann Hornes Kopf fuhr herum, ihre Augen blitzten die Schwägerin wütend an. »Danke schön, Caroline. Das war natürlich dir zu verdanken, mein Liebling!«

Caroline gab keine Antwort, und das war wohl auch besser so; denn ihrer gespannten Haltung und dem verbissenen Gesicht nach zu schließen, hätte sie nur mit einer heftigen Explosion reagiert.

»Daher«, schloß Wolfe seine Ausführungen, »schien es mir wichtig, die Hypothese eines neuen Testaments etwas näher unter die Lupe zu nehmen. Es lag nahe, daß Mr. Karnow diese Sache mit seinem Freund und Anwalt, Mr. Beebe, besprochen hatte und sich das Schriftstück von diesem aufsetzen ließ. Aber es schien mir unklug, Mr. Beebe einfach danach zu fragen. Ich weiß nicht, ob jemand von Ihnen den Namen Saul Panzer bereits gehört hat.«

Niemand antwortete, niemand nahm sich auch nur die Mühe, den Kopf zu schütteln. Alle saßen wie versteinert da. Daher fuhr Wolfe fort:

»Ich verwende Mr. Panzer für gewisse wichtige Funktionen, die ich Mr. Goodwin nicht auch noch zumuten darf. Mr. Panzer besitzt außerordentliche Qualitäten und Fähigkeiten. Ich sagte ihm, falls Mr. Beebe ein neues Testament für Mr. Karnow aufgesetzt habe, so sei es jedenfalls von seiner Sekretärin getippt worden. Nun, Mr. Panzer unternahm es, sich mit dieser Dame anzufreunden, ohne ihren Verdacht zu erregen. Heute am frühen

Nachmittag rief er sie unter dem Deckmantel eines Steuerberaters an, der die Aufgabe habe, einigen Unklarheiten in der Ausfüllung der Steuerformulare nachzugehen.«

Beebe protestierte lebhaft: »Das ist Anmaßung einer Amtsgewalt!«

»Sicher«, gab Wolfe friedfertig zu, »wenn dagegen Klage erhoben wird, muß Mr. Panzer die Strafe auf sich nehmen. Doch der Versuch lohnte sich jedenfalls, denn innerhalb von zehn Minuten sammelte er eine ganze Menge Informationen. Mr. Beebes Sekretärin, Vera O'Brien, arbeitet erst seit zwei Jahren für ihn; ihre Vorgängerin hieß Helen Martin und heiratete einen Mann namens Arthur Robson, der in einer Ortschaft in Südkarolina eine Großgarage unterhält. Wenn also Karnow ein neues Testament hinterlegte, ehe er New York verließ, und wenn dieses von Mr. Beebe aufgesetzt wurde, dann mußte diese Mrs. Robson, geborene Helen Martin, davon wissen.«

»Zu viele Vermutungen«, murmelte Cramer.

»Gewiß«, stimmte Wolfe bei, »aber sie lassen sich alle nachprüfen. Zuerst wollte ich einfach Mrs. Robson ans Telefon holen; doch das erschien mir bei näherer Überlegung zu riskant, und so flog Mr. Panzer hin. Vor ungefähr einer Stunde nun habe ich seinen Bericht erhalten. Er hat mit Mrs. Robson gesprochen, und diese hat eine Aussage unterzeichnet und ist auch bereit, im Notfalle nach New York zu kommen und diese an Eides Statt zu bestätigen. Sie erklärt, daß Mr. Beebe ihr ein neues Testament für Mr. Karnow diktierte, und daß sie auch als Zeugin für dessen Unterschrift fungierte. Die andere Zeugin war eine Frau namens Nora Wayne aus einem Büro im gleichen Geschäftshaus. Sie glaubt nicht, daß Miss Wayne Kenntnis vom Inhalt des Schriftstückes hatte. Mit diesem hinterließ Mr. Karnow sein gesamtes Vermögen einzig und allein seiner Gattin mit dem Vermerk, er stelle es ihr völlig anheim, welche Legate sie seiner Familie – die Namen sind einzeln aufgezählt – vermachen wolle. Mrs. Robson wußte nicht, daß ...«

»Das hätte Sidney niemals getan«, schrie Tante Margaret. »Ich glaube es nie und nimmer! Dick, was sagst du dazu? Sitz doch nicht da wie ein Holzklotz!«

Alle Augen hatten sich Jim Beebe zugewandt, nur Wolfe ließ die seinen im Halbkreis herumwandern. »Ich sollte noch hinzufügen, daß in der Zwischenzeit auch Mr. Goodwin nicht untätig war«, bemerkte er. »Er vernahm zum Beispiel, daß das einzige Indiz gegen Mr. Aubry, nämlich eine Geschäftskarte von ihm, die in der Tasche des Toten gefunden wurde, einem jeden von Ihnen zur Last gelegt werden kann.«

»Was wollen Sie damit sagen?« bellte Cramer.

»Diese Karte lag während der Zusammenkunft der Herrschaften am vergangenen Freitag auf dem Schreibtisch von Mr. Beebe.« Wolfes Blicke fixierten den Anwalt. »Ich glaube, Mr. Beebe, die Gelegenheit für eine Frage ist jetzt gekommen. Doch Sie haben gehört, daß Sie darauf nicht antworten müssen, falls Sie es vorziehen, zu schweigen: Was geschah mit Mr. Karnows Letztem Willen?«

Wenn ich es mir jetzt nachträglich überlege, so muß ich zugeben, daß Beebe wahrscheinlich den besten Ausweg wählte. Man hätte ja auch annehmen können, daß er als Anwalt einfach jede weitere Auskunft verweigern würde. Doch vernünftigerweise tat er das nicht, sondern wandte sich an Cramer:

»Ich würde gerne ein paar Worte mit Ihnen privat sprechen, Inspektor, oder auch mit Mr. Wolfe zusammen, wenn Sie ihn gern hinzuziehen möchten.«

Cramer sah meinen Chef fragend an, doch dieser schüttelte den Kopf. »Nein. Sie können entweder hier und jetzt antworten oder jede Auskunft ablehnen. Die Wahl steht bei Ihnen.«

»Also gut!« Beebe reckte seine Schultern und hob das Kinn. Von meinem Blickwinkel aus vermochte ich seine Augen hinter den dunklen Gläsern nicht zu sehen. »Diese Sache wird mich beruflich ruinieren, und ich bedaure meinen Anteil an den Machenschaften auf das lebhafteste. Ungefähr einen Monat vor der Meldung von Sidneys Tod in Korea erzählte ich Ann davon, daß er ein neues Testament gemacht habe. Das war mein erster Fehler, und ich beging ihn, weil ... nun, weil ich eben blind in sie verliebt war. Zu dieser Zeit hätte ich alles für sie getan. Als die Mitteilung kam, Sidney sei während einer Kampfhandlung gefallen, erschien Ann in meinem Büro und beharrte darauf, ich solle ihr das Testament zeigen. Ich war ...«

»Paß auf, was du sagst, Jim!« Ann hatte sich in ihrem Stuhl umgedreht und schrie ihn wie eine Furie an. »Du dreckiger, kleiner Lügner! Du wirst ...«

»Mrs. Horne!« zischte Wolfe scharf, »wollen Sie hören, was er zu sagen hat, oder ziehen Sie es vor, aus dem Zimmer gewiesen zu werden?«

Ihre Augen blieben auf Beebe geheftet. »Fahr fort, Jim, aber hüte dich!«

Beebe faßte zusammen: »Ich erfüllte ihr den Wunsch. Aus dem Safe holte ich das Schriftstück und gab es ihr in die Hand. Sie aber steckte es sofort ungelesen in den Ausschnitt ihres Kleides. Sie beharrte darauf, es ihrer Mutter vorlegen zu müssen. Oh, man kann jetzt hinterher leicht sagen, das hätte ich um jeden Preis verhindern müssen! Damals konnte ich ihr einfach nicht widerstehen. Sie nahm also das Dokument mit sich – und ich habe es nie wieder gesehen. Zwei Wochen später wurde unsere Verlobung öffentlich bekanntgemacht. Ich präsentierte den Behörden Mr. Karnows erstes Testament, und das war natürlich völlig irrsinnig, da ich ja nur Anns Worte dafür hatte, daß das zweite, gültige Testament vernichtet sei. Erleichtert wurde mir mein Vorgehen noch dadurch, daß meine frühere Sekretärin sich verheiratet hatte und fortgezogen war, so daß niemand in meiner Umgebung den wahren Sachverhalt kannte.«

Beebe hob die Hand, um Schweigen zu gebieten. »Ich möchte hier nicht sagen, was es war, das mich schließlich von meinen Gefühlen für Ann Savage heilte, aber jedenfalls war diese Heilung gründlich und nachhaltig. Ich möchte nur wünschen, sie wäre früher erfolgt! Natürlich konnte ich hinterher nichts mehr unternehmen, ohne mich selbst völlig zu ruinieren. Im Mai wurde die Erbschaft gemäß dem ersten Testament verteilt – und einen Monat später vermählte sich Ann mit Norman Horne. Damit war diese Angelegenheit für mich erledigt, wie ich glaubte. Ich hatte meine Lektion empfangen, und zwar eine schmerzhafte und niederträchtige Lektion.«

Er hob seine schmalen Schultern. »Und dann, zwei Jahre später, kam dieser Donnerschlag! Sidney lebte und würde bald in New York auftauchen. Sie können sich vielleicht vorstellen, wie mich diese Nachricht traf! Nach langem Grübeln sah ich ein, daß mir nur zwei Alternativen blieben: Entweder mußte ich mich aus dem Fenster stürzen oder Sidney alles gestehen. In der Zwischenzeit jedoch mußte ich mit all diesen Leuten reden und mir ihre verrückten Vorschläge anhören. Zu einem Entschluß kam ich erst am

Montag, also vorgestern, und am folgenden Morgen rief ich sofort Ann an, um ihr zu sagen, ich würde noch am gleichen Tag zu Sidney gehen und ihm die ganze Sachlage schildern. Dann jedoch kam die Meldung, Sidney sei ermordet worden. Ich habe keine Ahnung, wer es getan hat. Ich weiß auch nicht mehr als das, was ich Ihnen eben erzählte, und mir genügt das vollkommen!« Er hielt inne und schluckte schwer. »Als Rechtsanwalt bin ich damit erledigt.«

Ich war etwas enttäuscht über das Verhalten von Norman Horne. Man hätte doch wohl annehmen dürfen, er werde seine schöne Gattin sofort gegen diese schweren Anschuldigungen männlich in Schutz nehmen; aber er sah Beebe nicht einmal an. Seine Augen hafteten auf Ann, die neben ihm saß, und seine Blicke drückten keineswegs Vertrauen aus. Glücklicherweise konnte sie es nicht sehen.

Sie konnte es deshalb nicht sehen, weil sie Wolfe fixierte. »Ist er jetzt endlich fertig?« fragte sie kalt.

»Anscheinend ja, Madam – zumindest für den Moment. Wünschen Sie etwas dazu zu bemerken?«

»Pah, ich habe nicht im Sinn, einen Vortrag zu halten. Das habe ich gar nicht nötig. Ich will nur sagen, daß jedes Wort von A bis Z eine Lüge ist!«

Wolfe schüttelte sein Haupt. »Das dürfte nicht ganz ausreichen, Madam. Denn Sie wissen wohl, daß nicht *alles* gelogen war. Mr. Karnow *hat* ein neues Testament aufgestellt; Mr. Beebe und Sie *waren* verlobt, und Sie lösten diese Bindung auf; das Vermögen *wurde* gemäß den Verfügungen des ersten Testaments verteilt, wobei Ihnen ebenfalls ein Teil zufiel; schließlich und endlich: Mr. Karnow *kehrte* zurück und wurde hier ermordet. Ich kann Ihnen nur raten, sich entweder ganz still zu verhalten, obwohl Sie das in ein sehr schiefes Licht setzt, oder uns hier vorbehaltlos die Wahrheit zu gestehen. Sie warnten vorhin Mr. Beebe vor den Konsequenzen einer groben Lüge. Nun, ich gebe Ihnen diese Warnung weiter. Also? Zu was entschließen Sie sich?«

Sie warf einen verstohlenen Seitenblick auf ihren Mann, doch dieser hielt seine Augen fest auf Wolfe gerichtet. Jetzt glitten die ihren weiter zu ihrer Mutter, aber auch dort fanden sie keinen Halt. Endlich wandte sie sich an Wolfe: »Sie sind ein recht guter Komödiant, nicht wahr?«

»O ja«, gab er grinsend zu.

»Wahrscheinlich wissen Sie die Wahrheit bereits.«

»Wenn das der Fall ist, dann hat es doch keinen Zweck für Sie, damit hinter dem Berge zu halten.«

»Schön. Ich mag auch kein zweckloses Geschwätz. Einiges von dem, was Jim behauptet hat, entspricht den Tatsachen. Er sprach wirklich mit mir über das neue Testament, aber erst, nachdem wir von Sidneys Tod auf dem Schlachtfeld gehört hatten, nicht vorher. Er nahm das Schriftstück aus seinem Safe und zeigte es mir. Darin wurde das ganze Vermögen Caroline überschrieben. Er erklärte, kein Mensch wisse davon, nur seine frühere Sekretärin, und diese sei inzwischen verheiratet und weit fort, in einer kleinen Stadt ganz im Süden. Also brauchten wir uns um sie nicht zu kümmern. Er sagte ferner, es existiere keine Kopie der Urkunde und er sei sicher, Caroline selbst wisse nichts darüber. Das habe er aus dem Brief erkannt, den sie ihm vorgelegt habe. Er schlug vor, das Dokument zu vernichten, dann könnten wir alle unter den früheren Abmachungen die Erbschaft antreten – vorausgesetzt, daß ich ihn heirate. Muß ich Ihnen alles sagen, was wir besprochen haben?«

»Nein, die Hauptpunkte dürften genügen.«

»Dann brauche ich nicht zu schildern, wie widerwärtig es mir war, diesen Menschen heiraten zu sollen. Ich sagte ihm aber nichts davon, sondern erklärte, ich sei damit einverstanden. Wahrscheinlich ist es Ihnen gleichgültig, was ich dabei dachte, aber nachdem Sidney nun einmal tot war, hielt ich es nur für gerecht, daß wir einen Anteil an seinem Geld erhalten sollten. Trotzdem hatte ich nie die Absicht, Jim Beebe wirklich zu heiraten. Er verlangte, wir sollten heiraten, ehe er das Testament eröffnete, doch davon konnte ich ihn schließlich abbringen, und unsere Verlobung wurde verkündet. Als dann alle Formalitäten erledigt waren und das Schriftstück Gültigkeit erlangt hatte, heiratete ich Norman Horne. Ich wußte nicht, ob Jim das neue Testament vernichtet hatte oder nicht, doch das schien mir unwichtig, da er ja niemals wagen konnte, es jetzt noch vorzulegen.« Sie fuchtelte mit der Hand herum. »Und das ist alles.«

»Nicht ganz«, wandte Wolfe ein. »Der Schluß der Geschichte fehlt noch: Mr. Karnows unerwartete Rückkehr ...«

»O ja, richtig!« Ihr Ton deutete an, daß es dumm von ihr

gewesen war, diese kleine unbedeutende Einzelheit zu vergessen. »Natürlich hat ihn Jim umgebracht, das liegt doch auf der Hand. Wenn Sie mich fragen, was ich bei seinem Auftauchen empfand, so kann ich nur sagen, ich war ehrlich erfreut darüber, denn ich hatte ihn immer gern gehabt. Mir tat es nur um Caroline und Paul leid, die ich ebenfalls gut leiden mochte. Aber ich wußte mit aller Bestimmtheit, daß Sidney nicht versuchen würde, das ausbezahlte Geld von uns zurückzufordern. Es gab nur eine einzige Person, die es nicht wagen konnte, ihm ins Gesicht zu sehen – Jim. Das heißt, einmal mußte es doch geschehen – nämlich dann, als er ihn in seinem Hotelzimmer aufsuchte. Aber als er ihn ermordete, tat er es von hinten, wie ein Feigling. Er jagte ihm eine Kugel durch den Hinterkopf.« Sie fuhr zu Beebe herum. »Hast du ihm erzählt, was mit dem zweiten Testament geschehen war, Jim? Ich wette, du tatest es nicht! Der Schuß ging vorher los.« Sie drehte sich wieder zu Wolfe um. »Genügt Ihnen das?«

»Es genügt für eine Verleumdungsklage!« rief Beebe.

Wolfe hob den Kopf und sah den Vertreter des Gesetzes an. »Es wäre mir lieb, Mr. Cramer, wenn Sie die Schlußverhandlung übernehmen wollten. Nach meiner Ansicht hat Mr. Beebe ein letztes Verschleierungsmanöver versucht, während Mrs. Horne die Wahrheit sagte.«

Zu einem späteren Datum fanden wir uns wieder im Gerichtssaal zusammen, und das Urteil gegen Beebe wurde ausgesprochen. Gerechtigkeit ist eine feine Sache, aber an jenem Abend in Wolfes Büro leistete auch sie sich einen Schnitzer. Nachdem Cramer und Stebbins den Anwalt Beebe abgeführt hatten und auch die anderen gegangen waren, hielt Caroline Karnow die Gelegenheit für günstig, den Kuß zurückzugeben, den sie vor zwölf Stunden in diesem gleichen Büro erhalten hatte. Aber sie schritt an mir vorbei, trat zu Wolfe an den Schreibtisch, legte ihm die Arme um den dicken Hals und küßte ihn auf beide Wangen.

»Falsche Adresse«, erklärte ich erbittert.

Das Fenster für den Tod

Nero Wolfe thronte hinter seinem Schreibtisch und starrte den Besucher im roten Ledersessel finster an. Ich hatte mich in meinem Drehstuhl mit dem Rücken zu meinem Schreibtisch gedreht und war mit gezücktem Notizblock startbereit. Das Starren ersparte ich mir.

Wolfes Starren beruhte zum Teil auf allgemeinen Prinzipien, noch mehr allerdings darauf, daß sich David R. Fyfe nicht telefonisch angemeldet hatte. Man sollte meinen, das spiele keine Rolle. Denn: Da lag das Büro im ersten Stock des alten Sandsteinhauses in der 35. Straße. Da saß Nero Wolfe in seinem geliebten Mammutsessel und schärfte sein Federmesser an dem alten Wetzstein, den er in einer Schublade aufbewahrte. Da hockte ich, Archie Goodwin, begierig danach, mein Brot zu verdienen, indem ich jeder seiner kleinsten Launen innerhalb der Grenzen der Vernunft nachkam. Da wirkte Fritz Brenner in der Küche und bereitete den Lunch zu, immer auf dem Sprung, uns Bier zu bringen, wenn der Summer einmal kurz und einmal lang ertönte. Da pflegte Theodore Horstmann in den Gewächshäusern oben auf dem Dach die zehntausend Orchideen. Und da in dem roten Ledersessel saß ein Bursche, der einen Detektiv beauftragen wollte, sonst wäre er wohl nicht zu uns gekommen. Ohne ihn, oder andere wie ihn, wären Fritz, Theodore und ich auf Stellungssuche, und nur Gott weiß, was Wolfe dann tun würde. Dennoch starrte Wolfe ihn an. Der Klient in spe hätte sich telefonisch anmelden sollen.

Er kauerte auf der äußersten Kante des roten Ledersessels, ohne sich anzulehnen, seine schmalen Schultern nach vorn geneigt. Sein blasses, schmales Gesicht wirkte mitgenommen. Ich hätte sein Alter auf fünfzig geschätzt, aber die meisten Leute wirken älter als sie sind, wenn die Umstände sie zu einem Privatdetektiv treiben. Nachdem er seinen Namen, seine Adresse und seinen Beruf angegeben hatte – er war Direktor des englischen Zweigs des Audubon-Gymnasiums in der Bronx –, erklärte er mit müder, behutsamer Stimme, daß er Wolfe bitten möchte, eine vertrauliche Familienangelegenheit zu untersuchen.

»Ehegeschichten?« Wolfe stieß einen Laut aus, der seinem Stieren nicht nachstand.

»Nein.« Er schüttelte den Kopf. »Keine Eheangelegenheit. Ich bin Witwer, mit zwei Kindern auf der Oberschule. Es handelt sich um meinen Bruder Bertram – seinen Tod. Er starb Samstag nacht an Lungenentzündung. Es wird – ich muß das näher erklären.«

Wolfe warf mir einen Blick zu, und ich erwiderte ihn. Wenn er Fyfe erklären ließe, bedeutete das vielleicht Arbeit. Und Wolfe haßte Arbeit, besonders, wenn der Bankauszug rosig aussah. Aber ich preßte ein wenig die Lippen zusammen, als ich seinem Blick begegnete, und er seufzte und wandte sich wieder an den Klienten. »Tun Sie das«, murrte er.

Fyfe begann, und ich schrieb es nieder. Sein Bruder Bertram war nach einer Abwesenheit von zwanzig Jahren plötzlich vor einem Monat unangemeldet in New York aufgetaucht, hatte eine Apartmentwohnung im Churchill-Towers-Hotel genommen und sich mit seiner Familie in Verbindung gesetzt – mit seinem älteren Bruder David, der jetzt die Geschichte erzählte, mit seinem jüngeren Bruder Paul und seiner Schwester Louise, der jetzigen Mrs. Vincent Tuttle. Sie alle waren sehr froh gewesen, ihn nach so vielen Jahren wiederzusehen, einschließlich Tuttles, des Schwagers, und sie waren auch sehr erfreut gewesen, als sie hörten, daß er das Große Los gewonnen hatte – dies war nicht Davids Ausdruck, er nannte es eine Goldgrube –, als er auf eine vier Meilen lange Erzader mit Uran in der Nähe eines Ortes namens Black Elbow in Kanada gestoßen war. Es ist immer eine frohe Nachricht, wenn ein Familienmitglied Erfolg gehabt hat.

Sie hatten Bertram also willkommen geheißen, ihren Bruder Bert, und mit ihm einen jungen Mann namens Johnny Arrow, der ihn von Kanada her begleitet hatte und mit ihm zusammen in der Churchill-Towers-Wohnung lebte. Bert hatte sich recht brüderlich benommen und Anteil an allen Erinnerungen und Beziehungen genommen. Er hatte sich sogar an Paul, der Makler war, wegen des Verkaufs eines alten Hauses in Mount Kisco, in dem sie alle geboren waren und ihre Kindheit verbracht hatten, gewandt.

Offensichtlich war Bert in den Schoß der Familie zurückgekehrt. Vor zehn Tagen hatte er sie eingeladen, mit ihm am Samstag zu Abend zu essen und anschließend ein Theater zu besuchen, aber am Donnerstag hatte er sich mit Lungenentzündung zu Bett gelegt. Er weigerte sich, ins Krankenhaus zu gehen, und bestand darauf, daß alle ins Churchill zum Dinner kommen sollten und auch die Theaterkarten benutzen sollten. So versammelten sie sich in seiner Apartmentwohnung am späten Samstag nachmittag und führten das Programm aus. Nach der Vorstellung kehrten sie zu einem kleinen Champagner-Imbiß in die Wohnung zurück.

Das heißt, vier von ihnen kehrten zurück – Schwester Louise und ihr Mann, Johnny Arrow aus Kanada und Bruder David selbst. Der jüngere Bruder Paul hatte darauf bestanden, daß Bert nicht mit der Pflegerin allein gelassen werden sollte und war in der Wohnung zurückgeblieben. Als die vier heimkehrten, fanden sie eine peinliche Situation vor. Paul war verschwunden, und die Pflegerin hatte eine zerrissene Uniform und Male an ihrem Hals, an Wangen und Handgelenken. Sie hatte den Arzt angerufen und um ihre Ablösung gebeten. Sie beabsichtigte, sofort zu gehen, sobald ihre Vertretung da sei. Schwester Louise nahm einige ihrer Bemerkungen übel auf und befahl der Schwester, auf der Stelle zu gehen, was diese auch tat. Louise telefonierte mit dem Arzt und erklärte, daß sie bei ihrem Bruder bleiben würde, bis eine andere Pflegerin käme. Johnny Arrow machte sich davon und ließ nun David, Louise und ihren Mann Vincent Tuttle auf dem Schauplatz zurück; und nachdem David Bert auf seinem Krankenlager betrachtet und festgestellt hatte, daß Bert fest unter der Wirkung des Morphiums schlief, das ihm die Schwester auf Verordnung des Arztes verabreicht hatte, machte er sich auf den Heimweg.

Louise und Tuttle richteten sich für die Nacht in dem Zimmer ein, das wohl Johnny Arrow gehörte, waren jedoch noch nicht ganz eingeschlafen, als ein Summen Tuttle an die Wohnungstür rief, wo Paul auf der Schwelle stand. Paul erzählte, daß er von Johnny Arrow unten in der Bar angegriffen worden sei, und zeigte eine Anzahl Quetschungen als Beweis vor. Arrow war von zwei Polizisten abgeführt worden. Paul glaubte, daß sein Kiefer gebrochen sei und möglicherweise auch noch ein paar Rippen. Er fühlte sich außerstande, nach Hause nach Mount Kisco zu fahren. So bereiteten sie ihm auf der Couch im Wohnzimmer eine Lagerstatt, und innerhalb von dreißig Sekunden begann er fest zu schnarchen. Nach einem weiteren Blick in Berts Zimmer legten sich auch Louise und Tuttle wieder zu Bett. Gegen sechs Uhr früh wurden sie von Paul geweckt. Er war von der Couch gerollt und deshalb aufgewacht, hatte nach Bert sehen wollen und ihn tot vorgefunden. Sie telefonierten sofort mit dem Pförtner, damit er einen Arzt holte, denn Bert hatte auf dem alten Hausarzt bestanden, den er von seiner Kindheit her noch kannte, aber sie wollten nicht darauf warten, bis dieser aus Mount Kisco in die Stadt gelangte. Natürlich riefen sie ihn gleichfalls an, und er kam auch später.

Wolfe wurde nervös. Seine Unruhe äußerte sich dadurch, daß er mit einer Fingerspitze Kreise in der Größe eines Zehncentstücks auf seine Sessellehne malte. »Ich hoffe«, brummelte er, »daß beide Ärzte jetzt Ihren Besuch bei mir und diese lange Erzählung rechtfertigen können. Oder zumindest einer von ihnen.«

»Nein, Sir«, David Fyfe schüttelte den Kopf. »Sie fanden alles in Ordnung. Mein Bruder starb an Lungenentzündung. Dr. Buhl – der Arzt aus Mount Kisco, Dr. Frederick Buhl – unterschrieb den Totenschein, und mein Bruder wurde Montag, also gestern, in der Familiengruft beigesetzt. Natürlich war, da die Schwester ihren Patienten so plötzlich im Stich gelassen hatte, die Lage ein wenig – hm, peinlich, doch kamen keine ernsthaften Zweifel auf.«

»Was, zum Teufel, wollen Sie dann von mir?«

»Das will ich Ihnen gerade auseinandersetzen.« Fyfe räusperte sich, und als er fortfuhr, klang seine Stimme noch rücksichtsvoller als zuvor. »Nach der gestrigen Bestattung bat uns dieser Bursche Arrow, heute morgen um elf Uhr in der Apartmentwohnung zu erscheinen, um der Testamentseröffnung beizuwohnen. Natürlich kamen wir. Louise brachte ihren Mann mit. Ein Rechtsanwalt war da, ein Mann namens McNeil, der von Montreal mit dem Flugzeug gekommen war, und er hatte das Testament mitgebracht. Es war mit den üblichen rechtlichen Floskeln verbrämt, aber im wesentlichen besagte es, daß Bert sein gesamtes Vermögen Paul, Louise und mir vermachte und diesen Mann Arrow zum Testamentsvollstrecker ernannte. Die Höhe des Vermögens wurde nicht genannt, doch Berts Erzählungen nach hatte ich die Uranerzader auf mehr als fünf Millionen Dollar geschätzt, möglicherweise auf das Doppelte.«

Wolfes Nervosität legte sich.

»Dann«, fuhr Fyfe fort, »holte der Rechtsanwalt ein weiteres Schriftstück aus seiner Aktentasche. Er sagte, es handle sich um die Kopie eines Vertrages zwischen Bertram Fyfe und Johnny Arrow, den er, der Rechtsanwalt, vor einem Jahr aufgesetzt habe. Er las es vor. Es enthielt eine Einleitung über die gemeinsamen fünfjährigen Uranschürfungen der beiden und ihre gemeinschaftliche Entdeckung der Black-Elbow-Erzader. Doch der Kernpunkt war, daß beim eventuellen Tod des einen der gesamte Besitz an den Überlebenden fallen sollte, einschließlich aller Güter, die der Verstorbene durch sein Einkommen aus dem Besitz der Mine erworben hatte. Ich habe Ihnen nicht den Wortlaut wiedergegeben, es klang alles sehr juristisch, aber das war jedenfalls der Sinn.

Danach ergriff Johnny Arrow das Wort. Er erklärte, daß Bert nichts besessen hätte, das nicht mit dem Einkommen aus der Black-Elbow-Grube erworben worden sei, und daß deshalb alles jetzt in sein Eigentum übergegangen sei, einschließlich der beträchtlichen Bankguthaben in Kanada. Doch habe sich Bert, als er nach New York kam, etwa dreißig- oder vierzigtausend Dollar auf eine New Yorker Bank überweisen lassen, und er, Arrow, beabsichtige nicht, den Rest davon zu beanspruchen. Das wäre die Erbmasse, und wir könnten sie haben.«

David Fyfe machte eine verzagte kleine Geste.

»Dieser Arrow ist großzügig, dachte ich, da er auch dieses Geld hätte beanspruchen können. Wir stellten dem Rechtsanwalt einige Fragen, brachen dann auf und begaben uns in ein Restaurant zum Lunch. Paul war fürchterlich wütend. Mein Bruder Paul ist impulsiv. Er wollte zur Polizei gehen und aussagen, daß Bert unter verdächtigen Umständen gestorben sei, und sie um eine Untersuchung bitten. Seine Theorie bestand darin, daß Arrow beobachtet habe, wie Bert sich mit seiner Familie aussöhnte, und Angst hatte, Bert könne uns größere Geschenke machen, möglicherweise sogar Anteile an dem Minenbesitz an uns abtreten. Arrow hätte dann diese Anteile nicht mehr beanspruchen können, wenn Bert vor ihm sterben sollte. Deshalb beschloß Arrow, daß Bert jetzt sterben müsse. Vincent Tuttle, der Mann meiner Schwester, wandte ein, daß, selbst wenn die Theorie nicht von der Hand zu weisen sei, Arrow nicht danach gehandelt haben könnte, da zwei achtbare Ärzte sich einig waren, daß Bert an Lungenentzündung gestorben war. Louise und ich pflichteten ihm bei. Aber Paul war hartnäkkig. Er spielte darauf an, daß er etwas wüßte, was wir nicht wußten. Aber er hatte schon immer eine Vorliebe für Geheimnistuerei. Er blieb dabei, daß wir zur Polizei gehen sollten, und wir stritten hin und her, und schließlich schlug ich eine Kompromißlösung vor. Ich regte an, daß ich Nero Wolfe mit einer Untersuchung beauftragen sollte. Würde Nero Wolfe dabei etwas entdecken, das polizeiliche Ermittlungen rechtfertigen könnte, würden wir uns Paul anschließen. Andernfalls sollte Paul die Sache vergessen. Paul willigte ein und erklärte sich bereit, Ihre Entscheidung anzunehmen. Deshalb bin ich also zu Ihnen gekommen. Ich weiß, daß Ihre Honorare hoch sind, aber dieser Fall verlangt keine mühevolle Arbeit... äh, ich meine, er wird schon nicht so schwierig sein. Es ist doch ein ziemlich einfaches Problem, nicht wahr?«

Wolfe grunzte. »Könnte sein. Es ist keine Leichenschau abgehalten worden?«

»Nein, nein. Um Himmels willen, nein.«

»Das hätte der erste Schritt sein sollen, aber jetzt ist es dazu zu spät, ohne die Hilfe der Polizei zu beanspruchen. Vor der Bestattung hätte eine Obduktion zur Befriedigung medizinischer Neugierde vorgenommen werden können, aber die Exhumierung erfordert natürlich eine richterliche Vollmacht. Wenn ich Sie richtig verstehe, wollen Sie, daß ich Ermittlungen in dieser Sache anstelle und zu einer Entscheidung gelange, ohne die Aufmerksamkeit der Polizei auf den Fall zu lenken.«

Fyfe nickte nachdrücklich. »Das stimmt. Das stimmt haargenau. Wir wollen keinen Skandal ... keinerlei Gerüchte ...«

»Das wollen die Leute nie«, bemerkte Wolfe trocken. »Aber Ihr Auftrag könnte einen Skandal hervorrufen. Sie verstehen natürlich, daß es – falls ich Beweise für eine Gaunerei finden sollte – nicht mehr in Ihrem Belieben steht, dies zu verbergen oder zu enthüllen. Ich will mich nicht verpflichten, Gründe für einen Mordverdacht zu verheimlichen, falls ich sie finde. Sollte meine Untersuchung zu der begründeten Annahme führen, daß Sie selbst das Verbrechen begangen haben, so steht es mir frei, zu handeln, wie es mir richtig erscheint.«

»Natürlich.« Fyfe bemühte sich mit ziemlichem Erfolg um ein Lächeln. »Nur weiß ich, daß ich kein Verbrechen begangen habe, und bezweifle, daß es sonst jemand tat. Mein Bruder Paul ist ein wenig stürmisch. Sie müssen ihn selbstverständlich kennenlernen, und er möchte Sie auch sprechen.«

»Ich muß mit allen sprechen.« Wolfes Ton war grämlich. Schon wieder Arbeit. Er griff nach dem rettenden Strohhalm. »Aber unter den gegebenen Umständen muß ich um einen Vorschuß als Zeichen Ihres Vertrauens bitten. Sagen wir ein Scheck über tausend Dollar?«

Das war kein schlechter Abschreckungsversuch, da der Direktor einer Oberschule mit zwei unmündigen Kindern wahrscheinlich keine Tausenddollarscheine lose herumliegen hatte und der Auftrag somit nicht zustande kam. Aber Fyfe versuchte nicht einmal zu feilschen. Er schluckte und schluckte noch einmal, nachdem er sein Scheckbuch und seinen Füllhalter hervorgeholt hatte, einen Scheck ausfüllte und seinen Namen daruntersetzte. Ich stand auf, nahm den Scheck und reichte ihn Wolfe.

»Es ist ein bißchen hart«, stellte Fyfe fest, »aber es ist nicht zu ändern. Es ist die einzige Möglichkeit, Paul zufriedenzustellen. Wann wollen Sie mit ihm sprechen?«

Wolfe warf einen Blick auf den Scheck und schob ihn unter seinen Briefbeschwerer, einen versteinerten Holzklotz, den einstmals ein Mann namens Duggan benutzt hatte, um den Schädel seiner Frau einzuschlagen. Er blickte auf die Wanduhr; in zwanzig Minuten würde es vier Uhr sein, Zeit für seine Nachmittagsschicht in den Gewächshäusern.

»Zuerst«, erklärte er seinem Klienten, »muß ich mit Dr. Buhl sprechen. Können Sie dafür sorgen, daß er um sechs Uhr hier ist?«

David Fyfes Blick drückte Zweifel aus. »Ich kann es ja mal versuchen. Dr. Buhl müßte sich von Mount Kisco bis hierher bemühen, und er ist ein sehr beschäftigter Mann. Können Sie ihn nicht übergehen? Er bestätigte den Tod.«

»Es ist unmöglich, ihn zu übergehen. Ich muß mit ihm sprechen, ehe ich mich um die anderen kümmere. Wenn er um sechs Uhr hier sein kann, treffen Sie für die anderen eine Verabredung für halb sieben. Für Ihren Bruder und Ihre Schwester und Mr. Tuttle und Mr. Arrow.«

Fyfe erstarrte. »Guter Gott«, protestierte er, »nicht Arrow! Außerdem würde er sowieso nicht kommen.« Er schüttelte nachdrücklich den Kopf. »Nein, ich kann ihn nicht fragen.«

Wolfe zuckte mit den Schultern. »Dann übernehme ich das. Und es wäre besser... Richtig. Unsere Unterhaltung könnte sich sehr in die Länge ziehen, und ich esse um halb acht zu Abend. Wenn Sie dafür sorgen können, daß Dr. Buhl um neun Uhr hier ist, dann bestellen Sie die anderen für halb zehn Uhr zu mir. Damit haben wir die ganze Nacht zur Verfügung, falls wir sie brauchen. Natürlich gibt es mehrere Punkte, Mr. Fyfe, die ich jetzt noch mit Ihnen klären könnte – zum Beispiel die peinliche Situation, die Sie vorfanden, als Sie nach dem Theaterbesuch in das Apartment zurückkamen; und die Versöhnung Ihres Bruders Bertram mit seiner Familie –, aber ich habe jetzt eine Verabredung. Und außerdem können wir diese Punkte ja heute abend ausführlicher besprechen. Für den Augenblick genügt es, wenn Sie Mr. Goodwin freundlicherweise die Adressen und Telefonnummern aller Beteiligten angeben.« Nero schob seinen ungeheuren Wanst in seinem Sessel vor, griff nach dem Federmesser und fing wieder an, es auf dem Wetzstein zu schleifen. Er hatte mit dieser Arbeit begonnen, und er beabsichtigte, sie, allen zum Trotz, jetzt auch zu beenden.

»Ich habe die Lage geschildert«, sagte Fyfe in schärferem Ton. »Ich ließ durchblicken, daß Paul in der Wohnung zurückgeblieben war, um sich der Pflegerin zu nähern. Ich mißbillige seine Art, mit Frauen umzugehen, aufs äußerste. Aber ich habe ja schon gesagt, daß er ungestüm ist.«

Wolfe strich zart mit seinem Daumen über die Schneide des Messers.

»Was soll die Bemerkung über die Versöhnung bedeuten?« fragte Fyfe.

»Nur, daß Sie diesen Ausdruck gebraucht haben.« Wolfe wetzte schon wieder sein Messer. »Warum bedurfte es einer Versöhnung? Dieser Punkt mag unwesentlich sein, aber das sind ja die meisten Punkte, die bei einer Untersuchung angeschnitten werden. Es hat auf jeden Fall Zeit bis heute abend.«

Fyfe runzelte die Stirn. »Es ist eine alte Wunde«, sagte er mit müder Stimme. »Der Punkt ist vielleicht gar nicht so unwesentlich, denn er könnte Pauls Haltung erklären. Ich nehme an, daß wir bei jeder Andeutung eines Skandals überempfindlich reagieren. Lungenentzündung ist ein heikles Thema für uns. Mein Vater starb vor zwanzig Jahren an Lungenentzündung, aber die Polizei nahm an, daß er ermordet wurde. Und nicht nur die Polizei. Er lag in einem Schlafzimmer im Parterre unseres Hauses in Mount

Kisco, es war Januar, und in einer stürmischen, eiskalten Nacht öffnete jemand zwei Fenster und ließ sie weit offen. Ich fand ihn tot um fünf Uhr früh. Der Schnee lag fast einen halben Meter hoch auf dem Fußboden. Und auch auf dem Bett lag Schnee. Meine Schwester Louise, die meinen Vater in jener Nacht betreute, schlief fest auf einer Couch im Nebenzimmer. Es wurde vermutet, daß der heiße Kakao, den sie um Mitternacht zu sich genommen hatte, ein Schlafmittel enthielt, aber das konnte nicht bewiesen werden. Die Fenster waren nicht verriegelt und hätten ebenso von außen geöffnet werden können – tatsächlich wurden sie das wohl auch. Mein Vater war bei einigen seiner Maklergeschäfte sehr gerissen vorgegangen, und es gab Leute in der Gemeinde, die – hm – die ihn nicht mochten.«

Fyfe wiederholte die bescheidene kleine Handbewegung.

»Verstehen Sie, da liegt also die Zufälligkeit. Unglücklicherweise hatte mein Bruder Bert – er war damals erst zweiundzwanzig – sich mit meinem Vater gestritten und lebte nicht zu Hause. Er wohnte in einem Gasthaus, das eine Meile entfernt war, und arbeitete in einer Garage. Die Polizei glaubte, genug Beweise gegen ihn zu haben, um ihn wegen Mordes verhaften und vor Gericht bringen zu können. Aber die Beweise waren keinesfalls eindeutig, und er wurde freigesprochen. Auf jeden Fall hatte er ein Alibi. In jener Nacht hatte er bis zwei Uhr mit einem Freund Karten gespielt – mit Vincent Tuttle nämlich, der später meine Schwester heiratete –, in Tuttles Zimmer in dem Gasthaus. Kurz nach zwei Uhr hatte es aufgehört zu schneien. Die Fenster mußten aber geraume Zeit vor dem Ende des Schneefalls geöffnet worden sein. Bert nahm uns manches übel, was wir als Zeugen vor Gericht ausgesagt hatten – ich meine Paul, Louise und ich –, obgleich wir lediglich die Wahrheit sagten; zum Beispiel über Berts Streit mit Vater. Alle Leute wußten davon. Am Tag nach seinem Freispruch verließ Bert die Stadt, und wir hörten nichts mehr von ihm, nicht ein Wort in zwanzig Jahren. Deshalb gebrauchte ich den Ausdruck ›versöhnt‹.«

Wolfe hatte das Federmesser wieder in die Tasche gesteckt und legte den Wetzstein in die Schublade.

»Eigentlich«, sagte Fyfe, »hat Arrow unrecht, wenn er meint, daß Bert nichts besaß, das nicht aus dem Einkommen der Erzmine stammt. Bert hatte nie seinen Anspruch auf das Erbe unseres

Vaters geltend gemacht. Man konnte ihn nicht finden, und wir haben uns nie um die Verteilung gekümmert. Sein Anteil belief sich auf ungefähr sechzigtausend Dollar und beträgt inzwischen mehr als doppelt soviel. Er wird jetzt natürlich zwischen Paul, Louise und mir aufgeteilt, aber ich habe eigentlich keine Freude daran. Ich kann ganz offen sagen, Mr. Wolfe, daß ich Berts Rückkehr bedauerte. Sie riß wieder eine alte Wunde auf, und jetzt – sein Tod –, wie es dazu kam, und Paul, der sich so aufführt ...«

Es war eine Minute vor vier Uhr. Wolfe schob seinen Stuhl zurück und stand auf. »Ja, in der Tat, Mr. Fyfe«, stimmte er zu. »Ein Ärgernis zu Lebzeiten und ein Betrübnis im Tod. Bitte geben Sie Mr. Goodwin die nötigen Einzelheiten, und rufen Sie uns an, wenn Sie die Vorbereitungen für heute abend getroffen haben.«

Er steuerte auf die Tür zu.

Ein wenig in der Vergangenheit herumzustochern ist oft eine Hilfe, selbst in Fällen, die es – oberflächlich betrachtet – nicht erfordern. Nachdem sich Fyfe verabschiedet hatte, führte ich einige Telefongespräche mit verschiedenen Stellen und erzielte eine mäßige Ernte nutzloser Auskünfte. David übte an der Audubon-Oberschule seit zwölf Jahren ein Lehramt aus und war seit vier Jahren Direktor der Schule. Pauls Maklerbüro in Mount Kisco war zwar keine Goldgrube, aber offenbar kreditwürdig. Vincent Tuttles Drugstore, ebenfalls in Mount Kisco beheimatet, gehörte ihm selbst und florierte offensichtlich. David hatte weder Adresse noch Telefonnummer der Pflegerin, Anne Goren, angegeben, und Wolfe wollte doch die ganze Gesellschaft haben. Ich fand beides im Telefonverzeichnis von Manhattan. Anne Goren war als staatlich anerkannte Pflegerin registriert. Die beiden ersten Male, als ich ihre Nummer wählte, ertönte das Besetztzeichen, und die nächsten drei Male erhielt ich überhaupt keine Antwort. Auch Johnny Arrow konnte ich nicht erreichen. Anrufe für die Churchill-Towers-Apartments laufen über die Zentrale des Churchill-Hotels, und ich hinterließ die Nachricht, daß Johnny Arrow uns anrufen solle. Schließlich, als Fritz schon zum Abendessen rief, bekam ich Tim Evarts an die Strippe, den stellvertretenden Hausdetektiv vom Churchill-Hotel, und stellte ihm ein paar diskrete Fragen. Die Antworten waren sowohl pro als auch contra Johnny Arrow. Pro: Die Miete des Luxusapartments in den Towers wurde bezahlt, und das Personal der Bar und des Restaurants mochte Johnny gern, besonders seine Trinkgelder. Contra: Arrow hatte Samstag nacht in der Bar eine Rauferei mit einem Burschen angezettelt, auf ihn fortgesetzt und hartnäckig eingeschlagen und war dann von Polizeibeamten abgeführt worden. Tim meinte, vom sportlichen Gesichtspunkt aus wäre es eine vorzügliche Darbietung gewesen, aber die Churchill-Bar wäre nicht der richtige Platz dafür.

Fyfe hatte telefonisch mitgeteilt, daß alle Vorkehrungen getroffen worden waren. Um neun Uhr, als Dr. Frederick Buhl eintraf, waren Wolfe und ich im Eßzimmer gerade fertig geworden – wir hatten ungefähr vier Pfund Lachssalat nach Wolfes eigenem Rezept verkraftet – und saßen nun wieder im Büro. Die Türglocke rief mich in den Flur, und als ich die Außenbeleuchtung einschaltete und durch das Guckloch in der Tür spähte, erlebte ich gleich eine doppelte Überraschung. Dr. Buhl, wenn er es war, war kein zittriger alter Bauernquacksalber, sondern ein aufrechter, grauhaariger, gutgekleideter würdiger Herr. Und neben ihm stand ein junges weibliches Wesen, deren Vorzüge für sich selbst sprachen und selbst bei einem flüchtigen Blick sogleich ins Auge sprangen. Ich öffnete die Tür. Der Mann trat zur Seite, um seine Begleiterin eintreten zu lassen, folgte dann und sagte, daß er Dr. Buhl sei und eine Verabredung mit Nero Wolfe hätte. Kein Hut bedeckte seinen würdigen grauen Haarschopf, der Garderobenständer ging leer aus, und deswegen führte ich beide den Flur entlang ins Büro. Drinnen blieb Dr. Buhl stehen und sah sich um, ging dann auf Nero Wolfes Schreibtisch zu und stellte sich sehr reserviert vor: »Ich bin Frederick Buhl. David Fyfe bat mich, hierherzukommen. Was bedeutet dieser ganze Unfug?«

»Ich weiß es nicht«, nuschelte Wolfe. Er pflegte seine Stimme nach den Mahlzeiten immer auf niedrigste Lautstärke einzustellen. »Man hat mich beauftragt, mich damit zu beschäftigen. Setzen Sie sich doch, Sir. Und die junge Dame?«

»Sie ist die Pflegerin, Miss Anne Goren. Setzen Sie sich, Anne.«

Sie saß bereits auf einem Stuhl, den ich ihr zurechtgerückt hatte. Ich revidierte ein wenig meine Ansicht über Paul Fyfe. Wahrscheinlich war er zu ungestüm vorgegangen, aber die Versuchung war auf jeden Fall beträchtlich gewesen. Und die Male an ihrem Hals, an den Wangen und Handgelenken mußten nur sehr oberflächlich gewesen sein, da keine Spuren sichtbar waren. Außerdem ist eine Schwesterntracht bestimmt viel herausfordernder als das geblümte Baumwollkleid, das sie gerade trug, zusammen mit einem passenden Bolerojäckchen. Selbst in dem Baumwollkleid hätte ich sie – aber lassen wir das. Sie war dienstlich hier. Sie dankte mir kühl für den Stuhl, ohne zu lächeln.

Dr. Buhl in dem roten Sessel erkundigte sich: »Nun, worum geht es?«

»Hat Ihnen Mr. Fyfe denn nichts erzählt?« nuschelte Wolfe.

»Er sagte, daß Paul etwas Verdächtiges hinter Berts Tod argwöhnt und deshalb zur Polizei gehen wollte. David, Louise und Vincent Tuttle hatten ihm das nicht ausreden können und waren schließlich übereingekommen, Sie mit der Untersuchung zu beauftragen und Ihre Entscheidung anzunehmen. Er, David, habe mit Ihnen gesprochen, und Sie hätten darauf bestanden, mich zu sehen. Ich halte das für völlig überflüssig. Ich bin ein angesehener Arzt, und ich habe einen Totenschein unterschrieben.«

»Das habe ich vernommen«, murmelte Wolfe. »Aber wenn meine Entscheidung endgültig sein soll, muß sie auch wohlbegründet sein. Ich habe mit keinem Gedanken die Richtigkeit des von Ihnen ausgestellten Totenscheins bezweifelt. Aber es gibt da ein paar Fragen. Wann sahen Sie Bertram Fyfe zuletzt lebend?«

»Samstag abend. Ich war eine halbe Stunde bei ihm und ging um zwanzig Minuten nach sieben. Die anderen waren auch da und aßen im Wohnzimmer zu Abend. Er hatte sich geweigert, ins Krankenhaus zu gehen. Ich hatte ihn unter ein Sauerstoffzelt gelegt, er stieß es aber immer wieder fort. Er wollte es nicht haben. Ich konnte ihn nicht dazu überreden, darunter zu bleiben, und Miss Goren auch nicht. Er litt beträchtliche Schmerzen, das sagte er wenigstens, aber seine Temperatur war kaum erhöht. Er war ein sehr schwieriger Patient. Er konnte nicht schlafen, und ich trug der Schwester auf, ihm ein Viertelgran Morphium zu verabreichen, sobald die Gäste gegangen waren, und, falls es noch nicht wirken sollte, später noch ein Viertelgran. Die Nacht zuvor hatte er ein halbes Gran erhalten.«

»Dann fuhren Sie nach Mount Kisco zurück?«

»Ja.«

»Dachten Sie daran, daß er in jener Nacht sterben könnte?«

»Natürlich nicht.«

»Waren Sie nicht überrascht, als Sie am Sonntag morgen von seinem Tod erfuhren?«

»Gewiß war ich das.« Buhl preßte seine Handflächen fest gegen die Stuhllehnen. »Mr. Wolfe, ich lasse mir dieses Verhör nur David Fyfe zuliebe gefallen. Sie ermüden mich. Ich praktiziere nunmehr seit mehr als dreißig Jahren, und mehr als die Hälfte meiner Patienten hat mich auf die eine oder andere Weise überrascht; durch zu vieles oder zu weniges Bluten, durch Hautausschlag nach einer Tablette Aspirin, durch wenig Temperatur bei hohem Pulsschlag, durch Am-Leben-Bleiben, wenn sie zum Tode verdammt schienen, und durch Sterben, wenn sie leben sollten. Das sind Erfahrungen, die jeder praktische Arzt macht. Ja, Bertram Fyfes Tod kam überraschend, aber er war keineswegs ohne Beispiel. Ich untersuchte die Leiche mit großer Sorgfalt, einige Stunden nach Eintritt des Todes, und fand nicht das geringste, was mich an der Todesursache zweifeln ließ. Deshalb stellte ich den Totenschein aus.«

»Warum untersuchten Sie dann die Leiche mit so großer Sorgfalt?« Wolfe nuschelte immer noch.

»Weil die Pflegerin den Verstorbenen mitten in der Nacht verlassen hatte – gezwungen wurde, ihn zu verlassen – und es mir nicht gelungen war, eine Stellvertreterin zu bekommen. Ich hätte günstigstenfalls jemanden am nächsten Tag beschaffen können. Unter den Umständen hielt ich es für besser, eine gründliche Untersuchung vor der Ausstellung des Totenscheins vorzunehmen.«

»Und für Sie steht es außer allem Zweifel, daß Lungenentzündung die Todesursache war? Lungenentzündung ohne Begleitumstände?«

»Nein, natürlich nicht. Außer allem Zweifel ist in meinem Beruf eine Seltenheit, Mr. Wolfe. Aber ich war überzeugt, daß es korrekt war, den Totenschein auszustellen. Alle erkennbaren Symptome deuteten darauf hin, daß Bertram Fyfe – in der Laiensprache ausgedrückt – an einer Lungenentzündung gestorben war. Ich bin nicht spitzfindig. Vor langer Zeit starb einer meiner Patienten an Lungenentzündung, aber es war damals eine kalte Winternacht, und jemand hatte die Fenster seines Zimmers geöffnet und den Schneesturm eindringen lassen. Aber diesmal war es eine heiße Sommernacht, und die Fenster waren geschlossen. In der Wohnung befand sich eine Klimaanlage, und ich hatte die Pflegerin angewiesen, den Regler auf eine Zimmertemperatur von 25 Grad Celsius einzuschalten. Ein Patient, der an Lungenentzündung leidet, braucht Wärme. Die Pflegerin hat sich daran gehalten. In dem Fall, den ich zuerst beschrieb, waren die geöffneten Fenster sicher ein zusätzlicher Faktor; aber in diesem Fall gab es keinen Anhaltspunkt für einen solchen Umstand.«

Wolfe nickte beifällig. »Sie haben den Punkt bewundernswürdig aufgeklärt, Doktor, aber Sie haben ein weiteres Problem aufgeworfen: die Klimaanlage. Was ist, wenn jemand nach dem Fortgang der Pflegerin den Regler auf die niedrigste Stufe einstellte? Konnte damit das Zimmer so weit ausgekühlt werden, daß Ihr Patient starb, obgleich Sie erwarteten, daß er am Leben bliebe?«

»Ich würde das verneinen. Ich erwog diese Möglichkeit. Mr. und Mrs. Tuttle haben mir versichert, daß sie den Regler nicht angefaßt haben und daß die Zimmertemperatur gleichmäßig blieb. Und überhaupt hätte die Klimaanlage in einer so schwülen Nacht die Luft nicht in einem solchen Maße abkühlen können. Ich wollte mir auch in diesem Punkt meine eigene Meinung bilden. Da ja keine Pflegerin mehr für den Patienten sorgte, vereinbarte ich mit dem Hotel, die Zimmertemperatur Samstag nacht zu überwachen. Nachdem der Regler sechs Stunden lang auf seiner niedrigsten Stufe gestanden hatte, herrschte dort eine Temperatur von 16 Grad Celsius – zu niedrig für einen Patienten mit Lungenentzündung, selbst wenn er gut zugedeckt ist, aber keineswegs tödlich.«

»Ich verstehe«, murmelte Wolfe, »Sie verließen sich nicht ausschließlich auf die Versicherung von Mr. und Mrs. Tuttle.«

Buhl lächelte. »Ist das ganz fair? Ich verließ mich auf die Angaben der beiden, wie Sie sich auf meine verlassen. Ich wollte nur gründlich sein. Ich bin von Natur aus gründlich.«

»Eine ausgezeichnete Eigenschaft. Ich besitze sie ebenfalls. – Hatten Sie irgendeinen Verdacht, begründet oder unbegründet, daß jemand beabsichtigte, der Lungenentzündung Ihres Patienten ein wenig nachzuhelfen, um ihn zu töten?«

»Nein. Ich folgte nur meinem Hang zur Gründlichkeit.«

Wolfe nickte. »Gut.« Er seufzte tief auf, und als er damit fertig war, drehte er seinen Kopf, um die Pflegerin ins Auge zu fassen. Während der Unterhaltung hatte sie kerzengerade mit erhobenem Kinn und im Schoß gefalteten Händen dagesessen. Sie wandte mir ihr Profil zu. Es gibt nicht viele weibliche Kinne, die sowohl von vorn als auch im Profil genießbar sind.

Wolfe ergriff das Wort. »Eine Frage, Miss Goren – oder zwei. Stimmen Sie mit allem, was Dr. Buhl mir berichtet hat, überein – mit allem, wovon Sie Kenntnis hatten?«

»Ja, das tue ich.« Ihre Stimme war ein wenig belegt, aber sie hatte sie auch noch nicht benutzt.

»Ich hörte, daß Paul Fyfe sich Ihnen näherte, während die anderen im Theater waren. Sie wiesen ihn zurück. Trifft das zu?«

»Ja.«

»Haben Sie deswegen Ihre Pflichten in irgendeiner Form vernachlässigt?«

»Nein. Der Patient schlief fest unter dem Einfluß von Beruhigungsmitteln.«

»Können Sie mir mit irgendwelchen Hinweisen helfen? Ich bin von David Fyfe beauftragt worden zu entscheiden, ob irgend etwas bei dem Tod seines Bruders eine polizeiliche Untersuchung rechtfertigt. Können Sie mir etwas mitteilen, ganz gleich was, das mir bei meiner Entscheidung dienlich sein könnte?«

Ihre Augen glitten von ihm zu Buhl und wieder zurück. »Nein, das kann ich nicht«, sagte sie. Sie erhob sich. Natürlich wird von einer Schwester erwartet, daß sie ohne viel Geräusch aufsteht, doch diese schwebte einfach hoch. »Ist das alles?«

Wolfe antwortete nicht, und sie setzte sich in Bewegung. Buhl stand ebenfalls auf. Als sie auf halbem Weg zur Tür war, rief Wolfe, beträchtlich über der Lautstärke eines Gemurmels: »Miss Goren, einen Augenblick!« Sie drehte sich um. »Setzen Sie sich bitte«, lud er sie ein.

Sie zögerte, sah Buhl an und nahm wieder auf ihrem Stuhl Platz. »Ja?« fragte sie.

Wolfe betrachtete sie kurz und wandte sich dann an Buhl. »Ich hätte Sie schon anfangs fragen können, warum Sie Miss Goren mitgebracht haben. Das schien völlig unnötig, da Sie keine Unterstützung brauchen, um mit mir zu verhandeln, und es sicherlich wenig rücksichtsvoll war, Miss Goren in eine so heikle Angelegenheit hineinzuziehen. Ich schloß daraus, daß Sie von mir Fragen erwarteten, die zwar Miss Goren beantworten konnte, nicht aber Sie. Deshalb mußte Miss Goren Sie begleiten. Offenbar habe ich diese Fragen nicht erwähnt, aber ich habe eine kleine Falle dafür aufgestellt. Als ich Miss Goren fragte, ob sie mir etwas erzählen könne, sah sie Sie an. Ganz eindeutig hält sie etwas zurück, und Sie wissen, was es ist. Ich kann es nicht aus Ihnen herausquetschen, weder mit Bestechung noch mit Drohung, aber meine Neugierde ist geweckt worden und muß auf irgendeine Weise gestillt werden. Vielleicht halten Sie es für besser, das freiwillig zu besorgen.«

Buhl, seine Ellbogen auf die Sessellehnen gestützt, rieb seine feine gerade Nase zwischen Daumen und Zeigefinger. Er ließ seine Hand fallen. »Sie sind wirklich kein Hohlkopf«, sagte er. »Sie haben natürlich recht. Ich hatte erwartet, daß Sie etwas aufs Tapet brächten, das die Anwesenheit von Miss Goren erforderlich machen würde. Ich war erstaunt, daß Sie es nicht taten. Ich bin durchaus bereit, diese Frage selbst anzuschneiden. Hat man Ihnen gegenüber nichts von den Wärmflaschen erwähnt?«

»Nein, Sir, von Wärmflaschen hat man mir nichts erzählt.«

»Dann nehme ich an, daß Paul – aber das spielt keine Rolle. Erzählen Sie ihm davon, Anne.«

»Er weiß es ja bereits«, sagte sie verächtlich. »Einer von ihnen hat ihn doch engagiert.«

»Erzählen Sie es mir trotzdem«, schlug Wolfe vor, »damit ich die Aussagen vergleichen kann.« Wolfe hat weder Pauls noch meine Art, mit Frauen umzugehen.

»Nun gut.« Ihr hübsches Kinn reckte sich hoch. »Ich gab dem Patienten zwei Wärmflaschen, eine auf jede Seite seiner Brust, und wechselte das Wasser alle zwei Stunden. Ich hatte es gerade wieder gewechselt – als mir Mrs. Tuttle befahl, zu gehen. Sonntag abend kam Paul Fyfe zu mir in die Wohnung – ich habe ein kleines Apartment in der 48. Straße, das ich mit einer Freundin, auch einer Schwester, teile. Er sagte mir, als er den Tod seines Bruders am frühen Morgen festgestellt habe, habe er die Bettdecken aufgeschlagen und die Wärmflaschen darunter gefunden. Sie seien aber leer gewesen. Er habe sie deshalb ins Badezimmer gebracht. Später habe sie seine Schwester, Mrs. Tuttle, gesehen, ihn gerufen und die Pflegerin beschuldigt, sie habe vergessen, die Flaschen nachzufüllen. Sie würde das dem Arzt berichten. Er, Paul, fragte seine Schwester, warum sie denn nicht selbst das Wasser gewechselt habe, ehe sie zu Bett gegangen war, und sie sagte, das habe sie nicht für nötig gehalten, weil die Pflegerin es, ehe sie ging, gerade erst neu aufgefüllt hatte. Mehr weiß ich nicht.«

Miss Gorens Stimme war jetzt nicht mehr belegt. Sie war deutlich, fest und bestimmt. »Paul behauptete, er habe seiner Schwester gesagt, daß er selbst die Wärmflaschen ins Bad getragen und dort ausgeleert habe. Diese Erklärung habe er ihr aus der Eingebung des Augenblicks gegeben, um sie davon abzuhalten, sich beim Doktor zu beschweren. Doch seitdem sei ihm klargeworden, daß das ein Fehler gewesen sei, denn die leeren Flaschen könnten mit dem Tod seines Bruders zusammenhängen. Er lud mich zum Dinner ein, damit wir das besprechen könnten. Wir standen an der Wohnungstür, da ich ihn nicht hereingebeten hatte, und ich schlug ihm einfach die Tür vor der Nase zu. Am nächsten Tag rief er dreimal an, und gestern abend kam er noch einmal zu meiner Wohnung, aber ich öffnete ihm nicht. Deshalb erzählte er den Vorfall seinem Bruder David und veranlaßte ihn, Sie aufzusuchen. Nun, wie fällt der Vergleich der Aussagen aus?«

Wolfe sah sie stirnrunzelnd an. »Pfui«, stieß er hervor und ließ von ihr ab. Er wandte sich an Buhl. »Das ist es also«, grollte er.

Buhl nickte. »Miss Goren rief mich am Sonntag abend an und erzählte mir davon, und gestern erzählte sie es mir noch einmal. Das ist ganz natürlich, da ihre berufliche Tätigkeit in Frage gestellt wurde. Wundern Sie sich, daß ich von Ihnen diese Frage erwartet habe?«

»Nein, bestimmt nicht. Aber ich habe nichts von diesem Vorfall gewußt. Besteht die Möglichkeit, daß Miss Goren tatsächlich vergessen haben kann, Wasser in die Flaschen zu füllen?«

»Nicht die geringste, da sie sagt, daß sie die Wärmflaschen gefüllt hat. Sie hat im Mount-Kisco-Hospital gelernt, und ich kenne Miss Goren sehr gut. Ich wende mich immer an sie, falls sie zur Verfügung steht, wenn ich in New York einen Patienten habe. Diese Möglichkeit kann ausgeschaltet werden.«

»Entweder lügt Paul Fyfe, oder jemand nahm die Flaschen aus dem Bett, leerte sie und legte sie wieder zurück. Das scheint mir sinnlos zu sein. Sicherlich konnte das doch keinen entscheidenden Einfluß auf den Zustand des Patienten haben, oder?«

»Nein. Entscheidend nicht.« Buhl strich mit einer Hand über sein würdevolles graues Haar. »Aber es konnte einen Einfluß auf Miss Gorens Ruf als Schwester haben, und ich fühle mich dafür verantwortlich. Ich habe ihr den Fall übertragen. Sie haben mich nicht nach meiner Meinung gefragt, aber ich biete sie Ihnen an. Ich meine, Bertram Fyfe starb an Lungenentzündung, ohne irgendwelche zusätzlichen Umstände, außer denen, für die er selbst sorgte – seine Weigerung, ins Krankenhaus zu gehen, seine Ablehnung des Sauerstoffapparates, vielleicht auch sein launenhaftes Beharren, seine Dinnergäste trotz seiner Krankheit zu empfangen. Er war bereits als Junge eigensinnig und hat sich offensichtlich inzwischen nicht geändert. Was die Wärmflaschen angeht, so glaube ich, daß Paul Fyfe lügt. Ich will ihn nicht verleumden, aber sein eigenartiges Benehmen Frauen gegenüber ist in seinem Heimatort allgemein bekannt. Eine Frau, die ihm gefällt, reizt ihn nicht nur, nein, er ist von ihr geradezu besessen. Es würde zu seinem eigenartigen Betragen Miss Goren gegenüber passen, daß ihm, als er die Wärmflaschen im Bett sah, der Einfall kam, sie als Waffe gegen Miss Goren zu benutzen. Deswegen trug er sie ins Bad und leerte sie aus.«

»Dann«, wandte Wolfe ein, »war er ein Esel, seiner Schwester zu erzählen, daß er sie ausgeleert hatte.«

Buhl schüttelte den Kopf. »Das war nur ein Manöver. Er konnte Miss Goren so mit diesem ihr erwiesenen Dienst imponieren und ihr doch gleichzeitig drohen, ihre angebliche Nachlässigkeit bloßzustellen. Ich will nicht behaupten, daß Paul kein Esel sei; besessene Leute sind es meistens. Ich behaupte lediglich, daß er seiner Schwester die Wahrheit sagte und Miss Goren belog. Ich glaube, daß er selbst die Flaschen entleert hat. Wie ich hörte, wird er heute abend mit den anderen hierherkommen. Ich bitte Sie, alle wissen zu lassen, daß jeder Versuch, Miss Goren der Nachlässigkeit zu bezichtigen, von mir sehr übelgenommen und starken Widerspruch finden wird. Ich werde ihr zu einer Verleumdungsklage raten und sie dabei unterstützen. Sollten Sie vorziehen, daß ich es ihnen selbst ...«

Die Glocke an der Haustür läutete. Ich stand auf, ging in den Flur, um einen Blick nach draußen zu werfen, und eilte wieder zurück.

»Sie sind da«, verkündete ich. »David Fyfe, zwei Männer und eine Frau.«

Wolfe warf einen Blick auf die Wanduhr. »Zehn Minuten zu spät. Führen Sie sie herein!«

»Nein!« Anne Goren war aufgesprungen. »Ich will nicht! Ich

will nicht mit ihnen in einem Zimmer sein! Dr. Buhl, bitte!«

Ich muß sagen, ich konnte es ihr nachfühlen. Ich war zwar nicht besessen, aber ich stimmte ihr voll und ganz bei. Nach einem sekundenlangen Zögern tat Dr. Buhl das ebenfalls und sagte es Wolfe. Wolfe musterte sie und entschied, die Sache ohne sie zu erledigen.

»In Ordnung«, willigte er ein. »Archie, führen Sie Miss Goren und Dr. Buhl ins Vorzimmer, und wenn die anderen hier versammelt sind, lassen Sie die beiden Herrschaften hinaus.«

»Ja, Sir.« Als ich im Begriff stand, die Tür zum Vorzimmer zu öffnen, läutete die Türglocke zum zweitenmal. Paul natürlich mit seinem Ungestüm. Hätte er gewußt, wer hier war, wäre er wahrscheinlich durch die Glasscheibe gesprungen.

Als ich an meinem Schreibtisch saß, nachdem ich die Neuankömmlinge herein- und Buhl und Anne Goren hinausgeführt hatte, zog ich meinen Notizblock hervor. Mir schien, daß die Untersuchung eines Todesfalles, der selbst den behandelnden Arzt überrascht hatte, zu einer Studie über das Liebesleben eines Maklers auszuarten drohte. Und das war keineswegs ein Auftrag, den Wolfe seines Genies für würdig hielt, Honorar hin, Honorar her. Ich war gespannt auf das, was sich daraus entwickeln würde.

Pauls äußere Erscheinung wurde dem ihm vorausgeeilten Ruf nicht gerecht. Er war bestimmt zwanzig Zentimeter kleiner als ich, breitschultrig, ein wenig untersetzt und glaubte wahrscheinlich, wie Napoleon auszusehen. Das hätte er vielleicht auch ein bißchen, wären nicht sein linkes Auge so blau und die Wangen auf beiden Seiten so geschwollen gewesen. Offensichtlich hatte Johnny Arrow beide Fäuste gebraucht. Paul und die Tuttles saßen in einer Stuhlreihe vor Wolfes Schreibtisch, der Ledersessel war David überlassen worden. Louise war größer als ihre beiden Brüder und sah besser aus. Für eine Frau in mittleren Jahren war sie bestimmt kein übler Anblick, obgleich sie ein wenig knochig und ihr Haar zu kurz geschnitten war. Was ihren Mann, Tuttle, anbetraf, so hatte er überhaupt keine Haare mehr. Sein glänzender Glatzkopf, der steil anstieg, beherrschte seine ganze Erscheinung und ließ Einzelheiten wie Augen, Nase und Kinn unwichtig erscheinen. Man mußte sich schon sehr darauf konzentrieren, wenn man sie betrachten wollte.

Als ich Buhl und Anne Goren verabschiedet hatte und wieder hinter meinem Schreibtisch Platz nahm, sagte Wolfe gerade: »...und Dr. Buhl erklärte, daß seiner Meinung nach Ihr Bruder an Lungenentzündung starb, ohne verdächtige Nebenumstände. Da er bereits diese Todesursache bestätigt hat, stehen wir immer noch dort, wo wir anfingen.« Er faßte Paul scharf ins Auge. »Ich hörte, daß Sie darauf bestehen, die Polizei um eine Untersuchung zu bitten. Ist das richtig?«

»Ja. Das ist verdammt richtig.« Paul hatte einen Bariton, den er in voller Stimmfülle erklingen ließ.

»Und die anderen sind nicht Ihrer Meinung.« Wolfe wandte den Kopf David zu. »Sie sind nicht einverstanden, Sir?«

»Ich habe es Ihnen ja bereits gesagt«, Davids Stimme hörte sich müder an denn je, »daß ich eine Polizeiuntersuchung ablehne.«

»Und Sie, Mrs. Tuttle?«

»Gewiß, ich auch.« Sie stutzte die Worte mit hoher dünner Stimme zurecht. »Ich halte nichts davon, Unheil heraufzubeschwören. Mein Mann ebenfalls nicht.« Ihr Kopf fuhr zur Seite. »Vince?«

»Du hast recht, meine Liebe«, rasselte Tuttle, »ich stimme dir immer zu, auch wenn ich nicht deiner Meinung bin. Dieses Mal bin ich es.«

Wolfe wandte sich wieder an Paul. »Dann scheint es in Ihrer Hand zu liegen. Falls Sie zur Polizei gehen, was wollen Sie ihr denn erzählen?«

»Denen werde ich viel erzählen.« Bei der Deckenbeleuchtung sah Pauls blaues Auge viel schlimmer aus, als es in Wirklichkeit war. »Zum Beispiel, daß Dr. Buhl am Samstag abend uns die Versicherung gab, Berts Zustand sei befriedigend, wir könnten ruhig ins Theater gehen und das Stück genießen. Und ein paar Stunden später war Bert tot. Zum Beispiel, daß dieser Kerl Arrow einen Flirt mit der Schwester anfing, sie ihm schöne Augen machte, und er die Möglichkeit gehabt haben konnte, das Morphium gegen irgend etwas anderes zu vertauschen, das sie Bert einspritzen sollte. Dr. Buhl sagte uns, er habe Morphium verordnet. Ich würde der Polizei erzählen, daß Arrow jetzt in mehreren Millionen Dollar schwimmt, von denen er auch nicht einen Cent gesehen hätte, solange Bert lebte. Dann würde ich erzählen, daß Arrow feststellte, wie gut Bert sich wieder mit uns vertrug, und daß ihm das nicht in dem Kram paßte, wie er deutlich zeigte.«

Paul hielt inne und preßte seine Fingerspitzen sanft gegen sein Kinn. »Das Sprechen tut mir weh«, erklärte er. »Dieser verfluchte Raufbold. Schauen Sie mich nur an, ich bin angeblich keine Schönheit. Sie sehen mich allerdings so an, als ob Sie mich fragen wollten, ob Bert mein Lieblingsbruder gewesen sei. Beim Himmel, nein. Ich kam mit Bert nicht eben gut aus, als wir noch Kinder waren, und seitdem habe ich ihn zwanzig Jahre nicht mehr gesehen. Also bitte. Ich kann Ihnen ebensogut gleich sagen, was los ist. Ein Mörder darf aus seinem Verbrechen keinen Gewinn schlagen, und falls Arrow Bert tötete, wäre dieser Vertrag null und nichtig. Alles würde zu Berts Erbmasse gehören und damit uns. Das ist offenkundig, warum es also verschweigen? Ich brauche der Polizei nichts davon zu erzählen, denn die weiß das ja sowieso.«

»Du solltest nicht so reden, Paul«, ermahnte David ihn scharf.

»Stimmt«, pflichtete Tuttle bei, »das ist nicht die richtige Art.«

»Ach, halt den Mund!« gebot Paul seinem Schwager. »Wer bist du denn schon?«

»Er ist mein Mann«, fauchte Louise. »Er könnte dir eine Menge Dinge beibringen, wenn dir etwas beizubringen wäre.«

Ein richtiges Familienidyll. Wolfe ergriff die Führung. »Ich räume ein«, sagte er zu Paul, »daß Sie die Neugierde der Polizei reizen könnten, aber Vermutungen reichen nicht aus. Haben Sie sonst noch etwas in Reserve?«

»Nein, für meinen Geschmack reicht es.«

»Aber nicht für mich.« Wolfe lehnte sich zurück, zog einen Scheffel voll Luft ein und stieß sie wieder aus. »Wollen einmal sehen, ob wir noch etwas finden. Um welche Zeit kamen Sie am Samstag abend in die Wohnung Ihres Bruders?«

»Samstag nachmittag gegen fünf Uhr.« Die untere Hälfte von Pauls Gesicht verzerrte sich plötzlich, und ich dachte, er habe einen Krampf, bis mir klar wurde, daß er nur zu grinsen versuchte, was bei einem wunden Kiefer wirklich ein Problem ist.

»Aha – wer merkt was?« sagte er. »Wo war ich um neun Minuten vor neun am neunten August? Okay – ich verließ mit meinem Wagen Mount Kisco um Viertel vor vier und fuhr nach New York. Als erstes hielt ich bei Schramms Laden in der Madison Avenue, um zwei Liter von ihrer Mango-Eiscreme zu kaufen, die ich für eine Party am Sonntag in Mount Kisco verwenden wollte. Dann fuhr ich in die 52. Straße und parkte dort den Wagen. Das ist an Samstagnachmittagen erlaubt. Von dort aus ging ich zum Churchill-Hotel, wo ich kurz nach fünf Uhr in Berts Apartment eintraf. Ich kam so früh, weil ich mit der Schwester telefoniert hatte, mir ihre Stimme gefiel und ich beabsichtigte, sie kennenzulernen, ehe die anderen kamen. Nichts zu machen. Dieser Kerl Arrow saß mit ihr im Wohnzimmer und erzählte ihr Abenteuer aus seiner Urangräberzeit. Alle zehn Minuten schlich sie sich für einen kurzen Augenblick ins Krankenzimmer und kehrte dann zurück, um noch mehr über Schürfungen zu hören. Dann kam Dave, und dann Louise und Vince, und wir fingen um Viertel vor sieben gerade mit dem Dinner an, als Dr. Buhl eintraf. Noch mehr gefällig?«

»Sie dürfen Ihre Geschichte ruhig zu Ende erzählen.«

»Wie Sie wollen. Buhl war ungefähr eine halbe Stunde bei Bert drinnen, und als er ging – ich sagte Ihnen ja schon, was er uns versicherte. Wir aßen nicht nur, wir tranken auch, und vielleicht übertrieb ich das ein wenig. Ich dachte, es wäre nicht recht, die Schwester mit Bert allein zu lassen, und als die anderen zum Theater aufbrachen, blieb ich. Ich glaubte, wenn die Schwester Urangräbergeschichten mag, wollte sie auch gern über andere Dinge aufgeklärt sein, aber das war offenbar nicht so. Nach einem kleinen – äh, einigen Bemerkungen hin und her ging sie in Berts Zimmer und schloß die Tür hinter sich ab. Sie erzählte meiner Schwester später, ich hätte an die Tür geschlagen und ihr gedroht, die Tür aufzubrechen, wenn sie nicht herauskäme. Aber ich erinnere mich nicht mehr so genau daran. Immerhin, zu dieser Zeit war Bert für die Welt so gut wie tot, betäubt von Morphium. *Wenn* es Morphium gewesen ist. – Sie kam wieder heraus, und wir redeten miteinander, und ich kann sie auch angefaßt haben, aber die Male, die sie den anderen zeigte, als sie aus dem Theater kamen: die muß sie sich selbst zugefügt haben. So betrunken war ich auch wieder nicht, nur ein bißchen angeheitert. Schließlich ergriff sie den Telefonhörer und drohte, die Zentrale zu bitten, jemanden heraufzuschicken, wenn ich nicht ginge. Da machte ich mich davon. Wollen Sie noch mehr?«

»Nur zu.«

»Ich ging nach unten in die Bar, setzte mich an einen Tisch und nahm einen Drink. Zwei oder drei Drinks. Irgend etwas erinnerte mich an die Eiscreme, die ich in den Kühlschrank des Apartments gelegt hatte, und ich überlegte mir, ob ich nach oben gehen sollte, um sie zu holen, als plötzlich Arrow neben mir stand und mir befahl, aufzustehen. Er packte meine Schulter, riß mich hoch, schrie mir zu, in Deckung zu gehen, und dann schlug er mich zusammen. Ich weiß nicht, wie oft er mich traf, aber Sie brauchen mich ja nur anzusehen. Endlich zerrten sie ihn von mir weg, und ein Polyp erschien. Ich verdrückte mich aus der Bar und nahm den Fahrstuhl nach oben. Vince ließ mich in das Apartment ein. Dieser Teil ist ein wenig verschwommen, aber ich weiß, daß sie mich auf eine Couch legten, denn ich wachte auf, als ich von der Couch rollte, nur wurde ich nicht richtig dabei wach. Mir war so, als ob ich verletzt sei und die Schwester sehen wollte, und deshalb ging ich in Berts Zimmer. Die Fenstervorhänge waren zugezogen, und ich knipste das Licht an und trat ans Bett. Mit seinem offenen Mund sah er wie tot aus. Ich zog die Decke herunter und fühlte nach seinem Herzen. Er war tot. Neben ihm lagen zwei Wärmflaschen, an jeder Seite eine. Sie schienen leer zu sein. Deshalb nahm ich eine davon in die Hand und sie *war* leer. Ich dachte mir, daß die Schwester nachlässig gewesen sei, weil ich sie geärgert hatte, und daß so etwas nun doch zu weit ging. Die andere Flasche war ebenfalls leer, und ich nahm sie mit ins Bad, ehe ich ...«

»Paul!« Es war Louise. Sie starrte ihn an. »Du hast mir gesagt, daß du sie ausgeleert hast!«

»Sicher.« Er grinste sie an, oder versuchte es wenigstens. »Ich wollte nicht, daß du es dem Arzt meldest. Warum, zum Teufel, darf ein Mann nicht einmal ritterlich sein?« Er wandte sich wieder an Wolfe. »Sie sagten, daß ich Ihnen noch etwas anderes erzählen könne. Okay. Das ist es. Gefällt's Ihnen?«

»Du hast also Louise angelogen?« schnarrte Tuttle.

»Oder du lügst jetzt«, sagte David, und seine Müdigkeit war plötzlich verschwunden. »Du hast mir nichts davon erzählt!«

»Natürlich nicht. Verdammt noch mal, ich wollte eben ritterlich sein.«

Sie fielen über ihn her und krächzten sich gegenseitig an; das reinste Familienidyll. Mit Louises dünnem Sopran, Pauls Bariton, Tuttles Schnarren und Davids Falsett gaben sie ein feines Quartett ab.

Wolfe schloß die Augen und kniff die Lippen zusammen, ließ

sie alle eine Weile gewähren und zerschmetterte dann die Schall-mauer. »Gewäsch! Sofort aufhören!« Er knöpfte sich wieder Paul vor. »Sie, Sir, reden von Ritterlichkeit! Ich habe noch nicht er-wähnt, daß Miss Goren und Dr. Buhl bereits bei mir gewesen sind. Miss Goren erzählte mir von Ihren Besuchen in ihrer Woh-nung und Ihren Anrufen, also lassen wir Ihre Ritterlichkeit einmal beiseite. Zwei Punkte stehen noch zur Debatte. Zuerst einmal: Fanden Sie die Wärmflaschen leer vor oder leerten Sie sie selbst?«

»Ich fand sie leer. Ich sagte meiner Schwester ...«

»Ich weiß, was Sie Ihrer Schwester erzählt haben. – Angenom-men, Sie fanden die Wärmflaschen leer vor, so wäre es sicher kindisch, das der Polizei als Indiz anzubieten. Dr. Buhl erklärte mir, selbst wenn Miss Goren versäumt haben sollte, die Wärmfla-schen mit heißem Wasser zu füllen, hätte das keine erhebliche Wirkung auf den Patienten gehabt. So spielt es auch für mich keine Rolle, das ist der zweite Punkt. – Aber Ihre Vermutung, daß das Morphium durch etwas anderes ersetzt wurde – das könnte in der Tat von Bedeutung sein, wenn Sie es irgendwie untermauern können. Können Sie das?«

»Das ist nicht meine Aufgabe, überlassen Sie das doch der Polizei.«

»Nein, das hat keinen Zweck. Eine Mutmaßung reicht für eine Privatermittlung aus; aber als Mittel, um einen Mann offiziell unter Mordverdacht zu stellen, ist sie unzulässig. Zum Beispiel wäre es eine alberne Mutmaßung, wenn ich annähme, daß Sie – ohne etwas von der Vereinbarung zwischen Ihrem Bruder und Mr. Arrow zu ahnen, in der Annahme, ein Drittel seines Vermögens zu erben – Ihren Bruder töteten. Aber damit könnte ich gewiß nicht ...«

»Das lassen Sie auch besser bleiben«, schnitt ihm Paul das Wort ab. Sein Gesicht verzerrte sich wieder, in dem Versuch zu grinsen. »Ich wußte von dieser Vereinbarung.«

»Ja? Wer erzählte Ihnen denn davon?«

»Ich«, sagte David. »Bert sagte es mir, und ich gab es an Paul und Louise weiter.«

»Sehen Sie«, Wolfe breitete die Hände aus, »da zerplatzen alle meine Vermutungen.« Er schüttelte den Kopf und sah Paul an. »Ich fürchte, Sie wollen das Feuer ohne Munition eröffnen. Aber ich habe mich nun einmal verpflichtet, Ermittlungen anzustellen, und ich will nicht kneifen.« Er drehte sich zu David um. »Ich weiß, was Sie von dem Ganzen halten, Mr. Fyfe, deshalb erwarte ich auch nichts Bedeutendes von Ihnen. Aber einige Fragen können nicht schaden. Was wissen Sie über das Morphium?«

»Überhaupt nichts, außer, daß Dr. Buhl uns erklärte, er habe der Schwester etwas dagelassen, was Bert nach unserem Weggang gegeben werden sollte.«

»Gingen Sie in das Zimmer Ihres Bruders, nachdem Dr. Buhl aufgebrochen war?«

»Ja, wir alle – Paul, Louise, Vincent und ich. Wir sagten ihm, daß das Dinner ausgezeichnet gewesen sei und wie sehr wir bedauerten, daß er uns nicht ins Theater begleiten könne.«

»Wo hielt sich Mr. Arrow gerade auf?«

»Ich weiß es nicht. Ich glaube, er wollte sein Hemd wechseln.«

»Betrat er, nachdem sich Dr. Buhl verabschiedet hatte, noch einmal das Zimmer Ihres Bruders?«

»Ich weiß es nicht.« David schüttelte den Kopf. »Das weiß ich beim besten Willen nicht.«

Wolfe grunzte. »Nicht, daß es ihn belasten würde. – Was geschah, als Sie wieder aus dem Theater zurückkamen? Ging Mr. Arrow dann in das Zimmer Ihres Bruders?«

»Das glaube ich nicht. Falls er es tat, habe ich es nicht gesehen.« David runzelte die Stirn. »Ich habe Ihnen ja die Lage bereits geschildert: Die Schwester war sehr aufgeregt und sagte, daß sie Dr. Buhl wegen einer Ablösung angerufen habe. Als sie uns das Vorgefallene schilderte, machte sich Arrow davon, das heißt, er verließ das Apartment. Dann stritt sich meine Schwester mit der Pflegerin herum und schickte sie fort. Danach rief meine Schwester Dr. Buhl an und erklärte ihm, daß ihr Mann und sie bei dem Kranken blieben, bis eine neue Pflegerin eintreffen würde. Kurz darauf ging ich nach Hause. Ich wohne in Riverdale.«

»Aber vorher sahen Sie noch einmal nach Ihrem Bruder?«

»Ja.«

»Wie ging es ihm zu dieser Zeit?«

»Er schlief fest, atmete zwar geräuschvoll, aber sonst schien alles in Ordnung. Als Louise Dr. Buhl anrief, sagte er ihr, daß Bert ein halbes Gran Morphium bekommen habe und wahrscheinlich nicht vor dem Morgen aufwachen würde.«

Wolfe wandte den Kopf. »Mrs. Tuttle, Sie haben gehört, was

Ihre Brüder vorgetragen haben. Haben Sie etwas zu berichten oder hinzuzufügen?«

Sie hatte ein wenig Mühe, sich zu fassen. Ihr Mund zuckte, und ihre Hände waren fest in ihrem Schoß zusammengekrampft. Sie begegnete Wolfes Blick, erwiderte aber nichts, bis sie plötzlich aufschrie: »Es ist nicht meine Schuld! Keiner wird mir die Schuld zuschieben können!«

Wolfe zog eine Grimasse. »Warum sollte man das, gnädige Frau?«

»Weil sie es bei meinem Vater auch getan haben! Wissen Sie, was meinem Vater zugestoßen ist?«

»Ich weiß, wie er starb. Ihr Bruder erzählte es mir.«

»Nun, damals gaben sie mir die Schuld – sie alle! Weil ich ihn pflegte, vor Erschöpfung eingeschlafen war, deswegen nicht mehr in sein Zimmer ging und die geöffneten Fenster nicht bemerkte. Sie haben mich sogar gefragt, ob ich ein Schlafmittel in meinen Kakao getan hatte, um recht fest zu schlafen! Als ob ein vierundzwanzigjähriges Mädchen ein Schlafmittel braucht, um zu schlafen!«

»Nun, meine Liebe«, Tuttle tätschelte ihre Schultern, »das ist alles vergangen und vergessen. In Berts Zimmer gab es Samstag nacht keine offenen Fenster.«

»Aber ich habe die Pflegerin fortgeschickt!« Sie richtete ihre Worte an Wolfe. »Und ich sagte Dr. Buhl, daß ich die Verantwortung übernehmen würde. Dann ging ich zu Bett und schlief ein, ohne nach den Wärmflaschen gesehen zu haben. Und sie waren leer!« Sie fuhr mit ihrem Kopf zu ihrem jüngeren Bruder herum. »Sag die Wahrheit, Paul, die ganze Wahrheit! Waren die Flaschen leer?«

Auch er legte ihr beruhigend die Hand auf die Schulter. »Nimm's nicht so schwer, Lou. Natürlich waren sie leer, auf mein Pfadfinder-Ehrenwort. Aber das hat ihn nicht getötet, und das habe ich auch nie behauptet.«

»Keiner gibt dir die Schuld«, versicherte ihr Tuttle. »Und warum solltest du nicht schlafen gehen? Es war bereits ein Uhr morgens, und Dr. Buhl hatte gesagt, daß Bert die ganze Nacht durchschlafen würde. Glaub mir, meine Liebe, du machst aus einer Mücke einen Elefanten.«

Sie beugte den Kopf und barg das Gesicht in den Händen. Ihre

Schultern begannen zu zittern. Für Wolfe ist eine Dame in Not nur ein Weibsbild mit einem hysterischen Anfall. Er starrte sie einen Augenblick lang prüfend und mißtrauisch an und wandte sich dann ihrem Mann zu.

»Was das Schlafengehen betrifft, Mr. Tuttle, so sagten Sie, daß es bereits ein Uhr war. Das war also, nachdem Paul Sie aus dem Bett getrommelt hatte, damit Sie ihn einlassen sollten?«

»Ja.« Mr. Tuttle streichelte beruhigend den Arm seiner Frau. »Es kostete allerhand Zeit, Pauls Geschichte anzuhören und ihn auf die Couch zu betten. Dann warfen wir einen Blick in Berts Zimmer, sahen, daß er schlief, und legten uns selbst wieder zu Bett.«

»Haben Sie fest durchgeschlafen, bis Paul Sie gegen sechs Uhr früh weckte?«

»Meine Frau schon, glaube ich. Sie war übermüdet. Sie hat sich wohl hin und wieder bewegt, aber ich glaube nicht, daß sie aufwachte. Ich ging einige Male ins Bad, das tue ich nachts fast immer; aber davon abgesehen schlief ich, bis Paul uns rief. Als ich das zweite Mal ins Bad ging, öffnete ich Berts Zimmertür, hörte nichts und ging deshalb nicht hinein. – Ist das wichtig?«

»Nicht sonderlich.« Wolfes Blick wanderte zu Louise, auf der Hut vor Gefahr, und dann zurück zu ihm. »Ich denke an Mr. Arrow und versuche alle Möglichkeiten zu erwägen. Er hatte natürlich einen Schlüssel zum Apartment, konnte während der Nacht die Zimmer betreten haben, um etwas zu holen, und wieder fortgegangen sein. Wäre das möglich?«

Tuttle dachte nach. Um ihn beim Nachdenken zu beobachten, mußte ich mich anstrengen, seinen glänzenden Schädel zu vergessen und mich auf seine Gesichtszüge zu konzentrieren. Es wäre einfacher gewesen, hätten seine Augen, seine Nase und sein Mund oben auf dem Kopf gesessen.

»Schon möglich«, räumte er ein, »aber ich bezweifle es. Er hätte auch durch das Wohnzimmer gehen müssen, und dort lag Paul auf der Couch. Allerdings war Paul ziemlich hinüber.«

»Ich war *völlig* hinüber«, bestätigte Paul. »Er hätte mich schon noch einmal zusammenschlagen müssen, damit ich ihn bemerkt hätte.« Er schielte zu Wolfe hinüber. »Aber das ist ein Gedanke! Was sollte er dort wohl noch holen?«

»Nichts. Ich stelle nur Fragen. – Mr. Tuttle, wann haben Sie

Mr. Arrow dann das nächstemal gesehen?«

»Am selben Morgen. Sonntag morgen kam er gegen neun Uhr in das Apartment, kurz nachdem Dr. Buhl eingetroffen war.«

»Wo war er die Nacht über gewesen?«

»Das weiß ich nicht. Ich habe ihn nicht gefragt, und er hat nichts erzählt. Es war – nun, es war im Angesicht des Todes. Er stellte uns eine Menge Fragen, von denen ich einige reichlich unverschämt fand, doch unter den Umständen machte ich Zugeständnisse.«

Wolfe lehnte sich zurück, schloß die Augen und senkte das Kinn. Die Brüder beobachteten ihn. Tuttle kümmerte sich um seine Frau, streichelte ihre Schulter und murmelte ihr etwas zu, und bald darauf gab sie ihr Gesicht frei und hob den Kopf. Er zog ein sauberes Taschentuch aus seiner Brusttasche, und sie nahm es und begann damit ihr Gesicht abzutupfen. Ihre Wangen zeigten nicht die leisesten Tränenspuren.

Wolfe öffnete die Augen und ließ sie in die Runde schweifen. »Ich betrachte es als zwecklos«, verkündete er, »Sie noch länger aufzuhalten. Ich hatte gehofft, daß es möglich sei, bereits heute abend zu einer Entscheidung zu kommen.« Er richtete seinen Blick auf Paul. »Aber Ihre Mutmaßungen über das Morphium verlangen natürlich diskrete Nachforschungen. Ich würde Ihnen keinen Dienst erweisen, wenn ich Sie einer Verleumdungsklage aussetzte.« Sein Blick wanderte zu David und dann hinüber zu Tuttle. »Übrigens habe ich noch nichts von Dr. Buhls Bitte erwähnt, nämlich Ihnen mitzuteilen, daß Dr. Buhl Miss Goren zu einer solchen Klage raten und sie unterstützen wird, falls sie von Ihnen der Nachlässigkeit bezichtigt wird. Sie behauptet, die Wärmflaschen vor ihrem Weggang mit warmem Wasser gefüllt zu haben, und er glaubt ihr. Sie hören von mir, wahrscheinlich am ...«

Die Türglocke klingelte. Wenn wir Gesellschaft im Büro haben, spielt Fritz immer den Pförtner; aber ich hatte so eine Vorahnung, was bei mir häufiger vorkommt, erhob mich deshalb und erreichte den Flur noch so rechtzeitig, um Fritz auf seinem Weg zur Haustür abzufangen. Die Außenbeleuchtung war eingeschaltet, und durch das Guckloch erspähte ich einen Unbekannten – ein breitschultriges Individuum in ungefähr meinem Alter und ungefähr meiner Größe. Ich erklärte Fritz, daß ich mich um dieses

Individuum kümmern würde, öffnete die Tür nur so weit, wie es die Sicherheitskette erlaubte, und fragte durch den Spalt: »Kann ich etwas für Sie tun?«

Eine sanfte, schleppende Stimme schlüpfte hindurch. »Ich denke schon. Mein Name ist Arrow. Johnny Arrow. Ich möchte mit Nero Wolfe sprechen. Wenn Sie die Tür öffnen, würden Sie mir einen Gefallen tun.«

»Ja, aber ich muß ihn erst fragen. Warten Sie eine Minute.« Ich schloß die Tür, zog ein Stück Papier aus der Tasche und schrieb »Arrow« darauf, kehrte ins Büro zurück, trat an Wolfes Schreibtisch und reichte ihm das Papier. Die Besucher machten schon Anstalten zum Aufbruch.

Wolfe beäugte den Zettel. »Verwünscht«, murrte er, »ich dachte, ich hätte jetzt Feierabend. Aber vielleicht kann ich … also gut.«

Ich will gestehen, daß man mich der Nachlässigkeit zeihen könnte, da ich wußte, was Samstag nacht in der Churchill-Bar vorgefallen war. Aber ich bestreite, daß ich vorsätzlich gehandelt habe. Ich respektiere das Mobiliar im Büro, genauso wie Wolfe oder Fritz das tun. Ich ließ mir nur nicht genügend Zeit zum Nachdenken, als ich an die Haustür ging, dem Uran-Prinzen aufschloß, ihn ins Büro geleitete und dann zur Seite trat, um den Ausdruck auf den Gesichtern der anderen zu beobachten. In dem Augenblick, als Arrow Paul Fyfe entdeckte und sich auf ihn stürzte, stand ich zu weit entfernt. So kam es, daß einer von den gelben Stühlen dran glauben mußte. Zum Trost erhielt ich eine prächtige Darstellung, wie Pauls Kiefer an beiden Seiten zusammengestaucht worden war. Arrow versetzte ihm eine linke Gerade, hart genug, um ihn aus dem Gleichgewicht zu werfen, schwang dann seine Rechte und schleuderte ihn damit zwei Meter weit gegen den gelben Stuhl. Als er ihn wieder hochzerren wollte, wahrscheinlich, um sich das andere Auge vorzuknöpfen, griff ich ein, legte Arrow von hinten meinen Arm um den Hals und stemmte mein Knie in seinen Rücken. Tuttle stand mir bei und versuchte, Arrow am Ärmel zu ziehen. David strich um uns herum, offenbar mit der Absicht, sich dazwischenzustellen, eine ausgesprochen miserable Methode. Louise stieß schrille Laute aus.

»Okay«, erklärte ich ihnen, »zurück mit euch. Ich habe ihn fest umklammert.« Arrow strengte sich an, sich aus meinem Griff zu winden, begriff aber, daß es nur darum ging, was zuerst brechen würde, sein Genick oder sein Rücken, und hörte damit auf. Wolfe ergriff angewidert das Wort und empfahl den Brüdern, zu gehen. Paul hatte sich wieder auf die Füße gerappelt, und eine Sekunde lang dachte ich, daß er Arrow einen Stoß versetzen wollte, während ich ihn festhielt; aber David packte ihn am Arm und zog ihn mit sich fort. Tuttle ging zu Louise und drängte sie hinaus, und David setzte Paul in Bewegung. An der Tür zum Flur drehte sich David protestierend zu Wolfe um: »Sie hätten ihn nicht hereinlassen sollen. Das hätten Sie voraussehen müssen!« Als sie im Flur waren, ließ ich Arrow aus meiner Umklammerung frei und gab der Familie das Abschiedsgeleit. Als sie die Türschwelle überquerte, wünschte ich ihnen allen gute Nacht, aber der Wunsch wurde nur von David erwidert.

Im Büro hatte sich Johnny Arrow inzwischen im roten Ledersessel niedergelassen und bewegte seinen Kopf behutsam vor und zurück, um sein Genick zu überprüfen. Ich mag ein wenig zu gründlich gewesen sein, aber bei einem völlig Fremden kann man eigentlich nie gründlich genug sein.

Ich saß mit dem Rücken zum Schreibtisch und musterte dieses vielseitig veranlagte Subjekt. Er war Uran-Millionär, also von allermodernster Art. Er war ein chronischer Kieferzerschmetterer, ganz egal, wo er sich gerade aufhielt. Er erkannte eine hübsche Schwester, wenn er sie traf, und handelte dementsprechend. Und man hatte ihn als Kandidaten für den elektrischen Stuhl vorgeschlagen. Ein ganz schöner Ruf für einen solchen Jüngling. Er sah eigentlich nicht schlecht aus, wenn man sich nicht gerade auf diesen Zigarettenreklametyp festgelegt hat. Sein Gesicht und seine Hände waren nicht so rauh und verwittert, wie ich es bei einem Mann, der fünf Jahre in der Wildnis damit zugebracht hatte, Steine herumzuwälzen, erwartet haben würde. Doch seit der Entdeckung von Black Elbow hatte er ja auch genügend Zeit gehabt, sich wieder auszubügeln.

Er hörte auf, mit seinem Kopf zu kreisen, und erwiderte meinen Blick mit einem neugierigen Starren aus braunen Augen, die in ihren Winkeln Fältchen vom vielen Blinzeln nach Uran hatten. »Das war eine recht feste Umarmung«, sagte er ohne Feindseligkeit in seiner sanften gedehnten Sprechweise. »Ich fürchtete zuerst, Sie hätten mir das Genick gebrochen.«

»Das hätte nichts geschadet«, rügte ihn Wolfe streng. »Sehen Sie sich den Stuhl da an.«

»Oh, ich werde für den Stuhl bezahlen.« Er zog ein beachtliches Bündel Geldnoten hervor. »Wieviel macht es?«

»Mr. Goodwin wird Ihnen die Rechnung schicken.« Wolfe blickte finster drein. »Mein Büro ist keine Arena für Gladiatoren. Ich nehme an, Sie kamen auf die Botschaft hin, die wir für Sie hinterließen.«

Er schüttelte den Kopf. »Ich habe keine Botschaft erhalten. Wenn Sie sie im Hotel hinterließen – dort bin ich seit heute früh nicht mehr gewesen. Worum ging es?«

»Nur, daß ich Sie sprechen wollte.«

»Ich habe sie nicht bekommen.« Er hob eine Hand, um die linke Seite seines Halses zu massieren. »Ich kam, weil *ich Sie* sprechen wollte.« Er betonte ein Wort, indem er es langzog. »Ich wollte auch diesen Paul Fyfe noch einmal sprechen; aber ich wußte nicht, daß er hier war, das war ein reiner Glückszufall. Ich wollte ihn wegen einer Gaunerei sprechen, die er an einer meiner Freundinnen auszuprobieren versuchte. Sie wissen über die Wärmflaschen Bescheid?«

Wolfe nickte. »Und warum wollten Sie mich sprechen?«

»Weil ich hörte, Sie brauen eine Geschichte zusammen, daß ich meinen Partner Bert Fyfe umgebracht haben soll.« Die braunen Augen hatten sich ein wenig zusammengezogen. Offenbar konnten sie auch noch etwas anderes als Uran kritisch betrachten. »Ich wollte Sie nur fragen, ob Sie vielleicht auch noch meine Hilfe brauchen.«

Wolfe brummte: »Ihre Informationen sind falsch, Mr. Arrow. Man hat mich beauftragt, zu untersuchen und zu entscheiden, ob irgendwelche Umstände bei Mr. Fyfes Tod eine polizeiliche Untersuchung rechtfertigen. Dafür brauche ich Hilfe. Hier wird nichts ›zusammengebraut‹, wie Sie sich ausdrückten. Natürlich war Ihr Angebot ironisch gemeint, aber ich brauche Ihre Hilfe wirklich. Sollen wir fortfahren?«

Arrow lachte. Kein schallendes Gelächter, nur ein kleines leichtes Kichern, das zu seiner gedehnten Sprechweise paßte. »Das kommt darauf an, wie«, sagte er. »Wie wollen Sie fortfahren?«

»Mit einem Informationsaustausch. Ich brauche einige Auskünfte, und Sie wünschen vielleicht ebenfalls welche. Zuerst einmal nehme ich an, daß Sie Ihre Informationen von Miss Goren bezogen haben. Sollte ich mich irren, berichtigen Sie mich. Sie müssen nach vier Uhr heute nachmittag mit ihr zusammengekommen sein. Zweifellos glaubte sie, den Tatbestand genau wiederzugeben zu haben. Wenn sie Ihnen aber den Eindruck vermittelte, daß ich Sie mit bösartiger Absicht verfolge, irrt sie sich. Darf ich Sie fragen, ob die Auskünfte, denen wir Ihren Besuch verdanken, von Miss Goren stammen?«

»Gewiß stammen sie von ihr. Wir speisten zusammen, als Dr. Buhl sie aus dem Restaurant holte, um mit ihr hierherzukommen.«

Ich begehe einen Fehler, wenn ich es so darstelle, als ob er bereitwilligst mit Wolfe zusammenarbeiten wollte. Er prahlte nur. Er genoß es, daß er jemandem erzählen konnte, Miss Goren habe ihm erlaubt, sie zum Dinner auszuführen.

»Dann«, sagte Wolfe, »hätten Sie sich aber klarmachen müssen, daß Miss Gorens Bericht recht einseitig sein müßte, obwohl ich nicht behaupte, daß sie ihn absichtlich gefärbt hat. Ich will nur sagen – und darauf kann ich Ihnen Brief und Siegel geben –, daß ich bis jetzt im Hinblick auf Bertram Fyfes Tod nicht die Spur eines Beweises gegen Sie gefunden habe. Lassen Sie uns zu Tatsachen übergehen. Was wissen Sie über die Wärmflaschen? Nicht, was Ihnen irgend jemand erzählt hat, auch nicht Miss Goren, sondern was Sie aus eigener Beobachtung wissen.«

»Überhaupt nichts. Ich habe sie nie gesehen.«

»Sie auch nicht angefaßt?«

»Natürlich nicht. Warum sollte ich sie wohl anfassen?« Sein schleppender Tonfall beschleunigte sich nicht. »Und wenn Sie mir diese Frage stellen, nur weil dieser Paul Fyfe behauptet, sie leer gefunden zu haben, so hat das nichts mit Tatsachen zu tun.«

»Möglicherweise. Ich bin kein Idiot. – Wann haben Sie Bertram Fyfe zuletzt lebend gesehen?«

»Samstag abend, ehe wir uns auf den Weg zum Theater machten. Ich ging nur für eine Minute zu ihm ins Zimmer.«

»Miss Goren war bei ihm?«

»Ja, natürlich.«

»Sie gingen nicht zu ihm, als Sie aus dem Theater zurückkamen?«

»Nein. Wollen Sie wissen, warum nicht?«

»Das weiß ich bereits. Sie trafen das an, was Mr. David Fyfe ›eine peinliche Situation‹ nennt, und Sie machten auf dem Fuß kehrt, um Paul Fyfe zu suchen. Trifft das zu?«

»Gewiß. Und ich fand ihn auch. Nachdem ich mir angehört hatte, was Miss Goren von ihm zu berichten wußte, hätte ich ihn auch die ganze Nacht gesucht. Aber das brauchte ich nicht. Ich fand ihn unten in der Bar.«

»Und fielen über ihn her?«

»Sicher. Ich suchte ihn nicht, um ihm die Schuhe zu putzen.« Das sanfte kleine Kichern plätscherte wieder angenehm und friedlich hervor. »Wahrscheinlich sollte ich froh sein, daß sich ein Polizist einmischte, denn ich war verdammt wütend.« Er sah mich mit freundlichem Interesse an: »Das war aber eine recht nette Umarmung, die Sie mir verpaßt haben.«

»Und dann?« fragte Wolfe. »Wie ich hörte, kehrten Sie nicht mehr in das Apartment zurück.«

»Gewiß nicht. Ein anderer Polizeibeamter kam noch dazu, aber ich war immer noch wütend und wollte nicht, daß man mich festhielt, und dann wurden sie wütend. Sie legten mir Handschellen an, und einer von ihnen schleppte mich zu einer Polizeiwache und sperrte mich ein. Ich wollte ihnen nicht sagen, wen ich geschlagen habe und warum, und vermutlich versuchten sie, ihn zu finden, damit er eine Anzeige erstatten könnte. Endlich ließen sie mich ans Telefon, und ich veranlaßte einen Anwalt, zur Wache zu kommen und mich loszueisen. Ich ging darauf in das Apartment und traf diesen Paul Fyfe dort und diesen Tuttle mit seiner Frau. Und Bert war tot. Der Doktor war auch da.«

»Sein Tod war natürlich ein Schock für Sie.«

»Ja, das war es. Das wäre es nicht gewesen, wenn ich ihn getötet hätte, stimmt's?« Johnny Arrow kicherte. »Wenn Sie es wirklich ehrlich meinen und mich nicht hereinlegen wollen, dann lassen Sie sich eins sagen, Mister: Bert und ich haben uns fünf Jahre lang zusammen herumgetrieben. Das war ein ziemlich hartes Unternehmen. Wir sind nie verhungert, aber oft waren wir nahe daran. Keiner hat uns geholfen. Als wir auf Black Elbow stießen, mußte hart und schnell gehandelt werden, um die Anrechte unter Dach und Fach zu bringen, und keiner von uns hätte das allein zuwege gebracht. Damals ließen wir unsere Vereinbarung von einem

Rechtsanwalt aufsetzen, damit, falls einem von uns etwas zustoßen sollte, sich kein Außenseiter einmischen und Ärger stiften konnte. Es hatte sich ergeben, daß wir einander mochten, selbst wenn wir uns ärgerten. Deshalb kam ich auch mit ihm nach New York, als er mich darum bat. Für mich selbst gab es nichts in New York zu tun. Unsere gesamten Geschäfte hätten wir in Black Elbow und Montreal erledigen können. Ich bin gewiß nicht mit ihm hierhergekommen, um ihn zu töten.«

Wolfe betrachtete ihn ungerührt. »Dann kam er also nicht geschäftlich nach New York?«

»Nein, Sir. Er erwähnte etwas von einer persönlichen Angelegenheit. Als wir hier ankamen, setzte er sich mit seiner Schwester und seinen Brüdern in Verbindung. Ich ahnte, daß irgend etwas aus der Vergangenheit an ihm nagte. Er fuhr einige Male nach Mount Kisco und nahm mich mit. Wir sind das ganze Gelände in einem Cadillac abgefahren. Wir suchten sein Geburtshaus auf und durchstreiften es – jetzt lebt dort eine italienische Familie. Wir tranken Eiscreme-Soda in Tuttles Drugstore. Wir wollten eine Frau besuchen, die ein Gasthaus geführt hatte, in dem er früher einmal wohnte, aber sie war schon vor Jahren fortgezogen. Gerade erst letzte Woche fand er heraus, daß sie in Poughkeepsie wohnte, und wir fuhren dorthin.«

Es dauerte eine ganze Weile, bis er das Ganze herausgebracht hatte, weil er sein Tempo noch immer nicht beschleunigte. Allerdings hatte es den Vorteil, daß er sich nicht mit Atemholen aufzuhalten brauchte. »Ich erzähle wohl eine Menge daher«, sagte er, »aber ich erzähle von Bert. Fünf Jahre lang habe ich nicht viel geredet, außer mit ihm, und jetzt, denke ich, sollte ich *über* ihn reden.«

Er legte seinen Kopf zur Seite, um einen Moment nachzudenken, und fuhr dann fort: »Ich möchte nicht hereingelegt werden, und ich möchte keinen anderen hereinlegen, aber ich glaube, ich habe mich über das, was aus seiner Vergangenheit an ihm nagte, zu unbestimmt ausgedrückt. Er hat mir davon erzählt, als wir eines Tages in Kanada unter einem Felsen saßen. Er sagte, daß er, wenn wir wirklich Erfolg haben würden, vielleicht nach Hause ginge, um sich um eine nicht zu Ende geführte Sache zu kümmern. Wissen Sie, wie sein Vater starb, und daß man ihn wegen Mordes vor Gericht stellte?«

Wolfe bejahte.

»Nun, er hat mir davon erzählt. Er sagte, er hätte niemals sein Erbteil beansprucht, weil er nicht an dem Durcheinander, von dem er fortgelaufen sei, Anteil nehmen wollte. Wenn Sie Bert gekannt hätten, verwunderte Sie das nicht. Er sagte, daß er sich immer eingeredet habe, es ausgelöscht und vergessen zu haben, aber jetzt, da es so aussah, als ob wir ganz groß herauskommen würden, dachte er daran, zurückzugehen und sich umzusehen. Und das tat er. Falls er eine bestimmte Person im Sinn hatte, so sagte er es mir nie. Aber mir fielen einige Dinge auf. Als er seiner Familie vortrug, was er beabsichtigte, beobachtete er ihre Gesichter. Es war ihnen unangenehm, als er verkündete, sich eine vollständige Abschrift der Zeugenaussagen seiner Gerichtsverhandlung besorgen zu wollen. Als er ihnen erzählte, daß er die Frau, die früher das Gasthaus leitete, aufgesucht habe, war ihnen das noch viel unangenehmer. Mir schien, als ob er versuchte, ihnen einen Köder anzubieten.«

Seine Augen zogen sich zusammen, und die Fältchen vertieften sich. »Aber kommen Sie nicht auf die Idee, daß ich irgend jemanden verdächtigen will. Der Arzt sagte, Bert starb an Lungenentzündung, und ich schätze, er ist ein guter Arzt. Ich wollte es nur nicht im dunkeln lassen, warum Bert nach New York kam. Haben Sie noch mehr Fragen?«

Wolfe schüttelte den Kopf. »Im Moment nicht. Vielleicht später. Aber ich schlug einen Informationsaustausch vor. Wollen Sie etwas wissen?«

»Das nenne ich aber höflich.« Es klang, als ob er es auch so meinte. »Ich denke nicht.« Er erhob sich und blieb einen Augenblick stehen. »Nur, Sie sagten doch, daß Sie keine Beweise gefunden hatten, um jemanden zu ... wie war noch das Wort?«

»Beschuldigen.«

»Stimmt. Warum lassen Sie dann die Sache nicht fallen? Das taten Bert und ich immer, wenn sich herausstellte, daß ein Gebiet unergiebig war. Wir ließen es fallen.«

»Ich sagte nicht, daß dieses Gebiet unergiebig ist.« Wolfe war verdrießlich. »Im Gegenteil, und das ist das Verwünschte dabei. Es gibt einen geheimnisvollen Umstand, den ich aufklären muß, ehe ich es fallenlassen kann.«

»Und der wäre?«

»Ich habe Sie bereits danach gefragt, und Sie bestreiten, etwas davon zu wissen. Falls ich Sie noch einmal danach fragen möchte, werde ich mich lieber vorher bewaffnen. – Mr. Goodwin wird Ihnen die Rechnung für den Stuhl schicken, wenn wir den Betrag wissen. Guten Abend, Sir.«

Er wollte zwar noch mehr über den geheimnisvollen Umstand wissen, erfuhr aber nichts. Als er das Gebiet unergiebig fand, ließ er es fallen, und ich ging in den Flur, um ihm die Tür aufzuhalten. Nachdem er die Schwelle überschritten hatte, wandte er sich zu mir um: »Das war tatsächlich 'ne nette Umarmung.«

Im Büro saß Wolfe mit geschlossenen Augen in seinem Sessel zurückgelehnt und runzelte die Stirn. Ich verstaute den zerbrochenen Stuhl in einer Ecke, stellte die anderen an ihre Plätze, ordnete meinen Schreibtisch für die Nacht, verschloß den Safe und näherte mich ihm. »Was bedeutete dieser Versuch, ihn wütend zu machen? Falls es da einen geheimnisvollen Umstand gibt, muß ich geschlafen haben. Nennen Sie ihn mir.«

Er murmelte, ohne seine Augen zu öffnen: »Wärmflaschen.«

Ich reckte mich und gähnte. »Verstehe. Sie zwingen sich zur Arbeit, finden kein Problem und basteln sich eins zusammen. Vergessen Sie's. Geben Sie sich mit den tausend Dollar zufrieden – für acht Stunden Arbeit kein schlechter Schnitt – und stimmen Sie für ›nein‹. Fall erledigt.«

»Das kann ich nicht. Es gibt da ein Problem.« Er öffnete die Augen. »Wer entleerte die Flaschen, und warum?«

»Paul, zum Beispiel. Warum nicht?«

»Weil ich nicht daran glaube. Sehen Sie von seinen wiederholten Beteuerungen einmal ab, obgleich sie überzeugend genug klangen, und vergegenwärtigen Sie sich die Situation. Er betritt das Zimmer seines Bruders und findet ihn tot. Er schlägt die Bettdecke zurück und sieht die leeren Wärmflaschen. Er will seine Schwester und seinen Schwager rufen, aber ihm fällt ein, daß man die leeren Flaschen als Waffe gegen Miss Goren gebrauchen könnte. Er will nicht, daß seine Schwester darauf aufmerksam wird, deshalb bringt er sie ins Bad, ehe er sie ruft. Klingt das glaubwürdig?«

»Gewiß. Aber ...«

»Bitte, das ›aber‹ bearbeite ich. Aber versuchen Sie es einmal so herum: Er tritt ins Zimmer seines Bruders, findet ihn tot. Er schlägt die Bettdecke zurück, um nach dem Herzen zu fühlen. Die

Flaschen liegen dort, mit Wasser gefüllt. Als er sie sieht, ersinnt er eine Kriegslist – und vergessen Sie nicht, er steht unter der Wirkung eines Schocks, weil er gerade eine Leiche gefunden hat, während er, aller Wahrscheinlichkeit nach, seinen Bruder schon auf dem Wege der Besserung glaubte. Er ersinnt sogleich, ehe er die andern ruft, den Plan, die Flaschen ins Bad zu bringen und dort auszuleeren, um irgendwann in der Zukunft zu Miss Goren gehen zu können und ihr zu sagen, daß er sie leer gefunden habe; und das führt er dann auch aus. Nehmen Sie das als glaubwürdig an?«

»Es klingt ein bißchen überspannt«, gestand ich, »so wie Sie es beschreiben.«

»Ich beschreibe es so, wie es geschehen sein mußte, *falls* es geschah. Ich behaupte, es war nicht so. Er bemerkte die Wärmflaschen nur, *weil* sie leer waren. Wären sie gefüllt gewesen, hätte er wahrscheinlich überhaupt keine Notiz davon genommen. Schließlich stand er an einem Totenbett. Zweifellos gibt es Menschen, die in einem solchen Augenblick zu einer so verschlagenen List fähig sind, aber er ist nicht einer von ihnen. Ich bin zu der Annahme gezwungen, daß er die Flaschen leer fand, und wo stehe ich jetzt?«

»Ich muß es mir überlegen«, sagte ich und setzte mich.

»Es wird Ihnen nicht gefallen.« Er war verbittert. »Mir auch nicht. Wenn ich mir meine Selbstachtung erhalten will, eine Pflicht, die sich nicht übertragen läßt, muß ich weiterforschen. Hat Miss Goren schuld? Legte sie die Flaschen leer ins Bett?«

»Nein, Sir. Ich beabsichtige, sie zu heiraten. Außerdem glaube ich es nicht. Sie ist tüchtig, und keine tüchtige gelernte Schwester würde jemals einen solchen Fehler machen.«

»Ich bin ganz Ihrer Meinung. Da wären wir also. Gegen Mitternacht, kurz bevor sie ging, füllte Miss Goren die Flaschen mit heißem Wasser und legte sie ins Bett. Gegen sechs Uhr früh fand Paul Fyfe die Flaschen dort im Bett, aber sie waren leer. Jemand hat sie fortgenommen, entleert und zurückgelegt. Erklären Sie mir das.«

»Sehen Sie mich nicht so an; ich habe es schließlich nicht getan. Warum soll ich es denn erklären?«

»Sie können es nicht. Anzunehmen, daß es in mörderischer Absicht geschah, wäre unerhört. Es ist unerklärlich; und alles Unerklärliche auf einem Totenbett ist unheilvoll, besonders auf dem Totenbett eines Millionärs. Ehe ich überhaupt die Frage erwägen kann, wer es tat, muß ich die Frage beantworten, warum er es tat.«

»Nicht unbedingt«, wandte ich ein. »Ich setzte um. Stecken Sie den Tausender ein, aber stimmen Sie nicht für ›nein‹. Stimmen Sie für ›ja‹, und lassen Sie Paul die Sache der Polizei übergeben. Damit haben Sie den Auftrag erledigt.«

»Pfui! Meinen Sie das ehrlich?«

Ich gab auf. »Nein. Sie stecken fest. Die Polypen würden lediglich feststellen, daß die Schwester die Flaschen leer hinterlassen hat und es nicht zugeben will; und Johnny Arrow würde die ganze verdammte Mordabteilung der Reihe nach zusammenschlagen.« Mir kam ein plötzlicher Verdacht und ich beäugte Wolfe. »Oder machen Sie nur Reklamerummel für sich selbst? Wissen Sie vielleicht schon, wer die Flaschen ausgeleert hat, oder glauben es zu wissen, und erwarten von mir, daß mir einleuchten soll, wie genial Sie wieder einmal waren?«

»Nein. Ich weiß weder aus noch ein. Ich tappe vollkommen im finstern. Es ist mehr als geheimnisvoll, es ist übernatürlich.« Er sah auf die Uhr. »Es ist Zeit, zu Bett zu gehen, und jetzt muß ich mich mit dieser Ungeheuerlichkeit schlafen legen. Zuerst jedoch noch einige Anweisungen für Sie für morgen früh. Ihren Notizblock bitte.«

Am Mittwoch morgen, nachdem ich wie gewöhnlich in der Küche mit Fritz gefrühstückt hatte, da Wolfe sich – auch wie üblich – das Frühstück auf sein Zimmer hatte bringen lassen, machte ich mich daran, die Anweisungen auszuführen. Sie waren einfach, doch ihre Ausführung entpuppte sich als nicht zu leicht. Der erste und wichtigste Punkt war, Dr. Buhl anzurufen und ihn für elf Uhr ins Büro zu bestellen. Um diese Zeit beendete Wolfe gewöhnlich seine Morgenvisite in den Gewächshäusern. Buhl sollte Anne Goren mitbringen. Aber ich konnte ihn bis zu Mittag einfach nicht erwischen. Von neun bis zehn Uhr bekam ich nur den Kundendienst der Post an den Apparat und die Auskunft, daß er Krankenbesuche mache. Ich hinterließ ihm die Nachricht, mich anzurufen, was er aber nicht tat. Von zehn Uhr an erreichte ich seine Sprechstundenhilfe. Die ersten drei Male war sie am Apparat noch höflich und mitfühlend, wurde beim viertenmal aber ein wenig ruppig: Dem Doktor, der immer noch seine Runde mache, sei meine Bitte um Rückruf mitgeteilt worden, aber sie könne es auch nicht ändern, wenn er zu beschäftigt sei. Als er schließlich anrief, konnte ich nicht gut von ihm verlangen, mit Miss Goren um elf Uhr zu kommen, da es bereits ein Viertel vor zwölf war. Deshalb schlug ich drei Uhr vor und erhielt eine glatte Absage. Weder um drei Uhr noch zu einer anderen Zeit. Er hat Wolfe alles erzählt, was es über Bertram Fyfes Tod zu berichten gab; aber wenn Wolfe mit ihm am Telefon sprechen wolle, könne er vielleicht zwei Minuten erübrigen. Wolfe, mit dem ich mich beriet, lehnte ab. Nicht am Telefon. Also eine völlige Pleite.

Am Ende holte ich nach dem Lunch den Wagen aus der Garage und fuhr die vierzig Meilen über die West-Side-Autobahn und die Sawmill-River-Parkway-Abfahrt nach Mount Kisco. Buhls Praxis lag in einem großen weißen Haus inmitten eines ausgedehnten grünen Rasens. Man hatte mir gesagt, daß er mich nach seiner Nachmittagssprechstunde, die von zwei bis vier Uhr dauerte, empfangen könne. Aber als ich ankam, saßen immer noch fünf Patienten im Wartezimmer. So konnte ich eine hübsche Weile lang meinen Lesehunger mit illustrierten Zeitungen stillen, ehe mich die Schwester, die seit mindestens sechzig Jahren bei ihm tätig sein mußte, zu ihm durchschleuste.

Buhl saß hinter einem Schreibtisch und sah zwar müde, aber immer noch würdevoll aus. Er sagte mir unverblümt: »Ich muß Krankenbesuche machen und habe mich schon verspätet. Was gibt es jetzt schon wieder?«

Ich kann auch unverblümt sein. »Eine Frage«, sagte ich, »die von einem Verwandten des Verstorbenen aufgeworfen wurde. Konnte jemand das Morphium durch etwas anderes ersetzt haben? Mr. Wolfe will den Fall nicht der Polizei übergeben, ohne diesen Punkt selbst untersucht zu haben; doch wenn Sie vorziehen, daß . . .«

»Morphium? Sie meinen, das Morphium, das Bert Fyfe verabreicht wurde?«

»Ja, Sir. Da die Frage . . .«

»Dieser verdammte Trottel! Paul, natürlich. Vollkommen absurd. Wann soll denn etwas anderes an die Stelle des Morphiums getan worden sein und durch wen?«

»Keine näheren Erklärungen.« Ich setzte mich unaufgefordert.

»Aber Mr. Wolfe kann nicht so einfach darüber hinweggehen, deshalb wünscht er ein paar kleine Auskünfte. Haben Sie das Morphium der Schwester persönlich übergeben?«

Nach dem Blick, den er mir zuwarf, erwartete ich, daß er mich dahin schicken würde, wo der Pfeffer wächst, aber dann änderte er offensichtlich seine Meinung und beschloß, die Sache hinter sich zu bringen.

»Das Morphium«, sagte er, »stammte aus einer Flasche in meiner Tasche. Ich nahm zwei Viertelgran-Tabletten aus der Flasche, gab sie der Schwester und ordnete an, eine davon dem Patienten zu verabreichen, sobald die Gäste gegangen waren, und die andere, falls nötig, eine Stunde später. Sie sagte mir, daß sie die Tabletten wie besprochen verabreicht habe. Die Annahme, daß sie durch etwas anderes ersetzt worden seien, ist phantastisch.«

»Ja, Sir. Wo bewahrte sie die Tabletten bis zu der Zeit der Verabreichung auf?«

»Das weiß ich nicht. Sie ist eine fähige Schwester und absolut verläßlich. Wollen Sie, daß ich sie frage?«

»Nein, danke, das werde ich selbst tun. Bestehen irgendwelche Zweifel bezüglich Ihrer Morphiumflasche? Könnte an ihr herumgepfuscht worden sein?«

»Ziemlich unwahrscheinlich. Nein.«

»Haben Sie kürzlich einen neuen Vorrat angebrochen – ich meine, haben Sie die Flasche neu aufgefüllt?«

»Nein. Seit mindestens zwei Wochen nicht. Wahrscheinlich sogar noch länger.«

»Würden Sie sagen, daß irgendeine Möglichkeit – sagen wir eins zu einer Million – besteht, daß Sie die Tabletten aus der falschen Flasche genommen haben?«

»Nein. Nicht eins zu einer Milliarde.« Seine Brauen hoben sich. »Ist das alles nicht ein wenig weit hergeholt? Aus dem, was mir David gestern erzählte, entnahm ich, daß sich Pauls Verdacht gegen den Mann, der mit Bert nach New York kam, richtete – gegen Mr. Arrow.«

»Vielleicht, aber Mr. Wolfe will gründlich sein. Er ist ein gründlicher Mann.« Ich stand auf. »Vielen Dank, Doktor. Falls Sie sich wundern, daß ich nur wegen dieser Kleinigkeiten hierhergefahren bin: Mr. Wolfe ist auch vorsichtig. Er erörtert nicht gern Fragen über einen unerwarteten Tod am Telefon.«

Ich verließ ihn, ging zum Wagen zurück und rollte davon. Die Straße zur Parkway-Ausfahrt führte mich durch die Ortsmitte, und an einem roten Backsteinbau, einem Eckhaus in sehr guter Lage, entdeckte ich das Schild: TUTTLES DRUGSTORE! Dieser Laden war für ein Telefongespräch genauso gut wie jeder andere Platz, deshalb parkte ich ein wenig weiter hinter dem Häuserblock und ging zu Fuß zurück. Auch von innen machte der Laden einen guten Eindruck, modern und sauber eingerichtet mit wohlgefülltem Lager und reichlicher Kundschaft; ein halbes Dutzend Kunden hockte auf Barstühlen an der Soda-Bar, und drei oder vier weitere waren im Laden verstreut. Einer von ihnen wurde von dem Besitzer, Vincent Tuttle, persönlich bedient. Ich stellte mich in eine Telefonzelle, wählte das Amt, nannte die mir bestbekannte Nummer, und nach einer Minute ertönte Wolfes Stimme in meinem Ohr.

»Von einer Zelle aus«, erklärte ich ihm, »in Tuttles Drugstore in Mount Kisco. Um Dr. Buhls Worte zu zitieren: Der Austausch des Morphiums ist absurd und phantastisch. Was die Herkunft betrifft, so nahm er zwei Viertelgran-Tabletten aus seinem eigenen Vorrat und gab sie der Schwester. Soll ich weitermachen?«

»Nein.« Es war ein Knurren, wie immer, wenn man ihn in den Gewächshäusern störte. »Oder doch, ja. Aber zuerst noch ein paar Nachforschungen in Mount Kisco. Während Ihrer Abwesenheit habe ich das Problem der Wärmflaschen unter die Lupe genommen und könnte auf die Lösung gestoßen sein. Oder auch nicht. Suchen Sie Mr. Paul Fyfe auf und fragen Sie ihn, was mit der Eiscreme geschehen ist. Sie erinnern sich doch ...«

»Ja, er kaufte sie in Schramms Laden, um sie nach Mount Kisco für eine Party mitzunehmen, brachte sie in Berts Wohnung mit und legte sie in den Kühlschrank. Sie wollen wissen, was mit ihr geschah? Verraten Sie mir, weshalb, damit ich eine Ahnung habe, hinter was ich her bin.«

»Nein. Sie sind zwar verschwiegen, aber es besteht kein Anlaß, Sie unnötigen Strapazen auszusetzen.«

»Sie haben recht, und ich bedanke mich herzlichst für Ihre schätzenswerte Fürsorge. Tuttle ist gerade hier, soll ich mit ihm anfangen?«

Er verneinte, sagte, ich sollte zuerst Paul aufsuchen, und legte dann auf. Als ich die Zelle und den Laden verließ und mich auf den

Weg zu Pauls Maklerbüro machte, durchforschte ich mein Gehirn nach einer Verbindung zwischen Schramms berühmter Mango-Eiscreme und den Wärmflaschen in Bert Fyfes Bett – aber, falls es eine gab, konnte ich sie nicht entdecken.

Im zweiten Stock eines alten Holzhauses über einem Lebensmittelladen machte ich Paul ausfindig. Sein Büro bestand aus einem kleinen Zimmer mit zwei Schreibtischen und einigen verschrammten alten Stühlen, die ihm wahrscheinlich bei der Aufteilung des väterlichen Erbes zugefallen waren. Hinter dem kleineren Schreibtisch saß eine Frau mit einem langen dünnen Hals und großen Ohren, doppelt so alt wie Paul, die selbst bei einem Mann wie ihm nichts zu befürchten hatte. Paul saß hinter dem anderen Schreibtisch und erhob sich nicht bei meinem Eintritt.

»Sie?« murrte er. »Haben Sie was Neues?«

Ich warf einen Blick auf die Frau, die in einigen Papieren herumstöberte. Er befahl ihr, zu gehen, und sie schmiß einfach einen Briefbeschwerer auf den Papierstoß, erhob sich und ging. Überhaupt keine Reize.

Als sich die Tür hinter ihr geschlossen hatte, erwiderte ich ihm: »Ich habe nichts. Ich bin nur hinter etwas her. Mr. Wolfe schickte mich hierher, um Dr. Buhl wegen des Morphiums und Sie wegen der Eiscreme zu fragen. Das letzte, was wir davon hörten, war, daß sie immer noch im Kühlschrank in Ihres Bruders Wohnung lag. Was geschah dann damit?«

»Ach, um Himmels willen!« Er gaffte mich an, zumindest mit seinem gesunden Auge. Es war schwer zu sagen, was das andere, das blaugeschlagene, tat. »Was, zum Teufel, hat das damit überhaupt zu tun?«

»Ich weiß es nicht. Bei Mr. Wolfe kenne ich mich manchmal selbst nicht mehr aus; aber es ist sein Wagen, sein Benzin und seine Reifen, und er zahlt mein Gehalt, so tue ich ihm eben den Gefallen. Das ist auch für Sie der bequemste und schnellste Weg, es sei denn, mit der Eiscreme geschah etwas, was Sie lieber für sich behalten wollen.«

»Mit der Eiscreme ist überhaupt nichts los, verdammt noch mal!«

»Dann brauche ich mich nicht erst bei Ihnen niederzulassen. Haben Sie sie für die Sonntagsparty mit nach Mount Kisco genommen?«

»Nein. Ich bin erst Sonntag nacht nach Mount Kisco zurückgekommen.«

»Aber Sie kamen am nächsten Tag, am Montag, wieder nach New York zur Beerdigung – und um Miss Goren noch einmal zu besuchen. Haben Sie die Eiscreme mitgenommen?«

»Passen Sie auf«, sagte er, »wir wollen Miss Goren aus dem Spiel lassen.«

»Ganz meine Meinung«, stimmte ich warm zu. »Ich bin ganz und gar für Ritterlichkeit. Aber was geschah mit der Eiscreme?«

»Ich weiß es nicht, und ich schere mich den Teufel drum.«

»Haben Sie sie wieder gesehen oder in der Hand gehabt, nachdem Sie sie am Samstag nachmittag in den Kühlschrank gelegt hatten?«

»Nein. Und wenn Sie mich fragen, ist das Ganze Unfug. Ich weiß nicht, wie dieser fette Trottel Wolfe zu seinem Ruhm gekommen ist, aber wenn dies seine Art ist, eine Untersuchung durchzu... he, was soll dieser Aufbruch?«

Ich war bereits an der Tür. Während ich die Klinke runterdrückte, drehte ich mich zu ihm um und sagte höflich: »Nett, Sie gesprochen zu haben«, und verschwand.

Zurück zu Tuttles Drugstore, stellte ich fest, daß die Kundschaft gewechselt hatte, das Geschäft aber immer noch kräftig im Schwung war. Tuttles glänzender Schädel tauchte hinter einem Kosmetikschaukasten auf. Ich fing seinen Blick auf, ging zu ihm und erklärte ihm, daß ich ihn ein paar Minuten sprechen wollte, wenn er frei wäre. Dann begab ich mich an die Soda-Bar und bestellte ein Glas Milch. Es war fast leer, als er mich rief und mir zuwinkte. Ich leerte das Glas und folgte ihm in einen Raum hinter der Trennwand. Er lehnte sich gegen einen Ladentisch und drückte seine Überraschung aus, mich in Mount Kisco zu sehen.

»Eine Reihe kleiner Besorgungen«, erläuterte ich. »Ich sollte Dr. Buhl wegen des Morphiums fragen und Sie wegen der Eiscreme. Ich habe Paul Fyfe bereits gefragt. Sie erinnern sich doch noch, er kaufte eine Portion Eiscreme bei Schramm am Samstag nachmittag, brachte sie mit in Berts Wohnung und stellte sie in den Kühlschrank, in der Absicht, sie später mit nach Hause zu nehmen.«

Tuttle verbesserte mich: »Ich erinnere mich, daß er davon sprach. Was ist damit?«

»Mr. Wolfe möchte wissen, was aus dem Zeug geworden ist. Paul sagt, er weiß es nicht. Er sagt, daß er sie nicht mehr zu Gesicht bekam, nachdem er sie in den Kühlschrank gestellt hatte. Und Sie?«

»Ich habe sie überhaupt nie gesehen.«

»Ich dachte, Sie hätten es vielleicht. Sie und Ihre Frau blieben über Nacht dort. Am Sonntag morgen entdeckten Sie den Tod Ihres Schwagers, aber selbst dann mußten Sie doch etwas gegessen haben. Ich dachte, Sie hätten im Kühlschrank etwas für das Frühstück gesucht und dabei die Eiscreme bemerkt.«

»Wir haben uns das Frühstück raufschicken lassen.« Tuttle runzelte die Stirn. »Es gab dort keine Kochgelegenheit. Aber jetzt, da ich darüber nachdenke, fällt mir ein, daß Paul die Eiscreme am Samstag abend am Abendbrottisch erwähnte. Er meinte, meine Eiscreme hier könne überhaupt nicht mit Schramms Eiscreme verglichen werden, und er fragte mich, warum ich deren Ware nicht führe. Ich erwiderte, daß Schramms Produkte nur in ihren eigenen Geschäften verkauft würden, und außerdem wäre die Creme zu teuer. Dann, glaube ich, sprach meine Frau am Sonntag davon, als sie an den Kühlschrank ging, um Eisstücke für die Getränke zu holen.«

»Haben Sie am Sonntag davon gegessen? Oder sie mit nach Hause genommen?«

»Nein. Ich sagte doch, daß ich sie nie zu Gesicht bekommen habe. Wir blieben bis Montag in dem Apartment und kehrten nach der Beerdigung heim.«

»Sie wissen nicht, was aus ihr geworden ist?«

»Nein. Ich nehme an, sie ist immer noch dort. Wenn nicht dieser Mann Arrow ... warum fragen Sie nicht ihn?«

»Das werde ich. Aber zuerst, da ich nun schon einmal hier bin, möchte ich gern Ihre Frau fragen. Ist sie da?«

»Sie ist in der Wohnung oben in der Iron Hill Road. Ich kann sie anrufen und Sie anmelden, oder Sie können mit ihr selbst von hier aus telefonieren. Aber ich verstehe nicht, was diese Eiscreme mit dem Tod meines Schwagers zu tun hat. Wo ist da der Zusammenhang?«

Mir schien, daß diese Reaktion ein wenig spät kam, aber das konnte daran gelegen haben, daß er als angeheirateter Verwandter sich nicht einmischen wollte. »Keinen blassen Schimmer«, sagte ich. »Ich bin nur Laufjunge. Warum holen wir nicht Ihre Frau an den Apparat, damit ich sie nicht aufzusuchen und zu stören brauche?«

Er drehte sich zu einem Apparat auf dem Ladentisch um, wählte eine Nummer, und als die Verbindung hergestellt war, erklärte er seiner Frau, daß ich sie etwas fragen wolle. Dann reichte er mir den Hörer. Louise, die keine angeheiratete Verwandte war, protestierte sofort, wie lächerlich es sei, sie wegen einer solchen Lappalie zu behelligen, aber nach einigem Hin und Her erzählte sie mir, was sie wußte, und das war so gut wie nichts. Sie habe die Eiscreme nie gesehen, obgleich sie wahrscheinlich die Packung bemerkt hatte. Als sie am Sonntag nachmittag Eis aus dem Kühlschrank holte, habe sie eine große Papiertüte im untersten Fach entdeckt, und als sie ins Wohnzimmer kam, habe sie ihrem Mann und ihrem Bruder David, die beide anwesend waren, gegenüber erwähnt, daß das wohl Pauls Eiscreme sein müsse, und habe ihnen davon angeboten. Sie hatten beide abgelehnt, und sie habe nicht in die Papiertüte hineingesehen. Sie wisse nicht, was damit geschehen sei. Ich dankte ihr, legte auf, dankte ihrem Mann und ging.

Nächste Station: 48. Straße, Manhattan.

In Anbetracht der Parkmöglichkeit oder vielmehr der Parkunmöglichkeit, hatte ich es aufgegeben, den Wagen für Besorgungen im Stadtzentrum zu benutzen. Ich verließ also die Autoschnellstraße an der 46. Straße und fuhr in die Garage. Von dort aus hätte ich einen Lagebericht an Wolfe telefonieren können, aber unser Haus liegt nur eben um die Ecke, und statt zu telefonieren, erschien ich in eigener Person und wurde mit einer Überraschung empfangen. Auf mein Klingeln hin öffnete nicht Fritz, sondern Saul Panzer. Saul, dessen Riesennase die Hälfte seines schmalen kleinen Gesichts einnimmt, sieht auf den ersten Blick so aus, als ob er nicht zwei und zwei zusammenzählen könne. In Wirklichkeit kann er beinahe alles. Er ist nicht nur von den vier oder fünf Detektiven, auf die Wolfe manchmal zurückgreift, der beste; er ist der beste, den es überhaupt gibt.

»So«, begrüßte ich ihn, »jetzt haben Sie wohl endlich meinen Posten, he? Bitte führen Sie mich ins Büro.«

»Sind Sie angemeldet?« fragte er und schloß die Haustür. Dann folgte er mir den Flur entlang und hinein in die gute Stube.

Wolfe saß an seinem Schreibtisch und grunzte mich an: »So früh schon zurück?«

»Nein, Sir«, erklärte ich ihm. »Dies ist nur eine Stippvisite, nachdem ich den Wagen in der Garage abgestellt habe. Wollen Sie einen Bericht über Paul und Mr. und Mrs. Tuttle, ehe ich weitermache?«

»Ja. Wörtlich, bitte.«

Bei ihm bedeutet »wörtlich« nicht nur jedes einzelne Wort, sondern auch alle Bewegungen und jeden Gesichtsausdruck, und ich ließ mich nieder und versorgte ihn damit. Er ist der beste Zuhörer, den ich kenne. Er stützt dabei die Ellenbogen auf die Sessellehnen, sein Kinn ruht auf seiner Faust, und seine Augen sind halb geschlossen.

Als ich fertig war, schwieg er einen Moment und nickte dann. »Zufriedenstellend. Machen Sie mit den anderen weiter. Da Sie den Wagen ja nicht brauchen – darf Saul ihn benutzen?«

Das war nicht so freundschaftlich gemeint, wie es klang. Es stand seit langem fest, daß der Wagen sein einziger Besitz war, über den ich allein bestimmen konnte.

»Für wie lange?« erkundigte ich mich.

»Für heute, heute abend und möglichst auch noch morgen.«

Ich sah auf meine Armbanduhr: 18 Uhr 55. »Von heute ist nicht mehr viel übrig. Okay, kann ich erfahren, wozu?«

»Im Augenblick nicht. Es wird wohl eine Jagd von Pontius zu Pilatus. Wie steht's mit Ihrem Abendbrot?«

»Weiß nicht.« Ich erhob mich. »Wenn ich die Eiscreme finde, kann ich die ja verspeisen.« Ich steuerte auf die Tür zu, drehte mich um und schlug vor: »Saul kann seine Jagdbeute meinetwegen auch verspeisen.« Dann trabte ich davon.

Nachdem ich in der 10. Avenue ein Taxi erwischt hatte und stadtauswärts über die 48. Straße zur East Side fuhr, gestand ich mir ein, daß Wolfe eine Spur gefunden haben mußte, da Sauls Tagessatz bei 50 Dollar lag, ein ziemlicher Brocken aus einem mageren Tausender. Aber ich entdeckte noch immer keine Verbindung zwischen der Eiscreme und den Wärmflaschen. Natürlich konnte er Saul auf eine völlig andere Fährte gesetzt haben, und was seine Geheimnistuerei anbelangte, so ging sie mir schon seit langem nicht mehr auf die Nerven. Ich registrierte sie nur.

Die Nummer in der 48. Straße zwischen der Lexington Avenue

und der 3. Avenue gehörte zu einem alten vierstöckigen gelbgestrichenen Backsteinhaus. Im Hausflur waren zwei Namenschilder in den Schlitz neben dem obersten Klingelknopf gequetscht – »Goren« und »Poletti«. Ich klingelte, und als der Summer ertönte, drückte ich die Tür auf, trat ein und erklomm zwei enge Treppen, die mit Teppichen ausgelegt und zur Abwechslung einmal sehr sauber waren. Als ich auf dem obersten Treppenabsatz angekommen war, empfing mich eine Überraschung, denn auf der Türschwelle stand jemand, der weder Goren noch Poletti hieß. Es war Johnny Arrow, der mich aus zusammengekniffenen Augen anstarrte.

»Oh«, sagte er. »Ich dachte, es wäre vielleicht dieser Paul Fyfe.«

Ich trat vor. »Wenn es recht ist, möchte ich gern Miss Goren sprechen.«

»Wozu?«

Er hatte einen kleinen Dämpfer nötig. »Also wirklich«, setzte ich an, »erst gestern prahlten Sie damit, sie zum Dinner ausgeführt zu haben. Erzählen Sie mir heute bloß nicht, daß Sie bereits zum Wachhund befördert worden sind. Ich möchte Miss Goren etwas fragen.«

Eine Sekunde lang glaubte ich, er wolle sich nach dem Inhalt der Frage erkundigen, und das war wohl auch seine Absicht, aber statt dessen entschloß er sich, zu kichern. Er bat mich einzutreten, führte mich durch einen Türbogen in das Wohnzimmer, das typisch weiblichen Krimskrams aufwies, verschwand und war in einer Minute zurück.

»Sie zieht sich gerade um«, berichtete er. Er setzte sich. »Ich hörte Sie etwas von Prahlen sagen.« Sein langgezogener Ton war freundlich. »Wir sind gerade vom Kegeln gekommen, und jetzt wollen wir uns eine Futterkrippe suchen. Ich hätte Sie beinahe angerufen.«

»Sie meinen, Nero Wolfe angerufen.«

»Nein, Sie. Ich wollte Sie fragen, wo Sie den Anzug gekauft haben, den Sie gestern abend trugen. Jetzt würde ich Sie gern fragen, wo Sie den herhaben, den Sie gerade tragen; aber das ist wohl ein wenig zu persönlich.«

Ich war ein Menschenfreund. Da mir einleuchtete, daß es einen Burschen nach fünf Jahren im Urwald in arge Verlegenheit versetzte, sich plötzlich in New York für seine Liebste herausstaffieren zu müssen – besonders, da er nur zehn Millionen Dollar zusammenkratzen konnte –, gab ich ihm einen ungeschminkten Bericht von den Socken bis zu den Oberhemden. Wir waren gerade bei den Zierwesten angelangt, pro oder contra, als Anne Goren hereinschwebte. Bei ihrem Anblick bereute ich den Fingerzeig, den ich ihm gegeben hatte. Ich hatte große Lust, sie selbst zum Dinner auszuführen – wenn ich nicht im Dienst gewesen wäre.

»Es tut mir leid, daß ich Sie warten ließ«, entschuldigte sie sich höflich. »Worum geht es?«

»Nur ein paar Kleinigkeiten«, erwiderte ich. »Ich sprach heute nachmittag mit Dr. Buhl und hatte erwartet, daß er Sie anrufen würde. Aber da Sie nicht zu Hause waren, konnte er es nicht. Als erstes zu dem Morphium, das er Ihnen Samstag für Bertram Fyfe gab. Er sagte, daß er zwei Viertelgran-Tabletten aus seiner eigenen Flasche nahm und sie Ihnen mit seinen Anweisungen übergab. Ist das richtig?«

»Warten Sie eine Minute, Anne.« Arrow kniff wieder einmal seine Augen zusammen. »Was soll das Ganze bedeuten?«

»Nichts Besonderes.« Ich begegnete seinem Blick trotz der zusammengekniffenen Augen. »Mr. Wolfe braucht die Auskunft, um diesen Fall aufzuklären, das ist alles. – Haben Sie etwas dagegen, sie uns zu geben, Miss Goren? Ich fragte Dr. Buhl, wo Sie die Tabletten bis zu ihrer Verabreichung aufbewahrten, und er sagte mir, daß ich mich damit an Sie wenden solle.«

»Ich legte sie auf eine Untertasse, die ich auf die Kommode im Krankenzimmer stellte. Das ist so üblich.«

»Sicher. Macht es Ihnen was aus, das Ganze noch einmal durchzugehen? Von dem Augenblick an, als Dr. Buhl Ihnen die Tabletten gab?«

»Er gab sie mir kurz vor seinem Aufbruch, und als er gegangen war, stellte ich mich an die Kommode und legte sie auf die Untertasse. Ich hatte Anweisungen, ihm eine zu geben, sobald die Gäste fort waren, und die andere eine Stunde später, falls es angezeigt schien. Und das habe ich getan.« Sie war kühl und geschäftsmäßig. »Um zehn Minuten nach acht Uhr legte ich eine Tablette in meine Spritze und füllte sie mit einem Kubikzentimeter destilliertem Wasser. Das injizierte ich in den Arm des Patienten. Eine Stunde später schlief er, aber ein wenig unruhig, und ich verfuhr mit der anderen Tablette genauso. Das beruhigte ihn vollkommen.«

»Haben Sie irgendeinen Grund zu der Annahme, daß die Tabletten in der Untertasse von irgend jemandem ausgetauscht wurden? Daß diejenigen, die Sie dem Patienten verabreichten, nicht dieselben waren, die Dr. Buhl Ihnen gab?«

»Ganz gewiß nicht.«

»Hören Sie«, sagte John Arrow in seinem schleppenden Ton, »das ist eine ziemlich häßliche Frage. Ich denke, jetzt ist es genug.«

Ich grinste ihn an. »Sie sind zu empfindlich. Wenn die Polizei den Fall jemals in die Finger bekommt, hämmern sie für Stunden auf ihr herum. Fünf Personen gestanden, nach Dr. Buhls Aufbruch im Krankenzimmer gewesen zu sein, Sie eingeschlossen, und die Polypen würden das mit ihr durchexerzieren, vorwärts, rückwärts, seitwärts, rauf und runter. Ich möchte ihr nicht den Appetit fürs Abendessen verderben, deshalb frage ich sie bloß, ob sie etwas Verdächtiges sah. Oder etwas hörte. Sie hörten nichts, Miss Goren?«

»Nein, nichts.«

»Dann wäre das erledigt. Nun der nächste Punkt. Sie mögen oder Sie mögen nichts darüber wissen, daß Paul Fyfe Eiscreme in die Wohnung mitbrachte und in den Kühlschrank legte. Es wurde beim Dinner erwähnt, aber Sie waren nicht dabei. Wissen Sie, was mit der Eiscreme geschah?«

»Nein.« Ihr Ton verschärfte sich. »Das klingt ziemlich albern. Eiscreme?«

»Ich scheine oft albern zu reden. Beachten Sie das bitte nicht. Mr. Wolfe möchte über die Eiscreme Bescheid wissen. Sie können mir nichts darüber sagen?«

»Nein. Ich habe nie davon gehört.«

»Okay.« Ich wandte mich an Arrow. »Das gilt auch für Sie. Was wissen Sie über die Eiscreme?«

»Nichts.« Er kicherte. »Mit mir können Sie so bösartig werden, wie Sie wollen, nach der Umschlingung von gestern abend, aber versuchen Sie nicht, mich wieder von hinten zu fassen. Ich behalte Sie lieber im Auge.«

»Von vorn gebrauche ich einen anderen Trick. Sie erinnern sich, daß Paul Fyfe die Eiscreme beim Dinner erwähnte?«

»Ich denke schon. Ich hatte es ganz vergessen!«

»Aber Sie haben sie nicht gesehen oder angefaßt?«

»Nein.«

»Oder gehört, was damit geschehen ist?«

»Nein.«

»Dann will ich Sie um einen Gefallen bitten. Sie tun sich selbst damit auch einen, weil es der schnellste Weg ist, mich wieder loszuwerden. Wohin gehen Sie zum Dinner?«

»Ich habe bei Rusterman einen Tisch reservieren lassen.«

Er lernte seine Lektionen im weltmännischen Benehmen wirklich schnell, wahrscheinlich mit Annes Hilfe. »Das ist fein«, erklärte ich, »weil es nur einen Häuserblock entfernt liegt. Ich möchte, daß Sie mich zu dem Churchill-Towers-Apartment mitnehmen und mich einen Blick in den Kühlschrank werfen lassen.«

Es war gut, daß ich mir die Mühe gemacht hatte, ihn über Schneider und Herrenmodeartikel aufzuklären, sonst hätte er es mir wahrscheinlich abgeschlagen, und ich hätte Tim Evarts, den Hausdetektiv überreden müssen, mir gefällig zu sein. Er sträubte sich zwar etwas, aber Anne legte sich ins Zeug und sagte, daß es weniger Zeit kosten würde, darauf einzugehen, als sich mit mir herumzustreiten, und das entschied es. Es hatte so den Anschein, daß Anne in den kommenden Jahren noch eine Reihe Dinge entscheiden würde, und ich beschloß deshalb dann und dort, sie ihm zu überlassen. Sie erlaubte ihm, ihr eine gelbe gestrickte Stola um ihre bloßen Schultern zu legen, und er nahm einen schwarzen Homburg vom Tisch. Auf unserem Weg nach unten und im Taxi hätte ich ihm allerhand über schwarze Homburgs einpauken können; aber Annes Gegenwart hielt mich davon ab.

Das Churchill-Towers-Apartment im 32. Stock hatte ein Foyer so groß wie mein Schlafzimmer, und das Wohnzimmer hätte Platz für drei Billardtische mit genügend Ellenbogenfreiheit geboten. Es gab einen Innenflur zwischen dem Wohnzimmer und den Schlafgemächern. Neben einem langen eingebauten rostfreien Stahlbüfett gab es in der Anrichte einen großen Speiseschrank, einen noch größeren Kühlschrank und eine Tür zu einem Müllschlucker, aber keine Kochgelegenheit.

Das obere Gefrierfach des Kühlschranks enthielt sechs Schieber mit Eiswürfeln und sonst nichts. In den unteren Fächern lagen einige Dutzend Flaschen – Bier und Mineralwasser – und fünf

Flaschen Champagner und ein Teller mit Weintrauben. Eine Papiertüte, groß oder klein, war nicht zu sehen und absolut keine Spur von Eiscreme. Ich schloß den Kühlschrank und öffnete die Tür zum Speiseschrank. Er enthielt nichts.

Ich drehte mich zu dem Liebespärchen um. »In Ordnung«, erklärte ich ihnen. »Ich gebe es auf. Vielen Dank. Wie gesagt, war es der schnellste Weg, mich loszuwerden. Viel Vergnügen beim Dinner.« Sie machten mir Platz, und ich verschwand.

Als Wolfe mich wegen des Abendessens gefragt hatte, wußte ich es. Ich konnte gegen acht Uhr dreißig zu Hause sein, denn an jenem Nachmittag hatte Fritz, der eine von Wolfes Lieblingsmahlzeiten zubereitete, acht Babyhummer, acht Avocadobirnen und jungen Blattsalat zusammengesucht. Wenn er das mit der richtigen Menge Schnittlauch, Zwiebeln, Knoblauch, Tomatenmark, Mayonnaise, Salz, Pfeffer, Paprika, Pimento und trockenem Weißwein angemacht hatte, würde er brasilianischen Hummersalat à la Nero Wolfe präsentieren, und nicht einmal Wolfe hätte das Ganze bis zwanzig Uhr dreißig verdrücken können.

So war es auch. Ich fand ihn am Eßzimmertisch, als er im Begriff stand, sich an die Blaubeertorte mit Schlagsahne zu machen. Der Hummersalat war nicht zu sehen, aber Fritz, der mich hereingelassen hatte, kam bald darauf mit der großen Silberschüssel, und es war noch reichlich davon übriggeblieben.

Erst als ich mit dem Essen fertig war und wir ins Büro gingen, wo Fritz uns bereits den Kaffee servierte, bat Wolfe um einen Bericht. Ich gab ihn ihm. Als ich beim Höhepunkt ankam – dem leeren Kühlschrank, das heißt leer, was die Eiscreme betraf –, stand ich auf, um unsere Kaffeetassen nachzufüllen.

»Aber«, sagte ich, »wenn Sie nur wissen müssen, was damit geschehen ist, Gott weiß warum, gibt es immer noch eine winzige Hoffnung. David stand nicht auf meiner Liste. Ich wollte Sie vom Churchill aus anrufen, um zu fragen, ob ich mit ihm auch einen Versuch machen sollte, aber ich wollte mir den Hummersalat nicht entgehen lassen. – Soll ich ihn aufsuchen?«

Wolfe stieß wieder einen seiner typischen Grunzlaute aus. »Ich rief ihn heute nachmittag an, und um sechs war er hier. Er sagte, daß er nichts darüber wüßte.«

»Dann ist das die ganze Ernte.« Ich nippte an meinem Kaffee. »Dann hat also der Trick nicht funktioniert?«

»Es war kein Trick.«

»Was sonst?«

»Ein Fenster für den Tod. Ich denke, das war es. Ich will es für heute abend dabei belassen. Morgen werden wir weitermachen. – Archie!«

»Ja, Sir?«

»Ich mag Ihren scheelen Blick nicht. Wenn Sie vorhaben, mich zu hetzen, tun Sie's lieber nicht. Gehen Sie lieber raus.«

»Mit Vergnügen. Ich hole mir noch ein Stück Torte.« Ich nahm meine Tasse und steuerte auf die Küche zu.

Dort verbrachte ich den Rest des Abends, klönte mit Fritz über dieses und jenes bis elf Uhr – unsere Zubettgehzeit –, marschierte dann ins Büro, um den Safe zu verschließen und Wolfe gute Nacht zu wünschen, und erklomm die zwei Treppen zu meinem Zimmer. Gewöhnlich bin ich, kaum daß ich in den Federn liege, in zehn Sekunden eingeschlafen, aber in jener Nacht wälzte ich mich eine ganze Minute hin und her, ehe ich den richtigen Dreh fand.

Der Nachteil eines jeden Morgens ist der, daß er anbricht, ehe man wach ist. Alles ist so verschwommen und nebelhaft, bis ich mich gewaschen und angezogen habe, irgendwie in die Küche gestolpert bin und etwas Orangensaft zu mir genommen habe; aber richtig wach bin ich erst nach dem vierten Pfannkuchen und der zweiten Tasse Kaffee. Als ich mein Glas Orangensaft hob, gewahrte ich durch den verschwommenen Nebel, wie Fritz ein Tablett zurechtmachte, und schielte auf meine Armbanduhr.

»Mein Gott«, sagte ich. »Sie sind aber spät dran. Es ist ein Viertel nach acht!«

»Oh«, meinte er, »Wolfe ist schon fertig. Dies hier ist für Saul. Er ist bei Wolfe drinnen. Er sagte zwar, daß er schon gefrühstückt habe, aber Sie wissen ja, wie sehr er meine Würstchen liebt.«

»Wann ist er gekommen?«

»Gegen acht Uhr. Mr. Wolfe möchte, daß Sie hinaufkommen, wenn Sie mit dem Frühstück fertig sind.« Er nahm das Tablett und ging.

Das brachte mich auf Trab. Ich war hellwach. Aber das war auch nicht gut, denn es hinderte mich daran, mein Frühstück zu genießen. Es war gerade erst 8 Uhr 32, als ich den letzten Schluck Kaffee hinunterstürzte und meinen Stuhl zurückstieß. Dann trat ich in den Flur und erklomm die Treppe zu Wolfes Zimmer. Die

Tür stand offen, und ich ging hinein.

Wolfe saß barfuß in seinem gelben Pyjama an einem Tisch dicht am Fenster, und Saul, der auf Pfannkuchen und Würstchen herumkaute, saß ihm gegenüber. Ich näherte mich.

»Guten Morgen«, grüßte ich kühl. »Schuhputzen gefällig?«

»Archie«, begrüßte mich Wolfe.

»Ja, Sir, Anzug bügeln?«

»Ich weiß, daß dies keine Tageszeit für Sie ist, aber ich will mit der Sache weiterkommen. Schaffen Sie alle her, einschließlich Dr. Buhl. Sorgen Sie dafür, daß sie alle um elf Uhr hier sind; wenn das nicht möglich ist, punkt zwölf Uhr. Sagen Sie, daß ich meine Entscheidung getroffen habe und sie verkünden möchte.«

»Ist das alles?«

»Im Augenblick, ja. Ich brauche etwas mehr Zeit für Saul.«

Ich verließ die beiden.

Es war zwanzig Minuten vor zwölf, als Wolfe hereinkam, nachdem ich ihm durchs Haustelefon Bescheid gesagt hatte, daß die Gesellschaft vollzählig sei. Er marschierte zu seinem Schreibtisch und pflanzte sich dahinter auf.

Ich hatte David den roten Ledersessel zugeteilt, weil er das Oberhaupt der Familie war. Dr. Buhl und Paul und die Tuttles saßen in einer Stuhlreihe vor Wolfes Schreibtisch, und Paul saß neben mir. Ich wollte ihn griffbereit haben, falls es Johnny Arrow einfiel, eine neue Rechts-Links-Kombination an ihm auszuprobieren. Arrow und Anne saßen weiter hinten, Seite an Seite, hinter Dr. Buhl. Saul Panzer hatte drüben neben dem großen Globus auf einem der gelben Stühle Platz genommen.

Wolfe faßte David scharf ins Auge. »Ich wurde beauftragt«, begann er, »Ermittlungen über den Tod Ihres Bruders anzustellen und zu entscheiden, ob die Polizei um eine Untersuchung gebeten werden sollte. Meine Entscheidung lautet: ja. Es ist in der Tat ein Fall für die Polizei.«

Sie räusperten sich und tauschten Blicke. Paul drehte seinen Kopf und stierte Johnny Arrow an. Louise Tuttle griff nach dem Arm ihres Mannes. Dr. Buhl erklärte mit Bestimmtheit: »Ich greife diese Entscheidung an. Als der behandelnde Arzt verlange ich, Ihre Gründe zu hören.«

Wolfe nickte. »Selbstverständlich, Doktor. Es ist Ihr gutes

Recht, das zu verlangen. Natürlich wird die Polizei auch meine Gründe hören wollen, ebenso die anderen Anwesenden, und der Einfachheit halber werde ich meinen Bericht für Inspektor Cramer vom Morddezernat in Ihrer Gegenwart diktieren.« Sein Blick glitt über die Anwesenden. »Es wäre besser, wenn mich keiner von Ihnen unterbricht. Falls es Fragen gibt, beantworte ich sie, wenn ich fertig bin. Archie, zuerst einen Brief an Mr. Cramer.«

Ich schwang mich in meinem Drehstuhl herum, um mir Notizblock und Federhalter zu angeln, kreiselte zurück, kreuzte die Beine und legte den Block auf meine Knie. So saß ich der Versammlung gegenüber. »Startklar«, verkündete ich.

»Lieber Mr. Cramer. Ich halte es für angebracht, Ihre Aufmerksamkeit auf den Tod eines Mannes namens Bertram Fyfe zu lenken, der in der letzten Samstagnacht in seinem Apartment in den Churchill-Towers starb. Um diese Ansicht zu stützen, lege ich Ihnen die Protokolle der vor kurzem geführten Unterredungen mit sieben Personen bei, deren Personalangaben und ebenfalls einen Bericht über mein Untersuchungsergebnis. Mit vorzüglicher Hochachtung.«

Er wies mit dem Finger auf mich. »Sie werden die Protokolle und die Personalangaben fertigstellen, und der Bericht wird Ihnen sagen, was beigefügt und was fortgelassen werden soll. Beginnen Sie mit dem Bericht auf meinen Geschäftsbogen in der üblichen Form. Verstanden?«

»Okay.«

Er lehnte sich zurück und holte tief Luft. »Der Bericht: Da drei der betroffenen Personen, einschließlich des Verstorbenen, den Namen Fyfe tragen, werde ich ihre Vornamen gebrauchen. Pauls Mutmaßung betreffs des Morphiums verdient meines Erachtens keine Beachtung. Die Annahme, einer der Anwesenden habe tödliche Tabletten, gleich welcher Art, mitgebracht, die den Morphiumtabletten so sehr glichen, daß sie, ohne den Verdacht der Schwester zu erregen, ausgetauscht werden konnten, wäre in der Tat überspannt. Nur einer, Tuttle, der Drogist, hätte sich solche Tabletten besorgen können, aber selbst dann hätte er eine Gelegenheit abwarten müssen, sie unbeobachtet austauschen zu können. Eine sehr unwahrscheinliche Mutmaßung.«

»Einfach lächerlich«, warf Dr. Buhl ein. »Jede tödliche Substanz hätte Spuren hinterlassen, die ich entdeckt haben würde.«

»Das bezweifle ich, Doktor. Das ist eine Übertreibung, und ich würde Ihnen nicht raten, sie im Zeugenstand zu wiederholen. Ich bat Sie, mich nicht zu unterbrechen. – Archie?«

Ich sollte ihm die drei letzten Worte als Stichwort geben und tat, wie mir geheißen: »›sehr unwahrscheinliche Mutmaßung‹.«

»Ja. – Deshalb wies ich nach einer Routineuntersuchung durch Mr. Goodwin einen Taschenspielertrick mit dem Morphium als Ausgeburt von Pauls boshafter Phantasie ab. Und in der Tat hätte ich die ganze Angelegenheit darauf zurückgeführt, wäre da nicht ein vertrackter Haken gewesen: die Wärmflaschen. – Absatz.

Ich war zu der Annahme gezwungen – und gewiß hätten Sie mir unter den gegebenen Umständen auch zugestimmt –, daß Paul die Wärmflaschen leer im Bett vorgefunden hatte. Das verwirrte mich. Nachdem die Schwester gegangen war, hatte jemand irgendwann während der Nacht die Flaschen aus dem Bett genommen, sie entleert und zurückgelegt. Aus welchem Grund? – Das konnte nicht einfach beiseite geschoben werden. Ich quälte mich also damit herum. Ich schickte Mr. Goodwin nach Mount Kisco, um wegen des Morphiums Ermittlungen anzustellen, aber das war nur eine Routinemaßnahme. Für die leeren Wärmflaschen mußte irgendwie eine Erklärung gefunden werden. Ich betrachtete sie unter jedem möglichen Gesichtswinkel, in Zusammenhang mit jeder Äußerung, die jeder Betroffene mir vorgetragen hatte. Und von zwei Seiten kam mir die Erleuchtung. Die erste war eine mögliche Antwort auf die Frage: Welchen Zweck können leere Wärmflaschen in einem Bett besser erfüllen als volle Flaschen? Die zweite war die Tatsache, daß der Vater der Fyfes ebenfalls an Lungenentzündung gestorben war, nachdem jemand die Fenster geöffnet und ihn der Winterkälte ausgesetzt hatte. Ein Fenster für den Tod. Die Frage zusammen mit der Tatsache brachten mich auf einen Gedanken. – Absatz.

Ich führte drei Telefongespräche – nein, vier. Ich rief den Geschäftsführer der Schramm-Filiale in der Madison Avenue an und fragte ihn, wie er zwei Liter Eiscreme an einem heißen Sommernachmittag verpacke, wenn der Kunde sie eine längere Strecke im Wagen mitnehmen wolle. Er erklärte, die Eiscreme würde in einen Pappbehälter gepackt, der Behälter in einen Karton auf ein Bett Trockeneis gesetzt und mit Trockeneisbrocken an allen Seiten und obenauf bedeckt. Er sagte, das sei bei ihnen eine feststehende Regel. Ich rief Dr. Vollmer an, der in dieser Straße wohnt, und auf seine Anregung hin telefonierte ich mit einem leitenden Angestellten einer Firma, die Trockeneis herstellt. Ich erfuhr,

a) daß mehrere Pfund Trockeneis unter der Decke eines Patienten, der an Lungenentzündung leidet, sicherlich seine Temperatur wesentlich und wahrscheinlich gefährlich senken würden;

b) daß jedoch nur ein unter Aufsicht durchgeführtes Experiment beweisen könne, wie gefährlich die Temperatur sinken würde, daß das Trockeneis jedoch den Tod des Patienten herbeiführen könne;

c) daß das Trockeneis die Haut verbrennen würde, selbst wenn man einen Stoff darunterlegt, und augenfällige Wundmale hinterließe;

d) und daß eine Gummiflasche zwischen Eis und Körper ein vortreffliches Mittel wäre, Verbrennungen zu vermeiden. Mein vierter Anruf ...«

»Das ist unglaublich«, fiel Dr. Buhl ein. »Vollkommen unglaublich.«

»Ich stimme zu«, erklärte Wolfe ihm. »Ich mußte eine Erklärung für etwas Unglaubliches finden. Absatz. Mein vierter Anruf galt David Fyfe, den ich bat, mich aufzusuchen. Als nächstes mußte ich erfahren, was mit der Eiscreme geschehen war. Die Hypothese, die ich mir bildete, war nutzlos, wenn sich herausstellte, daß das Paket am Sonntag unberührt gewesen war; und als Mr. Goodwin aus Mount Kisco anrief, trug ich ihm auf, diese Frage zu klären. Er tat es bei Paul, Mr. und Mrs. Tuttle, Miss Goren und bei Mr. Arrow, und sie alle leugneten jede Kenntnis über den Verbleib der Eiscreme. Er ...«

Louise Tuttles hohe dünne Stimme schnitt ihm das Wort ab: »Das ist nicht wahr! Ich sagte Mr. Goodwin, daß ich sie am Sonntag im Kühlschrank sah!«

Wolfe schüttelte den Kopf. »Sie erzählten ihm, daß Sie eine große Papiertüte gesehen hätten, von der Sie annahmen, daß sie die Eiscreme enthielt. Sie sahen nicht in die Tüte hinein. Sie sahen nicht das Trockeneis.« Sein Blick hielt den ihren fest. »Oder?«

»Antworte nicht darauf«, fiel Tuttle abrupt ein.

»Nein, wirklich!« Wolfes Brauen hoben sich. »Sind wir bereits an einem Punkt angelangt, wo Fragen nicht mehr beantwortet werden dürfen? Sahen Sie in die Tüte hinein, Mrs. Tuttle?«

»Nein, ich tat es nicht!«

»Dann will ich fortfahren. – Archie?«

Ich gab ihm das Stichwort: »›Verbleib der Eiscreme. Er...‹«

»Ja. Er ging auch in das Apartment, sah in den Kühlschrank und fand keine Spur von der Eiscreme. Ich selbst hatte David gefragt, und auch er behauptete, nichts davon zu wissen. So nahm meine Hypothese jetzt Gestalt an. Jemand hatte sich die Eiscreme angeeignet und sprach nicht die Wahrheit. Falls das Trockeneis in der angedeuteten Weise benutzt worden war, um den Kranken zu töten, so konnte das natürlich nie bewiesen werden, da Trockeneis keinerlei Spuren hinterläßt, und meine Vermutung würde nie eine Bestätigung finden. Ich mußte das Problem von einer anderen Seite her anpacken. Tatsächlich hatte ich schon Anstalten dazu getroffen, als ich gewisse Fragen an David Fyfe richtete und Saul Panzer kommen ließ. Sie kennen Saul Panzer. – Absatz.

Es waren einige Andeutungen gefallen, wie Sie den beigefügten Protokollen der Unterhaltungen entnehmen werden. Bert Fyfe hatte wegen des Mordes an seinem Vater vor Gericht gestanden und war freigesprochen worden. Er hatte die Zeugenaussagen seiner Schwester und seiner Brüder bei der Gerichtsverhandlung übelgenommen; und die Hauptstütze seiner Verteidigung beruhte auf einem Alibi, für das sein Freund Vincent Tuttle sorgte, der aussagte, daß sie in dem Gasthaus, wo beide ihr Zimmer hatten, zusammen Karten gespielt hätten. Mr. Arrow zufolge war Bert nicht aus geschäftlichen Gründen nach New York gekommen, sondern, wie Arrow es ausdrückte, weil etwas an ihm von ›früher her nagte‹. Arrow selbst kam natürlich als Verdächtiger nicht in Frage, da er am Samstag die Nacht auf einer Polizeiwache verbrachte. Da gab es noch andere Punkte, deren Bedeutung Ihnen nicht entgehen wird – der wichtigste davon ist die Tatsache, daß Bert nicht nur die Wirtin, bei der er vor zwanzig Jahren ein Zimmer gemietet hatte, aufsuchen wollte, sondern keine Mühe scheute, sie zu sprechen, als er nach Poughkeepsie fuhr, weil sie inzwischen dorthin verzogen war. Wie Sie aus dem Protokoll meiner Unterhaltung gestern nachmittag mit David entnehmen können – das muß ich Ihnen noch geben, Archie –, hatte Bert in diesem Gasthaus nur kurze Zeit gewohnt, ungefähr zwei Monate, kaum eine ausreichende Zeitspanne, um eine so starke Beziehung zu festigen, daß er sie noch nach zwanzig Jahren so beharrlich suchen sollte. Die gerechtfertigte Folgerung war, daß er einen bestimmten Zweck damit verfolgte. – Absatz.

Weitere vielsagende Hinweise lieferte David gestern nachmittag als Erwiderung auf meine Fragen. Nach dem Tod der Mutter war das Verhalten seines Vaters seinen Kinder gegenüber nicht sehr herzlich gewesen. Er hatte Bert befohlen, sein Elternhaus zu verlassen und nicht wiederzukommen. Er, David, und auch Paul kamen schlecht mit ihrem Vater aus. Seiner Tochter hatte er die Erlaubnis verweigert, ihren Freund, Vincent Tuttle, zu heiraten, der damals Angestellter in einem Drugstore war. Nach seinem Tod hatte sie Tuttle geheiratet und den Drugstore mit ihrem Erbteil gekauft. Ich wußte aus einer Unterredung, daß die Erbmasse zu gleichen Teilen unter den Kindern aufgeteilt worden war.«

Wolfe wandte den Kopf. »Ehe ich fortfahre, möchte ich Sie, Mr. Tuttle, bitten, mir zwei Fragen zu beantworten. Ist es wahr, daß Bert am Tag, bevor er krank wurde, in Ihrer Gegenwart davon sprach, Mrs. Dobbs, seine und Ihre frühere Zimmerwirtin, aufgesucht und mit ihr gesprochen zu haben?«

Tuttle befeuchtete seine Lippen mit der Zunge. »Ich glaube nicht«, krächzte er. »Nicht, daß ich mich erinnern kann.«

»Aber natürlich sprach er davon, Vince«, rief David. Er sah Wolfe an. »Ich habe es Ihnen ja gestern erzählt.«

»Ich weiß. Ich teste nur sein Gedächtnis.« Er nahm Paul aufs Korn. »Erinnern Sie sich daran?«

»Ja.« Paul beäugte Tuttle. »Ja, Sie haben verdammt recht, daß ich mich daran erinnere. Er sagte später, daß er sie, sobald er wieder gesund sei, noch einmal aufsuchen würde.«

Wolfe grunzte. »Ich will Sie nicht fragen. Mrs. Tuttle.« Er faßte ihren Mann wieder scharf ins Auge. »Die andere Frage: Wo waren Sie gestern abend von sechs bis zehn Uhr?«

Das schlug ihn völlig nieder. Damit hatte er nicht gerechnet und war nicht darauf vorbereitet. »Gestern abend?« fragte er lahm.

»Ja. Von sechs bis zehn Uhr. Um Ihr Gedächtnis aufzufrischen: gegen fünf Uhr dreißig verließ Mr. Goodwin Sie, nachdem er Sie und Ihre Frau nach der Eiscreme gefragt hatte.«

»Mein Gedächtnis ist vollkommen in Ordnung«, versicherte Tuttle, »aber so etwas brauche ich mir nicht gefallen zu lassen.«

»Dann lehnen Sie es also ab, zu antworten?«

»Sie haben kein Recht, mich auszufragen. Es geht Sie nichts an.«

»Sehr gut. Ich dachte lediglich, Sie hätten das Recht, eine Erklärung abzugeben. – Archie?«

Ich sah auf meinen Notizblock »»...daß die Erbmasse zu gleichen Teilen unter den Kindern aufgeteilt worden war.‹«

Wolfe nickte. »Absatz. – Sie werden aus dem Protokoll meiner Unterredung mit Mr. Arrow ersehen, daß er als Zeuge dabei war, als Bert seinen Verwandten von dem Besuch bei seiner ehemaligen Wirtin berichtet hat. David bestätigte das gestern abend und nannte mir auch den Namen der Wirtin: Mrs. Robert Dobbs. Es war natürlich wünschenswert, zu erfahren, was Bert von Mrs. Dobbs gewollt hatte, und da Mr. Goodwin für andere Aufträge zur Verfügung stehen mußte, ließ ich Saul Panzer kommen und schickte ihn nach Poughkeepsie. David wußte die genaue Adresse der Wirtin nicht, und es dauerte eine Weile, bis Mr. Panzer sie ausfindig machte. Es war fast zehn Uhr, als er das Haus, in dem sie mit ihrer verheirateten Tochter lebt, fand. Als er sich der Haustür näherte, wurde sie geöffnet, und ein Mann trat heraus. Er trat Mr. Panzer in den Weg und wollte hören, wen Saul Panzer besuchen wolle. Mr. Panzer ist sehr mißtrauisch und äußerst verschwiegen, wie Sie wissen. Er erwiderte, daß er Jom Heaton besuchen wolle, denn er hatte den Namen von Mrs. Dobbs' Schwiegersohn bei seinen Nachforschungen erfahren. Daraufhin ging der Mann seines Wegs. Als Mr. Panzer mir später Bericht erstattete, beschrieb er mir den Mann, und die Beschreibung paßte auf Vincent Tuttle. Beide sind jetzt in meinem Büro, und Mr. Panzer identifiziert Mr. Tuttle als den Mann, den er gestern aus dem Haus treten sah.«

Wolfe wandte sich um. »Saul?«

»Ja, Sir. Bestimmt.«

»Mr. Tuttle, möchten Sie sich dazu äußern?«

»Nein.«

»Das ist sehr weise von Ihnen, glaube ich.« Er drehte sich wieder zu mir um. »Absatz. – Ehe ich den vorhergehenden Absatz diktierte, fragte ich Mr. Tuttle, wo er gestern abend gewesen sei, und er weigerte sich, es mir zu sagen. Ich fügte ebenfalls ein Protokoll des Gesprächs zwischen Mr. Panzer und Mrs. Dobbs bei. Ich muß gestehen, daß es alles andere als beweiskräftig ist. Mrs. Dobbs wollte den Mann, der gerade das Haus verlassen hatte, nicht näher beschreiben. Sie wollte nicht den Zweck von Bert Fyfes Besuch enthüllen. Sie wollte auf keinen Fall über die

Geschehnisse jener Winternacht vor zwanzig Jahren sprechen. Das läßt natürlich vielsagende Schlußfolgerungen zu.

War das Alibi, das Tuttle Bert gegeben hatte, ein Schwindel und Bert wagte nicht, das zu bestreiten? Weiß Mrs. Dobbs, daß das Alibi ein Schwindel war? Verließ Tuttle und nicht Bert das Gasthaus in jener stürmischen Nacht? Hatte Mrs. Dobbs das bemerkt? Ging Tuttle zu dem Haus der Familie Fyfe, wurde von Louise eingelassen, löste ein Schlafmittel in ihrem Kakao auf, kehrte später zurück und öffnete die Fenster von außen? Ich beschuldige ihn nicht, aber die Fragen stellen sich von selbst. Ich rief Sie heute morgen an, um vorzuschlagen, die Polizei in Poughkeepsie zu bitten, Mrs. Dobbs und ihr Haus zu überwachen. Ich sagte, ich würde Ihnen umgehend mitteilen, warum. Das ist hiermit geschehen. – Absatz. Viele Fragen stellen sich auch von selbst, was den Tod von Bert Fyfe betrifft. Nur eine Frage als Beispiel. Angenommen, Vincent Tuttle, aus Angst vor der Entdeckung eines früheren Verbrechens, unternimmt es erneut, einen Mann an Lungenentzündung sterben zu lassen. Diesmal benützt er kein offenes Fenster, sondern Trockeneis. Warum ließ er aber dann die Papiertüte in jener Nacht im Kühlschrank zurück, wahrscheinlich noch mit der Eiscreme darin? Beantworten Sie das, wie Sie wollen, da er selbst dazu nicht Stellung nimmt. Vielleicht wußte er gar nicht, daß es einen Müllschlucker in der Anrichte gibt; und dann, als er ihn am Sonntag nachmittag entdeckte, nahm er die erste Gelegenheit wahr, um das Ding hineinzubefördern. Was das Trockeneis anbelangt, so hinterläßt es keine Spuren, deshalb gibt es kein Indiz dafür. Doch Spezialisten werden Sie sicherlich mit entscheidenden Schlußfolgerungen versorgen. Die Eisklumpen waren natürlich nicht in die Flaschen gefüllt worden, die schlaffen leeren Gummiflaschen wurden lediglich als Isolierung benutzt, um jede Berührung des Eises mit dem Körper zu verhindern. Wahrscheinlich kann Ihnen ein Spezialist sagen, in welcher Zeit kleine Trockeneisklumpen verdampft sind, aber dieser Punkt ist nicht wesentlich, da Mr. Tuttle in der Wohnung war und jederzeit die Möglichkeit hatte, den Rückstand, falls es einen gab, zu entfernen, ehe Paul die Leiche entdeckte. Diese und andere Fragen überlasse ich Ihnen! Die gesamten Informationen, die ich besitze, gehen Ihnen deshalb mit diesem Schreiben zu.«

Wolfe stützte die Handflächen auf die Sessellehnen und nahm

die Zuhörerschaft aufs Korn. »Das wär's«, erklärte er. »Irgend-welche Fragen?«

David saß zusammengekauert im roten Ledersessel und starrte auf den Fußboden. Bei Wolfes Frage hob er langsam den Kopf und ließ seine Augen gemächlich über alle hingleiten, bis sein Blick schließlich auf Wolfe haften blieb. »Eigentlich sollte ich betrübt sein«, quetschte er hervor, »aber ich bin es nicht. Ich glaubte immer, Bert habe seinen Vater getötet. Ich glaubte, daß Vinces Alibi falsch war, daß er log, um Bert zu retten, aber jetzt begreife ich es. Ohne das Alibi wäre Bert wahrscheinlich schuldig gespro-chen worden, also hat es ihn gerettet, aber es hat auch Vince gerettet. Natürlich wußte Bert, daß es nicht stimmte, daß er und Vince den ganzen Abend beisammen gewesen seien, falls er jedoch angegeben hätte, daß Vince für eine Weile das Gasthaus verlassen habe, hätte das auch sein eigenes Alibi vernichtet. Das wagte er nicht – und er wußte auch nicht, daß Vince unseren Vater getötet hatte. Er mochte es vermutet haben, aber er wußte es nicht bestimmt. Jetzt ist mir alles klar. Ich verstehe selbst die Rolle, die Mrs. Dobbs spielte.« Er runzelte die Stirn. »Ich versuche mich an ihre Zeugenaussage zu erinnern. Sie behauptete, sie habe keinen der beiden hinausgehen hören, wahrscheinlich hörte sie aber doch etwas und wußte sogar, wer das Gasthaus verlassen hat. Hätte sie aber ausgesagt, daß einer von ihnen das Haus verlassen habe, so hätte das Berts Alibi zerstört. Sie mochte Bert schrecklich gern und konnte unseren Vater nicht leiden. Es gab nicht viele, die ihn leiden konnten.«

Er wollte wohl noch etwas hinzufügen, änderte jedoch seinen Sinn, erhob sich und wandte sich an seinen Bruder. »War es diese Spur, die du verfolgt hast, Paul? Hattest du ihn im Verdacht?«

»Zum Teufel, nein!« stieß Paul rauh hervor. »Du weißt ver-dammt gut, was ich argwöhnte und wen ich im Verdacht hatte; und wenn dieser Fettmops recht hat mit dem Trockeneis« – er schnellte aus seinem Stuhl und wirbelte zu Johnny Arrow her-um –, »warum konnte nicht er es gewesen sein? Er hatte einen Schlüssel zum Apartment! Und wenn... – laß mich los!«

David war hervorgetreten und hatte Pauls Arm gepackt und steuerte mit ihm auf den Flur zu. Sie verschwanden, und Saul stand auf, um sie hinauszulassen.

»Ich habe keine Fragen«, sagte Dr. Buhl. Er erhob sich, sah auf

Tuttle hinunter und dann auf Wolfe. »Mein Gott, nach zwanzig Jahren! Sie benutzten den Ausdruck ›ein Fenster für den Tod‹. Jetzt haben Sie fürwahr eines geöffnet.« Er senkte seinen Blick. »Louise, brauchen Sie mich? Kommen Sie zurecht?«

»Mir geht es gut.« Ihre hohe, dünne Stimme unterdrückte mühsam ein Wimmern. »Ich kann es nicht glauben.«

Buhl wollte noch etwas sagen, ließ es aber und machte auf dem Absatz kehrt. Wolfe sprach zu Mann und Frau, den Besitzern eines gutgehenden Drugstores: »Wenn Sie keine Fragen haben, können Sie auch gehen.«

Louise biß sich auf die Lippen und zupfte ihren Mann am Ärmel. Er atmete tief, legte eine Hand auf ihre Schulter, hievte sich aus dem Stuhl, und sie erhoben sich gleichzeitig. Seite an Seite schritten sie auf die Tür zu, und ich überließ sie ebenfalls Saul. Als sie außer Sicht waren, warf Wolfe einen Blick in Richtung des Paares im Hintergrund und fragte scharf: »Na, habe ich Sie vielleicht hereingelegt?«

Verdammt will ich sein, wenn die beiden nicht Händchen hielten, und das immer noch, während sie aufstanden und zum Schreibtisch traten. Ich verstehe mich ausgezeichnet auf Händchenhalten, aber bitte nicht in aller Öffentlichkeit! Anne sah so aus, als ob sie gegen ihren Willen weinen würde. Glücklicherweise hielt sie Johnnys linke Hand, denn die rechte wollte er gebrauchen. Als sie vor dem Schreibtisch standen, streckte er sie aus und sagte: »Lassen Sie mich Ihre Hand schütteln, Mr. Wolfe.«

Letzte Woche, genau vier Tage, nachdem die Geschworenen Vincent Tuttle des Mordes an Bertram Fyfes Vater schuldig gesprochen hatten – man hatte sich für diese Anklage entschieden, da es ein handfester Fall war, nachdem Mrs. Dobbs ein Geständnis abgelegt hatte –, erhielten wir einen Umschlag mit dem Absender »Fyfe-Arrow-Minen-Gesellschaft, Montreal«, und als ich ihn aufriß und den Betrag auf dem Scheck erspähte, hob ich meine Brauen so hoch, wie es nur ging. Ein wirklich hübscher Batzen.

Ein Brief war nicht dabei, aber das war verständlich. Er hatte keine Zeit zum Briefeschreiben. Er war viel zu sehr damit beschäftigt, seiner Frau zu zeigen, wie man Uran schürft.

Quellenverzeichnis